BASTEI
LÜBBE
TASCHENBUCH

Sabine Weiß

Hansetochter

Historischer Roman

BASTEI LÜBBE
TASCHENBUCH

BASTEI LÜBBE TASCHENBUCH
Band 16887

1. Auflage: Januar 2014

Dieser Titel ist auch als E-Book erschienen

MIX
Papier aus verantwortungsvollen Quellen
FSC® C014496

Originalausgabe

Textredaktion: Dr. Kai Lückemeier, Gescher
Titelillustration: © Richard Jenkins Photography
Umschlaggestaltung: Johannes Wiebel, punchdesign, München
Autorenfoto: André Poling, Nordheide
Satz: two-up, Düsseldorf
Gesetzt aus der Caslon
Druck und Verarbeitung: GGP Media GmbH, Pößneck
Printed in Germany
ISBN 978-3-404-16887-3

Sie finden uns im Internet unter
www.luebbe.de
Bitte beachten Sie auch: www.lesejury.de

Für Helga und Reiner

Personenverzeichnis

LÜBECK

Henrike Vresdorp, Tochter des Hansekaufmanns Konrad Vresdorp und seiner verstorbenen ersten Frau Clara
Konrad Vresdorp, Henrikes Vater
Simon Vresdorp, Henrikes Bruder
Jost, Konrad Vresdorps Gehilfe
Margarete, Henrikes alte Amme, Magd und Köchin der Familie
Gesche, Magd der Familie

Hartwig Vresdorp, Konrad Vresdorps Bruder, Henrikes Onkel
Ilsebe, seine Frau
Nikolas und Telse, ihre Kinder
Rotger, Hartwig Vresdorps Gehilfe
Janne, Köchin der Familie

Adrian Vanderen, Kaufmann aus Brügge, Geschäftspartner von Henrikes Vater
Bosse Matys, Schiffer auf Adrians Kogge *Cruceborch*
Cord, Adrians Schiffskoch und Gehilfe
Liv, Adrians Bootsjunge und Gehilfe; Simons Freund

Bürgermeister und Ratsherren
Bruno Diercksen, Kaufmann und Ratsmann in Lübeck
Mechthild, seine Frau
Vicus und Drudeke, ihre Kinder

Gerhard Dartzow*
Hermann Dartzow*
Herman Lange*

Hermanus von Osenbrügghe*
Johan Perceval*
Jacob Plescow*
Jacob Plescow der Jüngere*
Jordan Plescow*
Symon Swerting*

Weitere Personen
Tale von Bardewich, Kauffrau in Lübeck
Hermann Warendorp*, Kaufmann und Lieger des Deutschen Ordens in Lübeck
Wobbecke, Bettlerin, mit Tochter Anneke
Mette, Dirne in Lübeck
Detmar*, Franziskaner, Lesemeister und Beichtvater des Katharinenklosters in Lübeck
Heymo Ratze, Kaufmann
Rixe, Krämerin

GUTSHOF BEI TRAVEMÜNDE

Asta, Schwester von Henrikes verstorbener Mutter aus Gotland, Gutsherrin
Sasse, ihr Knecht und Vertrauter
Hem, ihr Knecht und Schreiber
Katrine, junge Magd
Dietrich Grapengeter, neuer Verwalter des Gutshofs

BERGEN, NORWEGEN

Knud Smet, Kapitän des Schiffes nach Bergen
Arne, Schiffskoch
Claas, Lehrjunge und Simons Freund
Otte, Gesellenobmann in der Tyskebrygge

Ellin, Krämerin
Tymmo, Ellins Mann
Henk, ihr Sohn

Bernhard Steding*, Lübecker Kaufmann mit Familie in Bergen
Helmold* und Hanseken*, seine Vettern
Gudrid*, seine Mutter
Paul, Kaufmann aus der englischen Handelsstadt King's Lynn

* Historisch verbürgte Persönlichkeiten

Prolog

Lübeck, Mai 1376

Henrike hatte es niemandem gesagt, nicht einmal den wenigen Menschen, denen sie noch zu trauen wagte. Was sie tun würde, konnte sie nur vor sich selbst verantworten, vor sich allein. Sie würde dorthin gehen, wo sie nicht sein durfte. Sie würde Menschen treffen, die sie nie getroffen hätte. Sie würde Dinge erfahren, die sie um keinen Preis wissen durfte, die sie in Lebensgefahr bringen würden – und das Verrückte war, dass sie genau darauf hoffte. Ihre Hände waren kalt vor Aufregung, und es dauerte länger als sonst, bis sie ihr Haar hochgebunden hatte. Wenn jemand von ihrem Vorhaben erfahren würde, wäre sie am Ende.

Aber war sie das nicht schon jetzt? Noch vor wenigen Monaten war sie die Tochter eines wohlhabenden und einflussreichen Patriziers gewesen, die Söhne der besten Familien der Hanse hatten um sie geworben. Jetzt war sie eine sechzehnjährige Waise, arm wie eine Maus in der Marienkirche und völlig allein. Selbst ihren kleinen Bruder hatte man ihr genommen. Ihr Hals wurde eng. Henrike musste schlucken, um die Tränen zu vertreiben. Simon! Sie sorgte sich schrecklich um ihn. Ob er wohl lebend zu ihr zurückkehren würde? Die Härten des Kaufmannslebens würde er überstehen, er war zäh, so wie sie, aber sie fürchtete, dass man ihm nach dem Leben trachtete. Nur wenig konnte sie tun, um ihre Lage zu verbessern. Aber das Wenige würde sie auf sich nehmen, ganz gleich, wie gefährlich es auch war.

Lange hatte sie an ihrem Plan gefeilt, hatte sich umgehört, Geld und Kleidung beiseitegelegt. Jetzt, wo es endlich so weit war, verließ sie beinahe ihr Mut. Henrike schwärzte ihre hellen Augenbrauen mit Kohle. Sie zog das Gürtelband enger, legte das feine Wams an und schob die Mütze ins Gesicht. Es musste jetzt sein. Sie atmete so tief ein, wie sie es mit ihrer eingeschnürten Brust vermochte. Wenn sie erkannt werden würde, wäre ihre Ehre verloren, und die war ihr letztes Gut. Auf Ehre und Glauben, das war das oberste Gesetz der Hanse. Wer sich dagegen versündigte, wurde verstoßen. Noch einmal tastete sie nach dem Beutel mit den Münzen – es war ihr gesamtes Geld.

Henrike schlüpfte aus ihrem Gemach. In der Gesindekammer nebenan war es still. Sie trat auf die Gasse hinaus, verharrte im Dunkel des Häusereingangs. Es war schon herrlich warm an diesen Tagen des Wonnemondes Mai gewesen, aber die Nächte waren noch kühl. Ein Blick nach allen Seiten. Kein Mensch war zu sehen, wo sonst geschäftiges Treiben herrschte. Ihre Nackenhaare stellten sich auf. Noch nie war sie um diese Zeit allein auf den Straßen gewesen. Die Häuser aus Backstein, die tagsüber im Sonnenschein einen warmen Rotton aussandten, stemmten sich nun grau in den Himmel, die Fenster und Türen aufgerissen wie nachtschwarze Mäuler. Henrike wollte an das andere Ende der Stadt, zugleich hatte sie aber den unbestimmten Wunsch, noch einmal ihr Elternhaus zu sehen. Kurzentschlossen lief sie in Richtung Hafen.

In ihrem vertrauten Heim in der Alfstraße brannte Licht. Saß der neue Besitzer etwa in dem kostbaren Armlehnenstuhl ihres Vaters? Henrike ballte die Fäuste. Am liebsten wäre sie hineingestürmt, hätte ihm klargemacht, dass er dort nichts zu suchen hatte. Stattdessen ging sie um so entschlossener voran. An der Untertrave kam schon die Baustelle am Holstentor in Sicht, da hörte sie Schritte und drängte sich schnell in den Schatten eines Hauses. War es der Nachtwächter? Hatte doch jemand bemerkt, dass sie das Haus verlassen hatte, und folgte ihr nun? Drei Gestalten bogen um die Ecke, ein Mann und zwei Frauen. Eine durchdringende Bierfahne umhüllte das Trio. Sie schwankten, aber nicht nur vor Trunkenheit, sondern auch, weil sie mit anderem beschäftigt waren, als einen Fuß vor den anderen zu setzen. Der Mann fingerte in dem Ausschnitt der einen Frau, während die zweite sich um seinen Hals gehängt hatte und ihn mit Küssen zu bedecken versuchte. Sein Gesicht kam ihr bekannt vor. Bruder Johannes vom Orden der Predigerbrüder! Henrike konnte es nicht fassen. Wie oft hatte sie ihm schon gebeichtet, wie oft hatte er sie für vermeintliche Sünden gerügt – und was tat er? Vergnügte sich schamlos mit zwei »Schönen Angesichten«, wie die Huren in Lübeck genannt wurden. Was für eine Heuchelei! Sie hätte am liebsten ausgespuckt, doch sie musste sich auf ihr Vorhaben besinnen. Bebend wartete sie, bis die drei vorbeigezogen waren.

An der Obertrave roch es nach Fisch vom Heringsmarkt, der am Binnenhafen hinter der Stadtmauer abgehalten wurde. Ein warmer Lichtschein fiel aus den Fenstern der Buden zwischen Hafen und Stadtrand auf die Gasse. Flötenspiel, Gesang und Gelächter waren zu hören. An einer Bude lehnte eine Frau in einem tief ausgeschnittenen Kleid, halb über sie gebeugt stand ein Mann in der Tracht der Schiffer. Als die Dirne Henrike entdeckte, schlenderte sie auf sie zu.

»Gott gröte ju, gode Fründ«, sprach sie Henrike an.

Die junge Frau beschleunigte ihren Schritt, aber die Dirne trat ihr in den Weg. Sie ließ jetzt die breite Mundart sein, glaubte wohl, es mit einem Fremden zu tun zu haben.

»Willst wohl die Unschuld verlieren, Kleiner? Bist richtig hier. Brauchst nicht schüchtern zu sein!«, lachte sie und enthüllte schadhafte Zähne.

Die Dirne packte sie am Kragen und zog sie zu sich. Henrike kam den Brustwarzen, die aus dem Ausschnitt lugten, so nahe, dass sie sich unwillkürlich zurückbog.

»Gefällt dir nicht, was du siehst?«, fragte die Frau und ließ ihre andere Hand zwischen Henrikes Beine fahren, dorthin, wo die Falten der zu weiten Hose die Leere verbargen.

Henrikes Gesicht brannte vor Verlegenheit. Sie unterdrückte den Wunsch, davonzulaufen. Wie war sie nur auf diesen Einfall gekommen?

»Ich wollte in das andere Haus. Ich suche eine bestimmte Frau. Sie heißt«, Henrike stockte, »die schmucke Mette.«

Die Dirne musterte sie so eingehend, dass Henrike fürchtete, ihre Verkleidung könnte auffliegen.

»De smucke Mette suchst du? Wir anderen sind dir nicht gut genug, was? Dabei haben auch wir so einiges zu bieten!« Sie schürzte in einer schnellen Bewegung ihren Rock. Henrike schrak zurück, als sie das dunkle Dreieck ihrer Scham erblickte. Die Frau ließ heiser lachend ihren Rocksaum zurückfallen.

»Kaum der Mutterbrust entwöhnt, aber schon wählerisch? Hast du denn Geld genug für die schmucke Mette? Die lässt es sich nämlich nur von den reichsten Männern der Stadt besorgen. Und so siehst du nun nich grad aus.« Die Finger der Dirne wanderten weiter zu Henrikes Geldbeutel. »Ob das reicht für Mette? Aber vielleicht hat sie ja auch Freude an einem hübschen Knaben wie dir und macht einen Sonderpreis.« Sie strich über Henrikes honigblondes Haar – eine verräterische Strähne hatte sich gelöst – und ihre Lippen.

Hinter der Dirne tauchte nun wieder der Seemann auf und legte besitzergreifend seine Hände auf ihre Hüfte.

»God verdammich, dat is en Schietbüdl. Der kann nich betalen – aber ich!«, knurrte er. Sein finsterer Blick ließ Henrike zusammenzucken. Streit mit einem Seemann, das brauchte sie nicht auch noch. Schnell machte sie sich los. Die Frau schmiegte sich an ihn.

»Leve Mann, dat is wol recht. Aber ein paar Pfennige für meine Bringdienste können nicht schaden. Wir bringen ihn zu Mette. Und dann suchen wir uns ein ruhiges Plätzchen«, versprach sie.

Schnell hatten sie ihr Ziel erreicht, ein großes Fachwerkhaus in der Hartengrube, dessen frisch geweißter Putz in der Dunkelheit leuchtete. Einige Male war Henrike an diesem Gasthof schon vorbeigegangen, ohne zu ahnen, was sich in seinem unscheinbaren Anbau befand. Aber man konnte eben nicht hinter die Fassaden schauen – ebenso wenig, wie man Menschen in die Seele zu blicken vermochte, wie Henrike leidvoll hatte lernen müssen. Sie fühlte sich, als ob Hummeln in ihrem Bauch summten. Jetzt galt es! Noch konnte sie umkehren, konnte das Geheimnis ungelöst lassen. Aber dann würde sie die Wahrheit nie erfahren, der Gerechtigkeit nie zum Sieg verhelfen. Sie gingen zu einer unscheinbaren Tür neben dem Gasthaus. Auf ihr Klopfen hin öffnete ein Mann. Er wollte die Dirne vertreiben, doch diese brachte hastig ihr Anliegen hervor.

»Gehörst wohl auch zu den Patrizierbürschchen, die es hier mal ihren Vätern gleichtun wollen?«, sagte er grinsend und enthüllte dabei mehrere Goldzähne.

Henrike blickte an ihm vorbei in den Raum. An einer Tafel feierten junge Männer, auf ihren Schößen grell geschminkte Frauen. Das Bier spritzte aus den Krügen, als sie sich übermütig zuprosteten. Über den Tisch tanzten die Würfel. Auf einer Bank ein Paar, eng umschlugen, Schultern und Brüste der Frau nackt. Henrike kannte etliche der Anwesenden; es waren die Söhne von Ratsherren. Einer war darunter, den ihr Vater früher einmal als ihren Ehemann in Erwägung gezogen hatte. Unwillkürlich tat sie einen Schritt zurück, doch der Türsteher zog sie schon hinein.

»Ich hab ihn gebracht, gib mir dafür ein paar Pennige«, forderte die Dirne.

»Ich geb dir gleich was ganz anderes!«, drohte der Goldzahn. Henrike konnte ihr Schimpfen noch durch die zugeschlagene Tür hören.

Blinzelnd sah sie sich um, nestelte unwillkürlich an ihrem Kragen. Zu schrill war die Musik der Spielleute, zu stickig die Luft im Hurenhaus. Der Geruch von blumigem Duftwasser mischte sich mit dem scharfen von Schweiß. Von dem Schankraum gingen mehrere Zimmer ab, eine Treppe führte ins Obergeschoss. Sie schluckte trocken. Dass ihr Vater hier ein- und ausgegangen war! Sie musste an Adrian denken, und ihr Herz tat einen Sprung. War auch er schon in einem Hurenhaus gewesen, hatte auch er auf diese Weise seine Unschuld verloren? Aber nein, Adrian war anders, er würde nicht – oder doch?

Die Krogersche schob sich an ihr vorbei, in den Händen einen Fächer aus Bierkrügen. Henrike schüttelte ihre Gedanken an Adrian ab. Es spielte ohnehin keine Rolle mehr. Arm wie sie war, kam sie als Ehefrau für ihn nicht infrage. Und wenn sie hier jemand erkannte, war auch noch ihr Ruf dahin. Hoffentlich würde keiner der jungen Freier sie bemerken. Der Mann mit dem Goldzahn wandte sich ihr zu.

»Mette ist beschäftigt. Aber Tyrre mit den Ringen ist frei.« Er wies auf eine Dirne, deren Bauchfett Wellen schlug.

»Ich will zu Mette, sonst nichts«, sagte Henrike so fest sie konnte. Sie wog ihren Geldbeutel in der Hand, als ob er besonders schwer wäre. Der Mann fuhr mit der Zunge über den Metallzahn, als wolle er sich vergewissern, dass er noch da war.

»Vielleicht hast du ja Glück, und ihr steht nach der harten Arbeit der Sinn nach etwas … Angenehmerem.« Er wies auf eine Nische neben einer Tür.

Henrike setzte sich. Schwere Vorhänge fassten die Nische ein, die Kissen waren aus Seide. Sie musste zugeben, dass an der Ausstattung dieses Saales nicht gespart worden war, auch wirkte alles sehr gepflegt. Als die Schankfrau sie diensteifrig ansah, senkte sie den Blick. Wenn sie nur niemand ansprach! Da nahm sie leises Poltern, Knallen und Stöhnen wahr. Es drang aus dem Zimmer hinter ihr. Was waren das für seltsame Laute? Bilder schoben sich vor ihr inneres Auge, doch keines schien zu diesen Geräuschen zu passen. Sie rutschte auf der Bank herum, erregte damit jedoch die Aufmerksamkeit des Goldzahns und beherrschte ihre Unruhe.

Henrike versuchte noch einmal durchzugehen, was sie Mette sagen wollte, doch die Worte, die sie in der Stille ihrer Kammer so sorgsam aneinandergereiht hatte, waren wie weggeblasen. »Ich bin …« Wie ging es weiter? »Ich weiß …« Ihr Mut sank. »Ich kenne …«. Wie war es bloß gewesen? Wenn sie nicht wusste, was sie sagen sollte, könnte sie auch gleich gehen!

Sie spürte einen Windzug über ihre heißen Wangen streichen. Die Eingangstür ging auf und zu, immer wieder traten Männer ein oder verließen das Haus, sogar Nachtwächter waren dabei. War es denn erlaubt, des Nachts durch die Straßen zu streichen? Und hatten die Nachtwächter nicht auf Sicherheit und Ordnung zu achten? Jetzt erst fiel ihr auf, dass es nebenan still geworden war. Der Goldzahn ging in das Zimmer und kam schon wenig später wieder heraus. Er schnalzte mit der Zunge.

»Du kannst nicht zu Mette. Komm ein andermal wieder, Kleiner.«

Ein andermal? Henrike spürte Tränen aufsteigen und blinzelte heftig. Noch einmal würde sie das nicht durchstehen. Die Gefahr, entdeckt zu werden, war einfach viel zu groß. Der Goldzahn sah sie angewidert an.

»Heul nicht. Du bist doch kein Mädchen«, sagte er und machte eine vage Handbewegung. »Da ist ja auch noch die rote Karin. Die ist auch gut.«

Sie biss sich auf die Lippen, schmeckte ihren Schweiß, beharrte: »Ich muss aber zu Mette.«

Der Mann riss sie hoch. »Ich zeig dir, was du musst, Kleiner!«, zischte er.

»Lass ihn.« Eine sanfte Stimme gebot ihm Einhalt.

In der Tür stand eine wohlgeformte Frau mit haselnussbraunen Haaren und Augen. Sie war nur einige Jahre älter als Henrike, an die zwanzig. Ihre geröteten Wangen leuchteten, als wäre sie ein Stück gelaufen, aber sie wirkte im Gegensatz zu der Straßendirne natürlich und hübsch, nicht aufgetakelt oder verbraucht.

»Der Bursche soll mir erzählen, warum er ausgerechnet zu mir will und zu keiner anderen. Wenn er frech wird, kannst du ihm immer noch bessere Manieren beibringen. Danach steht mir heute nicht mehr der Sinn.«

Zögernd folgte Henrike der Dirne in ihr Zimmer. Rund um das Bett brannten Kerzen. Seidentücher hingen über die Pfosten, Stöcke und Lederriemen lagen auf dem Boden. Henrike war durcheinander. Was hatte das zu bedeuten? Während Mette sich auf ihrem Lager räkelte wie eine Katze vor dem warmen Ofen, kramte sie die vorbereitete Rede aus dem Gewirr ihrer Gedanken hervor. Jetzt ging es um alles!

»Ich bin …«, begann Henrike zögernd, doch schon nach wenigen Augenblicken sprudelten die Worte nur so aus ihr heraus.

Henrike wusste nicht, wie viel Zeit vergangen war, als sie Mettes Zimmer schließlich verließ. Der Schankraum war fast leer. Ein junger Mann lag auf der Bank und schnarchte, ein anderer brütete über seinem Bierkrug. Misstrauisch kam der Frauenwirt näher. Henrike wich seinem Blick aus, aber Mette trat schon zu ihr. Sie umarmte Henrike zum Abschied, presste ihre Lippen auf ihren Mund und stieß sie spielerisch von sich.

»Der wird noch mal ein ganz Wilder!«, rief Mette dem Goldzahn schalkhaft zu.

»Und dann kriegen wir ihn gar nicht mehr hier weg!«, setzte er nach und lachte meckernd.

Henrike taumelte hinaus, der Morgen graute bereits. Sie rieb sich über den Mund, bis die Lippen brannten. Würde sie die Sünden dieser Nacht je wiedergutmachen können? Würde sie einem Priester beichten können, was sie heute getan hatte? Oder würde sie dafür im Fegefeuer schmoren? War es das wert gewesen? Das Hemd klebte schweißnass an ihrem Körper. Ihr fröstelte.

Sie fühlte sich erschöpft und ausgelaugt. Ihr Kopf schwirrte von Eindrücken und von den Worten, die sie und Mette gewechselt hatten. Henrike hatte mehr erfahren, als sie zu hoffen gewagt hatte. Was hatte sie alles über ihren Vater nicht gewusst!

Die ersten Menschen traten müde aus ihren Häusern. Henrike machte sich eilends davon – es wäre zu ärgerlich, wenn man sie jetzt noch ertappen würde. Doch je weiter sie sich von dem Hurenhaus entfernte, umso mehr löste sich die Spannung in ihr, und ein Lächeln breitete sich auf ihrem Gesicht aus – am liebsten hätte sie laut aufgelacht. Ja, es hatte sich gelohnt! Sie hatte das Geheimnis gelüftet, hatte einen Weg gefunden, ihr Erbe und das ihres Bruders wiederzuerlangen. Das Kaufmannshaus ihres Vaters war doch nicht verloren! Alles könnte noch gut werden. Möglicherweise war es noch nicht einmal zu spät, um Adrian für sich zu gewinnen. Allerdings war ihr neues Wissen auch gefährlich. Mit dem, was sie herausgefunden hatte, würde sie vermutlich mehr als einen bekannten Mann dieser Stadt gegen sich aufbringen.

Da glaubte sie jemanden hinter sich zu hören und bog schnell in die nächste Gasse ab. Henrike begann zu laufen. Die Schritte in ihrem Rücken wurden ebenfalls schneller. Wurde sie verfolgt? Hatte es jemand auf sie abgesehen? Ihr Herz schlug wie eine Trommel. Ihr Verfolger war jetzt ganz nah, sie starrte nach vorn, rannte weiter. In der Nähe rumorten Händler; wenn sie erst unter Menschen war, wäre sie in Sicherheit. Dann würde sie überlegen, wie sie ihr Wissen am besten nutzbar machen könnte, versuchte sie sich selbst gut zuzureden. Sie würde ihrem Bruder Hilfe schicken und mit Adrian sprechen. Ihm galt ihr letzter Gedanke, als ein Schlag ihren Kopf zu spalten drohte.

1

Lübeck, Oktober 1375

Ihr Haus befand sich in der Alfstraße, einer der ältesten Straßen der Stadt. Als ihr Vater vor einigen Jahren den Auftrag erteilt hatte, das Giebelhaus aus Backstein umzubauen, hatte der Baumeister im Kellergewölbe Pfosten entdeckt, die wohl, wie er meinte, noch aus der Zeit Heinrichs des Löwen stammten, also bald zwei Jahrhunderte alt waren. Jetzt war davon nichts mehr zu sehen, denn Konrad Vresdorp hatte das Haus von den Dachtraufen bis zum Fundament erneuern lassen. Mit seinen aufwendigen Wechselschichten aus glasierten und unglasierten Ziegeln, den Treppengiebeln, den kunstvollen Beischlagwangen mit einklappbaren Bänken am Eingang und dem Tor, das die Größe einer Kirchenpforte hatte, zeigte es schon von Weitem, dass hier ein wohlhabender Kaufmann wohnte. Mancher befreundete Händler ließ sich erst einmal das Gebäude mit seinen Luken und Zwischenböden, den geräumigen Speichern und dem praktischen Lastenaufzug zeigen, bevor er in der reich geschmückten Diele oder im Kaufkeller seine Geschäfte mit dem Vater machte.

Konrad Vresdorps Schreibkammer war das Herzstück des Hauses. Die Dornse, wie man sie nannte, wurde von der benachbarten Küche mitbeheizt. Doch die anderen Bewohner hatten es ebenfalls behaglich. An das Haupthaus grenzte ein wohleingerichteter Flügelanbau, in dem die Familie und das Gesinde lebte. Im Hinterhof befanden sich Backofen, Ziehbrunnen, Schuppen, der Stall für das Vieh und das heimliche Gemach. Hohe Glintmauern grenzten den Garten zum Nachbargrundstück ab.

Die Alfstraße war wegen ihrer guten Lage beliebt. Wenn man

aus der Haustür trat, sah man die auf einem Hügel aufragende Marienkirche, daneben befanden sich Rathaus und Marktplatz. Wandte man sich Richtung Fluss, stand man bereits nach wenigen Schritten vor der Stadtmauer, an die der Hafen grenzte. Die sehr hohe und etliche Fuß breite Verteidigungsanlage mit ihrem Wehrgang und den zahlreichen Türmen war ein steinerner Beweis für die Bedeutung und den Reichtum der Stadt.

Lübeck stand in dem Ruf, beinahe uneinnehmbar zu sein. Wie eine Halbinsel war die Stadt von den Flüssen Trave und Wakenitz eingefasst. Dennoch waren die Bewohner alles andere als abgeschnitten. Lübeck lag, einem Kleeblatt gleich, zwischen den Landschaften Holsteins, Mecklenburgs und Sachsens. An den vier Haupttoren und den zahlreichen kleinen Pforten herrschte ein ständiges Kommen und Gehen. An diesem Ort kreuzten sich die Handelsstraßen zwischen London und Nowgorod, zwischen Italien und Norwegen. Nach wenigen Windungen mündete die Trave in die Weite der Ostsee.

Henrike lehnte ihren Oberkörper aus der geöffneten Dachluke. Sie ließ ihren Blick noch einmal über die wippenden Mastspitzen hinweg in die sanfte Landschaft vor der Stadt schweifen, die der Herbst in vielerlei Rot- und Gelbtönen getupft hatte, und kehrte dann in die Mitte des Speichers zurück.

»Verehrter Herr Kaufmann, welche Waren habt Ihr anzubieten?«, fragte sie, strich über das grobe Webmuster der prall gefüllten Jutesäcke und versuchte zu ertasten, was darin war. Konnten es köstliche Mandeln sein? Nein, die waren größer. Safran? Wurde in kleineren Säcken geliefert. Reis? Sie schnupperte daran – derb-süßlicher Geruch zog in ihre Nase. Kümmel also. Sie öffnete einen Sack und fuhr mit den Fingern durch die spitzen Körner. Zufrieden sah sie auf. Das Bild, das sich ihr bot, brachte sie zum Lachen: Ihrem Gegenüber war die Samtmütze über die Augen gerutscht. »Kaufmann, seid Ihr etwa eingeschlafen?«

Der Angesprochene schob die edle Mütze zurück. Zum Vorschein kam das Antlitz eines zwölfjährigen Jungen, dessen kindliche Pausbacken einen starken Kontrast zu seiner Kleidung bildeten, die jedem Erwachsenen gut zu Gesicht gestanden hätte.

Ihr Bruder Simon kaute konzentriert auf einer Haarsträhne. Seine Haare waren es vor allem, die erahnen ließen, dass die Geschwister von unterschiedlichen Müttern stammten. Simon hatte einen dunklen Schopf, ihre langen Locken glänzten hingegen in einem warmen Dunkelblond. Henrike fiel auf, dass ihr Bruder in letzter Zeit ein gutes Stück in die Höhe geschossen sein musste. Er war nie rundlich gewesen, aber jetzt sahen seine eng umstrumpften Beine dünn und staksig wie die eines Storches aus. Wie gut, dass er trotz seiner schwache Konstitution einen starken Willen besaß. Sein zarter Körper war schon von manchem Fieber auf das Lager geworfen worden, doch jedes Mal hatte er die Krankheit besiegt. Jetzt lächelte ihr Bruder aufgekratzt, und auf seinen Wangen zeigten sich die Andeutungen der Grübchen, die Henrike so sehr mochte. Sie nahm sich vor, Simon noch heute so zum Lachen zu bringen, dass die Grübchen tief wurden und die Wangen zu Apfelbäckchen aufwarfen. Er schritt, um ein würdevolles Aussehen bemüht, zu den Fässern, deren Stapel beinahe bis an die hohe Decke des Speichers reichten.

»Wir haben diese … hübschen Felle … dieses Pelzwerk … bekommen«, sagte er um Worte ringend und zog ein Eichhörnchenfell hervor. »Ich kann Euch einen guten Preis machen … verehrte Dame.«

Henrike prustete. Es war zu komisch – ihr kleiner Bruder als ehrenwerter Kaufmann, sie als feine Dame. Sie liebte dieses Spiel, wie sie es überhaupt liebte, im Warenhaus des Vaters herumzustöbern. Die duftenden Gewürze aus dem Orient, kostbare Gold- und Silberwaren, Perlen und Bernstein und vor allem die Stoffe, manche fein gewebt, manche grob, in allen Farben des Regenbogens schimmernd! Grüne Atlasseide aus Venedig, goldene Tücher von luccanischem Gold, sarazenische Seiden – Namen, die ihre Sehnsucht weckten. Wie gern würde sie mit ihrem Vater einmal nach Venedig reisen, den Seidenwebern bei ihrer Kunst zusehen, Gewürze und Spezereien in der Lagunenstadt kaufen. Oder der Pfeffer! Den weiten Weg von Indien nahm er über das arabische Meer, er wurde in Alexandria weitergehandelt und gelangte schließlich über das Mittelmeer und Venedig zu ihnen. Wie der Faden einer Stickarbeit einen Punkt mit dem anderen verband, so zogen sich die Handelsnetze durch die Länder, verbanden entfernte Orte, brachten sie zum Träumen. Oft stellte Henrike sich vor, wie der Weg der Waren weiterging. War dieser Damast für das Gewand einer Gräfin? Würde man mit dem Safran ein Hochzeitsmahl würzen? Welcher Kaufmann würde in Schuhen aus diesem Leder Weg um Weg zurücklegen?

Simon brauste auf. »Du darfst mich nicht auslachen! Nicht mehr lange, und ich bin ein richtiger Kaufmann!«, schimpfte er. Jetzt schmollte sie, für die Dauer eines Wimpernschlags zumindest.

»Auch wenn du ein richtiger Kaufmann bist, bleibst du doch mein kleiner Bruder«, entgegnete sie, schlenderte hoheitsvoll und schwenkte ihr Kleid, als habe es eine Schleppe. »Ich brauche Hermelin für einen neuen Prunkmantel. Habt Ihr auch das, guter Mann?«

Simon überlegte. »Hermelin, sicher. Vater hat ihn auf den Listen vermerkt. Einunddreißig verschiedene Sorten Pelze haben wir im Moment am Lager. Die letzten kamen auf der Kogge aus Reval. Prächtiges Schiff. Aber wo …«, er sah sich suchend um, nahm die Markierungen in Augenschein.

Henrike lächelte, diese Antwort war typisch für Simon. Er machte manchmal einen verträumten Eindruck, hatte aber ein gutes Gedächtnis. Vor allem für Zahlen hatte er einen ausgeprägten Sinn. Dafür tat er sich schwer damit, eine Sorte von der anderen zu unterscheiden, ob es nun Pelze oder Stoffe waren, er interessierte sich einfach nicht genügend dafür. Bei Schiffen hingegen, Schwertern und Rüstungen geriet er ins Schwärmen. Auch jetzt war er in Gedanken woanders. Sie schlich sich an dem großen Windenrad vorbei, das den Dachboden durchschnitt und kitzelte ihren Bruder in den Seiten, wo sie die Rippen fühlen konnte. Simon giekste und griff nach ihr. Henrike konnte sich ihm entziehen, lief lachend davon. Schon spielten sie Fangen über Pakete und Kisten hinweg, zwischen Fässern und Stützbalken. Da gebot ein Ruf ihnen Einhalt.

»Simon! Henrike! Der Vater braucht euch! Die Kogge ist eingelaufen!« Jost, des Vaters wichtigster Gehilfe, stand am Aufgang. Er war ein hochgewachsener, hagerer Mann Mitte zwanzig mit heller Haut und strubbeligem rötlichem Haar, dessen Gestalt gebogen wie ein Angelhaken wirkte, ganz so, als versuche er sich kleiner zu machen als er war. »Ihr sollt doch nicht im Speicher herumtoben!« Er zog die dichten Brauen zusammen, um seinen Worten Nachdruck zu verleihen.

Henrike wusste jedoch, dass er nicht streng war. Sie kannte ihn gut, war mit ihm aufgewachsen. Ihr Vater hatte Jost nach dem Tod seiner Eltern als Lehrjungen aufgenommen. Seitdem lebte er bei ihnen, hatte oft mit ihnen am Herrentisch gegessen und manchen ruhigen Winterabend beim gemeinsamen Spiel verbracht. Außer Atem lehnten Simon und sie an einem verschnürten Paket. Gleichzeitig entdeckten sie die Markierung – hier war der Hermelin!

»Wusste ich's doch«, schnaufte Simon. »Wir haben Hermelin.« Jost war schon am Hinuntergehen, hielt aber noch einmal inne.

»Hier? Die Felle haben auf dem Speicher nichts zu suchen. Müssen im Keller gelagert werden, im Kühlen. Wird Zeit, dass die Waren abgehen, damit hier wieder Ordnung hineinkommt«, murmelte er und hob dann die Stimme. »Und, Simon, was weißt du noch?«

Ihr Bruder sah nachdenklich nach oben, als könne er die Antwort zwischen den Deckenbalken und den Seilen des Lastenaufzugs finden.

»Nun los, wir haben nicht ewig Zeit!«, drängte Jost. Wenn ein Schiff mit Handelswaren angekommen war, musste es schnell gehen. Im Lübecker Hafen herrschte Platznot, angelandete Ware musste sofort weiterverkauft oder in die Lager gebracht werden, wusste Henrike.

»Sie kamen direkt aus Reval. Die meisten gehen weiter nach Brügge. Vater war mit der Qualität zufrieden. Keine gefälschten dabei, dieses Mal«, sagte Simon.

»Woran erkennst du die?«

»Die gefälschten sind zusammengefügt aus kleineren Fellen. Haben Nähte. Oder sind gefärbt, beispielsweise mit Blei. Man kann Farbe an die Finger bekommen«, fasste Simon zusammen.

Henrike lächelte ihren kleinen Bruder an. Wie stolz sie auf ihn war! Auch Jost nickte zufrieden. Simon rannte an ihnen vorbei und sprang, zwei Stufen auf einmal nehmend, die Stiege hinab, entlang der anderen Speicherböden, die Wendeltreppe hinunter und durch die hohe Diele, an der zur Straße hin die Schreibkammer ihres Vaters lag. Henrike folgte ihm wie im Flug, doch Jost blieb an der Haustür zurück.

»Kommst du nicht mit?«, fragte Simon.

»Ich kann hier nicht weg. Die ersten Waren kommen schon.« Henrike bemerkte nun auch die Männer, die mühsam Karren mit Fässern hügelan bewegten.

»Ab mit euch in den Hafen. Euer Vater wartet am Anleger.«

Das Stadttor zum Hafen war, wie so oft, vor lauter Menschen kaum zu sehen. Schwer bepackte Träger schoben sich an hoch beladenen Karren vorbei, dazwischen drängten sich Kleinhöker und Bettler. Henrike ergriff Simons Hand, wollte, dass sie zusammenblieben, aber ihr Bruder machte sich los, lief energisch voraus und versuchte, ihr den Weg zu bahnen. Da hielt eine Bettlerin sie auf.

»Gute Frau, habt Erbarmen«, flehte sie und reckte den Geschwistern ihre Hand entgegen. Der Kittel der Armen war so zerschlissen, dass man ihr mausbraunes Haar und ihre sonnengebräunte Haut durch die Fetzen sehen konnte, ihre Füße waren nackt und verdreckt. An ihrer Brust hielt sie ein wenige Wochen altes Kind. Es war so zart, dass es beinahe durchscheinend wirkte.

Henrike schnürte es den Hals zusammen vor Mitleid. Sie wusste, ihr Wohlstand war ihnen nur von Gott geliehen. Ein Schlag des Schicksals, und jedem könnte es so schlecht ergehen wie den Bettlern; das hatte ihre Stiefmutter ihnen oft genug klargemacht. Ihre Stiefmutter Anna war sehr fromm gewesen. Keine Messe hatte sie ausgelassen, zur Beichte war sie häufiger als vorgeschrieben gegangen. Sie hatte sogar auf den Bau einer Gottesbude an ihrem Haus gedrängt, einer Kammer, die den Armen für einen Gotteslohn, also fast umsonst, zur Verfügung gestellt wurde. Konrad Vresdorp hatte das Ansinnen seiner Frau abgelehnt, weil er fürchtete, dass die Bettler die Kunden vergraulen könnten. Umso großzügiger war er seitdem jedoch mit Almosen. Täglich verteilten sie Gutes aus ihrer Küche an die Armen.

»Ich habe nichts, das ich dir geben könnte«, sagte Henrike beschämt. Schon ergriff die Bettlerin Simons Hand, dem Jungen war das sichtlich unangenehm.

»Und ihr, guter Herr?« Simon befreite sich aus ihrem Griff, doch die Frau schob ihm das leblos wirkende Kind hin. »So gebt etwas! Ich fürchte, mein Kind übersteht die nächsten Tage nicht«, sagte sie und begann zu weinen. »Bitte, ich bitte euch.«

Simon wich zurück, die Arme abwehrend verschränkt. Henrike fühlte sich hilflos. Wenn die Bettlerin nicht von ihm abließ, würden die Büttel auf sie aufmerksam werden und sie mit Schlägen vertreiben, weil sie anständige Bürgerskinder belästigte. Das würde ihre Lage nur noch verschlimmern. Henrike löste rasch das Tuch aus feinem Stoff von ihrem Hals und hielt es der Frau hin.

»Hier, nehmt es und geht, bevor die Wachen kommen«, sagte sie und zog Simon mit sich, das bestickte Hemd, das sie unter ihrem Kleid trug, höher über ihre Brust ziehend.

»Das darfst du nicht«, meinte ihr Bruder entrüstet und machte sich los.

Ja, sie durfte es nicht, aber was hätte sie tun sollen? Es war ein milder Herbst, doch auch wenn sich am Tage die Sonne oft noch zeigte, waren ihr neulich beim Gottesdienst in der Marienkirche Finger und Zehen schon beinahe steifgefroren. Wenn die beiden auf der Gasse übernachten würden, wäre es bald nicht nur um das Kind, sondern auch um die Bettlerin geschehen. Mit dem Geld, das die Frau für das Tuch bekam, könnte sie sich vielleicht ein Lager für einige Nächte erkaufen.

»Denkst du wirklich, Vater fällt es auf?«, verteidigte sie sich. Ihre Kleidung war Konrad Vresdorp gleichgültig. Solange sie so ehrbar und ansehnlich angezogen war, wie es ihrem Stand entsprach, könnte sie auch bunt gescheckt herumlaufen, ohne dass er es bemerken würde.

Sie waren in den Hafenbezirk eingetreten, und die Szenerie nahm sie mit einem Schlag gefangen. Henrike ließ die Hand sinken, ihr Ausschnitt kümmerte sie auf einmal nicht mehr. Auf dem Fluss tanzte ein Wald aus Masten im Wind. Behäbig schwankten die Koggen, diese gewaltigen Schiffe mit ihren dicken Bäuchen, als wären sie erschöpft von der Last, die sie weite Strecken getragen hatten. Dabei waren dies nicht einmal die größten Schiffe, die Lübeck anfuhren. Letztere wurden in den tieferen Gewässern vor der Stadt entladen, weil der Hafen zu seicht war. Kleine Boote umringten die Koggen wie Fliegen ein Schwein. Rufe in verschiedenen Sprachen mischten sich durcheinander. Zahlen flogen von einem Mann zum anderen.

Kaufleute verhandelten, schlugen sich auf die Schultern, schüttelten sich die Hände. Eine Möwe stieß pfeilschnell vor den Geschwistern hinunter und pickte einen Fischschwanz vom Boden. Die vielfältigen Gerüche ließen Henrikes Kopf schwirren. Es duftete und stank zugleich. Pferde schnauften vor den Karren, die gerade beladen wurden, und ließen ihren dampfenden Kot hinter sich fallen. Am Rande der Stadtmauer hockten Fischer und flickten ihre Netze. Eine Windböe trieb von der gegenüberliegenden Werft den durchdringenden Gestank flüssigen Teeres zu ihnen, mit denen die Rümpfe der Schiffe abgedichtet wurden. Ein Mann, ein hoch verschnürtes Paket in den Armen, rempelte Henrike an.

»Mach dich weg da, Borgersche! Vrowen personen haben hier nichts zu suchen! Hier wird gearbeitet!«, schimpfte er lauthals und sah erst dann, wen er getroffen hatte. Ein Pfiff entfuhr seinen Lippen. »Wohin des Weges, Schöne? Willst du was? Soll ich dir zeigen, was ich zu bieten habe?« Er starrte in ihren Ausschnitt, der ihr jetzt besonders nackt erschien.

Henrike raffte ihren glockenförmigen Mantelumhang, die Heuke, vor der Brust zusammen. Simon stellte sich vor seine Schwester. Der Mann musterte ihn mit einem schiefen Grinsen. Das Paket hielt er weiter, als habe es gar kein Gewicht.

»Was willst du Knirps denn?«, fragte er höhnisch.

»Etwas mehr Respekt. Wir gehören zur Kaufmannsfamilie Vresdorp«, verkündete Simon, doch seine Stimme bebte. Am Hafen herrschte ein rauer Ton, schnell gab ein Wort das andere, jemandem rutschte die Hand aus, und schon war eine Schlägerei im Gange. Der Träger lachte schallend.

»Na, wenn das so ist. Dann schwirrt mal ab, ihr herteleven kyndere«, meinte er gönnerhaft und ging laut pfeifend davon. Simon wirkte einen Moment, als wollte er hinterherlaufen und ihn anspringen, um Respekt einzufordern, doch dann folgte er Henrike zu ihrem Vater.

Konrad Vresdorp stand mit zwei Männern vor einer Reihe großer Fässer. Eines von ihnen hatte ein Knecht gerade angestochen und mit einem Zapfhahn versehen. Einer der Männer führte eine Kelle zum Mund. Henrike fragte sich, was sie da taten. Die Waren sollten umgeschlagen werden, da hatte man doch keine Zeit für einen Trunk, oder doch?

Ihr Vater begrüßte sie mit einem breiten Lächeln. Er war ein hochgewachsener, massiger Mann, dessen rote Wangen gegen die blonden, licht werdenden Haare leuchteten und dessen Wams über seinem kräftigen Körper spannte. Konrad Vresdorp liebte schmackhaftes Essen und guten Wein, das sah man ihm auch an. Wann immer es etwas Besonderes unter seinen Waren gab, etwa Feigen, Mandeln oder getrocknete Trauben aus fernen Ländern, sorgte er dafür, dass es bei ihnen in einem köstlichen Gericht auf den Tisch kam. Henrike war seine Sinneslust lieb, die verkniffene Genügsamkeit ihrer verstorbenen Stiefmutter hatte sie hingegen kaum noch ertragen. Sie begrüßte ihren Onkel Hartwig und deutete vor dem fremden Kaufmann einen Knicks an; Simon verbeugte sich.

»Was tut sie hier? Und dazu noch in diesem unschicklichen Aufzug? Sie macht uns lächerlich«, zischte ihr Onkel mit einem gehässigen Seitenblick auf Henrike, deren Ohren vor Scham zu glühen begannen. Doch der Fremde schien Hartwigs Worte nicht verstanden zu haben, er nahm einen weiteren Schluck aus der Kelle und nickte leutselig. Konrad Vresdorp sprach mit ihm in einem ungewohnten Zungenschlag, dann reichten sie sich die Hände. Auf einen Wink ihres Vaters wurde ein Pferd mit einem Karren herangeführt, und die Fässer wurden aufgeladen. Einig waren sich die beiden, vollzogen werden musste der Handel hinter den Stadtmauern, so sahen es die Kaufmannsgesetze vor. Ächzend fuhr der Wagen über die Bohlenwege davon. Auf den restlichen Fässern wurde die Merke des Vaters ausgehauen, also sein Kaufmannszeichen; es gab an, dass sie ihm gehörten. Henrike staunte, wie schnell der Handel ablief.

Konrad Vresdorp wandte sich an seinen Sohn: »Simon, nimm deine Wachstafel und notiere«, forderte er ihn auf.

Der Junge tastete hektisch sein Wams ab. Die Wachstafel – eine handtellergroße vertiefte Holzplatte, die mit einem Gemisch aus Bienenwachs, Harz, Pech, Ruß und Holzkohle gefüllt war, so dass man etwas hineinritzen und mit der flachen Seite des Griffels wieder löschen konnte – fand er jedoch nicht.

»Die einfachsten Aufgaben bekommt der Knabe nicht hin. Dem hast du schon zu lange die Zügel schießen lassen, Bruder. Wer die Rute spart, versündigt sich an seinen Kindern!«, mischte sich Hartwig Vresdorp ein. Ihr Vater blieb trotz dieses unverschämten Einwurfs ruhig.

»Mir scheint, du hast mit deinen eigenen Angelegenheiten genügend zu tun, Bruder. Die Zöllner sind da. Willst du sie warten lassen?«, fragte er. Ihr Onkel sah sich um, stellte fest, dass sein Bruder recht hatte, und eilte zu den Zöllnern.

In diesem Moment stürzten zwei Büttel auf sie zu. Sie schleiften die Bettlerin hinter sich her. Die Frau umklammerte ihr wimmerndes Kind. Henrike war froh, ein Lebenszeichen von dem Kleinen zu hören, zu schwach hatte es ausgesehen. Auch ihr Onkel hatte die Büttel bemerkt. Neugierig sah er zu ihnen. Gerne hätte er wohl gewusst, was sie mit ihnen zu schaffen hatten. Aber der Zoll …

»Diese Bettlerin hat Eure Tochter bestohlen, Herr Vresdorp«, sagte ein Büttel und hielt das Tuch hoch, das Henrike der Frau geschenkt hatte.

»Ist das wahr, Weib?«, fragte ihr Vater streng. Der Blick der Frau flackerte zwischen Henrike und ihrem Vater hin und her, schließlich schlug sie die Augen nieder.

Henrike setzte zu einer Erklärung an. »Vater ich …«, begann sie.

Der Kaufmann sah seine Tochter prüfend an. Henrike schwieg beklommen, hielt aber seinem Blick stand.

Nach einigen Atemzügen sagte er: »Ich denke, es war anders. Meine Tochter hat dem Weib das Tuch geschenkt. Ist es nicht so?«

Henrike nickte zögernd. Sie konnte Missbilligung und Spott in den Blicken der Büttel erkennen. Es war gottgefällig, dass die Reichen mildtätig waren, aber auch dabei gab es Regeln einzuhalten. Alles, was Henrike am Leib trug, gehörte ihrem Vater. Dass sie etwas davon verschenkte, verriet mangelnden Respekt.

Konrad Vresdorp führte die Hand zu seinem Gürtel, an dem zahlreiche kleine Beutel hingen. Er nahm einige Münzen heraus und steckte sie den Bütteln zu. »Habt Dank für eure Wachsamkeit. Gebt mir das Tuch, und die Frau lasst gehen.« Die Büttel taten wie geheißen.

Henrike nahm das Tuch wieder an sich und hielt es unschlüssig in den Händen. Erneut sprach ihr Vater die Bettlerin an.

»Bist du fremd in der Stadt?«, fragte er. Die Bettlerin nickte stumm. In einem fort strich sie über den Rücken ihres weinenden Kindes.

»Wir hier in Lübeck kümmern uns um unsere Armen. Straßenbettel sehen wir nicht gern. Dieberei wird hart bestraft. Lass dir zeigen, wo dir und deinem Kind geholfen werden kann«, sagte er und hielt ihr einen halben Pfennig hin.

Die Frau zögerte, griff dann aber schnell danach und huschte davon, als fürchtete sie, dass man ihr auch diesen wieder abnehmen würde.

Als sie allein am Kai standen, sah Konrad Vresdorp seine Kinder lange an. Seine Miene war ernst. »Da lasse ich euch zwei zum Anleger holen, und was macht ihr? Brüskiert mich vor meinem Bruder und macht mich vor den Bütteln lächerlich!«, sagte er vorwurfsvoll.

Simon öffnete den Mund, um zu protestieren, blieb aber doch

still und warf seiner Schwester einen wütenden Blick zu. Henrike schlug die Augen nieder. Die Enttäuschung ihres Vaters traf Henrike mehr, als es sein Zorn gekonnt hätte. Dieser bemerkte nun seinen Bruder. Hartwig Vresdorp verbog sich vor lauter Neugier. Auf einmal gluckste es, und plötzlich war Konrad Vresdorps kollerndes Lachen zu hören. Henrike hätte ihn vor Freude am liebsten umarmt.

»Und ich dachte, du hättest überhaupt nichts von deiner Stiefmutter angenommen«, meinte ihr Vater kichernd. Als er sich beruhigt hatte, hob er jedoch mahnend den Zeigenfinger: »Das war das letzte Mal, hörst du? Vor deiner nächsten Dummheit sprichst du mit mir!«

Henrike atmete auf und versprach es erleichtert. Ihr Vater hakelte seinen Daumen in seinen Gürtel ein.

»Aber nun zum Geschäftlichen. Du, Simon, lässt dir von einem Gehilfen Wachstafel und Griffel geben. Wie soll ich denn ohne dich weitermachen?« Er blinzelte seinem Sohn verschwörerisch zu. Simon straffte sich, und Henrike bemerkte, wie er förmlich einen Kopf größer wurde. Hurtig lief er zu den Gehilfen des Vaters. Nun öffnete Konrad Vresdorp einige Knöpfe seines Wamses und zog mehrere versiegelte Briefe hervor, die er Henrike überreichte.

»Bring sie in die Schreibkammer und gib sie Jost, niemandem sonst. Danach gehst du zu Margarete und sagst ihr, dass ich heute Abend die Wisbyer erwarte.«

Die Wisbyer, wusste Henrike, waren die Ratsherren, deren Familien, genau wie ihre eigene, von der Hauptstadt der Insel Gotland stammten. Einige von ihnen waren mit ihrem Vater von der Insel geflohen, als König Waldemar sie überfallen und gebrandschatzt hatte. Konrad Vresdorp sprach nur selten davon, zu schmerzhaft war diese Erinnerung. Seine Frau Clara, Henrikes Mutter, war bei der Flucht schwer verletzt worden und kurz darauf gestorben. Henrike war gerade ein Jahr alt gewesen; es war ein Wunder, dass sie die Flucht überlebt hatte. Dem Kaufmann war keine Zeit geblieben, um das Verlorene zu trauern, denn er hatte in Lübeck neu anfangen müssen. Glücklicherweise hatte er auch etwas Geld, Schmuck und Pelze retten können. In den nächsten Jahren hatte er an alte Handelsverbindungen angeknüpft und neue aufgebaut. Um Henrike hatte sich zunächst eine Amme gekümmert, Margarete, die heute ihren Haushalt führte. Sie würde schimpfen, wenn sie hörte, dass sie so kurzfristig ein üppiges Mahl für Gäste bereiten sollte! Je eher Henrike es ihr sagte, desto besser. Aber ihr Vater war noch nicht fertig.

»Außerdem soll Margarete eine Kammer für einen Gast herrichten. Ich möchte, dass alles tadellos ist. Es ist ein sehr wichtiger Gast.«

Henrike sah ihren Vater fragend an. Konrad Vresdorp beugte sich zu ihr, ihm war klar, dass sie mehr wissen wollte. Aber anstatt ihr zu sagen, um welchen Gast es sich handelte, kündigte er einen weiteren Auftrag an. »Es ist aber ein schwieriger Auftrag. Sehr schwierig.«

Sie verzagte schon fast, da zeigte sich ein Lächeln auf seinem Gesicht, und er sagte: »Gehe ins Tuchlager und suche dir den schönsten Stoff für ein Kleid aus und passendes Pelzwerk dazu. Sag Jost, der Gewandschneider soll an nichts sparen.«

Henrike strahlte ihn erleichtert an. Das würde sie mit Freuden schaffen! »Gibt es denn einen besonderen Anlass?«, fragte sie neugierig.

»Den gibt es. Aber ich werde ihn dir nicht verraten. Noch nicht.« Als Simon wieder zu ihnen kam, Wachstafel und Griffel in den Händen, fügte ihr Vater hinzu: »Und nimm deine Base Telse mit. Sonst heißt es später wieder, du hättest etwas Unschickliches getan.«

Jost fluchte leise, als er die Leiter an das hohe Regal schob. Es passte ihm gar nicht, jetzt mit der Tochter seines Herrn und deren Base ins Tuchlager gehen zu müssen. Die neuen Waren mussten kontrolliert und verstaut werden, und durch die Unterbrechung würde er bis in die Nacht hinein beim Schein eines Kienspans arbeiten müssen. Dabei gab es angenehmere Arten, den Abend zu verbringen.

Wenn es nur Henrike allein gewesen wäre, um die er sich zu kümmern hatte, wäre es etwas anderes gewesen; das hätte er mit Freuden getan. Aber Telse Vresdorp, ihre Base, mochte er weniger. Sie wirkte so eingebildet! Nie sah sie ihn wirklich an, es war sogar, als blickte sie durch ihn hindurch. Dabei war sie eine unscheinbare junge Frau mit kräftigen Rundungen und einem Hals, der so breit war wie ihr Gesicht. Außerdem trug sie schon jetzt einen verkniffenen Zug um ihren Mund.

Jost seufzte leise. Wie anders war Henrike! Sie hatte oft ein Lied auf den Lippen und für jeden ein freundliches Wort, gleich welchen Standes er war. Er wusste nicht, seit wann er Henrike liebte. Es war, als habe er sie immer schon geliebt. Und doch war sie unerreichbar für ihn – im Moment auf jeden Fall. Er war nur eine mittellose Waise. Aber er wollte mehr werden, mehr erreichen. Wenn er nur hart genug dafür arbeitete, würde er eines Tages auf eigene Rechnung Handel treiben und selbst Kaufmann sein. Dann wäre er vielleicht gut genug für Henrike. Wenn sie nicht vorher ein anderer wegheiraten würde, aber davon war noch nicht die Rede gewesen.

Jost ließ das grobe Lübecker Leinen links liegen, stieg die Leiter empor, zu den Tuchen aus England, Flandern, Frankreich und anderen Ländern. Hier gab es Samt und Seide aus Italien, Brokat aus Venedig, violettes Wolltuch aus Brüssel, braunmarmoriertes aus Saint-Omer, rotes aus dem französischen Arras und gestreiftes purpurfarbenes Tuch aus Gent. Für Henrike war das Beste nur gut genug, und sie hatte einen ausgeprägten Geschmack. Er zog einen Ballen Seide heraus, legte ihn über die Schulter und stieg die Leiter hinunter.

Während er den Stoff abrollte, beobachtete er die jungen Frauen. Henrike lächelte über etwas, das ihre Base gesagt hatte. Ihre Lippen wölbten sich sanft, die Lippen, die so oft in seinen Träumen auftauchten. Sie waren geschwungen und voll, schimmerten weich und einladend. Jost spürte ein Ziehen in seinen Lenden und Hitze auf seinem Hals, der sofort zu jucken begann, wie so oft, wenn er erregt war. Sein Herz schlug nur für Henrike. Er wünschte sich nichts mehr, als stets an ihrer Seite zu sein und sie vor allem Unbill zu schützen, aber er begehrte sie ebenso stark. Schon oft hatte er seine sündigen Gedanken bei der Beichte eingestehen müssen.

Telse seufzte geziert. »Ach, ich wünschte, mein Vater würde nur einmal ein so schönes Kleid für mich nähen lassen!«, sagte sie und richtete ihre Augen gen Himmel. »Verzeih, Gott, meine Hoffart! Ich werde Buße tun für diese Worte, ich verspreche es!«

Henrike reagierte gar nicht darauf, sie kannte diesen dramatischen Ton ihrer Base schon. Mit den Fingerspitzen fuhr sie über die tiefgrüne Seide, konnte die Augen kaum von dem Stoff lassen. »Trägst du nicht auch schöne Kleider, wenn Ratsball ist?«, fragte sie schließlich.

»Mein Kleid beim Ratsball war von meiner Mutter. Ich denke, niemand hat bemerkt, dass es schon zweimal geflickt war. Den Pelz haben wir aus dem Lager geborgt. Es ist wichtig, dass die Ehefrauen und Töchter der Kaufleute bei einem Ball etwas hermachen, meinte meine Frau Mutter. Gott wird einem diese Eitelkeit verzeihen. Wenn man Buße tut natürlich. Und das haben wir getan.«

Ja, daran hatte Jost keinen Zweifel. Viele Damen waren so fromm, dass sie sich beim Eintreten in die Kirche gegenseitig schubsten, um an die besten Plätze zu kommen, obgleich ihm dieses Verhalten nicht besonders christlich erschien.

Henrike bewegte sacht die Seide zwischen Daumen und Zeigefinger. Josts Haut prickelte, ihm war, als spürte er die sanfte Berührung ihrer Finger. »Nehmt ihn nur, haltet ihn Euch an«, sagte er und schickte sich an, ihr zu helfen.

Er nahm den Seidenstoff auf, trat schräg hinter sie und ließ ihn über ihre Schulter gleiten. Die Seide schmiegte sich an ihren Körper, zeichnete die Erhebung ihrer Brüste nach. Jost spürte Henrikes Wärme, nahm ihren Duft wahr. Das Ziehen in seinen Lenden verstärkte sich, und er bemerkte, wie sein Glied sich regte. Aufgewühlt legte er die Seide wieder ab und trat hinter den Tisch – die Frauen mussten nicht sehen, dass seine Hose sich im Schritt beulte.

»Was meinst du? Ist er nicht wundervoll? Ein Grün wie von frischem Efeu, schimmernd wie die Smaragde, mit denen Vater ab und an handelt«, schwärmte sie.

»Tatsächlich? Ja. Schön«, gab Telse wortkarg zurück.

»Der Stoff passt ausgezeichnet zu Euren Augen«, murmelte Jost und kratzte sich am Hals.

Henrike bemerkte seine Verlegenheit nicht. Sie legte den Stoff so behutsam ab, als sei er zerbrechlich.

»Hab Dank, Jost. Diese Seide würde ich sehr gerne für mein neues Kleid nehmen«, sagte sie.

Der junge Mann räusperte sich. Er wollte ihr nicht nur helfen, er wollte sie auch mit seinen Kenntnissen und seiner Weltgewandtheit beeindrucken. Vor allem wollte er ihre Begegnung noch ein wenig ausdehnen. »Ich würde das Oberteil schnüren und in Höhe Eurer Hüfte kleine Fältchen setzen lassen. Darüber könntet Ihr einen kleinen Gürtel aus Metallgliedern tragen, wie ich ihn neulich in Brügge gesehen habe. Euer Herr Vater könnte ihn mit Hornplättchen oder Edelsteinen verzieren lassen. Um welchen Anlass handelt es sich denn, Jungfer Henrike?«

Ein letztes Mal ließ Henrike ihre Fingerkuppen über den

Stoffballen wandern. »Ich weiß es noch nicht«, antwortete sie, »aber es muss etwas ganz Besonderes sein.«

Henrike sah noch einmal nach, ob die Fackeln vor dem Haus brannten und ob auf der Tafel in der hohen Diele bereits das beste Geschirr stand. Sie entdeckte die Hauskatze mit ihren zwei Jungen auf dem hellgrauen Steinboden aus Gotlandplatten und scheuchte sie liebevoll hinaus, die Herren könnten sich von den Tieren gestört fühlen. Jetzt war sie zufrieden, der Raum sah ebenso einladend wie würdig aus. Die Wandbemalungen und -behänge sprachen genauso vom Reichtum des Hausherrn wie die silbernen Kannen oder der mit Schnitzereien versehene Armlehnenstuhl ihres Vaters, der mit dem Abbild einer Kogge und zweier Männer geschmückt war und am Kopf der Tafel stand. Als kleines Mädchen hatte sie oft den Formen nachgespürt, den Gesichtern der Männer, dem Tierkopfsteven und der bewegten See. Der Schiffer und der Kaufmann sitzen in einem Boot, hatte Konrad Vresdorp damals erklärt, und nur, wenn sie zusammenhalten, kann der Handel erfolgreich vonstattengehen. Inzwischen wusste sie, dass das gleiche Motiv auch auf dem Wappen der Stadt Lübeck zu sehen war. Es war das Bild, das für die Grundfesten des Hansehandels stand.

Aus der Dornse drangen die Stimmen der Männer zu ihr: der hitzige Tonfall ihres Onkels und die Antworten ihres Vaters, die stetig schärfer zu werden schienen. Überraschend war vor einer halben Stunde Hartwig Vresdorp eingetroffen. Was wollte ihr Vater mit seinen Gästen besprechen? Was hatte es mit ihr zu tun, und wofür brauchte sie das neue Kleid? Ihre Gedanken kreisten um diese Fragen, doch sie würde warten müssen, bis ihr Vater ihr mitteilte, was vor sich ging. Aber Warten fiel ihr schwer.

Sie schnupperte nach dem Essen und wollte dem einladenden

Duft aus der Küche eben folgen, als jemand den schweren Eisenklopfer an der Tür betätigte – die Gäste kamen! Da sonst niemand in der Nähe war, ging Henrike, um zu öffnen. Jacob Plescow und Symon Swerting standen in ihren gediegenen Roben vor ihr, zwei der vier Bürgermeister Lübecks. Henrike knickste tief, die wichtigen Politiker schüchterten sie ein. Plescow hielt den Vorsitz auf Hansetagen und war ständig in diplomatischen Missionen zum Wohle der Stadt unterwegs; er war schmal und wirkte kränklich. Swerting hatte sich als Feldherr im Kampf gegen Waldemar von Dänemark hervorgetan. Sollten auch jetzt seine Kriegskünste gefragt sein? Er wirkte allerdings nicht sehr tatkräftig, die Augen waren glasig, und als er Henrike begrüßen wollte, nieste er stattdessen heftig in seinen Ärmel.

Jacob Plescow würdigte sie kaum eines Blickes. Henrike glaubte schon, dass er sie für eine Dienstmagd hielt, da sprach er sie mit ihrem Namen an und forderte sie auf, sie zu ihrem Vater zu bringen. Die junge Frau ging den Gästen voraus und klopfte an die Schreibkammer. Ihr Onkel stürzte heraus und begrüßte mit unbewegter Miene die Bürgermeister. Hartwig Vresdorp musste gehen. Er stammte zwar auch aus Wisby, gehörte diesem kleinen elitären Zirkel aber dennoch nicht an; warum, wusste Henrike nicht.

Ihr Vater hieß die Männer willkommen. Auf seiner Stirn zeichnete sich eine tiefe Zornesfalte ab, die er mühsam wegzulächeln versuchte. Konrad Vresdorp und sein Bruder waren in Geschäftsdingen nicht immer einer Meinung, das hatte sie schon oft bei Familienzusammenkünften mitbekommen, aber dass ihr Vater sich derart aufregte, war ungewöhnlich.

Henrike sorgte dafür, dass gewürzter Wein ausgeschenkt und das Essen aufgetragen wurde. Sie zeigte sich auch deshalb so hilfsbereit, weil sie gerne zuhören wollte, doch ihr Vater schickte sie fort, also zog sie sich folgsam zurück. Zu gerne hätte sie bei der Unterredung Mäuschen gespielt, doch das schien unmöglich. Kribbelig überlegte sie. War es das wirklich? Es gab eine kleine versteckte Tür, die von der Schreibkammer in den Keller führte und durch deren Ritzen sie vielleicht etwas aufschnappen konnte. Einen Versuch war es wert, immerhin ging es auch um ihre Zukunft. Sie wollte schon dorthin schleichen, als ihre alte Amme Margarete sie zu sich rief.

Die heißen, duftenden Dämpfe in der Küche nahmen ihr fast den Atem, es roch nach Rosmarin und anderen Kräutern. Margarete stand tief über den Topf gebeugt und rührte heftig. Sie war eine kleine dicke Frau, mit kräftigen Armen und einem freundlichen, pfannkuchenplatten Gesicht. Als Henrike eintrat, sah sie auf. Ihr Kopftuch klebte feucht an der Stirn.

»Mehr un mehr Bettler sind dat, kaum levendlich sind se«, schnaufte sie in breiter Mundart. Margarete verband ein mitfühlendes Herz mit einem klaren Sinn. Sie organisierte den Haushalt so, dass genügend Almosen für die Bettler übrig blieben, ohne dass es zu arg zu Buche schlug. »Heute ist wieder eine junge Frau mit einem Neugeborenen dabei.« Henrike merkte auf.

»Eine Frau mit einem Neugeborenen? Die wollen wir nicht noch länger in der Kälte stehen lassen. Du hast doch sicher schon etwas beiseitegelegt?«

Margarete wechselte den Löffel in die andere Hand, schüttelte den Arm aus – sie schlug wohl eine Nachspeise, wie verlockend! – und zeigte dann auf eine Schale mit Brot und Wurst. Henrike nahm die Lebensmittel und öffnete die Pforte, und gleich reckten Hände sich ihr entgegen. Viele Gesichter kannte sie bereits. Die junge Frau stand am Rande, sie drängelte nicht wie die anderen. Das Kind hatte sie mit einem Tuch an ihren Leib gebunden. Henrike verteilte ihre Gaben, behielt für die Frau aber ein Stück Brot und etwas Wurst zurück. Sie machte der Bettlerin ein Zeichen, damit diese näher kam, und reichte ihr die Speisen. Die anderen Wartenden zogen murrend davon, weiter, zum nächsten Herrenhaus.

»Danke für alles. Gott schütze Euch«, sagte die Bettlerin zaghaft und steckte das Essen umständlich in ihr Gewand.

»Habt ihr eine Unterkunft gefunden?«, fragte Henrike. Die Frau nickte stumm. Henrike konnte Kummer in ihren Augen lesen, Kummer, für den die Bettlerin keine Worte fand.

»Kommt wieder, bis es euch besser geht. Ich werde jeden Tag für dich und das Kind etwas zurückhalten«, versprach Henrike. Als sie die Pforte schloss und in die Wärme des Hauses zurückkehrte, spürte sie Dankbarkeit, aber auch Scham. So viele Menschen wussten nicht, wie sie den nächsten Tag überstehen sollten – und ihre größte Sorge war es, herauszufinden, für welchen Anlass sie ein neues Kleid bekommen sollte! Und dennoch konnte sie nicht widerstehen.

Sie schlich die Treppe hinunter und durch den Balkenkeller in den Gewölbekeller, der zur Straße lag und zum Verkauf der Waren genutzt wurde. Es war dunkel, langsam tastete sie sich durch die engen Gänge zwischen den Warenstapeln. Sie roch Wein und andere Güter, die kühl gelagert werden mussten. Bald sah sie in Brusthöhe ein fadendünnes Rechteck aus Licht. Sie hatte die Steige zu der kleinen Lastentür an der Schreibkammer erreicht. Kaum hatte sie sich auf den schmalen Vorsprung gesetzt, da hörte sie leises Trappeln und Maunzen. Ein Kätzchen schlich heran, sprang die Stufen hoch und legte den Kopf schief. Es war eines der Jungen, schwarz mit einem weißen Ohr. »Schscht«, machte Henrike leise. Das Kätzchen verstand das offenbar als Aufforderung. Es kam näher, hüpfte auf ihren Schoß und maunzte. Henrike wollte es wegscheuchen, andererseits tat die Gesellschaft des kleinen Wesens ihr gut, und so begann sie, es zu kraulen, während sie ihren Kopf an die Holztür legte.

Gedämpft vernahm sie die Geräusche. Es dauerte eine Weile, bis sie einzelne Stimmen und Wörter heraushören konnte. Es ging um Flandern, um England und um eine Reise ins dänische Falsterbo, um Reiter und Fahnen und einen wichtigen Boten. All das ergab für sie keinen richtigen Sinn. Dennoch war es interessant zuzuhören, wenn auch irgendwie … ermüdend. Das Kätzchen hatte sich längst auf ihrem Schoß eingerollt und schlief, und auch Henrike musste gähnen. Ihr Vater sprach über Geschäfte mit Brügge, Plescow erwähnte Tangermünde, den Bischof von Ratzeburg, und immer wieder war die Rede von Dänemark. Sie sollte wirklich hier verschwinden und es sich in ihrem Alkoven gemütlich machen. Die Augen fielen ihr zu. Aber vielleicht würde sie ja doch noch etwas hören, dass sie betraf. Sie wollte warten, nur noch einen Moment, einen winzigen Moment …

Mit einem Ruck wurde die Luke geöffnet. Henrike schrak aus dem Schlaf, das Kätzchen fauchte, krallte sich schmerzhaft in ihren Schoß und sprang fort. Henrike rutschte ab und polterte die Stufen hinunter auf den Boden. Sie stöhnte, als sie hart auf Rücken und Seite landete, sah sich verwirrt um. Was war los, wo war sie? In ihrem Bett war sie nicht. Ihr war bitterkalt, sie hatte ihr Kleid noch an. Über ihr flackerte Licht. Sie kniff die Augen zusammen. Eine große Hand, eine tiefe Stimme. Ihr Vater. Mit einem Mal war ihr Kopf wieder klar. Was war ihr nur eingefallen?

Konrad Vresdorp zog sie durch die Luke zu sich hoch in die Schreibkammer. Sein Gesicht glänzte rot, er sah sie erzürnt an. »Du kannst froh sein, dass das Gespräch so gut verlaufen ist, sonst würde es jetzt eine Tracht Prügel setzen. So eine Dummheit lasse ich nicht einmal meiner Tochter durchgehen!«, schimpfte er. »Was für ein Glück, dass Symon Swerting vom Hin- und Herreisen so erschöpft war und seine Erkältung ihm auf die Ohren geschlagen ist, sonst hätte er gewiss gehört, wie du an der Türe rumort hast. Mit seinem Schwert hätte der wehrhafte Bürgermeister den vermeintlichen Spion sogleich angegriffen! Hast du nicht gelernt, was die obersten Kaufmannstugenden sind, du dummes Ding?«

Henrikes Lippen bebten vor Kälte, als sie sprach: »Vertrauen, Ehre, Glauben.«

»Ere und geloven – Ehrbarkeit und Kreditwürdigkeit, das ist das Wichtigste. Und dann natürlich Vertrauen, richtig. Aber wie soll man mir vertrauen, wenn man fürchten muss, dass in meinem Haus ein Lauscher hinter der Wand sitzt? Wir kommen eigens hier zusammen und nicht im Rathaus, wo die Wände Ohren haben. Und du hast nichts Besseres zu tun, als uns zu bespitzeln?«

Henrike wollte sich entschuldigen. »Ich habe nicht nachgedacht. Ich wollte nur …«

»Nur was?«, fragte Konrad Vresdorp streng.

Ihr Blick verschwamm. » … nur herausfinden, was es mit dem Kleid auf sich hat. Und dem Besuch.« Er sah sie verständnislos an, also setzte sie hinzu: »Das neue Kleid. Für mich. Und um welchen wichtigen Hausgast es sich handelt.«

Ihr Vater wirkte, als habe er einen Frosch verschluckt, dann begann er zu lachen, leise erst, dann so laut, dass Henrike meinte, alle Hausbewohner müssten zusammenströmen, um zu ergründen, was es mit diesem Gelächter auf sich hatte.

»Das Kleid. Der Besuch.« Er gluckste. Wenn er lachte, konnte sein Zorn so schlimm nicht sein, dachte sie und wischte sich fahrig mit den zitternden Fingern über die Lider. Jetzt erst bemerkte er, wie es um sie stand.

»Komm herein, Kind, du hast ja ganz blaue Lippen. Ich werde dir einen Wein einschenken, der wird dich wärmen.« Fürsorglich legte Konrad Vresdorp den Arm um seine Tochter. Er schob sie in die Schreibstube, griff zur Kanne und füllte ein Noppenglas.

Henrike ließ sich auf einen Schemel sinken und trank einen Schluck. Der Wein war würzig und stark, er brannte in ihrem Magen. Konrad Vresdorp zog einen Stuhl heran und streckte wohlig die Beine aus. Eine Zeit lang schwiegen sie. Henrike sammelte sich, indem sie in Gedanken die Rankenmalereien an den Deckenbalken nachzeichnete und ihren Blick weiter durch den Raum schweifen ließ. Die Dornse war Vaters Reich, voll von Hilfsmitteln des Handels und Erinnerungsstücken an seine

Reisen. Da waren der Rechenteppich und der Goldprobierstein, die Metallsiegel und das Kästchen mit der Reisewaage. Auf dem Schränkchen an der Wand lehnte Vaters kleines Gemälde des heiligen Christophorus, das er stets in Ehren hielt. Der Schutzheilige der Reisenden halte auf allen seinen Wegen die Hand über ihn, sagte Konrad Vresdorp oft. Auf dem Tisch stand seine große, eisenbeschlagene Brieflade, daneben lag eines der dicken, eng beschriebenen Handelsbücher. Henrike hatte Lesen, Schreiben und Rechnen gelernt, wie es sich für eine Kaufmannstochter gehörte. In den Handelsbüchern reihten sich jedoch oft seitenlang seltsame Zeichen, Abkürzungen und Zahlen aneinander, es war wie eine Art Geheimschrift.

»Kaiser Karl stattet Lübeck einen Besuch ab«, sagte ihr Vater unvermittelt.

»Der Kaiser? Welche Ehre!«, rief sie aus und sah ihren Vater überrascht an. Im Gegensatz zu anderen Städten, die von Fürsten oder anderen Landesherren abhängig waren, unterstand Lübeck als freie Reichsstadt dem Kaiser unmittelbar, worauf der Rat der Stadt oft und gerne stolz hinwies. Der Kaiser hatte sich jedoch noch nie in der Stadt sehen lassen.

Als ob ihr Vater ihre Gedanken erraten hätte, fuhr er fort: »Es ist das erste Mal seit dem Besuch von Friedrich Rotbart, dass ein Kaiser unsere Stadt beehrt. Lübeck liegt so weit am Rande ihres Reiches, dass die Kaiser uns fast zweihundert Jahre haben schalten und walten lassen, wie wir wollten. Aber jetzt, nach unserem Sieg über Dänemark, und da dessen König Waldemar im Sterben liegt, kommt Karl nicht mehr an uns vorbei. Schließlich haben wir im Frieden von Stralsund ein Mitspracherecht über die dänische Thronfolge festgelegt.«

Henrike freute sich darüber, dass ihr Vater mit ihr sprach wie mit seinesgleichen, auch, wenn sie nicht alles verstand. »Im Frieden von Stralsund«, wiederholte sie nachdenklich und überlegte, ob sie davon schon gehört hatte.

Die Augen ihres Vaters strahlten. »Vor fünf Jahren haben die Bürger einen König besiegt. Wir Hansen haben dem König von Dänemark den Frieden diktiert. Wir Hansen! De dudesche Hense!«, rief er voller Begeisterung aus.

De dudesche Hense, das waren die Vertreter der Hanse, eines Verbandes von Kaufleuten und Städten, die sich zum gemeinsamen Wohl zusammengefunden hatten. Ein Halbsatz des Vaters hatte sie jedoch aufgeschreckt. Henrike rutschte auf dem Schemel hin und her. Wie sie auch saß, stets schmerzte ihre Seite.

»Der dänische König liegt im Sterben? Bedeutet das Krieg?«, fragte sie unsicher.

Konrad Vresdorp wog seine Antwort ab. »Got dy beware ons. Ich hoffe, dazu wird es nicht kommen. Nicht, dass es mir leid um König Waldemar täte. Viele Freunde und Gefährten haben durch seine Schuld ihr Leben gelassen. Von deiner Mutter ganz zu schweigen. Das werde ich ihm nie vergeben«, fügte er bitter hinzu.

Henrike hoffte, dass ihr Vater über ihre leibliche Mutter und ihre Zeit auf Gotland sprechen würde, und hakte nach: »Warum hat König Waldemar Wisby eigentlich damals überfallen?«

Der Blick ihres Vaters war abweisend, einen Moment dachte sie, er würde ihr, wie so oft, keine Antwort geben, doch dann erhob er die Stimme. »Das gotländische Wisby ist einer der ältesten Handelsplätze an der Ostsee. Hier machen die Kaufleute Halt, die weiter nach Osten wollen. Mein Vater war aus Lübeck nach Wisby gekommen und hatte sich, wie etliche vor ihm, dort niedergelassen. Viele Jahre lang ging es ihnen dort gut. Der Handel gedieh. Gotländer und Deutsche verfolgten die gleichen Ziele, waren zu gleichen Teilen im Rat der Stadt vertreten. Doch dann kam Waldemar Atterdag«, er spie den Beinamen des Königs förmlich aus. »Ich habe keine Achtung für ihn übrig, und mag er noch so königlichen Geblüts sein! Atterdag eroberte Land zurück, das einstmals der dänischen Krone gehört hatte.

Er wollte jedoch auch die schwedischen und hansischen Konkurrenten zurückdrängen; kurz, er wollte die Herrschaft an der Ostsee und über die Schonische Messe, den größten Handelsmarkt im nordischen Raum. Rücksichtslos überfiel er Gotland, ließ seine Truppen morden und brandschatzen, wie ihnen der Sinn stand. Tausende wurden niedergemetzelt. Im letzten Moment konnten wir von der Insel fliehen, hatten kaum mehr als das, was wir am Leib tragen konnten.«

»Und mich«, warf Henrike ein.

»Und dich. Auch dich trug deine Mutter am Leib. Dich schützte sie in schwerer See, dich hielt sie über die Wellen, als unser Boot kenterte und Treibgut ihre Knochen zerschmetterte. Nach dir verlangte sie, als sie in Lübeck im Fieber lag. Dir galt ihr letzter Gedanke, als sie starb.« Seine Stimme brach, und auch Henrike standen die Tränen in den Augen. Sie hatte keine Erinnerung an ihre Mutter, aber sie fragte sich oft, was sie für eine Frau gewesen war.

Mit einem kräftigen Räuspern schüttelte ihr Vater die Erinnerung ab. »Viel zu lange weilt dieser Waldemar Atterdag schon auf Erden.« Er trank sein Glas in einem Zug aus und stellte es unsanft auf den Tisch.

»Was glaubst du, wer wird sein Nachfolger werden?«, wollte Henrike wissen.

»Es ist eine komplizierte und verzwickte Lage«, seufzte er. »Waldemar hat keine Söhne, nur Töchter. Er hat Albrecht von Mecklenburg als seinen Nachfolger ausersehen, den Sohn seiner Tochter Ingeborg, die mit Herzog Heinrich von Mecklenburg, dem Bruder des schwedischen Königs Albrecht, verheiratet ist. Aber auch seine jüngere Tochter Margarethe, die Frau des norwegischen Königs Håkon, will ihren Sohn Olaf auf dem Thron sehen. Kaiser Karl hat dem Mecklenburger seine Unterstützung zugesagt«, beschloss er die Zusammenfassung, und es klang so, als wollte er Henrike nun zu Bett schicken. Das aber wollte sie verhindern, zu sehr genoss sie es, ihren Vater für sich zu haben. Auch waren ihre Fragen noch nicht beantwortet.

»Und was meinst du? Wer ist gut für uns, für Lübeck?«

Konrad Vresdorp wirkte beinahe wieder geschäftsmäßig, als er antwortete: »Was ich dir jetzt sage, darf diesen Raum nicht verlassen. Ich vertraue dir, also schweige, wie es sich für eine Kaufmannstochter gehört.« Er sah ihr fest in die Augen, und Henrike versprach es.

»Albrechts Sohn herrscht schon über Schweden. Wenn das gleiche Haus auch noch über Dänemark gebieten würde, wäre es schlecht für die Freiheit des Handels. Jemand mit so großer Macht könnte Zölle und Preise diktieren. Wir könnten nichts dagegen tun. Die wichtigen Handelswege durch den Sund, also die Meerenge zwischen Nord- und Ostsee, und entlang der Küsten könnten versperrt werden. Wenn wir uns aber auf Olaf von Norwegens Seite stellen, wenden wir uns gegen den Kaiser. Deshalb werden wir uns, solange es geht, für keinen der beiden aussprechen. Dafür haben wir heute Abend Vorkehrungen getroffen.« Er schwieg gewichtig. »Wenn Jacob Plescow und Symon Swerting nicht in der Stadt sind«, fuhr er nach kurzer Unterbrechung fort, »kann der Rat keinen Beschluss fassen. Wir können uns alle Möglichkeiten offen halten, ohne den Kaiser vor den Kopf zu stoßen. Symon muss ohnehin auf dem schnellsten Wege zurück zu den Verhandlungen nach Flandern und anschließend nach England. Er war nur kurz hier, um einige Geschäfte in die Wege zu leiten. Jacob wird sich an den dänischen Hof begeben, um herauszufinden, wie es wirklich um Waldemar steht.«

Konrad Vresdorp schenkte sich noch einmal ein, dabei war seine Rede schon schleppend geworden, seine Zunge schwer. »Wir wollen den Kaiser auf keinen Fall gegen uns aufbringen, da er uns gerade so großzügig behandelt hat. Schließlich hat er erst im letzten Jahr das Recht der Stadt gestärkt, wodurch wir die Handelsstraßen nach Hamburg und Lüneburg besser gegen Raubritter absichern können.« Er hielt sein Glas in den Händen, betrachtete es nachdenklich und stellte es ab, ohne getrunken zu haben. »Aber er soll auch wissen, mit wem er es zu tun hat. Mancher Lübecker Bürger lebt besser als die meisten Adeligen. Die Stadt wird nicht geizen, sondern glänzen, wie es uns zusteht. Wir wollen uns nicht lumpen lassen. Der Kaiser soll sich in Lübeck wohlfühlen. Er soll den Besuch bei uns in guter Erinnerung behalten«, schloss er gewichtig.

Henrike wusste vor Schmerzen kaum noch, wie sie sich auf dem Sitz halten sollte. Über ihr eigentliches Anliegen hatte sie aber noch nichts herausgefunden.

»Und was habe *ich* mit dem Besuch des Kaisers zu tun?«, fragte sie.

»Der Rat der Stadt wird zu Ehren des Kaisers Empfänge veranstalten, Bälle, ein Turnier. Welche bessere Gelegenheit könnte es geben, dich der feinen Gesellschaft zu präsentieren? Dafür also den Danzelrock.« Konrad Vresdorp blinzelte verschmitzt.

Henrike spürte ihr Herz heftig schlagen. Ihr Vater zog sich ein Wachstafelbüchlein heran. »Nun geh zu Bett und lass mich meine Pläne schmieden.« Henrike stand auf, am liebsten wäre sie gehumpelt, aber sie hatte ihren Stolz.

Ihr Vater lächelte sie an. »Die Tugenden des Kaufmanns, die hast du jetzt sicher gelernt, oder, Tochter? Geheim oder hinterrücks, das geht selten gut.«

Sie senkte beschämt den Blick. Zumindest konnte sie sicher sein, dass ihr Vater ihr kleines Abenteuer nicht weitererzählen würde. Eine Frage hatte Henrike jedoch noch: »Was hat es mit deinem Gast auf sich? Hat auch er mit dem Besuch des Kaisers zu tun?«

Konrad Vresdorp sah noch einmal auf, doch sein Blick zeigte ihr, dass er mit den Gedanken schon woanders war. »Adrian Vanderen aus Brügge kommt. Ich hatte später mit ihm gerechnet, aber sei's drum. Auf die Pläne des Höchsten hat ein Kaufmann keinen Einfluss. Manchmal kommt eben alles auf einmal. So geht es mir jetzt«, antwortete er. »Ich habe mit ihm ein wichtiges Geschäft zu besprechen, denn er ist ein enger Handelspartner und ehrenwerter Mann.«

2

Auf der Ostsee, Oktober 1375

»Ihr seid ein Schuft, Adrian Vanderen!«

Die Worte hingen in der Luft, uneinholbar. Die Gespräche um ihn herum verstummten. Hatte eben noch eine Brise in dem Segel gezerrt und es zum Knattern gebracht, herrschte jetzt Stille wie bei einer Flaute. Der Angesprochene lehnte sich zurück und ließ die fein geschnitzte Schachfigur aus Walroßzahn zwischen seinen Fingern tanzen. Adrian hätte sich nie auf dieses Spiel einlassen dürfen, aber der Kaufmann mit dem Schnauzbart hatte ihn schon seit Brügge deswegen bedrängt und ihn schließlich vor den anderen Mitreisenden herausgefordert. Lediglich um Geld zu spielen, hatte Adrian abgelehnt.

»Und Ihr seid ein schlechter Verlierer, Heymo Ratze«, sagte Adrian Vanderen. Er sprach leise, der Klang seiner Stimme war sanft, aber das Blitzen seiner Augen verriet, dass es ihm ernst war. »Ich lasse mir keine Beleidigung gefallen, schon gar nicht an Bord meines Schiffes. Wenn Ihr Euch umschauen würdet – was ich Euch nicht rate, um nicht noch mehr Aufsehen zu erregen –, könntet Ihr sehen, dass die anderen Herren beobachten, wie ich auf Eure Schmähung reagiere. In wenigen Augenblicken werde ich Euch für diese Unverschämtheit an den Mast fesseln lassen. Es sei denn, Ihr entschuldigt Euch umgehend.«

Heymo Ratze dachte nicht daran. Spöttisch zog er die Mundwinkel hoch. Von diesem Mann, der mit seinen tadellosen Kleidern, dem glattrasierten Gesicht und dem glänzend schwarzen Haar so wirkte, als ob er sich noch nie die Hände schmutzig gemacht hatte, würde er sich nicht einschüchtern lassen, schien sein Blick zu sagen.

Doch bereits im nächsten Moment war es vorbei mit seiner Selbstgefälligkeit. Adrian Vanderen hatte das Brett vom Fass geschlagen, und noch bevor die Schachfiguren den Boden erreicht hatten, den Mann an die Bordwand geworfen und mit dem Unterarm am Hals fixiert. Nun waren wirklich alle Augen auf sie gerichtet. Heymo Ratze wand sich, doch der Klammergriff war eisern, und Adrian Vanderen blieb unverrückbar stehen.

»Nun?«, fragte er scharf. Ratzes Gesicht war wutverzerrt. Er rang nach Luft, blieb aber stumm. Adrian drückte ihn nun langsam nach hinten über die Reling. Der Oberkörper seines Gegenübers hing schon ein gutes Stück über dem Meer.

»Entschuldigt«, keuchte Ratze schließlich.

»Lauter.«

»Ich nehme … meine Worte … zurück. Ihr seid ein … Ehrenmann. Ich bin … ein schlechter Verlierer.« Seine Stimme war jetzt weithin zu hören. Adrian löste den Griff, und Heymo Ratze sank, seinen Hals umklammernd, auf das Deck des Schiffes. Der Kaufmann strich beiläufig die Falten aus seinem Wams und wies auf die am Boden liegenden Schachfiguren.

»Sammelt die Figuren ein und legt sie in den Samtbeutel. Ich bin auf dem Kastelldeck. Ihr könnt sie mir bringen.«

Ohne die Zuschauer eines Blickes zu würdigen, stieg Adrian Vanderen auf das Achterkastell zu seinem Schiffer. Scheinbar ruhig sah er auf das Meer hinaus. Die Küste wurde von einem Nebelschleier bedeckt, weißgraue Schaumkronen tanzten auf den Wellen. Flach war der Übergang vom Land zum Meer. Nur hier und da schimmerten die herbstbunten Wipfel der Bäume durch den Nebel. Kühler Wind zauste sein Haar, die wenigen Sonnenstunden des Tages schienen vorbei zu sein. Die Fahrgäste zogen sich durch die Schiebeluken unter das Achterkastell zurück. Sie würden dort weiter Wurfzabel spielen, reden oder Geschäfte machen. Heymo Ratze kam die Treppe hoch und reichte ihm den Samtbeutel. Adrian Vanderen nahm ihn wortlos an sich.

Sein Schiffer blickte voraus, wirkte aber amüsiert. Bosse Matys war etwa sechzig Jahre alt, hatte schlohweißes Haar und einen kräftigen Körper. Manche hielten ihn für zu alt, um einen Kauffahrer zu führen, doch Adrian vertraute ihm.

»Ihr wolltet mir noch aus der Thidreksaga erzählen, Bosse. Die Geschichte von Egil und seinem Meisterschuss«, sagte Adrian leichthin. Er liebte Geschichten und fand, man könnte sich die Zeit an Bord gar nicht besser vertreiben als mit Erzählungen. Und ein Vorteil von Bosses Alter war, dass er auf seinen Reisen zahlreiche gute Geschichten gehört hatte und sie auch zu erzählen wusste. Der Schiffer lächelte in sich hinein.

»Egil war ein Schütze, wie es keinen zweiten an König Nidungs Hof in Jütland gab«, begann er, wurde jedoch unterbrochen. Der Bootsmann hatte ihm etwas zugerufen. Er hatte das Lot aus dem Meer gezogen und die Lotspeise geprüft, also die Beschaffenheit des Sandes und der Muscheln, die an dem mit Talg befüllten Bleikegel hängen geblieben waren. Das Loten war unerlässlich, orientierten sich die Schiffer doch nur an Landmarken wie Hügeln, Flussmündungen oder Kirchtürmen, den Himmelsgestirnen und eben der Lotspeise. Rufe gingen hin und her. Während Matys dem Steuermann an der Ruderpinne neue Anweisungen gab, ließ Adrian zufrieden seinen Blick über das Schiff wandern. Die *Cruceborch* war eine neue Kogge, sie hatte ein Vermögen gekostet.

Jahrelang hatte er wie alle Kaufleute dafür bezahlt, Schiffe zu befrachten, oder hatte Anteile an Schiffen erworben. Es gefiel ihm jedoch nicht, von anderen abhängig zu sein. Nicht immer wurde ehrlich abgerechnet, oft hatte es Streit über Anteile und Ausgaben gegeben. Schließlich waren oft über dreißig Kaufleute als Reeder an einem Schiff beteiligt. Seine eigene Kogge brachte ihm nicht nur Verlässlichkeit, sondern würde ihm auf lange Sicht auch Kosten ersparen. Er würde durch den geräumigen Laderaum der *Cruceborch* größere Mengen Waren handeln können, und das wiederum würde seine Gewinnspanne erhöhen. Außerdem genoss er es, auf seinem eigenen Schiffsdeck zu stehen. Es würde Eindruck machen, wenn er auf seiner Kogge in den Lübecker Hafen einfuhr, und auf Eindruck war er dieses Mal aus.

Als Kaufmann hatte er vieles erreicht, von dem er als kleiner Junge kaum zu träumen gewagt hatte. Er stammte aus einer Familie von Handwerkern. Sein Vater, ein Goldschmied aus Nürnberg, hatte wenig Geschäftssinn besessen und die Familie gerade so über die Runden gebracht. Sobald er schreiben konnte, hatte Adrian darüber Buch geführt, von wem sein Vater wie viel Geld bekam, und ihn daran erinnert, es einzutreiben. Später hatte er mit Kaufleuten verhandelt, damit diese des Vaters Arbeiten auf Messen mitnahmen und verkauften. Einer dieser Händler hatte Adrians Talent erkannt und ihn zum Lehrling genommen. Doch auch ihn hatte Adrian längst überflügelt. Seitdem hatte er nur in Zahlen und Waren gedacht, war die Welt des Handels alles für ihn gewesen. Das Handelshaus, das er heute mit seinem Bruder Lambert in Brügge führte, war weithin bekannt. Mit vielen hundert Handelspartnern tauschte er Waren und Nachrichten aus, hatte durch Geschick und Glück Reichtum erlangt.

Für die nächsten Jahre hatte er sich einiges vorgenommen. Er wollte Zugang zu den gewinnversprechenden Handelsmärkten im Norden und Osten. Bis Pelze, Wachs oder Getreide aus Reval, Dorpat oder Nowgorod in Brügge ankamen, hatte sich ihr Preis durch die vielen Zwischenhändler um ein Vielfaches erhöht. Andere Waren wie Rosenkränze aus Bernstein waren oft nicht in den Mengen zu bekommen, für die es Nachfrage gab. Auch hatte er mit Betrug und Räuberei zu kämpfen, gegen die seiner Meinung nach nicht genug getan wurde. Ja, Adrian Vanderen hatte viele Ideen, wie sich der Handel verbessern ließ, und er hoffte, in Lübeck einige mit Hilfe seines guten Freundes Konrad Vresdorp verwirklichen zu können. Er wollte mitbestimmen, welche Wege der Handel nahm, welche Gesetze darin galten. Außerdem, und das war ihm genauso wichtig, würde sein neues Standbein in Lübeck die Zukunft seiner Familie sichern, insbesondere die seiner drei Schwestern, die versorgt werden mussten.

Jetzt wandte sich Bosse Matys wieder seinem Herrn zu und nahm seine Erzählung von Neuem auf, als wäre er nie unterbrochen worden. »Als der Meisterschütze Egil an König Nidungs Hof aufgenommen werden wollte, stellte dieser ihm eine fast unlösbare Aufgabe. Mit nur einem Schuss solle er einen Apfel vom Haupte seines Sohnes schießen, forderte der König.« Bosse wollte eben fortfahren, als ihn ein plötzlicher Ruf aus dem Krähennest erneut unterbrach.

»Schiff achtern!«, hallte es über das Deck.

Adrian starrte in den Nebel. Dicht war er an die *Cruceborch* herangekrochen, kein weiteres Schiff war zu sehen. Die Schiebeluken knarrten, die Kaufleute strömten wieder an Deck. Bei einer eintönigen Schiffsreise war jede Abwechslung willkommen. »Wenn das man nicht Piraten sind, Seeräuber!«, rief ein kleiner, schmächtiger Kaufmannsgehilfe, der auf den Namen Amelius hörte und im Auftrag einer reichten Witwe aus Lübeck unterwegs war. Vanderen nahm den besorgten Ausdruck im Gesicht seines Schiffers wahr und unterdrückte ein Fluchen. Ihre Reise von Brügge über den Fluss Swin, die Nordsee und entlang der dänischen Küste war bislang gut verlaufen. Dabei war gerade der Swin zwischen Brügge und Ärmelkanal ein gefährliches Revier für Handelsschiffe, weil sich hier englische, flandrische und normannische Piraten tummelten, seit die Marine durch den englisch-französischen Krieg eingespannt war. Ausgerechnet jetzt, wo sie Lübeck fast erreicht hatten, musste noch etwas passieren?

»Möglich wär's. Gerade die Mecklenburgischen schicken Kaperfahrer auf die See. Und wenn die Piraten keinen Auftrag mehr haben, machen sie auch ohne Kaperbrief weiter. Auf eigene Rechnung, sozusagen«, meinte der Schiffer. »Hat es ein Kreuz auf dem Masttop?«, rief er zum Ausguck hinauf. In diesem Fall wäre es vermutlich ein anderer Kauffahrer und keine Gefahr.

Noch bevor aus dem Mastkorb eine Antwort kam, schälte sich der Rumpf eines Schiffes aus der Nebelbank. Es näherte sich ungewöhnlich schnell, und es fuhr direkt auf sie zu. Adrian erkannte einen Tierkopfsteven, dessen eine Hälfte fehlte; er sah aus wie ein Drache, der schon so manche Schlacht geschlagen hatte. Nein, das war kein Kauffahrer!

Adrian Vanderen sprang an Deck. Behände öffnete er die Truhe mit den Waffen, verteilte Harnische und Enternetze. Der Schiffer schrie Befehle, die Männer legten Harnische an und machten sich an dem Segel zu schaffen.

»Wir versuchen, Zeit zu gewinnen. Aber kriegen tun sie uns so oder so«, rief Bosse. Als ihre Kogge an Fahrt aufnahm, verschwand das andere Schiff wieder in den Nebelschwaden, als hätte sich ein Vorhang vor ihm geschlossen. Flink und geschickt zogen die Matrosen die Enternetze über die wichtigsten Teile des Schiffes – so würden die Piraten es schwerer haben, an Bord zu gelangen. Adrian war froh, dass er auf den Rat seines Kapitäns hin mehr Männer angeheuert hatte, als zum Führen der Kogge nötig waren. Er gab noch immer Waffen aus, als der schmale Kaufmannsgehilfe an seinem Wams zerrte.

»Es sind doch Piraten, oder? Heiliger Sankt Nikolaus, unser letztes Stündlein hat geschlagen!«, klagte Amelius weinerlich. Adrian drückte ihm einen Dolch in die Hand und schob ihn an die Reling.

»Verteidigt Euch und Euer Gut statt zu jammern«, forderte er ihn auf. Der Gehilfe hörte nicht auf ihn und verschwand in der Unterkunft. Adrian band sein Schwert um.

»Schiff backbord!«

Kaum hatte er seine Armbrust hervorgeholt, schrien die ersten Schiffsmänner auf. Dann geschahen mehrere Dinge auf einmal. Adrian verlor das Gleichgewicht, als ein gewaltiger Rammstoß das Schiff erschütterte. Die Planken knirschten, als ob die *Cruceborch* auseinanderbrechen würde. Das Kaperschiff ächzte an der Bordwand entlang. Auf seinem Deck standen die Piraten, die Säbel erhoben und laut brüllend. Die ersten Enterhaken flogen herüber, Taue wurden an ihrem Schiff festgemacht. Für seinen Harnisch blieb keine Zeit mehr. Kurz entschlossen schob Adrian einen kleinen Beutel unter sein Wams.

»Kappt die Taue!«, befahl er und stürmte auf das Achterkastell. Die Bootsjungen Jan und Liv machten sich daran, die Seile durchzutrennen.

Die ersten Piraten waren inzwischen auf die *Cruceborch* gesprungen. Ihre Köpfe waren durch lederne Kapuzen mit Schulterkragen geschützt, manche trugen Harnische, alle Waffen. Adrian legte an, spannte die Armbrust, erwischte mit dem Bolzen einen Piraten im Sprung. Manche verhedderten sich in den Enternetzen, konnten sich jedoch daraus befreien. Neben ihm schlug ein Brandpfeil ein, ein weiterer durchteilte das Segel. Auch das noch! Wie schnell standen Segel oder Leinenpakete in lichterlohen Flammen, dann müssten sie an mehreren Fronten kämpfen, zugleich die Piraten vertreiben und das Feuer löschen!

Überall an Bord tobten Zweikämpfe. Adrian hatte den Schützen der Brandpfeile entdeckt. Er holte den nächsten Bolzen hervor. Prüfte hölzerne Befiederung und Metallspitze. Machte die Armbrust bereit. Zielte, schoss daneben. Weitere Brandpfeile schlugen auf dem Deck ein. Schon begannen erste Flammen zu lodern. Am Bug war es den Bootsjungen gelungen, die Taue zu kappen, dort lösten sich die Schiffe wieder voneinander. Ein Seeräuber ging auf sie los, hieb mit dem Beil auf die beiden Jungen ein. Adrian spannte die Armbrust, legte erneut an, traf den Piraten im Bein. Der Seeräuber jaulte auf, die Bootsjungen rannten auf ihn zu, gemeinsam gelang es ihnen, ihn über Bord zu stoßen. Das Feuer breitete sich aus, ein Schiffsknecht versuchte verzweifelt, es zu löschen. Adrian spannte erneut die Armbrust, er musste den Schützen der Brandpfeile aufhalten! Er atmete tief ein, schoss – und traf. Endlich!

Doch weitere Piraten stürmten auf das Achterkastell. Adrian blieb keine Zeit, seine Armbrust zu spannen, hieb kurzerhand wuchtig mit der Waffe zu. Auch Bosse verteidigte sich tapfer. Bald waren sie jedoch von einer Übermacht umstellt. Von allen Seiten stieß und hieb es auf sie ein. Kaum konnten sie sich drehen und wenden. Adrian ließ die Armbrust fallen, zog sein Schwert. Schlag um Schlag ging er auf die Angreifer los, drängte sie über Bord oder die Treppe hinunter. In einer Atempause raste sein Blick über das Deck. Von den geschwärzten Balken und Kisten stieg Rauch auf. Das Feuer schien gelöscht, vorerst zumindest. Cord, der glatzköpfige Koch, schwang sein Schlachterbeil. An Deck lagen schon einige Tote in ihrem Blut, auch einen der Kaufmänner hatte es erwischt.

Blind vor Wut schlug Adrian auf einen Seeräuber ein. Aus den Augenwinkeln sah er eine Bewegung, spürte einen Luftzug, knickte instinktiv in der Hüfte ein. Ein Beil fauchte über seinen Scheitel hinweg. Splitternd zerbarst die Schiebeluke, als es dort einschlug. Adrian stach zu. Der Pirat sackte über ihm zusammen, doch der nächste rückte bereits vor, ein kräftiger Kerl mit einem wilden Bart. Adrian hob sein Schwert keinen Lidschlag zu früh, beinahe hätte ihm der Pirat den Kopf vom Rumpf getrennt. Klirrend trafen die Schwerter aufeinander. Jeder versuchte die Überhand zu gewinnen. Adrian tänzelte, wollte sich nicht in die Ecke drängen lassen, obgleich der Angreifer über größere Kräfte verfügte als er.

Im erbitterten Kampf näherten sie sich der Schiffsmitte, da gerieten die Bootsjungen in sein Blickfeld. Liv war ausgerutscht, seine Züge von Todesangst verzerrt. Jan versuchte ihm aufzuhelfen, doch er war selbst bereits verwundet. Ein Pirat stürzte sich auf die beiden, holte weit mit dem Säbel aus. Adrian machte einen Ausfallschritt, trieb dem Piraten blindlings das Schwert in die Seite; als dieser fiel, gab er damit die Bootsjungen wieder frei. Auf diese Gelegenheit hatte der Bärtige nur gewartet. Mit einem schweren Hieb riss er Adrian das Schwert aus der Hand. Klirrend schlitterte es über die Planken. Adrian sprang hinterher, streckte den Arm danach aus, aber der Bärtige war schneller. Er stieß es mit dem Fuß weg, kam auf Adrian zu, die Klinge siegessicher erhoben. Adrian sprang auf die Füße – was konnte er noch tun? Der Beutel! Seine Finger in sein Wams, er griff ungelöschten Kalk, hob die Hand und pustete dem Piraten das Pulver ins Gesicht. Der brüllte, rieb sich die Augen, taumelte. Mit zwei weit ausholenden Schritten hatte Adrian sein Schwert wieder erreicht und den Piraten entwaffnet. Er holte zum Schlag aus, der Mann duckte sich weg. Adrian traf ihn nur mit der Breitseite des Schwertes an der Schläfe, doch der Pirat taumelte.

Gerade wollte Adrian ihn über Bord stoßen, da traf eine Enterdregge seine rechte Schulter. Stechender Schmerz durchfuhr ihn, als sich zwei Spitzen des Ankers in sein Fleisch bohrten. Er strauchelte, knallte auf die Bohlen. Schon war ein weiterer Seeräuber über ihm, schwang seinen Säbel, um ihm die Kehle aufzuschlitzen. Adrian zog die Knie an und trat ihm in den Bauch. Der Pirat krachte gegen die Schiebeluke. Im gleichen Augenblick hörte Adrian den Schiffer schreien. Er sah, dass Bosse von mehreren Kaperern überwältigt zu werden drohte. Auch Adrians Angreifer hatte sich wieder aufgerappelt und wollte sich erneut auf ihn werfen, da sackte er mit einem Mal in sich zusammen – hinter ihm tauchte der schmale Kaufmannsgehilfe auf. Amelius hatte dem Freibeuter seinen Dolch in den Rücken gestoßen und lehnte nun bleich an der Luke.

»Na also«, sagte Adrian mit zusammengebissenen Zähnen. Er zog dem Toten den Dolch aus dem Rücken und gab ihn dem Kaufmannsgehilfen. »Und nun helft dem Schiffer. Los!« Kaum stolperte der Gehilfe die Treppe hoch, als er schon die Aufmerksamkeit eines Piraten auf sich zog. Adrian wollte auch hochsteigen, konnte seinen Oberkörper jedoch vor Schmerzen kaum bewegen. Der Enterhaken ragte aus seiner Schulter und bohrte sich bei jeder Bewegung tiefer in sein Fleisch. Er packte das Eisen und zog daran, bis sich seine Sinne trübten. Die Reling umklammert, sah er sich um. In seiner Nähe machte Heymo Ratze gerade einem Piraten den Garaus. Adrian Vanderen rief zu dem Kaufmann, mit dem er eben noch im Clinch gelegen hatte: »Vorhin wolltet Ihr mir doch Schmerzen zufügen. Jetzt dürft Ihr es. Zieht mir die Enterdregge raus!« Ratzes Augen brannten vor Kampfeslust. Als er Adrians Wunde sah, grinste er spöttisch.

»Sagt ›Bitte‹, wenn Ihr etwas von mir wollt«, forderte er, als hätte er alle Zeit der Welt.

Adrian stieß die Luft durch die Zähne aus. »Bitte«, zischte er ohnmächtig vor Zorn.

»Geht doch«, höhnte Ratze. Dann packte er den Haken und zerrte so fest und grob daran, wie er nur konnte. Adrian wurde für einen Moment schwarz vor Augen. Etwas klirrte, sein Körper schlug hart auf.

Mühsam schüttelte er die Benommenheit ab. Er rappelte sich hoch, der Enterhaken lag neben ihm. Blut rann seinen Arm hinunter und nässte sein Bein. Ratze war wieder im Kampfgetümmel verschwunden. Adrian schleppte sich die Stufen zum Achterkastell empor. Was er sah, machte ihm wenig Mut. Ein Pirat würgte den Kapitän, dieser blutete im Gesicht heftig und suchte sich verzweifelt zu befreien. Der Kaufmannsgehilfe hielt einen anderen mit größter Mühe auf Abstand, den Dolch mit zitternden Händen vor sich gereckt. Adrian hob sein Schwert mit seiner schwachen linken Hand und ließ es auf den Piraten niedersausen, der tödlich getroffen niedersank. Er stemmte den Fuß gegen den Mann, um sein Schwert wieder freizubekommen. Er konnte seine Waffe eben noch hochreißen, als der bärtige Pirat auf das Kastell sprang, gefolgt von weiteren Freibeutern, von denen die meisten jedoch schon verwundet waren.

Die Augen des Bärtigen leuchteten mordlustig in dem blutigroten Gesicht. Bosse hatte sich befreit. Rücken an Rücken kämpften Adrian und der Kapitän, einen Angreifer nach dem anderen konnten sie besiegen, bald waren nur noch zwei übrig. Da hallten Rufe über das Schiff. Kam eine Kogge zu Hilfe? Hatten die Piraten gesiegt – oder sie? Für die Dauer eines Lidschlags war der Bärtige abgelenkt. Adrian machte einen Ausfallschritt und rammte sein Schwert in die Brust des Widersachers, wobei seine Schulter teuflisch brannte. Der Bärtige umklammerte die Klinge in dem verzweifelten Versuch, sie aus der Brust zu ziehen. Sein Blick brach, während das Blut zwischen seinen Fingern hervorquoll. Im selben Moment sackte Bosse in Adrians Rücken zusammen. Ein Pirat beugte sich über den Schiffer und riss seinen Kopf hoch. Mit letzter Kraft zog Adrian sein Schwert aus dem Leichnam des Bärtigen und streckte den Seeräuber nieder.

Adrian taumelte zu Bosse – war er tot? War es vielleicht doch ein Fehler gewesen, einen so alten Mann anzuheuern? Sein Kapitän blutete aus mehreren Wunden, besonders in der Nähe der Augen schien er schwer getroffen zu sein. Glücklicherweise atmete er aber noch.

Die restlichen Piraten flüchteten. Das gegnerische Schiff wurde abgestoßen, verschwand im dichten Nebel. Die Matrosen der *Cruceborch* stießen Schreie des Triumphs aus. Sie hatten gesiegt! Auch Adrian brüllte vor Schmerz, Trauer und Freude. Schwankend sah er sich um. Das Deck war von Leichen übersät, viele schienen Kaperer zu sein. Doch ihr eigener Blutzoll war ebenfalls hoch gewesen, etliche seiner Männer waren verletzt oder tot. Adrian sah den Bootsjungen Jan in seinem Blute liegen. Cord, der Koch, heulte vor Schmerz, sein Bein war unnatürlich verbogen und dunkelrot. Adrian riss einen Streifen von seinem Hemd und band notdürftig seinen Arm ab, dann verarztete er Cord und die anderen, so gut es eben ging. Er musste Hilfe leisten, viele waren noch schlechter dran als er.

Was in den nächsten Stunden geschah, nahm er wie durch einen Schleier aus Schmerz wahr. Die toten Piraten wurden über Bord geworfen, für die ermordeten Schiffsmänner sprach er ein Gebet. Der Bootsjunge Liv weinte heftig, als die Leiche seines Kumpans Jan ins Meer gelassen wurde. Sogar die Seemänner, denen sonst jede Gefühlsduselei fremd war, mussten sich die Augen wischen.

Adrian ließ wieder Kurs auf Lübeck nehmen. Dort würden sie die *Cruceborch* auf Schäden untersuchen und reparieren müssen. Er war wütend über den Angriff. Wie lange hatten sein Bruder Lambert und er für diese Kogge gespart, hatten Pfennig um Pfennig beiseitegelegt! Selbst für einen wohlhabenden Mann wie ihn war dieser Schaden ein Schlag, vor allem, wenn man seine Pläne bedachte. Nein, seine Ankunft würde nicht den Eindruck machen, den er sich erhofft hatte. Aber zumindest war die Ladung nicht verloren, und auch die flämischen Tuche für seinen Lübecker Geschäftsfreund waren anscheinend nicht beschädigt worden.

Im Lübecker Hafen ließ er als Erstes die Verletzten von Bord bringen. An Land wartete schon Konrad Vresdorp auf ihn. Wie hatte sich die Ankunft des Schiffes so schnell herumgesprochen? Das Gesicht des Geschäftsfreundes war von Sorgenfalten übersät, der traditionelle Begrüßungstrunk blieb unberührt. An der Seite seines alten Handelspartners standen ein Knabe und eine hübsche junge Frau. Adrian glaubte seinen Augen nicht zu trauen: Sie trug unter ihrem Umhang ein Kleid, das eines Königsempfanges würdig gewesen wäre. Perlen säumten den Ausschnitt, die schmale Hüfte zierte ein edelsteinbesetzter Gürtel. Das Mädchen kam Adrian wie ein Traumbild vor. Ihm schwindelte. Fahrig strich er sich über die Stirn. Hatte er etwa Fieber?

Seine Haut fühlte sich heißer als sonst an. Die Wunde in seiner Schulter pochte heftig, der Arm darunter kribbelte. Aber nein, die Hafenarbeiter starrten sie ebenso unverhohlen an wie er, sie war also kein Trugbild. Was tat sie hier? War sie etwa Konrad Vresdorps Tochter? Die junge Frau rannte davon, ohne ein Wort. Adrian hatte sich die Tochter des Lübecker Patriziers anders vorgestellt, gediegener, weniger …

Doch er konnte den Gedanken nicht zu Ende führen. Alle warteten auf ihn. Der Zollbeamte drängte darauf, dass sie mit dem Abladen beginnen würden. Da waren die anderen Kaufleute, die ihre Waren von Bord des Schiffes bringen lassen wollten und mit denen er abrechnen musste. Seinen Männern stand noch die letzte Rate ihrer Heuer zu. Außerdem musste er einige finden, die an Bord des Schiffes bleiben und es bewachen würden, solange es im Hafen war. Denn ein Gutteil seiner Waren würde er im bauchigen Rumpf der Kogge lassen; ein günstigeres Lagerhaus gab es nicht.

»Die Verletzten könnt Ihr ins Spital bringen lassen. Jost wird Euren Männern den Weg dahin zeigen«, wies Konrad Vresdorp seinen Gehilfen an. »Aber auch Ihr solltet unverzüglich einen Medicus aufsuchen, Adrian, gode Fründ.« Der Lübecker Kaufmann wollte ihm in einer vertrauten Geste die Hand auf den Arm legen, bemerkte jedoch gerade noch rechtzeitig das Blut auf dem Gelenk. Adrians Schulter hatte wieder zu nässen begonnen.

»Habt Dank für Eure Besorgnis, aber Ihr ahnt ja sicher, dass ich Eurem Rat nicht folgen kann. Noch nicht zumindest«, sagte Adrian – so höflich er es in diesem Zustand vermochte – und rief den Hafenarbeitern etwas zu. Das Abladen begann.

3

Lübeck, Oktober 1375

Henrike schalt sich für ihre Dummheit. Was war nur in sie gefahren, in diesem Aufzug in den Hafen zu laufen? Übermorgen schon würde der Kaiser Lübeck besuchen. Sie würde mit anderen wohlgeborenen Jungfrauen der Stadt die Straßen säumen, um ihn zu ehren, und abends auf den Ball gehen. Und nun riskierte sie, ihr kostbares Kleid zu verschmutzen, nur um den Gast ihres Vaters in Empfang zu nehmen? Glücklicherweise war ihr Vater so besorgt über dessen Zustand gewesen, dass er ihr Aussehen gar nicht beachtet hatte, sonst hätte es vermutlich ein Donnerwetter gegeben, denn dieser Aufzug wäre selbst ihm aufgefallen.

Der Anblick des Brügger Geschäftspartners war aber auch schockierend gewesen. Seine Kogge sah aus, als hätte sie schon viele Stürme durchgestanden. Seeräuber hatten das Schiff überfallen, so viel hatte sie mitbekommen, bevor sie Reißaus genommen hatte. Die Piraten, der Fluch der See. In jedem Brief, in jedem Gebet, in jedem Gespräch bat ein Kaufmann den Allmächtigen darum, dass sein Schiff von Freibeutern verschont bliebe, dass Mensch und Ware ihren Bestimmungsort erreichten. Oft genug wurden die Schiffe von diesen Gesetzlosen aufgebracht, die die Mannschaft massakrierten und die Ladung an sich nahmen. Es waren grausige Geschichten, die sie schon als Kleinkind an der Feuerstelle gehört hatte und die ihr furchtbare Angst eingejagt hatten. Oft war sie nachts schweißgebadet aus dem Schlaf geschreckt. Sie hatte von wilden Männern geträumt, die sie verfolgten. Von Schiffen, die untergingen – und mit ihnen Simon und sie.

Die Fantasie ihres Bruders war durch diese Berichte hingegen noch beflügelt worden. Er wollte Ritter werden, Schwertbruder des Deutschen Ordens, wie ein Onkel, den sie zwar nie kennengelernt, von dem sie aber oft gehört hatten. Ein Bruder ihres Vaters war als junger Mann in den Orden eingetreten, und Simon war nie müde geworden, nach ihm zu fragen. Er wusste alles über den Kreuzritterorden, seinen eigenen Staat und die Handelsgeschäfte, die ihn reich und mächtig machten. Mit Vorliebe hatte Simon als Kind ›Ritter und Pirat‹ gespielt. Wenn sie dann mit Stöcken als Degen gegeneinander stürmten, hatten sie immer losen müssen, wer sich als Freibeuter geschlagen geben musste. Meist hatte Henrike ihn gewinnen lassen. Nur, wenn sie zur Strafe bis zum Hals in ein Fass gesteckt werden sollte, wie es den gefangenen Seeräubern geschah, hatte sie rebelliert.

Henrike bog in die Alfstraße ein. Sie machte einen großen Bogen um den Hirten, der die Schweine zum Markt trieb und dabei rabiat wurde, weil die Tiere lieber grunzend ihre Nasen in den Straßendreck steckten. Manche Straßen Lübecks waren inzwischen gepflastert. Eine Abflussrinne in der Mitte sollte dafür sorgen, dass der Dreck nicht zu hoch in ihnen stand, aber es gab einfach zu viel Abfall und Kot, der auf der Straße landete. Ohne ihre hölzernen Trippen mit den hohen Hacken, die sie als Schutz vor dem Matsch über ihren Lederschuhen trug, wäre sie heute knöcheltief im Schmutz versunken.

In der Diele des Hauses wartete ihre Base auf sie, die natürlich sogleich die Dreckspritzer an Henrikes Rocksaum entdeckte. »Wusste ich doch, dass es Unsinn ist, deinem Vater in den Hafen zu folgen«, meinte Telse vorwurfsvoll.

Henrike wischte vorsichtig über den Stoff. Margarete würde wissen, wie man die Flecken schonend entfernte.

»Dabei wollten wir doch die Fähnchen zum Rathaus bringen! Du willst doch nicht etwa den ganzen Tag in diesem Kleid bleiben?« Sie wies auf den großen Stapel bunter Fähnchen neben der Tür.

Da der Stadt nur wenig Zeit geblieben war, den Besuch des Kaisers vorzubereiten, war kurzerhand verordnet worden, dass jeder Haushalt Fähnchen zum Schmuck der Straßen fertigen sollte. Natürlich hatte ihr Vater sich nicht lumpen lassen und großzügig Stoff bereitgestellt.

Eilends lief sie in den Flügelanbau. Ergeben hörte sie sich Margaretes Strafpredigt wegen der Flecken an und war dankbar, dass die Alte ihr half, das Kleid gegen ein schlichteres Gewand zu tauschen. Als sie in die Diele zurückkehrte, schrak sie kurz zusammen: Ihr Vater und Adrian Vanderen waren ebenfalls schon eingetroffen. Nun konnte Henrike den Gast noch einmal genauer in Augenschein nehmen.

Der Kaufmann war groß gewachsen und schlank. Er hatte ein schmales, männliches Gesicht mit einem Grübchen im Kinn. Gegen seine schwarzen Haare wirkten die blauen Augen sehr klar, auf den Wangen zeigten sich Bartschatten. Trotz der Risse und Flecke konnte sie erkennen, dass seine Kleidung aus kostbaren Stoffen geschneidert war. Sein Wams war an der breiten Schulter rot durchweicht, der Fleck schimmerte feucht. Als er sie bemerkte, trat er näher und verbeugte sich.

»Verzeiht meinen Aufzug. Ich bin Adrian Vanderen«, stellte er sich knapp vor.

Sie überlegte, wo er ursprünglich herkommen mochte. Jetzt lebte er in Brügge, doch er sprach mit einem warmen, weichen Zungenschlag, süddeutsch auf jeden Fall. Henrike hatte ein gutes Gehör für Sprachen. Es gab zwei Hauptsprachen denen Hansehändler, das Mittelniederdeutsche und das Latein, in der sich alle verständigen konnten. Zu Simons Unterricht, dem Henrike beiwohnen durfte, hatte es aber auch gehört, die wichtigsten Redewendungen auf Englisch, Flämisch und Französisch zu lernen. In diesen Stunden war Henrike nicht aus der Lehrstube gewichen, und Simons Lehrer hatte das wissbegierige Mädchen bald mehr unterwiesen als ihren Bruder.

Adrian Vanderen richtete sich wieder auf. Die geschwungenen Lippen hatte er so stark zusammengepresst, dass das Blut aus ihnen gewichen war. Ihr Vater umfasste den Arm des Gastes, sein Blick war besorgt.

»Gut, dass ich die Vorgänge beim Zoll beschleunigen konnte. Ihr solltet Euch ausruhen. Ich habe Simon bereits nach dem Ratsmedicus geschickt.«

Adrian Vanderen hob abwehrend die Hand. »Ich muss erst nach meinen Männern sehen«, beharrte er. Sein Gesicht zeigte ein angestrengtes Lächeln, das jedoch erneut einem schmerzverzerrten Ausdruck wich, als er die ersten Schritte machte. »Nun gut, ich warte auf den Medicus, für meine Männer ist ja erst mal gesorgt«, gab er widerstrebend nach.

Konrad Vresdorp führte ihn in die Gästestube. Jost trug mit dem Knecht eine Truhe hinterher, so kostbar, wie Henrike sie noch nie gesehen hatte. Sie war aus schwerem poliertem Eichenholz, filigran verziert und mit gold-glänzendem Metall beschlagen.

»Euer Gepäck ist bereits hier, die Waren folgen bald. Ich werde Euch Wasser bringen lassen, damit Ihr Euch erfrischen könnt«, sagte Konrad Vresdorp. Doch sein Gast hielt ihn zurück.

»Wenn auch mein Besuch unter etwas unglücklichen Umständen beginnt, so will ich doch die Regeln der Höflichkeit nicht außer Acht lassen. Natürlich habe ich für Euch, mein Freund, und Eure Kinder Gastgeschenke dabei.«

»Nicht doch, dafür ist später noch Zeit«, versuchte Konrad Vresdorp lächelnd abzuwehren.

Adrian Vanderen ließ sich jedoch nicht von seinem Vorhaben abbringen. Mit einem Schlüssel, den er an einer Kette um den Hals trug, öffnete er die Truhe. Er nahm ein Leinenpäckchen heraus und wickelte es mit einer Hand aus. So würdig wie möglich reichte er Henrikes Vater ein Lederfutteral. Konrad Vresdorp zog ein feines Silbermesser daraus hervor.

»Habt Dank, das wird mir bei jeder Tischgesellschaft zur Ehre gereichen«, freute sich ihr Vater.

Für Henrike hatte Adrian eine Art Umschlag aus Samt. Vorsichtig zog sie Schmuckhaarnadeln mit Perlen an den Spitzen hervor. »Wie schön sie sind! Ich danke Euch«, rief sie überrumpelt und mit glühend roten Wangen aus.

Simon und der Ratsmedicus traten ein. Nach der Begrüßung überreichte Adrian Vanderen ihrem Bruder einen Schreibgriffel aus flämischer Produktion, den an der Spitze ein detailgenau herausgearbeiteter Drache schmückte.

»Für mich? Das ist – ich werde kaum schreiben können vor lauter Bewunderung«, sagte der Junge.

Konrad Vresdorp räusperte sich und runzelte demonstrativ die Stirn, aber Adrian lächelte nachsichtig.

»Seine Freude ist mir Dank genug.«

Während Adrian Vanderen mit dem Ratsmedicus in sein Zimmer ging, richtete Konrad Vresdorp das Wort an die jungen Leute. »Telse, sei so gut und bring mit Jost die Fähnchen zum Rathaus. Henrike, du führst unseren Gast zum Hospital, wenn der Medicus fertig ist, damit Herr Vanderen nach seinen Männern sehen kann. Simon wird euch begleiten.«

Die Base zog eine Schnute. Sie war über die Änderung ihrer Pläne nicht gerade begeistert. Verlegen sah sie Jost an, doch sie gehorchte. Henrike wollte etwas einwenden, der strenge Blick des Vaters gebot ihr aber Einhalt.

»Ich würde meinen Gast ja selbst begleiten, aber ich bekomme Besuch von einigen Ratsmitgliedern«, erklärte er. »Und gib Margarete Bescheid: Morgen gibt es ein Festmahl zu Ehren unseres Gastes!«

»Wie viele Piraten waren es? Wie sahen sie aus? Waren sie schwer bewaffnet?«, fragte Simon aufgeregt, als er zwischen Adrian Vanderen und Henrike die Alfstraße hügelan ging. Der Kaufmann wirkte verwandelt. Er trug feine Kleidung aus Seide und Brokat, die selbst die prunkverliebten Lübecker Patrizier zu neidvollen Blicken veranlasste. Gesicht und Haar waren sauber, seine Haltung war tadellos, als würde keine Wunde ihm zusetzen. Der Medicus musste Wunder gewirkt haben, oder der Kaufmann hatte unbekannte Kräfte, befand Henrike.

»Zwanzig bestimmt, viele mit Kapuze und Schulterkragen. Ich habe Piken und Beile gesehen, Säbel und Enterhaken. Merkwürdigerweise keine Armbrüste außer meiner. Sie waren nicht so gut ausgerüstet wie manch andere Seeräuber, denen ich begegnet bin, dafür aber genauso mordlustig.«

Simon machte große Augen. »Ihr könnt mit der Armbrust umgehen? In Lübeck gibt es zahlreiche Waffenschmiede. Viele Kaufleute treiben Handel mit Waffen.« Adrian Vanderen strich mit dem Daumen über seine Augenbraue, die, wie Henrike erst jetzt bemerkte, durch eine Narbe geteilt war. »Mit Armbrust und Pfeil, aber auch mit Bogen und Schwert – als Kaufmann sollte man sich verteidigen können.«

Frage um Frage stellte ihr Bruder. Adrian Vanderen begann zu erzählen, doch je weiter sie gingen, umso schleppender wurde seine Rede. Er sah nur noch auf das Pflaster, hatte kaum einen Blick für die Bauwerke der Stadt. Als Simon erneut seinen Mund öffnen wollte, legte Henrike die Hand auf seine Schulter und bremste ihren wissbegierigen Bruder. Der Weg durch die Straßen mit ihrem vielen Verkehr und den vorbeidrängenden Menschen war wohl doch anstrengender für den Verletzten, als er zugeben wollte.

Dabei war Henrike durchaus eingenommen von dem Lübeck, wie es sich ihrem Gast darbot. Giebel an Giebel reihten sich die neuen Backsteinbauten. Nach dem verheerenden Brand vor einigen Jahren hatte der Rat verordnet, dass nicht mehr in Holz gebaut werden durfte. Aber wer es sich leisten konnte, wollte seinen Reichtum ohnehin in einem standesgemäßen Bauwerk aus Backstein zeigen. Alte Gebäude wurden abgerissen, das Erdreich ausgehoben, um Platz für die Keller der neuen Häuser zu schaffen. Maurer und Zimmerleute hatten gut zu tun, genau wie die Ziegelbrenner vor den Toren der Stadt. Nur in den Handwerkervierteln überwogen noch Fachwerkbauten und Holzbuden.

Als sie sich dem Getöse des Marktplatzes näherten und vor ihnen unübersehbar die Flanke der Marienkirche aufragte, blieb Adrian Vanderen stehen. Aus den Bäckerbuden zog ihnen ein verführerischer Duft in die Nase. Der Kaufmann legte nun doch seinen Kopf in den Nacken und sah an den gewaltigen Zwillingstürmen empor, wie jeder es tat, der sie zum ersten Mal erblickte.

»Und das ist wohl der berühmte Lübecker Dom«, sagte er bewundernd.

»Genaugenommen ist es Sankt Marien, die Haupt-Pfarrkirche des Rates und der Bürger. Der Dom befindet sich auf der anderen Seite der Stadt. Er ist etwas kleiner als die Marienkirche, aber nicht minder beeindruckend«, gab Henrike höflich lächelnd zurück. Adrian Vanderen zog erstaunt die Augenbrauen hoch.

»So ist Lübeck mit prächtigen Bauwerken gesegnet«, stellte er fest. Simon trat von einem Fuß auf den anderen.

»Lübeck nennt man ja auch die Königin der Hanse«, warf er ein und bemühte sich, seiner Jungenstimme einen feierlichen Ton zu geben. Als er bemerkte, dass es eher kläglich gelang, zupfte er verlegen an der zu großen Mütze. »Wollen wir über den Markt gehen? Das Rathaus ansehen, Herr Vanderen?«

Adrian nickte. Sie gingen am Brunnen vorbei, wo einige Frauen im Plausch standen, die Krüge zu ihren Füßen abgestellt. Vor den Tischen der öffentlichen Schreiber im Kirchhof warteten die Menschen. Auch vor der Pforte der Marienkirche herrschte ein ungewohntes Gedränge. Frauen und Männer strömten zum Gebet, Bettler scharten sich um sie. Es war voller als sonst auf den Straßen, offenbar lockte der Kaiserbesuch zahlreiche Menschen aus der Umgebung an, denn die meisten waren wie Landvolk gekleidet. Adrian verteilte einige Münzen. Eine zahnlose Alte steckte ihr Geld ein und kramte in ihrem Gewand. Es war zerschlissen und verdreckt, doch sie zog eine Rose daraus hervor, die wundersamerweise so frisch wirkte, als hätte sie sie eben erst gepflückt. Der Kaufmann schnupperte daran. Mit einem zarten Lächeln reichte er sie an Henrike weiter.

»Eine späte Rose, aber umso willkommener. Wenn jemandem dieses Geschenk der Natur gebührt, dann Euch«, sagte er galant.

Henrikes Verlegenheit lähmte sie unversehens. Sie stotterte etwas und nahm die Blume an sich. Eben war er noch verletzt, und jetzt machte er ihr Komplimente? Was sollte sie nur darauf antworten? Sie spürte, wie die Hitze auf ihren Wangen brannte. Glücklicherweise ergriff er wieder das Wort.

»Kennt Ihr eigentlich die Geschichte von Laurins Rosengarten? Nicht? Vielleicht werde ich sie Euch eines Tages erzählen.«

Sie kannte viele Geschichten, nicht aber diese. Ob der Kaufmann die Zeit finden würde, diese Bemerkung wahr zu machen? Schweigend gingen sie auf die Krambuden am Marktrand zu. Die Menschenmenge war unüberschaubar. Schwatzende Marktbesucher, Träger und Händler prägten das Bild. Büttel strichen umher, einer hielt einen Mann gepackt und zerrte ihn fort.

»Der Besuch des Kaisers zieht auch Beutelschneider und anderes finsteres Volk an«, sagte Adrian düster. »Wir sollten direkt zum Hospital gehen. Ich werde mir die Marienkirche, den Markt und das Rathaus ein anderes Mal ansehen.« Simon wirkte enttäuscht, sagte jedoch nichts.

Sie schritten zwischen Marktplatz und der Flanke der Kirche entlang und bogen auf die Breite Straße ein. Männer schaufelten den Straßendreck auf Karren. Alte Fensterläden wurden ausgetauscht, blätternde Farbe überstrichen. An den Häusern lehnten Leitern, erste Fähnchen wurden angebracht. Auch die Stadt putzt sich für den hohen Besuch heraus, dachte Henrike belustigt. Auf dem verengten Weg mussten sich die Menschen aneinander vorbeischieben.

Nach einigen Minuten hatten sie den Koberg erreicht, einen der ältesten Teile der Stadt. Hier, in der Nähe des Burgtores, gab es zahlreiche vornehme Giebelhäuser. Zwischen ihnen, von Türmchen gekrönt, die wie Kerzen aus Backstein in den Himmel ragten, stand das Heiligen-Geist-Hospital.

»Ich danke Euch für das Geleit, aber nun geht zurück. Ich werde schon allein den Weg in die Alfstraße finden«, sagte er. Henrike drehte unschlüssig die Rose zwischen den Fingern. Sie sollte seinem Wunsch Folge leisten, wollte aber auch die Anweisungen ihres Vaters befolgen.

»Vater hat uns aufgetragen, Euch zu begleiten, und das werden wir tun, wenn Ihr erlaubt.«

»Es macht uns nichts aus, zu warten«, setzte Simon hinzu. Adrian Vanderen sah sie prüfend an, rang sich dann aber zu einer Zustimmung durch.

Sie machten einen Bogen um die Menschen vor dem Krug, in dem das Bier aus der Spitalbrauerei ausgeschenkt wurde, gingen an der Front der Kirche vorbei und bogen nach den angrenzenden Kornhäusern ab. Der Weg senkte sich Richtung Wakenitz und verlief ein ganzes Stück parallel zu dem weitläufigen Gebäudekomplex. Schließlich hatten sie das Ochsentor erreicht. Hier waren der Eingang zum Krankentrakt und der Pilgerherberge. Sie fragten sich durch und wurden schließlich zum Meister gebracht. Der führte sie durch eine Halle. In der Mitte bildeten Holzwände schmale Nischen. Leises Stöhnen und Beten waren zu hören. Es roch nach menschlichen Ausscheidungen und Weihrauch. Der Meister ging so zügig, dass sie sich eilen mussten, ihn nicht zu verlieren. Im Vorbeigehen spähte Henrike in Nischen, in denen Alte und Kranke lagen. Sie wurden von Beginen aus dem benachbarten Konvent versorgt. Am Rande des Saales schüttete das Hausgesinde Stroh auf.

»Der Strom des Hilfsbedürftigen reißt nicht ab. Wir werden in den nächsten Tagen mehr zu tun bekommen, als uns lieb ist«, sagte der Meister.

»Alle kommen, um den Kaiser zu sehen?«, fragte Simon. Der Meister sah ihn mit einem Anflug von Abscheu an.

»Wenn es nur das wäre!«, knurrte er. »Sie kommen, um sich gottlos zu gebärden. Sie wollen die Spielleute bei ihren Possen begaffen, die hohen Herren bei dem Turnier. Saufen, Raufen und Schlimmeres. Verletzt und krank vom Suff landen sie in der Gosse – und schließlich in den Spitälern der Stadt. Der Herr verzeih mir, aber ich bin froh, wenn diese Festivitäten vorbei sind!« Sie hatten einen Gang erreicht, in dem sich Tür an Tür reihte. Als er weitersprach, hatte sich der Meister wieder im Zaum.

»Euer Mann ist hier untergebracht und nicht in einer der Kojen. Das habt Ihr dem verehrten Herrn Vresdorp und seinen Verbindungen zu Jacob Plescow, dem Bürgermeister und Vorsteher des Heiligen-Geist-Hospitals zu verdanken, Eurem Fürsprecher«, sagte er und machte sich davon.

Adrian öffnete eine schmale, schlichte Kammer. Auf einer Bettstatt lag ein Mann. Alles an ihm schien die Farbe verloren zu haben. Die obere Hälfte seines Gesichtes war von einem Verband verdeckt, sein weißes Haar ragte an den wenigen frei gebliebenen Stellen heraus. Die Haut war totenbleich. Adrian Vanderen trat an sein Lager. Das unversehrte Auge des Kranken ging auf, es schimmerte wässrig.

»Habt Dank, Ihr habt mir das Leben gerettet«, sagte Bosse Matys mit schwacher Stimme. Der Kaufmann murmelte etwas, das Henrike nicht verstehen konnte. Der Alte griff nach seiner Hand, zog ihn näher. »Wenn der Herr mich holt, bin ich bereit. Ich habe meine Sünden gebüßt. Betet dreißig Paternoster am Tag, wie es hier Sitte ist. Denn Gott hat mich bestraft.« Er schluckte schwer, Adrian reichte ihm einen Becher mit Wasser. »Die anderen haben recht«, fuhr er fort. »Der Tod wäre eine Gnade für mich. Ich bin ein Greis. Ich habe mein Auge verloren. Nie mehr werde ich Schiffer sein können.« Adrian Vanderen sprach auf den Verwundeten ein, aber die jungen Leute konnten seine Worte nicht verstehen.

Die Geschwister zogen sich zurück. Sie sollten nicht hier sein, diese Angelegenheit ging sie nichts an. Sie setzten sich auf eine abgewetzte Bank im Gang. Henrike schwieg betroffen, Simon sah seinen Beinen beim Baumeln zu. Es dauerte eine Weile, bis Adrian die Kammer wieder verließ. Henrike hatte erwartet, dass er niedergeschlagen sein würde, doch stattdessen machte er einen aufgeräumten Eindruck.

»Mein Koch ist woanders untergebracht, einige der Matrosen konnten das Hospital schon wieder verlassen. Ich werde sie später ausfindig machen«, sagte er.

»Aber Euer Schiffer …«, begann Henrike.

»Ich habe ihm gesagt, dass er mit Leib und Seele Kapitän ist – ob mit einem Auge oder zweien. Solange er noch so kräftig ist, ist er kein Greis! Bosse wird wieder gesund werden. Danach wird er die *Cruceborch* zurück nach Brügge bringen, oder dorthin, wo sie gebraucht wird. Außerdem schuldet er mir noch eine Geschichte«, sagte er lächelnd. Ernster fügte er hinzu: »Ich würde nun gern ein Dankgebet sprechen.«

Henrike und Simon gingen mit ihm in die Kirche, die zu dem Hospital gehörte. Das dreischiffige, lichte Gebäude wurde von imposanten Wandgemälden bestimmt. An der Nordseite waren Christus auf seinem Thron mit der heiligen Maria zu sehen sowie kreisförmige Bilder mit den Gesichtern der Gründer des Hospitals. Henrike suchte das Abbild des Ratsherrn Bertram Morneweg, des ersten Stifters des Hospitals. Sie wusste, dass auch ihr Vater darüber nachdachte, seinen Reichtum für eine

Kirchen- oder Armenstiftung einzusetzen, auch liebäugelte er mit einer Pilgerfahrt. Eine Entscheidung hatte er jedoch noch nicht gefällt. Er hatte ja auch noch Zeit genug, stand in der Blüte seiner Jahre, wie sie fand. Adrian Vanderen kniete sich auf die Erde, faltete die Hände und senkte sein Haupt. Henrike und Simon taten es ihm gleich. Es gab vieles, wofür auch sie dankbar sein konnten.

»Allerdurchlauchtigster großmächtigster Kaiser, allergnädigster Herr … Eure Untertanen zu Lübeck sind hoch erfreut … Euer kaiserliche Majestät … unseren allergnädigsten Herrn … in aller Untertänigkeit … demütig … empfangen …«

»Johan, etwas flüssiger, bitte! Hartwig, der Baldachin hängt schon wieder auf deiner Seite!«

»Aber … ich …«

»Obacht!«

Es krachte und schepperte. Einen Moment war Stille. Henrike ließ ihre Zurückhaltung fahren und trat aus dem Windfang in die hohe Diele. Hatte ihr Vater nicht gesagt, er bekomme außer Herrn Vanderen noch weiteren wichtigen Besuch? Was war stattdessen los? Die Katzen drängten sich fluchtartig zwischen ihren Füßen hindurch, hinaus aus dem Zimmer und weg von seinem Lärm.

Die hohe Diele bot ein ungewohntes Bild. In der Mitte des Raumes lag ein breites, golddurchwirktes Tuch. Darunter waberte und zuckte es, Holzstöcke standen ab wie staksige Beine von Spinnen. Aus mehreren Kehlen war erbittertes Schimpfen zu hören. Der Oberkörper ihres Vaters war halb unter dem schweren Tuch verborgen, nur sein Hinterteil ragte heraus. Ein alter, zierlicher Herr mühte sich vergeblich, das Tuch zu heben; es war Ratsherr Lange. Adrian Vanderen, der inzwischen neben Henrike getreten war, räusperte sich vernehmlich. Ihr Vater befreite sich von dem Tuch und half Lange, wieder auf die Beine zu kommen. Ein weiterer Mann – Ratsherr Hermanus von Osenbrügghe – und ihr Onkel Hartwig krochen nun auch unter dem Tuch hervor. Der stellvertretende Bürgermeister Johan Perceval stand etwas abseits, war aber offenbar auch von dem Baldachin gestreift worden – zumindest fluchte er heftig, während er seine Kleidung zurechtrückte. Sie war aus hellgelbem und gemustertem Stoff gefertigt und wirkte auf Henrike übertrieben bunt, obwohl sie sicher teuer gewesen war. Auch die anderen, sonst so würdigen Herren wirkten zerzaust. Ihr Haar war verstrubbelt, die Kleidung saß schief, Hemdzipfel hingen aus ihren Hosen. Simon kicherte, und auch Henrike zog ein Lächeln über das Gesicht. Sie warf Adrian einen schnellen Blick zu, der ebenfalls erheitert wirkte, dann biss sie sich auf die Lippen. Die Patrizier blickten sie ebenso überrascht wie ungehalten an.

»Wieso seid ihr schon hier?«, fragte ihr Vater. »War denn die Tür nicht zugesperrt?«

»Wir sind gerade aus dem Hospital zurück. Ich habe merkwürdige Geräusche gehört und wollte nur nachschauen – ich konnte ja nicht ahnen …«, sagte Henrike und versuchte erneut ein Kichern zu unterdrücken. Es war zu komisch, die ehrwürdigen Herren so zu sehen. Ihr Vater zuckte unbeholfen mit den Schultern.

»Das war nicht so geplant. Nun ja, es ist, wie es ist. Wir üben für die Prozession, aber dieser verdammte – entschuldigt –, dieser Baldachin ist wirklich zu unhandlich! Wenn ich mir vorstelle, dass der Kaiser und die Kaiserin unter diesen Baldachinen reiten sollen! Wie sollen wir ihn nur halten, ohne dass er ihnen auf den Kopf fällt?«

Henrikes Mundwinkel hoben sich wieder. Der Mann, der erfolgreichen Handel mit zig Geschäftspartnern in zahlreichen Ländern trieb, der mit unterschiedlichen Währungen und Gewichten jonglieren konnte, kam mit einem einfachen Baldachin nicht klar!

Konrad Vresdorp stützte die Hände in die Hüften. »Also, noch mal«, forderte er seine Mitstreiter auf.

»Können wir helfen?«, fragte Henrike. Ihr Vater überlegte nur kurz.

»Nun gut, helft, den Baldachin wieder aufzurichten, dann sehen wir weiter.« Die anderen Männer stimmten zu. Solange sie sich einen Moment lang nicht mit dem Baldachin plagen mussten, schien ihnen alles recht zu sein.

Während Henrike und Simon sich daranmachten, den Haufen zu entwirren, stellte Konrad Vresdorp seinen Gast den anderen Patriziern vor. Die Männer griffen zu Knapknoken, kleinen Knabbereien, die auf dem Tisch standen. Hermanus von Osenbrügghe, ein gepflegter älterer Herr mit silbergrauem Haar, der oft an Königshöfen über die Geschicke der Hanse verhandelt hatte und der Adrian Vanderen offenbar aus Brügge kannte, ließ sich von diesem alle Einzelheiten des Piratenangriffs schildern. Henrike und Simon breiteten unterdessen den Baldachin aus, so dass man ihn gut hochheben konnte. Er hatte einiges Gewicht, und die Stangen waren lang; die Männer würden unentwegt im Gleichschritt gehen müssen, wenn sie ihn gerade halten wollten.

»Johan, die Rede …«, wandte sich ihr Vater an einen der Herren. Der Mann im gelb-gemusterten Wams blies entnervt die Wangen auf.

»Ich weiß. Aber all dieser allergnädigst, allerdurchlauchtigst, aller-ach-leckt-mich-doch«, stieß Johan Perceval hervor. Er lallte leicht, es war wohl nicht die erste Kanne Bier, die die Männer sich genehmigt hatten. »Nur weil Plescow und Swerting abgereist sind! Jetzt bin ich geschäftsführender Borghermester und muss das geschwollene Gerede übernehmen!«, schimpfte er, doch es war ihm anzusehen, dass er seine Worte nicht ganz ernst meinte. Hartwig Vresdorp schnalzte missbilligend.

»Was soll ich denn sagen? Ich springe hier nur ein, bin nicht einmal Rademanne. Es wird sich ein anderer finden, der den Kaiser begrüßt, wenn Ihr es nicht wollt. Ich würde es gerne machen. Sicher wird er sich für einen guten Empfang erkenntlich zeigen.« Er warf seinem Bruder einen scheelen Blick zu.

»Na, so weit kommt es noch!«, wies ihn Johan Perceval zurück und erhob sich. »Also los!«

Die Männer machten nicht den Eindruck, als ob sie sich auf ihre Aufgabe freuten, kamen jedoch der Aufforderung nach. Henrike und Adrian halfen ihnen, den Baldachin auszurichten.

»Und jetzt geht los!«, feuerte ihr Vater die Männer an. »Links, rechts … Hartwig! Links, rechts, … Besser so, immer voran! Nun die Rede.« Der Baldachin schwankte nur wenig, während sie in der Diele einherschritten, an den Wänden kehrtmachten und wieder zurückmarschierten.

»Allerdurchlauchtigster großmächtigster Kaiser«, begann Johan Perceval wieder und hielt die Begrüßungsrede, relativ flüssig dieses Mal. Nach einiger Zeit ließen die Männer den Baldachin sinken, ihr Vater rieb sich die Arme.

»Das kann ganz schön zäh werden! Der Weg ist lang. Vom Burgtor über die Breite Straße zum Dom, danach vorbei an der Ecke Königstraße und Johannisstraße zum Quartier des Kaisers. Immer wieder anhalten bei Begrüßungen und Gesängen, da werden uns abends die Arme brennen! Kommt, wir setzen uns. Adrian, seid unser Gast.«

Die Männer nahmen wiederum an der Tafel Platz. Henrike schenkte ihnen ein. Solange sie hier zu tun hatte, würde sie niemand wegschicken. Sie wartete, bis sie sich zugeprostet hatten, dann stellte sie die Frage, die ihr schon lange auf der Zunge lag: »Woher wisst Ihr Herren eigentlich, welchen Weg der Kaiser nehmen wird und was man überhaupt machen muss, wenn ein Kaiser die Stadt besucht? Es war doch so lange keiner hier?« Die Männer lachten.

»Weiber! Gut, dass sie mit Staatsgeschäften nichts zu tun haben!«, sagte Hartwig Vresdorp spöttisch, und Henrike wurde rot. Ihr Vater hingegen nickte bedächtig.

»Oh, glaub mir, dafür gibt es Verantwortliche. Der Kaiser könnte schon lange in Lübeck sein. Aber er lässt sich Zeit, damit hier alles so ist, wie es sein soll. Seit über einer Woche genießt er die Gastfreundschaft des Bischofs von Ratzeburg.«

Johan Perceval drückte die Brust heraus, er schien es gar nicht erwarten zu können, mit seinem Wissen zu glänzen: »Der Kaiser schickt einen Boten. Der Bote sagt dem Stadtschreiber, wann der Kaiser eintreffen wird und wie die Stadt auszusehen hat. Was ein angemessenes Quartier für ihn und sein Gefolge ist und was die Stadt alles springen lassen muss. Denn das ist ein teurer Spaß, ein Kaiserbesuch!«, sagte er.

»Es heißt, Gerhard Dartzow, der dem Kaiser sein Haus zur Verfügung stellen wird, lässt noch einmal alles auf Vordermann bringen und kostbare Tapisserien aufhängen. Die Kosten dafür will er beim Rat geltend machen. Vielleicht sollte ich die Rechnung für Henrikes prächtiges Kleid auch mal beim Rat einreichen, als Sonderausgabe sozusagen.« Konrad Vresdorp blinzelte seine Tochter an.

Alle lachten, und dieses Mal konnte Henrike mitlachen. Adrian sah die junge Frau verschmitzt an. Sicher machte er sich gerade einen Reim darauf, warum Henrike am Hafen so ungewöhnlich herausgeputzt erschienen war. Plötzlich schämte sie sich ein wenig ihrer kindlichen Freude über das schöne Kleid.

»Na, vermutlich wird es sich auch so für Dartzow lohnen, ein Ratssitz im nächsten Jahr dürfte ihm sicher sein«, fügte ihr Vater da ernster hinzu.

Nun hob Hermanus von Osenbrügghe erneut zu sprechen an. »Am Burgtor werden der Kaiser und die Kaiserin ankommen. In der Gertrudenkapelle werden sie die Reisekleidung ablegen und die kaiserliche Tracht anziehen. Eine Prozession von Geistlichen wird sie begrüßen. Sie werden eine Reliquie vorantragen, denn der Kaiser liebt Reliquien. Wenn dann noch weitere Geistliche eingetroffen sind, wird die Prozession ihren Anfang nehmen. Alle werden sich ihrem Stand nach einreihen und dann zum Dom ziehen. Vor dem Kaiser wird Ratsmann Lange reiten, der an einer Stange die Schlüssel der Stadttore trägt«, sagte er und strich sein silbergraues Haar zurück.

Der in einem so feierlichen Ton Erwähnte lachte.

»Wenn die Schlüssel man nicht wegkommen. Ich soll sie dem Kaiser geben, heißt es. Hauptsache, er gibt sie auch wieder zurück!«

»Der Kaiser kennt das Protokoll genau. Er kann es sich nicht leisten, unsere Stadt als Verbündeten zu verlieren«, hielt Konrad Vresdorp fest.

Simon, der still am Ende des Tisches gesessen hatte, brannte etwas ganz anderes auf der Zunge.

»Wo können wir stehen? Von wo können wir den Kaiser sehen?«, wollte er wissen.

»Das Volk steht an den Straßen und jubelt. Die schönen Jungfrauen auf der einen Seite, die Männer auf der anderen. Also auch du, Simon. So sieht es die Planung vor«, sagte der Vater. Ein Strahlen zog über das Gesicht des Jungen. »Adrian, Ihr könnt auch zusehen. In den Dom dürft Ihr allerdings nicht. Wachen werden dafür sorgen, das nur die besten Familien der Stadt Zutritt haben. Aber zum Ratsball am Abend, das schaffen wir sicher, oder, Freunde? Einen so würdigen Kaufmann aus Brügge, den werden wir wohl hineinschmuggeln?« Konrad Vresdorp hob seinen Krug, die Männer stießen an, nur Hartwig Vresdorp stimmte zurückhaltender ein.

Wenig später löste sich die Runde auf. Die Patrizier wirkten erschöpft von der ungewohnten Anstrengung. Sie schienen es für unter ihrer Würde zu halten, einen Baldachin zu tragen, selbst wenn es im Dienste des Kaisers geschah. Jost legte den Baldachin mit Simons Hilfe zusammen. Henrike zog sich in Richtung Flügelanbau zurück, ebenso wie Adrian Vanderen. Sie hatte den Eindruck, dass die Bewegungen ihres Hausgastes wieder mühevoller geworden waren; die Schulter schmerzte wohl doch mehr, als er zugeben wollte.

»Soll ich nach dem Ratsmedicus schicken lassen, Herr?«, fragte sie besorgt.

»Auf keinen Fall!«, lehnte Adrian brüsk ab.

Henrike schlug die Augen nieder. Sie hatte ihm nicht zu nahe treten wollen. Was ging sie schon sein Zustand an? Aber er hatte sie anscheinend an diesem Tag schon für sich eingenommen, bemerkte sie selbst erstaunt.

Plötzlich ergriff er ihre Hand, als bedauerte er seine harsche Reaktion.

»Es ist wahr, meine Verletzung macht mir zu schaffen, jedoch nicht so sehr, dass ich noch einmal ärztliche Hilfe benötigen würde; etwas Ruhe tut es auch. Habt Dank für Eure Hilfe am heutigen Tag.«

Henrike errötete. Eine derartige Aufrichtigkeit und Freundlichkeit hatte sie nicht erwartet. Für jeden anderen Mann schien es selbstverständlich, dass er eine Frau anherrschen, herumschubsen, wenn nicht gar über sie verfügen durfte. Adrian Vanderen schien anders zu sein. Vielleicht lohnte es sich, ihn besser kennenzulernen.

»Ich habe doch eigentlich gar nichts getan – aber das Wenige gern«, gab sie schüchtern zurück.

Beide mussten lachen, und sie sah bernsteinfarbene Sprenkel in seinen blauen Augen aufblitzen, die sie vorher nicht bemerkt hatte. In diesen Augen könnte ich mich verlieren, dachte sie, und Hitze wallte unversehens in ihr auf. Ihre Finger schienen zu brennen, und sie zog erschrocken die Hand zurück. Nun wirkte auch er verlegen. Sie wünschten sich eine gute Nacht, und Henrike ging den Gang hinunter. Als sie sich noch einmal umdrehte, sah sie, wie er die Hand an seine Schulter gepresst hielt, sein Rücken war schmerzgekrümmt. War es eine gute Idee ihres Vaters gewesen, ihn für den nächsten Tag zu einem Festmahl einzuladen? Oder war im Moment alles zu viel, vor allem, wenn man den bevorstehenden Besuch des Kaisers bedachte?

Später, im Bett, ließen sie die Bilder des Tages nicht zur Ruhe kommen. Die Geschichten von Seeräuberei und der Kaiserbesuch gingen ihr durch den Kopf, und immer wieder trat das Gesicht ihres Gastes vor ihr inneres Auge. Wie lange er wohl bleiben würde? Auf jeden Fall für die Dauer der Festlichkeiten. Welch wichtige Tage vor ihnen lagen! Noch nie war sie auf einem Ratsball gewesen! Sie war zwar schon länger alt genug dafür, aber beim letzten Ball war das Trauerjahr nach dem Tod ihrer Stiefmutter noch nicht vorüber gewesen. Jetzt war es endlich so weit. Wie es aussah, würde sie ihrem zukünftigen Ehemann dort begegnen, vielleicht sogar mit ihm tanzen. Und möglicherweise würde auch Adrian Vanderen sie einmal auffordern? Ihre Haut kribbelte vor Vorfreude, und sie warf sich von einer Seite auf die andere. An Schlaf war in dieser Nacht nicht zu denken.

4

Konrad Vresdorp blickte zufrieden in die Runde. Alle waren gekommen. Heute saßen die wichtigsten Mitglieder des Rates und der stellvertretende Bürgermeister der Stadt Lübeck an seinem Tisch, natürlich auch seine Familie und sein Hausgast. Alle waren seinem Ruf gefolgt. Das war ein Beweis für die Achtung, die man ihm entgegenbrachte, und ein gutes Vorzeichen für die Ratswahl an Petri Stuhlfeier, wie das Volk diesen katholischen Gedenktag nannte, im kommenden Jahr. Denn er hatte Pläne, ehrgeizige Pläne. Lange hatte er überlegt, ob er sich für das Amt des Bürgermeisters geeignet fühlte. Vertraute hatten ihm gut zugeredet, und jetzt war er entschlossen, diesen Weg einzuschlagen.

Zuvor musste er nur noch seine Angelegenheiten regeln. Dazu gehörte auch, Henrike zu verheiraten. Es musste ein Mann sein, der einen Teil seiner Geschäfte übernahm, sie aber nicht an sich riss, dem er vertrauen konnte. Je mehr Zeit er selbst im Rathaus verbringen würde, desto weniger konnte er sich um den Handel kümmern. Nicht ohne Grund lebten viele Räte nur noch von dem Geld, das sie irgendwo angelegt hatten, oder von den Erträgen ihres Grundbesitzes. Es gab aber noch etwas anderes, das er in die Wege leiten musste. Auch er musste wieder in den Stand der Ehe treten. Das Trauerjahr war vorüber, und es war notwendig für das Ansehen eines Ratsmannes, ein Eheweib an seiner Seite zu haben.

Seine Magd Gesche beugte sich neben ihm über den Tisch und goss Wasser aus einem kostbaren Aquamanile in eine filigrane Schale. Sie war ein junges, gut gebautes Ding, und er betrachtete wohlwollend die Rundungen ihres Busens, die sich beim Einschenken deutlich abzeichneten. Manche Magd legte es darauf an, ihren Herrn zu verführen, in der Hoffnung, dass er später für ihr Kind aufkommen würde. Er aber ließ sich nicht darauf ein, selbst wenn ihn die Lust arg plagte. So sehr er geschäftliche Winkelzüge liebte, in seinem Haus legte er Wert auf klare Verhältnisse. Außerdem wusste er, dass Gesche eine gottesfürchtige Frau war. Er würde ihr Vertrauen nie ausnutzen.

Mit dem duftenden Wasser begann er sich die Hände zu waschen. Seine Bewegungen brachte, das Kerzenlicht in der silbernen Schale zum Funkeln; und auch sein sonstiges Silberzeug wurde heute benutzt oder war gut sichtbar aufgestellt worden. Mancher Gast hatte seinen Neid kaum verhehlen können, als er beim Eintreten das teure Tafelgeschirr, die zahllosen Lichter und die eigens angeheuerten Spielleute bemerkt hatte. Dass sein Bruder Hartwig auf ihn neidisch war, wusste er längst – obgleich dieser den Vorwurf natürlich entrüstet von sich weisen würde. Aber sogar Johan Percevals Züge hatten für einen winzigen Moment einen missgünstigen Ausdruck angenommen. Dabei war auch er wohlhabend und würde noch dazu in diesen Tagen einen Höhepunkt seines Ansehens erreichen – was er auch jeden wissen ließ. Er würde dem Ideal eines Ritters so nahekommen, wie es einem Kaufmann nur möglich war. Konrad Vresdorp schmunzelte bei dem Gedanken an Percevals Bemühungen, sich über seinen Stand zu erheben. Eigentlich hieß er nämlich Johan Roeseke und kam aus Braunschweig; nach Parzival, dem berühmtesten Abbild eines christlichen Ritters, hatte er sich erst in Lübeck benannt. Nur manchmal, wie neulich bei der Probe, ließ Perceval sich gehen, war er wieder der einfache Braunschweiger Bürger, dem Flüche nicht fremd waren.

Seine Tochter Henrike hatte Konrad Vresdorp schräg gegenüber platziert. Sie lauschte Johan Perceval, gezwungenermaßen, wie alle anderen, denn dieser hatte die Stimme derart laut erhoben, dass einem nichts übrig blieb, als zuzuhören. Es ging um die bedeutsamen Aufgaben, die er in den nächsten Tagen zu bewältigen hatte. Die wichtigen Gespräche, die er mit den Beratern des Kaisers und dem Kaiser selbst führen würde. Konrad Vresdorp bemerkte, dass Henrike ihre linke Augenbraue leicht hochgezogen hatte, wie immer, wenn ihr etwas missfiel. Und er stimmte ihr zu: Auch ihn verdross, wie Perceval sich wichtigmachte, ganz so, als würde es bei diesem Besuch nicht etwa um den Kaiser, sondern um ihn gehen. Ihm waren Männer wie sein alter Freund Symon Swerting lieber, auf die man sich verlassen konnte und die anpackten, wenn es nötig war. Es wunderte ihn wenig, dass sich auch Swerting und Adrian Vanderen kannten und mochten; ehrliche Männer gewahrten einander. Sobald Symon Swerting von seiner Mission im Auftrag des Rates zurück war, würden sie sicher so manchen geselligen Abend miteinander verbringen.

Henrike lachte höflich über eine Bemerkung Percevals, warf ihrem Vater jedoch einen sprechenden Blick zu. Seine Tochter besaß einen scharfen Verstand und ein Gespür für Menschen, das war in seinem Beruf unabdingbar. Als Kaufmann musste man nicht nur erstklassige von minderwertiger Ware unterscheiden und einen Kauf genau durchrechnen können, man musste auch in sein Gegenüber hineinblicken und erkennen können, ob es der andere ehrlich meinte oder betrog. Henrike schien diese Fähigkeiten zu besitzen. Sie schrieb, rechnete, hatte Kenntnis verschiedener Sprachen. Im Gegensatz zu Simon brauchte sie im Unterricht kaum auswendig zu lernen, vielmehr schien ihr alles zuzufliegen. Eine richtige Tochter der Hanse war sie. Manchmal glaubte er, dass sie selbst noch nicht wusste, welche Fähigkeiten in ihr schlummerten, ebenso wenig wie sie zu wissen schien, wie liebreizend sie auf andere wirkte. Wenn es so kam, wie er hoffte, würde sie einen Mann finden, der ihr Wesen, ihre Schönheit und ihr Wissen zu schätzen wusste, der sie in seine Geschäfte einband und ihre Hilfe zuließ, wenn er selbst auf Reisen war. Dieser

Mann musste gefunden werden. Doch eines musste auch Konrad Vresdorp sich eingestehen: Ihm fiel es schwer, anderen in die Seele zu schauen, wenn es um seine Tochter ging. Er liebte sie so sehr, und er wollte keinen Fehler machen, was ihre Zukunft anging.

Konrad Vresdorp trocknete sich die Hände ab und nahm ein Stück von dem Brot, das in der Mitte des Tisches kunstvoll aufgestapelt war. Plötzlich erinnerte er sich tagträumend wieder an seine Henrike als kleines Kind, wie sie sich im Warenlager an Ballen hochgezogen hatte und über Pakete gekrabbelt war. Einmal hatte er sie als Zweijährige bei dem Versuch ertappt, einen Fässerstapel zu erklimmen. Sie war schon fast oben angekommen, als er sie entdeckt hatte – und ihm war beinahe das Herz stehen geblieben! Wenn nur ein Fass ins Wanken gekommen wäre, hätten die Bottiche sie unter sich begraben und zerquetscht. Er hatte mühsam seine Stimme gezügelt und leise ihren Namen gerufen. Henrike hatte sich auf den Rand des obersten Fasses gesetzt, ein Lied gesungen, die kleinen Beine baumeln lassen und ihn fröhlich angeblickt. Er hatte sie gebeten, vorsichtig herunterzukommen, doch sie hatte nur gelacht, für sie war alles nur ein Spiel. Als seine Stimme immer ängstlicher geworden war, war sie schließlich langsam heruntergekrabbelt, bis er sie endlich ergreifen und in seine Arme schließen konnte. Sie und ihr Bruder waren das Wertvollste, das er besaß, waren es immer gewesen. Aber sein Sohn hatte noch Zeit, ihn brauchte er noch nicht loszulassen. Simon hatte seine Lehrzeit gerade erst begonnen. Er sollte sie in Ruhe zu Ende führen und dabei Schritt für Schritt wachsen können. Henrike hingegen musste er langsam aus seiner Obhut entlassen, in die Hände eines anderen Mannes – aber in wessen nur?

Für einen Moment lauschte er Adrian Vanderen, der auf dem Ehrenplatz neben ihm saß. Adrian war in ein Gespräch mit dem Ratsherrn Bruno Diercksen vertieft, einem von Konrad Vresdorps Vertrauten. Diercksen war ein alter, würdiger Herr von beträchtlicher Leibesfülle mit einem breiten Backenbart, der sich nur noch mit Hilfe eines silbern beschlagenen Stockes fortbewegen konnte. Er hatte bereits eine Fülle von Ämtern bekleidet und setzte sich beharrlich für das Wohl Lübecks ein. Bruno Diercksen kannte sich mit den Geschicken der Stadt aus wie kein zweiter, und Konrad Vresdorp hatte schon oft von seinen Kenntnissen Gewinn gehabt. Ein Gesprächsthema mieden sie derzeit allerdings, denn Diercksen hielt die abwartende Haltung des Rates in der Dänemark-Frage für falsch. Er stand in geschäftlichen Verbindungen zum Hause Mecklenburg und unterstützte Herzog Albrecht vorbehaltlos. Konrad Vresdorp hatte geahnt, dass die beiden Männer genügend Gesprächsthemen finden würden, und sie absichtlich einander gegenüber platziert.

Auf Adrians anderer Seite saß Hermann Warendorp, der für den Deutschen Orden in Lübeck die Geschäfte abwickelte. Aus einem altehrwürdigen Lübecker Geschlecht stammend, war er schon in jungen Jahren in den Orden eingetreten. Er war ein wichtiger Handelspartner für Konrad Vresdorp, denn er verschaffte ihm Zugang zu den Waren aus dem Ordensland, etwa zu dem begehrten Bernstein, den die Lübecker Paternostermacher zu Gebetsketten verarbeiteten und der weithin reißenden Absatz fand. Einen fremden Kaufmann hätte er kaum neben Warendorp gesetzt, aus Sorge, er könnte ihn als Handelspartner abspenstig machen. Adrian Vanderen aber war anders. Er war ein ausgezeichneter Mann, geschäftstüchtig, mutig und loyal. Sie hatten sich in Brügge kennengelernt und miteinander Handel getrieben, waren aber erst Freunde geworden, als er peinlicherweise in eine missliche Lage geraten war – er, der erfahrene Kaufmann Konrad Vresdorp aus Lübeck! Adrian Vanderen hatte ihm ohne zu zögern geholfen und später nie mehr ein Wort über die Angelegenheit verloren. Auf ihn konnte er sich verlassen, das wusste Konrad Vresdorp. Im Gegensatz zu vielen anderen Händlern, wie auch seinem eigenen Bruder. Zorn wallte in ihm auf. Hartwig! So oft schon hatte er ihm ins Gewissen geredet, aber es hatte nicht geholfen. Er durfte ihn vor allem in der nächsten Zeit nicht aus den Augen lassen.

Ein Haufen Krümel türmte sich vor Konrad Vresdorp, er war so in Gedanken gewesen, dass er sein Brot zerrupft hatte. Mit einer schnellen Bewegung wischte er die Brosamen vom Tisch, die Katzen würden sich darüber freuen. Nur Henrike hatte es bemerkt, amüsiert lächelte sie ihn an. Es gab nur sehr wenige Frauen, die sich ihm gegenüber einen derart kessen Blick erlauben durften. Clara, seine erste Frau, war die erste gewesen, seine Tochter Henrike zählte auch dazu, und … Schon trugen die Mägde den Schinken auf, stellten Schalen mit Senf auf die Tafel und schenkten Margaretes gutes Bier ein.

Konrad Vresdorp klopfte mit seinem Bierkrug auf den Tisch. Er sprach einige Begrüßungsworte und stellte noch einmal seinen Geschäftspartner Adrian Vanderen vor. Schließlich trank er seinen Gästen zu und forderte sie auf, bei den Speisen kräftig zuzulangen. Der Harfner spielte auf, und eine Zeit lang war nur Schmatzen, Schlürfen und wohliges Seufzen zu hören. Der Schinken war genau richtig, salzig und butterweich, bemerkte der Hausherr zufrieden, als er ein Stück in den Mund steckte und behaglich mit einem Schluck Bier nachspülte.

»Ein vortrefflicher Schinken!«, lobte auch Adrian Vanderen und hob seinen Krug in Richtung seines Geschäftspartners. »Aber ich glaube, ein so vorzügliches Bier wie dieses habt Ihr mir noch nie zum Kaufe angeboten!«

Konrad Vresdorp lachte auf, wie immer kam es tief aus ihm herausgekollert.

»Ich habe Euch schon viele vorzügliche Biere zum Kauf angeboten. Aber Ihr wisst doch: Das Beste behält der kluge Kaufmann stets für sich«, prostete er zurück. »Nein, im Ernst: Meine gute Magd Margarete braut es nach ihrem Geheimrezept. Und das ist so geheim, dass nicht einmal ich es kenne. Die Menge reicht gerade eben für mich und meine Gäste, wie Ihr Euch vorstellen könnt. Aber vielleicht kann ich ja mal ein Fässchen abzweigen.« Adrian Vanderen nahm das Angebot dankend an.

Der Duft von Zimt und Nelken breitete sich aus, als die Mägde ein herzhaftes Wildgericht auftrugen, auf das Konrad Vresdorp sich ganz besonders freute. Dazu wurde Wein ausgeschenkt. Das Gespräch wandte sich den Feierlichkeiten, dem Ball und dem Turnier zu. Beim nächsten Gang, einem Mahl aus Schaffleisch, tauschten sich die Männer über die Aufregung ihrer Ehefrauen aus, die den ganzen Hausstand mit Änderungen an ihren Festkleidern verrückt machten. Alles sollte perfekt für den Ratsball sein, dabei kam es doch nun wirklich nicht auf die Weiber an! Schließlich wurden vier verschiedene Braten hereingebracht, und die Kaufleute wechselten endlich zu dem Thema über, das sie am meisten bewegte: die Geschäfte.

Inzwischen griffen selbst die hungrigsten Räte nicht mehr so überschwänglich zu. Obgleich sie in Übung waren – bei den Feierlichkeiten des Rates gab es regelmäßig üppige Festmähler –, waren die Platten noch längst nicht geleert, als sie wieder zurück in die Küche getragen wurden. Auch sein Gesinde und die Bettler würden heute einen Festschmaus haben; sei es ihnen vergönnt, dachte Konrad Vresdorp und lockerte seinen Gürtel. Er konnte sich vorstellen, wie sie fröhlich beisammen saßen und das Essen genossen. Irgendwann würde Jost seine Mundorgel hervorholen, und die Mägde, allen voran Gesche, würden anfangen zu singen. Oft schon hatte er mit dem Gesinde einen Abend ausklingen lassen, das war ihm häufig lieber als die steifen Feierlichkeiten im Rathaus.

Zum Abschluss des Festmahles wurden Butter, Käse und Gebäck auf den Tisch gestellt. Konrad Vresdorp betrachtete den Käse beinahe liebevoll, beschloss aber, noch ein wenig zu warten. Er ließ seinen Blick von Gast zu Gast wandern. Allerorten sah er gerötete, lachende Gesichter mit fettglänzenden Wangen. Ein Festschmaus war eigentlich erst dann richtig gelungen, wenn man noch wochenlang darüber sprach. Wenn man sich die Speisen und Getränke, die Gerichte und die Künste der Spielleute gegenseitig immer wieder vor Augen führte. Das würde dieses Mal nicht der Fall sein. Schon morgen, mit der Ankunft des Kaisers, würde kaum einer mehr darüber sprechen.

Dennoch hatte sich die Einladung gelohnt. Sie alle würden mit Zuneigung zu ihm und seinem Haus zu Bett gehen, und dieses gute Gefühl würde sich auch auf ihren Umgang miteinander und die Geschäfte niederschlagen. Auch Henrike wirkte zufrieden. Sie hörte Bruno Diercksen zu, schien aber gleichzeitig mit einem Ohr bei Adrian Vanderens Bericht über die Schönheiten Brügges zu sein, das verriet ihr Blick, der immer wieder bei dem Hausgast verweilte.

Bruno Diercksen bemerkte nicht, dass seine Gesprächspartnerin abgelenkt war. Seine Augen waren halb geschlossen. Er hatte die gefalteten Hände auf seinen vorgewölbten Bauch gelegt, während er redete. Diercksen genoss trotz seines hohen Alters den Umgang mit jungen Frauen. Dreimal war er inzwischen schon verwitwet. Sein neues Eheweib war kaum älter als Henrike. Ein arrivierter Kaufmann war als Schwiegersohn zweifellos nicht zu verachten, aber solch eine ungleiche Ehe konnte Konrad Vresdorp sich für seine Tochter nicht vorstellen. Diercksen hatte ihm seinen Sohn Vicus als Ehemann für Henrike angetragen, aber auch mit ihm tat Konrad sich schwer. Der junge Diercksen hatte, wie es den Anschein hatte, keinen lauteren Charakter. Nie könnte Konrad Vresdorp es ertragen, wenn ein Mann seine Tochter schlecht behandelte oder gar schlug! Andererseits war Vicus Diercksen im richtigen Alter und eine gute Partie, das Für und Wider wollte also sorgsam abgewogen werden. Es war immer gut, wenn man sich seine Verbündeten gewissenhaft auswählte. Diese Heirat würde über Generationen hinaus ein festes

Band zwischen zwei wirtschaftlich erfolgreichen und angesehenen Familien knüpfen.

Konrad Vresdorp hing noch seinen Gedanken nach, als Johan Perceval das Wort an Adrian Vanderen richtete: »Welche Geschäfte führen Euch eigentlich hierher?«, fragte er und ließ seinen Blick prüfend über die Kleidung seines Gegenübers wandern.

Wie immer machte Adrian eine gute Figur. Er trug ein Wams aus grüner Seide und Brokat, und eine goldene, mit Edelsteinen besetzte Spange zierte den Kragen. Johan Perceval, der unter Kaufmännern als eitel galt, konnte da nicht mithalten. Adrian legte sein Silbermesser auf die Seite.

»Ich habe meinem Geschäftsfreund Vresdorp hier einige der besten flämischen Tuche gebracht, die derzeit auf dem Markt sind. Ich stehe schon lange in guten Verbindungen zu Lübeck. Nun möchte ich die Geschäfte zwischen Ihrer schönen Stadt und meinem Sitz in Brügge ausbauen«, antwortete Adrian.

Eine Weile drehte sich das Gespräch um die Annehmlichkeiten von Brügge und die Unterschiede der Hansekontore im norwegischen Bergen, in Brügge und Nowgorod. Die Hansekontore waren die Hauptstützpunkte des Hansehandels in fremden Ländern. In ihnen trafen sich die in der deutschen Hanse zusammengeschlossenen Kaufleute. Im Gegensatz zu Norwegen, wo die Händler in einem bestimmten Viertel, der Deutschen Brücke, untergebracht waren, und dem Fürstentum Nowgorod, wo es für sie den abgeschlossenen Petershof gab, lebten sie in Brügge über die ganze Stadt verstreut und konnten sich frei bewegen. Nun schaltete sich unvermittelt auch Hartwig Vresdorp in das Gespräch zwischen Perceval und Adrian ein: »Ihr habt wohl in Brügge nicht genug zu tun«, nuschelte er angetrunken und mit einem Finger zwischen seinen Zähnen pulend.

Konrad Vresdorp spießte mit dem Messer, das Adrian ihm geschenkt hatte, ungeduldig ein Stück Käse auf. Welchen Zweck verfolgte sein Bruder mit dieser Bemerkung? Wollte er seinen Hausgast etwa reizen – und das in seinem Haus?

»Das Gegenteil ist der Fall. Aber Lübeck ist noch immer ein wichtiger Trittstein auf dem Weg zu den Märkten im Osten«, gab Adrian ruhig zurück.

»*Noch* immer? *Für* immer, würde ich eher sagen«, platzte Hartwig Vresdorp heraus und wischte sich mit dem Ärmel über das fettige Gesicht. Adrian lächelte unverbindlich.

»Wie man es nimmt. Wenn die Stadt die Gefahr durch Seeräuber nicht in den Griff bekommt, wird der Handel leiden und sich neue Wege suchen.«

»Neue Wege?« Hartwig Vresdorp schnaubte verächtlich. Konrad richtete sich auf, allmählich wurde es ihm zu viel.

»Natürlich. Wie schnell das geht, haben wir am Beispiel Gotland gesehen. Früher machte jeder Kaufmann auf dem Weg nach Osten auf Gotland halt, das ist heute nicht mehr so«, sagte er. Jetzt schaltete sich auch Hermanus von Osenbrügghe ein.

»Der Rat hat bereits Maßnahmen gegen den Seeraub ergriffen. Bald wird der Henker diesen Halunken die Köpfe vom Leib schlagen. Doch die politische Unsicherheit macht es nicht einfacher. König Waldemar toleriert die Seeräuber, weil sie die Hanse schwächen. Bei ihm und den Mecklenburgern finden sie immer einen Unterschlupf. Und ich fürchte, wenn Waldemar stirbt, wird sich die Lage eher noch verschärfen«, meinte der silbergraue Herr. Adrian beugte sich vor.

»Eben deshalb müssen wir selbst die Dinge in die Hand nehmen. Wenn wir uns zu Fahrgemeinschaften zusammenschließen, sind wir weniger angreifbar, das wisst Ihr doch auch. Außerdem sollten wir selbst Schiffe bewaffnen und als Begleitschutz mitschicken.«

»Wie sollen wir das bezahlen? Wir haben schon genug unter dem Pfundzoll zu leiden! Noch mehr Kriegsschiffe können wir uns nicht leisten«, protestierte Johan Perceval. Mit dem Pfundgeld, einer Abgabe auf Waren, war beispielsweise der Krieg gegen Waldemar von Dänemark bezahlt worden.

Adrian beruhigte ihn. »Das muss nicht teuer sein. Man könnte einige Koggen einfach besser mit Männern und Waffen ausstatten. Die Schiffe sollen ja auch nicht Krieg, sondern Frieden bringen. Sie sollen lediglich die Piraten abschrecken.«

Perceval und Hermanus von Osenbrügghe schienen über seine Worte nachzudenken. »Ihr seid nicht der Erste, der diesen Vorschlag macht«, sagte Osenbrügghe schließlich, »aber der Überzeugendste.«

Hartwig Vresdorp schien diese Wendung nicht zu gefallen. Er kam auf den Beginn des Gespräches zurück. »Stammt Ihr denn aus Brügge, Vanderen?«, hakte er nach.

»Ich komme ursprünglich aus Nürnberg. Der Handel hat mich nach Brügge verschlagen. Es ist eine schöne Stadt – wie Euer Lübeck.«

»Euer Vater ist Kaufmann oder Ratsmitglied in Nürnberg? Ich habe noch nie von ihm gehört«, sagte er zu Adrian.

»Mein Vater war Goldschmiedemeister«, sagte Adrian Vanderen. Konrad Vresdorp bemerkte, wie die Knöchel seiner geballten Hand hervortraten. Wenn man Adrian Vanderen eines vorwerfen konnte, dann, dass er empfindlich reagierte, wenn er sich herabgesetzt fühlte.

Hartwig zog die Lippen hoch. Konrad konnte sich vorstellen, was sein Bruder dachte: ein Handwerker also, von niederem Stand.

Doch Adrian Vanderen fügte beinahe beiläufig hinzu: »Er hatte die Ehre, einige Stücke für den Kaiser herzustellen.«

Nun mischte sich auch Henrike ein. »Es müssen besonders schöne Stücke sein, wenn sie für den Kaiser infrage kommen.«

»Sie sind bei Adel und Bürgern gleichermaßen begehrt und schmücken so manches Gotteshaus«, antwortete Adrian Vanderen und sah sie so lange an, dass Konrad Vresdorp unruhig wurde.

Er nutzte die Stille und hob sein Weinglas. »Auf den Kaiser!«, rief er, und alle tranken ihm mit glänzenden Augen zu. Er aber hatte seine ganze Aufmerksamkeit auf seine Tochter gerichtet, die sich jetzt endlich, später, als es sich für eine junge Frau geziemte – was würde sein Bruder nur wieder dazu sagen! –, verabschiedete. Henrike schien sich sehr für seinen Hausgast zu begeistern. Das kam seinen eigenen Überlegungen sehr entgegen.

Als Henrike in die Küche trat, kam Margarete ihr sogleich entgegen. Das graue Haar schaute unter ihrem Kopftuch heraus, klebte an den Schläfen. »Ach, du bist dat, Henrikchen. Wünschen die Rademannen wieder etwas? Noch ein paar Knapknoken?«, fragte sie müde.

Henrike legte ihr lächelnd die Hand auf den Arm. »Nicht doch! Die sind alle satt, da passen nicht einmal mehr Knabbereien. Alles war wunderbar! Vater ist sehr zufrieden, und die hohen Herren sind es auch«, sagte sie.

Margarete ließ sich wieder auf die Bank sinken und gähnte herzhaft. Sie führte den Haushalt mit dem Schwung einer jüngeren Frau, aber an derart anstrengenden Tagen merkte man ihr das Alter an. Henrike spürte ebenfalls, wie müde sie war; die schlaflose Nacht saß ihr noch in den Knochen. Sie setzte sich neben die Alte an den Tisch. Die Mägde und Knechte taten sich an den Resten gütlich. Am Armentisch saßen vier Bettler, die ihr Glück gar nicht fassen konnten und beim Braten tüchtig zulangten. Jost fragte Henrike nach den Gesprächen bei Tisch aus, zu gerne wäre er wohl dabei gewesen. Henrike erzählte ihm einiges. Doch dann bemerkte sie auf einem Bord den Teil der Gerichte, den Margarete für die Verteilung an die Armen zurückgestellt hatte, und stand auf. Margarete wollte schon aufspringen, aber Henrike drückte sie sanft zurück. Heute würde sie die Almosen verteilen.

Als sie die Seitentür öffnete, schlug ihr eine Böe Nieselregen ins Gesicht. Würde sich bei diesem Wetter überhaupt jemand hinauswagen? Aber ja, im Schutz der Mauer saßen zwei Gestalten, ein kräftiger Mann mit Holzkrücke, dem ein Unterschenkel fehlte, und eine Frau – es war die mit dem Säugling! Henrikes Müdigkeit war wie fortgeblasen. Was tat sie hier, um diese Zeit, bei diesem Wetter? Langsam erhob sich die Bettlerin. Als sie in den Lichtschein der Fackel trat, erkannte Henrike, dass die Frau völlig durchweicht war. Vor ihre Brust gebunden trug sie ihr Kind, leises Schniefen war zu hören. Henrike wandte sich erst an den Mann. Sie wollte ihm nur rasch ein paar Lebensmittel zustecken, damit sie sich danach in Ruhe um die Frau kümmern konnte.

»Was tut ihr hier? Warum seid ihr nicht in eurer Unterkunft?«, fragte Henrike die Bettlerin. Als ihr bewusst wurde, wie besorgt sie geklungen hatte, fühlte sie in sich hinein. Ja, obgleich es doch so viele Arme in der Stadt gab, sorgte sie sich doch besonders um diese Frau und ihr Kind. Man sah nicht oft Bettlerinnen mit Kindern – das Leben auf der Straße war hart, und die Kleinen starben schnell weg. Der Gedanke an das Schicksal des Säuglings versetzte ihr einen Stich.

»Sie … sie haben uns auf die Straße gesetzt. Jedes Lager ist vermietet. Alle sind hier, um den Kaiser zu sehen. Eine Frau mit einem kranken Kind stört nur«, brachte die Bettlerin stockend hervor. Wasser lief in Strömen von ihrem Gesicht. Ob es nur Regen war oder auch Tränen, vermochte Henrike nicht zu sagen.

»Was ist mit den Armenhäusern, den Stiftungen der frommen Frauen?«, forschte Henrike nach.

Die Bettlerin senkte den Blick. »Wir waren überall. Alles voll. Nirgendwo war Platz für uns«, sagte sie leise. »Können wir hier … im Schutz der Mauer bleiben?«

Henrike konnte es nicht fassen. Die Kirchenstiftungen wiesen eine Frau mit einem Säugling ab, um Geld an den Besuchern von außerhalb zu verdienen? Und das sollte Gottes Wille sein?

Grübelnd strich sie den Niesel von ihren Wangen. Hier vor ihrem Haus konnten sie nicht schlafen, die Büttel hatten in diesen Tagen wenig Geduld mit Bettlern, die den Glanz des Stadtbilds schmälerten. Sie konnte sie aber auch nicht ins Haus bringen, das würde ihr Vater nicht zulassen. Der Stall! Es würde kaum auffallen, wenn die Frau und das Kind dort eine Nacht verbrachten. Sie müsste aber vorsichtshalber mit Margarete sprechen. Sie bat die Frau zu warten und wandte sich schon der Tür zu, als ihr einfiel, dass sie ihr noch gar nichts zu essen gegeben hatte. Flugs reichte sie ihr Brot und Braten, und die Bettlerin stellte sich in den Windschatten des Hauses und biss ausgehungert hinein.

Im Haus winkte Henrike nach Margarete. Sie berichtete ihr von der Bettlerin, dem Kind und ihrem Plan. Die alte Frau war entrüstet: »Ihr mögt ihr trauen, aber ik heb viel Boses gesehen!«

»Aber warum denn nicht? Es ist doch nur für eine Nacht. Das Kind – es hustet, sicher stirbt es sonst bald.«

Margarete kniff den zahnlosen Mund zusammen. »God sol ihr wol helpen! Wenn es Gottes Wille ist, dann stirbt es auch ohne unsere Hilfe.«

Doch Henrike war nun fest entschlossen. Sie ging zu dem Schrank mit den geflickten Decken und Laken und nahm ein paar heraus.

»Dein Vater wird es nicht erlauben. Er wird mir die Schuld dafür geben. My wert so bange!«, rief Margarete aus.

Henrike sah echte Besorgnis in dem faltigen Gesicht ihrer Amme. Sie umfasste die Hand der alten Frau, sah ihr fest in die Augen. Es tat ihr leid, sie so in Aufregung versetzt zu haben. Sie wollte doch nur helfen!

»Nein, das wird er nicht. Ich werde ihm sagen, dass es meine Entscheidung war, meine ganz allein.« Sie stemmte sich gegen die Tür.

Die Alte seufzte schwer. »Ich wärme nur schnell Wasser und komme nach«, gab sie sich geschlagen.

Draußen nieselte es noch immer. Im Schein der Fackel konnte Henrike die feinen Schwaden sehen, die vom Wind durch die Straßen getrieben wurden. Der Herbst hatte seine schönen Seiten, aber diese gehörte nicht dazu. Sie sah sich um. Erst dachte Henrike, die Frau sei verschwunden, dann aber entdeckte sie sie im Windschatten.

»Kommt mit, ihr könnt eine Nacht in unserem Stall bleiben.«

Die Frau sah sie befangen an, folgte ihr aber durch den Hinterhof und in den Stall, wo ein Wolfsspitz mit wilder Mähne und sanftem Gemüt an der Kette zurrte und anschlug. Henrike legte ihm die Hand auf die feuchte Schnauze und tätschelt ihn hinter dem Ohr, so wie er es mochte. Die Pferde schnaubten leise. Henrike sah sich um. Wo könnte sich die Frau ein Lager aufschlagen? Hier neben den Schweinen? Oder doch bei den Hühnern? Für einen Moment fragte sie sich, ob es wirklich eine gute Idee gewesen war, sie hierher zu bringen. Vielleicht hätte sie die Bettlerin zum Armenhaus begleiten und darauf bestehen sollen, dass man sie dort aufnahm. Aber mitten in der Nacht auf die Straße, das schickte sich nicht nur nicht, sondern war auch noch gefährlich. Nur lose Weiber trieben sich des Nachts auf den Straßen herum, anderen konnte leicht von Herumtreibern Gewalt angetan werden.

Die Frau zog die Kapuze vom Kopf, und Henrike sah, dass ihre Wangen im Fackelschein noch hohler aussahen. Vorsichtig löste sie das Tuch von ihrem Hals und bettete den Säugling auf dem Boden. Sein Körper krampfte beim Husten.

»Wie heißt es?«, fragte Henrike und strich mit dem Finger zart über den Flaum der Wange.

»Es ist ein Mädchen, sie heißt Anneke. Mein Mann wollte es so.« Die Frau schniefte und wischte sich grob die hervorschießenden Tränen aus den Augen.

»Euer Mann, wo ist er?«, wollte Henrike wissen.

Die Antwort brach aus der Frau heraus. »Tot ist er. Wir haben gearbeitet, auf einem Landgut. Aber dann geriet der Herr in Not, und wir mussten gehen. In Lübeck gibt es Arbeit, hat mein Mann gesagt. Ich gehe dorthin und schicke euch Geld, hat er gesagt. Einen Teil spare ich, und wenn ich genug habe, hole ich euch nach. Eine Zeit lang ging alles gut. Er schickte Geld. Aber dann kam nichts mehr. Er kam auch nicht zurück. Also bin ich los, hochschwanger. Er würde für uns sorgen, dachte ich. Hauptsache wir sind zusammen, dachte ich. Als ich Lübeck erreichte, war er bereits tot. Ein Fieber hat ihn dahingerafft.«

Henrike hatte konzentriert zugehört und bemerkte erst jetzt Margarete, die mit einem Eimer in der Hand eingetreten war.

Die alte Frau musterte die Bettlerin streng. »Kannst du arbeiten?«, fragte sie.

Die Bettlerin nickte verschüchtert.

»Dann kannst du ein paar Nächte bleiben, du kannst hier im Stall helfen. Wenn du Ärger machst, bist du wieder auf der Straße. Wenn du klaust, rufe ich die Büttel. Und wenn die Herrin sagt, du gehst, gehst du, ohne einen Mucks und ohne etwas mitzunehmen. Klar?«

Henrike wunderte sich über die Bitterkeit in Margaretes Stimme. Hatte sie mit ihrer Vergangenheit zu tun? Was war eigentlich mit ihrer eigenen Familie? Darüber hatte Margarete nie gesprochen. Die alte Magd zog ein kleines Töpfchen mit Fett aus der Tasche und einen Beutel, aus dem es würzig duftete.

»Das Kind braucht Kräuter auf die Brust, sonst geht der Husten nicht weg.« Sie sah Henrike an. »Und Ihr, Jungfer Henrike, geht jetzt besser. Ihr habt nichts im Stall verloren.«

Als Henrike aufstand, sagte die Frau leise: »Mein Name ist übrigens Wobbecke.«

Henrike nickte lächelnd. »Gott schütze dich und dein Kind, Wobbecke.«

Im Haus aßen und tranken die Gäste des Vaters noch immer. In Henrike hingegen machte sich die Müdigkeit wieder breit. Sie würde besser schlafen können, jetzt, wo sie wusste, dass die Frau die Nacht nicht in der Gosse verbringen musste.

5

Der Wind pfiff ums Haus und rüttelte an den Läden, als Margarete erwachte. Mit dem Herbst kamen die steifen Glieder. Jeder Wetterwechsel kündigte sich mit einem schmerzhaften Ziehen in den Gelenken an, die feuchte Kälte drang ihr bis ins Mark. Sie stemmte sich von ihrem Lager und griff den kleinen Tontopf, den sie neben ihrem Kissen verborgen hatte. Leise hörte sie Gesche schnarchen; sie hatte sich gestern den Magen arg vollgeschlagen und dann noch die Weinreste aus den Gläsern des Herrentisches vertilgt. Margarete würde sie heute vermutlich den ganzen Tag antreiben müssen, sonst würden sie die Arbeit nicht schaffen. Sie steckte ihre Finger in das mit Kräutern vermischte Fett und massierte es auf Knie und Knöchel. Fast konnte sie die zarte Säuglingsbrust wieder fühlen, die sie gestern Nacht mit einer anderen Kräutermischung eingerieben hatte. Was hatte Henrike sich nur dabei gedacht, dieser Frau und ihrem Kind Obdach zu geben? Ein jeder verdiente sein Los, ob Bettler oder Edelmann. Diese Frau lebte auf der Straße, weil Gott es so gewollt hatte. Und wer waren sie, sich gegen Gottes Willen zu stellen? Aber Henrike war jung, sie kannte die Härten des Schicksals noch nicht. So zart, so unschuldig wie Henrikes Gesicht war auch ihr Sinn, und Margarete konnte ihr einfach nicht böse sein.

Die Alte kniete sich neben das Lager und sprach ein Gebet. Es war der Elftausend-Mägde-Tag, der Tag der Heiligen Ursula und ihrer Begleiterinnen. Der große Tag, an dem der Kaiser Lübeck besuchen sollte. Doch für sie würde es ein arbeitsamer Tag wie jeder andere werden. Margarete rüttelte Gesches Schulter und schlurfte in den Hinterhof. Ein kühler Wind zauste ihre

Haare. Die Erde war matschig, aber immerhin hatte es aufgehört zu regnen. Ihre Beine wollten ihr noch nicht so recht gehorchen. Immer öfter plagten sie die Sorgen um die noch kommenden Jahre. Was würde aus ihr werden, wenn sie ihrer Arbeit nicht mehr nachkommen konnte? Ihr Herr hatte versprochen, dass er für sie sorgen würde, aber würde er sein Versprechen auch halten? Auch bei anderen Herren hatte sie schon in Diensten gestanden. Sie wusste, dass viele heute dies und morgen etwas anderes sagten. Doch wenn jemand sein Versprechen halten würde, dann war es Konrad Vresdorp. Er hatte das Herz am rechten Fleck, genau wie seine Tochter. Also, was bekümmerte sie sich? War sie dem Teufel nicht schon einmal von seiner Schippe gesprungen? War ihre Lebenszeit nicht ohnehin nur geschenkt?

Margarete leerte ihren Nachttopf und lugte in den Stall. Das Licht des anbrechenden Tages fiel fahl auf die Tiere. Der Wachhund sah sie nur mit schief gelegtem Kopf an. Die Frau und das Kind lagen unbewegt, sie schliefen wohl noch. Wobbecke und Anneke. Sie hatte nicht wissen wollen, wie die beiden hießen. Solange sie namenlos blieben, konnte sie das Leid der Armen von sich schieben. Aber sobald sie ihre Namen wusste, wurde ihr Schicksal greifbar. Sie ertrug es nicht, Kinder dahinsiechen zu sehen. Zu oft hatte sie schon mit ansehen müssen, wie den kleinen Wesen das Leben entwich, wie ihre Seele zu Gott ging. Ihre müden Augen füllten sich mit Tränen. Unduldsam wollte sie sie wegblinzeln, aber die Gedanken ließen sich nicht mehr aufhalten.

Ihre eigenen Kinder. Die Zeit des großen Sterbens. Schwarze Beulen. Aufgeplatzte Haut. Blut. Die panischen Schreie, die ihr heute noch in den Ohren klangen. Eines nach dem anderen hatte die Pest dahingerafft. Denn sie war nicht immer die alleinstehende Magd gewesen, auch sie hatte einmal einen Mann und Kinder gehabt. Hatte sie verdient, was damals geschehen war, wie der Priester es sagte? Hatte sie sich gegen ihren Stand versündigt, war sie hochmütig gewesen? Eine Magd durfte nicht heiraten, und ein Handwerker hatte meist nicht genügend Geld, eine Familie durchzubringen. Aber ihr Mann und sie hatten geglaubt, dass sie es gemeinsam schaffen würden. Und wer verdiente schon ein so grausames Schicksal?

Margarete hieb gegen das Holz, immer und immer wieder, bis die Handfläche brannte. Legte schließlich die bebenden Finger über die Augen. Dass die Erinnerungen nicht aufhören konnten! Dass die Bilder nicht aus ihrem Kopf verschwanden, sie immer wieder heimsuchen mussten! Mancher, der die Pest überlebte, hatte sich anschließend zu Tode gesoffen, weil er den Schmerz betäuben wollte. Ihr Mann – nein, daran wollte sie nicht denken. Sie zwang ihren Atem zur Ruhe. Wie hatte sie nur weiterleben können? Indem sie ihre Vergangenheit verbarg, niemandem davon erzählte. Und dann war da Henrike gewesen. Dieses Kind, das seine Mutter verloren hatte, das sie brauchte. Margarete liebte sie wie ihre eigene Tochter. Wenn Henrike sie angelächelt hatte, hatte sie den Kummer vergessen können. Dafür kehrte er in anderen Situationen umso heftiger zurück. Wie jetzt.

Unter den Decken regte sich etwas. Sie musste die Frau mit ihren Schlägen aufgeweckt haben. Anneke hustete. Margarete zog sich zurück. Sie wollte den beiden nicht begegnen. Sie wollte kein krankes Kind in diesem Haus! Dass Henrike ihr das angetan hatte! Sie würde den Mägden und Knechten mitteilen, dass eine Bettlerin und ihr Kind im Stall Unterschlupf gefunden hatten. Gesche sollte etwas Biergrütze hinausbringen und Wobbecke sagen, was zu tun war.

Henrike schreckte hoch, es war schon hell. Sie musste tief geschlafen haben. Im Haus herrschte bereits rege Geschäftigkeit. Heute war der große Tag! Ihr Herz hüpfte vor Freude. Sie wusch sich und zog ihr Kleid über. Es war ein Tappert aus feinem Stoff. Das gegürtete Obergewand hatte weite Tütenärmel, vorne zahlreiche Knöpfe und einen Stehkragen. Anschließend eilte Henrike ins Haupthaus, sich im Laufen die Haare hochbindend. Fast wäre sie über Gesche gestolpert, die die Decken zum Lüften hinaustrug.

»Langsam, Jungfer Henrike. Ihr fallt sonst noch! Und der schöne Tappert, er ist ja noch ganz offen! Wartet, ich helfe!« Die Magd legte die Decken ab und half Henrike, die Knöpfe zu schließen.

»Warum hat mich niemand geweckt? Ich habe verschlafen! Die anderen sind bestimmt schon losgegangen. Nicht, dass ich den Kaiser verpasse!«, rief Henrike.

»Nicht doch, Herrin. Alle sind noch hier. Frau Margarete erwartet Euch in der Küche«, beruhigte Gesche sie.

Henrike verspürte ein flaues Gefühl im Magen, ein Beben und Zittern. »Nein, essen kann ich nichts.«

Alle Knöpfe waren geschlossen, und die Magd strich vorsichtig die Tütenärmel glatt. »Doch, Ihr müsst essen, Herrin. Frau Margarete hat eigens Blamensir für Euch gemacht. Das wird Euch stärken und von innen wärmen. Das könnt Ihr brauchen, wenn Ihr den halben Tag auf der Straße steht.«

Doch Henrike fiel jetzt die Bettlerin wieder ein, und sie wandte sich dem Hinterausgang zu.

Die Magd zwinkerte ihr verschwörerisch zu. »Im Stall ist alles in Ordnung, Herrin. Ich habe schon Biergrütze hinausgebracht.«

»Danke, dann bin ich beruhigt!«, rief Henrike und lief in die Küche. Dort füllte ihr Margarete den Blamensir, gehacktes Huhn in gesüßter Mandelmilch, mit einer großen Holzkelle in eine Schale und reichte sie der jungen Frau. Dann ließ die Amme ihren prüfenden Blick über sie schweifen.

»Das Kleid ist hübsch, aber ist es auch wirklich warm genug?«, überlegte Margarete.

»Ich ziehe den Nuschenmantel darüber«, beruhigte Henrike und stocherte in ihrem Eintopf. Er roch nach Mandeln und Nelken. Unter dem wachsamen Blick der alten Frau begann Henrike langsam zu speisen. Das Gericht war warm und süß; vielleicht würde der Blamensir ihr doch guttun.

Margarete setzte sich zu ihr. »Schau genau hin und merk dir alles, dat is myn rad. Einen Kaiser sieht man nur einmal im Leben, wenn überhaupt. Er ist ein Gesalbter, von Gott eingesetzt. Davon kannst du deinen Kindern erzählen.«

Ihren Kindern … Das schien Henrike jetzt doch weit hin.

Als sie aufgegessen hatte, suchte sie ihren Vater. Sie mochte Geheimnisse nicht, wollte ihm von der Bettlerin erzählen. Die Tür zu seiner Schreibkammer war nur angelehnt, seine Schatulle aus Ahornholz stand auf dem Tisch. Hatte er gestern Abend mit Adrian Vanderen noch Geschäfte gemacht? Wo war ihr Gast überhaupt?

»Euer Vater ist schon im Rathaus. Ich soll Simon und Euch in die Breite Straße bringen.«

Henrike fuhr herum – sie hatte Jost gar nicht bemerkt. Der junge Mann stand in der Tür und musterte sie. Wie selbstverständlich ging er in die Schreibkammer des Vaters, nahm die Brieflade an ihrem Klappgriff und verschloss sie in einem Schrank.

Henrike warf ihren Nuschenmantel aus Samt über und nahm den Kranz aus Blumen und Blättern auf, den sie, wie alle Jungfrauen, im Haar tragen sollte.

Erst hatte sie sich gewundert, dass Jost sie und Simon bringen sollte, doch kaum, dass sie auf die Straße getreten waren, mussten sie sich in den Strom der Schaulustigen einreihen, so voll war die Stadt. Es war sicherer und auch bequemer, männlichen Schutz zu haben. Jost ging voraus, nur langsam konnten sie sich voranschieben. Simon lief auf Zehenspitzen vor ihr, reckte sich, um die Gaukler vor den Häuserwänden zu sehen. Doch die meisten

Menschen überragten ihn, er starrte auf Bäuche, Schultern und Rücken. Henrike wurde angerempelt, roch den Schweiß fremder Menschen, fühlte sich bedrängt. Erst als sie die Breite Straße erreicht hatten, wurden die Abstände zwischen den Zuschauern größer. Henrike atmete auf und sog den Anblick förmlich in sich ein. An den Häusern flatterten bunte Fähnchen, Äste waren zum Schmuck an die Fassaden gebunden. Aus jedem Fenster sah man Menschen herausschauen, sogar auf Dachgiebeln saßen sie, um eine gute Aussicht zu haben. Spielleute und Possenreißer standen an den Straßenecken und unterhielten die Wartenden, Essen und Trinken wurde von Hökern feilgeboten.

Sobald sie ihren Platz zwischen den anderen Patriziertöchtern am Burgtor erreicht hatte, verließ Jost sie wieder.

Simon stellte sich auf die gegenüberliegende Straßenseite zu den Bürgersöhnen. Neben Simon hatte sich Vicus Diercksen eingefunden, der Sohn des Ratsherrn, ein dicker, aschblonder Kerl. Als er Henrike bemerkte, blinzelte er ihr zu, anschließend sagte er einige Worte zu seinen Kumpanen, die in Gelächter ausbrachen. Es war die Art Gelächter, die auf Henrike nicht sehr freundlich wirkte. Dazu passte, dass Simon rot wurde und etwas zu Vicus sagte, woraufhin dieser ihm einen groben Klaps gab. Simons Mütze fiel in den Dreck. Menschen, die freie Plätze suchten, trampelten achtlos darüber. Simon mühte sich, sie aufzuklauben. Die jungen Männer lachten erneut. Henrike brauste auf – ein Kind so zu schikanieren! Es drängte sie, zu Simon zu laufen, ihn zu verteidigen. Aber damit würde sie es ihm nur noch schwerer machen. Er musste sich alleine behaupten. Doch kaum stand er wieder in der Reihe, triezte Vicus ihn weiter, schob ihm die Mütze vor die Augen, schubste ihn. Blass vor Wut schob der Junge sie zurück. Als seine Mütze erneut im Straßendreck landete, versetzte Simon Vicus einen so heftigen Stoß, dass der beleibte junge Mann ins Taumeln geriet und beinahe fiel. Zornrot stürzte er auf den Jungen zu und wollte gerade nach ihm schlagen, da drängte sich jemand neben Simon – es war Adrian Vanderen. Scharf fuhr er Vicus an. Der junge Bürgersohn plusterte sich vor seinen Freunden auf. Wollte er es auf eine Schlägerei ankommen lassen? Henrike hielt die Luft an. Doch Adrian musste anscheinend nicht viel sagen, um sein Gegenüber zum Nachgeben zu bewegen. Diercksen ließ die Schultern hängen, und auch seine Freunde lachten nun nicht mehr. Sie versuchte, Adrians Blick einzufangen, zu gern hätte sie sich bei ihm bedankt, doch dieser hatte sich Simon zugewandt. Henrike bemerkte erleichtert, wie sich das Gesicht ihres Bruders wieder aufhellte.

Da war auf einmal Telse neben ihr, nahm ihre Hand und zog sie in Richtung Straßenrand.

»Aber von hier sieht man doch nichts!«, protestierte Henrike.

Ihre Base reagierte gar nicht. Erst als sie ein leeres Plätzchen in einem Hauseingang gefunden hatten, wandte sie sich ihr zu.

»Was ist denn los?«, wunderte sich Henrike. Telse neigte sich zu ihr.

»Ich muss dir etwas Wichtiges sagen. Mit Eurem Hausgast stimmt etwas nicht«, flüsterte sie geheimnisvoll.

»Was meinst du?«, fragte Henrike, reckte sich jedoch, um nach der Prozession zu sehen.

Ihre Base zupfte unsanft an Henrikes Mantel. »Henrike, ich meine es ernst. Ich habe etwas Erschütterndes erfahren. Und weil du meine liebe Base bist, muss ich es dir offenbaren.« Sie hatte die Augen weit aufgerissen, um die Ungeheuerlichkeit dessen, was sie zu sagen hatte, noch zu unterstreichen.

Jetzt hatte sie Henrikes Aufmerksamkeit für sich gewonnen. mit wild pochendem Herzen sah sie ihre Base an.

»Man hört, er ist in unsaubere Geschäfte verwickelt. Hat Schulden, die er nicht zurückzahlt. Auch deinem Vater schuldet er Geld.«

Henrike fühlte, wie ihr Mund trocken wurde. Adrian Vanderen hatte auf sie einen so guten Eindruck gemacht, und ihr Vater vertraute ihm. Konnte es wahr sein, was Telse über ihn sagte?

»Woher weißt du das?«, fragte sie und sah Telse in die Augen, als könnte sie dort die Wahrheit ergründen.

Telse schob vielsagend das Kinn vor. »Ich weiß es eben.«

Henrike kannte ihre Base, solange sie denken konnte, und wusste, dass es keinen Sinn hatte, sie zu drängen. Die Mädchen waren gemeinsam mit den Steckenpferden um die Wette geritten und hatten mit Puppen gespielt. Gern hatte Henrike ihre Base auch in ihrem Haus besucht. Zumindest bis eines Tages Telses Bruder Nikolas mit seiner Kinderarmbrust auf Henrikes Puppe geschossen und sie ihm daraufhin so heftig gegen das Schienbein getreten hatte, das er noch Tage später humpelte. Doch je älter sie wurden, desto mehr gerieten sie unter die Aufsicht ihrer Mütter. Beten, Sticken, Musizieren und an der Spindel sitzen waren für Henrike eine Qual, während Telse ganz darin aufging. Sie begann, sich wie eine wohlgesetzte Frau zu benehmen, plapperte die Maßregeln ihrer Mutter nach und ermahnte Henrike stets, wenn sie sich nicht angemessen verhielt.

Jetzt zupfte Henrike nervös an dem Kranz in ihrem Haar. Einem Kaufmann, der betrog, drohte nicht nur die Ächtung durch den Berufsstand, sondern die ganze Härte des Gesetzes. Er konnte sogar mit dem Tode bestraft werden. Wenn an dem Gerücht etwas Wahres war, könnte auch die Ehre ihres Vaters in Mitleidenschaft gezogen werden, so dass er in der Hanse einen äußerst schweren Stand haben würde – letztlich könnte ihre ganze Familie gefährdet sein.

»Bitte, du musst mir verraten, woher du das weißt!«, drängte Henrike ihre Base nun doch.

Aber Telse war noch längst nicht fertig. Sie senkte die Stimme. »Als ob das noch nicht schlimm genug wäre, ist er auch noch gottlos. Kann die Finger nicht von den Frauen lassen, hat Kinder in jedem Ort, in dem er Handel treibt.«

Das allerdings hielt Henrike für gelogen. Ein solches Verhalten sprach sich unter Kaufleuten schnell herum. Es wäre auch ihrem Vater zu Ohren gekommen. Noch einmal flehte Henrike Telse an, ihr Genaueres zu berichten – da begannen alle Glocken der Stadt auf einmal zu läuten, und kirchlicher Gesang setzte ein. Neben ihr brachen die Menschen in ohrenbetäubenden Jubel aus. Die beiden jungen Frauen drängten sich unter dem Protest der einfachen Leute an ihren Platz in der ersten Reihe zurück.

»Der Kaiser, der Kaiser ist eingetroffen! Es lebe der Kaiser!«, rief auch Telse wenig damenhaft.

Doch Henrike war nicht mehr nach Feiern zumute. Sie blickte sich um und bemerkte, dass Adrian ihr direkt in die Augen sah, sie sogar anlächelte. Henrike war verwirrt. Was sollte sie tun? Ihm dafür danken, dass er Simon geholfen hatte, oder seinen Blick entrüstet meiden? Sie bemühte sich um ein dankbares Lächeln, richtete aber ihre Aufmerksamkeit gleich wieder auf die Prozession. »Schau genau hin«, hatte Margarete ihr geraten, und das würde Henrike auch tun. Mit Telses Behauptungen musste sie sich später beschäftigen.

Endlich waren der Kaiser und die Kaiserin in ihr Sichtfeld getreten. Die beiden wurden umringt von Mönchen und Nonnen. Das Licht der Kerzen, die sie in den Händen hielten, und ihr Gesang jagten Henrike eine Gänsehaut über den Arm. Ein Geistlicher reichte dem Kaiser etwas, das dieser küsste, es musste die Reliquie sein. Johan Perceval hielt die Begrüßungsrede, fehlerfrei und ohne zu stocken. Die Stadtschlüssel wurden dem Kaiser gegeben und zurückgereicht. Dann formierte sich die Prozession. Ratsmann Lange ritt voran, an einer Stange die Schlüssel der Stadttore tragend. Auf ihn folgten verschiedene Adelige mit Reichsschwert und Zepter, es waren wohl Herzöge aus dem Gefolge des Kaisers. Schließlich kam der Kaiser unter seinem Baldachin auch an Henrike vorbei. Sein Schimmel wurde geführt von zwei Bürgermeistern. Kaiser Karl war Mitte sechzig und wirkte, von seiner kostbaren Kleidung und der goldenen Krone abgesehen, wenig beeindruckend. Sein Gesicht war von langen Haaren eingerahmt und wurde von einem herabhängenden Schnurrbart und einem auf beiden Seiten geteilten Vollbart geprägt. Die Einwohner Lübecks bejubelten ihn, sanken vor ihm auf die Knie. Ihr Vater hielt angestrengt die Stange des Baldachins fest, schenkte Henrike im Vorbeigehen jedoch ein kleines Lächeln. Ihm folgte ein hoher Geistlicher – der Erzbischof von Köln, wusste jemand –, der den goldenen Reichsapfel mit sich führte, und schließlich unter einem weiteren Baldachin die Kaiserin, eine kräftige Frau, deren Schimmel von Ratsherrn Diercksen und einem Amtsbruder gehalten wurde. Diercksen machte eine etwas unglückliche Figur, weil er sich mit seiner anderen Hand auf den Stock stützte, aber er hatte wohl darauf bestanden, diese Aufgabe zu übernehmen. Nach der Königin reihten sich Fürsten und Grafen ihrem Rang entsprechend ein, die weiteren Räte der Stadt, wichtige Bürger und schließlich die hohen Töchter, denen sich auch Henrike und Telse anschlossen.

Henrike war froh, sich wieder bewegen zu können. Die Kälte war ihr inzwischen die Beine hochgekrochen. Die Menschen am Straßenrand und in den Häusern jubelten auch jetzt noch, und Henrike fand es merkwürdig, in der Mitte zu gehen und scheinbar selbst gefeiert zu werden; so bekam auch sie etwas von dem Glanz des Kaisers ab. Auf dem Weg zum Dom redete Telse aufgedreht über die Gewänder und den Schmuck der Hochwohlgeborenen. Sie suchte vor allem das Gespräch mit Drudeke Diercksen, der Tochter des Ratsherrn. Drudeke war etwa in Henrikes Alter, aber schnippisch und eingebildet, weshalb Henrike sie mied. Sie trug einen auffälligen Kruseler, einen Schleier, dessen zahlreiche Rüschen sich übertrieben türmten, auch waren ihre Haare an der Stirn sehr weit ausrasiert. Drudeke beachtete Telse kaum, so sehr ihre Base sich auch um sie bemühte. Henrike tat es leid, zu erleben, wie Telse um die Aufmerksamkeit der anderen buhlte und doch keinen Erfolg damit hatte. Sie selbst beteiligte sich an diesem Gespräch kaum; ihr gingen Telses Worte über Adrian nicht aus dem Sinn. Vermutlich hatten sie einen wahren Kern, denn was für einen Grund könnte ihre Base haben, sie anzulügen? Sie würde nachher ihren Vater darauf ansprechen müssen, um ihn vor der üblen Nachrede zu warnen.

Mit langsamen, vorsichtigen Bewegungen glitt der Kamm durch Henrikes langes Haar. Die junge Frau reckte und bog ihre Zehen vor der kupfernen Feuerpfanne. In der Domkirche war es kalt gewesen, die Gesänge und Gebete waren ihr endlos vorgekommen. Danach waren sie der Prozession vom Dom in die Königstraße oberhalb des Sankt Johannisklosters gefolgt, wo der Kaiser im Hause eines Kaufmanns Herberge genommen hatte. Unter dem ohrenbetäubenden Getöse der Pfeifen und Trommeln hatte er das Haus betreten. Den Menschen stand eine aufregende Nacht bevor, und auch Henrike freute sich darauf. Zu Hause hatte sie ihrem Vater von den Gerüchten über Adrian Vanderen erzählen wollen, aber er war noch nicht eingetroffen. Sie musste sich sputen, bald war es Zeit für den Ratsball. Margarete fragte sie nach der Prozession aus, flocht eine Perlenschnur in ihre Haare und steckte sie mit den neuen Perlnadeln von Adrian Vanderen fest.

Henrike berichtete alles, was ihr einfiel. »Die Kaiserin ist im gegenüberliegenden Giebelhaus untergebracht, stell dir vor. Beide Häuser sind durch einen bedeckten Holzgang oberhalb der Straße verbunden, damit die Kaiserin sich keine schmutzigen Füße holt, wenn sie ihren Mann besuchen will«, erzählte sie aufgeregt. Ihre Stimme klang dünner als sonst, mehr und mehr wühlte der Gedanke an die nächsten Stunden sie auf.

Nachdem der Kopfputz beendet war, schnürte Margarete das

neue Kleid. Weich fiel die Seide über ihren Körper, und dort, wo sie auf Haut traf, kitzelte sie wie das Streicheln einer Feder. Henrike zog ihre neuen Schnabelschuhe an, deren Farbe genau auf das Kleid abgestimmt war. Zuletzt legte Margarete ihr den Gürtel um, dessen Metallglieder mit Edelsteinen verziert waren, und setzte ihr das Schappel auf das Haupt; auch dieser Metallreif war edelsteingeschmückt. Henrikes Vater hatte tatsächlich keine Kosten gescheut, um sie einzukleiden.

Als sie fertig war, schlug die alte Frau begeistert die Hände über der Brust zusammen. »Myne Henrike hat eren besten Rocke ane, is myt Perlen wol gesmucket! Eben warst du noch ein kleines Mädchen und hast unter dem Küchentisch gespielt. Jetzt sollst du auf deinen ersten Ratsball – und dann noch mit dem Kaiser!«, rief sie aus.

Henrike umarmte sie fest. Sie war froh, dass Margarete die Bitterkeit, die im Umgang mit der Bettlerin aufgeblitzt war, wieder verloren hatte.

»Dabei hält der Kaiser gar nicht viel von Tanzvergnügen und Turnieren, erzählt man sich«, sagte sie lächelnd.

Es hieß, dass der Kaiser in seiner Jugend ein begeisterter Turnierkämpfer gewesen sei. Bei einem Turnierunfall hatte er sich jedoch an Brust und Hals schwer verletzt. Seitdem sei er teilweise gelähmt und deshalb zu einer gekrümmten Körperhaltung gezwungen. Das hatte sie allerdings nicht bemerkt, vermutlich, weil er die meiste Zeit auf dem Pferd gesessen hatte. Später, im Dom, hatte Henrike ihn zwischen den vielen Würdenträgern oft kaum entdecken können. Es war auf jeden Fall nicht verwunderlich, dass er heute von ritterlichen Wettkämpfen nicht mehr begeistert war.

»Was dem Kaiser gefällt, kann dir egal sein. Alle sollen dich sehen, die Tochter des Kaufmanns Konrad Vresdorp. Sie sollen dich sehen, die jungen Männer, und um dich werben. Dein Vater muss dann nur noch den Richtigen herauspicken«, befand Margarete, bevor sie losging, um Jost zu sagen, dass er den Wagen bereitmachen könne.

Die junge Frau hob den Saum des Kleides. Beschwingt drehte sie sich im Kreis, raffte den Rock, machte einige Schritte. An die Schrittfolgen, die sie von ihrer Stiefmutter gelernt hatte, erinnerte sie sich gut. Sie freute sich so sehr darauf, endlich zu tanzen!

Vor der Haustür warteten schon die Männer auf sie. Sie saßen auf den Bänken zwischen den hohen Beischlagwangen und sahen dem Treiben auf der Straße zu. Henrike versetzte es einen Stich, ihren Vater so einträchtig neben Adrian Vanderen zu sehen. Missbrauchte der Brügger Kaufmann sein Vertrauen? Sie ärgerte sich, dass sie noch keine Gelegenheit gehabt hatte, ihrem Vater von den Gerüchten zu berichten. Und jetzt war auch keine Zeit dafür. Konrad Vresdorp beschrieb seinem Gast offenbar gerade, warum er sich für den Vogel Phoenix als Schutzpatron seines Hauses entschieden und ihn auf den steinernen Stützen verewigt hatte.

Als er seine Tochter bemerkte, schritt er ihr entgegen. Er strahlte über das ganze Gesicht. »Findet Ihr nicht, Adrian, dass sie wunderschön ist?«, wandte er sich an seinen Gast.

Henrike war verlegen, als der fremde Kaufmann sie musterte. Für die Dauer einiger Atemzüge sagte er nichts, viel zu lang kam ihr der Moment vor. War das Kleid unschicklich, trug sie zu viel Schmuck, oder gefiel sie ihm einfach nicht? Durfte er sich überhaupt ein Urteil erlauben, wenn die Gerüchte stimmen?

»In der Tat«, sagte Adrian Vanderen schließlich schlicht, »sie ist wunderschön.«

Der Himmel hing wie ein dunkelblaues Seidentuch über der Stadt, auf den Straßen war es jedoch beinahe taghell. Überall in den Fenstern und an den Fassaden hingen Laternen, Fackelträger liefen durch die Straßen. Sie stiegen in den Wagen, den Jost direkt vor die Pforte gebracht hatte. An der Ecke zur Stadtmauer stand, etwas erhöht, ein Gaukler. Henrike sah seinen Kopf mit der lustig bunten Zipfelkapuze, der Gugel, und die Bälle, mit denen er jonglierte.

Langsam holperte der Wagen über das Pflaster. Immer wieder mussten sie anhalten, weil das Gewühl der Menschen zu groß war. In der ganzen Stadt herrschte Feststimmung. Auf den Straßen wurde gesungen und im Reigen getanzt. Auch das Rathaus war hell erleuchtet. Vor den Arkaden des Danzelhuses, wo sonst die Buden der Goldschmiede standen, hatten Schausteller ihre Bühne errichtet. Aus dem Obergeschoss klangen fröhliche Flöten und Zimbeln.

Sie fuhren in das Rathaus ein. Auf den Rampen in der Eingangshalle drängten sich die Menschen. Jost half Henrike aus dem Wagen und musterte sie bewundernd, so dass sie verlegen den Blick senkte.

Der festlich geschmückte Saal summte von unzähligen Stimmen. Die Wandbehänge hatte man in Rot und Weiß gehalten – den Farben des Kaisers und der Hanse. An der Stirnseite standen zwei hohe Stühle unter Baldachinen, das Gefolge des Kaisers hatte sich in der Nähe platziert. Konrad Vresdorp führte seine Kinder und seinen Hausgast zu seinem Bruder Hartwig und dessen Familie. Telse lächelte Henrike zaghaft an, sah aber krampfhaft an Adrian Vanderen vorbei. Mit einem angedeuteten Nicken begrüßte Henrike ihre Tante Ilsebe, deren ausuferndes Gebende sie an Ohren und Kinn so stark einengte, dass die feisten Wangen darüberquollen. Henrike war froh, dass sie diesen Kopfschmuck der verheirateten Frauen noch nicht tragen musste. Der Blick, mit dem die Tante Henrikes Kleid betrachtete, war beinahe angeekelt. Ilsebe Vresdorp war einige Jahre älter als ihr Mann und überaus herrisch, weshalb Henrikes Vater den gesellschaftlichen Umgang mit ihr auf das Nötigste beschränkt hatte.

Tante Ilsebe packte sie am Handgelenk und zog sie zu sich. »Was macht er hier?«, fragte sie mit Blick auf Adrian Vanderen.

»Er ist Vaters Gast, Tante«, antwortete Henrike.

Die Wangen der Tante bebten. »Hast du es denn deinem Vater nicht gesagt? Telse hat doch mit dir gesprochen!«, sagte sie vorwurfsvoll. »Der Umgang mit ihm kann auf unsere ganze Familie zurückfallen!« Noch fester wurde der Griff um Henrikes Handgelenk.

Kam es wirklich auf ein paar Stunden an? Henrike wusste doch noch immer nichts Genaues über die Gerüchte. Und außerdem: Wenn es so wichtig war, warum hatten dann Onkel und Tante nicht mit ihrem Vater gesprochen?

»Ich hatte noch keine Gelegenheit, werde es aber so bald wie möglich tun«, versprach sie und machte sich los. Sie wollte sich von ihrer Tante nicht die Laune verderben lassen. Es war ohnehin schon genügend, was ihr durch den Kopf ging. Dabei wollte sie eigentlich nur eines: den Ball genießen. Und davon würde sie sich jetzt auch nicht mehr abbringen lassen, nahm sie sich vor.

Henrike ließ ihren Blick durch den Saal wandern. Sie konnte sich gar nicht sattsehen an den zahlreichen Formen und Farben der Gewänder, Schuhe und Kopfbedeckungen. Die Adeligen waren kaum von den Bürgern der Stadt zu unterscheiden. Die Männer trugen lange Mantelröcke über ihren mit Pelzkrägen versehenen Wämsern. Ihre Ehefrauen prächtige Kleider und Schmuck. Bei beiden Geschlechtern gab es lange Schnabelschuhe zu sehen, weit herabhängende Ärmel und Oberteile, die an den Seiten und Armen vor Knopfreihen nur so strotzten. Zur Darbringung der Speisen hatte man den Ratsschatz hervorgeholt: Aus silbernen Kannen wurde Wein ausgeschenkt, Diener boten auf silbernen Tabletts Konfekt an.

Henrike entdeckte in der Menge ihren Vater, der sich sich mit seinem Geschäftsfreund leise über die anwesenden Bürger und Ratsmitglieder unterhielt, als ein Diener sie mit einer Nachricht unterbrach. Konrad Vresdorp entschuldigte sich, einer der Bürgermeister habe ihn zu sich gebeten. Sogleich ging er zu den Honoratioren der Stadt.

Henrike stand nahe bei Simon und Adrian. Sollte sie ihren Hausgast unverblümt auf die Gerüchte ansprechen? Aber was wäre, wenn er laut werden oder sie sogar der üblen Nachrede beschuldigen würde? Dann wäre der Abend endgültig dahin. Allerdings war er immer so höflich gewesen, dass sie sich das kaum vorstellen konnte. Und ihr Vater schien großes Vertrauen in Adrian Vanderen zu haben.

Plötzlich verstummte die Musik. Ein Raunen ging durch den Saal, und alle Blicke wandten sich dem Eingang zu. Der Kaiser und die Kaiserin traten herein und schritten zu ihren Plätzen an der Stirnseite des Saales. Jetzt war seine krumme Haltung nicht zu übersehen, auch wenn seine aufwändige Kleidung sie zu überspielen suchte. Der Kaiser trug ein ins Graubräunliche spielendes, reich verziertes Gewand und darüber einen gelben Mantel, der inwendig rot schimmerte und dessen Saum mit Perlen und Edelsteinen geschmückt war. In seiner goldenen, edelsteinbesetzten Krone fing sich das Kerzenlicht und wurde tausendfach in den Raum zurückgeworfen. Die Kaiserin stand ihrem Gemahl in Pracht und Würde nicht nach. Es gab eine offizielle Begrüßung, danach sprach der Kaiser einige Worte mit den Bürgern der Stadt.

»Sieh nur, er redet auch mit Vater!«, flüsterte Simon aufgeregt.

Henrike war genauso stolz wie ihr Bruder, und auch Adrian nickte ihr anerkennend zu. Er wirkte so gar nicht falsch, nicht unehrlich, dachte sie und lächelte zurück.

Ihre Tante schien sich über diese Auszeichnung ihrer Familie allerdings nicht zu freuen. Finster blickte sie in die Runde und meinte in scharfem Tonfall zu Henrike: »›Die Hoffart des Menschen wird ihn stürzen, aber der Demütige wird Ehre empfangen‹, heißt es in der Heiligen Schrift.«

Henrike zuckte zurück. Musste Tante Ilsebe wirklich dieses

außergewöhnliche Fest verderben? Konnte sie es denn nicht einfach genießen? Was hatten sie getan, dass sie diese Zurechtweisung verdienten? Genugtuung spiegelte sich im Gesicht ihrer Tante, bis Adrian Vanderen das Wort an sie richtete.

»Aber sagt die Heilige Schrift nicht auch: ›Legt also alle Bosheit ab, alle Falschheit und Heuchelei, allen Neid und alle Verleumdung‹?«

Ilsebe Vresdorp schnappte derart nach Luft, das Henrike am liebsten laut gelacht hätte. Telse starrte betreten auf den Boden.

Im Saal setzte Bewegung ein. Die Musiker machten sich bereit, Ballgäste sammelten sich um die Tanzfläche. Adrian Vanderen trat zu Henrike und sah ihr erwartungsvoll in die Augen. Das Kerzenlicht gab seinem Blick einen warmen Glanz, der Henrike ganz durcheinanderbrachte.

»Kommt, Jungfer Henrike, der Kaiser wird jeden Moment den Ball eröffnen. Wir wollen ein angemessenes Spalier für ihn bilden.« Er reichte Henrike seine Hand. Sie legte ihre bebenden Finger hinein, die er sanft drückte. Henrike wurde heiß und kalt zugleich, ihr Mund schien plötzlich zu trocken zum Sprechen. Sie raffte mit der anderen Hand den Rocksaum und glitt über das Parkett.

Die Musik setzte ein, und der Kaiser und die Kaiserin schritten zum ersten Tanz. Als die Tanzfläche auch für die anderen Ballgäste freigegeben wurde, geleitete Adrian sie an die Schmalseite des Saales, wo sie sich den Tanzenden anschlossen. Zunächst waren Henrikes Knie ein wenig weich, aber mit jedem Schritt wurde sie sicherer. Grazil führte sie ihre Tour im Schreittanz aus. Sie achtete darauf, mit maßvollen Schritten über den Boden zu gleiten und nicht zu springen. Manche Figur führte sie nahe an Adrian heran. Obgleich sie nervös war, genoss sie es, wie er sie betrachtete. Ob sie ihm wohl gefiel? Fast glaubte sie es! Nach einer abschließenden Verbeugung trat Adrian zu seiner Tour an. Seine Bewegungen waren geschmeidig und genau. Doch viel zu schnell war der Tanz auch schon wieder vorbei, und Adrian brachte Henrike an ihren Platz zurück, wo Vicus Diercksen schon auf sie wartete und sie zum Tanz aufforderte.

Seine Hände waren unangenehm feucht, und er hatte seine schmalen Lippen zurückgezogen und enthüllte dabei gelbe Zähne. »Unsere Väter werden ein wichtiges Geschäft abschließen, das auch uns betrifft«, sagte er zufrieden. »Ein überaus erfreuliches Geschäft.«

Henrike schauderte es – was meinte er nur damit? Es klang so anzüglich.

Sie drehte sich im Tanz und suchte ihren Vater, der aber sprach gerade mit Adrian Vanderen und dem Ordensmann Hermann Warendorp; die Geschäfte eines Kaufmanns schienen eben nie zu ruhen. Der Patriziersohn blinzelte ihr vielsagend zu, als ihr Tanz beendet war. Glücklicherweise hatte sie daraufhin einige angenehmere Tanzpartner aus den besten Familien der Stadt, die zudem noch höflich ihr Aussehen lobten. Sogar Jacob Plescow der Jüngere forderte sie auf, obgleich Henrike wusste, dass er sehr fromm war und sonst weltliche Vergnügungen mied. Dennoch versetzte es ihr einen leichten Stich, als sie sah, dass Adrian Vanderen mit Drudeke Diercksen tanzte. Ob er auch sie noch einmal zum Tanze bitten würde? In diesem Augenblick bemerkte sie, dass ihr Vater ihr ein Zeichen gab. Sie entschuldigte sich bei einem jungen Mann, der eben auf sie zugekommen war, und trat zu ihm.

Konrad Vresdorps Augen schimmerten wässrig. Seine Haut war rot gefleckt, auf der Stirn glänzten Schweißperlen, doch er lächelte. »Ich wollte auch noch etwas von meiner Tochter haben«, sagte er. Lange sah er sie an, seine Züge wurden weich. »Du bist so schön wie deine Mutter. Sie wäre sicher sehr stolz auf dich.«

Henrike merkte, wie ihr Hals eng wurde, auch ihres Vaters

Stimme klang rau. Sie wünschte sich, ihn in die Arme zu schließen, doch diese Nähe hatte es zwischen ihnen schon lange nicht mehr gegeben, also strich sie nur zart über seinen Handrücken.

»Vater, ich muss dir etwas sagen über Herrn Vanderen«, begann sie, dann fiel ihr der Tanz mit Vicus Diercksen ein. »Und Vicus Diercksen hat so etwas Merkwürdiges gesagt. Du würdest ein Geschäft abschließen, das mit mir und ihm zu tun hat. Was meint er denn nur damit?«, brach es aus ihr heraus.

Ihr Vater lachte. »Siehst du, ich wusste doch, dass dieser Ball eine gute Gelegenheit ist, deinen Brautpreis in die Höhe zu treiben!«, meinte er schalkhaft.

Eine Heirat! Ihr Vater war auf der Suche nach einem Bräutigam für sie! Henrike spürte ihr Herz heftig schlagen. Wer würde es sein? Würde sie sich ihm zugetan fühlen? Aber wie ihr Vater das gesagt hatte!

»Das klingt ja, als sei ich eine deiner Waren. Für den Brautschatz bist doch du zuständig. Welchen Preis willst du also hochtreiben?« Ihre Entrüstung war nur halb gespielt.

Ihr Vater legte lächelnd den Arm um sie. »Simon und du, ihr seid mein höchstes Gut und mein ganzes Glück. Ich will den Richtigen für dich finden. Ich könnte dich in eine andere Stadt verheiraten. Angebote gibt es genug. Es gibt Kaufmannsfamilien, die einiges dafür geben würden, an mein weit gespanntes Handelsnetz anzuknüpfen. Ich habe Heiratsangebote von Ratsmännern und Älterleuten aus Nowgorod, Reval oder Brügge. Aber dann würdest zu fortziehen. Möchtest du das?«

Henrike schüttelte den Kopf. Um nichts in der Welt wollte sie ihren Bruder und ihren Vater verlassen.

»Also müssen wir sehen, wer sonst im Angebot ist«, sagte ihr Vater geheimnisvoll.

Henrike konnte ihre Neugierde kaum zügeln. Sie dachte an die jungen Männer der Stadt. Es gab einige, die ihr gut gefielen. Aber würden ihre Familien infrage kommen?

»Hast du schon jemanden im Auge? Doch wohl nicht diesen furchtbaren Vicus?«

Konrad Vresdorp musste über das gequälte Gesicht seiner Tochter lachen. »Zumindest hat sein Vater mir auch ein Angebot gemacht.« Er winkte einen Diener heran. »Nach dem Schreck musst du dich erst einmal stärken«, sagte er. Auf dem Tablett lagen kandierter Ingwer, Fruchtgelee, Pinienkonfekt und etwas, das Henrike nicht kannte.

»Wer ist es, bitte verrat es mir!«, bettelte Henrike.

Konrad Vresdorp nahm mehrere Stücke vom Tablett und reichte ihr das unbekannte Konfekt. »Du kannst fragen, so viel du willst, ich werde nichts mehr dazu sagen. Hier, koste das«, forderte er sie gutwillig auf.

Henrike mochte nicht. Sie wollte mehr erfahren, schließlich ging es um ihr Leben, ihre Zukunft. Aber wenn ihr Vater das Thema beenden wollte, gehörte es sich nicht, ihn zu bedrängen. Sie biss also ein Stück von dem Naschwerk ab. Es war süß, schmeckte nach Nüssen und zugleich irgendwie … sie wusste es nicht zu sagen … blumig.

»Marci Panis nennt man es«, erklärte ihr Vater. »Es kommt aus dem Orient und wurde eigens für den Kaiser hergestellt. Eine Kostbarkeit aus Zucker, Mandeln und Rosenwasser. Kaiser Karl liebt es sehr, man erzählt sich, er habe im italienischen Siena mit Blattgold überzogene Laibe dieses süßen Brotes verehrt bekommen.«

Henrike ließ den nächsten Bissen auf der Zunge zergehen. Der unvergleichliche Geschmack besänftigte sie, und sie fand sich damit ab, dass sie heute nichts mehr herausfinden würde.

»Köstlich ist es tatsächlich. Ist der Kaiser denn zufrieden mit all den Wohltaten, die Lübecks Bürger ihm bieten?«, fragte sie.

Konrad Vresdorps Mundwinkel hoben sich weit, seine Augen leuchteten vor Begeisterung, als er antwortete: »Mit ›Ihr Herren‹ hat er uns angeredet – das ist eine unerhörte Ehre. Lübeck ist eine der fünf Städte, denen der Kaiser diese Ehre angedeihen lässt, heißt es. Die anderen sind Rom, Venedig, Pisa und Florenz. Der Besuch des Kaisers ist ein voller Erfolg für diese Stadt.« Als er bemerkte, dass sein Bruder auf sie zukam, unterbrach Henrikes Vater sich unwillig.

Hartwig Vresdorp schien die allgemeine Zufriedenheit nicht zu teilen. »Bruder, auf ein Wort«, sagte er und hielt Konrad Vresdorp auffordernd einen von zwei Bechern hin.

Doch ihr Vater reichte Henrike die Hand, und sie folgte ihm nur zu gern. »Nicht jetzt, Hartwig. Unsere Geschäfte müssen warten. Ich habe Wichtigeres zu tun. Ich muss nämlich mit meiner Tochter tanzen.« Hartwig Vresdorp sah ihnen konsterniert nach.

Sie mischten sich in die Reihe der Tanzenden. Henrike war glücklich. Dass sie diesen besonderen Abend erleben durfte! Sie gehörte einer angesehenen Familie in einer der wichtigsten Städte des Reiches an, eine vielversprechende Zukunft lag vor ihr. Und ihre Heirat erst! Sie würde nicht mehr zur Ruhe kommen, bis sie endlich mehr wusste! Wie sie darauf brannte, Telse davon zu erzählen!

Beim Abschied umarmte ihr Vater sie noch einmal fest. Er stand mit Adrian Vanderen im Eingang des Rathauses, umhüllt von dessen Licht und Glanz. Er würde noch weiter feiern, hatte er erklärt. Noch oft sollte Henrike später an diesen Moment denken – denn es sollte ein Abschied für immer sein.

Eine Tür knallte. Henrike zog schlaftrunken die Decke hoch und drehte sich zur Wand. Sie lächelte unwillkürlich, als ihr der Ratsball wieder einfiel, als sie an die vielen Komplimente und anerkennenden Blicke dachte, die sie im Laufe des Abends bekommen hatte – und dann die Heiratspläne! Auch Jost, der sie und Simon am Ende des Balles abgeholt und nach Hause begleitet hatte, hatte den Blick kaum von ihr wenden können.

Jetzt bemerkte sie, wie Schritte über den Gang tapsten und Türen klappten. Worte drangen an ihr Ohr. Simon schlief ruhig neben ihr, behutsam strich sie über sein Haar. Die Stimmen klangen erregt, schrill. Was war da los?

Henrike stieg aus dem Bett, legte sich ein Schultertuch um und schlich aus dem Zimmer. Der Lärm und das Licht kamen aus dem Haupthaus. Waren es ihr Vater und sein Hausgast, die noch feierten? Die Geräusche klangen allerdings ganz und gar nicht fröhlich. Henrike linste durch den Spalt der Tür, die in die hohe Diele führte. Margarete saß am Tisch, ihre Schultern zuckten. Ihre Tante Ilsebe starrte auf etwas, das Henrike nicht erkennen konnte, weil es sich hinter dem Tisch befand. Rotger, der Gehilfe des Onkels, ein vierschrötiger Mann mit dichtem Bart, stützte sie. Und da war Adrian Vanderen, erschüttert. Er trug ein schlichtes, offenes Hemd, das den Blick auf seine muskulöse Brust freigab. Hinter dem Tisch konnte sie eine Bewegung erkennen, jemand erhob sich – Vater! Aber nein, es war ihr Onkel Hartwig. Eine düstere Vorahnung übermannte Henrike. Nichts hielt sie mehr, und sie trat in die Diele. Margarete kam ihr entgegen, tränenüberströmt. Henrike berührte die Alte sacht an der Schulter, ging an ihr vorbei, wie betäubt.

»Was ist hier los?«, fragte sie, und ihre eigene Stimme erschien ihr plötzlich ganz fremd. Sie konnte den Blick nicht abwenden von dem, was auf den Gotlandplatten lag. Es war groß und massig, ein Tuch war darüber gebreitet. Die Angst wühlte in ihrem Magen, Kälte breitete sich in ihrem Körper aus. Fragend sah sie ihren Onkel an.

Hartwig Vresdorp mied ihren Blick, als er sagte: »Mein Bruder … dein Vater … Er ist tot.«

6

Henrike schüttelte langsam den Kopf. »Das ist unmöglich. Wir haben Konfekt gegessen. Geredet. Er stand an der Treppe, als ich mich von ihm verabschiedete. Er feiert noch, bestimmt.«

Keiner sagte etwas.

Sie wandte sich an Adrian Vanderen. »Ihr und mein Vater wolltet feiern, das wolltet Ihr doch? Aber wieso seid Ihr hier? Wo habt Ihr ihn gelassen?« Ihre Worte klangen vorwurfsvoll, dabei war ihr Vater doch kein Kind und konnte auf sich selbst aufpassen, außerdem stand es ihr nicht zu, so mit dem Hausgast zu sprechen.

Doch statt wütend zu werden, sah Adrian Vanderen sie nur mitleidig an und nahm für einen kurzen Moment ihre Hand. »Es tut mir sehr leid um Euren Vater, Jungfer Henrike.«

Ihr Blick flackerte von Adrian zu ihrem Onkel. »Ihr wisst es doch auch. Er kann kein Fest auslassen. Gleich wird er kommen«, sagte sie fast flehend.

»Hör auf, dir etwas vorzumachen!« Ein Satz wie ein Schlag. Hartwig Vresdorp zog sie zu der Erhebung auf den Fliesen. Henrike wich zurück. Ihr Onkel stieß sie grob zu Boden und riss eine Ecke des Tuches hoch, und plötzlich starrte Henrike in das Gesicht ihres Vaters. Es war aufgequollen, der Mund schimmerte blau-rot. Henrikes Herz pumpte. Das Blut rauschte in ihren Ohren. Das konnte nicht, das durfte nicht wahr sein! Wie konnte er tot sein, wenn sie ihn doch so liebte! Sie führte die Hand zu seiner Wange – wie kalt und schlaff sie war! Sie umfasste seine Schultern, wollte ihn hochreißen, aber er war schwer, so schwer.

»Er ist tot, begreif das doch!«, fuhr ihr Onkel sie noch einmal so heftig an, dass sie seinen sauren, weingeschwängerten Atem riechen konnte. Henrike saß da, die Hände auf ihren Knien ineinander gekrampft, während Hartwig Vresdorp die Leiche wieder bedeckte. Für einen Moment war nur ihr leises Weinen zu hören.

»Wer ist tot?«

Die Stimme drang wie aus weiter Ferne an ihr Ohr. Henrike drehte sich um. Simon! Ihr Bruder stand in der Tür. Dürr staksten seine Arme und Beine aus dem Hemd, seine Augen wirkten riesengroß, die Ohren lugten zwischen den glatten Haaren hervor.

Henrike lief ihm entgegen und umarmte ihn. »Vater! Unser Vater ist tot«, schluchzte sie.

Simon stand stocksteif. »Was ist geschehen? Wurde er überfallen?«, hörte sie ihn fragen.

Nun schaltete sich wieder Onkel Hartwig ein: »Nein. Der Schlag hat ihn getroffen. Er wurde auf der Straße gefunden. Ist einfach zusammengebrochen.«

Sie vernahm Geräusche, fremde Stimmen in der Diele, und sah auf. Johan Perceval war eingetreten, gemeinsam mit Jost und dem Ratsmedicus, der die Leiche des Vaters in Augenschein nahm. Leise begannen die Männer sich mit ihrem Onkel zu unterhalten, und binnen Kurzem schienen sie sich einig zu sein.

»… müssen den Todesfall geheimhalten …«

»… darf die Festlichkeiten nicht stören …«

»… in aller Stille unter die Erde bringen …«

»… und das so bald wie möglich …«

Henrike brauste auf, sie ließ Simon los und schoss auf die Männer zu.

»Der Besuch des Kaisers, ist das alles, woran Ihr denkt?! Vater war ein angesehener Bürger dieser Stadt. Ihm gebührt ein angemessenes Begräbnis! Wie könnt ihr nur darüber nachdenken, ihm dieses zu verweigern! Noch nicht mal einen Priester habt Ihr gerufen, Onkel!«

Hartwig Vresdorps Schlag traf sie hart ins Gesicht, so dass Henrike taumelte und fiel. Ihre Wange brannte. Sie schmeckte Blut. Schon stürzten Adrian, Simon und Jost auf sie zu. Adrian hatte sie zuerst erreicht und half ihr behutsam hoch. Schützend stellte er sich zwischen Henrike und ihren Onkel, bevor er mit harter Stimme fragte: »Was ist in Euch gefahren, Hartwig Vresdorp?« Rotger fand sich neben seinem Herrn ein, bereit, loszuschlagen.

»Ich musste sie zur Besinnung bringen! Überhaupt: ›Was ist in Euch gefahren‹ muss ich wohl eher Euch fragen? Was maßt Ihr Euch an? Ihr seid ein Fremder, habt in diesem Haus nichts verloren«, gab ihr Onkel kalt zurück.

An Adrians Schläfe pulsierte eine Ader, doch er sagte ruhig: »Ich genieße das Gastrecht Eures Bruders.«

Hartwig Vresdorps Blick war eisig. »Jetzt nicht mehr. Ich bin der Vormund für die Kinder und der Verwalter des Erbes, bis sie alt genug sind. Das hat mein Bruder in seinem letzten Willen festgelegt. Und ich entscheide, dass Ihr hier nichts mehr zu suchen habt, Adrian Vanderen. Verlasst umgehend dieses Haus!«

Henrike bemerkte, wie der fremde Kaufmann die Fäuste ballte.

»Auf ein Wort, Herr Vresdorp«, forderte er. Widerwillig ging Hartwig Vresdorp ihm in die Schreibkammer des Vaters nach. Ein hitziges Wortgefecht folgte. Schließlich kam Adrian Vanderen wieder heraus, offenkundig wütend bis in die Haarspitzen. Wortlos verschwand er in seiner Kammer. Jetzt rief der Bürgermeister ihren Onkel zu sich.

»Einen Priester müsst Ihr bestellen, daran geht kein Weg vorbei«, sagte Johan Perceval mit dünner, aber gebieterischer Stimme.

Sie hatten den Leichnam in der Diele aufgebahrt, und ein Priester aus der Marienkirche war gekommen. Hastig und wenig feierlich hatte er das kleine Öllicht entzündet, das der Seele ihres Vaters den Weg weisen sollte, und die Gebete gesprochen. Bei dem Auftrieb in der Stadt seien auch die Priester stärker gefragt als sonst, hatte er gemeint und seine üppige Entlohnung in seinen Geldbeutel fallen lassen, ohne sie eines Blickes zu würdigen.

Unterdes gingen die Festlichkeiten zu Ehren des Kaisers weiter. Henrike konnte es kaum glauben; ihr war, als müsste die ganze Welt mit dem Tod des Vaters innehalten. Zumindest würde ihr Vater jetzt den Weg in den Himmel antreten, denn dorthin würde er gelangen, dessen war sie gewiss. Dort würde er auch endlich ihre Mutter wiedersehen, die er so sehr geliebt hatte.

Sie tauchte den Lappen in eine Schale mit Wasser, die Simon ihr hinhielt. Zärtlich strich sie über die Stirn ihres Vaters. Hatte er denn gestern kein Gebet vor seinem Abbild des heiligen Christophorus, des Patrons gegen den jähen Tod, verrichtet? Denn dann hätte er gegen unvorbereitetes Sterben gefeit sein müssen! War er gleich tot gewesen, oder hatte er lange gelegen und den Tod kommen sehen? Hatte er um Hilfe gerufen? Warum hatte ihn niemand gehört? Dass er völlig allein im Dreck der Straße gestorben war, war eine grässliche Vorstellung, die ihr sofort wieder die Tränen in die Augen trieb. Aber wer hatte ihn gefunden?

Die Tür wurde geöffnet, ein Windzug ließ die Kerzen flackern. Es war ihre Tante, in einem hochgeschlossenen dunklen Kleid, die Haare gänzlich unter dem Gebende verborgen. Sie fuhr Henrike mit bebenden Wangen an: »Du hast nicht gewartet? Weißt du denn nicht, was sich gehört? Natürlich nicht!« Ihr Blick blieb auf Henrikes Gesicht hängen, das noch immer von der Ohrfeige gerötet war. Der Anblick schien sie zufriedenzustellen. »Und was macht der Junge hier? Hat er nichts Besseres zu tun?« Sie nahm

Simon die Schale ab und reichte sie Telse, die hinter ihr hergeschlichen kam, dann rief sie harsch nach Margarete. Henrike wollte ihre Tante nicht noch mehr gegen sich aufbringen. Sie meinte es sicher gut und hatte nun mal eine schroffe Art.

»Ich wollte Vater nur bereitmachen für die Beisetzung«, verteidigte Henrike sich. »Alles muss so schnell gehen. Könnt Ihr nicht mit dem Onkel reden, damit Vater eine würdigere Beerdigung erhält, liebe Tante? Diese Eile ist unchristlich, Vater hat sie nicht verdient.« Wieder stiegen ihr die Tränen in die Augen.

Tante Ilsebe zog ihre Handschuhe aus, verkrümmte Finger und geschwollene Gelenke kamen zum Vorschein. Am Ringfinger trug sie einen silbernen, verzierten Ring mit einem großen Edelstein, über den der Handschuh nur knapp gepasst haben konnte.

»Dein Onkel hat es so entschieden, und so wird es gemacht«, sagte sie und massierte ihre Finger. »Und was dein Vater verdient, liegt nicht in unserer Hand. Das erhält er von den himmlischen Heerscharen. Im Fegefeuer wird das Werk eines jeden offenbar werden. Das Feuer wird prüfen, was er taugt. Margarete! Wo bleibt sie denn nur! Telse, schaff sie her! Sie soll mehr Lappen und Wasser bringen.« Als Ilsebe Vresdorp bemerkte, dass Simon sie missbilligend anstarrte, blaffte sie ihn an. »Du bist ja immer noch da – los, mach dich nützlich. Deine Mutter hatte doch diesen schönen Psalter, bring ihn her.«

Simon zögerte. »Mutters Psalter?«

»Sagte ich doch! Bist du schwer von Begriff?«

Henrike nickte ihrem Bruder zu. »Mach ruhig, Simon, du kannst uns daraus vorlesen, während wir Vater … den Leichnam … waschen.«

Ihr Bruder ging in die Schreibkammer des Vaters. Er kam mit dem kleinen Buch zurück, das er behutsam in den Händen hielt. Bücher waren selten und kostbar. Dieses war von einer kunstfertigen Hand geschrieben und mit zahlreichen kleinen Malereien versehen. Oft hatte seine Mutter darin gelesen oder ihnen die biblischen Psalmen vorgetragen, jetzt würde er es tun. Seine Stimme zitterte, als er zu lesen begann.

Margarete schleppte einen Eimer Wasser herein und reichte Ilsebe und Telse Vresdorp einige Tücher. »Das wurde aber auch Zeit!«, maßregelte ihre Tante die alte Dienerin. »Bring uns Wein, es ist trockene Luft hier. Aber nimm erst diesen Wandbehang da ab – schmutzige heidnische Sagen schicken sich nicht in einem Totenhaus.«

Meinte sie tatsächlich die Darstellung eines Einhorns, flankiert von einer männlichen und einer weiblichen Gestalt, die durch ein Seil miteinander verbunden waren? Margarete warf Henrike einen fragenden Blick zu. Die junge Frau hob ratlos die Schultern. Sie könnte den Wandbehang, den ihr Vater so gerne und oft betrachtet hatte, ja später wieder aufhängen.

Da war sie wieder, Henrike. Schön und traurig wie eine Madonna. Jost hielt weiterhin den Kopf über den gefalteten Händen gesenkt und beobachtete sie verstohlen. Der Kummer und die am Leichnam durchwachte Nacht waren ihr anzusehen. Aufmerksam hatte sie alle begrüßt, die an dieser Totenwache teilnehmen wollten und doch nie vergessen, auch ihren Bruder zu trösten. Simon wirkte, als habe er noch gar nicht begriffen, dass sein Vater tot war. Sie war für alle da; wer aber tröstete Henrike? Ihre Verwandtschaft schien mit anderem beschäftigt.

Ilsebe Vresdorp plusterte sich auf und bewirtete die Gäste. Hartwig Vresdorp stieß mit jedem willig an, sie hatten schon das zweite Fass des guten Rheinweins anstechen müssen. Als Bruder des Verstorbenen hatte er entsetzlich lange mit einem Vikar der Marienkirche darüber verhandelt, wie viele Kerzen bei dem Begräbnis auf dem Altar stehen sollten und was sie kosten würden – dabei war es doch nicht sein Geld, um das es ging! Jost kannte den letzten Willen, er wusste, dass sein Herr alle frommen Stiftungen der Stadt bedacht und auch Fürbitten für sein Seelenheil in Auftrag gegeben hatte. Telse schluchzte so übertrieben laut, dass ihr breiter Busen bebte, aber immerhin hatte sie das eine oder andere Mal die Hand ihrer Base gehalten. Und dann war in dieser Nacht auch noch Nikolas aufgetaucht. Hartwig Vresdorps Sohn war in Schonen gewesen. Der Gestank der Heringe, die er nach Lübeck verfrachtet hatte, saß ihm noch in den Kleidern. Er hatte Henrike mit einem derart lauernden Blick bedacht, dass selbst Jost sich dabei unwohl gefühlt hatte. Zumindest war er kein Konkurrent für ihn. Henrike und Nikolas waren zu eng verwandt für eine Heirat, im Gegensatz zu diesem Adrian Vanderen, der jetzt ja glücklicherweise aus dem Haus war. Jost dachte an die Schriftstücke, und der Anflug eines schlechten Gewissens überfiel ihn. Er hätte sie nicht an sich nehmen dürfen … Aber nein, jetzt, wo sein Herr tot war, war es am besten so, beruhigte er sich und schlug ein Kreuz auf der Brust. Er wusste, dass auch er von seinem verstorbenen Herrn etwas Geld erben würde, es sei denn, dieser hätte jüngst seinen letzten Willen geändert.

Konrad Vresdorp war wie ein Vater für ihn gewesen. Jost erinnerte sich noch gut daran, wie er nach dem Tod seiner Mutter durch die Straßen der Stadt gestolpert war. Wie er vor Hunger nicht ein noch aus gewusst hatte. Er hatte auf dem Markt gebettelt. Man hatte ihm, dem kleinen Jungen, der so schön Gebete zu sprechen wusste, gern gegeben. Denn das war das Einzige gewesen, was ihm sein Stiefvater beigebracht hatte. Sein richtiger Vater war ein junger Priester gewesen, hatte ihm seine Mutter einst erzählt. Er konnte gut sprechen und war schön anzuschauen. Verführt hatte er sie, die Bäckermagd. Doch als ihr Bauch sich von der Schwangerschaft zu wölben begann, war er verschwunden. Der Bäckermeister hatte zu ihr gehalten, ließ sie weiter bei sich arbeiten und erzählte, sie sei verwitwet. Das Kind ließ er jedoch für die unehrliche Herkunft büßen, indem er ihm die Gebete einprügelte. Damals hätte man den kleinen Jost aus dem Schlaf reißen können, und er hätte, ohne auch nur einmal zu stocken, das Ave Maria vorwärts und rückwärts aufsagen können.

Josts Hände verkrampften sich, wenn er an den Bäcker dachte. Wenn der Handwerksmeister des Nachts in ihre Kammer kam und ins Bett seiner Mutter stieg, musste Jost sich mit dem Gesicht zur Wand stellen und beten. Stotterte er oder sah er sich um, setzte es Prügel. Also hatte er auf die Risse im Putz gestarrt, hatte das Weinen seiner Mutter gehört und das Stöhnen des Mannes. Hatte es ertragen, wenn seine Füße vor Kälte gefühllos wurden. Hatte die Scham ertragen, auch die Wut. Wie gerne hätte er ihr geholfen. Aber was hätte er denn tun können? Er war doch nur ein Kind gewesen! Wenn der Mann endlich ging, war der Junge zu seiner Mutter ins Bett gekrochen, und während sie seinen durchgefrorenen Körper wärmte, hatte er ihre Tränen getrocknet. Er hatte so wenige Erinnerungen an seine Mutter, warum mussten ihm gerade diese bleiben?

An dem Tag, als seine Mutter gestorben war, hatte der Bäcker ihn kurzerhand hinausgeworfen. Damals war Jost wohl sechs Jahre alt gewesen, hatte nicht gewusst wohin. In seiner Verzweiflung war er zu dem Kloster gelaufen, das seine Mutter einmal erwähnt hatte, doch dort hieß es, der gesuchte Priester sei verstorben. Jost war umhergeirrt, hatte sich von Beeren und Nüssen ernährt. Er hatte einen Höker verfolgt, der von Dorf zu Dorf zog. Hatte sich nützlich gemacht. Schließlich war er in Lübeck gelandet. Jost hatte gebettelt und auf dem Markt aus den Abfällen alles herausgeklaubt, was noch brauchbar war, um es zu verkaufen. Er schämte sich dafür, dass er im Unrat gewühlt hatte, auch wenn Konrad Vresdorp später versucht hatte, ihm diese Scham zu nehmen. ›Du hast nur das getan, was nötig war, um zu überleben‹, hatte der Kaufmann gesagt.

Ein leises Lächeln zog über Josts Gesicht, als er an die erste Begegnung mit Konrad Vresdorp dachte. ›Du bist gewitzt, Junge‹, hatte dieser gesagt, ›du könntest einmal einen guten Kaufmann abgeben.‹ Er hatte ihn erst zu seinen Knechten gegeben und später, als Jost sich bewährt hatte, als Lehrjungen aufgenommen. Und jetzt war sein Wohltäter tot, viel zu früh gestorben. Aber Konrad Vresdorp würde ihm mit seinem Nachlass ein letztes Mal helfen, das hoffte Jost zumindest. Mit dem geerbten Geld könnte er Waren kaufen und gewinnbringend verkaufen. Könnte erste Handelspartner finden und vielleicht selbst ein erfolgreicher Kaufmann werden. Zunächst würde er freilich in diesem Hause weiterarbeiten müssen, unter Hartwig Vresdorps Führung. Aber irgendwann, hoffentlich bald, würde er auf eigenen Füßen stehen. Schon malte Jost sich aus, wie er wohlhabend sein und um Henrikes Hand anhalten würde. Dann wäre er am Ziel seiner Wünsche! Er musste ihr unbedingt sagen, wie es um ihn stand, damit sie wusste, dass es auch jetzt, wo ihr Vater tot war, noch immer jemanden gab, der immer für sie da sein würde.

Gerade begleitete Henrike Jacob Plescow den Jüngeren hinaus. Der Sohn des Bürgermeisters hatte mit ihnen einige Gebete gesprochen, denn dieser Plescow würde wohl nicht in die Fußstapfen des Vaters treten, sondern Geistlicher werden. Sein Verwandter Jordan dagegen hatte das Zeug zu einem guten Kaufmann und Ratsherrn, das hatte Jost seinen Herrn oft sagen hören. Viele waren gekommen, um an Konrad Vresdorps Leichnam Wache zu halten, aber die meisten Nachbarn und Geschäftspartner waren nur kurz geblieben. Was konnte man auch erwarten, bei den gesellschaftlichen Verpflichtungen zur Zeit des Kaiserbesuchs?

Als Jost bemerkte, dass Ilsebe und Telse Vresdorp ins Gebet vertieft waren, sah er seine Gelegenheit gekommen. Er erhob sich leise und schlich hinaus. Wo war Henrike? In der Schreibkammer flackerte ein Licht. Er sah einen Schatten und ging darauf zu. Sie saß im Armstuhl, die Beine angezogen, die Knie umarmend. Er bemerkte, wie ihre Schultern bebten, und hockte sich leise vor ihr auf den Boden. Zögernd berührte er ihren Arm. Henrike zuckte zusammen, sah ihn aus geschwollenen, nass glänzenden Augen an. Einige Strähnen ihres Haares hatten sich aus ihrem Zopf gelöst und umspielten ihr Gesicht, ihre Lippen waren leicht geöffnet. Sein Herz schlug schneller, seine Haut begann zu jucken. Wie so oft verfluchte er diese Pein, für die es keine Linderung zu geben schien. Jost wünschte, er könnte den Schmerz von Henrike nehmen, und fand sie zugleich in ihrer Trauer wunderschön.

»Ist ein Gast gekommen? Sucht die Tante mich?«, fragte sie und senkte die Beine auf den Boden.

Jost nahm seinen Mut zusammen. Wenn er es jetzt nicht tat, würde sich so schnell keine Gelegenheit mehr bieten. Er wagte es, ihre Hand zu ergreifen. Ihre Finger waren so weich, ihre Haut so zart! Erstaunt sah sie ihn an, schreckte jedoch nicht vor seiner Berührung zurück, was ihn in seinem Entschluss bestärkte.

»Jungfer Henrike, was auch geschieht, ich werde immer für Euch da sein«, sagte er. »Ihr sollt wissen, dass Ihr einen Freund in mir habt. Einen Vertrauten. Einen Gefährten – wenn Ihr es denn wollt!« Seine Wangen brannten, Jost spürte die Begierde in sich aufsteigen. Er führte ihre Hand an seine Lippen, atmete ihren Duft ein, küsste zart ihre Finger … Doch damit war er zu weit gegangen. Henrike entzog sich ihm und sprang auf. Er richtete sich ebenfalls auf, fürchtete schon, sie würde verschwinden, doch nach einigen Schritten verharrte sie. In ihren Augen war Kummer zu lesen, aber auch Verwirrung – nicht Liebe, wie er sich erhofft hatte.

»Ich weiß deine Worte zu schätzen, Jost. Und ich bin dankbar für deine Treue«, sagte sie stockend, dann lief sie hinaus. Jost blieb zurück, enttäuscht. Unbeherrscht kratzte er seine Wangen.

Hatte er sie verschreckt? Oder brauchte sie nur Zeit, um zu begreifen, was sie ihm bedeutete?

Henrike kehrte in das Totenzimmer zurück, doch schon nach wenigen Augenblicken hatte sie das Gefühl, in diesem Raum keine Luft zu bekommen. Der Leichnam des Vaters. Die mitleidig dreinblickenden Nachbarn. Ihre Verwandten, die sich geschäftig um die Trauergäste sorgten. Das alles schnürte sie ein, bedrängte sie förmlich. Sie floh hinaus. Aber wohin …?

Im Haus war es still. Die Arbeit ruhte. Man durfte dem Toten die Ruhe nicht nehmen. Noch irrte der Geist zwischen dieser Welt und der nächsten umher; ihn zu stören, könnte ihn dazu reizen, seinen Angehörigen Schaden zuzufügen. Unbewegt hing das Seil des Lastenaufzugs herab. Sie schlich die Wendeltreppe hinauf, setzte sich auf ein Fass, wie sie es oft als Kind getan hatte. Henrikes Wangen glühten. Josts Liebeserklärung – denn das war es wohl gewesen, sie hatte ja keine Erfahrungen damit – hatte sie aufgewühlt. Nur ihr Atem war zu hören. Er ging noch immer schnell, rastlos wie ihre Gedanken und flatternd wie ihre Gefühle. Der Ratsball, die Gerüchte. Adrian, zu dem sie sich auf eine sonderbare Weise hingezogen fühlte und den sie nicht einzuschätzen wusste. Die Hochzeitspläne, die sie mit Freude erfüllt hatten. Und jetzt die Liebeserklärung von Jost, dem Freund ihrer Kindheit!

Sie rief sich noch einmal ihre letzten Begegnungen in Erinnerung. Hatte sie ihn ermutigt? Hatte sie ihn glauben lassen, dass auch sie ihn liebte? Sie wusste nicht, wie sie ihm in Zukunft begegnen sollte. Eine Heirat hätte seiner Schwärmerei ein Ende bereitet, aber nach dem Tod ihres Vaters wusste sie ja selbst überhaupt nicht, wie es weitergehen würde. Sie sog tief die Luft ein, und ihre Brust wurde wieder weit. Die Atmosphäre des Speichers hatte sie wieder zu sich gebracht. Wenigstens hier war alles so, wie es sein sollte. Langsam fühlte sie sich sicher genug, um wieder nach unten zu gehen.

Sie traf gerade noch rechtzeitig ein, um Bruder Detmar, den Beichtiger ihres Vaters, zu verabschieden. Der Mönch war in eine graubraune Kutte gehüllt und trug trotz des herbstlichen Wetters kein Schuhwerk. Sein Gewand war so fadenscheinig, wie man es selbst bei den der Armut verpflichteten Franziskanern nur selten sah.

»Mors certa, hora incerta – der Tod ist sicher, nur die Stunde des Todes ist ungewiss, dessen war sich Euer Vater wohl bewusst. Genauso wie der Tatsache, dass seine Seele zu Gott gehen würde. Sorgt Euch also nicht um sein Seelenheil, Tochter«, sagte er und lud sie zum Gebet.

Ohne sich stören zu lassen, knieten sie auf dem Fußboden und beteten. Anschließend verabschiedete sich der Mönch. Henrike ging ruhiger und gefasster zu den anderen Trauergästen zurück.

In den frühen Morgenstunden des nächsten Tages wurde Konrad Vresdorp beigesetzt. Hartwig und Nikolas Vresdorp sowie einige Freunde und Weggefährten aus Rat und Kaufmannschaft trugen den mit einem kostbaren Tuch bedeckten Sarg. Ein Priester ging voraus und besprengte den Weg zur Marienkirche mit Weihwasser. Henrike und Simon folgten gemeinsam mit dem Gesinde und den anderen Trauergästen. Ungehindert ließ Henrike die Tränen fließen. Sie fühlte sich verloren und verlassen. Die Heuke, die sie um den Kopf gelegt hatte und die sie bis zu den Waden umhüllte, erschien ihr heute wie ein Schutz. Dass sich trotz der frühen Stunde so viele Menschen eingefunden hatten, um ihrem Vater die letzte Ehre zu erweisen, tröstete sie ein wenig. Die Sonne war noch nicht aufgegangen, und die Fackeln warfen züngelnde Schatten an die Flanken der Häuser. Henrike musste unwillkürlich an die Schrecken des Fegefeuers denken. Bestimmt hatte ihr Vater in seinem letzten Willen Geld an

Geistliche verfügt, die regelmäßig Totenmessen abhalten sollten, dann wäre sein Seelenheil gewiss.

In der Kirche war es so kalt, dass sie ihren Atem sehen konnte. Während der Messe wurde Henrike bewusst, dass ihr Vater nie mehr in dem fein geschnitzten Ratsgestühl Platz nehmen würde. Er würde nie die Altartafel spenden, mit der er geliebäugelt hatte, nie auf Pilgerfahrt gehen. Und nie mehr würde sie sein Lachen hören. Sie schluchzte so heftig, dass Simon ihre Hand ergriff. Konrad Vresdorp hatte Wert darauf gelegt, eines Tages, wie die anderen hohen Räte, in der Marienkirche begraben zu werden. Dass dieses würdige Begräbnis nun durch den Kaiserbesuch und den damit verbundenen Trubel unmöglich war, erbitterte sie sehr.

Der Priester führte die Gemeinde zum Marienkirchhof, wo bereits ein Grab ausgehoben war und die Knechte ungeduldig darauf warteten, es zuzuwerfen. Nur keine Zeit verlieren! Nur die Festivitäten nicht durch einen Todesfall beeinträchtigen lassen! Wie verlogen das alles war! Henrike betete mit erhobener Stimme, den tränengeschwängerten Blick vorwurfsvoll erhoben, als könnte sie auch diejenigen in der Trauergemeinde zur Besinnung bringen, die in Gedanken bei dem heutigen Turnier und anderen Vergnügungen waren. Beim anschließenden Zug zum Leichenschmaus hatten sich die Reihen bereits gelichtet. Sogar Hartwig Vresdorp und sein Sohn waren dem Ruf des Kaisers zum Turnier gefolgt. Er habe auch als Bürger Pflichten, nicht nur als Bruder, hatte ihr Onkel gemeint. Ob dazu aber der Besuch eines Turniers nötig war? Oder wollte er angeblich unaufschiebbare Gespräche führen? Noch in der Kirche hatte Hartwig Vresdorp verschiedene Trauergäste beiseitegenommen und auf sie eingeredet. Ob er wirklich um ihren Vater trauerte? Oder hatte er nur eine andere Art, mit dem Verlust fertigzuwerden? Henrike konnte noch immer nicht fassen, dass ihr Vater so plötzlich gestorben war. Er war so voller Tatendrang gewesen! Nun war sie eine Waise und hatte niemanden mehr außer ihrem Bruder.

Vor ihrem Haus warteten bereits die Bettler. Simon und sie verteilten Almosen. Auch die Armen würden nun für das Seelenheil des Vaters beten. Die Beileidbekundungen der Armen rührten Henrike erneut zu Tränen. Als die Trauergäste eintrafen, brummte ihr Kopf vom Weinen, aber das machte ihr nichts aus. Im Gegenteil, es hatte sie erleichtert, ihrem Kummer freien Lauf zu lassen. In der Diele waren Tische für die Trauergesellschaft aufgebaut. Als ihre Tante die Mägde anwies, Speise und Trank zu verteilen, überkam Henrike ein merkwürdiges Gefühl: Ilsebe Vresdorp spielte sich auf, als ob sie die Herrin im Hause wäre. Simon schien die Situation ähnlich wahrzunehmen, denn er sagte leise: »Als ob alles ihr gehört. Deshalb hat sie wohl auch den Psalter und den Familienschmuck an sich genommen.«

»Sie hat *was*?«, fragte Henrike fassungslos. Sie war ihrer Tante dankbar für alles, was sie tat, aber Psalter und Schmuck waren nun einmal Familienerbstücke. Sicher war es ein Versehen. Oder sie machte sich wirklich Sorgen darum, dass das kostbare Buch bei den vielen Besuchern wegkommen könnte.

Die Augen ihres Bruders funkelten erbost. »Sie würde gut auf ihn aufpassen, sagte Tante Ilsebe, als ich sie darauf ansprach. Bei ihr sei er sicher.«

»Und bei uns nicht?« Henrikes Stimme wurde laut. Sie war froh, dass sie einen Ring mit einem Saphir, einen Armreif und eine Kette von ihrer Mutter Clara selbst verwahrte, weil sie diesen Schmuck manchmal trug. Sie fürchtete schon, durch ihren lauten Ausruf die Aufmerksamkeit ihrer Tante erregt zu haben, bis sie bemerkte, dass sich deren gestrenger Blick nicht auf sie, sondern auf Adrian Vanderen richtete, der hinter ihr und Simon den Windfang betreten hatte. Auch der Kaufmann aus Brügge war bei der Beerdigung gewesen. Ilsebe Vresdorp kam auf sie zu, ihr Gesichtsausdruck verhieß nichts Gutes.

»Ihr seid hier nicht willkommen«, sagte sie statt einer Begrüßung zu Adrian.

Jetzt reichte es Henrike. Entschlossen trat sie ihrer Tante in den Weg. Sie hatte Fragen an Adrian Vanderen. Sie wollte wissen, was es mit den Gerüchten auf sich hatte und wo er gewesen war, als ihr Vater gestorben war. Sie durfte nicht zulassen, dass ihre Tante ihn vertrieb. Henrike würde sich in ihrem Haus nicht das Heft aus der Hand nehmen lassen, schon gar nicht an diesem Tag.

»Er ist hier willkommen. Mein Vater schätzte ihn, also hat er auch das Recht, an diesem Leichenschmaus teilzuhaben. Kommt, setzt Euch zu uns«, lud Henrike ihn ein. Sie schritt demonstrativ voraus an die Tafel, an der bereits ein Teil der Nachbarn und einige Handelspartner saßen. Die feisten Wangen ihrer Tante bebten vor Wut, aber sie ließ sie passieren.

Margarete bediente den neuen Gast, auch vor die Geschwister stellte sie Teller mit Braten und Brot. Henrike war übel, doch sie zwang sich, zu essen. Dieses Mahl fand zu Ehren ihres Vaters statt, und alle, denen er etwas bedeutet hatte, sollten auch mit Leib und Seele daran teilhaben. Adrian faltete die Hände und murmelte ein Gebet. Zaudernd schnitt er mit seinem Silbermesser seine Scheibe Braten entzwei, spießte ein Stück Fleisch auf, führte es jedoch nicht zum Mund. Seine Trauer rührte Henrike an, am liebsten hätte sie seine Hand genommen. Gerade noch hatten sie beim Ratsball zusammen getanzt – wie schön war dieser Abend gewesen! Und jetzt war alles anders. Ihr fielen die Heiratspläne ihres Vaters wieder ein. Was würde nun aus ihrer Verlobung werden? Wen hatte ihr Vater als ihren Bräutigam im Sinn gehabt? Was genau hatte er abgemacht? Würde sie das je erfahren?

Andere Fragen waren noch dringlicher. Warum wollte ihre Tante Adrian Vanderen keinesfalls im Haus haben? Was war an dem Abend geschehen, als ihr Vater gestorben war? Noch bevor sie ihn darauf ansprechen konnte, erhob Adrian sich schon wieder. Es war wohl zu deutlich gewesen, dass er nicht willkommen war.

Kurzerhand folgte sie ihm. Wer wusste schon, ob und wann sie ihn wiedersehen würde? Im Windfang hatte sie ihn erreicht, rannte ihn im Schutz der Vorhänge beinahe um. Trotz der Überraschung blieb Adrians Gesichtsausdruck düster. Er musterte sie, seine Augen wanderten über ihr verweintes Gesicht. Wie hässlich musste sie aussehen! Aber darauf kam es jetzt nicht an.

»Was geschehen ist, bedauere ich sehr«, sagte er mit rauer Stimme. Was meinte er damit? Henrike spürte ihren Herzschlag schneller werden, ihre Anspannung wuchs. Ihre Tante könnte jeden Moment nach ihr rufen. Wenn sie etwas von ihm wissen wollte, musste sie es jetzt fragen.

»Stimmt es, dass Ihr Schulden bei meinem Vater habt?« Sie bemerkte, dass ihre Worte geklungen hatten, als ob ihr Vater noch leben würde, und ihr Hals wurde wieder eng.

Adrian Vanderen sah sie prüfend an. »Woher wollt Ihr das wissen?«

»Meine Base erzählte mir davon.«

»Eure Base? Traut Ihr Eurer Base mehr als dem Sachverstand Eures Vater?« Auch er sprach, als ob ihr Vater noch lebte. Sie war in einer misslichen Lage, schließlich wollte sie ihn nicht zu Unrecht beschuldigen, doch seine Worte befriedigten sie noch nicht.

»Das ist keine Antwort. So stimmt es also?«, beharrte sie.

Sein Gesicht näherte sich ihrem. Sie konnte seinen Atem spüren. Seine Augen blitzten. »Nein, es stimmt nicht. Jedenfalls nicht direkt. Was versteht Ihr von Handelsgeschäften?«

»Nicht viel.«

»Also haltet Euch besser an das, von dem Ihr etwas versteht, Jungfer Henrike.« Er wandte sich zum Gehen, sie aber war noch nicht fertig mit ihm.

»Was ist geschehen, nachdem ich den Ball verließ? Warum seid Ihr hier, und mein Vater ist …«

Die Antwort brach aus ihm heraus, bevor sie noch die Frage

beendet hatte: »Warum ich lebe und er tot ist? Das fragt besser den Allmächtigen!« Sein Zorn schüchterte sie ein.

»Das meinte ich nicht …«

»Glaubt Ihr etwa, ich hätte ihn umgebracht?«

»Nein … ich …« Sie presste ihre Finger an die schmerzenden Schläfen. Was tat sie da? Ihr Vater hatte diesem Mann vertraut! Was gab sie auf böse Gerüchte? Sie war ja schon wie ihre Tante!

Adrian Vanderen sah sie erschüttert an. »So denkt Ihr also über mich. Wie gut, dass Ihr mir Euer wahres Gesicht zeigt. Wenn ich bedenke, dass ich so gut wie verlobt mit Euch war! Der Tod Eures Vaters hat mich vor einem großen Fehler bewahrt!«

Er stieß die Tür auf, und kalter Wind pfiff ihr ins Gesicht. Noch einmal drehte er sich zu ihr um, sein Blick war weicher geworden. »Verzeiht meine harschen Worte. Ihr mögt eine reizende Frau sein, jung und unerfahren. Doch auch Unschuld ist keine Entschuldigung dafür, sich an einem falschen Spiel zu beteiligen. Wisst Ihr denn nicht, was für verheerende Folgen üble Nachrede für einen Kaufmann haben kann? Ich hoffe für Euch, dass Ihr in Zukunft besser nachdenkt, bevor Ihr Euch vor einen fremden Karren spannen lasst.«

Sie streckte die Hand nach ihm aus, wollte ihn aufhalten, doch sie wagte es nicht, ihn zu berühren. ›Bleibt‹, wollte sie rufen, ›sprecht mit mir!‹ Aber kein Wort kam ihr über die Lippen. Die Tür schlug zu. Sie lehnte die Stirn an das Holz. Er war fort. Adrian Vanderen war fort. Beinahe ihr Verlobter? Er? War also alles anders gewesen, als sie geglaubt hatte? Aber warum hatte ihr Vater nichts verraten? Und was war mit den Gerüchten?

Als sie aus dem Windfang trat, schoss ihre Tante auf sie zu wie ein Habicht auf eine Maus. Ilsebe packte Henrike und gab Rotger ein Zeichen. Der Gehilfe zog Henrike vor allen Trauergästen bis zum hintersten Ende des Flügelanbaus und schob sie in eine Gesindekammer. Ilsebe war hinterhergekommen und musterte sie. Ihr Gesicht war weiß vor Zorn und maskengleich.

»Der Tod deines Vaters hat dich verwirrt. Glaube nicht, dass ich das nicht verstünde«, sagte sie mühsam beherrscht. »Dein Verhalten darf aber nicht so weit gehen, dass du die Regeln des Anstandes verletzt. Du hast mir nicht zu widersprechen und nicht meinen Anordnungen zuwiderzuhandeln. Gehe in dich und bete!« Sie warf die Tür zu und schloss hinter Henrike ab. Henrike blieb allein im Dunkeln zurück, allein mit ihrer Hilflosigkeit, ihrer Trauer und ihrer Wut.

»Lass mich raus!«, schrie sie und hämmerte gegen die Tür, bis die Schritte verklungen waren. Tränen stiegen wieder in ihr auf, unaufhaltsam. Vater, ach Vater!

Drei Schritte vorwärts, die Bettstatt. Zwei seitwärts, die Wand. Vorwärts, zur Seite. Bettstatt, Wand. Hin, zurück. Wie oft war sie diese Kammer schon abgelaufen? Es war zum Verrücktwerden! Henrike wäre am liebsten gerannt, aber sie konnte nicht. Sie hätte gerne vor Wut gebrüllt, aber das gehörte sich nicht. Sie würde um sich schlagen, aber das brachte auch nichts, das wusste sie schon. Sie musste sich bewegen. Es war eiskalt, sie war durchgefroren bis ins Mark. Sie sah auf, wieder einmal. Knapp unter der Decke war eine schmale Scharte, durch die Luft in die Kammer drang. Endlich zeichnete sich ein schmales blaugraues Rechteck ab, die Sonne ging auf. Sie legte den Kopf in den Nacken, konnte sich kaum satt sehen daran, wie die Sonnenstrahlen die Nacht vertrieben. Sie musste früh aufgewacht sein, denn das Ende der Dunkelheit hatte lange auf sich warten lassen.

Seit knapp zwei Tagen war sie schon in der Kammer eingesperrt. Seitdem war sie allein gewesen, nicht einmal Telse hatte sie besucht. Lediglich Margarete war einmal gekommen und hatte ihr Brotsuppe und einen Nachttopf gebracht. Die Alte war besonders schweigsam gewesen und hatte, als Henrike sie ansprach, nur auf die offene Tür gewiesen. Beobachtete sie jemand? Henrike hatte geschimpft, dass man ihr doch nicht verbieten könne, mit Margarete zu sprechen. Und einsperren dürfe man sie auch nicht! Sie solle sich da mal nicht so sicher sein, hatte Margarete gemurmelt und leise hinzugefügt, Henrike solle sich fügen, sonst mache sie es für alle nur noch schlimmer. Was hatte sie damit gemeint? Was könnten ihre Tante und ihr Onkel denn tun? Sie presste die Hand in die Magenkuhle; sie hatte schrecklichen Hunger. Wie lange wollte man sie noch hier einsperren?

Draußen war es inzwischen hell geworden. Sie hörte Gänse vorbeiziehen, unentwegt rufend. Ob sie sich wohl unterhielten? ›Sieh nur‹, schnatterte eine Gans vielleicht, ›wie niedlich diese Stadt mit den kleinen Wesen ist, die über die Erde krabbeln.‹ Und die andere antwortete: ›Was plagen sie sich nur mit ihren Karren und Wagen? Warum erheben sie sich nicht einfach in die Lüfte?‹ Henrikes Mundwinkel hoben sich bei diesen Gedanken zu einem Lächeln. Oder war es ein Lied, das die Gänse sangen? Dass man ihr nicht einmal ihre Flöte, ihre Laute oder – sogar darüber hätte sie sich in dieser Situation gefreut – ihren Stickrahmen gebracht hatte! War sie nicht langsam genügend in sich gegangen? Hatte sie wirklich so viel verkehrt gemacht?

Sie pfiff leise ein Lied. Da hörte sie auf einmal ein Scharren. Der Eingang zu ihrer Kammer ging einen Spaltbreit auf. Simon schob sich hinein und ließ die Tür wieder ins Schloss fallen. Henrike stürzte ihm entgegen und nahm seine Hände. Ihr Bruder hielt ihre Liebkosung einen Augenblick aus, doch dann ermahnte er sie, ihm zuzuhören.

»Ich weiß nicht, wie viel Zeit uns bleibt«, flüsterte er so geheimnisvoll, als würden sie wieder Ritter und Pirat spielen. »Wir waren in der Kanzlei. Diercksen hat Vaters Testament verlesen.« In der Kanzlei? Hätte sie nicht dabei sein müssen, wenn der letzte Wille ihres Vaters bekanntgegeben wurde? »Ich wollte dich holen, aber ich durfte nicht. Henrike – alles gehört uns, das

Haus, die Bude auf dem Markt, Ware, Schiffsanteile, Geld und Grundstücke! Ich wusste gar nicht, dass Vater so reich war! Mir hat der Kopf geraucht vor lauter Einzelheiten! Und weißt du, was er über Onkel Hartwig verfügt hat: Ihm sollen seine Schulden erlassen werden! Nichts sonst! Kein Geld, kein Gut! Du kannst dir sicher Onkels Gesicht vorstellen, als Diercksen das verlesen hat!« Simon zog eine Grimasse und lachte auf.

Endlich konnte Henrike wieder die Grübchen in seinen Wangen sehen. Am liebsten hätte sie sanft darüber gestrichen, so sehr war sie auf einmal von Liebe für ihren kleinen Bruder erfüllt. Bei den nächsten Worten verdüsterte sich sein Gesicht aber, als ob ein Schatten darauf gefallen wäre.

»Der Onkel und die Tante sind stinksauer, auch auf dich. Wenn du nur nicht so widerborstig wärst. Dabei sollen wir beisammen bleiben, bis Hartwig dich nach Vaters Vorstellungen verheiratet oder ich meine Lehre in einem anderen Land fortsetze, heißt es im Testament. Zum Glück ist Hartwig nicht allein unser Vormund, Vater hat auch Symon Swerting dazu berufen. Aber der ist ja noch auf diplomatischer Mission.« Ein Ruf war aus dem Flur zu hören, Simon wurde gesucht. Hastig fuhr er fort: »Vater hat für alle gesorgt. Allen hat er Geld vermacht, Margarete genug, damit sie, wenn sie es will, ihren Lebensabend in einem Beginenkloster verbringen kann! Jost bekommt etwas Geld, um einen eigenen Handel zu gründen. Die Tante hat kaum mehr Luft gekriegt, als sie es hörte!« Wieder Rufe, lauter diesmal. »Ihre Wut hat sie an der Bettlerin und ihrem Kind ausgelassen, die hat sie aus dem Stall geworfen. Was haben die da überhaupt gemacht?« Wobbecke und Anneke wieder auf der Straße? Das Mitgefühl packte Henrike von Neuem. Hoffentlich fanden sie einen anderen, der ihnen half! Sie konnte wohl nun nichts mehr für sie tun.

»Simon! Wo steckt der Bengel?!« Dem Onkel war anzuhören, wie wütend er war.

Ihr Bruder schob die Hand unter sein Wams und zog etwas daraus hervor. »Hier, ich habe dir etwas mitgebracht!«

Es war Henrikes Flöte. Ein letzter Blick, das Klappen der Tür. Henrike war wieder allein, innerlich bebend und erfüllt von widerstreitenden Gedanken und Gefühlen. Nachdenklich führte sie die Flöte an die Lippen und spielte einige Töne.

7

Sein Vater hatte ihn zu sich rufen lassen, aber Nikolas Vresdorp hatte es nicht eilig, dem Ruf nachzukommen. So oft es ging, entzog er sich ihm. Es kam ihm entgegen, dass er wie die anderen Kaufmannssöhne auf Reisen geschickt worden war, um sich seine Sporen zu verdienen. In der Ferne konnte er tun und lassen, was er wollte, niemand kontrollierte ihn, und Heimweh kannte er ohnehin nicht. Wonach auch? Seiner Familie etwa? Der scheinheiligen Mutter, seiner duckmäuserischen Schwester? Seinen Vater konnte er ohnehin kaum ertragen. Wie er sich von seinem Eheweib herumschubsen ließ! Vaters steife, aufgesetzte Art. Der Glaube, der wie ein Banner emporgehalten und jedem ins Gesicht geschleudert wurde. Und dahinter Abgründe, die so tief waren, dass selbst er nicht hineinblicken mochte.

Aber jeder hatte nun mal seine eigenen Vorlieben, auch er. Er dachte an die Hure, mit der er es letzte Nacht getrieben hatte. Am Anfang hatten ihr seine Spiele noch Freude bereitet, aber später dann hatte sie gequiekt wie ein Ferkel, und das wiederum hatte ihn nur noch mehr gereizt. Das Gesicht seiner Base Henrike trat vor seine Augen, die derart um ihren Vater trauerte, dass sogar er ihr diese Gefühle abnahm. Sie musste ihn wirklich geliebt haben. Henrike war niedlich, aber eingebildet. Es könnte Spaß machen, ihr diesen Hochmut auszutreiben. Doch sie stand unter dem Schutz der Familie und war damit unantastbar, jedenfalls für ihn – obwohl es eigentlich sein Liebstes war, Grenzen zu überschreiten. Aber vielleicht nicht sofort … Eine Magd im Hause Konrad Vresdorps war ihm auch sofort aufgefallen. Schön drall, der Blick unschuldig. Sie würde entsetzt sein, wenn er mit ihr das tat, was ihn am meisten erregte. Bei dem Gedanken daran geriet sein Blut in Wallung. Er sollte sie suchen, bevor er zu seinem Vater ging.

Nikolas schaute zunächst in die Küche, wo eine alte Vettel Kräuter hackte. Als er sich von einem der appetitlich duftenden Hühnchen, die sich auf dem Bratspieß drehten, die knusprige Haut abriss, blickte sie ihn missbilligend an, schwieg jedoch. Er hätte ihr gern gezeigt, wer hier jetzt das Sagen hatte. Aber lange würde sie ohnehin ihre Stelle nicht behalten, wie er seine Mutter kannte. Ilsebe Vresdorp liebte es, Dienstboten zu schikanieren. Die meisten gaben aus freien Stücken die Stelle auf, oder Ilsebe wurde ihrer überdrüssig und setzte sie auf die Straße.

Er durchschritt die Diele. Es war ein schöner Raum, machte was her. Nicht so muffig und eng wie der Eingang in ihrem Haus in der Fleischhauerstraße. Wie peinlich ohnehin, dieses Viertel in Lübeck, in dem der Gestank der geschlachteten Tiere über allen Häusern lag, in dem man täglich mit dumpfen Handwerkern zusammenkommen musste. Wann würden sie sich endlich ein Haus in einer besseren Wohngegend leisten können? Vielleicht gab der Tod des Onkels den entscheidenden Anstoß, trotz seines wahrhaft skandalösen Testaments. Denn hier würde es ihm gefallen, hier würde er gut Geschäfte einfädeln können. Schließlich war er ein genialer Kaufmann, im Gegensatz zu seinem Vater, diesem Stümper.

Aus einer Kammer hörte er das Kratzen eines Reisigbesens. Er spähte hinein. Da war sie, die Magd. Hintern und Busen schwangen im Rhythmus des Fegens verführerisch und weich, das machte sie sicher absichtlich, um ihn zu bezirzen. Doch als sie ihn bemerkte, wirkte sie erschreckt. Ja, das mochte er! Nikolas wollte schon zu ihr gehen, da rief sein Vater aus der Schreibkammer nach ihm. Er leckte sich die Lippen – der Magd würde er sich später widmen.

Hartwig Vresdorp beugte sich tief über die Tischplatte, beinahe berührte seine Nase das eng beschriebene Pergament. Mit seinen kurzen dicken Fingern ließ er Sand auf den Brief rieseln. Er wartete einen Moment, pustete ihn weg und faltete den Bogen. Nikolas würdigte er keines Blickes. Er bohrte seine Fingernägel in die Handflächen. Dass dieser Mann so viel Macht über ihn hatte, erbitterte ihn. Irgendwann würde er über seinen Vater gebieten und ihn spüren lassen, was für ein grausamer Herr er sein konnte. Schließlich hatten seine Eltern ihn dazu gemacht.

»Ihr wolltet mich sehen, Vater?«, fragte er mit mühsam beherrschter Stimme.

Hartwig Vresdorp hielt das Siegelwachs über die Kerze, ließ einige Tropfen auf den Bogen fallen und presste ein kleines Metallsiegel hinein, dann reichte er seinem Sohn den Brief.

»Diesen Brief und einige Waren wirst du Asta nach Travemünde überbringen. Im Gegenzug bringst du Korn, Flachs und was sonst noch so in ihrem Lager ist hierher nach Lübeck. Die Ernte wird sie bereits eingebracht haben, denke ich«, sagte er und schenkte sich ein Glas Wein ein.

Wieso sollte er jetzt zu dem gottverlassenen Gut dieser alten Vettel reisen, die irgendwie mit ihnen verwandt war? Vater könnte doch Rotger schicken, der war für diese Handlangerdienste gut genug.

»Du reist heute noch ab. Henrike wird dich begleiten, sie lässt du dort.«

Nikolas' Laune hellte sich etwas auf. Mit seiner Base allein in einem Wagen? Das hörte sich schon besser an. Travemünde, das war mit dem Wagen eine Reise von einem halben Tag, vielleicht einem ganzen, je nach Zustand des Weges. Da konnte man sich ausgiebig … kennenlernen. Heute würde ein guter Tag werden.

Doch seine Vorfreude währte nur kurz, denn sein Vater sah auf und fügte hinzu: »Deine Mutter wird euch begleiten.«

Nikolas bemühte sich, sich seine Enttäuschung nicht anmerken zu lassen; diese Genugtuung wollte er dem Alten nicht lassen. Unzufrieden strich er über sein Kinn. Zwischen seinem sorgsam gestutzten Doppelspitzbart fühlte er Stoppeln, es wurde schon wieder Zeit für eine Rasur.

»Kann Rotger die Fahrt nicht übernehmen? Ich habe viele andere Verpflichtungen.« Er dachte dabei vor allem an die Magd, sie würde ihn ablenken, wenn Henrike fort war.

Hartwig Vresdorp stürzte den Inhalt seines Glases in einem Zug hinunter. »Du musst es tun. Das Mädchen muss hier weg, vorerst zumindest. Sie treibt deine Mutter und mich mit ihrer Widerborstigkeit zur Weißglut. Ich würde sie ja mit der Rute zur Vernunft bringen. Aber jetzt, so kurz nach Konrads Tod, sind noch zu viele Augen auf uns gerichtet«, sagte Hartwig Vresdorp. Die Gerichtsbarkeit der Stadt sah es nicht gern, wenn Frauen geprügelt wurden, in besonders schweren Fällen schritt sie sogar ein.

»Ein Jammer«, sagte Nikolas versonnen und grinste bei der Vorstellung, wie Henrike mit der Rute gezüchtigt wurde.

»In der Tat«, stimmte Hartwig ihm zu. »Bring sie jetzt zu mir. Wir haben sie einsperren lassen, damit sie nicht noch mehr Unfrieden stiftet.«

Henrike drehte die Haarnadeln, die sie von Adrian Vanderen bekommen hatte, in den Fingern. Sie waren kunstvoll gearbeitet und dennoch stabil. Hieß es nicht, dass manche Diebe mit der Hilfe von Haarnadeln Türschlösser öffnen konnten? Vielleicht sollte sie sich an der Tür ihrer Kammer einmal versuchen, denn so langsam hielt sie es nicht mehr aus. Sie hockte sich vor die Tür und wollte gerade eine Nadel ins Schloss schieben, als sich das Schlüsselloch verdunkelte. Jemand kam! Henrike flüchtete sich auf ihr Lager und tat, als träumte sie vor sich hin. Als überraschend Nikolas Vresdorp eintrat, versuchte sie sich schnell wieder aufzusetzen. Doch zu spät, er hatte sie liegen sehen. Ihr Vetter ließ beifällig seinen Blick über ihren Körper wandern. Ihre Nackenhaare stellten sich auf. Sie mochte es nicht, so angeschaut zu werden, von ihrem eigenen Vetter schon gar nicht. Auch wenn Nikolas Vresdorp mit seiner kräftigen Gestalt, seinen kantigen Gesichtszügen und dem akkuraten dunklen Bart wohl das war, was manche Frau gutaussehend nannte.

»Wie gerne hätte ich dir in dieser stillen Kammer die Zeit vertrieben! Du hättest die Flöte für mich spielen können. Wie du vielleicht weißt, liebe ich die Musik. Vor allem wenn so hübsche junge Frauen blasen – die Flöte, meine ich«, sagte er mit einem Lächeln, das sie gefrieren ließ, und setzte bedauernd hinzu: »Aber du sollst in die Schreibkammer kommen.«

Hartwig Vresdorp thronte im Armlehnenstuhl ihres Vaters, hatte dessen Handelsbücher vor sich und hielt die Feder seines Bruders in den Händen. Wie konnte er alles so selbstverständlich an sich nehmen? Henrike bezwang mühsam ihre Wut. Glücklicherweise war ihr Vetter Nikolas verschwunden. Er hatte sich im Flur bei den Kammern abgesetzt und gemeint, er hätte etwas zu erledigen. Bei dem Ausdruck, der sich dabei auf seinem Gesicht gezeigt hatte, hatte sie lieber nicht nachgefragt.

Nachdem ihr Onkel sie einen Augenblick hatte warten lassen, kündigte er an, dass sie abreisen würde. Henrike verstand nicht. Was sollte sie auf diesem Gut in der Nähe der Ostsee? Und das jetzt, im Herbst? Als Kinder hatten Simon und sie oft den Sommer bei der seltsamen Asta verbracht. Die Witwe mochte Kinder nicht besonders. Sie hatte sich kaum mit ihnen abgegeben und wenn, dann war sie schroff gewesen. Doch als sei die Angelegenheit für ihn erledigt, ging der Onkel zum Schrank, in dem ihr Vater seine Unterlagen und seine Schatullen verwahrte, und kramte darin herum. Er schwankte leicht, seine Bewegungen waren fahrig, als sei er betrunken. Für Henrike war es, als würde er das Andenken des Vaters beschmutzen.

»Aber ich will nicht weg«, protestierte sie. Ihr Onkel sah auf, sein Blick war glasig.

»Es ist besser für dich. Du bist aufgewühlt durch den Tod deines Vaters. Durchaus verständlich. Du wirst dort zur Ruhe kommen, kannst in dich gehen«, sagte er langsam.

Sie sollte das Haus also zu ihrem eigenen Wohl verlassen? Diese Fürsorglichkeit kam ihr falsch vor. Auch grollte sie ihrem Onkel, weil er sie von der Verlesung des Testamentes ferngehalten hatte.

»Es gibt hier so viel zu regeln. Ich kann mich um Vaters Nachlass kümmern«, schlug sie vor.

»Das mache ich schon für Simon und dich. Hast du vergessen, ich bin euer Vormund.«

Wie könnte sie das vergessen? Aber sie wollte selbst ein Auge darauf haben. Vielleicht wollte sie sich auch nur an das klammern, was ihr von ihrem Vater geblieben war.

»Ich möchte aber hier bleiben«, sagte sie bestimmt.

Plötzlich fegte er mit einer unbeherrschten Bewegung den Inhalt des Schrankfaches auf den Boden. Bücher, Papiere, Siegel und Gewichte fielen durcheinander. Henrike zuckte zusammen. Lautstark fuhr er sie an: »Das ist es, was du lernen musst. Gehorsam und Zucht!« Darum also ging es bei seiner angeblichen Fürsorglichkeit.

Doch Henrike bot ihm die Stirn. »Und wenn ich mich weigere?«

Ihr Onkel schob den Unterkiefer so heftig vor, dass sie die Zähne übereinanderschaben hörte. »Dann lasse ich dich dorthin prügeln«, antwortete er, und plötzlich brüllte er: »Jost!«

Henrike stieß schwer die Luft aus. Sie musste sich fügen. Sie konnte nichts gegen seine Anweisung tun. Er war ihr Vormund. Solange sie nicht verheiratet war, konnte er über sie bestimmen. Dennoch blieb sie stehen.

»Was ist denn noch?«, fragte er und kam zorngeschwellt näher.

Henrike hielt den Atem an, seine Ausdünstungen waren nur schwer erträglich. »Vaters Hinterlassenschaft … Hat er Verfügungen wegen meiner Heirat getroffen? Er sagte, er habe einen Ehemann für mich gefunden, als ich ihn am Abend vor seinem Tod das letzte Mal sah.«

Ihr Onkel lächelte trunken. »Nein, hat er nicht. Und jetzt verschwinde. Jost!«

Sie hörte Schritte. Es half nichts, sie musste gehen.

»Und Simon?«, fragte sie noch.

»Der Junge bleibt hier. Er muss noch viel lernen.« An der Tür trafen sie auf Jost. Henrike sah ihn nur scheu an.

»Eine Sauwirtschaft! Wo ist die Brieflade meines Bruders?«, fauchte ihr Onkel, als sie die Schreibstube verließ.

Simon saß im Speicher an einem Tisch, den Rücken ihr zugewandt. Er hatte die Arme aufgestützt, seine Schultern wirkten schmal und spitz. Rotger, der Gehilfe des Onkels, befestigte Säcke an dem Seil des Windenrades und ließ sie hinunter. Henrike fragte ihn, was es damit auf sich hatte, aber er gab ihr keine Antwort. Bevor sie darauf beharren konnte, bemerkte sie die Hand ihres Bruders. Die Fingerkuppen an seiner Linken waren rot geschwollen. An den Rändern der Fingernägel bemerkte sie Spuren von getrocknetem Blut. Ein schmales Tuch war um die Knöchel gebunden. Besorgt kniete sie sich neben ihn, nahm seine gesunde Hand, in der er einen Griffel hielt, und fragte ihn, was geschehen sei. Das Weiße in Simons Augen war rot geädert. Er hatte wohl auch viel geweint seit dem Tod des Vaters, aber er verbarg seinen Kummer vor ihr. Doch dieses Mal hatten seine Tränen einen anderen Grund gehabt.

»Ich habe mich verschrieben, bei einer Warenliste. Ich habe Strafe verdient, meinte unser Onkel. Und jetzt muss ich Abschreibübungen machen.« Die Wachstafeln vor ihm waren über und über mit Buchstaben bedeckt, die Adern auf seinem Handrücken traten vor Anstrengung hervor. In Henrike brodelte es.

Sie war entschlossen, nicht zu reisen, sie konnte Simon hier nicht allein lassen.

»Du musst gehen«, beschwor er sie jedoch, nachdem sie von dem Gespräch mit dem Onkel berichtet hatte. »Er wird auch dich nicht schonen. Mach dir um mich keine Sorgen. Solange ich tue, was er sagt, komme ich schon klar.« Sie schloss ihn in die Arme. Ihr tapferer kleiner Bruder! Sie würde Jost bitten müssen, dass er auf ihn achtgab, solange sie fort war. Es würde hoffentlich nicht allzu lange dauern.

Obgleich Tante Ilsebe zum Aufbruch mahnte, ließ Henrike sich nicht antreiben. Sie verabschiedete sich von den Mägden. Gesche wirkte, als habe sie geweint – es war rührend, wie sehr sie alle um ihren Herrn trauerten! Dann schüttelte sie den Knechten die Hand. Margarete flüsterte ihr zu, dass sie versuchen würde, sich um Wobbecke und Anneke zu kümmern. Jost drückte Henrikes Hand besonders lange und sah ihr fest in die Augen, als wollte er sein Versprechen, auf Simon zu achten, bekräftigen. Ihr Bruder stand steif neben seinem Onkel, Henrike umarmte ihn kurz, aber heftig.

Nun drängelte auch ihr Vetter. Das Wetter könne jeden Moment umschlagen. Wenn alles gut liefe, könnten sie in einem halben Tag den Hof erreicht haben. Ihr Bündel lag schon auf dem Wagen, umgeben von Paketen und Fässern. Zwischen ihren Kleidern hatte sie, einer Eingebung folgend, den Schmuck versteckt, der ihr von ihrer Mutter und ihrer Stiefmutter vererbt worden war. Ruckend setzte sich der Wagen in Bewegung, und sie verließen ihren Hof. Henrike hielt die sieben Türme Lübecks im Blick, bis sie hinter dem Horizont verschwanden. Mit jedem Schritt ihres treuen Pferdes Bagge wurde ihr das Herz schwerer. Wann würde sie ihren Bruder und ihre Heimatstadt wiedersehen?

8

Die Lanze krachte auf das Metall und brach entzwei. Der Ritter war nach hinten gesackt, hielt sich nur noch knapp auf seinem Ross. Die Pferde schnaubten, als sie gezügelt wurden. Das Publikum stöhnte auf, Männer schrien wüste Anfeuerungen. Es roch nach gebratenem Fleisch, nach Pferdemist und Erbrochenem. Adrian Vanderen drängte sich zu der Tribüne für die Patrizier, schob Betrunkene von sich, die durch die Menge taumelten und raufl ustig andere anrempelten. Einige sahen aus, als wären sie schon seit Tagen nicht mehr nüchtern gewesen. Auf vielen Plätzen innerhalb der Stadtmauern fanden kleinere Kämpfe statt. Das eigentliche Torneisfeld befand sich jedoch nördlich der Stadt, nicht weit entfernt vom Gelände der ehemaligen holsteinischen Stadtburg, die, wie er inzwischen wusste, vor über einhundert Jahren nach dem Ende der dänischen Herrschaft von den Lübecker Bürgern geschleift worden war. Schon damals hatte es Rangkämpfe zwischen Adeligen und Bürgern gegeben.

Eben war er an einer Prügelei vorbeigekommen. Ein Adeliger war offenbar mit einem Patriziersohn in einen Streit darüber geraten, wem der Vortritt gebührte. In einer Stadt mit einer so reichen Patrizierschicht wie Lübeck wurde es besonders deutlich, wie sehr sich die Welt verändert hatte. Es waren nicht mehr nur Adelige, die den Ton angaben und ihre Pracht auf Bällen und Turnieren feierten. Es waren heute die wohlhabenden Bürger, die sich bewundern und verehren ließen. Auch bei diesem Turnier traten die Bürger, Junker, wie sie sich nannten, in manchen Kampfgattungen gegeneinander an und bewiesen, dass sie mit dem Adel mithalten konnten. Ja, nicht nur das. Ob Graf, Fürst, König oder Kaiser – sie alle standen bei den Kaufleuten in der Kreide, waren von ihnen abhängig und nahmen sich doch die Frechheit, sie als ›Pfeffersäcke‹ zu verhöhnen. Dabei waren Turniere wie dieses vor allem für die Kaufleute eine herrliche Veranstaltung, lieferten sie doch die Harnische, die Waffen und die Stoffe etwa für die langen Schmuckdecken der Pferde. Die Kaufleute wurden reich an den Turnieren, und inzwischen hatten manche durchaus den Ehrgeiz entwickelt, ihren Wohlstand und ihre Macht zu demonstrieren.

Die Wachen am inneren Schrankengeviert erkannten ihn wieder und nahmen ihre Spieße aus dem Weg. Wie gestern hatten sich auf dieser Holztribüne die Patrizier versammelt, in feinen Kleidern und mit Goldketten behängt, begleitet von ihren herausgeputzten Frauen und Töchtern. Auf der gegenüberliegenden Tribüne bot sich allerdings ein noch prächtigeres Bild. Unter Baldachinen saßen der Kaiser und die Kaiserin, vor ihnen tummelte sich ihr Gefolge. Adrian sah sich um. Hermanus von Osenbrügghe begrüßte ihn leutselig.

»Der Kampf ist schon in vollem Gang. Bekommt Ihr nicht auch Lust, das Schwert zu schwingen, Herr Vanderen?«

»Ich scheue den Kampf nicht, wenn Ihr das meint. Ein Turnier hat durchaus seinen Reiz. Aber ist es nicht so, dass hier nur Söhne Eurer Stadt antreten dürfen?«, gab er freundlich zurück.

Abgesehen davon glaubte er kaum, dass er derzeit auf dem Kampfplatz eine gute Figur machen würde; seine Schulter verheilte zwar gut, schmerzte bei Anstrengungen jedoch noch immer heftig. Bruno Diercksen gesellte sich zu ihnen. Er stützte sich auf seinen Stock, wurde auf der anderen Seite von seiner Tochter gehalten. Jetzt machte er sich zärtlich los.

»Lass deinen alten Vater nur, liebe Tochter, und leiste deiner Mutter Gesellschaft«, entließ er sie. Die junge Frau mit der hoch ausrasierten Stirn knickste. Folgsam ging sie zu einer Dame mit üppigen Rundungen, die an der Brüstung lehnte und sich einen Fächer vor das Gesicht hielt.

»Mein Vicus hält sich tapfer«, sagte Diercksen und wies mit dem Gehstock in einen Ring, in dem zwei Männer sich im Schwertkampf maßen. Vicus Diercksens Antlitz war rot gefleckt, seine Bewegungen schwerfällig. Sein Widersacher wirkte hingegen eher lässig. Er war älter und eindeutig überlegen.

Adrian sah sich nach Hartwig Vresdorp um, konnte ihn jedoch nirgends entdecken. Erst gestern war er mit ihm aneinandergeraten. Es ging um Geschäfte, die abgerechnet werden mussten, und ein Papier, auf dem Konrad Vresdorp die geplante Verlobung zwischen ihm und seiner Tochter Henrike festgehalten hatte. Adrian wusste, dass es dieses Schriftstück gab, aber Hartwig Vresdorp behauptete, er habe es nicht gefunden; damit war diese Vereinbarung null und nichtig. Seine Nichte würde ohnehin im Trauerjahr nicht heiraten, hatte Hartwig Vresdorp verkündet, und das schien ihm gut zupasszukommen.

Adrian musste an das letzte Gespräch mit Jungfer Henrike denken. Hätte er ihr erklären müssen, wie es sich mit seinen Geschäften verhielt? Es war üblich, dass ein Kaufmann für den anderen Waren kaufte und verkaufte, jeder ging dabei in Vorleistung. Mit Konrad Vresdorp hatte er zahlreiche Geschäfte gemacht, bei denen mal der eine, mal der andere mehr Geld vorgestreckt hatte. Beide hatten stets davon profitiert. Nichts anderes war auch zuletzt geschehen. Wusste sie das denn nicht? Aber ihre Worte hatten seinen Stolz verletzt. Unter anderen Umständen hätte er zweifellos gelassener reagiert. Doch der Piratenangriff, die Verletzung und die Ungewissheit durch den Tod seines Geschäftspartners hatten auch ihn dünnhäutiger gemacht.

Mit einer vertraulichen Geste beugte Ratsherr Diercksen sich nun zu ihnen.

»Ich habe etliche Gulden für einen Schwertmeister springen lassen, der Vicus vor den Toren der Stadt auf Trab gebracht hat.

Ich will mich ja schließlich nicht vor all den Leuten hier blamieren.« Diercksen deutete ein Lachen an, wischte sich aber gleich über die Augen. »Ja, es könnte lustig sein, wenn es nicht so traurig wäre. Mein Freund Konrad hätte sich hier auch gut amüsiert, so manchen Humpen hätten wir schon auf die Sieger geleert.« Die Männer schwiegen einen Augenblick im Andenken an den Freund.

Adrian Vanderen wurde das Herz schwer. Es gab nur wenige Männer, mit denen man gute Geschäfte machen konnte und mit denen man sich verstand. Er würde Konrad Vresdorp und seine Lebenslust vermissen. Erneut kamen ihm Zweifel, die sich partout nicht beschwichtigen lassen wollten, sooft er auch darüber nachsann. War Konrad Vresdorp tatsächlich das Opfer seiner sinnlichen Begierde geworden? Denn die Lust war es wohl gewesen, die ihn in der Nacht des Ratsballes noch einmal auf die Straßen getrieben hatte. Konrad wollte das Hurenhaus besuchen, wollte sich zur Feier des Tages von einer Dirne, für die er gewisse Sympathien zu hegen schien, verwöhnen lassen. Er hatte Adrian eingeladen, ihn zu begleiten, hatte ihm angeboten, ihn die ganze Nacht lang freizuhalten. Doch Adrian hatte diese Einladung abgelehnt. Er hatte seine Schulterverletzung vorgeschützt, aber vor allem hatte er an Henrike gedacht, an ihr unverstelltes Wesen, ihre jungfräuliche Schönheit. Das Bild ihres Gesichtes, bei ihrem Tanz vor reiner Freude strahlend, hatte er vor sich sehen wollen, nicht die gekaufte Lust einer Dirne. War Konrad Vresdorps Tod tatsächlich ein tragischer Schlag des Schicksals? Oder hatte vielleicht jemand nachgeholfen? Es stimmte, Männern in seinem Alter versagte oft das Herz den Dienst. Adrians Zweifel waren wohl nur Ausdruck seiner Unfähigkeit, den Tod seines Freundes zu akzeptieren.

»Wie steht's, Vanderen, habt Ihr schon eine standesgemäße Unterkunft gefunden? Die Gasthäuser sind doch sicher alle voll«, riss Kaufmann Dartzow ihn aus seinen Gedanken und polierte versonnen die silbern glänzenden Knöpfe an seinem Wams. Er hielt sich als Gastgeber des Kaisers meist auf der anderen Tribüne auf, wie Adrian bemerkt hatte.

»Ich konnte den Wirt des Gasthofes am Rathaus überzeugen, dass er ein Zimmer frei hat«, antwortete Adrian. »Aber ich werde mich nach etwas Dauerhafterem umschauen müssen. Ich spiele mit dem Gedanken, in Lübeck Grundbesitz zu erwerben«, fügte er hinzu, allerdings hörte Dartzow schon gar nicht mehr hin, weil er mit großer Geste zu den Gästen von hohem Stand hinüberwinkte. Wie andere Kaufleute hatte auch er die Tendenz, sich beim Adel anzubiedern. Adrian hingegen war diese Unterwürfigkeit fremd. Er war der Meinung, dass der Stand nicht das Geringste darüber aussagte, ob man ein guter oder wertvoller Mensch war.

Das Zimmer, das er für sich hatte finden können, befand sich im besten Gasthaus Lübecks und machte ihn dennoch nicht zufrieden. Wie alle Gasthäuser war auch dieses derzeit überfüllt, vor Diebesgesinde und Huren konnte man sich kaum retten, ob in der elendigsten Schenke oder im ersten Haus der Stadt. Der Wirt hatte ihn abweisen wollen. Es war ein großer Betrag notwendig gewesen, damit er ein Zimmer freimachte. Kaum hatte Adrian seine Truhe in das Zimmer bringen lassen, hatte es schon geklopft, und eine Dirne hatte sich ihm angeboten. Er hatte sie abgewiesen, ihm hatte nicht der Sinn nach Zerstreuung gestanden. Auch war sie zu jung und aufgetakelt für seinen Geschmack gewesen. Immer wieder hatte er an Henrike denken müssen, an die brennenden Augen der jungen Frau, die Verzweiflung in ihrem Blick nach dem Tod des Vaters. Auch wenn er jetzt an sie dachte, schlug sein Herz wieder heftiger. Traute sie ihm wirklich zu, dass er ihren Vater um Geld betrogen hatte? Unter diesen Umständen würde sie ihn niemals lieben können. Und wäre sie denn überhaupt die richtige Frau für einen Kaufmann wie ihn?

Ein Aufschrei von Bruno Diercksen holte Adrian aus seiner

Gedankenwelt in die Wirklichkeit zurück. Der Sohn des Ratsherrn war zu Boden gegangen und rappelte sich nur schwer wieder hoch. Sein Gegner hob triumphierend das Schwert. Mit großer Geste winkte er den jungen Frauen zu, die hinter dem Geländer standen und ihm schöne Augen machten. Vicus konnte den nächsten Schlag nur mühsam abfangen. Mit verzerrtem Gesicht hob er die Hand zum Zeichen, dass er aufgab. Adrian sah seine Niederlage mit einer gewissen Genugtuung, denn er erinnerte sich daran, wie dieser Vicus den kleinen Simon drangsaliert hatte. Bruno Diercksen stöhnte enttäuscht.

»Die Ausgaben für den Schwertmeister waren wohl umsonst«, entfuhr es ihm, doch dann lenkte er rasch auf ein anderes Thema: »Also werdet Ihr in Lübeck das Bürgerrecht erwerben?« Adrian stützte seine Hand auf den Gürtel, um die Schulter zu entlasten. Seine Lage war durch den Tod Konrad Vresdorps geschwächt worden. Er würde sich ins Zeug legen müssen, um sein Ziel zu erreichen. Wie viel würde er den Männern verraten müssen?

»Das plane ich in der Tat. Ich habe bereits mit dem Stadtkämmerer darüber gesprochen, was nötig ist, um ein Lübecker Bürger zu werden. Ich plane wichtige Geschäfte in der Stadt, in denen es um erhebliche Geldmengen geht. Nun, nach dem bedauerlichen Tod Konrad Vresdorps, muss ich mir einen anderen Geschäftspartner suchen.«

Hartwig Vresdorp kam die Treppe herauf. Er war offenkundig gut gelaunt und rief Bruno Diercksen ein Scherzwort zu, als dieser jedoch nicht darauf einging, zog er weiter. Die Störung war Diercksen nicht willkommen, seine Aufmerksamkeit war auf Adrian gerichtet. Erhebliche Geldmengen, das war wohl das Stichwort gewesen.

»Ich besitze ein Haus in der Königstraße, mit Verlaub, der besten Gegend der Stadt. Darin befindet sich eine Wohnung, die ich Euch für einige Zeit überlassen könnte. Sie ist leider nicht ganz günstig, fürchte ich. Ihr versteht, die Lage.« Sein Lächeln verkümmerte, als sein Sohn zu ihm schlich. Vicus Diercksen hatte die enttäuschte Miene des Verlierers und mied jeglichen Blickkontakt mit Adrian.

»Habt Dank für dieses Angebot. Ich bin froh, wenn ich das Gasthaus wieder verlassen kann. Geld spielt keine Rolle, solange ich nur in Ruhe meinen Geschäften nachgehen kann«, sagte Adrian. Wie angeberisch das klang, dachte er. Aber er wollte mit den besten Kaufleuten ins Gespräch kommen, und die lockte man nur, wenn man etwas zu bieten hatte. Klappern gehörte nun einmal zum Geschäft.

Bruno Diercksen reichte ihm die Hand. »Ihr könnt sofort einziehen.«

Es war eines der typischen giebelständigen Dielenhäuser der Stadt. Adrian konnte einen Teil des Untergeschosses zur freien Verfügung haben, hatte Bruno Diercksen erklärt, mehrere Zimmer und eine Küche. Adrian hatte die Seemannsherberge am Hafen aufgesucht und seinen Schiffskoch Cord und den Bootsjungen Liv aufgefordert, mit ihm zu kommen. Cords Verletzung war zwar verheilt, aber sein Bein würde steif bleiben. Er zweifelte daran, dass er noch einmal zur See fahren würde, und war froh, dass sein Herr ihn dennoch gebrauchen konnte. Die beiden schafften zunächst die Truhe aus dem Gasthaus in ihr neues Domizil. Anschließend gingen sie in das Lagerhaus in der Alfstraße, um die dort noch vorhandenen Waren abzuholen.

Hartwig Vresdorp weigerte sich zunächst, Adrian seine Fässer und Ballen herauszugeben, doch der war darauf vorbereitet. Anhand von Warenlisten und seiner Merke auf den Gütern konnte er nachweisen, dass sie ihm gehörten. Dennoch wusste Adrian einmal mehr, worauf er sich einstellen musste, wenn er mit dem Bruder seines verstorbenen Partners abrechnen würde, und dieser

Tag würde kommen. Hartwig Vresdorp war gierig und verbissen. Es verdarb das Wesen, wenn man etwas zu sehr wollte, diese Erfahrung hatte Adrian schon oft gemacht. Und Hartwig Vresdorp wollte Geld, das stand ihm ins Gesicht geschrieben. Ihm kam der Tod des Bruders wahrscheinlich ganz gelegen, denn dass er am meisten davon profitierte, das war offensichtlich.

In seinem neuen Zuhause kontrollierte Adrian noch einmal den Zustand und die Anzahl der Waren. Es war alles da und in gutem Zustand. Er hatte sich in der Alfstraße selbst dabei ertappt, dass er mehr als einmal nach Henrike und Simon Ausschau gehalten hatte, doch die beiden waren nicht zu sehen gewesen. Simon tat ihm leid. Er mochte den Jungen, der es gewiss unter der Führung seines hartherzigen Onkels nicht leicht haben würde. Und Henrike? Vielleicht war es gut gewesen, dass sie nicht da war – möglicherweise hätte sie ihm wieder nur Vorwürfe gemacht.

Cord und Liv kamen herein. Sie schleppten Körbe mit Brot und Gemüse heran.

»Wein und Bier werden geliefert. Wucher ist das hier. Nur weil der verdammte Kaiser da ist, glauben die, sie könnten einen über den Tisch ziehen!«, schimpfte Cord und tupfte sich den Schweiß von seiner Glatze.

Adrian zischte ungehalten. Der Koch blickte verschreckter auf, als man es bei seinem Aussehen erwartet hätte.

»Du bist nicht auf dem Schiff! Wenn du hier für mich kochen willst, dann benimm dich, wie es sich für einen Kaufmannshaushalt gehört«, sagte Adrian, und Cord nickte zerknirscht.

Adrian sah an den beiden herab. Noch immer trugen sie die abgewetzte Kleidung der Seeleute. »Wir werden euch erst einmal standesgemäß einkleiden. Und dann wollen wir nach Bosse und meinem Schiff sehen.«

Bosse Matys sprang von seinem Platz auf der Holzbank vor dem Heiligen-Geist-Hospital auf und rannte ihnen entgegen. Er bewegte sich erstaunlich geschmeidig. Über seinem versehrtem Auge trug er eine Binde, die ihn jedoch kaum zu behindern schien. Adrian war erleichtert. Insgeheim hatte er sich um den alten Mann gesorgt. Er wusste, dass es immer auch eine Frage des Willens war, ob ältere Menschen nach einer Krankheit oder einem Unfall wieder auf die Beine kamen.

»Endlich seid Ihr da, Herr! Mein Hintern ist vom Herumsitzen schon ganz platt! Und die ewige Frömmelei kann ich nicht mehr ertragen!«, begrüßte er sie.

Dann wanderte sein Blick zu Adrians Begleitern, und der Alte brach in schallendes Gelächter aus. »Wie seht ihr denn aus? Ich muss doch nicht etwa auch so herumlaufen? Das tut Ihr mir doch nicht an, Herr, oder? Da bleibe ich lieber hier!«

»Überleg dir genau, mit wem du sprichst!«, meinte Cord, während er an seiner Hose herumzupfte, die zwischen den Beinen zu kneifen schien. »Ich bin jetzt Koch eines feinen Kaufmanns!«

»Du hältst dich also für was Besseres, oder was?« Bosse hieb ihm spielerisch die Faust gegen die Brust.

»Besser aussehen als du tue ich allemal«, entgegnete Cord, der unwillig Bosses Hand wegschlug, was der Schiffer ohne Zögern mit einem weiteren Stoß quittierte.

»Schluss jetzt!«, mischte sich nun Adrian zwischen die Streithähne. »Ist wirklich Liv hier der Einzige von euch, der sich benehmen kann?« Der Junge rieb sich verlegen die mit Sommersprossen übersäte Nase. Er wollte nicht zwischen die Fronten geraten. Außerdem trug er sein neues Wams und die Beinlinge offenbar ganz gern. Die Männer hielten inne. Dann gaben sie sich die Hände, rieben die Fäuste aneinander und stießen mit den Schultern zusammen.

Bosse lachte wieder. »Wir sind alle was Besseres, oder?«, sagte er.

»Genau, Käpt'n«, stimmte Cord erleichtert ein.

Adrian hatte oft an Bord beobachtet, dass der Koch Streit schlichtete. Dennoch war es fraglich, wie die Männer mit ihren neuen Aufgaben an Land klarkommen würden. Cords Kochkenntnisse jedenfalls ließen zu wünschen übrig. Für eine Schiffsbesatzung war es ja gut genug, ob es aber für ein Kaufmannshaus reichen würde, war nicht sehr wahrscheinlich. Allerdings wusste Adrian selbst noch nicht genau, wie es weitergehen würde. Es würde auch davon abhängen, wie lange es dauerte, sein Schiff wieder auf Vordermann zu bringen. Es war höchste Zeit, sich um die *Cruceborch* zu kümmern.

Immer wieder ließ der Schiffsbauer das kleine Ruderboot, in dem sie saßen, nah an die *Cruceborch* heranbringen, klopfte das Holz ab und runzelte die Stirn. Adrians Kogge bot ein trauriges Bild. Die Schiffswand war gesplittert, wo das Piratenschiff sie getroffen hatte, und wies weitere Schäden auf, die er bisher noch nicht bemerkt hatte. Als sie die Kogge einige Male umrundet hatten, kletterten sie an Bord. Die Brandpfeile hatten kohlschwarze Wunden in der Bordwand und an Deck hinterlassen. Das Segel war mit Rissen der Enterdreggen und Pfeile übersät. Allerorten konnte man noch die getrockneten Blutlachen auf dem Holz erkennen. Adrian überfielen dumpfe Trauer und Wut bei dem Gedanken an die Männer, die bei der Verteidigung seines Schiffes ihr Leben gelassen hatten. Hoffentlich würde man die Seeräuber fassen und zur Rechenschaft ziehen!

Sie stiegen in den Laderaum hinab, wo es muffig roch und das Bilgewasser an der Bordwand plätscherte. Auch hier kontrollierte der Schiffsbauer die Planken.

»Wir werden die Kogge auf Kiel legen müssen. Erst dann kann ich beurteilen, ob Planken und Klinker den nächsten Stürmen Stand halten werden. Von einem Piratenangriff ganz zu schweigen. Vor den Winterstürmen wird die *Cruceborch* wohl kaum mehr in See stechen können, Herr Vanderen.«

Adrian nickte nachdenklich. Genau das hatte er befürchtet.

Mechthild Diercksen trippelte in die Diele hinein, ihr ausladender Busen hüpfte heftig. Ihre Tochter Drudeke hielt gemessenen Abstand und den Blick züchtig gesenkt. »Ich sehe, Ihr habt Euch schon etwas eingerichtet, Herr Vanderen«, sagte die Frau des Ratsherrn. Sie ließ ihren Blick über die kostbaren Tuche wandern, die Cord und Liv über Tische und Schrankflächen gebreitet hatten. Auch Adrians flämischer Wandteppich, den er stets mit sich führte, um seine Unterkünfte behaglicher zu gestalten, und das vorhandene Silberzeug entgingen ihrer Aufmerksamkeit nicht.

»Darf ich den Damen etwas anbieten?«, fragte Adrian. Er war von dem Besuch überrumpelt und schlug sein Handelsbuch zu. Liv, der ihn auch bei Tisch bedienen sollte, gab er einen Wink, rasch Getränke für die Damen zu holen. Als der Bootsjunge nicht reagierte, schnipste Adrian. Schließlich musste er ihm mit deutlichen Worten befehlen, gewürzten Wein zu bringen, doch da lehnte Mechthild Diercksen auch schon ab.

»Ich wollte nur sichergehen, dass Ihr alles habt, was Ihr benötigt. Aber ich sehe, sogar für Gesinde ist gesorgt.« Adrian bemerkte, dass Livs Wangen rot glühten, und unterdrückte ein Grinsen. Die Besucherin trat näher und wedelte so heftig mit dem Fächer vor ihrem Gesicht, dass auch Adrian den Windzug spürte. Ein durchdringender blumiger Geruch stieg ihm in die Nase.

»Werdet Ihr Euch auf dem Abschlussball für den Kaiser sehen lassen?«, fragte sie.

»Nein. Ich halte derartige Vergnügungen nach dem Tod meines Freundes und Geschäftspartners für verfrüht.«

Der Fächer verharrte vor der Mundpartie der Dame. »Wie bedauerlich für die Lübecker Damenwelt. Nicht oft werden so interessante Junggesellen in unsere Gesellschaft eingeführt. Aber der Winter ist noch lang. Es gibt viele Vergnügungen, zu denen die besten Kreise der Stadt laden. Dann werden wir Euch doch sicher begrüßen können?«

Er neigte den Kopf. Der Fächer klappte zusammen, ein zufriedenes Lächeln zeigte sich zwischen den runden Wangen der Frau.

Erst jetzt fiel Adrian auf, dass die Frau des Ratsherrn nur wenig älter als ihre Stieftochter war. Die Schminke hatte die eigentlich frischen Gesichtszüge zugedeckt. Auch Drudeke Diercksen war wieder stark geschminkt. ›Euretwegen werde ich bestimmt nicht zu diesen Vergnügungen gehen‹, dachte Adrian bei sich, ›aber Lübeck wird ja wohl noch andere reiche Töchter oder wohlhabende Witwen zu bieten haben.‹ Es musste doch mehr Frauen geben, die ihm gefielen. Und die ihn seine Gefühle für Henrike Vresdorp vergessen ließen.

9

Nachdem sie das Tor durchfahren und die Zugbrücke überquert hatten, wandten sie sich gen Norden. Bauersfrauen kamen ihnen entgegen. In den Körben, die sie auf ihren Köpfen balancierten, leuchten rot die Äpfel. Männer schoben Karren mit Rüben, Kinder boten aus Reisig gebundene Besen zum Kaufe an. Etwas weiter an der Stadtgrenze entlang lag das Siechenhaus, und Henrike kam es vor, als könnte sie leise die Glöckchen hören, die die Gesunden vor den Leprakranken warnen sollten. Hatte ihr Vater auch den Siechenhäusern Geld vermacht, wie es üblich war? Würde sie seinen letzten Willen jemals erfahren, oder würde ihr Onkel sie im Unklaren lassen? Durfte er das überhaupt?

Der Weg war schlecht, heftig holperte der Wagen über Feldsteine und durch Schlaglöcher. Hätten sie nicht mit einem Boot die Trave hinauffahren können? So blieb nur die Herrenfähre, um den Weg abzukürzen. Schon wenig später hatte die Aussicht Henrike von dem Gerumpel abgelenkt. Sie fuhren durch eine sanft hügelige Landschaft mit weiten Eichen- und Buchenwäldern, immer wieder durchbrochen von kleinen Seen, auf denen buntes Herbstlaub schwamm. In der Ferne sahen sie Bauern die Felder pflügen. Oft führte ein Junge die Ochsen, ein Mann hielt den hölzernen Pflug in der Spur. Etwas weiter wurde bereits das Wintergetreide gesät. Hirten zogen mit den Schweinen in den Eichenwald, damit sie sich an den Eicheln fett fressen konnten. Kraniche zogen, trompetenähnliche Laute aussendend, über sie hinweg.

»Eine Frau muss tugendsam und keusch sein. Du hast die Augen stets niederzuschlagen. Du solltest schweigsam sein oder zumindest wenig sprechen.« Seit sie im Wagen Platz genommen hatten, redete ihre Tante unentwegt auf sie ein, zählte auf, wie sie sich als gute Frau zu verhalten hatte. ›Sie scheint es zu genießen, dass ich ihr hier nicht entkommen kann‹, dachte Henrike bei sich. Ihre Tante rieb ihre Hände, vermutlich schmerzten die geschwollenen Gelenke von der feuchten Kälte und den Stößen des Wagens.

»Wenn du deinen Platz in der Welt finden willst, musst du lernen, dich zu fügen. Fügsam und fromm zu sein, das ist alles, was für dich zählt. Nun, wo dein Vater tot ist, wird es schwer genug, einen Ehemann für dich zu finden, so sehr sich dein Onkel auch anstrengen mag. Sonst bleibt für dich nur das Kloster. Oder du musst irgendwann in Telses Haushalt bleiben, denn dass sie heiraten wird, ist gewiss. Nutze die Zeit der Abgeschiedenheit, um in dich zu gehen. Und wenn wir dich nach Lübeck zurückholen, wirst du als züchtige junge Frau den Platz finden, der dir zusteht.«

Henrike sah in die Wiesentäler und Wälder hinaus und hing den Worten ihrer Tante nach. Nein, als alte Jungfer in Telses Haus leben und von dem Wohlwollen ihrer Verwandten abhängig sein, das wollte sie nicht. Und ins Kloster wollte sie auch nicht. Konnte es so schwer sein, den Erwartungen zu entsprechen, die man an sie hatte? Andere Patriziertöchter schafften es doch auch.

Sie fuhren an einem Buchenwald entlang. Orange-rot strahlten die Blätter gegen den grauen Himmel. Ein Hase querte in weiten Sprüngen ihren Weg, Abzweigungen führten zu Höfen. Henrikes Hintern kribbelte vom unbequemen Sitzen, es musste schon weit nach Mittag sein. Sie war hungrig und musste austreten, aber ihre Bitte nach einem kurzen Halt hatte die Tante ausgeschlagen. Die eigenen Bedürfnisse zu beherrschen, den schwachen Körper unter Kontrolle zu halten, sei oberste Pflicht, hatte sie gemeint.

Endlich hielten sie an. Henrike kletterte vom Wagen, lief ein Stück in den nahen Wald und hockte sich hinter einen Busch. Als sie sich erleichtert hatte und wieder aufrichtete, entdeckte sie unversehens ihren Vetter Nikolas. Er lehnte an einem Baum, strich über sein schmales Bärtchen und beobachtete sie beifällig. Sein Blick gefiel ihr ganz und gar nicht. Sie richtete ihre Röcke und wollte an ihm vorbeigehen, als er ihren Arm packte.

»Hübsch geworden ist die kleine Henrike, während ich auf Reisen war. Alles dran. Bist du denn schon gepflückt worden?« Er zog sie an sich.

Henrike war überrumpelt. Sie hatten seit Jahren kaum miteinander gesprochen, sich fast nie gesehen. Was meinte er mit seinen Worten? Was wollte er von ihr? Es klang auf jeden Fall unangenehm.

»Wir müssen weiter, Vetter!«, sagte Henrike und versuchte, sich loszumachen. Er lachte und legte den Arm um ihre Hüfte, seine andere Hand wanderte ihren Körper hinab.

»Keine Eile. Mutter vermisst uns nicht.« Sie wand sich, doch er drückte sie an den Baum. Sie spürte seine kräftige Hüfte an ihrer und seinen Atem an ihrem Hals. Panik überfiel sie. Sie wehrte sich heftiger, doch gleichzeitig zwängte er sie mehr ein.

»Denkst du, du könntest mir entwischen, wie früher? Ein freches kleines Ding warst du. Aber heute bin ich der Stärkere.«

Seine Hand hatte ihre Brust erreicht, umschloss sie fest. Sie holte unwillkürlich mit ihrem Kopf aus, traf ihn am Kinn. Er stieß einen überraschten Laut aus. Für einen Augenblick lockerte sich sein Griff. Henrike riss sich los und rannte davon. Laub knirschte hinter ihr, Äste brachen, doch dann erreichte sie zu ihrer großen Erleichterung die Lichtung mit dem Wagen. Ihre Tante sah auf, als ob man sie bei etwas ertappt hätte. Ilsebe Vresdorp saß auf der Wagenkante, auf ihrem Schoß lagen Käse und Weißbrot. Ihr Schreck wandelte sich schnell in Entrüstung.

»Du siehst ja aus wie eine Bauernmagd! Warum ist dein Gesicht fleckig, die Kleidung unordentlich? Lernst du denn nie?«, fauchte sie.

Henrike überlegte fieberhaft, ob sie die Wahrheit sagen sollte. Doch bevor sie antworten konnte, hatte ihr Vetter sie erreicht. Er warf Henrike einen drohenden Blick zu, aber sie hielt ihm stand. Er sollte nicht wissen, wie sehr sein Verhalten sie ängstigte.

»Meiner Base ist ein Ast ins Gesicht geschlagen, als sie ihr Geschäft verrichten wollte. Ich habe ihr aufgeholfen und sie bei der Gelegenheit gleich an die Sünden der Welt erinnert. Sie scheint so Vieles vergessen zu haben«, sagte er und strich sich über das Kinn.

Ilsebe Vresdorp tätschelte zufrieden den Arm ihres Sohnes. »Wirklich lobenswert von dir«, sagte sie und ließ sich vom Wagen gleiten. »Esst etwas, und dann lasst uns alle zum heiligen Vizelin beten, der für die Befreiung dieses Landstrichs gekämpft hat und unsere Reise beschützen möge.«

Während des letzten Abschnitts ihrer Reise schwärmte ihre Tante in einem fort von dem Mut des heiligen Vizelin, der vor etwa zwei Jahrhunderten die Heiden in diesem Gebiet bekehrt hatte. »Sankt Vizelin war ein wahrer Apostel der Slawen und hat viele Klöster und Kirchen gegründet. Als Bischof war er so fromm, dass er nicht in einem Palast lebte oder in einer stolzen Burg, wie manche seiner Amtsbrüder, sondern in einer großen Buche und in einer Strohhütte. Wusstest du, Henrike, dass er in Lübeck vor allem in der Kirche Sankt Johannis zu predigen pflegte?«

Henrike starrte auf den Fluss, der sich in der Nähe des Weges durch die Landschaft schlängelte. Er war von hohem Gras umgeben, immer wieder stiegen Vögel von ihm auf. Henrike tat so, als ob sie ruhig zuhörte, doch in ihr jagten sich die Gedanken. Sie musste ihrer Tante von dem Übergriff erzählen, aber letztlich wusste sie genau: Alle glaubten, dass eine Frau schuld war, wenn ein Mann sie bedrängte, denn sie musste ihn bezirzt haben. Frauen waren sündige Verführerinnen, die Töchter Evas eben. Nikolas' Verhalten würde als Beweis ihrer eigenen Liederlichkeit gewertet werden. Ihr Vetter hieb auf den armen Bagge ein, doch der wollte nicht schneller laufen. Wie gerne wäre Henrike Nikolas in die Hand gefallen! Aber sie konnte und durfte es nicht. Bagge war zwar langsam, aber er war auch schon alt. Es hätte bessere Pferde im Stall des Vaters gegeben, doch die wurden für wichtige Warentransporte gebraucht.

»Henrike? Hörst du mir überhaupt zu?«, rief ihre Tante jetzt.

Henrike zuckte zusammen. »Doch, natürlich. Der heilige Vizelin und die Slawen. Aber das ist doch lange her, oder?«

Die Augen ihrer Tante verengten sich zu Schlitzen, und sie küsste das Kreuz, das sie um ihren Hals trug.

»Nicht lange genug. Es gibt noch immer Heiden, die uns vertreiben und Lübeck am liebsten zerstören würden. Oft genug haben sie unsere Stadt schon belagert. Doch der Herr war immer an unserer Seite, weil wir stark im Glauben sind. Auch du musst täglich den heiligen Vizelin um seine Stärke anflehen. Für das Gebet wirst du an der See Zeit genug haben. Wir hingegen müssen zurück in die Stadt mit ihren Anfechtungen …« Es klang fast so, als ob sie Henrike beneidete.

Im letzten Licht der Dämmerung erreichten sie endlich den Gutshof. Sie fuhren durch eine Allee hoher Linden auf das reetgedeckte Haus zu, an das sich flache Ställe anschlossen. Links und rechts lagen bestellte Felder, Streuobstwiesen, Weiden und der Fischteich. Henrike konnte die großen, sich langsam hin- und herwiegenden Schatten von Pferden erkennen. Es roch würzig nach Buchenholz und einem flackernden Kamin. Trotzdem stellte sich bei dem Gedanken an die Wärme des Gutshauses bei Henrike kein heimeliges Gefühl ein. Zu sehr saß ihr der Schreck noch in den Gliedern.

Drei Hunde rannten ihnen entgegen, laut kläffend und ihre

spitzen Zähne bleckend. Da das Pferd scheute, ergriff Nikolas die Peitsche vom Bock des Wagens. Eine Frauenstimme rief die Hunde zu sich, und sie gehorchten sofort. Fackeln tragende Gestalten näherten sich vom Gutshaus. Eine kleine zarte Frau ging voran. Ihr Aussehen glich dem einer Büßerin – ihr Gewand aus grobem Tuch war mit einem Seil geknotet, ihre Füße waren nackt –, und doch strahlte sie die gemessene Würde einer Gutsherrin aus. Knechte hatten sich in einigem Abstand hinter ihr aufgebaut, und auch die Hunde hatten sich um sie geschart und knurrten die Fremden nun an. Henrike erkannte jetzt, dass es Wolfsspitze waren, wie ihr Hofhund zu Hause in Lübeck.

»Eine falsche Bewegung, und ich hetze die Hunde und die Knechte auf euch! Wer seid ihr, und was wollt ihr hier?«, fragte die Frau.

»Ich bin Nikolas Vresdorp, im Wagen sitzen meine Mutter Ilsebe und meine Base Henrike. Wir bringen Nachricht und Ware aus Lübeck.«

Die Frau ging um den Wagen und leuchtete den Besuchern ins Gesicht, lange verharrte der Lichtschein auf Henrike, bis diese verunsichert die Augen niederschlug.

»So kommt in Gottes Namen herein«, sagte sie schließlich mürrisch.

Henrike, Ilsebe und Nikolas folgten ihr in das Fachwerkhaus, während die Knechte das Pferd ausspannten und den Wagen abluden. Henrikes Anspannung ließ etwas nach, kaum dass sie die Schwelle übertreten hatten. Das Haus war geräumig und machte mit dem prasselnden Feuer und den von der Decke hängenden Kräutern, Würsten und Schinken einen sehr gemütlichen Eindruck. Mägde gingen ihrer Arbeit nach, am Herd wurde gekocht, Kinder spielten. Sie wurden zu einem Tisch in der Nähe der offenen Feuerstelle geführt und bekamen jeder eine Schale Eintopf vorgesetzt. Henrike mied Nikolas' Nähe ebenso wie seinen Blick. Konnte er nicht heute noch zurückreisen? Aber nein, zumindest eine Nacht würden er und Tante Ilsebe hier bleiben. Hoffentlich gelang es ihr, ihm so lange aus dem Weg zu gehen!

Nikolas holte den Brief seines Vaters an Asta hervor; seine Mutter war hingegen verstummt. Asta schien sie einzuschüchtern. War es, weil sie in ihrem schlichten Büßergewand das zu leben schien, was Ilsebe nur predigte? Oder war es lediglich die Lust am Essen, die sie zum Schweigen brachte, denn sie schlang bereits die zweite Schale Eintopf herunter?

Asta erbrach das Siegel und las den Brief. Henrike beobachtete die Veränderungen in ihrem ebenmäßigen Gesicht, das mit den tiefliegenden, gescheiten Augen etwas Eulenhaftes hatte. Waren ihre Züge am Anfang ernst gewesen, blitzte kurz Überraschung auf, vielleicht sogar ein leises Erschrecken, dann verdüsterte sich ihr Blick immer mehr. Wie alt sie wohl sein mochte? Fünfzig Sommer hatte sie bestimmt gesehen. Henrike hatte sie älter in Erinnerung gehabt, aber vielleicht hatten die langen grauen Haare auch getäuscht. Sorgfältig legte Asta den Brief wieder zusammen.

»Wie lange?«, fragte sie.

Ilsebe Vresdorp rieb gerade mit dem Brot die Reste des Eintopfes auf, als ob sie die Schale polieren wollte, und sah nun auf. »Wie bitte?«

»Du hast mich schon verstanden. Wie lange muss sie hier bleiben?«

Henrike ärgerte sich. War Gastfreundschaft nicht eine Christenpflicht? Nicht ein einziges Mal hatte Asta ihr in die Augen gesehen. Und *sie*, wie das schon klang! Als ob sie eine Kuh oder eine ausrangierte Wäschetruhe wäre! Verärgert schob Henrike die Schale von sich.

»*Sie* hat übrigens einen Namen. *Sie* heißt Henrike«, sagte sie. »Und *sie* wäre viel lieber in Lübeck geblieben.«

»Henrike!« Der Tonfall ihrer Tante war streng.

Asta hingegen lächelte, und nun zeigten sich viele kleine Fältchen auf ihrem Gesicht. »Ich weiß wohl, wie sie heißt. Sie war ja schon mal hier. Aber ich habe nun einmal nicht gern Fremde auf diesem Gut, vorlaute schon gar nicht. Du wirst sie wieder mitnehmen, Ilsebe.«

Ihr Beschluss schien festzustehen. Nikolas wippte ungeduldig mit den Knien. Der Verlauf des Gesprächs passte ihm offenkundig nicht. Seine Mutter kniff die Lippen zusammen. »Ich muss sie hier lassen. Hartwig will es so«, sagte sie.

»Was Hartwig will, ist mir egal.«

Jetzt schlug Nikolas mit der Faust auf den Tisch. Die Hunde, die ruhig neben Asta gelegen hatten, sprangen auf und knurrten wieder. Nikolas wich zurück, sagte aber: »Wenn hier jemand etwas zu sagen hat, dann ich. Und ich sage: Ihr habt kein Recht, Euch zu weigern.«

Asta stand auf und stützte ihre Hände auf den Tisch. Kein Laut war zu hören. Auch die Mägde und Knechte hatten ihre Gespräche und Tätigkeiten unterbrochen. Mit durchgedrücktem Rücken blickte Asta auf ihren Besuch hinab. Sie würde sich nicht einschüchtern lassen.

»Niemand sagt mir, was ich zu tun oder zu lassen habe. Ich bin Herrin über dieses Gut, bis man mich abberuft.«

Ilsebe drehte unbehaglich an dem großen Ring, der tief in ihren knolligen Finger schnürte.

»Sie ist keine Fremde, sie ist immerhin das Kind deiner Schwester. Hat das denn keine Bedeutung für dich?«, entgegnete Nikolas trotzig.

Henrike stieß einen Laut des Erstaunens aus. Asta war die Schwester ihrer Mutter, ihre leibliche Tante? Warum hatte sie das nicht gewusst? Es stimmte, sie hatte manchmal gehört, dass die Eltern von ihr als Matertera, als Mutterschwester sprachen. Aber dieses Wort wurde auch für weit entfernte weibliche Verwandte benutzt. Angesichts des distanzierten Verhältnisses zwischen Asta und ihrem Vater und dem abweisenden Verhalten der alten Gutsbesitzerin ihr gegenüber hatte sie sie immer für eine dieser ganz entfernten Anverwandten gehalten. Warum hatte Asta sich nicht mehr um sie gekümmert? Die Gefühle wirbelten durch Henrike wie die gefährlichen Strudel auf den Weltmeeren, die auf manchen Kirchengemälden zu sehen waren. Diese Strudel waren so gewaltig, dass sie ganze Schiffe verschlingen konnten, ein einzelner Mensch fiel gar nicht ins Gewicht. Auch Henrike war nur ein Staubkorn in den Verwerfungen der letzten Tage. Ihr kam es vor, als habe der Tod des Vaters alles mit sich gerissen, was in ihrem Leben Bestand gehabt hatte, als hätte sie keinen Boden mehr unter ihren Füßen.

Astas Gesicht war maskengleich, ihre Stimme klar und hart. »Nein, das hat keine Bedeutung für mich«, sagte sie.

Henrike sackte innerlich in sich zusammen. Diese Antwort war zu viel für sie. Sie war ihrer Tante also egal. War es nicht genug, dass sie ihren Vater verloren hatte? Dass ihre Tante und ihr Onkel sie abschoben? Wollten alle sie nur loswerden? Wem bedeutete sie überhaupt etwas? Ohne jemanden anzusehen, rannte sie hinaus.

Die Haare des Pferdes kitzelten ihre Nase, seine Wärme und das leise Schnauben beruhigten sie. Als sie sich vor dem Haus in der Finsternis wiederfand, hatte sie nicht gewusst, wohin. Sie hätte sich am liebsten auf einen Pferderücken geschwungen, wäre davongeprescht ohne zurückzublicken. Sie hatte Pferde immer geliebt. So oft es ihr erlaubt gewesen war, war sie vor die Tore der Stadt geritten. Im letzten Jahr waren diese Ausritte selten geworden, kaum jemand fand die Zeit, sie zu begleiten.

Und auch jetzt war es Bagge, der ihr Trost spendete. Das Pferd hatte zur Begrüßung gewiehert und mit den Hufen gescharrt, als sie in den Stall gerannt kam. Er war gut untergebracht, schien die Reise gut überstanden zu haben. Nikolas' Schläge hatten keine Spuren hinterlassen. Sobald sie ihre Hand auf Bagges weiche Nase gelegt hatte, hatte sie sich besser gefühlt.

Wie das Haus wirkte auch der Stall gepflegt. Er war geräumig und ordentlich, Werkzeuge und Mistgabeln waren an der Wand befestigt, der Boden mit frischem Stroh bedeckt. Das musste man Asta lassen, ihren Hof führte sie gut. Sie war eine merkwürdige Frau, ihre Tante. Henrike schnaubte fassungslos – was waren sie nur für eine Familie! Hatte Asta bereits gewusst, dass ihr Vater tot war? Sie hatte nicht auf die Nachricht seines Todes reagiert, keine Trauer gezeigt. Das passte zu Asta, schroff und gefühlskalt wie sie nun einmal war. Und hier sollte sie bleiben? Wie sollte sie das nur aushalten!

Plötzlich hörte Henrike ein Rascheln und wollte sich gerade umsehen, doch da war es schon zu spät. Jemand packte sie an den Hüften und riss sie mit sich auf die Erde. Mit dem Gesicht landete Henrike im Stroh, Halme stachen in ihre Wangen. Sie versuchte sich hochzustemmen, doch ein Gewicht drückte sie zu Boden. Sie spürte Finger, die sich unter ihre Hüften schoben. Sie wand sich und wehrte sich verzweifelt. Schließlich gelang es ihr, sich umzudrehen, doch schon hatte ihr Angreifer sie wieder gepackt. Sie erkannte ihn jetzt – es war Nikolas. Sie schrie um Hilfe, hoffte auf Antwort, doch das Einzige, was sie hörte, war das Rascheln der Tiere im Stroh. Nikolas riss ihr Hemd entzwei, weiß schienen ihre Brüste im Dunkel des Stalls auf.

»Lass das!«, schrie sie. »Ich will nicht! Das ist eine Sünde!« Vielleicht würde sie ihn damit aufhalten können, fromm wie seine Familie war. Doch er lachte nur höhnisch. Mit einer Hand drückte er ihre Arme über den Kopf, dann leckte er ihre nackten Brüste ab. Ekel schüttelte sie.

»Weißt du, wie oft ich mich schon versündigt habe?«, fragte er und zerrte an ihren Röcken. »Und ich kenne sie alle. Jede einzelne Sünde haben meine Eltern mir eingebläut. Auf dass ich ein guter Mensch werde. Ich aber habe sie ausprobiert, eine nach der anderen. Sieh mich an: Haben sie mir geschadet? Nein! Ich bin das pure Leben, die Frauen lieben mich, stark und mächtig, wie ich bin!« Wie zum Beweis drängte er sich zwischen ihre Beine, rieb seine Hüften an ihren. Henrike presste verzweifelt ihre Schenkel zusammen, doch er war stärker. Tränen rannen über ihr Gesicht. Sie war panisch.

»Lass mich! Du machst mir Angst!« Der Schrei verklang im Stall, das Wiehern der Pferde klang schrill.

Ihr Vetter lachte nur noch lauter. »Und genauso mag ich es.«

Noch immer zerrte er an ihren Röcken; Gott sei Dank hatte sie sich so dick angezogen. Ihr Herz raste, sie schrie weiter um Hilfe. Ein Hund schlug an. Nikolas legte grob die Hand auf ihren Mund. Der Druck an ihren Armen lockerte sich etwas. Henrike streckte die Finger aus, tastete über ihrem Kopf die Wand ab. War da nicht etwas – irgendetwas, das ihr helfen könnte? Sie spürte sein steifes Glied zwischen ihren Beinen. Henrike bekam kaum mehr Luft, sah helle Lichtflecken aufblitzen. Voller Verzweiflung tastete sie weiter. Da stieß sie auf etwas Hartes über ihrem Kopf, einen hölzernen Griff. ›Oh bitte, lieber Gott, lass es eine Mistforke sein!‹, ging es ihr durch den Kopf. Sie umfasste ihn, doch ihre Finger glitten ab. Sein heißer Atem schlug an ihren Hals. Jetzt – endlich hatte sie es gepackt, konnte es herunterreißen. Was auch immer es war, es fiel auf ihren Angreifer herab, lenkte ihn für einen Augenblick ab. Sie konnte sich halb unter ihm herauswinden, den Stiel fester umfassen – es war die Forke! Nikolas versuchte, sie ihr aus der Hand zu schlagen, doch Henrike stach blitzschnell zu – und streifte seine Wange. Er fluchte, seine Hände fuhren zu der Wunde. Mit wutverzerrtem Gesicht kam er auf die Beine. Schon wollte er sich wieder auf sie stürzen, doch Bruch und Beinlinge hingen hinunter, gaben sein Gemächt frei und schränkten seine Bewegungen ein. Nun hielt Henrike die Mistforke genau vor seine Brust. In diesem

Moment war vielstimmiges Kläffen zu hören, die Hunde kamen in den Stall gerannt. Ein Wolfsspitz mit weißgrauem Fell griff Nikolas an, biss in sein Bein, zerrte die Beinlinge weiter hinunter. In der Stalltür tauchte Matertera Asta mit einer Fackel auf, Ilsebe Vresdorp und das Gesinde im Gefolge. Mit einem Wort rief Asta die Hunde zurück. Nikolas versuchte seine Blöße zu bedecken und hielt die andere Hand krampfhaft auf die Wange gepresst. Ilsebe Vresdorp schrie auf, als sie das blutverschmierte Gesicht ihres Sohnes sah. Sie wollte zu ihm stürzen, doch Asta hielt sie auf.

»Was ist hier los?«, fragte sie in einem Tonfall, der keine Ausflüchte zuließ.

Nikolas keuchte. »Ich wollte nach dem Pferd sehen, da hat diese Dirne versucht, mich zu verführen!«

Henrike umklammerte die Forke. Angesichts dieser dreisten Lüge hätte sie am liebsten noch einmal zugestoßen. Asta kam näher. Der Fackelschein fiel auf Henrikes verweintes Gesicht und ihre zerrissene Kleidung. Ihre Stimme war schneidend, als sie sagte: »So sieht keine Frau aus, die einen Mann verführen will. So sieht eine Frau aus, der von einem Mann Gewalt angetan wurde.« Nikolas und Ilsebe wollten widersprechen, doch die Gutsherrin fuhr ihnen über den Mund. »Er übernachtet hier beim Vieh, wo er hingehört. Im Morgengrauen verlasst ihr mein Haus. Ihr seid hier nicht mehr willkommen! Und du«, meinte sie dann an Henrike gewandt, »kommst mit mir.« Henrike ließ die Mistforke fallen und ging mit zitternden Knien hinter Asta her, ohne Ilsebe und Nikolas Vresdorp noch eines Blickes zu würdigen. Alles war besser, als bei ihnen zu bleiben.

In einer Kammer im Haupthaus entzündete Asta ein Licht und wies auf ein Lager. Henrike drehte sich auf die Seite, das Gesicht zur Wand, zog die Beine an. Sie zitterte wie im Fieber. Eine Decke wurde über sie gebreitet. Der Hund mit dem grauweißen Fell, der fast wie ein echter Wolf wirkte, sah Henrike mit schiefgelegtem Kopf an. »Griseus, gibst du auf Henrike acht, während ich ihr einen Becher Met hole?« Der so Angesprochene sprang zu Henrike auf das Lager, rollte sich neben ihr ein und legte seinen Kopf auf ihre Beine.

Henrike nahm es kaum wahr. War das eben tatsächlich passiert? Wollte sich Nikolas wirklich an ihr vergehen? Hatte sie sich nur knapp vor der Notzucht retten können? Wie kam Nikolas dazu, sie anzugreifen? Sie hatte ihn nie ermutigt, sich in seiner Gegenwart nie unschicklich verhalten. Ihr wäre im Traum nicht eingefallen, ihn jemals zu verführen. Er war ein Lügner und ein Schuft! Sie würde sich nie wieder sicher fühlen können, wenn er in ihrer Nähe war.

Asta kehrte zurück, half ihr auf, reichte ihr einen Becher. Henrikes Hände bebten noch so sehr, dass sie die Flüssigkeit verschüttete. Ihre Tante umfasste Henrikes Hände und half ihr, zu trinken. Ein süßer, herber Geschmack nach Kräutern breitete sich in Henrikes Mund aus, und langsam ließ das Zittern nach. Asta legte einen Finger unter Henrikes Kinn und hob ihr Gesicht an. Henrike mied ihren Blick, Scham und Wut brannten in ihr.

»Ich muss dir eine Frage stellen, Henrike, sieh mich an.« Sie blinzelte heftig, sah aber auf. Die Züge ihrer Tante waren ernst. »Ist er zu seinem Ziel gekommen?« Henrike biss sich auf die Lippen. »Du weißt, was ich meine. Hat er … Ich muss es wissen, Kind. Noch können wir etwas tun.«

Stumm schüttelte Henrike den Kopf. Asta stieß erleichtert die Luft aus. »Darf ich dich dennoch untersuchen? Hast du Schmerzen?«

Wieder Kopfschütteln, zögernder.

Asta holte einen Tiegel aus einer Truhe. »Auch gut. Hier ist eine Salbe. Reibe dich dort ein, wo es weh tut. Ich lasse derweil ein Spannbett bringen.« Henrike wollte sich zunächst nicht einreiben, tat es aber dennoch, zu sehr brannten die Innenseiten ihrer Oberschenkel. Ein Mädchen mit langen blonden Zöpfen stellte das Spannbett auf, holte Laken und Decke. Verstohlen sah sie Henrike an, aber diese kniff abweisend die Lider zusammen.

Schließlich kehrte auch Asta zurück. »Du schläfst heute in meinem Bett, und ich hier neben dir. Nichts wird dir geschehen, solange ich da bin.« Endlich löschte Asta das Licht.

Henrike jedoch öffnete im gleichen Moment wieder die Augen und starrte aufgewühlt in die Nacht.

Es war noch dunkel, als ihre Tante sich am nächsten Morgen erhob. Henrike tat so, als schliefe sie noch, denn sie wollte für sich sein. Asta flüsterte dem Hund etwas zu und ging hinaus. Lange blieb Henrike allein. Sie weinte haltlos, über den Tod ihres Vaters, die schrecklichen Menschen, die sie plötzlich umgaben, und über den gestrigen Überfall. Weinte, bis keine Tränen mehr kommen wollten. Als es hell wurde, sprang der Hund vom Bett und ließ seinen Schwanz freudig hin und her schwingen. Griseus, der Graue – der Name passte zu ihm. Er wollte hinaus. Henrike musst aufstehen, obwohl sie sich wie zerschlagen fühlte. Sie öffnete die Tür einen Spalt, wagte es jedoch nicht, die Kammer zu verlassen, aus Angst, sie könnte ihrem Vetter begegnen.

Was hatte Asta gemeint, als sie sagte, noch könne man etwas tun? Warum war sie so nett zu ihr, wo sie doch eigentlich nichts mit ihr zu tun haben wollte? Wie konnte sie selbst jemals nach Lübeck zurückkehren, wenn sie wusste, dass Nikolas in der Stadt war? Griseus lief zwischen ihr und dem Gang hin und her und kläffte leise; er schien Henrike aufzufordern, ihn zu begleiten. Langsam folgte sie ihm in die Küche des Hauses, wo die Mägde geschäftig ihren Pflichten nachgingen. Nikolas war nicht zu sehen. Sie konnte noch immer seine Hände auf sich spüren, seinen Atem fühlen. Unwillkürlich schlug ihr Herz schneller. Der Hund legte seinen Kopf an ihre Seite und stupste sie an. Sie zuckte zusammen, als Matertera Asta sie ansprach. Die Gutsherrin saß an einem Tisch an der Seite des Raumes. Ihr gegenüber saß das Mädchen mit den blonden Zöpfen, sie musste etwas jünger als Henrike sein. Zwischen ihnen lagen Wachstafeln.

»Komm nur. Sie sind schon fort. Ich habe die Säcke mit Getreide, die sie haben wollten, auf den Wagen laden lassen und sie im Morgengrauen vom Hof gejagt«, sagte Asta. »Dein Vetter hat eine üble Wunde auf der Wange, die wird ihn daran erinnern, dass man Frauen keine Gewalt antun sollte.« Sie kraulte den Hund zwischen den Ohren. »Und du kannst jetzt raus, ich bin ja da!« Mit zwei Sprüngen war Griseus aus der Tür.

Eine Schale Hirsebrei wurde vor Henrike gestellt, doch sie hatte keinen Hunger. Sie bemerkte, dass das Mädchen während des Gesprächs Kringel in die weiche Oberfläche der Wachstafel geritzt hatte.

»Heute scheint ein schöner Tag zu werden, der letzte vielleicht in diesem Herbst. Du kannst mich begleiten, wenn du gegessen hast«, sagte Asta. »Und du, Katrine, glättest die Wachstafel wieder und beginnst von Neuem.«

Das junge Mädchen zog schmollend die sommersprossige Nase kraus, gehorchte aber.

Sonnenschein und Wolkenschatten wechselten sich in schnellem Tempo ab, als sie aufbrachen. Der scharfe Wind zauste das Gras, brachte das Schilf zum Rascheln. Henrikes Rockschöße wurden hochgeweht, als sie den kleinen Wagen erklomm, der mit Säcken und einem Fass beladen war. Henrike hatte eigentlich keine Lust, unterwegs zu sein, auch zog und ziepte es in jeder Faser ihres Körpers. Die Bilder des letzten Abends ließen ihr keine Ruhe. Doch so schwer es ihr auch fiel, das zuzugeben, in Astas Nähe fühlte sie sich sicher, denn die Gutsherrin strahlte Kraft und Ruhe aus. Henrike wollte sich hinten auf die Ladefläche setzen, doch Asta rief sie nach vorn auf den Bock. Vielleicht wollte sie ja endlich mit ihr über Vaters Tod sprechen? Stattdessen fragte sie nur, ob Henrike einen Wagen lenken könne. Als sie verneinte, drückte Asta ihr die Zügel in die Hand, sie solle es einfach versuchen.

Ruckelnd setzte sich der Wagen in Gang, kläffend kamen die Hunde angelaufen und sprangen auf die Ladefläche. Die alte Frau gab Henrike Anweisungen, zeigte ihr, wie man das Pferd lenkte. Sie fuhren durch eine windgegerbte Landschaft, zwischen den schräg gewachsenen Bäumen blitzte immer wieder das Meer auf. Henrike verstand Astas Verhalten nicht. Wie konnte sie so tun, als sei nichts geschehen? Die Schritte des Gauls wurden langsamer, schließlich ließ er den Kopf hängen und zupfte Gras. Henrike zog an den Lederriemen, doch das Tier bewegte sich nicht. Da gingen ihr die Nerven durch.

»Ich begreife das nicht. Du hast noch kein Wort zu Vaters Tod gesagt, dabei musst du ihn doch gut gekannt haben. Bist du so gefühllos? Oder bedeutet dir sein Tod rein gar nichts?«, brach es aus ihr heraus.

Asta blieb stumm, ihr Blick ging in die Ferne. Sie schnalzte, und das Pferd setzte sich wieder in Bewegung.

»Er bedeutet mir mehr, als du denkst«, sagte sie nach einer Weile. Aber anstatt zu erklären, was sie damit meinte, befragte sie Henrike zu den Umständen von Konrad Vresdorps Tod, zu seinem Begräbnis und dem Testament. Henrike berichtete aufgewühlt von den Ereignissen, erzählte aber auch von den Gemeinheiten des Onkels und ihrer Tante, den gescheiterten Heiratsplänen, der Bettlerin, den Sorgen über Simon und ihren Hausstand.

Ihre Tante lauschte konzentriert, unterbrach sie kaum. Was sie hörte, schien ihr nicht zu gefallen.

»Du warst also gar nicht dabei, als der letzte Wille deines Vaters verlesen wurde? Hartwig lässt Waren wegschaffen, behandelt deinen Bruder schlecht? Das sieht ihm so ähnlich!«, rief sie aus.

»Was meinst du damit?«, wollte Henrike wissen, doch Asta antwortete nicht. Sie hatte einen Seeadler entdeckt und sah zu, wie er mit weit ausladenden Schwingen über dem Ufersaum kreiste. Auch Henrike ließ sich von seinem Anblick gefangennehmen, bewunderte die Leichtigkeit, mit der er in der Luft schwebte. Was waren sie dagegen für plumpe Wesen! Plötzlich erinnerte sie sich daran, dass sie und Simon als Kinder an diesem Strand oft glänzende Steine und Strandgut aufgelesen hatten, und ihre Brust schnürte sich zusammen. Wie es ihrem Bruder wohl ging? Sie sah ihn wieder vor sich, wie sie neulich noch im Speicher gespielt hatten. Wie kindlich und ernsthaft zugleich er gewesen war! Hoffentlich triezte Onkel Hartwig ihn nicht zu sehr.

Asta riss sie aus ihren Gedanken.

»Wenn es dir besser geht, kannst du dir ein Pferd geben lassen und ausreiten. Es ist hier einigermaßen sicher, auch wenn du Pfeil und Bogen und einen Dolch mit dir führen solltest. Du kannst doch damit umgehen?«

Henrike verneinte.

Asta lachte, als habe sie die Vorwürfe, die Henrike ihr gerade gemacht hatte, längst vergessen. Ihre braunen Augen glänzten warm in der Herbstsonne.

»Ja, was hast du denn überhaupt in der Stadt gelernt? Wir haben viel zu tun, solange du hier bist.«

An einem Findling bogen sie in einen Feldweg ab. Nach kurzer Zeit erreichten sie einen Platz, um den mehrere Höfe eine Art Hufeisen bildeten. Sofort wurden sie von Menschen in einfacher Bauernkleidung umringt, die Asta ebenso freudig wie ehrerbietig begrüßten. Ein Lagerfeuer brannte vor einem Hof, eine Greisin briet Fladen auf den Flammen. Von einem Holzgestell, auf dem ausgenommene Fische trockneten, zog ein stechender Geruch zu ihnen. Aus einer hohen Tenne, die zu beiden Seiten offen war, wehte die Spreu auf den Platz und schien dort zu tanzen. Im Takt der Dreschflegel sangen die Männer ein Lied. Andere rissen einen flachen Korb, den Worfel, in die Höhe, um mit Hilfe des Windes Spreu und Weizen voneinander zu trennen. Es musste eine kraftraubende Arbeit sein, denn ihre Gesichter und Muskeln waren bis zum Äußersten gespannt. Henrike sah aufmerksam zu – nur selten hatte sie bisher Bauern bei ihrer Arbeit beobachtet.

Eine Frau bat Asta, in eine der einfachen Hütten einzutreten. Sie führte sie zu einem Kind, das sich auf einem Strohlager im Fieberkrampf schüttelte. Asta nahm es ausführlich in Augenschein. Anschließend versorgte sie es mit Kräutern und Salben aus einem der bestickten Lederbeutel, die sie am Gürtel trug. Henrike konnte ihr dabei zur Hand gehen. Auch in anderen Hütten gab es Menschen, die Astas Hilfe brauchten. Als alle Kranken versorgt waren, folgte Henrike ihrer Tante in ein Haus, in dem ein würziger Duft in der Luft hing. An einer Wand waren Säcke verschiedenen Inhalts aufgereiht. Asta ließ sich einen Sack nach dem anderen bringen, prüfte Walnüsse, Haselnüsse und orangerote Beeren auf ihre Qualität, sortierte beschädigte aus und zeigte Henrike, worauf man dabei zu achten hatte. Als sie ihre Inspektion beendet hatte, ließ sie einige Säcke hinausbringen und die Fässer, in denen sich den Markierungen nach Salz befand, von ihrem Wagen abladen. Fische mussten eingelegt und Fleisch gepökelt werden. Das Schlachtfest stand bevor, die Zeit des Schmausens und der Fülle. Denn was nicht sofort haltbar gemacht oder verspeist wurde, verdarb, also ließ man es sich gut gehen.

Henrike lenkte den Wagen zurück zum Gutshof, und dieses Mal ging es schon besser. Wieder bemühte sie sich, mit Asta ein Gespräch anzufangen, sie nach ihrer Vergangenheit und der Familie zu befragen, doch die alte Frau antwortete nur einsilbig.

Im Gutshof nahmen sie mit dem Gesinde eine Mahlzeit ein. Bei Astas Tischgebet ließ Henrike ihre Augen über die Menschen wandern. Es waren erstaunlich viele Bedienstete auf diesem Hof beschäftigt. Einige hatte sie vorher noch nicht zu Gesicht bekommen, auch viele Kinder waren zu sehen. Asta stellte ihr die Viehmutter vor, eine stämmige Frau namens Maria, ihren Knecht Sasse, über dessen hageren, sonnengegerbten Zügen die Haare hellblond leuchteten, ihren weiteren Knecht und Schreiber Hem, einen pummeligen jungen Mann, und schließlich noch die junge Magd Katrine, die am Morgen mit der Wachstafel gearbeitet hatte.

Nachdem die Tafel aufgehoben war, forderte Asta das Mädchen auf, Henrike den Hof zu zeigen. Als die beiden hinausgingen, fiel Henrike auf, dass Katrines Kleid zwar ebenso einfach war wie das der Mägde, dass sie um die Hüfte jedoch einen fein bestickten Gürtel trug. Als sie sie darauf ansprach, wurde Katrine ein wenig rot. »Ich weiß, das steht uns nicht zu. Die schönen Sachen sind euch feinen Damen vorbehalten. Aber ich hab ihn selbst gemacht. Und die Herrin hatte nichts dagegen. Sie hat mir sogar das Garn geschenkt«, sagte sie bestimmt.

Henrike lächelte das Mädchen an, es tat gut, jemanden zu treffen, der frei heraus mit ihr sprach.

»Du brauchst dich nicht zu rechtfertigen. Darf ich ihn mal sehen?«

Das Mädchen zögerte, als fürchtete sie, dass Henrike ihr den Gürtel wegnehmen könnte. Doch schließlich überwand sie ihr Misstrauen und band ihn ab. Henrike bewunderte die fein gestickten Blumen in verschiedenen Farbtönen, die zarten Blütenblätter und die filigranen Dornen an den Rosenstielen. Sie hätte nicht so kunstvoll zu sticken vermocht, selbst wenn sie die Geduld dafür aufgebracht hätte.

»Er ist wirklich wunderschön. Jede Städterin würde dich darum beneiden«, sagte sie und gab ihn zurück.

Katrine lächelte wortlos, band den Gürtel schnell wieder um und lief voraus. Auf der anderen Seite des Hofes traten sie in einen Schuppen, in dem etwa zwanzig Frauen teils Flachs verarbeiteten, teils webten, Wolle färbten oder nähten. »Hier darf ich eines Tages auch arbeiten, hat die Herrin gesagt«, sagte Katrine, und ihre Augen leuchteten, als könne sie es kaum erwarten.

Henrike sah sie von der Seite an. »Sie ist wohl eine gute Herrin?«, fragte sie.

Das Mädchen antwortete beinahe entrüstet. »Natürlich ist sie das!«

Nachdem ihre Eltern gestorben waren, habe die Herrin sie aufgenommen und behandele sie gut. Katrine ging voraus zu den Weiden, wo sich Schafe tummelten sowie Pferde und Ponys mit ihren Fohlen grasten. Was machte Asta wohl mit all den Pferden? Handelte sie mit ihnen?

Henrike fröstelte. Dunkle Wolken waren vom Landesinneren herangezogen und hatten sich vor die Sonne geschoben. War heute der letzte schöne Tag vor dem langen Winter gewesen? Würde sie diesen wirklich hier verbringen müssen? In einem Bauernhaus, ohne die Ablenkungen, die das Stadtleben bot? Ohne Simon, ihren Hausstand? Sie würde sich eingesperrt und abgeschoben vorkommen, das wusste sie schon jetzt. Aber andererseits war sie weit genug von Nikolas entfernt, um sich sicher zu fühlen.

Ein Pferd hatte das Haupt erhoben und schnaubte, die Ohren neugierig vorgereckt. Henrike zwängte sich zwischen zwei Zaunlatten hindurch. Eine Hand vorgestreckt, ging sie langsam auf das Pferd zu. Es war wohl so groß wie sie selbst, hatte lebhafte Augen und mittelbraunes Fell. Als es seine weiche Nase auf ihre Handfläche legte und seinen heißen Atmen hineinpustete, griff Henrike in seine Mähne und führte es zum Gatter.

»Komm, reiten wir ein Stück!«, forderte sie Katrine auf.

»Warte!«, rief diese. »Wir dürfen nicht … Ich soll auf dich …«

Doch Henrike hörte nicht mehr zu. Sie war bereits auf den Rücken der Stute geklettert und hatte die Waden in ihre Flanken gedrückt. Mit einem kleinen Ruck hatte sie sich in Bewegung gesetzt und war gleich darauf losgetrabt. Griseus lief munter bellend neben ihnen her. Ein Schwarm Vögel stob aus dem Küstenwald auf, als sie vorbeipreschten. Bald hatten sie den Strand erreicht. Er war flach und von Steinen übersät. Das Meer war unter den tief hängenden Wolken dunkelgrau, blitzte aber blaugrün auf, wenn die Sonnenstrahlen auf die Oberfläche trafen. Henrike ritt in den Ufersaum, den Blick in die Ferne gerichtet. Sie trieb das Pferd an und gab sich seinen rhythmischen Bewegungen hin. Auf einmal fiel alles von ihr ab, alle Anspannung wich. Die vielen Spielarten des Kummers, die sie in den letzten Tagen durchlitten hatte, waren für einen Moment vergessen, nur dieser Augenblick zählte. Sie lachte und weinte zugleich. Der Wind spielte in ihren Haaren und ließ die Tränen auf ihren Schläfen kitzeln. Erst als Griseus geräuschvoll hechelte und die Stute schnaufte, zügelte sie das Tempo. Sie sprang ab und streichelte dem Tier den Hals. In der Ferne sah sie etwas näher kommen: Es war Katrine, ebenfalls auf einem Pferd. Die junge Magd hatte wohl noch nicht oft auf einem Pferderücken gesessen und wurde ordentlich durchgerüttelt.

»Ich soll doch bei dir bleiben, hat die Herrin gesagt!«, rief Katrine vorwurfsvoll, als sie Henrike erreicht hatte.

»Das hast du ja auch geschafft!« Unwillkürlich musste Henrike lachen.

Katrine rutschte unbeholfen von ihrem Pony. Zornig trat sie in den feinen Sand, dass er nur so aufspritzte.

»Ja, lach nur über mich! Du hältst dich ja ohnehin für etwas Besseres! Du, in deinem feinen blauen Kleid«, brach es aus ihr heraus.

Mit einem Schlag verging Henrike das Lachen. Das Mädchen wirkte auf einmal so ernst, so traurig, dass sie sich für ihre

Heiterkeit schämte. Hatte Katrine nicht gesagt, dass sie erst vor Kurzem ihre Eltern verloren hatte? Die Trauer in ihr war noch frisch, so frisch wie in Henrike selbst. Ansonsten stimmte es: Ihre einfache Kleidung und das sonnengerötete Gesicht wies Katrine als Bauern- oder Handwerkerkind aus, von niedrigerem Stand also. Henrike trug ein blaues Kleid, das noch nicht einmal zu ihren besten gehörte und das für dieses Mädchen dennoch unerschwinglich war. Aber das gab ihr kein Recht, sich überheblich zu benehmen.

»Entschuldige«, sagte Henrike. Sie setzte sich auf eine angespülte Baumwurzel und bat Katrine, sich zu ihr zu gesellen. Diese nahm pflichtschuldig Platz.

Henrike sah das Mädchen von der Seite an. »Mein Vater ist letzte Woche gestorben. Ich war eben nur zum ersten Mal wieder für einen Moment … einfach glücklich. Trotzdem hätte ich dich nicht auslachen dürfen.«

Katrine zwirbelte die Spitze ihres Zopfes. »Ach, schon gut«, sagte sie. »Ich mache keine gute Figur auf einem Pferd, das weiß ich selbst. Die Viecher jagen mir eine Heidenangst ein.«

»Du bist nicht auf einem Hof aufgewachsen?«

Katrine schüttelte den Kopf. »Nein, in Travemünde. Mein Vater war Gürtler. Meine Mutter …«, sie verstummte.

»Woran sind sie gestorben?«, wollte Henrike wissen.

»Sie konnten nichts mehr bei sich behalten. Krämpfe warfen sie aufs Lager, bis ihre Körper so ausgezehrt waren, dass die Seele aus ihnen entwich. Ich konnte nichts tun. Ich habe sie so sehr geliebt!« Das Mädchen schluchzte, Henrike strich ihr betroffen über den Rücken.

»Und dein Vater?«, fragte Katrine nach einer Weile.

Henrike biss sich auf die Lippe. »Ihn hat der Schlag getroffen«, sagte sie nur knapp.

Eine Weile lauschten sie dem Klang der Wellen, die leise an den Strand schlugen.

»Wie bist du an diesen Hof gekommen?«, fragte Henrike.

Katrine erhob sich und warf ein Steinchen so über die Meeresoberfläche, dass es auf den Wellenkronen tanzte.

»In ihrem letzten Willen haben meine Eltern festgelegt, dass die Herrin sich um mich kümmern soll. Es war merkwürdig, ich kannte sie kaum. Ich dachte, sie ist eine Kundin meines Vaters, wie alle anderen.«

Henrike nahm auch einige Kiesel auf, versuchte es Katrine nachzutun, aber ihre Steine versanken einfach im Meer. Erst als Katrine ihr zeigte, wie es ging, gelang es ihr auch, einen Stein zweimal springen zu lassen.

Ja, Vieles an Asta war merkwürdig, dachte sie. Henrike hatte noch nie gehört, dass eine Frau einen Hof allein führte. War es denn tatsächlich so? Beiläufig fragte sie: »Gibt es denn keinen Herrn? Jemanden, der den Hof mitleitet?«

Katrine warf, ihr Stein sprang viermal auf dem Wasser auf, bevor er versank. »Die Herrin braucht keinen Mann, um den Hof zu führen. Und dem Besitzer des Hofes gefällt es so.«

»Und wer ist der Besitzer?«

Das Mädchen sah Henrike erstaunt an, offenbar darüber verwundert, dass sie so wenig wusste.

»Na, irgend so ein reicher Kaufmann aus Lübeck. Und jetzt verzeiht, Jungfer Henrike, aber wir sollten zurück.«

Sie ließ die restlichen Steine aus ihrer Hand in die Brandung rieseln. Henrike warf noch einmal, aber ihr Stein versank wieder. Vielleicht, weil sie mit ihren Gedanken schon ganz woanders war. Schweigend ritten sie zurück. Der Wind hatte die Wolkendecke endgültig zusammengeschoben, kalt fuhr er um Hände und Kopf.

Henrikes Gedanken überschlugen sich. Ein Kaufmann aus Lübeck? Jetzt, da sie wusste, dass Asta ihre Tante war – könnte es etwa möglich sein, dass das Gut ihrer Familie gehörte? Dass ihr Vater der Besitzer gewesen war? Und war dann jetzt, nach Vaters

Tod, etwa Hartwig dafür verantwortlich? Das konnte für Asta nichts Gutes bedeuten. Wäre sie doch nur bei der Testamentsverlesung dabei gewesen, dann hätte sie besser Bescheid gewusst!

Asta saß auf einer Bank vor dem Stall und bürstete einem Wolfshund das Fell. Neben ihr fettete ihr Knecht Sasse das Zaumzeug ein. Merkwürdig, dachte Henrike, sie wirkt gar nicht mehr so streng auf mich. Alle scheinen sie zu mögen, und der Umgang mit ihrem Knecht sieht so vertraut aus.

Ihre Tante erhob sich. Wortlos reichte sie Henrike einen Dolch, den sie an ihren Gürtel binden sollte, und drückte ihr und Katrine Pfeile und Bögen in die Hände. Das Mädchen maulte.

Auf den Wink seiner Herrin brachte ihr Knecht ein Bündel Stroh auf die nächstgelegene Weide. Anschließend nahm Sasse die Pferde und rieb sie trocken. Asta half Henrike, den Pfeil an den Bogen zu legen. Gemeinsam spannten sie die Sehne, der Pfeil schnellte über Henrikes Handrücken in ein Gebüsch neben der Pferdekoppel. Katrine kannte die Handgriffe schon, schoss aber schlecht.

»Hol ihn zurück und übe weiter. Wenn du genügend Kraft für einen Ausritt hattest, dürfte dir das ja leicht fallen«, sagte Asta zu Henrike.

Sie lief los, um den Pfeil zu suchen, entschlossen, sich ihre Müdigkeit nicht anmerken zu lassen. Immer wieder spannte sie den Bogen, bis die Muskeln an ihrer Schulter brannten und ihr Handrücken wund war. Katrine hatte längst aufgegeben. Am Abend war Henrike so erschöpft, dass ihr schon beim Nachtmahl die Augen zufielen.

Die nächsten Tage verliefen ähnlich, auch wenn sich jetzt stetig das Wetter verschlechterte und immer mehr Arbeiten in die Ställe und Scheunen verlagert werden mussten. Nachts war es manchmal so kalt, dass das Wasser in der Waschschale gefror. Henrike blieb kaum Zeit zum Grübeln. Es gelang ihr aber auch nicht, mit Asta ins Gespräch zu kommen. Zwar wurde sie von Asta überall mit hin genommen, ihre Unterhaltungen drehten sich aber stets nur um den Hof, seine Menschen und Tiere und die Waren, die hier hergestellt wurden. Henrike lernte die Hufe der Ponys zu untersuchen, erfuhr, mit welchen Kräutern entzündete Augen oder Wunden im Fell der Tiere versorgt werden konnten. Asta zeigte ihr die Tuche, erklärte ihr die Webstühle und wies sie auf Fehler hin, die beim Weben entstanden waren. Eine Fülle von Lebensmitteln wurde auf dem Hof eingelagert oder eingemacht, auch Körbe wurden geflochten. Ein Teil der Waren wurde nach Lübeck verschickt, ein anderer verkauft oder eingetauscht. Henrike nahm all die Informationen wissbegierig auf. Auch ihre Übungsstunden gingen weiter. Während Henrike im Wagenlenken langsam besser wurde, ging der Pfeil beim Bogenschießen jedoch noch oft daneben.

Auch jetzt übte sie wieder eisern mit Pfeil und Bogen, obwohl sich vor wenigen Augenblicken der Niesel in einen Eisregen verwandelt hatte. Sogar Griseus hatte sich in den Schutz des Stalldaches zurückgezogen. Der Hund war ihr ständiger Begleiter geworden, dafür kämmte sie ihm abends das üppige Fell. Nur noch einige Schüsse, nahm Henrike sich vor und wischte sich die eisigen Tropfen von den Augenbrauen. Sie legte den Pfeil an, spannte den Bogen und zielte. Da stellten sich plötzlich ihre Nackenhaare auf, und ein unwohles Gefühl breitete sich in ihr aus. Sie fühlte sich beobachtet, wie schon häufiger in den letzten Tagen. Sie ließ ihre Waffe sinken und sah sich um. Die wenigen Blätter, die noch an den Büschen und Bäumen hingen, wippten im Regen. Ein Eichhörnchen zupfte an den Früchten eines uralten Baumes, dann hüpfte es davon. Kein Mensch war zu sehen.

Henrike hob erneut den Bogen. Ihr graute vor der Enge des Hauses, den Gedanken, die sich ihr aufdrängten, wenn sie zur

Ruhe kam, und vor dem Heimweh. Vor allem machten ihr die Trauer um den Vater und ihre eigene Hilflosigkeit zu schaffen. Immer wieder sah sie ihn beim Ratsball vor sich. Wie glücklich hatte er gewirkt! Und Simon – seine geschundenen Hände konnte sie nicht vergessen. Am liebsten würde sie einfach nach Lübeck reiten. Aber was wäre dann? Willkommen wäre sie dort nicht. Ihr Onkel würde sie strafen, seine Frau tatenlos zusehen, und dann war da noch Nikolas, dem es sicher ein Vergnügen wäre, ihr eine Lektion zu erteilen. Wie ging es wohl in dem Haus in der Alfstraße weiter? War der Alltag eingekehrt, jetzt, da der Kaiserbesuch vorüber war? Aber was hieß schon Alltag nach dem Tode des Vaters? Wurden seine Geschäfte einfach so weitergeführt? Und Adrian? Ob er noch in der Stadt war? Sie sah seine blauen Augen vor sich, hatte seine tiefe Stimme im Ohr, konnte seine Hand spüren, die ihre sanft umschloss. Der Ball im Rathaus kam ihr vor wie ein ferner Traum. Alles wäre anders gekommen, wenn ihr Vater nicht gestorben wäre. Vielleicht wäre sie längst verlobt oder gar verheiratet.

Ein weiteres Mal ließ sie die Sehne schnalzen, wurde aber im gleichen Moment von einem Knacken abgelenkt, weshalb sie den Bogen verriss. Auch das noch, jetzt war der Pfeil ins Gebüsch geschossen! Sie hätte schon längst aufhören sollen. Sie hob ihren Rocksaum, der nass und schwer geworden war. Am Gebüsch schob sie die Äste beiseite, ratschte sich an einem Dornenbusch. Leise fluchend führte sie den Finger mit der Wunde an ihren Mund und sog ein wenig Blut ein. Hier irgendwo müsste der Pfeil doch sein. Vielleicht sollte sie ihn morgen suchen, wenn der Regen aufgehört hatte. Ein weiteres Knacken. Ihr Herz schlug wie wild. Griseus kam bellend angerannt. Da sah sie ihn, den Pfeil!

»Du bist verrückt, Henrike! Hör endlich auf!«, hörte sie Katrine rufen. Die junge Frau kam aus dem Haus gelaufen und hielt ein Tuch als Regenschutz über dem Kopf. Asta hatte auch ihr geraten, sich weiter im Bogenschießen und im Umgang mit dem Dolch zu üben, doch Katrine fertigte lieber kunstvolle Gürtel an. Auch heute hatte sie aufgehört zu üben, kaum dass der Regen eingesetzt hatte.

Henrike schnappte sich den Pfeil und lief so angespannt zurück zum Haus, als wäre sie eben einer Gefahr entronnen. Ihre Sorgen hatten sie misstrauisch gemacht, sie sah schon überall Gespenster. Andererseits war heute Allerheiligen, der Tag vor Allerseelen. Wandelten jetzt nicht die Toten auf Erden? Gedachte man nicht der Seelen im Fegefeuer, die die volle Gemeinschaft mit Gott noch nicht erreicht hatten? Sie hatte stets für ihren Vater gebetet, aber würde das ausreichen, damit er den Weg in den Himmel fand? Oder strich er wie ein Geist um sie herum?

Vor dem Eingang stand ein Karren mit immergrünen Ästen. Die Knechte machten Fackeln bereit. Als Henrike eintrat, lief ihr juchzend ein Junge mit einem Krapfen entgegen, den die Köchin am Kragen zu packen versuchte. Sobald er draußen war, scharten sich die anderen Kinder um ihn, um sich Stücke des süßen Gebäcks abzuzupfen – die Köchin gab gutwillig lachend auf. Im ganzen Haus roch es nach Krapfen, auf jeder Fensterbank schien einer zu liegen.

»Jungfer Henrike, schaut Euch nur an, Ihr seid ganz durchnässt!«, warf ihr Katrine nun vor. »Zieht Euch schnell um, wir wollen los!«

Aber wohin? Und warum hatte ihr niemand etwas gesagt?

Als Henrike fertig war, hatten sich die Bewohner des Hofes bereits vor der Tür versammelt. Nicht mehr lange, und es würde dunkel werden. Asta wartete auf Henrike und schritt dann mit ihr voraus, das Gesinde kam hinterher, lediglich zwei Knechte blieben zurück. Die Viehmutter stimmte ein langsames, getragenes Lied an, das gut zum Takt ihrer Schritte passte. Henrike kannte es nicht, es handelte von den Tagen der Toten, war aber wohl kein kirchliches Lied. Sie folgten einem schmalen Pfad Richtung Küste, durchquerten ein Wäldchen aus kleinen, sturmgebeugten Bäumen und erreichten schließlich das Meer. Es war ein merkwürdig stiller Ort, da das Wäldchen auf der einen Seite und die langsam ansteigende Küste auf der anderen den Wind abhielten. Am Fuß der Steilküste lagen Felsen übereinandergeschichtet, als ob ein Riese mit ihnen gespielt hätte. Erst auf den zweiten Blick erkannte Henrike die verwitterten Holzkreuze daneben. Die Knechte schichteten trockene Äste zu einem Lagerfeuer, das bald hoch in den inzwischen nachtblauen Himmel loderte. Das Gesinde versammelte sich um das Feuer, und Asta begann mit ihrer warmen, kehligen Stimme zu singen. Die meisten ließen sich nun auf die Knie sinken und beteten, andere legten schlicht die Hände zusammen. Was hatte das alles zu bedeuten? In der Stadt hatten sie diesen Tag stets anders begangen.

Als der Gesang verklungen war, holten sie sich etwas Grün vom Karren, breiteten es andächtig über die Felsen oder hängten es an die Kreuze. Henrike nahm auch einen Ast Tannengrün, trat aber zu Asta, die ein Windlicht vor einem Kreuz aufstellte und mit einem Kienspan entzündete. Sasse stand hinter ihr und leuchtete ihr mit einer Fackel.

»Sind das heidnische Bräuche? Sind die Menschen, die für dich arbeiten, Heiden?«, fragte Henrike wissbegierig.

Asta betrachtete sie prüfend. »Du siehst sie doch. Beten sie nicht? Wie können sie dann Heiden sein?«

Henrike dachte einen Moment nach. »Ich kenne ihre Bräuche und Lieder nicht. An Allerseelen werden die Gräber gesegnet. Aber ich sehe keinen Priester.«

Astas Ton war heftig, als sie antwortete. »Du klingst schon wie deine Tante! Dabei wurden die sogenannten Heiden schon vor langer Zeit unter das Kreuz gezwungen! Aber gut: Die Pfaffen haben in den größeren Orten genug zu tun. Da sind reiche Bürger, die sie für ihre Gebete bezahlen, und nicht nur einfache Bauern. Keine Angst, morgen werden wir den Gottesdienst in Travemünde besuchen, dann kannst du in der Sankt Lorenz-Kirche beten – und nicht nur auf diesem Gräberfeld.«

Henrike war über den Vergleich mit ihrer Tante pikiert. Sie wollte sich erklären, doch Asta machte eine ausladende Handbewegung und fügte hinzu: »Viele von ihnen sind die Nachfahren der slawischen Wagrier, die aus dem Osten hierherkamen. Aber schon ihre Eltern und Großeltern haben hier gelebt. Seit Jahrhunderten wurden Menschen an diesem Ort bestattet. Sie pflegen den Glauben ebenso wie ihre alten Bräuche. Sollen sie etwa verleugnen, was ihnen einst etwas bedeutet hat?«

»Erstaunlich, was du alles weißt und auch bereitwillig erzählst. Über unsere Familiengeschichte verlierst du hingegen kein Wort. Vaters Tod scheint dir überhaupt nichts auszumachen«, brauste Henrike auf. Zu lange hatte sie Astas Schweigen inzwischen ertragen müssen.

Asta bürstete ruhig die Nadeln eines Tannenzweiges gegen den Strich. »Du irrst, Henrike. Dein Vater ist es, für den ich ein Licht entzünde. Ich werde für seinen Geist auch eine Gabe auf die Türschwelle stellen.«

Überrascht sah Henrike ihre Tante an. Hatte sie sich so in Asta geirrt?

»Ich hatte den Eindruck, er ist dir gleichgültig«, entgegnete sie zögernd.

»Das ist nicht der Fall. Aber dein Vater und ich – das ist eine lange Geschichte«, wich Asta aus.

»Dann erzähle mir diese Geschichte doch! Bitte. Erzähle mir von Vater.«

»Ich werde sie dir zu gegebener Zeit erzählen, aber nicht jetzt«, sagte Asta und schickte sich an, zu ihrem Gesinde zu gehen.

Henrike wollte sie aufhalten, wagte jedoch nicht, nach ihrem Arm zu greifen. Sie hätte ihre Tante nicht so anfahren dürfen, dachte sie beschämt. Umso mehr musste sie jetzt zeigen, dass sie sich beherrschen konnte. Doch es fiel ihr schwer. Unbedingt wollte sie Asta zum Sprechen bringen.

»Ist es nicht so, dass du durch den Tod meines Vaters in Schwierigkeiten gerätst? Ihm hat das Gut doch gehört, oder? Und dass Hartwig dich schalten und walten lässt wie bisher, ist wenig wahrscheinlich, nicht wahr?«, sagte sie, während sie ihrer Tante hastig folgte.

Asta wandte sich zu ihr um und musterte sie eingehend. »Du bist ein kluges Kind, Henrike. Deshalb solltest du versuchen, nicht denselben Fehler zu machen wie dein Vater.«

Henrike riss die Augen auf. Was meinte Asta damit? »Was hat er denn deiner Ansicht nach falsch gemacht?«, fragte sie unsicher.

»Er hat nicht wahrhaben wollen, dass man manchmal kämpfen muss, auch gegen die, die einem nahestehen.«

Damit wandte Asta ihr den Rücken zu und gesellte sich mit Sasse zu dem Gesinde. Die Männer und Frauen hatten sich um das Lagerfeuer geschart und sangen. Kinder stocherten mit Stöcken in der Glut. Katrine ging mit einem Korb herum und verteilte Krapfen.

»Was meinst du damit?«, rief Henrike Asta noch nach, aber ihre Frage blieb ohne Antwort. Ihre Augen wurden feucht. Was sollte sie nur tun? Sie ließ sich in den Sand sinken. Jemand kam näher. Henrike fühlte, wie sich ein Arm um ihre Schulter legte. Katrine zog sie hoch und führte sie zum Feuer.

Einen Augenblick saßen die beiden jungen Frauen still nebeneinander. Henrike sah in das prasselnde Feuer, sah die Flammen in den Himmel züngeln, Funken hochstieben, als wollten sie mit den Sternen leuchten, sah sie verglühen und wurde auf einmal ganz ruhig. Sie wollte beten. Es würde hoffentlich keine Rolle spielen, wo sie ein Gebet für ihren Vater anstimmte, Hauptsache, sie tat es. Kaum nahm sie wahr, wie Katrine aufstand und sagte, dass sie gleich wieder da sein werde, und zum nahen Buschwerk ging.

Henrike war noch immer tief in sich versunken, als Asta zum Aufbruch rief. Sie löste die Hände aus der Gebetshaltung und sah sich um. Kleinere Kinder lagen schon auf dem Karren und schliefen. Wo war bloß Katrine? Sie hätte längst zurück sein müssen. Henrike nahm eine Fackel und ging in die Richtung, in die Katrine verschwunden war. Je näher sie dem Dickicht kam, desto größer wurde ihre Angst.

»Henrike!« Ein Schrei – das war Katrine gewesen!

Die anderen am Strand hatten offenbar nichts gehört, das Rauschen der Brandung hatte den Hilferuf verschluckt. Beklommen rief sie den Namen des Mädchens. Katrine antwortete erneut, diesmal leiser. Henrike hielt die Fackel schützend voraus. Sie zwängte sich durch Buschwerk und an dicken Bäumen vorbei. Ihr Herz klopfte bis zum Hals. Überall knackte und raschelte es. Wie viele Geräusche es im Wald gab! Waren es Tiere, die sie verursachten? Oder doch die Geister der Verstorbenen? Gerne hätte sie jetzt Griseus an ihrer Seite gehabt. Wo war der Hund nur? Sollte sie die Knechte rufen? Warum war sie nicht früher darauf gekommen? Sie öffnete ihren Mund, schrie mit angstvoll dünner Stimme, doch es war zu spät.

Vor sich sah sie Katrine auf dem Boden liegen, begraben von einem kräftigen Mann, der sich über ihr bewegte. Katrines Röcke waren hochgeschoben, ihre Beine strampelten mit der Kraft der Verzweiflung. Henrike stürzte sich auf den Fremden und schlug blind mit der Fackel auf seinen Rücken ein. Er brüllte auf, als die Flammen sein Haar versengten. Plötzlich nahm sie im Dunkeln eine Bewegung wahr. Vor ihr stand ein zweiter Mann mit schwarzen Augenhöhlen wie bei einem Totenkopf. In seinem böse grinsenden Mund sah sie statt der Vorderzähne eine breite Lücke klaffen. Die Fackel wurde ihr aus der Hand geschlagen und verlosch. Henrike taumelte zurück, als sie unvermittelt von der Faust des Angreifers im Bauch getroffen wurde. Ein dumpfer Schmerz breitete sich in ihr aus, während sie zusammenklappte und auf den Waldboden sank.

»Schönen Gruß aus Lübeck«, hörte sie noch, bevor der Mann mit voller Kraft auf ihre Hand sprang und die Knochen ihrer Finger brachen.

10

Lübeck, November 1375

Adrian Vanderen schob unwillig den Teller von sich. In diesen Tagen nach Allerheiligen und Allerseelen hatte er nie viel Appetit. Mehr als sonst verfolgte ihn in dieser trüben Zeit seine Familiengeschichte. Die Gedanken an seine zwei verstorbenen Geschwister und ihren Tod. Sie hatten kaum das Kleinkindalter überlebt. Arm und vernachlässigt, wie sie waren, hatte eine Krankheit sie dahingerafft. Adrian hatte alles getan, um sie zu retten – es hatte nicht gereicht. Er wusste, ihn traf keine Schuld, sondern seine Eltern, doch ihr Schicksal verfolgte ihn bis heute.

Doch nun musste er sich auf das Essen konzentrieren. Bis zu seinem ersten großen Gastmahl würde er sich etwas einfallen lassen müssen. Für seine Schiffsbesatzung waren die Speisen, die hier auf den Tisch kamen, ja in Ordnung, satt machten sie allemal. Aber Kaufleuten oder anderen wichtigen Besuchern konnte er den matschig gekochten Fisch, den faden Brei und die klumpige Soße nicht vorsetzen. Gastmähler waren ebenso wichtig für Geschäftsleute wie die Verhandlungen im Kontor. Auch wenn die Gespräche bei Speis und Trank von allerlei Nebensächlichkeiten begleitet wurden, stand am Ende oft ein handfestes Ergebnis. An der Güte der Weine, des Biers und der Anzahl und Qualität der Gerichte beurteilte man einen Handelspartner ebenso wie an seiner Kreditwürdigkeit und seiner Kleidung. Wenn man ihn nach diesem Essen vor ihm auf dem Tisch beurteilen würde, müsste er sich wahrlich Gedanken um seine Zukunft machen.

»Liv, schick Cord zu mir.«

Der Junge lief los und brachte den Koch herein. Cords Blick fiel sofort auf die noch immer gut gefüllten Teller. Nervös rieb er mit der Hand über seine Glatze.

»Hat es Euch nicht geschmeckt, Herr?« Er klang besorgt. Auf einem Schiff hielt er eine zwanzigköpfige Mannschaft spielend im Zaum, aber hier schien er nicht in seinem Element zu sein, dachte Adrian.

»Du bist ein guter Koch, Cord. Der beste, den ich mir vorstellen kann – auf einem Schiff. Aber hier an Land kommst du mir vor wie ein Fisch auf dem Trockenen.«

Cord verteidigte sich zaghaft, konnte aber eine gewisse Ratlosigkeit nicht verhehlen. »Ich habe nur die besten Zutaten genommen, aber die Herdflamme … der neue Kessel … es ist eben alles anders.«

Adrian gebot ihm Einhalt. »Schon gut. Du wirst morgen mit Liv losgehen und uns eine Köchin suchen. Eine Köchin, die sich auf die Führung eines Kaufmannshaushaltes versteht.«

Der große Mann knüllte nervös seine Schürze, die immerhin sauber war, wie Adrian bemerkte. »Und ich … was soll ich … was wird mit mir? Mit meinem steifen Bein kann ich ja wohl kaum noch auf Eurem Schiff arbeiten, Herr.«

»Du wirst die Köchin unterstützen, vielleicht lernst du ja noch was«, sagte Adrian und fügte, als er Cords entsetzten Blick bemerkte, versöhnlich hinzu: »Und sicher werde ich auch in anderen Dingen deine Hilfe benötigen.«

Adrian zog sich in den Raum zurück, den er als Schreibstube hatte herrichten lassen. Es war wenig verwunderlich, dass Bruno Diercksen diese Räume nicht mehr selbst benutzte, denn es war Einiges an ihnen zu tun. Der Boden war ausgetreten, die Deckenbalken mit Holzwurmlöchern gesprenkelt, Feuchtigkeit hatte die unteren Enden der Holzwände angefressen. Glücklicherweise hatte man ihm, seit er bei dem Turnier erwähnt hatte, dass er Grundeigentum erwerben wolle, einige interessante Häuser angeboten. Vielleicht würde er sich noch in dieser Woche für eines entscheiden. Er schenkte sich ein Glas Kirschtrank ein, einen Wein, der mit Ingwer, Zucker und eingetrocknetem Kirschmus gewürzt war, und stellte mit steifen Fingern seine Figuren auf das Schachbrett. Obgleich die Wärme aus der Küche die Schreibstube heizte, fröstelte er. Es war eine feuchte Kälte, die durch Lübecks Straßen zog, ein klammer Wind, der vom Meer kam und einem bis ins Mark drang. Er kannte diese Art Kälte aus Brügge, und er hasste sie. Morgen würde er nachfragen, ob sein neuer Mantel endlich fertig war, es war höchste Zeit.

Er rieb seine Finger, legte Schreibfeder und Papier bereit. Er dachte an Brügge, wo er sich mit seinen Schwestern, seinem Bruder Lambert und dessen Familie ein Haus teilte. Oft saß er abends mit Lambert vor dem prasselnden Kaminfeuer, und stets war das Lachen der Kinder zu hören. Vier Stück waren es inzwischen. Der Erstgeborene Joris, die Zwillinge Cornelis und Angniete und der Jüngste, Gossin. Alle wohlgeraten und wissbegierig. Lambert und seine Frau Martine liebten sie alle, ob groß oder klein. Auch wenn sich bei Martine in letzter Zeit oft die Erschöpfung gezeigt hatte, die so ein großer Haushalt mit sich brachte. Für Lambert war es ebenfalls nicht immer leicht; viele Kinder kosteten viel Geld, und wenn der Handel manchmal nicht den erhofften Gewinn einbrachte, musste der Gürtel enger geschnallt werden. Und da waren ja auch noch ihre drei Schwestern, für die Ehemänner gesucht und Mitgiften bereitgestellt werden mussten. Nachdenklich drehte er die fein geschnitzte Figur der Königin zwischen Zeigefinger und Daumen. Allein in Lübeck und ohne die hektische Betriebsamkeit des Geschäfts spürte er die Sehnsucht nach einer eigenen Familie immer stärker. Aber noch hatte er die Richtige nicht gefunden.

Wenn jemand ihm seine Tochter zur Frau angeboten hatte, war es oft aus einer geschäftlichen Notlage heraus geschehen, das hatten zumindest seine Nachforschungen ergeben. Dabei wollte er sich durch eine Heirat verbessern, wollte Zugang zu den höchsten Kreisen der Stadt erhalten. Inzwischen hatte er die wichtigsten Männer Lübecks kennengelernt, und die meisten waren ihm freundlich begegnet. Einige hatten ihm ihre Ablehnung aber auch ganz unverblümt gezeigt, fremde Kaufleute waren für sie schlicht eine unliebsame Konkurrenz. Sie wollten ihren Kreis geschlossen halten, trafen sich nur mit Händlern, die die gleichen Ziele ansteuerten, tauschten sich über Wege und Gefahren aus und klüngelten. Zu diesen Kreisen Zugang zu finden würde nicht leicht werden. Andererseits kannte er viele Lübecker Flandernfahrer seit Langem, und sie luden ihn inzwischen sogar zu ihren Versammlungen ein.

Hartwig Vresdorp hingegen wurde immer unzugänglicher, weigerte sich, mit Adrian abzurechnen, verwies auf Schiffe aus dem Osten, auf die er noch warten müsse. Dabei war die Seereise um diese Zeit des Jahres äußerst gefährlich. Erst in den letzten Tagen hatte sich der Wind zu einem Sturm gesteigert, hatte an den Fensterläden und Wetterhähnen gerüttelt, als ob er sie abreißen wollte. Hartwig Vresdorp trieb ein Spiel mit ihm. Die Frage war nur, wann er diesem Spiel ein Ende setzen würde. Adrian zwang sich zur Geduld. Bis zum Frühjahr musste er seine Angelegenheiten zum Abschluss gebracht oder zumindest in die Wege geleitet haben. Denn im Frühjahr brachen die Kaufleute wieder in fremde Länder auf, und die Zeit der großen Handelsmessen begann. Auch er würde sein Schiff befrachten und auf die Reise schicken. Spätestens dann brauchte er das Geld und die Waren aus den Geschäften mit Konrad Vresdorp.

Er tunkte die Feder in das Tintenfass, und seine Gedanken wanderten wieder nach Brügge. Wenn seine Lübecker Pläne aufgingen, würde es auch Lambert und seinen Schwestern langfristig nutzen. Zügig begann er zu schreiben.

Lieber Lambert,
in den nächsten Tagen wird ein Schiff gen Brügge abgehen. Ich möchte die Gelegenheit nutzen, euch Nachricht zu geben. In Lübecks Rat herrscht große Unruhe. Wie du sicher weißt, ist König Waldemar von Dänemark gestorben. Der Kaiser hat es wenige Tage nach seinem Abzug aus Lübeck erfahren, aber sogleich gemahnt, dass Albrecht von Mecklenburg als Sohn der ältesten Waldemarstochter Ingeborg zum König gewählt werden müsse. Lübeck dürfe den Norwegern keine Hilfe leisten und solle die Mecklenburger andererseits nicht hindern. Die Lübecker Räte wollen sich heraushalten, aber wie lange wird das gelingen? Die Mecklenburger wollen die Macht in Dänemark. Der dänische Reichsrat soll aber eher Königin Margarethe und ihrem Sohn Olaf von Norwegen zuneigen. Kann Ingeborg es sich leisten, für ihren Sohn den Krieg erneut zu beginnen? Das ist die große Frage. Man hört, sie sei bereits auf der Suche nach Geldgebern, denn Soldaten und Waffen gehen bekanntlich ins Geld. In den örtlichen Waffenschmieden stellt man sich auf viel Arbeit ein. In Lübeck will man einen Krieg nicht, hindert er doch den Handel. Dennoch werden auch wir für diese Möglichkeit vorsorgen müssen, liebster Bruder. Ich werde dich benachrichtigen, sobald ich mehr weiß. Das Schiff mit unserer Ladung Pelze, die ich über Konrad Vresdorp, Gott sei seiner Seele gnädig, aus Nowgorod beschaffen ließ, ist noch immer nicht eingetroffen. Ich bete für gutes Wetter und eine stille See.
Wie geht es dir? Sind Martine und die Kinder wohlauf? Was machen unsere Schwestern? Ich denke oft an Brügge und unsere langen Gespräche bei einer Partie Schach am offenen Feuer. Danke noch der Nachfrage, meine Wunde ist gut verheilt. Dagegen gehen die Arbeiten an der Cruceborch der Witterung entsprechend langsam voran. Aber Bosse gibt acht, dass sie nicht ganz verschleppt werden. Ich schließe euch in meine Gebete ein. Betet für mich.
Dein Bruder
Adrian

Er legte die Feder beiseite und zog das Schachbrett wieder heran. Wenn er nicht in Übung blieb, würde Lambert ihn bei ihrem nächsten Spiel sicher schlagen. Außerdem würde ihn die Erinnerung an eine Schachpartie mit seinem Bruder aufheitern.

In dem Raum roch es trotz der offenen Läden nach Schwefel und wildem Tier. Jungen saßen mit übereinandergeschlagenen Beinen vor den Fenstern, ihre Nasen waren gerötet, die Bewegungen ihrer Finger trotz der Kälte geschmeidig. Bei diesem trüben Wetter schien es kaum mehr hell zu werden. Die vor die Fenster gespannten Häute ließen nur ein fahles Licht in den Raum. Der Meister, der Adrian entgegenkam, begrüßte ihn frostig. ›Bei dem kleinen Vermögen, das ich ihm für eine hermelingefütterte Schaube bezahle, könnte er ruhig etwas freundlicher sein‹, fand Adrian. Andererseits hatte er bereits festgestellt, dass eine gewisse Zurückhaltung den Lübeckern wohl im Blut zu liegen schien.

In der beheizten Stube probierte er den Überrock an. Er passte ihm ausgezeichnet. Das Innenfutter aus Hermelin fügte sich nahtlos an den schwarzen Wollstoff an, der pelzbesetzte Kragen lag weich auf seinen Schultern auf. Dafür, dass der Meister die Feinheiten der neuesten Brügger Mode von Adrians Sommerschaube hatte kopieren müssen, war dieser Wintermantel sehr gut gelungen. Zufrieden reichte Adrian Vanderen dem Meister die vorab verabredete Summe. Mit einem Gesichtsausdruck, als ob es ihm jetzt leidtäte, so muffig zu einem guten Kunden gewesen zu sein, zupfte dieser noch einmal die Ärmel an Adrians Schaube zurecht.

»Wirklich sehr kleidsam, mein Herr«, sagte er. »Und diesen Schnitt trägt man in Brügge jetzt? Es dauert immer etwas länger, bis sich Neuerungen bei uns herumsprechen. Schlechte Nachrichten verbreiten sich dagegen wie der Wind. Buchstäblich.« Seine Stimme klang, als habe er etwas Bestimmtes im Sinn.

Adrian hakte nach. »Ihr meint sicher den Sturm. Hat er besondere Schäden angerichtet?«, wollte er wissen.

Sein Gegenüber ließ die Münzen in seinem Geldbeutel verschwinden. »Der verfluchte Sturm – verzeiht, aber das ist er doch! – hat vor der Stadt Bäume umgerissen. Er hat die Schiffe im Hafen gegeneinander geworfen. Schon vor Tagen soll im Sturm eine Kogge, die auf dem Weg nach Lübeck war, untergegangen sein. Mit Mann und Maus.«

Ein Junge brachte eine Lage Buntwerk heran, Eichhörnchenfell, bei dem abwechselnd Rücken und Wamme, rotes Rückenfell und weißer Bauch, zusammengenäht worden waren.

»Gott sei es geklagt. Ein schlimmes Unglück für alle Beteiligten«, sagte Adrian ehrlich betroffen. Ein Schiffsuntergang bedeutete den Verlust von Leben und Ladung. Selbst wenn man das Glück hatte, sich retten zu können, stand man danach oft genug vor dem Ruin.

Der Meister prüfte unterdessen die Nähte des Buntwerks. »Ein Schaden leider auch für mich, fürchte ich«, murmelte er über das Feh gebeugt. »Auch die *Gotthilf* soll untergegangen sein. Der verstorbene Herr Vresdorp war der Eigner. Er brachte mir nur die besten Pelze aus dem Osten heran. Ich werde also noch länger auf Nachschub warten müssen. Und sein Bruder hat neulich gerade eine neue Schaube bei mir bestellt, nicht ganz so prächtig wie Eure, aber fast ebenso teuer. Ich hoffe, er wird mich nach diesem Unglück nicht auf meinen Lohn warten lassen.«

Der Meister gab die Lage Buntwerk zurück. Er war nicht zufrieden, der Junge würde viele Nähte noch einmal aufmachen und erneuern müssen. Adrian aber war durch seine Worte unter Hochspannung versetzt worden. Vresdorp hatte sein Schiff verloren? War es etwa das, auf dem auch Adrians Waren transportiert worden waren? Er hatte Mühe, sich seine Erregung nicht anmerken zu lassen, und eilte hinaus.

»Aber Vater hat es so gewollt!« Die Stimme des Jungen klang erregt.

Ein scharfes Knallen.

»Begreifst du denn nicht, dass wir jetzt andere Sorgen haben, verdammter Bengel?!«

Adrian Vanderen hatte den Türklopfer betätigt und war, als niemand reagiert hatte, durch den Windfang in das Haus in der Alfstraße eingetreten. In der Diele stand Simon. Er war unverkennbar wütend, sein Gesicht leuchtete mohnrot, auf einer Seite war ein Handabdruck zu erkennen. Der Mann, der Simon gegenüberstand, drehte sich um. Sein Antlitz war von dem roten Striemen einer gerade verheilenden Wunde gezeichnet. Nikolas Vresdorp. Adrian hatte ihn nur kurz bei dem Begräbnis Konrad Vresdorps gesehen. Ein musternder Blick, ein unverschämter Ton: »Hat Euch jemand hereingebeten?«

»Offenbar habt Ihr mein Klopfen nicht gehört.« Adrian nickte dem Jungen freundlich zu. »Simon, schön, dich zu sehen.«

Das Gesicht des Jungen entspannte sich etwas. »Herr Vanderen!«

Bei dieser Begrüßung wurde der andere Mann hellhörig. Es war, als setzte Nikolas Vresdorp eine Maske auf, leutselig kam er näher und streckte die Hand aus.

»Ihr seid also Adrian Vanderen. Mein Vater hat Euch erwähnt.«

Adrian zögerte einen Moment, schlug aber ein und drückte die Hand sehr fest; er wollte am liebsten diesem Mann, der Kinder drangsalierte, eine Ahnung davon geben, was es hieß, sich mit einem Gleichwertigen zu messen.

»Ich habe beunruhigende Neuigkeiten erfahren«, sagte er.

Nikolas Vresdorp gab den Druck der Hand zurück, löste sich aber schnell. »Ich weiß nicht, wovon Ihr sprecht.«

»Die *Gotthilf*, ein Schiff Eures verstorbenen Onkels, ist samt Ladung verloren gegangen, heißt es.«

Nikolas zupfte an seinem Doppelspitzbart. Wie lange er sich wohl täglich rasieren ließ, bevor der Bart so genau gezogen war?, fragte sich Adrian. Ihm waren Männer, die derart viel Zeit auf ihr Aussehen verwendeten, immer ein wenig suspekt.

»Davon weiß ich nichts«, sagte der junge Vresdorp knapp.

War er wirklich so unwissend, oder wollte er ihn abwimmeln? Adrian fasste ihn fest ins Auge.

»Dann seid Ihr wohl schlecht informiert. Am Hafen spricht man über nichts anderes als über die verlorengegangen Schiffe.«

Er war am Hafen gewesen, die Seeleute wussten immer am schnellsten und besten über das Schicksal der Schiffe Bescheid. Nikolas Vresdorp rieb nun über seine Wunde. Musste er seine Hände immer im Gesicht haben? Aber die Ränder der Wunde waren rot, wie entzündet, vermutlich juckte sie. Adrian fragte sich, wo er sie sich wohl zugezogen hatte.

»Ihr solltet nicht so viel auf Gerüchte geben. Kaum weht ein Lüftchen, gehen angeblich ganze Handelsflotten unter, und eine Hungersnot droht. Das Volk übertreibt eben gern.«

Jetzt war Adrians Geduld am Ende. »Holt bitte Euren Vater her. Wir wollen doch mal sehen, ob er mehr vom Geschäft versteht als Ihr und seiner Pflicht nachkommt, über den Verbleib der Schiffe auf dem Laufenden zu sein.«

Hart fuhr Nikolas über die hellroten Wundränder, ein Blutstropfen schien auf.

»Wie Ihr wünscht«, sagte er grimmig. Als er an Simon vorbeiging, gab er dem Jungen mit der Faust eine Kopfnuss und schubste ihn hinaus. »Hast du nichts zu tun? Hau ab, zum Hafen. Um dich kümmere ich mich später.«

Vresdorp ging die Treppen hinauf, Simon verließ den Raum in eine andere Richtung. Adrian sah sich in der Diele um. Die Wandteppiche und die Silberleuchter waren verschwunden, an der Wand hing jetzt ein großes Kreuz.

»Herr Vanderen!« Ein Wispern. Simon stand in der Tür zum Flur. Adrian ging zu ihm.

»Wie geht es dir, Simon?«, fragte er leise.

»Ich komme klar«, sagte der Junge mit näselnder Stimme, er musste sehr verschnupft sein. »Bin oft am Hafen oder im Kaufkeller. Helfe die Schiffe und die Waren zu kontrollieren. Stehe herum. Es ist, als ob sie mich nicht im Haus haben wollen. ›Geh hierhin, Simon! Geh dahin! Mach dies, mach das.‹ Koplude sin Loplude, sagt man das nicht?«

Er nieste heftig. Kaufleute sind Laufleute, sind immer geschäftig unterwegs, ja, das sagte man im Süden des Landes auch, stimmte Adrian zu. Über ihnen waren nun Schritte zu hören.

»Geht das immer so zu mit Nikolas Vresdorp?«, wollte er wissen.

Die Stimme des Jungen klang niedergeschlagen. »Sie sind hier eingezogen. Meinen, dass der Haushalt so besser zu führen ist. Manches kommt mir nicht richtig vor. Und wenn ich dann etwas sage …« Die Treppe über ihnen knarzte. Gleich würden die Männer hier sein. »Aber ich lasse mich nicht unterkriegen!« Simon klang kämpferisch.

Eine Frage brannte Adrian noch unter den Nägeln. Er hatte Henrike schon länger nicht mehr gesehen, auch beim Kirchgang nicht.

»Und deine Schwester?«

»Sie haben sie weggeschickt. An die See. Dabei sollte sie hier sein, bei mir!«

Die Schritte näherten sich schnell. Simon ließ die Tür bis auf einen Spalt zufallen. Er wollte eine weitere Auseinandersetzung vermeiden. Adrian konnte es ihm nicht verdenken.

»Wenn du es nicht mehr aushältst, komm zu mir. Ich kann einen guten Lehrjungen gebrauchen«, sagte er noch.

Im selben Moment traten Hartwig und Nikolas Vresdorp ein. Beide trugen mürrische Mienen zur Schau und vermieden es, einander anzusehen. Adrian lehnte sich mit gefalteten Händen an die Wand und betrachtete sinnierend das Kreuz.

»Mit wem redet Ihr?«, fragte Nikolas Vresdorp misstrauisch.

»Das Kreuz unseres Herrn hat mich zu einem Gebet eingeladen«, sagte Adrian. Nikolas Vresdorp schien ihm nicht zu glauben. Er ging an ihm vorbei und riss die Tür auf, an der Simon eben noch gestanden hatte, doch der Gang war leer. Adrian beachtete ihn gar nicht, sondern begrüßte stattdessen Hartwig Vresdorp.

Dieser sparte sich die Höflichkeiten und kam gleich zur Sache. »Es stimmt, ich habe ein Schiff verloren. Die Männer konnten sich retten, aber die *Gotthilf* samt Ware ist dahin«, sagte er.

Adrian fiel auf, dass Hartwig Vresdorps Kleidung neu zu sein schien. Sie war zwar schlicht geschnitten, aber an feinen Stoffen hatte er nicht gespart.

»Warum wusste Euer Sohn nicht davon?«, fragte Adrian nach.

Hartwig Vresdorp warf Nikolas einen abschätzigen Blick zu. »Bin ich verantwortlich für dieses Unternehmen oder er? Außerdem habe ich selbst gerade erst davon erfahren.«

Nikolas schien über diese Antwort nicht gerade erfreut. »Die Herren entschuldigen mich«, sagte er schroff und ging hinaus.

Adrian hoffte, dass Simon ihm nicht über den Weg lief, denn er würde seine Wut sicher an dem Jungen auslassen.

»Was ist denn nun genau geschehen?«

»Wir haben noch keine endgültige Nachricht«, wich Hartwig Vresdorp aus.

Adrian sah ihm durchdringend in die Augen. »Merkwürdigerweise scheinen andere in der Stadt besser informiert zu sein«, sagte er.

Hartwig Vresdorp spitzte säuerlich die fleischigen Lippen. »Ihr müsst Euch schon gedulden, bis ich mehr weiß. Möglicherweise sind Eure läppischen Waren an Bord gewesen, wahrscheinlich sogar. Aber diese Ladung verwalte nun mal ich.«

Adrian verschränkte die Arme vor der Brust. Er musste sich zusammenreißen, um Hartwig Vresdorp für seine Unverschämtheit nicht zu strafen.

»Waren im Wert von etwa tausendfünfhundert Mark in lübischer Währung würde ich nicht läppisch nennen«, sagte er beherrscht.

Für einen Moment wirkte Vresdorp beeindruckt, dann winkte er jedoch ab. Er war sich der Höhe von Adrians Geschäftsbeteiligung offenkundig nicht bewusst gewesen.

»Wie auch immer. Ich werde mich zu gegebener Zeit darum kümmern.«

So leicht ließ Adrian sich jedoch nicht abwimmeln. »Ihr wisst genauso gut wie ich, wie nach dem Schiffsrecht in diesen Fällen vorzugehen ist. Ich verlange eine genaue Aufstellung aller verlorenen Waren und beteiligten Handelspartner. Und zwar so schnell wie möglich. Ansonsten werde ich mich an den Rat der Stadt wenden.«

Hartwig Vresdorp wollte ihn zur Tür schieben, aber Adrian ließ nicht zu, dass er ihn anfasste.

»Ihr habt wenig Glück in Lübeck, so scheint es. Üble Gerüchte. Der Tod des Geschäftspartners. Der Verlust der Ware. Ihr solltet lieber wieder nach Brügge zurückkehren.«

»Das könnte euch so passen, aber das werde ich nicht tun«, sagte Adrian. ›Ganz im Gegenteil‹, dachte er bei sich. Irgendetwas stimmte an Hartwig Vresdorps Verhalten nicht. Er würde einige Nachforschungen anstellen, Cord könnte sich umhören. Der Koch würde sich freuen, diese wichtige Aufgabe zu übernehmen.

Schon vor der Tür seiner derzeitigen Bleibe zogen Adrian Wohlgerüche in die Nase, die seine schlechte Laune verblassen ließen.

»Wir haben Besuch«, begrüßte ihn Liv und nahm ihm die Schaube ab.

Adrian fürchtete, dass es wieder Mechthild Diercksen war. Die Frau seines Gastgebers tauchte häufig unangemeldet auf, angeblich, um nach dem Rechten zu sehen. Allerdings war sie merkwürdigerweise immer ausstaffiert, als würde sie zu einem Empfang gehen. Aber nein, ihr schweres Duftwasser lag nicht in der Luft. Adrian entspannte sich etwas; nach Geplänkel stand ihm heute wirklich nicht mehr der Sinn. Auf dem Küchentisch lag frisches Brot, auf dem Herd brutzelte etwas, Dampf stieg aus einem bronzenen Grapen auf, den Cord zum Kochen besorgt hatte. Das Wasser lief Adrian im Mund zusammen. Am Schneidebrett stand eine Frau neben Cord, den Rücken ihm zugewandt. Dennoch erkannte Adrian sie sofort.

»Frau Margarete?«, fragte er erstaunt. »Was macht Ihr denn hier?«

11

Astas Gut bei Travemünde, November 1375

»Henrike!«

Stimmengewirr. Rauschen, als ob Wind tost. Die Lider regen sich nicht, zu schwer. Da – ein Spalt. Verschwommenes Licht, Druck auf der Brust, Schmerzen. Das Verlangen, den Oberkörper zu heben. Die Hände – wunde Klumpen. Aufstützen unmöglich. Husten, der Bauch krampft. Alles tut weh. Die Augen drehen sich in den Höhlen, als habe sie keine Macht mehr über sie. Aber Henrike will sehen. Die Lider hochreißen. Rote Schlieren. Plötzlich Bilder, in ihrem Kopf. Der Wald. Das zahnlose Grinsen. Das strampelnde Mädchen. »Katrine?« Ihre eigene Stimme ist nur noch ein Krächzen. Sie fühlt eine Hand auf ihrer Wange, warm und trocken.

»Katrine lebt. Ihr seid beide im Gutshaus.« Es ist die Stimme von Asta.

Henrike lässt sich zurücksinken. In Sicherheit also.

Als sie erwachte, verband Asta gerade ihre rechte Hand. Henrikes Blick war klar. Zwei Finger der linken und einer der rechten waren geschient, der Rest verbunden. Asta untersuchte Henrikes Wunden, rieb die blauen Flecke mit Salbe ein. Henrike musste die Zähne zusammenbeißen; die kleinste Berührung war schier unerträglich.

»Was ist mit Katrine?«, fragte sie gepresst.

»Schscht«, machte Asta. »Später.« Bedächtig fuhr sie fort, Henrike zu vorsorgen. »Welchen Schaden sie in so kurzer Zeit anzurichten vermochten«, murmelte sie schließlich und sah ihre Nichte liebevoll an. Henrike war froh, bei Asta zu sein, fühlte sich in ihrer Obhut geschützt und geborgen. Sie dachte an das letzte Gespräch mit ihrer Tante. Was immer zwischen ihrem Vater und Asta vorgefallen war, sie würde es schon noch erfahren. Sie zog die Mundwinkel hoch, es sollte ein Lächeln sein, auch wenn es eher einer Grimasse glich.

»Immerhin lebe ich noch.«

»Es war nie geplant, dass du sterben solltest – jedenfalls vermute ich das«, entgegnete Asta. »Eine Lektion, das ja. Sie haben dich verprügelt und dir einige Finger gebrochen. Aber dein Tod, so kurz nach dem deines Vaters, und dann durch gedungene Mörder, das wäre doch zu auffällig gewesen.«

Henrike fuhr hoch, doch ein dumpfes Ziehen im Bauch ließ sie abrupt innehalten.

»Habt ihr sie erwischt?«, fragte sie mit zusammengebissenen Zähnen.

»Leider nicht, obwohl Sasse und die anderen Knechte gleich hinterher sind. Wir Frauen haben euch versorgt. Es waren zwei, so viel wissen wir.« Die Männer waren ihretwegen gekommen. Vielleicht hatte ihr Gefühl sie nicht getrogen, und sie hatten sie schon länger beobachtet. Dass sie Katrine überfallen hatten, war vermutlich Zufall gewesen. Henrike hatte einen bitteren Geschmack im Mund.

»Ich hatte in den letzten Tagen oft das Gefühl, dass jemand um den Hof herumschleicht.«

Asta sah sie alarmiert an. »Warum hast du nichts gesagt?«

»Ich dachte, es sind die Geister der Toten«, gab sie zu. Ihre Schuldgefühle waren übermächtig. Vielleicht hätte sie den Überfall verhindern können! Sie wollte die Beine aus dem Bett schwingen, aber die Bewegung fiel ihr schwer.

»Wie geht es Katrine? Ich will sie sehen, schließlich ist es meine Schuld, dass sie angegriffen wurde.«

Ein strenger Ausruf ließ sie verstummen. »So etwas will ich nicht hören! Es ist nicht die Schuld der Frauen, wenn Männer ihnen etwas antun.« Sanft, aber bestimmt schob Asta sie auf das Lager zurück.

Jetzt fiel Henrike wieder ein, was der Mann zu ihr gesagt hatte: ›Schönen Gruß aus Lübeck!‹ Sie erzählte es der Tante. Asta ballte die Fäuste, dass die Knöchel weiß hervortraten.

»Vermutlich hat Nikolas die Kerle geschickt. Er wollte sich rächen. Also trägt er die Verantwortung dafür. Er und diese Dreckskerle natürlich.«

»Was ist denn nun mit Katrine?«, wollte Henrike endlich wissen.

Asta ließ Kräuter in einen Becher rieseln und reichte ihn der jungen Frau. »Sie hatte nicht so viel Glück wie du neulich im Stall.«

Henrike wusste, was das bedeutete. Die Männer hatten Katrine Gewalt angetan. Sie bohrte ihre Fingernägel in die Unterarme, um nicht laut aufzuschreien. Tränen benetzten ihre Wangen, und die Worte kamen ihr nur stoßweise über die Lippen: »Nikolas Vresdorp. Wenn du tatsächlich dafür verantwortlich bist, dann wirst du dafür büßen!«

Sie saßen auf einer Bank in der Stube, wie so oft in letzter Zeit. Katrine stickte still. Henrike hielt ihr die Fäden, suchte die passenden Garne oder leistete ihr einfach Gesellschaft. Zwei Tage nach dem Überfall hatte sie die Freundin besuchen dürfen, hatte an ihrem Bett gewacht und später mit ihr geplaudert. Am Anfang hatten sie über den Angriff gesprochen. Henrike hatte sich ausführlich nach Katrines Zustand erkundigt und ihr ihre Schuldgefühle eingestanden. Sie wünschte, sie hätte die Gefahr schneller erkannt und besser reagiert. Sie hätte Griseus bei sich behalten müssen, dann wäre es vielleicht gar nicht so weit gekommen. Es hatte sich herausgestellt, dass einer der Männer die Hunde mit dem Fleisch eines Hasen abgelenkt hatte. Wenn sie das bemerkt hätten, wären sie nicht in die Falle gegangen. Die Freundin nahm die Gewalttat mit einem unerschütterlichen Gottvertrauen hin, suchte Trost im Gebet und war sogar dankbar, dass Henrike nicht das gleiche Schicksal erlitten hatte.

»Reichst du mir das blaue Garn?«, bat sie jetzt.

Henrike holte es aus dem kleinen Korb aus geflochtener Weide und reichte es der Freundin.

Katrine hielt es ins Licht und lächelte zart. »Ist es nicht schön! Wie dieses blaue Kleid, das du hast. Erzähl mir doch, wie man diese wunderschöne Farbe hinbekommt. Du weißt es doch sicher, Henrike!«

Oft, wenn sie so zusammensaßen, fragte Katrine sie über das Leben in Lübeck und nach den vielen Dingen aus, die sie in dem Kaufmannshaus gelernt hatte. Henrike erzählte Katrine von der Waidpflanze, die im niederrheinischen Gebiet und in Thüringen angebaut wurde und die für den schönen blauen Farbton sorgte.

»Was für ein Motiv soll es auf diesem Gürtel werden?«, fragte sie, als sie geendet hatte.

Katrine lächelte. »Das wirst du noch früh genug sehen. Sei nicht so neugierig!«

Da krachte die Tür ins Schloss. Katrine zuckte derart zusammen, dass der Stickrahmen zu Boden fiel. Es waren jedoch nur die Mägde, die lachend und polternd große Holzdauben hereinbrachten. Das Schlachtfest wurde vorbereitet, und im Gutshaus ging es fröhlich zu. Alle kümmerten sich fürsorglich um Katrine. Jeder hoffte, dass die Vergewaltigung keine Folgen haben würde, aber es würde noch eine Weile dauern, bis sie Gewissheit hatten. Man sah Katrine nichts an, ihre Verletzungen waren seelischer Art. Am wohlsten fühlte sie sich in der vertrauten Gesellschaft des Hofgesindes, und die Mägde hielten ihr, egal, wie viel zu tun war, überall einen Platz frei. Nun kamen auch Sasse und Hem herein, verschlossen die Türen und Fensterläden. Ihr Verhalten mahnte daran, dass die Welt draußen nicht so friedlich war wie im Gutshaus.

Henrike reichte der Freundin den Stickrahmen. »Es ist alles gut. Wir sind bei Asta sicher«, sagte Henrike.

Katrine nahm die Stickarbeit wieder auf, aber die Nadel zitterte zwischen ihren Fingern derart, dass sie keinen Stich setzen konnte.

»Ich weiß«, sagte sie mit dünner Stimme.

Ein schrilles, fast menschenähnliches Schreien. Ein Platschen. Das Blut des Schweins pumpte auf die Wiese, wischte dampfend den Raureif von den Halmen, tunkte grüne Büschel in einen roten See. Eine Magd schob einen Eimer unter die klaffende Wunde im Hals des Schweines, um das Blut aufzufangen. Zwei Knechte hängten das Tier zum Ausbluten auf, während Hem mit einer Fackel die Borsten absengte. Sogleich wurden die Eimer in die Küche getragen, wo die Köchin das Blut verarbeiten würde. Die Mägde machten die Pökellake bereit. Henrike und Katrine mischten Gewürze, Salz und Honig, mit dem die Schinken eingerieben werden sollten. Henrike war froh, dass sie inzwischen wieder leichte Arbeiten übernehmen konnte, auch wenn ihre Brüche und Prellungen noch immer nicht verheilt waren.

Gerade wurde das Messer erneut gewetzt, um das Schwein zu zerteilen, als ein Reiter auf den Hof preschte. Katrine wurde kalkweiß und drückte sich ängstlich näher an Henrike heran. Angespannt und mit wild klopfendem Herzen beobachtete diese, was vor sich ging. Mit einem Sprung saß der Reiter ab.

»Kümmere dich um das Pferd!«, forderte er Hem harsch auf. Als es ihm nicht schnell genug ging, versetzte er dem untersetzten Knecht und Schreiber einen Schlag mit seiner Peitsche. Asta gebot dem Mann mit einem scharfen Ruf Einhalt. Knurrend schossen die Hunde auf ihn zu.

»Was fällt Euch ein? Was wollt Ihr hier?«, verlangte Henrikes Tante zu wissen.

Der Mann warf den Hunden einen kurzen Blick zu, zog die Peitsche langsam über seine Handfläche. Er trug die feine Kleidung der Städter und einen gefährlichen Ausdruck in seinem pockennarbigen Gesicht.

An Asta, die trotz der Kälte nur ein einfaches Kleid und keine Schuhe trug, blickte er abfällig herab und sagte: »Ich bin Dietrich Grapengeter, der neue Verwalter dieses Gutes. Und Ihr werdet diesen Hof sofort verlassen.«

Unbeeindruckt sah die Gutsherrin ihn an. »Das werde ich nicht. Ihr habt kein Recht, mich abzulösen.«

Der Mann zog einen aufgerollten Brief aus dem Wams und hielt ihn ihr hin. Als Asta langsam näher kam und schließlich danach greifen wollte, ließ er ihn einfach auf den Boden fallen.

»Wollt Ihr ihn nicht aufheben? Es ist ein Brief von Hartwig Vresdorp, Eurem neuen Herrn«, sagte er und entblößte seine Zähne triumphierend.

Asta legte die Hände damenhaft zusammen und lächelte fein. »Ihr irrt. Hartwig Vresdorp ist nicht mein neuer Herr. Zufällig kenne ich das Testament Konrad Vresdorps. Er hat verfügt, dass ich den Hof führen werde, bis seine Erben volljährig sind und einen neuen Verwalter bestimmen. Bis dahin ist es noch weit.«

Der Mann trat auf Asta zu, seine Peitsche zornig gegen die Oberschenkel schlagend. Henrike spürte, wie Katrine sich zurückziehen wollte, und nahm ihre Hand. Noch waren sie in Sicherheit. Die Knechte würden nicht zulassen, dass ihrer Herrin etwas geschah. Sie bildeten einen Halbkreis um die beiden, auch ihre Hunde scharten sich um sie, die Rute aufgerichtet, das buschige Nackenfell gesträubt.

»Hartwig Vresdorp ist der Vormund der beiden. Er hat es bestimmt.« Ein Satz, mehr ausgespien als ausgesprochen.

Astas Stimme blieb sanft. »Er kann nicht über das Gut bestimmen. Er hat keinen Einfluss auf die Verwaltung des Guts. Setzt er sein Vorhaben widerrechtlich durch, werde ich ihn vor dem Lübecker Rat anklagen. Die Testamentsvollstrecker Jacob Plescow und Bruno Diercksen werden wohl zu handeln wissen.« Sie stellte ihren nackten Fuß auf die Briefrolle und trat sie in den Dreck. Dietrich Grapengeter knurrte vor unterdrückter Wut, doch Asta setzte noch einmal nach: »Das Recht ist auf meiner Seite. Wenn Ihr dagegen handelt, werdet Ihr im Kerker landen. Und nun verschwindet, bevor sich noch ein Messer verirrt.«

Die Knechte rückten näher, einige hielten scharfe Schlachtermesser in den blutbeschmierten Händen. Der Mann trat zurück, kletterte wütend auf den Pferderücken und riss sein Ross herum. »Ich komme wieder. Aber nicht allein!«, rief er, bevor er davongaloppierte.

Obgleich die Arbeit des Tages auf das Beste erledigt war und sich die Tafel vor herzhaften Speisen fast bog, war die Stimmung gedämpft. Jedem schien die Drohung des Mannes noch in den Ohren zu klingen. Erst als Asta das Tischgebet sprach, ihr Gesinde zum Zugreifen aufforderte und selbst am kräftigsten zulangte, hellten sich die Gesichter auf. Wenn die Herrin ohne Sorgen aß, konnten sie es auch. Schließlich begann bald die Fastenzeit vor dem Weihnachtsfest. Nach dem Mahl wurden Geschichten erzählt und gesungen.

»Komm, Henrike, setz dich mit mir ans Feuer«, bat Asta ihre Nichte. Henrike sah nach Katrine, die gebannt der Viehmutter Maria lauschte und sich wohlzufühlen schien, dann erst kam sie der Aufforderung nach. Asta stellte Walnüsse neben sich, nahm zwei in eine Hand und presste sie fest zusammen. Anschließend reichte sie Henrike die geknackte Nuss. Die junge Frau pulte, so gut es mit den langsam verheilenden Händen möglich war, die Frucht heraus. Immer wieder sah sie vor sich, wie seelenruhig sich die zarte Frau gegen Dietrich Grapengeter gestellt hatte.

»Woher wusstest du, was Vater in seinem letzten Willen verfügt hat?«, fragte sie.

Asta knackte eine weitere Nuss. »Dein Vater hat mir einen Entwurf gezeigt. Er ahnte, was nach einem verfrühten Tod auf mich zukommen könnte«, sagte sie.

Henrike kam Bruder Detmar in den Sinn. Mors certa, hora incerta, der Tod ist sicher, nur die Stunde ist ungewiss. Ihr Vater war sich nur allzu bewusst gewesen, dass jeder Tag sein letzter sein konnte, das bewies sein Verhalten auch in diesem Fall.

Asta nahm ihre Hand. »Dein Vater und ich, wir kannten uns gut. Aber um mein Verhalten zu verstehen, musst du die ganze Geschichte kennen.«

Henrike warf die Walnussschale ins Feuer. Dieses Mal würde sie nicht um den Bericht betteln. Aber das war auch nicht nötig. Nach einigen Augenblicken der Stille begann Asta zu singen, und ihre Stimme zitterte dabei.

»Nach Zentnern wogen die Goten das Gold,
zum Spiel dienten die edelsten Steine.
Die Frauen spannen mit Spindeln von Gold,
aus silbernen Trögen fraßen die Schweine.«

Die letzten Töne verklangen heiser, Asta schluckte schwer. »Schon lange wurde Gotland um seinen Reichtum beneidet, auch, wenn es dort nicht so zuging wie in dem alten Lied beschrieben. Doch auch im Unglücksjahr 1361 spielte der sagenhafte Reichtum der Insel eine Rolle. Boten hatten gemeldet, dass König Waldemar und seine Truppen herannahten. Jeder Mann nahm Harnisch und Spieß von der Wand und machte sich für die Verteidigung seiner Heimat bereit. Jede Frau sicherte ihr Heim, versuchte Kinder und Gesinde in Sicherheit zu bringen. Meine Schwester Clara und dein Vater wollten fliehen. Wir stritten. Ich machte ihm Vorwürfe. ›Willst du deine Heimat kampflos aufgeben?‹, fragte ich ihn. Ich bekniete meine Schwester, bei uns zu bleiben, bis auch zwischen uns böse Worte fielen. Denn sie stand vorbehaltlos zu ihrem Mann. Ich glaube, dein Vater hatte Angst. Vor den Kämpfen. Vor dem Tod. Auch um meine Schwester und um dich. Heute weiß ich, dass ich ihm besser hätte zuhören sollen.« Sie starrte in das Feuer, ließ die Nüsse leise klackernd gedankenverloren durch ihre Finger gleiten.

»Unsere Männer wurden einfach überrannt. Zwei Tage kämpften sie. Immer näher wurden sie an die Stadtmauern Wisbys gedrängt. Sie waren hoffnungslos unterlegen, die meisten waren doch nur Bauern. Wir wollten sie einlassen, sie hinter die schützende Mauer retten, doch das Tor wurde nicht geöffnet. Die Räte und die verbliebenen Bürger hatten zu viel Angst um ihr eigenes Leben. Hartwig war unter ihnen, er hatte sich kurz vor dem Angriff eine Krankheit zugezogen. Vielleicht hatte er aber auch selbst dafür gesorgt, dass er krank wurde.« Asta klang bitter, die nächsten Sätze sprach sie schneller, als wollte sie es hinter sich bringen. »Keiner hat mit der Grausamkeit der Truppen gerechnet. Vor unseren Augen wurden unsere Kämpfer niedergemetzelt, auch mein Mann, den ich so sehr liebte. Nach dieser Schlacht ergab sich Wisby. Die Häuser wurden geplündert, die Männer unterworfen, den Frauen Gewalt angetan. Es galt nur noch das Recht des Stärkeren. Die nächste Generation Wisbyer Bürger sollte wieder dänisch sein.« Eine Nuss zerbrach zwischen ihren Fingern. Asta sah sie an, als hätte sie gar nicht bemerkt, dass sie sie in der Hand hielt.

»Ich dachte, ich müsste vor Kummer sterben«, fuhr sie nun leise fort. »Ich schwor mir, nie wieder zu heiraten, nie wieder glücklich zu sein. Schließlich floh ich, mehr tot als lebendig. Ich wollte nicht unter Mördern und Verrätern leben.«

Henrike legte die Schale beiseite und nahm die Hand ihrer Tante. Die Stille lastete schwer auf ihnen. Henrike wusste nichts zu sagen. Ihr fiel der unversöhnliche Hass ihres Vaters auf König Waldemar ein – wie erst musste Asta fühlen?

»Ich dachte nur noch an Clara, die Einzige, die mir geblieben war. An sie knüpfte ich all meine Hoffnung. Sie war mein Nordstern und mein Rettungsanker zugleich. Doch als ich in Lübeck ankam, erfuhr ich, dass auch sie tot war. Der Streit und die bösen Worte, nichts mehr konnte zurückgenommen werden. Die Flucht war umsonst gewesen.«

Schmal wie ein verängstigtes Kind, so wirkte ihre Tante jetzt. Henrike legte den Arm um sie.

»Ich konnte nicht in Lübeck bleiben. Konnte deinen Vater nicht ertragen, weil sein Anblick mich stets an sie erinnerte.« Asta wandte sich jetzt Henrike zu, ihr Blick war scheu. »Später konnte ich auch deinen Anblick kaum ertragen. Du warst deiner Mutter wie aus dem Gesicht geschnitten, bist es noch. Ich habe es nicht ausgehalten, dich zu sehen. Ich war schwach. Jetzt schäme ich mich dafür. Ich hätte mehr für dich da sein müssen.« Sie ließ sich ganz gegen Henrike sinken. Die junge Frau umarmte sie heftig. Beide weinten. Über Astas Schicksal, über das Gemetzel von Wisby, den Tod ihres Vaters und alles, was ihnen und anderen, die ihnen nahe standen, seitdem widerfahren war. Tränen rannen über ihre Gesichter.

Nach einer Weile hörten sie hinter sich lautes Lachen, lösten sich voneinander und blickten sich um. Die Mägde und Knechte vergnügten sich in einem Spiel, und auch Katrine wirkte gelöster, stellte Henrike erleichtert fest. Asta wischte Henrike die Tränen ab und tupfte sich auch selbst das Gesicht. Sasse kam und reichte den beiden Frauen Becher mit Honigwein. Henrike bemerkte, dass er kurz seine Hand auf Astas Schulter legte. Wenn es zwischen Herrin und Knecht nicht unmöglich wäre, hätte sie es fast für eine zärtliche Geste gehalten.

»Wie wird es mit Katrine weitergehen?«, fragte sie Asta.

»Wenn sie schwanger ist, wird sie das Kind bekommen«, antwortete ihre Tante schlicht.

Wenn das nur so einfach wäre, dachte Henrike und sprach ihre Bedenken aus. »Aber was werden die anderen sagen? Sie ist nicht verheiratetet … «

»Wir ziehen es gemeinsam im Gutshaus auf. Bei uns sind genügend Kinder, niemand außer uns wird wissen, von wem es ist«, antwortete Asta, jetzt wieder scheinbar unerschütterlich, wie so oft.

Henrike grauste es noch immer, wenn sie an den Überfall dachte. Oft träumte sie, dass sie durch ein Gehölz lief, die Verfolger dicht auf den Fersen. Sie rannte und rannte, bis es auf einmal nicht mehr weiter ging. Dann riss der Angreifer sie herum – und sie schreckte schweißgebadet aus dem Schlaf hoch. Ihre Hände suchten dann Griseus, der neben ihrem Lager schlief. Seine Nähe beruhigte sie etwas. Auch Katrine wurde von Albträumen geplagt, das wusste sie.

»Und Katrine, wird sie das Kind … Kann sie es denn überhaupt lieben?«

Asta schwieg eine Weile, und als sie schließlich sprach, klang ihre Stimme wie von weither.

»Wenn ein Kind geboren wird, wenn es dich mit seinen großen Augen anschaut und mit den zarten Fingern nach dir greift, dann musst du es einfach lieben. Das Kind kann nichts dafür, wie es entstanden ist.«

Henrike fiel Astas Bericht über die Gräueltaten bei der Eroberung Wisbys wieder ein. War sie vielleicht auch gewaltsam genommen worden? Hatte sie ein Kind bekommen? Aber was war daraus geworden? Ihre Tante nahm ihren früheren Gesprächsfaden wieder auf.

»Wahre Gefühle lassen sich nicht für immer verdrängen. Als du an jenem Abend im Erntemonat vor meiner Tür standest, wollte ich mein Herz vor dir verschließen. Hatte ich doch meine Gefühle so sorgsam in mir vergraben! Als Nikolas dich aber überfiel, brach mein Widerstand. Und jetzt, wo ich endlich den Mut gefunden habe, zu dir zu stehen, sieht es so aus, als würden wir uns bald trennen müssen.«

Henrike streichelte Astas Handrücken, der sich trocken wie Papier anfühlte. Sie wusste, dass ihre Tante die Wahrheit sprach.

»Ich muss nach Lübeck zurück. Ich muss Onkel Hartwig Einhalt gebieten. Ich muss kämpfen, auch wenn ich noch nicht weiß, wie. Ich bin doch nur eine Frau«, sagte Henrike nachdenklich.

»Glücklicherweise haben wir etwas Zeit. Noch kannst du nicht zurück. Deine Wunden müssen verheilen. Außerdem würde Hartwig misstrauisch werden und merken, wenn du ihm etwas vorspielst. Wirklich in sich zu gehen, sich zu besinnen, sich abzufinden, braucht eine Weile – ich weiß, wovon ich spreche. Und ob du im Winter reisen kannst, ist fraglich. Die Schneeverwehungen an der See sind tückisch. Diese Zeit müssen wir nutzen.« Astas Gesicht hellte sich plötzlich auf. »Kennst du die Sage von den rasenden Weibern?«, fragte sie heiter.

Henrike lächelte mit ihr, auch weil sie sich an Margarete erinnerte, die ihr oft vor dem Einschlafen diese und andere Sagen der lübischen Geschichte erzählt hatte. Als kleines Mädchen hatte sie die Sage von dem gewitzten Fischer Luba besonders gemocht, der seine Heimatstadt Lübeck bei einer Belagerung durch eine List gerettet hatte. Die Sage der rasenden Weiber oder der lübischen Amazonen, wie man sie auch nannte, war ähnlich.

»Die Wenden«, begann Henrike, »ein heidnisches Volk, hielten Lübeck belagert. Sie plünderten und verbrannten alle Schiffe, dreihundert Männer erschlugen sie. Als die Weiber von Lübeck das sahen, nahmen sie aus der Jakobikirche eine Fahne, bewaffneten sich mit Spießen, Beilen, Zangen und Messern und vertrieben die feindlichen Wenden. Sie machten große Beute und eroberten auch ein Abbild des heidnischen Gottes Temiel, den die Wenden hoch verehrten.«

Asta nickte. »Jede Sage hat einen wahren Kern. Damals haben Frauen ihr Schicksal gewendet und sogar das Geschick dieser Stadt verändert.«

»Aber heute …« Henrike zweifelte.

»Denke an die Witwe Morneweg. Als ihr Mann Bertram, einer der Stifter des Heiligen-Geist-Hospitals, starb, hinterließ er seinem Eheweib ein Vermögen. Die kluge Frau führte seine Geschäfte fort. Sie vermehrte den Reichtum noch, verlieh Geld an Lübecker Bürger und machte ihren Sohn zum reichsten Mann seiner Zeit. Das alles ist keine hundert Jahre her.«

Ein Lächeln zog über Henrikes Gesicht. »Und ich soll eine zweite Witwe Morneweg werden?«

»Das nicht gerade. Ich wollte damit nur sagen, dass Frauen durchaus etwas bewirken können. Aber erst einmal musst du wieder ganz gesund werden.«

Wie mit feinen Nadeln stach der Wind in ihre Wangen. Sie zog die Kapuze enger um ihr Gesicht. Asta sah auf das Meer hinaus. Die Wellen nahmen die Schneeflocken mit sich, verwandelten sie in Wasser. An einigen Stellen des Ufers hatten sich Eiskrusten gebildet. Grau und weiß waren die Schattierungen des Winters. Kaum konnte sie am Horizont erkennen, wo die Ostsee aufhörte und der Himmel begann. Der Schnee lag hoch, langsam und vorsichtig hatten ihre Pferde durch die weißen Wehen staksen müssen. Solange es so blieb, konnten sie das Gut noch nicht verlassen. Sie holte einige getrocknete Nüsse und Beeren hervor und legte sie vor das große Steingrab. Oft kam sie hierher, ließ sich nicht von Regen, nicht von Frost und nicht von Schnee abhalten. Hier konnte sie am besten ihren Gedanken nachhängen, hierher war sie gekommen, als sie von Konrads Tod gehört und den Übergriff auf Henrike gerade noch verhindert hatte. Wie viele Erinnerungen in dieser Nacht in ihr aufgewühlt worden waren! An die Kämpfe vor Wisby, die Gesichter der Toten, ihren eigenen Kummer. Tief sog sie die Luft ein, schmeckte das Salz des Meeres auf ihren Lippen. Die Luft war so kalt, dass es fast schmerzte.

Sie hatte versucht, diesen Teil ihres Lebens abzuschneiden wie einen alten Zopf. Aber er war noch da, das wusste sie jetzt. Gotland, das war die Heimat ihrer Kindheit und Jugend gewesen, dort hatte sie die schönste Zeit ihres Lebens verbracht. Sie dachte daran, wie sie als Kind mit ihrer Schwester durch die weiten Kiefernwälder Gotlands geritten war. Dachte an den Rosenbusch, der am Haus ihrer Eltern bis in den Dezember hinein geblüht hatte, sah die wilden Klippen und die Zauberhügel der Altvorderen vor sich. Sie war sich sicher gewesen, dass sie nie dorthin zurückkehren wollte, um ihre Wunden nicht wieder aufzureißen. Aber heute zweifelte sie an diesem Entschluss, wie sie manche ihrer Entscheidungen in Frage stellte.

Etwas knackte hinter ihr, Asta sah sich um. Sasse, ihr treuer Knecht, hatte das kleine Feuer entzündet. Nach den Ereignissen der letzten Wochen wäre es zu risikoreich gewesen, allein hierherzukommen. Sasse würde sie schützen, bis zuletzt, das wusste sie. Asta nahm dünne Äste auf und brach sie, um auch vor dem Grabhügel ein Licht leuchten zu lassen. Schon bald würden sie wieder hierherkommen, um den kürzesten Tag des Jahres zu feiern. Aber das war etwas anderes, dann würden die Menschen sie begleiten, die ihr anvertraut waren, die unter ihrem Schutz standen. Dann wäre sie die Gutsherrin Asta, die im Ruf stand, streng, aber gerecht zu sein und ihren Hof zu führen wie ein Mann. Lange hatte sie darum kämpfen müssen, dass die Menschen akzeptierten, dass sie als Witwe diesen Hof führte. Konrad Vresdorp hatte sie dabei vorbehaltlos unterstützt, doch jetzt stand sie ohne Fürsprecher da. Auch deshalb sollten sie nach Lübeck aufbrechen, sobald es die Witterung zuließ.

Mit einem brennenden Ast von Sasses Feuer entzündete sie ihren kleinen Reisighaufen. Der Schnee machte ihre bloßen Füße gefühllos, lange würden sie nicht mehr am Strand bleiben können, man würde sie bald auf dem Hof vermissen. Als sie losgeritten waren, hatten Henrike und Katrine in der Stube gesessen. Ihre Nichte hatte dem Mädchen die Garne für einen neuen Gürtel gereicht, hatte aus Lübeck erzählt. Sie war glücklich darüber, dass die beiden Freundinnen geworden waren. Der Zustand des Mädchens machte ihr noch immer Sorgen. Obgleich sie Katrine nach dem Überfall ihre bewährten Kräuter verabreicht hatte, war ihre Blutung ausgeblieben. Sollte Gott es wirklich wollen, dass sie das Kind einer Notzucht empfing? Das konnte, das durfte nicht sein! Hatte sie womöglich auf verschlungenen Wegen eine Mitschuld daran?

»Gottverflucht!«, schrie sie zornig und verzweifelt in den Himmel. Eine Hand legte sich auf ihre Schulter, warm und schwer, und sie ließ ihre Wange darauf sinken.

»Mach dir wegen diesem Grapengeter keine Sorgen. Wenn er mit seinen Leuten kommt, werden wir ihm einen schönen Empfang bereiten«, sagte Sasse rau.

Asta lehnte sich an ihn, spürte seine Stärke, die sie getragen, seine Kraft, die sie gestützt hatte. »Das ist es nicht, an den Schuft habe ich gar nicht gedacht. Es sind meine eigenen Verfehlungen, die mich quälen.«

Er schlang seinen Arm um sie, hielt sie ganz fest. »Du musst dir keine Vorwürfe machen. Du warst gezwungen, so zu handeln.«

Nun konnte Asta ihre Tränen nicht mehr zurückhalten, versuchte es auch gar nicht. Wie lange hatte sie schon nicht mehr weinen können! Wie viel war in den letzten Monaten in ihr aufgebrochen!

Das kleine Feuer vor dem Steingrab verlosch. Es war Zeit, zurückzureiten.

»Nein, ich war nicht gezwungen«, sagte sie leise in die Nacht hinein. »Ich hätte anders handeln können, anders handeln müssen.«

»Willst du es ihr sagen?«

Sie zog die Schultern hoch, unschlüssig. »Ich glaube nicht. Nicht jetzt, zumindest. Sie liebte ihre Eltern sehr. Sie wird mich hassen.«

Sasse drehte sie zu sich herum. Sie sah das Mondlicht auf seinen Gesichtszügen und den warmen Schein des Lagerfeuers.

»Sie wird dich lieben. Wie alle dich lieben, die das Glück haben, dich kennenzulernen.«

Asta spürte förmlich, wie Sasse mit diesen Worten den harten Panzer in ihrem Herzen einriss. Ohne zu merken, was sie tat, schlang sie ihre Arme um ihn, zog ihn zu sich heran und versank in einem durstigen, leidenschaftlichen Kuss mit ihm. Lange vergessene Gefühle stiegen in ihr auf, und sie ließ sich von ihnen hinwegtragen, bis auch das letzte Glimmen des Lagerfeuers verlosch.

12

Lübeck, Dezember 1375

Der Ratskeller war gut gefüllt. Es war ein schmuckloses Gewölbe, von kurzen, derben Pfeilern getragen. In einer Nische dröhnten die Pauken und Trompeten der Ratsspielleute, in anderen saßen die Männer beisammen und redeten. Manche taten es vertraulich leise, manche so laut, dass jeder, der es wollte, ihre Worte verstehen konnte. Auf jedem Tisch stand ein Weinkrug, denn der Rat, der den gesamten Weinhandel der Stadt kontrollierte, lagerte hier nicht nur den Ratswein, sondern betrieb auch einen öffentlichen Ausschank. Adrian Vanderen klopfte sich den Schnee von den Schultern und stampfte fest mit den Füßen auf. Dann öffnete er sein Wams ein wenig, es war sehr warm in diesem Keller. Er zog sich einen Stuhl an den Tisch der Flandernfahrer.

»Ihr seid ja immer noch da, Vanderen!«, begrüßte ihn Hermann Dartzow laut. »Manche hatten erwartet, dass der unglückliche Verlauf Eures Aufenthalts Euch abschrecken würde. Nicht jeder kann in Lübeck sein Glück machen. Für einige wäre es besser, sie blieben bei ihren Leisten. Oder, in Eurem Fall, in Brügge.«

War das eine Anspielung auf den Handwerksberuf seines Vaters? Wollte Dartzow ihn herabsetzen, sich über ihn erheben? Adrian ärgerte sich über den unfreundlichen, anmaßenden Ton. Gerne hätte er es Dartzow mit gleicher Münze heimgezahlt. Doch er hatte gelernt, dass es besser war, nicht diesem wütenden Verlangen nachzugeben. Mit einer knappen Geste bestellte er einen Krug Wein und ließ sich neben Hermanus von Osenbrügghe nieder. Was hatte er Dartzow getan? Er war ihm lediglich ein paar Mal in der Brügger Tuchhalle begegnet, hatte jedoch nie direkt mit ihm gehandelt.

»So leicht lasse ich mich nicht abschrecken, Herr Dartzow«, wahrte er die Form. »Schicksalsschläge lassen sich nicht vermeiden, davor ist niemand gefeit. Und gute Geschäfte brauchen eine Weile, wie Ihr ja vielleicht wisst.« Hermanus von Osenbrügghe legte väterlich die Hand auf Adrians Schulter. Bei einem anderen hätte er sich diese Geste wohl kaum gefallen lassen. Osenbrügghe jedoch war ein älterer Herr und zu Recht von Brügge bis Bergen hoch angesehen.

»Ärgert Euch nicht, Adrian. Wenn die eigene Familie dem Erzbischof Kredit gibt, den Kaiser in ihrem Privathaus zu Gast hat und demnächst sogar im Rat vertreten ist, dann kann es schon mal passieren, dass einer den Mund ein wenig voll nimmt.«

Hermann Dartzow schaute etwas konsterniert seinen Bruder Gerhard an. Gerhard Dartzow lächelte verkniffen. Als angehender Ratsherr wollte er es sich mit Osenbrügghe nicht verderben, der oft als Gesandter der Stadt an Königshöfen im Ausland tätig war.

»Die Brüder Dartzow gehören zu den Kaufleuten, die mich hier nicht gerade mit offenen Armen empfangen haben. Sie meiden jedes Gespräch mit mir, von Geschäften gar nicht zu reden«, entgegnete Adrian leise.

»Wie überall gibt es auch hier Kaufleute, die am liebsten unter sich bleiben würden. Sollte mich nicht wundern, wenn sie irgendwann einen Zirkel gründen, in dem sie gemeinsam klüngeln können – ohne unliebsame Fremde oder Gäste, die ihnen nicht standesgemäß erscheinen.« Hermanus von Osenbrügghe beugte sich vor und zupfte ein silbergraues Haar von seinem Wams. »Nun mal ehrlich, wie habt Ihr Euch in Lübeck eingelebt?«, wollte er wissen.

Adrian trank einen Schluck, es war guter Rheinwein, wie stets im Ratskeller. »Die Geschäfte gehen quälend langsam voran, ich leide immer noch unter dem Verlust meiner Ware durch den Untergang der *Gotthilf*. Ich schaue mir Häuser an, die zum Verkauf stehen, und ich verhandle.«

»Über die Mitgift höherer Töchter vor allem, wie man hört.«

»Nicht jede Braut und jede Familie gefällt mir«, gab Adrian zu.

»Und nicht jede Mitgift.« Osenbrügghe lachte herzhaft. Adrian lächelte leicht, schwieg aber. »Nichts für ungut. Habt Ihr schon Ersatz für Eure verlorene Ladung Pelze?«

Adrian verneinte, er war mit verschiedenen Händlern im Gespräch, aber die Qualität der Pelze war nicht gut genug oder der Preis zu hoch. Es hatte sich herumgesprochen, dass er dringend Pelzwerk brauchte, und derartige Notlagen schlugen sich stets im Preis nieder.

Am Tisch um Bruno Diercksen brandete Gelächter auf. Osenbrügghe senkte die Stimme: »Ich habe eine gute Auswahl Pelze an der Hand. Kommt doch morgen mal vorbei, sie anzuschauen. Wir treffen uns in der Mengstraße.«

Am nächsten Morgen führte Hermanus von Osenbrügghe ihn von seinem Haus in der Mengstraße zu einem Kaufkeller in der Petersgrube. Der Keller war vollgestellt mit Fässern und Paketen, es schien kaum ein Durchkommen zu geben. »Gott zum Gruß!«, rief Osenbrügghe, als sich nichts rührte. Da schaute ein schmächtiger Mann hinter einem Warenstapel hervor, den Arm voller Pelze.

»Amelius?«, fragte Adrian überrascht, als er den Kaufmannsgehilfen erkannte, der mit ihm von Brügge nach Lübeck gereist war. Der junge Mann legte die Pelze auf einem Warenstapel ab und begrüßte die Ankömmlinge ehrerbietig.

»Herr Vanderen sucht Pelzwerk. Eure Herrin hat doch eine

ausgezeichnete Auswahl aus Russland bekommen, oder?«, brachte Hermanus von Osenbrügghe ihr Anliegen hervor.

»Das ist richtig. Wiesel und Hermelin, Otterfelle und Bärenfelle, Luchs-, Fuchs- und Lammfelle.«

»Sommerkleider oder Winterpelze?«, wollte Adrian wissen. Der Winterpelz war völlig ausgewachsen und dicht, während die Tiere im Sommer ein kurzes, glatt anliegendes Fell hatten.

»Sowohl als auch. Wartet, Herr Vanderen, ich zeige Euch eine Auswahl.«

Während Amelius Pelze heranschaffte, erklärte Hermanus von Osenbrügghe: »Seine Herrin Tale von Bardewich ist eine alte Bekannte von mir. Sie beteiligt sich mit ihrem Geld an vielen Handelsgeschäften, tritt jedoch selten offen als Käufer oder Verkäufer auf.«

Amelius breitete die Pelze vor ihnen aus und Adrian prüfte sie ausgiebig. Sie waren ausnahmslos von bester Qualität.

Für den Abschluss des Geschäftes gingen sie in die Schreibstube. Diese war mit den Zeugnissen eines reichen Kaufmannslebens geschmückt, überall lagen und standen Gegenstände aus fernen Ländern. Am Tisch saß eine hochgewachsene alte Dame und notierte etwas in ihrem Handelsbuch. Sie trug eine schlichte schwarze Tracht, die unauffällig und doch edel war. Als sie eintraten, hob sie ein Augenglas. Nur selten hatte Adrian eine dieser neuartigen Sehhilfen bei Kaufleuten gesehen. Als sie erfuhr, wer er war, begrüßte sie ihn so aufgeräumt, als würde sie ihn kennen.

»Ich freue mich sehr, Euch kennenzulernen. Endlich kann ich Euch dafür danken, dass Ihr Amelius auf dem Schiff das Leben gerettet habt«, sagte Tale von Bardewich.

»Das hat Amelius Euch berichtet? Es war nicht der Rede wert. Hat er Euch denn auch erzählt, dass *er mir* das Leben gerettet hat?«

Die Dame verneinte überrascht. Adrian beschrieb ihr den Überfall in allen Einzelheiten, wobei er Amelius' Einsatz besonders hervorhob. Aufmerksam hörte sie zu, der Kaufmannsgehilfe neben ihr wurde rot und röter.

»Und nun wollt Ihr meine Pelze kaufen?« fragte sie, als er geendet hatte, und schenkte ihnen allen gewürzten Wein ein. Adrian bejahte, und sie begannen zu feilschen. Es zeigte sich, dass Tale von Bardewich eine gewiefte Geschäftsfrau war, die sich genau auskannte. Dennoch wurden sie sich einig; für Hermanus von Osenbrügghe, der dem Wortwechsel gelauscht hatte, wurde eine Vermittlungsgebühr vereinbart.

Als sie das Haus verließen, fühlte Adrian sich erleichtert. Nun würde er Lambert doch die versprochenen Pelze schicken können. Auf dem Weg am Hafen entlang sagte Hermanus von Osenbrügghe: »Seht Ihr, unser Lübeck ist doch gar nicht so schlecht, wie es manche glauben machen.« Adrians Blick war an der schneegekrönten Stadtmauer hängengeblieben. Nun sah er prüfend in den Himmel. Diese dunkelgrauen Wolken würden neuen Schnee bringen. Vor dem Geburtsfest des Herrn würde er die Pelze kaum zu Lambert schicken können, aber nach dem Weihnachtsfest würde es auch noch früh genug sein. Wichtig war nur, dass die Waren rechtzeitig vor der großen Messe in Brügge eintrafen, und die fand alljährlich an Ostern statt.

»Das weiß ich wohl, deshalb bin ich ja hergekommen. Gute Leute kann man überall finden. Doch auch Konkurrenten gibt es überall«, sagte Adrian.

»Es ist auch die politische Unsicherheit, die manche dazu bringt, Fremden gegenüber skeptisch zu sein.«

»Was hört man von den Verhandlungen über die dänische Thronfolge?«, wollte Adrian wissen.

»Beide Parteien versuchen, den dänischen Rat hinter sich zu bringen. Viele Kaufleute leihen den Norwegern oder den Mecklenburgern Geld für ihre politischen Schachzüge. Sie hoffen, von einem Sieg zu profitieren. Im Bergen- und Stockholmhandel, in dem ich tätig bin, herrscht große Unruhe. Gleiches gilt für den

Waffenhandel. Wo Unsicherheit herrscht, tun sich auch viele Möglichkeiten auf. Und was ist mit Euch? Habt Ihr wirklich die Absicht, Euch dauerhaft in Lübeck niederzulassen?«

Adrian lachte auf. »Wollt etwa auch Ihr mich loswerden? Dann müsste ich mir wirklich Sorgen machen!«

Hermanus von Osenbrügghe lachte mit ihm. »Nein, mein Freund, nein. Ich fragte nur, weil Ihr das Bürgerrecht erwerben müsstet.«

Nachdenklich strich Adrian über die Narbe in seiner Augenbraue. »Konrad Vresdorp wollte für mich bürgen. Aber nun … Mit einem lädierten Schiff und einer verlorenen Ladung findet sich nicht leicht ein bereitwilliger Bürge«, gab er zu. Nicht, dass er in seinem Stolz überhaupt jemanden gefragt hätte, aber es hatte sich eben auch niemand angeboten.

Osenbrügghe tätschelte ihm väterlich den Arm. »Warum habt Ihr nicht längst mich gefragt? Ich wäre dazu bereit, wenn Ihr es wünscht.«

Adrian freute sich sehr über dieses Angebot, doch gleichzeitig fühlte er sich beinahe beschämt durch die Hilfe des älteren Herrn. Schließlich war er es gewöhnt, für sich selbst einzustehen.

»Warum tut Ihr das für mich?«

»Ich weiß, Ihr seid ein guter Mann. Und wir guten Männer müssen zusammenhalten, oder etwa nicht?«, meinte Hermanus von Osenbrügghe verschmitzt.

Adrian tunkte die Feder ein. Schwungvoller als sonst war seine Schrift, weite Schwingen zierten das Papier. Nur wenige Tage nach dem Handel mit Osenbrügghe und der Witwe war er in Hochstimmung.

»… kann ich dir mitteilen, dass dein Bruder nun ehrenwerter Bürger der Stadt Lübeck ist. Hermanus von Osenbrügghe, der dir

ja auch bekannt ist, hat für mich gebürgt. Natürlich habe ich das Bürgergeld sofort bezahlt. Jetzt werde ich mir erst einmal einen neuen Harnisch machen lassen. Schließlich muss ich jederzeit zur Verteidigung meiner neuen Heimatstadt bereitstehen, auch der Wachtdienst ist für Lübecker Bürger Pflicht …«

Er lächelte in sich hinein, als er sich vorstellte, wie er gemeinsam mit den alten Herren Osenbrügghe und Diercksen marschierte. Jäh wurde er aus diesen Gedanken gerissen, als es an der Tür klopfte. Es war Cord.

»Nicht jetzt«, sagte Adrian und setzte die Feder erneut an. Es gab noch so Vieles zu berichten von der schlichten Zeremonie in der Kanzlei und von dem Bürgereid, den er dem Stadtkämmerer nachgesprochen hatte! Cord ließ sich jedoch nicht abweisen. Adrian sah stirnrunzelnd auf.

»Herr, verzeiht. Aber das wird Euch interessieren. Endlich habe ich jemanden gefunden, der bei dem Überfall auf Konrad Vresdorps Schiff dabei war! Ihr könnt ihn gleich im Krug treffen, wenn Ihr wollt.«

Ohne ein weiteres Wort streute der Kaufmann Sand zum Trocknen auf die Tinte und legte die Feder ab. Für den Brief war auch später noch Zeit.

»Hol Liv, wir gehen gemeinsam.«

Auf dem Weg zum Krug erzählte Cord, wie er sich Tag für Tag unter den Seeleuten umgehört hatte. Erst an diesem Abend war er in der Hafenschenke fündig geworden. Er hatte dem Seemann einige Humpen Bier ausgegeben und sich eine ganze Weile mit ihm unterhalten. Als sich der Matrose mit einer Dirne verzogen hatte, war er losgelaufen, um seinen Herrn zu holen.

Die Gaststube war überfüllt. Es herrschte eine aufgeladene

Atmosphäre, wie so oft im Winter, wenn die Langeweile groß und das Geld knapp war. Sie zwängten sich durch die Gaststube zu einem Hinterzimmer. Eine Dirne warf sich an Adrians Hals, doch er machte sich los. Feine Herren kamen wohl nicht oft hierher. Ungeduldig wies er Cord an, die Zimmertür zu öffnen. Im nächsten Augenblick sahen sie auf ein nacktes Paar im Liebesspiel. Liv war unverkennbar fasziniert von der Szene, während Cord die Tür schon wieder zuwerfen wollte. Doch es war zu spät, schon stob das Paar auseinander. Der Mann stürzte fluchend und keuchend auf die Eindringlinge zu.

»He, was soll das?!«, brüllte er und holte sogleich zum Schlag gegen Adrian aus. Cord humpelte ihm eilig entgegen und packte die Faust des Mannes, bevor sie seinen Herrn treffen konnte. Er drückte sie so fest, dass der Seemann in die Knie ging und seinen Angriff abblies.

»Mann, beruhige dich! Ich dachte, du bist schon fertig. Mein Herr möchte mit dir sprechen«, redete er auf den Seemann ein.

Adrian warf der Frau ein paar Münzen hin und wies ihr die Tür. Sie tänzelte in aller Ruhe an ihnen vorbei und blinzelte Liv zu, der ihren nackten Körper unverhohlen anstarrte. Adrian richtete das Wort an den Mann, der noch immer von Cord festgehalten wurde.

»Du warst doch an Bord der *Gotthilf*, als sie von Nowgorod hierherfuhr?«

Misstrauisch sah der Seemann zu ihm auf. »Das habe ich doch alles Eurem Handlanger schon erzählt!«

Adrian holte seinen Geldbeutel hervor. »Wenn du mir einige Fragen beantwortest, werde ich dich für die kleine Unterbrechung gerne entschädigen.«

Das Lockmittel zog. Der Seemann machte ein Zeichen, dass er sprechen wollte, und so ließ Cord ihn los. Er setzte sich auf das Lager, seine Blöße mit einem Laken bedeckend. Adrian zog sich einen Stuhl heran und setzte sich rittlings darauf.

»Dann erzählst du mir es eben noch mal. Wie genau ist es zu dem Unglück gekommen?«

»Wir hatten schon Kurs auf Lübeck genommen«, begann der Seefahrer seinen Bericht, »da kam Sturm auf. Es goss wie aus Eimern. Wir kamen kaum mit dem Pumpen nach. Wir fragten den Schiffer, ob wir nicht besser anlanden sollten. Doch er lehnte ab, und eine Mehrheit brachten wir nicht zustande.«

Adrian nickte. In vielen Fragen musste sich der Kapitän mit seiner Mannschaft abstimmen, das galt auch bei Notfällen. Das Pumpen war ebenfalls üblich. Koggen hatten kein wasserdichtes Deck, stets lief Wasser in den Laderaum und drohte das Gut zu verderben. Wasserpumpen war eine Knochenarbeit und dementsprechend unbeliebt bei den Matrosen. Deshalb wurde es oft auch als Strafe eingesetzt.

»Unser Steuermann fuhr hart an der Küste«, setzte der Fremde seine Erzählung fort. »Er kenne sich aus, sagte er, und so blieben wir ruhig. Doch dann liefen wir auf Grund. Das Schiff drohte zu kentern. Die Wellen peitschten es an die Küste. Wieder und immer wieder. Die Planken krachten, dass es einem angst und bange wurde. Dann brach Panik aus. Der Schiffer gab den Befehl, die *Gotthilf* zu verlassen, also sprangen wir.« Er griff seinen Bierkrug, sah hinein, brummte enttäuscht.

»Weiter. Trinken kannst du nachher noch mehr als genug. Was war mit dem Schiff?«, trieb Adrian ihn an. Der Seemann hob den Krug weit über seinen Kopf und ließ die letzten Tropfen Bier in seinen Mund träufeln.

»Tja«, sagte er. »Wir retteten uns an Land. Als wir bei Anbruch des Tages nach dem Schiff sahen, war nichts mehr davon zu sehen. Die See hat's verschlungen. Mit allem, was darauf war.« Adrian stand auf, ging auf und ab.

»Das Schiff war weg? Kein Treibgut? Keine Planken, keine Fässer, keine Ballen?«, fragte er mit schneidender Stimme.

»Nichts. Alles hat der Sturm mit sich genommen.«

Adrian fasste den Mann fest ins Auge. »Kam euch das nicht merkwürdig vor? Ein Schiff kann doch nicht so einfach verschwinden.«

Der Mann zuckte mit den Schultern. »Der Schiffer meinte, das könne schon vorkommen. War schließlich ein heftiger Sturm. Aber da wir keine Anteile hatten, haben wir auch nicht genauer nachgehakt.«

Oft durften Seeleute selbst Waren mit an Bord nehmen, die Anteile waren nach Posten gestaffelt. Am meisten Schiffsraum stand dem Schiffer und dem Steuermann zu, dann folgten der Koch und der Zimmermann, schließlich die einfachen Matrosen. Es kam jedoch auch vor, dass die Seeleute nur ihre Heuer bekamen, allerdings standen sie in diesem Fall dem Verbleib der Waren ziemlich gleichgültig gegenüber, wie sich auch jetzt wieder zeigte.

»Sag mir noch eins: Glaubst du, der Schiffer hat die richtige Entscheidung getroffen?«

Der Mann drehte seinen Bierkrug zwischen den Händen. »Zumindest kam nur ein Mann ums Leben«, sagte er. »Wie ist es denn nun mit meiner Entschädigung? Dann kann ich die Kleine auch endlich wieder reinrufen.« Er grinste. Für ihn schien das Unglück damit erledigt. Ein neues Schiff würde kommen, auf dem er anheuern könnte.

Adrian ließ sich noch Namen und Herkunftsorte des Schiffers und des Steuermannes geben, dann reichte er dem Seemann sein Geld. Ihre Spur führte nach Wismar, dort würde er weiter nachforschen müssen.

Kleine Hände fuhren zart seinen Nacken hinunter, strichen über seinen Rücken und seine Brust. Wohlig ließ Adrian sich tiefer in den Bottich heißen Wassers sinken. Neben sich hörte er ein tiefes, zufriedenes Brummen. Auch Bruno Diercksen genoss offenkundig die Hilfe der jungen und hübschen Bademägde. Lübeck hatte zahlreiche Badehäuser. In fast jeder Straße schien es mindestens eines zu geben. Dies hier wurde von den hohen Herrschaften und den Ratsherren aufgesucht, das hatte er noch von seinem Freund Konrad Vresdorp erfahren.

»Das tut den alten, müden Knochen gut, mien Deern! Eine solche Wohltat kann mir sonst nur meine Frau bereiten, dass du das weißt!«, schnurrte Diercksen. An Adrian gewandt setzte er fort: »Nachdem meine letzte Gemahlin gestorben war, wollte ich kein Witwer bleiben, nicht einen Tag länger als nötig. Die Ehe ist ein Sakrament, von Gott gewollt. Es ist nicht gut für den Menschen, allein zu leben.«

Adrian dachte an Mechthild Diercksen und an den Altersunterschied zwischen den beiden Eheleuten. Dass es Bruno Diercksen gefiel, eine junge Frau zu haben, war offenkundig, aber wie zufrieden wohl seine Gemahlin in dieser Ehe war? Den Blicken nach zu urteilen, mit denen sie Adrian manches Mal bedacht hatte, war ihre Aufmerksamkeit zumindest nicht auf ihren Mann beschränkt.

Diercksen öffnete die Augen, sie waren glasig in dem krebsroten Gesicht. Er schickte die Bademägde hinaus. »In friedlichen Momenten wie diesem wird mir besonders klar, wie viel auf uns lastet. Wir alle wollen ein gottgefälliges Leben führen, aber der Herr macht es uns nicht leicht. Wir Kaufleute sorgen uns ohnehin sehr um unsere Seligkeit, ist es nicht so? Immer plagt uns die Angst, zu Unrecht an jemandem verdient zu haben, unrechtmäßiges Gut erworben und so gegen die Gesetze Gottes verstoßen zu haben. Auch unseren verstorbenen Freund plagte so manches, selbst am Tage seines Todes noch. Ihr wisst es doch, oder?«

Adrian setzte sich auf, massierte die Narbe an seiner Schulter, wo ihn die Enterdregge getroffen hatte. Die Wunde schmerzte noch immer, obgleich der Überfall beinahe zwei Monate her war.

»Was meint Ihr?«, fragte er.

»Wo er tatsächlich gefunden wurde, meine ich«, sagte Diercksen verschwörerisch und blickte Adrian forschend durch die aufgeheizten Dunstschwaden an.

»Ich weiß, es war in einem Hurenhaus«, antwortete dieser mit gedämpfter Stimme. Schon als sie die Leiche in das Haus gebracht hatten – Henrike und Simon ahnten von dem schrecklichen Ereignis noch nichts –, hatte er die Wahrheit über den Fundort erfahren. Und selbstverständlich für sich behalten.

Diercksen kratzte nachdenklich durch seinen Backenbart. »Ihr könnt schweigen. Das ist gut«, hielt er fest. »Niemandem wäre damit gedient, wenn es herauskäme. Am wenigsten der Familie.«

Adrian hängte die Ellenbogen über den Bottichrand. Langsam kühlte das Wasser ab. »Ich habe nur Kontakt zu Hartwig Vresdorp, und unser Verhältnis ist nicht das Beste. Darüber wollte ich auch mit Euch sprechen.« Er wusste, dass Diercksen sich innerhalb des Rates auch mit der Bedrohung durch Piraten beschäftigte, und berichtete ihm von dem Gespräch mit dem Seemann.

»Ihr meint, da ist etwas faul? Ich werde mal versuchen, dieser Sache nachzugehen. Auch den Seeräubern, die die *Cruceborch* überfallen haben, sind wir übrigens auf der Spur. Wir Lübecker werden für Recht und Ordnung auf den Meeren sorgen, der Handel muss sicher sein. Besonders für Lübecker Kaufleute, wie Ihr einer seid.« Diercksen lächelte Adrian verschmitzt zu. »Wo wir gerade dabei sind: Viele angesehene Bürger unserer Stadt setzen sich für notleidende Arme ein. Ich selbst stehe einigen kirchlichen Stiftungen vor. Wenn Ihr als neues Mitglied unserer Gemeinschaft also für Euer Seelenheil sorgen wollt …«

»Natürlich könnt Ihr mit mir rechnen. In Brügge unterstütze ich mit meinem Bruder Lambert ein Waisenhaus. Wir können bei Gelegenheit darüber sprechen, was ich tun kann«, antwortete Adrian und rieb über die Gänsehaut an seinem Arm. Langsam wurde es ungemütlich, aber Diercksen schien es nichts auszumachen. Sie könnten sich noch einmal Wasser bringen lassen, doch Adrian wollte Briefe schreiben, also kam er auf die Füße. Einer musste ja den Anfang machen.

»Was machen eigentlich Eure Geschäfte? Wie geht es mit dem Orden? Seid Ihr vorangekommen?«, wollte Diercksen wissen.

»Die Gespräche laufen noch«, sagte Adrian vage und hüllte sich in ein großes Tuch.

»Geschäfte mit dem Orden sind kompliziert, aber das wisst Ihr ja sicher aus Brügge«, sagte Diercksen und rief nach der Bademagd. »Ich bleibe noch ein wenig. Meine müden Knochen können etwas mehr Wärme gebrauchen.«

Seine Haut prickelte, als er in die Winternacht hinaustrat. Weiß stieg sein Atem in den dunklen Himmel auf. Aus den Fenstern fiel das Kerzenlicht auf den Schnee, warm und heimelig sahen viele Häuser aus. Jähes Heimweh nach Brügge und seiner Familie überfiel ihn. Er würde allein in einem muffigen Haus sein, allein mit seinem Gesinde. Unwirsch schob er den Anflug des Selbstmitleids von sich. Er allein war für seine Lage verantwortlich. Schon in wenigen Wochen, ja Tagen, könnte er Abhilfe schaffen. Er müsste sich nur entscheiden, welches Haus er kaufen und welche Frau er heiraten wolle.

Auch vor seinem Haus leuchtete eine Fackel. In der Diele war es angenehm warm. Liv kam ihm entgegen, das Gesicht gerötet. Adrian hatte ihn immer als einen Jungen betrachtet, doch schon im Gasthaus war ihm aufgefallen, dass Liv dabei war, ein Mann zu werden. Er würde ihn langsam auch als solchen behandeln müssen.

»Ihr habt Besuch, Herr. Ich konnte sie nicht abweisen«, sagte Liv verlegen und wies auf die Schreibstube.

Adrian runzelte die Stirn und trat ein. Mechthild Diercksen stand im Raum und strich mit den Fingern über die feinen Tücher auf seinem Schrank.

»Ich muss mit Euch sprechen – allein.« Sie warf einen Blick auf Liv, der daraufhin umgehend den Raum verließ.

Adrian begann sich zu ärgern. Was machte sie schon wieder hier? Was maßte sie sich an, seinem Gehilfen Anweisungen zu geben – und wieso gehorchte Liv ihr? Er würde ein ernstes Wort mit ihm sprechen müssen. Sie trat auf ihn zu, so nah, dass er von ihrem schweren, süßlichen Duft eingehüllt wurde. Adrian sah die Schwellung ihrer Brüste und spürte verwirrt die Hitze in seinem Leib. Unter normalen Umständen hätte er sich von Mechthild Diercksen kaum angezogen gefühlt, aber heute, nach den sinnlichen Eindrücken des Badehauses und dem aufkeimenden Gefühl der Einsamkeit …

»Ich vermisse meinen Mann. Er hat mich allein gelassen, wieder einmal. Allein mit meiner Tochter«, klagte sie und legte die Hand auf seine Brust.

»Ist es nicht die vornehmste Aufgabe einer Frau, sich um ihre Kinder zu kümmern?«, sagte er, als sie sich noch näher an ihn schob. Schon fühlte er die Rundung ihres Busens, ihrer Hüfte.

»Die vornehmste, aber auch die ermüdendste. Einen Bräutigam für Drudeke zu suchen ist mir eine Qual. Nur langweilige Männer kommen infrage. Ihr Vater träumt von einem Adeligen als Ehemann. Aber so einfach ist es nun auch wieder nicht, einen Mann von Adel zu einer Heirat mit einer Bürgerlichen zu bringen. Unsere Geldmittel sind schließlich nicht unbegrenzt, wie Ihr auch an diesem Haus seht, das schon länger instand gesetzt werden müsste. Habt Ihr nicht vielleicht an meiner Drudeke Interesse? Ihr seid zumindest ein Bild von einem Mann. Das ist auch für die Schwiegermutter von Vorteil.« Sie sah zu ihm auf, ihre Lippen waren von einer roten Paste bedeckt und leicht geöffnet.

Er müsste sich nur zu ihr hinunterbeugen, sie würde seinen Kuss erwidern, da war er gewiss. Aber sie war die Frau des Mannes, der ihm eine Unterkunft geboten hatte, der ihm in Lübeck weiterhelfen würde, einem guten und gläubigen Mann. Er wandte sich ab: »Euer Gemahl ist im Badehaus und genießt die Erleichterung des warmen Wassers.«

Mechthild Diercksen lachte auf. »Nicht nur das Wasser wird ihm dort Erleichterung verschaffen! Die Huren nebenan werden es vor allem. Denn er mag zwar alt sein, dennoch ist ihm seine Frau nicht genug«, sagte sie eine Spur zu schrill.

Ein Hurenhaus, neben dem Badehaus, womöglich noch mit direktem Zugang? Das hatte er nicht gewusst. Aber warum auch nicht? Auch Ratsherren hatten fleischliche Bedürfnisse, so fiel es zumindest nicht auf, wenn sie ihnen nachgaben.

Die Frau näherte sich ihm wieder, jetzt umfasste sie seine Hüfte. »Warum also sollte ein Mann mir genug sein?«, hauchte sie.

Er war nicht der Erste, den sie verführte, das war klar. Sie fühlte sich ihrer Sache sicher, zu sicher. Wenn er seinen Körper bestimmen lassen würde, würde es geschehen, gleich hier, auf dem Boden oder der Platte seines Schreibtisches, und vermutlich würde es ihr auch noch gefallen. Er spürte das Pochen seines Körpers, gab ihm aber nicht nach. Es gab Wichtigeres als das, nämlich Ehre, Anstand und Loyalität.

»Liv!« Adrian trat auf die Tür zu, schon war der frühere Schiffsjunge zur Stelle. »Die Dame möchte gehen. Geleite sie nach nebenan in ihr Haus, auf dass sie sicher heimkommt. Gute Nacht, Frau Diercksen!«, verabschiedete er sie.

Mechthild Diercksen warf ihm einen tiefen Blick und ein selbstgefälliges Lächeln zu. »Schlaft gut, Herr Vanderen, und angenehme Träume.«

Adrian schloss erleichtert die Tür. Es wurde wirklich Zeit, dass er heiratete. Frauen wie Mechthild Diercksen könnten ihm gefährlich werden, nicht zuletzt wegen der üblen Gerüchte, die der Umgang mit ihnen hervorrufen konnte.

Schleifstaub und der Geruch von gekochtem Öl lagen in der Luft. Leise surrten in dem Haus in der Braunstraße die Schleifstühle, die die Männer mithilfe von Pedalen antrieben. An einem Tisch wurde Rohbernstein poliert, an einem anderen wurde er in einem Pflanzenölbad klar gekocht. In der Nähe des Fensters hockten Lehrjungen, die die Bernsteinperlen zu Rosenkränzen auffädelten. Ein Mann begrüßte Adrian. Er war der Meister hier und zugleich der Ältermann der Paternostermacher-Zunft. Sie setzten sich an einen Tisch an der Längsseite des Raumes, hinter dem die Fässer mit Rohbernstein standen.

»Habt Ihr über meinen Vorschlag nachgedacht?«, fragte Adrian. Ein Paternostermacher kam, der Meister holte für ihn einen Sack aus dem Fass und wog die Bernsteine ab. Dabei legte er immer wieder Steine beiseite, mit denen er nicht zufrieden war. Oft gab es Streitigkeiten zwischen dem Deutschen Orden, dem einzigen Bernsteinlieferanten, und den Paternostermachern in Lübeck und Brügge, die als Einzige den Stein verarbeiten durften. Das wusste Adrian von der Brügger Paternostermacher-Zunft, mit der er oft Handel getrieben hatte. Zumeist drehten sich diese Auseinandersetzungen um den Preis und die Sortierung des Bernsteins. Die wertvollste Spielart war der Pfennigstein, dann folgten der Salzstein und die beiden billigen Sorten Sluck und Vernis. Auch gab es öfter Streit, weil die Bernsteinzünfte die Lieferung nicht bezahlen konnten, und eben darauf zielte der Vorschlag, den Adrian unterbreitet hatte. Der Ältermann drehte nachdenklich einen aussortierten Bernstein zwischen den Fingern.

»Welchen Vorteil bringt es uns, wenn wir Euch die gesamte

Produktion an Rosenkränzen eines oder zweier Jahre zusagen?«, fragte er ganz so, als ob sie noch nie darüber gesprochen hätten.

»Ihr habt einen festen Abnehmer und bekommt Euer Geld sicher, egal, wie die Geschäfte laufen«, wiederholte Adrian.

Ein misstrauischer Blick. »Gut und schön. Aber was habt Ihr davon?«

»Ich habe genügend Paternoster, um meine Kunden zu befriedigen. Oft genug übersteigt die Nachfrage bei Weitem das Angebot.«

Es kam häufiger vor, dass ein Kaufmann die Nachfrage an Waren nicht befriedigen konnte. Manche Händler versuchten dann, auf andere Güter auszuweichen, beispielsweise Rosenkränze aus Korallen statt solcher aus Bernstein zu liefern. Doch damit waren viele Kunden nicht zufrieden. Ihren Wünschen tatsächlich nachkommen zu können, würde für den Aufbau dauerhafter Geschäftsverbindungen von großem Vorteil sein und Sicherheit auf allen Seiten bieten. Das war es, was Adrian wollte. Überdies konnte man natürlich selbst die Preise bestimmen, wenn man über den Großteil einer Ware verfügte, ebenfalls ein nicht unerheblicher Vorteil.

Der Ältermann neigte den Kopf. »Ich will ehrlich sein. Ich habe mit einigen Meistern gesprochen. Sie sind misstrauisch. Ihr seid fremd hier. Konrad Vresdorp hat Euch empfohlen, aber kann man Euch wirklich trauen? Bernstein ist keine Ware wie jede andere. Bernstein kann Krankheiten heilen, von bösem Zauber befreien. Aber er kann auch Leben kosten. Bernsteinfischer müssen jeden Stein abgeben, und sei er noch so klein. Wer an der Küste des Samlandes das Bernsteinsammeln heimlich betreibt, dem droht der Galgen, das habe ich selbst erlebt.«

Adrian sah ihn interessiert an. »Ihr wart schon dort?«

»Immer wieder müssen wir Älterleute beim Orden antreten, um zu verhandeln. Sie haben uns in der Hand, ebenso wie die Bewohner der Küste. Selbst ein Einheimischer darf den Strand dort nur bei Tag betreten, ein Fremder überhaupt nicht. Im gesamten Deutschordensstaat darf niemand Rohbernstein besitzen. Auch dürfen sich dort keine Bernsteinarbeiter ansiedeln. Das hat seinen Grund. Dem Orden bringt der Bernstein einen Großteil seiner Einnahmen. Wir wollen den Orden nicht verärgern – und auch unsere Partner hier in Lübeck nicht, die anderen Kaufleute.«

Ein Junge brachte eine Schale voller fertiger Rosenkränze. Adrian nahm einen auf, ließ die Kugeln wie im Gebet durch die Finger gleiten. Er war perfekt. Die Perlen waren weich geschliffen. Das Licht brach sich sanft in ihnen. Es war ein Handelsgut, das bis in die Mittelmeerländer und den Orient begehrt war. Vorsichtig legte er ihn zurück.

»Es gibt etliche, die uns bislang den Bernstein abgekauft haben. Langjährige und gute Partner, auch wenn sie nicht immer gleich gezahlt haben. Es wäre besser, wenn Ihr Euch mit ihnen zusammenschließen würdet. Und noch einmal mit Hermann Warendorp sprecht, bei so einer Entscheidung sollte der Orden einverstanden sein.« Adrian erhob sich und sagte es zu.

Angespannt trat er kurz darauf auf die Braunstraße hinaus. Er hatte bereits einmal mit Warendorp gesprochen, aber auch dieser hatte sich noch nicht abschließend geäußert. Es ging alles langsam voran, sehr langsam. Die Ungeduld versetzte seinen ganzen Körper in Spannung. In Brügge hätte er sich nun auf sein Pferd geschwungen und wäre durch die Wälder vor der Stadt galoppiert, um sich abzulenken und zu beruhigen. Aber hier?

13

Lübeck, Januar 1376

Simon klappte seine Wachstafel zu und betrachtete noch einmal den Drachen, der die Spitze seines Schreibgriffels schmückte. Wild und gefährlich sah er aus, er war wie ein Versprechen für ein Leben voller Abenteuer. Dabei waren seine Tage alles andere als abenteuerlich. Er steckte den Griffel in sein Wams – Nikolas durfte ihn nicht in die Finger bekommen, er hatte ihn schon oft begierig angeschaut – und lauschte. Es war merkwürdig still im Haus, wie so oft in letzter Zeit, seit Margarete und die Magd Gesche das Haus verlassen hatten. Simon packte die Wut, wenn er daran dachte. Zielstrebig ging er zu dem Schrank im Flur, in dem sein Vater seinen Harnisch und seine Waffen verwahrt hatte. Jeder Bürger musste in jedem Moment bereit sein, die Stadt zu verteidigen. Sein Vater hatte deshalb seinen Harnisch regelmäßig selbst geölt und poliert. Der Junge verharrte im Schutz des Schrankes und spitzte die Ohren. Niemand war in der Nähe, er konnte es wagen.

Er öffnete den Schrank. Mit geübtem Griff holte er einen Säbel hervor, zog ihn aus der Scheide und ging an das Ende des Ganges. Dort schwang er den Säbel in der Luft, ließ seine Gefühle die Führung übernehmen, gab bei jedem Schlag seiner Wut ein Gesicht. Hieb und Ausfallschritt. Nikolas, der es zu genießen schien, wenn er Simon verprügeln konnte. Vorzugsweise bestellte er ihn in den Gewölbekeller, wo Simon sich mit heruntergelassenen Hosen auf ein Fass stützen musste und die Rute übergezogen bekam. Eine Drehung, den Säbel nah am Körper. Der Onkel, falsch und verschlagen. Hieb auf Hieb. Die Tante, unerträglich in ihrer heuchlerischen Frömmelei. Schlag und

Schritt. Simon hustete, war außer Atem. Letztes Mal hatte er länger üben können. Dennoch ging er an den Ausgangspunkt zurück und begann von Neuem.

Wenn er doch schon älter wäre! Seine Welt bröckelte wie eine Sandburg, an der das Meer fraß, und er konnte nichts dagegen tun. Seine Gedanken kreisten um das eben abgelaufene letzte Jahr. Der Tod des Vaters, der Streit seiner Verwandten mit Henrike. Die abnehmenden Warenstapel, das Verschwinden des Silbers, der Umgang mit Jost und dem Gesinde. Jeden Tag hatte seine Tante an Margaretes Haushaltsführung herumgemeckert. Die Mahlzeiten seien zu üppig, sie gebe zu viel Geld aus, habe das Gesinde nicht im Griff. Dann hatte es Streit über Gesche gegeben. Die Magd hatte sich merkwürdig verhalten. Sie verschwand oft und lange im Hinterhof, weinte ohne Grund. Die Tante hatte verfügt, dass Gesche das Haus verlassen müsse. Aber Margarete hatte sich geweigert, sie gehen zu lassen, und so hatte die Tante die alte Frau gleich mit entlassen. Nicht einmal das Geld, das sein Vater Margarete in seinem Testament vermacht hatte, hatte Onkel Hartwig ihr geben wollen. Da hatte Simon sich eingemischt, denn Vaters Testament kannte er ja. Prügel hatte es gesetzt, wie so oft. Wer weiß, wie es weitergegangen wäre, wenn Adrian Vanderen nicht hinzugekommen wäre.

Simon holte von Neuem aus. Doch nun traf er versehentlich den Schrank. Es schepperte laut. Verdammt – gleich würde jemand nachsehen, wer diesen Lärm verursacht hatte! Flugs schob er den Säbel in die Scheide und verschloss die Schranktür. Doch darin war nun eine tiefe Scharte. Er presste das abgesplitterte Holz wieder an, aber es würde kaum halten. Leim musste her. Schon öffnete sich die Tür. »Wo bleibst du, Simon? Ab zur Messe, Gott wartet nicht!«

Simon folgte Tante Ilsebe seufzend. Frühmesse, Hochmesse, Nachtgesang – keinen Gottesdienst durfte er auslassen. Die Tischgebete waren lang, auch abends vor dem Schlafengehen betete seine Tante noch einmal mit ihm. Richtige Kaufleute hingegen ließen die Messen öfter mal aus, wichtige Geschäfte ließen sich eben nicht durch Kirchenglocken unterbrechen. Er konnte es kaum erwarten, endlich erwachsen zu sein!

Ein Stück Fisch, kaum größer als ein Hühnerei. Zerkochte Rüben, Kraut, Linsen, dünner Haferbrei und verschrumpelte Äpfel, dazu einen Tropfen Wein und viel Wasser. Simon sah am Gesindetisch nur lange Gesichter. Einen derart kärglich gedeckten Tisch hatte es bei seinem Vater nie gegeben. Sie waren doch wohlhabend, oder etwa nicht?

»Herrin, wir haben noch Durst«, sagte Jost und hob den leeren Krug. Der Kaufmannsgehilfe wirkte müde. Wie Simon war er vom Morgengrauen bis zum späten Abend bei Wind und Wetter am Hafen oder im Gewölbekeller beschäftigt.

Ilsebe Vresdorp pickte den Fisch von ihrem Teller am Herrentisch. »Dann geh zum Brunnen und schöpfe Wasser, du fauler Kerl«, befahl sie.

Jost sah aus wie vor den Kopf geschlagen. Gab es denn nicht einmal mehr Dünnbier für das Gesinde? Seine Aufgabe war das Wasserschöpfen eigentlich nicht, aber gegen den Befehl der Herrin konnte er nichts ausrichten, und so verließ er den Raum. Simons Base Telse starrte auf ihren Teller, still und fügsam wie immer. Ab und zu tauchte sie bei ihnen im Lager auf, aber sobald Nikolas oder ihr Vater um die Ecke bogen, verschwand sie wieder. Simon konnte es ihr nicht verdenken. Er steckte einen Bissen in den Mund und kaute lustlos. Entweder der Fisch war völlig fade, oder sein Schnupfen ließ ihn nichts mehr schmecken. Seit Wochen schon war er verschnupft, aber zumindest hatte ihn noch kein Husten oder das gefürchtete Fieber erwischt.

Wehmütig dachte er an seine Schwester. Wenn Henrike hier

wäre, würde es wohl anders aussehen. Sie hätte ihm geholfen, ihrer Tante und ihrem Onkel etwas entgegenzusetzen. Oft schon hatte er daran gedacht, ihr zu schreiben. Aber wie sollte er den Brief an die Ostsee bekommen? Einen Boten hatte er nicht, und er kannte auch niemanden, der um diese Zeit dorthin fuhr. Wann sie wohl endlich wieder zurückkommen würde?

Neben ihm wurden jetzt Stimmen laut. Sein Onkel und sein Vetter unterhielten sich über die Versammlung im Ratskeller, die morgen Abend stattfinden sollte. Es ging um die anstehende Ratswahl und die nächsten Tagfahrten, also die Treffen der Vertreter der Hansestädte. Hartwig Vresdorp war beunruhigt deswegen, Nikolas hingegen schien ihm kaum zuzuhören. Sein Blick war auf den Gesindetisch gerichtet, wo die Mägde saßen. Mit einer Hand griff er zum Bierkrug, als Ilsebe ihm in den Arm fiel.

»Du hast genug«, sagte sie laut zu ihrem Sohn. Alle sahen auf, Simons Mundwinkel zogen sich unwillkürlich hoch. Endlich gebot jemand seinem Vetter mal Einhalt, auch wenn es nur um Bier ging. Nikolas machte sich los und schenkte sich ein, ihm konnte seine Mutter wohl nichts mehr befehlen. Simons Schadenfreude hatte er jedoch bemerkt.

»Junge, ich brauche dich im Gewölbekeller«, sagte Nikolas in einem gehässigen Ton an ihn gewandt. »Sobald dieses Mahl beendet ist.«

Langsam stapfte Simon durch den Schnee in Richtung Hafen. In der Nacht hatte es geschneit, die Häuser und Schiffe sahen aus wie überzuckert. Er konnte sich kaum an dem Anblick erfreuen, zu sehr brannten die Striemen auf seiner Rückseite. Nikolas hatte seine Rache genüsslich ausgekostet. Sein Onkel hatte einmal zufällig in den Keller gesehen, seinen Sohn jedoch gewähren lassen. ›Leiden und dulden‹ war für ihn wahrlich das Motto der Lehrzeit.

Simon zog seine Mütze tiefer über seine Ohren, doch das dumpfe Ziehen in seinem Inneren ließ nicht nach. Er erwarte eine Kogge, hatte Onkel Hartwig gesagt. Seit Tagen liege sie schon vor Travemünde. Sie würde wegen des Eisgangs an der Travemündung abgeladen werden, und ein anderes Schiff, einer der flachbodigen Prahme, werde dann die wichtigsten Waren nach Lübeck bringen. Heute würde es so weit sein, hatte Hartwig Vresdorp gemeint – aber das hatte er gestern auch schon gesagt, genauso wie vorgestern.

Simon sah sich um. Wie anders der Hafen im Winter aussah! Der Schnee war noch weiß und sauber wie frisches Linnen, nur wenige Menschen oder Tiere hatten bislang ihre Spuren in ihm hinterlassen. Am Uferrand, wo der Fluss dahindümpelte, hatte das Eis Krusten gebildet. Eisschollen trieben träge dahin. In der Sonne glitzerten die Schiffe wie Schmuckstücke. Arbeiter gingen den Winterarbeiten nach. Der Ladekahn, auf den Simon wartete, war jedoch nicht zu sehen. Auf der anderen Seite der Stadt würden sich die Kinder und Jugendlichen jetzt geschliffene Knochen unter die Füße binden und auf dem Eis dahingleiten. Er aber musste sich hier die Beine in den Bauch stehen!

»He, Simon!« Er drehte sich um, und ein Schneeball zerplatzte an seiner Brust. »Nicht der Schnellste heute Morgen, wie?« Liv grinste ihn an.

Simon bückte sich, obgleich es in seinem Rücken riss. Er formte einen Schneeball und traf Liv am Arm. Eine wilde Schneeballschlacht entbrannte, die irgendwann damit endete, dass beide lachend zu Boden fielen. Simon, der seine Wunden für ein paar Minuten fast vergessen hatte, rollte sich mit schmerzverzerrtem Gesicht auf die Knie.

»Wieder dein Vetter?«, wollte Liv wissen.

Simon nickte nur. Liv sprang auf die Füße und half Simon

hoch. Er brauchte nichts mehr zu sagen, geprügelt wurde überall, ob im Haus oder auf einem Schiff. Simon hatte den Bootsjungen einmal mit Adrian am Hafen getroffen. Seitdem hatten sie sich oft unterhalten, wenn Liv den Matrosen, der die Wache bei der *Cruceborch* übernommen hatte, aufsuchte. Jetzt gingen sie zu den offenen Feuern, an denen sich die Hafenarbeiter wärmten. Simon kratzte sich Schnee aus dem Kragen und musterte sein Gegenüber.

»Und du? Neuer Zwirn?«, fragte er.

Liv straffte sich stolz und wischte noch die letzten Schneeflocken von seinen Schultern.

»Mein Herr hat gestern zu einem Gastmahl … wie sagt man … geladen. Da mussten wir natürlich Eindruck machen.« Sie hielten an einem Feuer, nickten den Arbeitern zu und reckten die Hände in die Wärme. »Wichtige Leute waren da, mit Frauen und Töchtern. Hübsche Mädchen dabei.« Er wurde rot. Simon vermochte nicht zu sagen, ob es wegen der Hitze der Flammen war. »Alles hat gut geklappt. Ich habe nichts verschüttet. Und Frau Margaretes Essen war einfach himmlisch.«

Simon lächelte wehmütig. Das konnte er sich vorstellen. Wenn er dagegen an die mageren Fischsuppen in der Alfstraße dachte – wie er Liv beneidete!

»Vielleicht sollte ich mal zum Essen bei euch vorbeikommen«, sagte er.

Liv war von dem Vorschlag begeistert. »Ja, tu das! Der Herr hat bestimmt nichts dagegen!« Plötzlich schlug er sich an die Stirn. »Ach ja, der Herr – ich muss noch etwas erledigen! Auf bald, Simon!« Schon war er zu einem Kahn gerannt und paddelte auf das jenseitige Ufer zu, wo man die Kogge aufgebockt hatte.

»Auf bald, Liv!«, rief Simon ihm hinterher. Er sah dem Freund noch eine Weile nach. Er würde hier noch ausharren müssen, bis der Ladekahn kam. Wenn denn einer kam. Simon drehte sich vor dem Feuer. Seine Vorderseite war warm geworden, aber der Rücken und vor allem die Füße waren eiskalt.

Klappernd schlugen Simons Zähne aufeinander, als sich im letzten Licht des Tages ein Lastkahn durch die Eisschollen schlängelte. Nicht einmal das Mittagessen hatte ihn aufzuwärmen vermocht. Während sich sein Onkel danach angetrunken zu seinem Mittagsschläfchen, dem Nonenslap, zurückgezogen hatte, war er selbst wieder in den Hafen gegangen. Nun lief er rasch in die Alfstraße und gab Jost Bescheid, dass der Kahn da war, damit dieser dafür sorgte, dass die Waren verladen und ins Haus gebracht wurden. Anschließend brachte Simon einen dringenden Brief für seinen Onkel zum Rathaus.

Im Ratskeller war die Luft zum Schneiden dick. Es roch nach Bier und Braten, nach Schweiß und Rauch. Noch dazu herrschte ein unvorstellbares Stimmengewirr. Simon schwirrte der Kopf. Ihm war plötzlich heiß, unerträglich heiß, und die Striemen auf seinem Rücken brannten. Es herrschte eine Aufregung in dem Raum, die er nicht verstand. Ratsherr Diercksen schien Hof zu halten. Er schwang eine Rede, viele andere hatten sich ihm zugewandt, auch sein Onkel. Sie alle wirkten recht aufgeblasen auf den Jungen, als müssten sie jeden Moment platzen. Simon bekam einen Hustenanfall, blinzelte die Schweißtröpfchen aus den Augenwinkeln. Auch Adrian Vanderen war dort und sah ihn besorgt an. Simon nickte ihm zu – aber hatte er gerade wirklich genickt? Von einem auf den anderen Moment wusste er es nicht mehr genau. Ihm schwindelte. Er reichte seinem Onkel den Brief und taumelte hinaus.

14

Astas Gut bei Travemünde, Anfang Februar 1376

Henrike kniff die Augen zusammen. Gleißend blau strahlte der Himmel gegen das Weiß. Sie konnte das Rauschen des Meeres hören und verspürte den Wunsch, es noch einmal zu sehen, bevor sie in die Enge der Stadt zurückkehrte. Sie hatten auf Tauwetter gewartet. Doch nun hatten sie keine Wahl mehr. Demnächst würde die Reisezeit der Kaufmänner wieder beginnen, sie mussten jetzt nach Lübeck fahren, ob nun Schnee lag oder nicht.

Lange hatten Henrike und Asta über die Vergangenheit geredet, über ihre Mutter und darüber, wie Henrike in Lübeck vorgehen und worauf sie achten musste. Hartwig würde vielleicht versuchen, sie aus dem Weg zu schaffen, deshalb brauchte sie die Unterstützung der Testamentsvollstrecker, um halbwegs sicheren Stand zu haben.

Vor einigen Wochen hatten sie mit einem großen Lagerfeuer am Strand den kürzesten Tag des Jahres gefeiert und das Geburtsfest des Herrn begangen. Henrike hatte wehmütig an die letzte Christmette denken müssen, der sie mit ihrem Vater und Simon in der Marienkirche beigewohnt hatte. Damals war ihre Welt noch in Ordnung gewesen … Sie war froh, dass Asta sie wenigstens für kurze Zeit nach Lübeck begleiten würde. Sie ängstigte sich ein wenig vor der Rückkehr in das Vaterhaus und der Begegnung mit Nikolas und ihrem Onkel.

»Reite ruhig noch einmal aus«, sagte Asta, als hätte sie ihre Gedanken erraten.

Henrike wandte den Kopf. Asta half, Schicht um Schicht frisch gewebtes Leinen in Fässer zu legen. Die Stofflieferung würde unerwartet für Hartwig kommen, sie würde ihm ihr Eintreffen versüßen.

»Hem kann euch begleiten, Sasse brauche ich hier. Katrine würde ein Ausritt sicher auch guttun.«

Katrine starrte sie an, die Seiten des Webstuhls, an dem sie seit Kurzem arbeitete, fest umklammernd. Der Überfall der Männer war inzwischen drei Monate her. Die Wunden des Mädchens waren verheilt, und es hatte sich glücklicherweise herausgestellt, dass sie nicht schwanger war, doch ihre seelischen Narben brannten noch immer. Wenn sie überhaupt hinausging, hielt sie sich immer in der Nähe des Hauses auf. Henrike ging zu ihr. Behutsam löste sie ihre Hände und zog sie zur Tür.

»Komm doch, Katrine. Es ist so wunderschön da draußen. Und ich möchte noch einmal ans Meer, bevor ich abreise.«

»Ich habe hier noch zu tun«, sträubte sich ihre Freundin.

»Das kann warten«, meinte Henrike.

Ein Schatten fiel über Katrines Gesicht. »Nein! Kann es nicht!«

Henrike ließ sie los. Sie wollte sie nicht bedrängen, nicht zwingen. »Aber morgen bin ich schon weg. Ich wäre so gerne noch mal mit dir ausgeritten«, murmelte sie enttäuscht.

Katrines Augen wurden groß, nervös spielte sie mit den Enden ihrer Zöpfe. »Aber Hem kommt mit, oder? Wo ist er denn nur?«

Da trat Hem schon an die Tür, ihre Pferde am Zügel führend. Unauffällig tastete Henrike nach ihrem Dolch. Sie wollte Katrine nicht merken lassen, dass sie selbst auch noch immer eine leichte Angst verspürte.

In gemächlichem Schritt ritten sie durch den Winterwald. Ein Schwarm Krähen flog schimpfend auf, ließ sich aber auf dem nächsten Baumwipfel nieder. Bald hatten sie die Ostsee erreicht, trabten eine Weile am Strand entlang. Hem folgte einige Schritte hinter ihnen. Der dickliche Knecht schien sich am

Schreibpult wohler zu fühlen als auf dem Pferderücken. Katrine dagegen ritt inzwischen sehr sicher.

»Du freust dich bestimmt darauf, deinen Bruder wiederzusehen«, sagte sie.

»Ja, sehr. Ich hoffe, er ist wohlauf. Bist du sicher, dass du uns nicht begleiten willst?«

»Ganz sicher«, antwortete das Mädchen schnell. »Ich traue mich ja kaum mit dir an die See. Was soll ich also in Lübeck? Nein. Ich bleibe hier bei Asta, Sasse und den anderen. Hier fühle ich mich wohl. Hier habe ich eine Aufgabe.« Sie sah Henrike so scheu an, wie sie es schon lange nicht mehr getan hatte. »Es sei denn, du bestehst darauf, Herrin.«

Henrike lachte, dann bemerkte sie, dass Katrine es ernst meinte. »Nenn mich nicht so«, sagte sie.

»Aber ich muss dich so nennen. Du bist meine Herrin.«

Henrike ritt zu ihr heran, half ihr abzusteigen, legte die Hände auf ihre Halsbeuge. »Auch, wenn Simon und mir der Hof gehört, so möchte ich doch, dass du mich als deine Freundin betrachtest. Denn das bin ich.«

Tränen standen in Katrines Augen. »Du weißt nicht, wie viel mir das bedeutet«, flüsterte sie lächelnd.

Henrike umarmte sie fest. Doch, sie wusste es. Auch ihr bedeutete diese Freundschaft sehr viel. Während der Zeit auf Astas Gutshof war ihr Katrine sehr ans Herz gewachsen – und ihr war bewusst geworden, wie sehr sich ihr Lübecker Leben um den Haushalt, die Geschäfte und die Familie gedreht hatte.

»Sobald es dir besser geht, kommst du mich in Lübeck besuchen. Versprichst du das?«

Katrine zögerte nur kurz, dann versprach sie es.

Hem breitete feine Pelze über die hölzerne Bank des Schlittens. Dann legte er weitere Felle und Wolldecken bereit, in die sie sich hüllen konnten. Henrike verabschiedete sich herzlich von den Bewohnern des Gutshofes. Sie bedauerte, dass sie das Gehöft verlassen musste, aber sie wusste auch, dass es höchste Zeit war. Der Knecht lud noch ein Paket auf, dann bestieg er den Schlittenbock. Asta gab Sasse noch einige letzte Anweisungen, er würde sie in den drei oder vier Tagen, in denen sie nicht da sein würde, vertreten. Dann setzte sie sich zu Henrike und breitete die Decken und Felle über sie. Griseus sprang auf und legte sich auf ihre Füße. Henrike ließ ihre Finger durch das flauschige Nackenfell gleiten. Asta hatte ihr den Wolfsspitz zum Geschenk gemacht, und sie war glücklich darüber. Griseus war ein geselliger, aber auch wachsamer Hund. Zuletzt beugte sich Katrine zum Abschied in den Schlitten und reichte ihr etwas – es war ein Gürtel. Überrascht entrollte Henrike ihn. Der Untergrund war blau gestickt, und auf diesem Meer – oder war es der Himmel? – schienen Schiffe und Sterne um die Wette zu tanzen. Henrike umarmte das Mädchen stürmisch.

»Er ist wunderschön!«, freute sie sich.

Katrine machte sich los. Sie biss sich auf die Unterlippe, sichtlich nervös. Offenbar gab es etwas, das sie unbedingt sagen wollte.

»Du hast den neuen Verwalter erlebt. Du weißt, was auf uns zukommt, wenn er die Herrin vertreibt«, sagte sie und warf Asta einen scheuen Blick zu. »Wir können nichts tun, um das zu verhindern. Aber du, du kannst es. Du bist die Tochter eines Kaufmanns. Dein Vater war reich. Du kannst lesen und schreiben und was weiß ich noch alles. Du darfst nicht zulassen, dass unsere Herrin den Hof verlassen muss!« Katrine war ganz rot vor Eifer geworden.

Henrike umschloss ihre Hände. Asta sah die beiden mit einem warmen Blick an.

»Ich werde alles tun, was in meiner Macht steht, das verspreche ich. Ich werde kämpfen. Für euch, für Simon und auch für mich.«

Wie im Flug glitt der Schlitten über die Hügel. Der Schnee hatte die Unebenheiten, die das Reisen mit dem Wagen so unbequem machten, einfach überdeckt. Wenn der Weg so bliebe, würden sie in einem halben Tag Lübeck erreichen. Henrike ließ sich gegen Asta sinken, und die alte Frau legte den Arm um sie. Lange, sehr lange hatte sie sich nicht so geborgen gefühlt. Der Schlitten kam hart auf, als er durch eine Senke fuhr. Die beiden Frauen wurden von ihrer Bank in die Luft geschleudert, kamen unsanft wieder auf. Schnee stob auf und puderte ihre Gesichter. Hasen hoppelten aufgeschreckt davon, ihre Läufe weit ausgestreckt. Griseus bellte aufgeregt und ließ sich nur schwer auf dem Schlitten halten. Asta lachte, Schneesterne glitzerten in ihren Wimpern. Henrike strahlte ihre Tante an. Das Leben hielt viele Prüfungen bereit; umso mehr sollte man solche Momente der Leichtigkeit genießen.

Es war dunkel, als sie die Stadt erreichten. Sie mussten den Torwächter regelrecht überreden, damit er sie noch einließ.

Als sie in die Alfstraße einbogen und sich ihrem Elternhaus näherten, wurde Henrikes Brust eng. Wie würde es Simon gehen? Was würden ihr Onkel und ihre Tante dazu sagen, dass sie ohne ihre Erlaubnis zurückgekehrt war? Nervös massierte sie ihre Hände. Die Brüche waren zwar wieder zusammengewachsen, die Finger aber waren geschwollen und steifer als zuvor. Griseus sprang hinunter und tänzelte aufgeregt, als der Schlitten vor dem Kaufmannshaus hielt.

Jost öffnete ihnen die Tür. Sein Mienenspiel veränderte sich schlagartig, als er Henrike erkannte. Freude, aber auch Kummer wechselten sich in schneller Folge ab. Henrike erschrak über seinen Anblick. Er wirkte schmal, Bartstoppeln umschatteten sein Gesicht.

»Jungfer Henrike, woher wusstet Ihr …? Mein Versprechen … es tut mir so leid, ich konnte nichts dagegen tun«, sagte er. Seine Worte schreckten Henrike.

»Woher wusste ich – was? Was ist denn nur los?« Schon lief Henrike hinein, bemerkte kaum ihre Tante und ihren Onkel, die nachschauten, wer zu so später Zeit gekommen war, hatte keinen Blick für ihren Vetter, der aus dem Keller trat, nahm auch nicht wahr, dass Asta zurückblieb, denn irgendwer musste ja die Hausbewohner begrüßen und für den Verbleib der Fässer und des Schlittens sorgen. Josts seltsame Begrüßung hatte sie zutiefst beunruhigt, sofort musste sie an ihren kleinen Bruder denken. Simon! Es war die Zeit der Kälte und des Fiebers. Wie oft war er schon … Er musste in der Kammer sein … Er durfte auf keinen Fall wie Vater …, ging es Henrike durch den Kopf. Ihr Hals war wie zugeschnürt, als sie dem Gang zu seiner Kammer folgte. Kurz bevor sie die Tür erreicht hatte, ergriff jemand ihren Arm und riss sie hart zurück – Nikolas! Auf seiner Wange leuchtete eine Narbe, und sie spürte einen Hauch Genugtuung.

»Henrike, liebe Base, so geht das doch nicht! Du kannst nicht einfach hier hereinspazieren und die Hausherren links liegen lassen«, sagte er und zog sie an sich. Ihr Herz raste. Er würde sie doch nicht hier, in ihrem eigenen Haus … Sie wandte sich verzweifelt, sein fester Griff schnürte in ihre Haut.

»Ich muss zu meinem Bruder!«, schrie sie.

Griseus kam kläffend angerannt. Nikolas versetzte dem Hund einen so festen Tritt, dass er schrill jaulend an die Wand krachte.

»Henrike?« Ihre Tante schoss durch den Flur zu ihnen, gefolgt von Ilsebe und Hartwig. Asta! Sie war wirklich ihr Schutzengel! Nikolas lockerte den Griff, funkelte die Frau an.

»Zu dir komme ich später!«, flüsterte er Henrike ins Ohr, bevor er endlich von ihr abließ.

Griseus hatte sich wieder aufgerappelt und knurrend neben Henrike aufgerichtet.

»Aber Nikolas, Lieber, was ist hier los?«, wollte Ilsebe wissen.

Ihr Sohn tat entrüstet. »Was für ein Benehmen ist es, einfach so in unser Haus einzufallen? Henrike sollte gelernt haben, was sich gehört.«

Unser Haus? Henrike wünschte, sie hätte sich verhört. So weit ging der Besitzanspruch also schon. Widerwillig ging sie auf ihre Tante und ihren Onkel zu und begrüßte sie, wie es sich gehörte. Dabei wollte sie nur eines – zu Simon! Aber wenn sie in Lübeck etwas erreichen wollte, musste sie sich fügen und gehorsam geben.

»Verzeiht, aber die Sorge um Simon hat mich Sitte und Anstand vergessen lassen.« Mit Tränen des Zorns im Blick sah sie die beiden an, umklammerte Ilsebe Vresdorps Hand. »Es kommt gewiss nicht wieder vor, liebe Tante, lieber Onkel«, setzte sie mit leiser Stimme hinzu.

Ihre Tante löste sich und sah von oben auf Henrike herab. »Nun gut, dann gehe jetzt zu deinem kranken Bruder«, sagte sie gnädig.

Henrike schnappte nach Luft, doch sie musste sich beherrschen, um ihrer aller Willen.

Endlich konnte sie die Tür zur Kammer aufstoßen. Was sie sah, bestätigte ihre schlimmsten Befürchtungen. Simon war auf sein Lager gestreckt. Unter den vielen Decken wirkte er zart wie ein Bettelkind am Ende des Winters. Sein Gesicht war hellrot und fleckig, die Haare klebten an seiner Kopfhaut. Sein Atem ging schnell. Henrike stürzte zu ihm, strich ihm über das Gesicht, wusste nicht, wo sie anfangen, wie sie helfen konnte. Trinken – er musste trinken. Sie wirbelte herum, da war schon Asta bei ihr. Das Gesicht ernst, dennoch eine unendliche Gelassenheit ausstrahlend. Sie beugte sich über Simon, schlug die Decken zurück, untersuchte ihn. Dann öffnete sie den Beutel mit ihren

Habseligkeiten. Sie holte kleine Säcke mit Kräutern hervor und gab Henrike knappe Anweisungen. Sie machten Simon Umschläge um Brust und Beine, wechselten sie regelmäßig, wachten die ganze Nacht und den nächsten Tag an seinem Bett.

Henrike verließ Simon nur, wenn es unbedingt nötig war. Asta verschwand einmal, um mit Hartwig Vresdorp zu sprechen. Telse kam ins Zimmer und begrüßte Henrike überschwänglich und laut wie immer. Henrike reagierte distanziert. Sie hatte in den letzten Wochen oft über das Verhalten ihrer Base nachgedacht. Hätte sie sich nicht mehr für Henrike einsetzen können, einsetzen müssen? Auch Jost suchte sie auf und entschuldigte sich bei ihr – er habe auf Simon achtgegeben, aber die neuen Herrschaften und die Witterung … Auch einen Brief habe er schreiben wollen, aber die Arbeit … Henrike dankte ihm trotzdem. Sie hatte sonst niemanden in diesem Haus, der Simon hätte helfen können.

Am Abend des zweiten Tages fielen Henrike übermüdet die Augen schon im Stehen zu, nur der Wille hielt sie noch aufrecht. Sie wollte an Simons Seite wachen. In eine andere Kammer zu gehen, in die in jedem Augenblick Nikolas treten könnte, kam ohnehin nicht infrage. Asta bereitete ihr ein Lager auf dem Boden und bestand darauf, dass Henrike sich hinlegte. Niemand hatte etwas davon, wenn sie auch noch zusammenbrechen würde. Schließlich gab die junge Frau nach.

»Schwesterchen?«

Henrike schoss hoch, wankte schlaftrunken. Simon war wach! Nach fast drei Tagen, in denen sie um ihn gebangt, um ihn gekämpft hatten! Fahl fiel das Licht des neuen Tages auf sein Gesicht. Asta saß an seiner Seite. Sie lächelte erschöpft, von der Schlaflosigkeit gezeichnet.

»Das Fieber geht zurück. Ich glaube, er hat es geschafft. Ich lege mich jetzt hin, du weißt ja, was du zu tun hast«, sagte sie langsam, zog sich mit bedächtigen Bewegungen auf das noch warme Lager zurück und schlief sofort ein. Henrike setzte sich zu ihrem Bruder. Sein Gesicht war gerötet und seine Lippen von Bläschen umgeben, die Augen waren jedoch klar.

»Endlich bist du wieder da«, flüsterte Simon. »Aber wer ist die weißhaarige Frau gewesen?«

Sie nahm seine Hände und drückte sie erleichtert. Eine Träne rann ihr über die Wange. »Asta ist es, erinnerst du dich nicht mehr an sie? Sie ist unsere Tante! Und sie ist gar nicht so grimmig, wie wir immer dachten.«

Simon hob den Kopf und neigte ihn zu Henrike. Er schien sie nur schlecht zu verstehen.

Henrike hob die Stimme. »Ja, Simon, ich bin wieder da, und jetzt gehe ich auch nicht so schnell wieder weg.« Das war alles, was jetzt zählte.

Griseus kam hereingestürmt, stupste mit der kalten, feuchten Nase an ihre zusammengefügten Hände. Hem, der Knecht, musste ihn hinausgelassen haben. Simon lächelte froh. Henrike erzählte von Griseus und ihrem Aufenthalt auf dem Hof, doch schon nach einer Weile fielen ihm die Augen wieder zu. Während er ruhig schlief, schickte sie ein Dankgebet an den Herrn.

Es war zur Sonntagsmesse, als sie Simon zum ersten Mal wieder allein ließen. Henrike öffnete ihre Truhe und suchte ein festliches Gewand. Nachdem sie eines beiseitegelegt hatte, stutzte sie. Wo war das Kleid geblieben, das ihr Vater ihr für den Kaiserbesuch geschenkt hatte? Sie erinnerte sich genau, es in die Truhe gelegt und mit Lavendelzweigen bedeckt zu haben. Und nun war es fort! Genau wie Margarete, Gesche und die Kätzchen, mit denen Henrike immer so gerne geschmust hatte. So Vieles hatte sich in ihrem Zuhause verändert! Sie hatte es kaum glauben können, als Jost ihr erzählte, dass ihre Tante die Köchin entlassen hatte. Wenn sie hier geblieben wäre, hätte sie vielleicht manches verhindern können! Henrike konnte sich jetzt höchstens darum bemühen, dass Margarete und Gesche zurückgeholt wurden. Aber dafür musste sie mit ihrem Onkel sprechen – und vor dieser Begegnung graute es ihr. Es gab viel, das sie dabei falsch machen konnte. Und sie wollte auf keinen Fall, dass er sie wieder fortschickte. Sie kleidete sich um und legte Katrines wunderschönen Gürtel an, dann ging sie in das Krankenzimmer zurück. Sie wollte Asta bitten, ihr einige Bänder ins Haar zu flechten. Ihre Tante saß an Simons Bett, legte ihm ein Tuch mit Kräutern über das Ohr. Asta hatte ihre Rückkehr an die Ostsee verschoben, aber irgendwann würde es so weit sein, das wusste Henrike – und dann blieb sie ohne Schutz in diesem Hause zurück.

»Dein Onkel ist in der Schreibkammer«, begrüßte Asta sie. Es klang wie eine Aufforderung.

Henrike zog unschlüssig die Bänder zwischen ihren Fingern hindurch. »Du meinst, ich soll zu ihm gehen?«

Ihre Tante trat zu ihr. »Sorge dich nicht wegen Nikolas. Ich habe mit deinem Onkel gesprochen«, flüsterte sie. Simon sollte wohl nicht hören, was sie zu sagen hatte.

Henrike stockte der Atem. »Was hast du ihm erzählt?«, fragte sie bang.

Hatte er Asta geglaubt? Wenn ja, was war mit ihrem Ruf? Und Nikolas, würde er sich an ihr rächen?

Ihre Tante umfasste ihre Schulter, sah ihr fest in die Augen. »Er kannte natürlich nur Nikolas' Version. Dass du versucht hast, ihn zu verführen und ihn dann unerklärlicherweise angegriffen und verletzt hast. Ich habe Hartwig die Wahrheit gesagt, und er glaubt sie wohl auch. Er scheint seinen Sohn gut genug zu kennen. Nur so konnte ich verhindern, dass Nikolas in deiner

Nähe bleiben und erneut über dich herfallen kann. Einen solchen Skandal könnte sich Hartwig nicht leisten, auch sein Ruf wäre dahin. Schon aus Eigennutz wird dein Onkel seinen Sohn auf Abstand zu dir halten.«

Henrike entspannte sich etwas. Damit konnte sie sich nun einigermaßen sicher fühlen. »Was ist mit dem Verwalter? Hat dir mein Onkel diesen Grapengeter auf den Hals gejagt?«, wollte sie jetzt wissen.

»Hartwig wusste angeblich nichts davon, dass ein neuer Verwalter zum Gut geschickt wurde. Wenn Nikolas für diesen Versuch, mich zu verdrängen, verantwortlich ist, wäre das ein deutliches Zeichen dafür, dass dein Onkel seinen Sohn nicht im Griff hat.«

Henrike spannte die Bänder. Wenn es sich so verhielt, war das wenig ermutigend. Wenn Nikolas derart eigenmächtig handelte, konnte sie nie sicher sein, dass er sie in Ruhe ließ; dass er es nicht noch einmal versuchen würde.

»Und der Hinterhalt im Wald?«

»Ich habe Hartwig nichts davon gesagt. Ohne Beweis jemanden zu beschuldigen ist Verleumdung und könnte gegen mich verwendet werden. Wir müssten erst mehr herausfinden. Aber das ist nicht so einfach.«

Henrike war sich sicher, dass Nikolas dahintersteckte. Die Vorstellung, ihn einfach so davonkommen zu lassen, gefiel ihr ganz und gar nicht. Die Bänder schnitten inzwischen in ihre Haut. Behutsam löste Asta ihre Finger.

»Für jede Ware gibt es einen Käufer, für jede Untat eine Strafe. Nikolas wird die seine schon bekommen, glaube mir«, sagte sie überzeugt.

Henrike hoffte von Herzen, dass die Worte ihrer Tante wahr werden würden.

Als sie in der Diele auf ihren Onkel traf, wirkte er fahrig. Sein Kragen war falsch umgeschlagen, die Haare sahen aus, als ob er sie eben gerauft hätte, an den Fingern hatte er Tintenflecke. Sie hatte sich einige Sätze für ihn zurechtgelegt, um zu erklären, was eigentlich keiner Erklärung bedurfte. Sie setzte gerade zu sprechen an, als er zur Tür lief. Sie solle es ihm auf dem Weg in die Kirche sagen.

Ilsebe Vresdorp stürzte auf ihren Mann zu und zerrte an ihm herum, damit er einen vernünftigen Eindruck machte. Sie selbst war herausgeputzt, auf ihrer Brust prangte ein großes goldenes Kreuz. Hartwig stieß sie von sich weg, lallte unwirsch, er hatte wohl getrunken. Ilsebe sah Henrike vorwurfsvoll an, als ob diese etwas für die harsche Abfuhr konnte. Henrike hatte ihre Tante bislang kaum eines Blickes gewürdigt und auch nur wenige Worte mit ihr gewechselt. Nun kamen auch Telse und Nikolas ausgehbereit hinzu. Ihr Vetter musterte Henrike unverfroren, sagte jedoch nichts. Hartwig Vresdorp lief auf die Straße hinaus, ging unkontrolliert mal schneller, mal langsamer. Henrike mühte sich, mit ihm Schritt zu halten.

»In der Abgeschiedenheit des Hofes konnte ich mich mit Vaters Tod abfinden. Ich habe dort meine Ruhe wiedergefunden, Onkel«, sagte sie. Hartwig Vresdorp warf ihr im Gehen einen forschenden Blick zu. »Ich will mich fügen, möchte einzig in meinem Elternhaus sein, bei meinem Bruder«, fuhr Henrike fort.

Das Tor der Marienkirche kam in Sicht, vor ihr tummelten sich bereits die würdigen Patrizier mit ihren Familien.

»Nimm dich nur nicht zu wichtig, Mädchen«, schnitt Hartwig Vresdorp ihr das Wort ab. »Am besten ist es, Frauen fallen gar nicht auf. Ich will keine Klagen mehr hören. Ich habe auch so schon genug Ärger am Hals«, brummte er. Tante Ilsebe schob sich heran, drängte Henrike von der Seite ihres Mannes. Henrike ließ sich zurückfallen und schloss sich Asta an. Auf welchen

Ärger hatte ihr Onkel eben angespielt? Einerlei, die erste Hürde war genommen.

Sie waren etwas zu früh an der Kirche, bis zum Beginn des Gottesdienstes war noch Zeit. Henrike ging mit Asta zu dem Grab ihres Vaters auf dem Marienkirchhof und legte eine hübsche Ostseemuschel darauf. Sie war nun ruhiger bei dem Gedanken an seinen Tod. Seine Seele hatte ihren Frieden gefunden, das glaubte sie fest. Er selbst lebte ja auch in ihrem Herzen weiter. Ein Gebet noch, und schon war es Zeit, zurückzugehen. Die Glocke läutete, die meisten Gläubigen waren bereits eingetreten. Sie sah viele bekannte Gesichter, bemerkte auch verstohlene Blicke – den Leuten war aufgefallen, dass sie länger fort gewesen war. Henrike ertappte sich dabei, in der Menge nach einem bestimmten Gesicht zu suchen. Ob Adrian Vanderen wohl auch hier war? Dort hinten – war er das nicht? Ihr Herz tat einen Sprung. Doch nein, es war nur ein Mann, der ihm ähnlich sah. Sie spürte einen Stich.

Als der Gottesdienst begann, ließ sie sich mit allen Sinnen darauf ein. Ihr ganzes Leben lang war sie jeden Tag in diese Kirche gekommen. Sie hatte die feierliche Stimmung vermisst, die sich in diesem Ehrfurcht gebietenden Gebäude einstellte. Im Mittelpunkt dieser Messe stand die erste der drei Fürbitten vor der Ratswahl, und Kummer überfiel sie, als sie an ihren Vater dachte. Bald würde ein anderer seinen Platz einnehmen.

Nach der Messe strömten die Gläubigen hinaus, um vor den Kirchentoren noch etwas zu plaudern. Gerade für die Frauen, die die meiste Zeit in ihrem Haus verbrachten, war das Geplänkel danach wichtiger als der eigentliche Gottesdienst. Wieder suchte sie nach Adrian Vanderens schlanker und hoher Gestalt.

Da sträubten sich die Härchen in ihrem Nacken, und sie hatte wieder dieses unbestimmte Gefühl, beobachtet zu werden. Ängstlich drehte sie sich um. Ein Blick traf sie, warm und strahlend – Adrian! Ihr kam es vor, als ob all ihr Blut in ihren Kopf schoss. Sie musste an ihre letzte Begegnung denken. Wie hatte sie sich nur benommen! Es wurde Zeit, dass sie sich dafür entschuldigte. Plötzlich kam Adrian Vanderen auf sie zu. Er würde sie doch nicht etwa ansprechen? Dann liefe sie Gefahr, aufs Neue den Zorn ihres Onkels auf sich zu ziehen! Aufgewühlt starrte sie auf ihre Fußspitzen. Tatsächlich hielt er bei ihrem Onkel an, der sich mit Ratsherr Diercksen unterhalten hatte.

»Ich wollte mich erkundigen, ob es Eurem Mündel Simon besser geht, Herr Vresdorp«, vernahm Henrike seine tiefe Stimme und den weichen süddeutschen Zungenschlag.

»Ich wüsste nicht, was Euch das angeht«, antwortete ihr Onkel mürrisch.

Erbost hob Henrike den Blick. Wie unfreundlich er war! Sollte sie etwas sagen?

Doch Asta kam ihr zuvor. »Er ist auf dem Weg der Besserung«, sagte sie, dann warf sie Hartwig Vresdorp einen entschuldigenden Blick zu. »Verzeiht das vorlaute Benehmen einer alten Frau. Ich bin die Gepflogenheiten der Stadt einfach nicht mehr gewöhnt.«

Adrian lächelte Asta an. »Es freut mich sehr, das zu hören«, sagte er und richtete das Wort nun an Henrike, die dies gleichzeitig gehofft und gefürchtet hatte. »Schön, dass Ihr wieder da sein. Willkommen zurück.«

Sie schlug die Augen nieder, damit man ihr die Aufregung nicht sofort ansah, doch es war offenbar schon zu spät. Verbittert starrte Nikolas sie an.

Asta und sie plauderten noch eine Weile mit anderen jungen Frauen, die beiläufig Henrikes bestickten Gürtel bewunderten. Er war unter ihrem offenen Umhang gut zu sehen und passte ausgezeichnet zu ihrem Kleid. Auf dem Rückweg hakte sich Tante Asta bei Henrike ein.

»Wer war der Mann, der sich so zuvorkommend nach Simon erkundigt hat?«, wollte sie wissen.

»Ich erwähnte ihn einmal«, sagte Henrike und rief Asta Vaters Geschäfte und Adrians Rolle bei den Ereignissen des letzten Herbstes wieder ins Gedächtnis. Waren seitdem wirklich schon beinahe vier Monate vergangen?

»Ein gut aussehender und fein gekleideter Mann«, sagte Asta. Als sie Henrikes Erstaunen bemerkte, lächelte sie spitzbübisch. »Du musst nicht glauben, dass ich keinen Sinn dafür habe, nur weil ich mir geschworen habe, mein Herz nie wieder zu verlieren.«

»Was bildet sich dieser Vanderen eigentlich ein? Er benimmt sich ja, als sei er ein Lübecker Bürger!«, schimpfte Nikolas und warf einen abgenagten Knochen auf den Tisch.

Henrike hatte geahnt, dass die Begegnung vor der Kirche einen Wutausbruch nach sich ziehen würde. Ohnehin war es für sie eine Qual, mit Nikolas an einem Tisch sitzen zu müssen. Konzentriert schob sie das Brot durch die Tunke auf ihrem Teller, in der Hoffnung, dass sein Zorn nicht sie traf. Hartwig Vresdorp spülte seinen Bissen mit einem tiefen Schluck Wein herunter und rülpste laut. Seine Frau warf ihm einen angewiderten Blick zu. Mit schmerzerfülltem Gesicht knetete sie ihre geschwollenen Finger.

»Das ist er doch, weißt du das noch nicht?«, sagte sie gequält. »Gerade hat er ein Haus gekauft, in der Mengstraße natürlich. Wie er da wohl rangekommen ist? Und nun sucht er eine Frau.«

Henrike horchte auf. Natürlich würde Adrian Vanderen heiraten, dachte sie mit einem Hauch Wehmut. Ihre Tante hatte ihre Hände unter die Tischplatte gezogen. Das Gesicht war plötzlich weicher geworden. Was hatte sie bloß auf den Oberschenkeln? Henrike spähte unauffällig auf den Schoß ihrer Tante. Es war ein schwarz-weiß gemustertes Fell, in das Ilsebe ihre Hände gewickelt hatte. Henrike ließ sich zurücksinken. Jetzt wusste sie auch, wo die jungen Kätzchen geblieben waren.

Nikolas langte noch einmal zu. »Unsere Telse bekommt er jedenfalls nicht. Oder, Vater? Andererseits haben wir bei der Visage nicht gerade freie Auswahl«, sagte er grob und umfasste mit seinen fettigen Fingern das Kinn seiner Schwester. Telse gab lediglich einen matten Laut von sich. Henrike tat sie einfach nur leid. Wie gemein ihr Vetter war!

Hartwig Vresdorp löste mit den Zähnen das Fleisch vom Knochen, kaute ein wenig und meinte dann mit vollem Mund: »Ein dahergelaufener Kaufmann, der uns die Geschäfte kaputt macht, kommt mir nicht ins Haus. Für Telse habe ich jemanden anderen im Sinn.«

Die junge Frau hatte sich aus dem Griff ihres Bruders gelöst und sah ihren Vater großäugig an. Ilsebe kam ihrem Mann mit ihrer Antwort jedoch zuvor. »Wir verhandeln gerade mit Bruno Diercksen, vielleicht werden wir uns einig. Vicus ist eine gute Partie, könnte bald eine noch bessere sein. Aber wir sind auch im Gespräch mit einem Böttchermeister in Stralsund. Hätte auch Vorteile für uns.«

Henrike beobachtete, wie Telse diese Nachricht aufnahm. Das Gesicht ihrer Base erblasste. Sie schob den Stuhl vom Tisch, bat um Verzeihung und rannte hinaus.

»Was hat sie denn?«, fragte Hartwig Vresdorp verständnislos.

»Weiber«, antwortete Nikolas nur und grinste Henrike an.

Sie legte etwas Fleisch und einige Scheiben Brot auf ihren Teller und erhob sich. »Entschuldigt mich, ich werde Simon sein Essen bringen«, sagte sie.

Es dauerte eine Weile, bis sie Telse gefunden hatte. Ihre Base hatte sich im Hinterhof in einem Mauerschatten versteckt und weinte. Als sie Henrike bemerkte, versuchte sie ihre Tränen zu verbergen. Henrike stellte den Teller auf einen Vorsprung und strich ihr über den Rücken. Auch wenn sie enttäuscht gewesen war, weil Telse sich nicht mehr um sie gekümmert hatte, mochte sie die junge Frau doch nicht weinen sehen.

»Ich finde ihn fürchterlich, den Vicus«, schniefte Telse schließlich. »Er ist unansehnlich und grob.« Henrike löste den Griff und sah ihr in die Augen. Ihre Base brauchte Zuspruch. Vielleicht konnte sie ihr helfen.

»Du musst ihn nicht nehmen, wenn du nicht willst«, sagte sie. Telse riss sich los, sah sie aus brennenden Augen an.

»Als ob der Tonnenböttcher besser wäre. Den kenne ich nicht einmal! Aber es ist typisch, dass du das sagst! Von dir kann man nichts anderes erwarten! Meinst du wirklich, ich nehme einen Rat von dir an?«

Henrike war von der heftigen Reaktion wie vor den Kopf geschlagen. Was meinte sie damit? »Wieso denn nicht? Ich bin deine Base.«

Telse gab einen Laut von sich, der wie ein Lachen klingen sollte, aber keines war. »Du bist auf dem besten Wege, dich zum Gespött zu machen. Niemand wird dich mehr haben wollen, wenn du weiter so widerspenstig bist. Und wenn es stimmt, was Nikolas gesagt hat …«

Henrike fiel ihr ins Wort. Sie hatte befürchtet, dass Nikolas es nicht dabei belassen würde. »Was hat er denn gesagt?«

Telse mied ihren Blick. »Dass du die Männer verführst. Wie Gesche, dieses Luder!«

Henrike gab ihrer Base eine Ohrfeige. Die beiden Frauen starrten sich an. Voller Scham über sich selbst schlug Henrike die Hände vor ihren Mund. Wie hatte sie ihre Base schlagen können? Aber ihre Äußerung war einfach zu verletzend gewesen!

Telse war wie erstarrt, abwesend, als habe sie etwas gesehen, was sie vorher noch nicht bemerkt hatte.

»Was ist denn mit deinen Fingern geschehen?«, fragte sie beinahe tonlos.

Henrike verschränkte die Arme und verbarg ihre Hände in ihren Ärmeln. »Jemand hat mich überfallen. Nachdem Nikolas versucht hat, mir Gewalt anzutun«, sagte sie fest.

»Das hat er nicht!«

»Du weißt, wie er ist. Du weißt, dass es stimmt.«

Telse begann zu greinen wie ein Kind. »Du lügst, Henrike«, sagte sie, aber ihre Stimme klang wenig überzeugt.

Henrike nahm den Teller wieder auf. Sie sollte endlich zu Simon gehen. Vielleicht brauchte Telse etwas Zeit, um zur Besinnung zu kommen. Dann würde sie sich sicher auch bei ihr entschuldigen.

»Wenn du Vicus nicht willst, dann sag es deinem Vater. Er kann dich nicht gegen deinen Willen verheiraten.«

Asta hatte Simon bereits etwas zu sssen gebracht. Kräftig langte der Junge zu. ›Bei dem guten Appetit, den er an den Tag legt, wird er meine Portion auch noch schaffen‹, freute sich Henrike und spürte, wie die Erleichterung über Simons Gesundung die Erbitterung über Telses Worte milderte. Ihre Tante erzählte gerade aus der Gotlandsaga. Still setzte Henrike sich mit auf das Bett und lauschte. Sie war noch ganz erschüttert von der Szene im Hof, deshalb tat es ihr gut, Simons Nähe zu spüren und die warme Stimme ihrer Tante zu hören. Mit einem Mal schlug die Tür krachend auf. Alle fuhren zusammen, Griseus kläffte erschrocken. Nikolas stürzte herein. Bevor noch jemand wusste, wie ihnen geschah, hatte er Henrike schon an den Haaren gepackt und vom Bett gezerrt.

»Jetzt wiegelst du noch meine Schwester gegen mich auf! Du wirst keine Lügengeschichten mehr über mich erzählen!«, schrie er und schwang seine Faust gegen sie. Asta versuchte, ihm in den Arm zu fallen, doch Nikolas stieß sie einfach zu Boden. Simon krabbelte aus dem Bett, wollte ihn aufhalten, aber er wurde ebenfalls weggeschlagen. Da kam ein grauer Schatten auf sie zugeflogen. Griseus verbiss sich in den Arm des Angreifers; seit dieser ihn getreten hatte, hatte der Hund stets geknurrt, wenn Nikolas in die Nähe gekommen war. Der Lärm hatte nun auch Hartwig Vresdorp, Rotger und Jost angelockt. Jost riss Nikolas zurück und zog ihn aus der Kammer. Henrike schlug schwer atmend die Tür hinter ihnen zu.

Mühsam kam Asta hoch, ihre Lippe blutete. »Jetzt reicht es aber«, sagte sie ingrimmig. »Nein. Es reicht schon lange.«

Schwarzgrauer Matsch lag auf den Straßen, und selbst ihre Trippen verhinderten nicht, dass er ihre Füße nässte und den Kleidersaum durchweichte. Dabei schneite es schon wieder, doch kaum berührten die Flocken die Erde, schmolzen sie dahin. Asta hielt sich an Henrike fest. Die Wege waren an einigen Stellen tückisch glatt. Einige Male schon waren sie fast ausgerutscht und hingefallen. Obgleich die Straßen trist aussahen, war Henrike zutiefst erleichtert. Nikolas war fort, er ging in Wismar und Stralsund Geschäften nach, hieß es. Er konnte ihr nicht mehr gefährlich werden, vorerst zumindest. Außerdem würde sie heute endlich in das Testament ihres Vaters eingeweiht werden.

Nach kurzer Zeit hatten sie die Königstraße erreicht und klopften an das Haus des Ratsherrn Diercksen, den ihr Vater zu einem der Testamentsverwalter bestimmt hatte. Sie wurden in eine dumpfige Schreibstube geführt. Jeder konnte sofort sehen, dass Diercksen vorwiegend mit Metallen handelte: Überall befanden sich Kannen aus Kupfer, zinnerne Teller, blanke Harnische oder Prunkschwerter. Der Ratsherr saß mit einem anderen Mann an einem großen Tisch. Dieser hielt ein Wachstafelbüchlein sowie ein Brett vor sich, auf dem Wappen abgebildet waren. Henrike kam er bekannt vor. Sie hatte ihn einmal in ihrem Hause gesehen, aber nicht gewusst, dass er Schildermaler war. Bruno Diercksen verabschiedete den Mann und erhob sich schwerfällig. Sein Bauch hing weit über die Hüften, ohne seinen Stock wäre er sicher umgefallen.

»Ich habe von eurem Ansinnen gehört, Domina Asta und Jungfer Henrike. Ihr könnt Euch glücklich schätzen, dass ich mir die Zeit nehme, Euch das Testament noch einmal zu verlesen«, begrüßte Diercksen die Frauen. Sein Atem rasselte bei diesen Worten. Schnell ließ er sich wieder in seinen Armstuhl fallen, der unter seinem Gewicht leise knarzte. »Bald hätte ich wohl kaum mehr Zeit dafür gefunden«, fügte er geheimnisvoll hinzu.

Stimmte also das Gerücht, das Diercksen ein weiterer Bürgermeister Lübecks werden könnte? Aber warum nicht? Er war kenntnisreich und welterfahren, auch ihr Vater hatte ihn oft zu Rate gezogen. Andererseits war er alt und unbeweglich – als Bürgermeister müsste er viel unterwegs sein. Außerdem hatte Lübeck bereits vier Bürgermeister. Obgleich, fiel ihr jetzt ein, es auch schon früher mehr als vier gegeben hatte. Und vielleicht erforderte die Kriegsgefahr einen weiteren Politiker an der Spitze des Stadtrates.

Bedächtig strich Bruno Diercksen durch seinen Backenbart. »Es ist ja nicht so, dass ich nicht genug zu tun hätte – die Armenstiftung, die Kirchenstiftung, der Rat. Aber ich hoffe, dass meine Wenigkeit der Allgemeinheit auch noch anders von Nutzen sein könnte.« Er zog eine Schale mit Konfekt heran, pickte ein Stück heraus und bot sie auch den Frauen an, die dankend ablehnten.

»Ich weiß Euer Bemühen zu schätzen, hoher Herr. Gott wird Euch die Ehre, die ihr anstrebt, gewiss nicht verweigern«, sagte Asta artig.

Sie hatte also auch von dem Gerücht gehört. Das war nicht erstaunlich, denn jedes Mal, wenn Henrike mit ihrer Tante durch die Stadt lief, kam sie mit wildfremden Menschen ins Gespräch; diese Redseligkeit hatte sie Asta gar nicht zugetraut. Eine Plauderei über das Wetter führte bei ihr im Handumdrehen zum Austausch von Neuigkeiten und Klatsch. Der Ratsherr nahm ihre Worte wohlwollend zur Kenntnis und rief seinem Gehilfen zu, dass er die Pergamente bringen solle. Ein kleiner Mann mit öligem Haar kam leichtfüßig herbei, die Pergamentrollen vorsichtig auf seinen Armen haltend wie ein Kind. Diercksen zog eine hervor und rollte sie auf, das Pergament war mit einer gezackten Kante versehen.

»An diesem Kerbschnitt erkennt ihr, dass es sich um eine echte Urkunde handelt. Zwei Exemplare sind im Rathaus hinterlegt, eine befindet sich in meinem Besitz, es hat also alles seine Richtigkeit.« Er räusperte sich heftig. »In nomine domini«, begann er, »wolmechtich miner Danken, miner Sinne und miner Redelichkeit …«

Es schien eine seltsame Mischung aus lateinischer und niederdeutscher Sprache zu sein, in der das Testament verfasst war.

»Wolmechtig wesen en mark punt to borrende von der enen siden des beddes to der anderen …«

Henrike unterbrach ihn. »Entschuldigt Consul, aber was soll das bedeuten?«

»Ein Marktpfund von einer Seite des Bettes auf die andere heben zu können, bedeutet, dass dein Vater bei der Abfassung seines letzten Willens im Vollbesitz seiner Kräfte war. Aber weiter im Text.« Er las das Schriftstück weiter vor, fasste dann aber in verständlichen Worten zusammen.

»Der Erblasser ist niemandes Schuldner, niemandes Bürge und niemandem verpflichtet, ausgenommen folgende Zuwendungen. Von seinem Bruder Hartwig ist er vermögensrechtlich abgeschieden; widerspricht dieser, so soll das Testament für ihn nicht gelten. Bei seinem Besitz handelt es sich ausschließlich um wohlgewonnenes Gut, das er in seinem Leben selbst erworben hat und über das er frei verfügen kann. Jetzt kommen wir zu den Seelenstiftungen.« Die Aufzählung war lang, jede Kirche, jedes Kloster und jedes Hospital in Lübeck und Umgebung schien bedacht worden zu sein. Henrike wunderte sich teilweise über die Genauigkeit der Verfügungen, so hatte ihr Vater seinem Beichtvater Detmar zwei Mark Denare zum eigenen Gebrauch und einen Mantel aus englischem Tuch vermacht. Was das Pilgerhaus hinter dem Heiligen Geist zu Lübeck anging, hieß es, dass jedem dort einkehrenden Pilger eine Viertelkanne Bier gegeben werden solle, zur Ehre Gottes und für das Seelenheil seiner selbst, seiner Ehefrauen, seiner Kinder und all derer, denen er es wünsche. Auch den Armentisch in der Marienkirche zu Brügge hatte er bedacht, sein Freund Adrian Vanderen solle die hundert Mark Denare übergeben.

Bruno Diercksen war die Luft ausgegangen. Er befeuchtete mit einem Schluck aus einem reich verzierten Glas seine Zunge.

Henrike schwindelte, die Summen klangen beeindruckend. »All die Seelenmessen«, begann sie, aber ihre Kehle war ganz trocken vor Aufregung.

»Euer Onkel hat sich bereits darum gekümmert«, beruhigte Diercksen sie. Henrike nahm sich vor, dem nachzugehen. Sie traute ihrem Onkel nicht mehr, seit sie wusste, dass Hartwig Vresdorp der alten Köchin ihren Erbteil verweigert hatte.

Ratsherr Diercksen fuhr fort. »Seinen Kindern das Eigentum seines Hauses in der Alfstraße, zu gleichen Teilen und zusammen mit allem übrigen Gut, da er niemanden so gern hat, wie diese. Stirbt einer von ihnen, so erhält der andere den ganzen Besitz. Seine Kinder sollen zusammenbleiben, bis Henrike heiratet oder Simon seine Lehrzeit in einem anderen Land fortsetzt. Ferner soll ihnen allein gehören das Haus, das er in Wisby, Gotlandia, hat, und seine Anteile an der Lüneburger Saline.«

Henrike sah Asta erstaunt an – davon hatte sie nichts gewusst. Ihre Tante wirkte ebenfalls überrascht.

»Seinen Kindern seine Krambude zu freiem Besitz mit allen daraus fließenden Einkünften. Seinem Sohn Simon seine Schiffsanteile zur freien Verfügung, ihm zum Schutz auch sein Abbild des heiligen Christophorus, das er stets in Ehren gehalten hat und das ihn bei mancher Reise schützte. Matertera Asta, der Schwester seiner ersten Frau Clara, die Verwaltung und den Ertrag aus seinem Gutshof bei Travemünde, bis seine mündigen Kinder anders über den Verbleib des Hofes entscheiden.«

Henrike strich über Astas Hand. Also hatte ihr Vater diese wichtige Verfügung beibehalten.

»Meiner Tochter Henrike tausend Mark Denare zur Aussteuer und hundert Mark Denare, womit sie tun oder lassen kann, was sie will ohne jemandes Einrede. Dazu erhält sie, was an Spangen, Bettzeug, Gerät und Geschmeide von meinen seligen Ehefrauen Clara und Anna herrührt.«

Diercksen lächelte sie an. »Ja, Jungfer. Damit seid Ihr eine gute Partie, eine sehr gute sogar.«

Und dennoch war nicht mehr die Rede davon, dass sie seinen Sohn heiraten solle, der Ratsherr verhandelte ja angeblich über eine Heirat von Telse und Vicus. Henrike kam nicht dazu, diesen Gedanken weiter zu verfolgen, denn Diercksen fuhr fort: »Seinem Bruder Hartwig erlässt er dessen Schulden. Seinem Gehilfen Jost zehn Mark Denare, damit er einen eigenen Handel beginnen kann. Seiner Magd Margarete zehn Mark Denare, damit sie, wenn sie es möchte, ihren Lebensabend im Beginenhaus verbringen kann. Zur Verteilung unter das bei seinem Ableben in seinem Dienst stehende Hausgesinde fünfzig Mark Denare, nach Maßgabe der Dienstzeit der Einzelnen. Was nach Erledigung aller Vermächtnisse an beweglichem oder unbeweglichem Gut jeglicher Art noch übrig bleibt, sollen seine Kinder zu gleichen Teilen ungestört besitzen.«

Diercksen sah auf. Er strich sich einen Schweißtropfen von der Stirn und steckte ein weiteres Stück Konfekt in den Mund. Er wirkte erschöpft. War er nicht doch zu alt für die anstrengende Tätigkeit eines Bürgermeisters?, fragte sich Henrike.

»So, jetzt wisst Ihr Bescheid. Seid Ihr nun beruhigt, Domina Asta?«

Asta stimmte zufrieden zu, aber Henrike musste noch etwas wissen: »Margarete, meine alte Amme und Köchin. Es heißt, sie habe ihren Erbteil nicht bekommen«, platzte sie heraus.

Der Ratsherr zog seine buschigen Augenbrauen in die Höhe und musterte sie durchdringend. »Wollt Ihr etwa sagen, Euer Onkel hätte sie um das ihr zustehende Geld betrogen? Das ist eine schwere Anschuldigung«, sagte er.

»Ja, ich … Vielleicht ist es auch nur ein Missverständnis«, sagte sie verunsichert und wünschte fast, sie hätte es nicht angesprochen. Aber Recht musste Recht bleiben.

Asta legte ihre Hand auf die ihrer Nichte. »Zu schade, dass wir Margarete nicht selbst fragen können, dann wäre die Angelegenheit schnell geklärt. Sie ist wohl woanders in den Dienst getreten, hörte ich«, sagte sie wie beiläufig.

Bruno Diercksen setzte sich auf. »Wenn es das nur ist«, sagte er und erhob sich ächzend, »dann folgt mir!«

Sein Gehilfe reichte ihm eine pelzgefütterte Schaube und seine Mütze. Langsam ging er hinaus auf die Straße, gefolgt von Henrike und Asta, und wandte sich sogleich dem Nebeneingang zu. Mit seinem Stock hieb er an die Tür. War Margarete etwa hier, in der Königstraße gelandet? Ein junger Mann öffnete und sagte, der Herr sei nicht im Hause. Diercksen forderte ihn auf, sie hineinzubitten, er würde gern ein Wort mit der Köchin sprechen. Als der Diener zögerte, meinte der Ratsherr nur, dass er in seiner Funktion als Testamentsvollstrecker hier sei, und so wurden sie eingelassen.

Henrike sah sich verstohlen in der Diele um. Es roch feucht

in dem Haus, die Wandteppiche und die Einrichtung sprachen jedoch von dem Wohlstand des Besitzers. Margarete wurde herbeigeholt. Als sie Henrike erblickte, verlor sie die Ängstlichkeit in ihrem Blick, und ein Strahlen zog über das alte Gesicht. Bruno Diercksen stieß mit seinem Stock auf den Boden, und alle Blicke wandten sich ihm zu. Margarete erstarrte wieder, ihre Finger, die unaufhörlich die Schürze glattstrichen, verrieten ihre Nervosität.

»Du weißt doch, dass dein alter Herr dir in seiner Güte etwas Geld vermacht hat, oder?«

Margarete nickte stumm.

»Hast du dieses Geld erhalten?«

Sie schüttelte den Kopf, die Hände stetig in Bewegung.

»Kannst du nicht sprechen?«, fragte Diercksen und setzte beschwichtigend hinzu: »Du brauchst keine Angst zu haben, ich tue dir nichts.«

Margaretes Stimme bebte dennoch, als sie schließlich antwortete. »Der Herr hat es mir vermacht, damit ich im Alter nicht auf der Straße leben muss und auf Almosen angewiesen bin. Fast wäre es so weit gewesen, als die neue Herrin mich entlassen hat. Glücklicherweise hat Herr Vanderen mich aufgenommen.«

Henrike konnte ihre Überraschung kaum verhehlen. Adrian Vanderen wohnte hier? Und Margarete stand in seinen Diensten? Widerstreitende Gefühle überfielen sie. Einerseits war sie erleichtert, dass er nicht im Hause war, andererseits bedauerte sie es ein wenig, denn sie wäre ihm gern begegnet. War das Leben immer so schwierig, so verwirrend? Konnten Gefühle nicht klar sein, eindeutiger?

»Wenn du hier in Diensten stehst, brauchst du das Erbteil doch noch nicht, oder?«

Margarete wog ihre Worte ab. »Dat is wol recht, hoher Herr. Aber my wert bange, dass … dass ich es gar nicht bekomme.«

Bruno Diercksen lachte. »Das kannst vielleicht du nicht wissen, Weib, aber was in einer offiziellen Urkunde festgehalten ist, wird auch geschehen. Dafür stehen die Testamentsvollstrecker ein, und das sind der ehrenwerte Bürgermeister Plescow und ich. Willst du etwa an uns zweifeln?«

Die Alte schüttelte hastig den Kopf.

Diercksen wandte sich nun Henrike und Asta zu. »So ist dieses Missverständnis wohl ausgeräumt, oder was meint Ihr?«

Bruno Diercksen ging zur Tür. Asta und Henrike mussten ihm folgen, sie waren mit ihm in dieses fremde Haus getreten, sie mussten es auch mit ihm verlassen. Trotzdem lief Henrike noch schnell zu Margarete. Sie strich ihr über den Arm und fragte, wie es ihr gehe.

Die Köchin sagte leise: »Mir geht es den Umständen entsprechend gut, Herrin, auch wenn ich nicht mehr in Eurem Haus sein darf. Aber Wobbecke und das Kind …« Der Blick der alten Frau verschwamm.

»Wo sind sie?«, fragte Henrike.

»Dod. Ich durfte nichts für sie tun, Domina Ilsebe hat's verboten. Im Armenhaus hat das dodlyke Fieber sie überfallen. Erst starb das Kind, dann die Mutter. Und jetzt ist Gesche auch dort, im Armenhaus.« Tränen rannen ihr über die faltigen Wangen.

Und auch in Henrike war tiefe Trauer über das Schicksal der Bettlerin und ihres Kindes aufgestiegen. Ihre Wut auf Tante Ilsebe wallte erneut auf. Sie sorgte sich auch um ihre Magd Gesche, die sie seit Langem kannte und für die sie sich als Erbin des Vaters verantwortlich fühlte.

Margarete ergriff Henrikes Hand, sah sie flehend an. »Könnt Ihr nicht etwas für das arme Ding tun?«

Keuchen und Husten erfüllte den Saal, allerorten krächzte und schniefte es. Wer stehen konnte, hatte sich um die Feuerstelle geschart, nur in ihrem Umkreis war ein klein wenig Wärme zu spüren, ansonsten war es feucht und kühl im Armenhaus. Henrike schob die Arme übereinander, so dass auch die Hände von den Ärmeln bedeckt waren. Nur eine Feuerstelle in einem so großen Raum war zu wenig, kein Wunder, dass die Bedürftigen krank blieben oder es wurden. Hier, dachte sie, hier hätte ihr Vater mit seinem Geld sicher etwas ausrichten können. Aber es gab so viele Bedürftige in Lübeck, nicht allen konnte ein Einzelner helfen.

»Hast du sie schon entdeckt?«, wollte Asta wissen.

Henrike drängte sich an Kindern vorbei, die sich auf einem Strohlager aneinandergeschmiegt hatten. Rotz lief aus ihren Nasen, aber niemand kümmerte sich darum. Ein kleines Kind krabbelte über die Erde, krümmte sich immer wieder hustend. Da! Am Fenster entdeckte sie endlich Gesche, eine Näharbeit in den Händen. Als die Magd Henrike erblickte, stürzte sie sich zu ihren Füßen und ergriff die Hand ihrer früheren Herrin. Ihre Stimme überschlug sich fast.

»Ach Jungfer Henrike, Ihr seid wieder da! Jetzt wird alles gut! Jetzt muss alles gut werden!«

Henrike zog sie hoch. Die Magd war magerer als früher, ihre Augen waren geschwollen.

»Was ist denn nur geschehen?«, fragte Henrike.

Gesche schlug die Hände vors Gesicht und begann zu weinen.

Nach einer Weile löste Henrike zart ihre verkrampfte Haltung. »Du brauchst dich nicht zu schämen, Gesche. Erzähl uns einfach, was passiert ist. So schlimm wird es schon nicht gewesen sein.«

»Das sagt Ihr, Herrin!«, brach es aus Gesche heraus, und Tränen rannen von Neuem über ihre Wangen.

Erst jetzt fielen Henrike die Worte ihrer Base wieder ein: ›Gesche, dieses Luder‹, hatte sie gesagt. Aber die Magd war doch immer herzensgut und fromm gewesen! Was war passiert?

Argwöhnisch sah Gesche nun zu Asta hinüber. »Gehört sie zu Frau Ilsebe und Herrn Nikolas?«, fragte sie.

Henrike wurde kalt. Sie hatte eine Befürchtung. »Nein. Sie ist die Schwester meiner Mutter.«

Nun schien die Magd etwas beruhigt. »Herr Nikolas. Er … hat mich bedrängt. Mich angefasst, immer wieder«, begann sie stockend. »Ich habe ihn nicht ermutigt, wirklich nicht. Das müsst Ihr mir glauben!«

Henrike beeilte sich, sie zu beruhigen. Dabei hatte sie selbst mit den aufsteigenden Erinnerungen an Nikolas' Überfall im Stall zu kämpfen. Wie sie ihn dafür hasste, was er anderen antat!

»Wir glauben dir«, versicherte auch Asta.

Gesche schlang die Arme um ihre Brust, als wollte sie sich selbst festhalten. »Ich mochte aus Angst gar nicht mehr allein losgehen. Also war Margarete oder eine der Hilfsmägde immer in meiner Nähe. Aber es hat alles nichts genutzt! Er hat schließlich doch seinen Willen bekommen. Und jetzt bin ich schwanger!« Schluchzend brach sie zusammen.

Henrike war zutiefst entsetzt, doch sie bemühte sich, gefasst zu bleiben. Tröstend strich sie Gesche über den Rücken. »Und Tante Ilsebe? Was hat sie gesagt? Hat sie dir nicht geholfen?«, fragte sie.

»Die neue Herrin hat mich aus dem Haus geworfen! Sie verbreitet Lügen über mich. Ich finde keine Anstellung mehr. Dabei sieht man doch noch gar nichts von meinem Zustand. Ich möchte am liebsten weg hier, nur weg«, schniefte Gesche. Henrike fühlte sich hilflos. Was konnte sie nur tun, um Gesche zu helfen? Das Gespräch mit Tante Ilsebe zu suchen hätte keinen Sinn, das wusste sie.

Statt ihrer ergriff Asta das Wort: »Du kannst mit mir gehen, wenn du willst. Ich habe einen Hof an der See. Ich kann Hilfe gut gebrauchen. Du bist doch tüchtig, oder?«

Gesche nickte eifrig. »Sehr tüchtig. Ich bin sehr tüchtig, Herrin. Wenn ich nur fort von hier kann!«, sagte sie. Ihre Augen hatten einen flehenden Ausdruck angenommen.

»So komm morgen bei Sonnenaufgang in die Alfstraße.«

Henrike sah ihre Tante überrascht an. Morgen schon würde sie abreisen? Konnte sie nicht noch bleiben, ein paar Tage nur?

Asta blickte ihre Nichte entschuldigend an. »Ich werde hier nicht länger geduldet. Wenn Nikolas das Haus verlässt, muss auch ich gehen. Das hat dein Onkel so bestimmt.«

Henrike hatte Zweifel und Fragen, so viele Fragen. »Tante und Onkel wird es nicht gefallen, wenn ich meine Nase ins Geschäft stecke. Und Telse …«, sagte sie, als Asta in der Kammer ihre wenigen Habseligkeiten zusammenpackte.

Astas Blick war so gelassen und wissend, dass Henrike sich mehr denn je an den Anblick einer weisen Eule erinnert fühlte.

»Du darfst nicht vergessen, dass Neid im Spiel sein dürfte. Deine Base kann mit keiner so großen Mitgift rechnen wie du. Hartwig ist klamm, wie immer.«

»Was meinst du damit?«, fragte Henrike.

»Er hatte noch nie ein gutes Händchen fürs Geld. Selbst deine Tante hat er vor allem wegen ihrer Mitgift genommen, obgleich sie schon einen Sohn hatte.«

Henrike war fassungslos. »Nikolas ist …«

»… nicht Hartwigs Sohn. Wusstest du das etwa nicht?« Asta war für einen Moment verblüfft. »Wie auch immer: Ich habe mich umgehört, auch in letzter Zeit ist Hartwig nur so eben über die Runden gekommen. Sei also nicht so streng mit Telse, du wirst sie noch brauchen. Sie kann dir in mancher Situation Schutz bieten.« Sie band den Beutel mit ihren Kräutern an den Gürtel. »Ilsebe und Hartwig sind zumindest nicht bösartig, denke ich. Wenn du ihnen aus dem Weg gehst, wirst du schon klarkommen.«

»Aber wo soll ich anfangen? Wie soll ich vorgehen?«

»Du musst dir erst einen Überblick verschaffen, musst herausfinden, ob alles mit rechten Dingen zugeht. Simon wird dir helfen. Auch Jost kennt die Geschäftsbücher deines Vaters. Um andere Angelegenheiten werde ich mich kümmern.«

»Was hast du vor?«

»Ich werde herausfinden, wer den Überfall verübt hat. Du hast erzählt, du hättest einen der Angreifer mit der Fackel verbrannt. Das dürfte noch Tage später zu sehen gewesen sein. Und die Handlanger werden mich zu ihrem Auftraggeber führen. Ich will Gerechtigkeit. Und ich will, das wir uns wieder sicher fühlen können.«

Henrike nahm die Hand ihrer Tante, Sorgen überfielen sie. »Sei bitte vorsichtig«, sagte sie.

»Das bin ich«, versicherte Asta ihr.

Henrike holte ihr blaues Kleid aus der Kiste, das Katrine so gut gefallen hatte. »Grüße mir Katrine. Bring ihr dieses Kleid, es ist ein Geschenk. Sag ihr: damit sie anständig gekleidet ist, wenn sie mich bald besuchen kommt. Sie wird es verstehen. Dann kann sie auch noch ein paar von ihren wunderbaren Gürteln mitbringen«, schloss sie, bei der Erinnerung an ihre Freundin lächelnd.

»Ja, diese Anerkennung wird sie freuen.« Astas Mundwinkel deuteten zwar ein Lächeln an, es war aber nicht zu übersehen, dass auch sie besorgt war.

Simon war aufgestanden, obgleich ihm noch schwindelte und sein Gehör noch immer nicht gänzlich wiederhergestellt war. Ilsebe Vresdorp verabschiedete sich so knapp von Asta, dass man es nur mit gutem Willen noch als höflich bezeichnen konnte. Gleich darauf forderte sie die Geschwister auf, bei der Hausarbeit zu helfen. Die Stube müsse gefegt werden – und zwar jetzt gleich. Henrike und Simon sahen einander an. Bei ihrem Vater hatten sie nie derart niedere Arbeiten verrichten müssen. Trotzig begleiteten sie Asta erst einmal hinaus. Hem, der Knecht, hatte den Schlitten bereits vor der Tür bereitgestellt. Der Frost hatte den Matsch mit einer harten Kruste überzogen, über die sich bereits eine neue Schicht Schnee gelegt hatte. Es würde eine ruppige Fahrt werden, um die Henrike Asta nicht beneidete.

»Henrike! Simon!«, rief Tante Ilsebe streng aus der Diele.

Da kam endlich die Magd Gesche angelaufen, in der Hand ein kleines Bündel. Asta schickte sie zu Hem auf den Kutschbock.

»Simon! Henrike!« Der Ruf war lauter geworden. »Ihr ungehorsamen Kinder! Kommt sofort!« Ilsebe stand nun in der Tür. Ungläubig hielt sie ihre Augen auf Gesche gerichtet.

Asta drückte Simon an sich, dann schloss sie noch einmal Henrike in ihre Arme.

»Du weißt, was du zu tun hast. Du wirst es schaffen, Henrike. Du bist stark«, flüsterte sie.

»Ja, ich werde es schaffen«, antwortete Henrike ihrer Tante mit bemühter Zuversicht, »und ich werde dir alles berichten, wenn wir uns wiedersehen.«

15

Lübeck, Februar 1376

Die nächsten Tage verhielt Henrike sich ganz unauffällig und studierte die Tagesabläufe ihrer Tante und ihres Onkels. Sie ging mit Tante Ilsebe und Telse zu jedem Gottesdienst und jeder Beichte, half im Haushalt und zog sich mit ihnen in die Stube zurück, wo sie stickten oder nähten. Manchmal verschwand Ilsebe nachmittags. Sie sagte, sie wolle einer Bekannten, die alt und krank war, Gesellschaft leisten. Dabei würden die jungen Frauen nur stören, meinte sie. Henrike war das recht, denn ihr gegenüber war ihre Tante wortkarg und ungeduldig. Ilsebes Groll gegen Henrike war vermutlich noch gesteigert worden, weil Nikolas, ihr Liebling, das Haus hatte verlassen müssen. Oft schwärmte sie von ihrem Sohn. Wie geschickt ihr Nikolas die Geschäfte anging! Wie klug ihr Nikolas verhandelte! Henrike konnte es kaum ertragen. Nikolas war ein einziger Teufel, aber seine Mutter lobte ihn in den Himmel! Und Griseus, Henrikes Hund, hatte sie gleich nach Astas Abreise in den Stall verbannt. Jeden Tag holte Henrike ihn heraus, ging mit ihm vor die Stadt, und da Telse sie stets begleitete, wurden diese Spaziergänge auch gestattet.

Wenn sie auch nach außen hin ruhig war, innerlich brodelte es in Henrike. Sie konnte ihren Unwillen kaum bezwingen, hinzu kam die Ungeduld. Sie wollte sich dringend einen Überblick über den Warenbestand und die Geschäfte verschaffen, wusste jedoch noch nicht so recht, wie sie das anstellen konnte. Sobald sie auf den Speicher gehen wollte, trat jemand in ihren Weg, meist war es Rotger. Im Keller wurde sie geduldet, vor allem, weil sie helfen konnte, Vaters Besitzstand weiter aufzuräumen. Es gab Nischen, in denen er Erinnerungsstücke der Mutter, alte

Kleidung und beschädigte Kramwaren gelagert hatte. Hartwig und Ilsebe schienen zu hoffen, dass sie etwas Kostbares darunter fand. Wenigstens erzählte Simon ihr, was gerade im Handel vor sich ging.

Achtgeben musste sie auf ihren Onkel. Er war meist in der Schreibstube oder im Lager. Nur abends war er häufig unterwegs, weil die Kaufleute sich fast täglich trafen. Auch an ihrem Tisch war die anstehende Ratswahl das beherrschende Thema. Stets wurde Hartwig von Ilsebe gefragt, wer sich um einen Sitz beworben hatte und was die Ratsherren dazu sagten. Wenn Hartwig es nicht wusste, schalt sie ihn, was nur dazu führte, dass er umso stärker dem Essen und dem Wein zusprach. Fett und aufgedunsen sah er aus, fand Henrike.

Überhaupt, das Essen! Es war schlecht geworden, seit Margarete fort war. Die Mahlzeiten der neuen, mürrischen Köchin Janne waren schal und so knapp bemessen, dass Henrike selten satt wurde. Dennoch zweigte sie Essen für Simon ab oder beschaffte es ihm aus der Speisekammer. Ihr Bruder wurde stetig kräftiger, wenn auch der Schwindel nicht verschwinden wollte. Umso mehr erbitterte es Henrike, dass der Onkel ihn an den zugigen Hafen schickte – und meist auch noch zu unsinnigen Arbeiten! Jost suchte bei Tisch so manches Mal ihren Blick, auch traf sie ihn auf den Fluren des Hauses. Sie wagte jedoch nicht, länger mit ihm zu sprechen. Sie wollte ihren Onkel und ihre Tante in dem Gefühl wiegen, dass sie gefügig war, sonst würde ihr Vorhaben nicht gelingen.

»Simon, wach auf!«

Henrike rüttelte die Schulter ihres Bruders. Als er aufschrak, legte sie ihm sanft die Finger über den Mund.

»Leise, es ist ganz still im Haus«, mahnte sie.

Onkel Hartwig und sein Gehilfe Rotger schliefen. Henrike hatte bereits vor geraumer Zeit gehört, wie sie nach Hause gekommen waren. Schon lange waren ihre Schritte verklungen.

Ihr Bruder rieb sich die Augen. »Henrike, es ist mitten in der Nacht«, murmelte er müde.

Henrike zog ihn hoch. »Genau! Wann sollen wir sonst in Vaters Geschäftsbücher schauen?«

Sie tapsten in die Küche, wo Henrike am glimmenden Herdfeuer einen Kienspan entzündete. Mit einem kleinen Licht gingen sie zurück in die Diele. Simon wollte schon in die Schreibstube schlurfen, doch Henrike hatte etwas anderes im Sinn.

»Lass uns erst einmal nach oben gehen. Auf die Speicher lassen sie mich gar nicht mehr«, flüsterte sie.

Der Anblick, der sich ihnen in den Lagerräumen bot, erschreckte sie sehr. Die beiden obersten Speicherböden waren leer, am Windenrad hatten sich erste Spinnweben gebildet. Wurde der Seilzug denn gar nicht mehr benutzt? Aber wofür auch, wenn keine Waren mehr da waren! Lediglich auf dem untersten Speicher lagerten noch Getreidesäcke und Fässer.

»Wo sind denn die Waren hin? Ich habe gesehen, dass einige abtransportiert wurden, aber hier fehlt viel mehr«, fragte sie.

»Verkauft, soweit ich weiß«, meinte Simon mundfaul.

Sie schlichen hinunter in die Dornse. Der Schrank, in dem Vater seine Schatullen verwahrte, war verschlossen.

»Hast du einen Schlüssel?«, fragte Henrike.

Ihr Bruder rieb sich die Augen, langsam wurde sein Blick klarer. »Der Onkel hat ihn versteckt. Aber die Handlungsbücher sind hier, im Regal. Das ist das neueste.«

Er zog eines heraus, legte es auf den Tisch und schlug es auf. In langen Reihen türmten sich Zahlen und Buchstaben. Daneben waren Zeichnungen, Daten, Mengen, Preise und die dazugehörigen Kaufmannszeichen. Es gab jedoch auch zahlreiche beigelegte Zettel, auf denen etwas notiert war. Henrikes Zeigefinger fuhr zu der letzten Eintragung im Buch. Sie war aus dem vorigen Jahr.

»Was bedeutet das?«, wollte Henrike wissen.

»Hier hat Vater seine letzten Geschäfte eingetragen.«

»Und seitdem? Sind keine Waren dazugekommen?«

Henrike fühlte sich hellwach, während Simons Mund sich erneut in einem herzhaften Gähnen weitete.

»Wenige. Die *Gotthilf*, Vaters Schiff, ist mit seiner ganzen Ladung in einem Sturm verlorengegangen.« Das hatte Henrike ja noch gar nicht gehört! Sie fragte ihn nach den Umständen des Schiffsunglücks aus. Während er erzählte, wurde er endlich munterer.

»Wenn ich nur endlich mitfahren dürfte!«, seufzte ihr Bruder. »Ich würde mich gegen den Sturm stemmen, das Schiff sicher durch ihn hindurchführen! Und erst die Piraten! Ich würde Gehacktes aus ihnen machen!« Entschlossen schlug er ein paar Mal in die Luft.

Henrike lächelte, Simons Kampfgeist rührte sie. Nur gut, dass bis dahin noch ein paar Jahre ins Land gingen. Im Moment würden wohl eher die Seeräuber diesem übermütigen Jungen den Garaus machen.

Da ließ sie eine Stimme auffahren. »Was tut ihr hier?«

Jost war eingetreten und starrte Henrike an. Jetzt erst ging ihr auf, dass sie nur ein dünnes Hemd trug. Verlegen zog sie ihr Schultertuch enger vor der Brust zusammen. Sie wollte ihn eigentlich nicht mit in ihre Nachforschungen einbeziehen. Sie war nicht sicher, ob er sie verraten würde, zu eifrig war er ihrem Onkel dienstbar. Aber nun, wo er schon mal da war, half wohl nur noch Ehrlichkeit.

»Jost, gut, dass du da bist. Simon wollte mir gerade dabei helfen, in die Handlungsbücher zu schauen.«

Der Kaufmannsgehilfe beäugte sie misstrauisch. »Zu welchem Zweck?«

Henrike lächelte ihn an. Sie war beruhigt, als sein Blick wieder offener wurde. »Du kennst ja den letzten Willen unseres Vaters. Er hat dich ebenfalls darin bedacht, wie es ein guter Gehilfe auch verdient. Das Haus und die Waren gehören uns, Simon und mir. Ich möchte besser verstehen, was ich eigentlich geerbt habe«, erklärte sie.

»Warum fragt Ihr nicht einfach Euren Onkel, Jungfer Henrike, statt nachts durchs Haus zu schleichen?«

Henrike seufzte entschuldigend. »Du weißt doch, dass er mir das niemals erlauben würde. Und ich möchte nicht, dass er mir wieder zürnt oder mich gar wegschickt. Ich möchte hier bleiben, bei euch … allen.«

Sie sah ihm geradeheraus in die Augen. Sie wollte ihn auf ihre Seite bringen.

Jost schlug verwirrt den Blick nieder, kratzte sich am Hals, der von einem Ausschlag gerötet war. »Es ist an dem neuen Herrn, das Buch zu führen. Deshalb habe ich erst einmal auf Zetteln notiert, was das Lager verlassen hat.«

Er zog einen der Zettel hervor, die lose in dem Buch lagen. Henrike las verschiedene Namen, Waren und Zahlen.

»Sind das alles Handelspartner unseres Vaters?«

»Nein. Einige Waren hat euer Onkel an andere Händler verkauft. Außerdem hat Herr Nikolas Einiges mit nach Wismar genommen.«

Widerspruch regte sich in Henrike.

Jost schien es zu spüren, denn er sagte: »Ihr dürft nicht vergessen, Hartwig Vresdorp ist Euer Vormund. Er muss für euch und die Geschäfte des Vaters sorgen, solange ihr noch unmündig seid.«

Ja, das stimmte. Aber was war mit den Einnahmen? Mussten sie nicht auch in das Handelsbuch eingetragen werden, damit man seine Geschäfte nachvollziehen konnte? War es nicht letztlich Simons und ihr Geld? Frage um Frage drang aus Henrikes

Mund, doch Jost ließ sich keine Auskünfte entlocken. Simon legte die Zettel weg, sein Magen hatte schon seit geraumer Weile vernehmbar geknurrt.

»Für heute ist es genug. Wir müssen alle zurück ins Bett. Außerdem habe ich Hunger. Komm, Henrike, wir schauen, ob wir in der Küche noch etwas Gutes finden«, sagte er und zog seine Schwester mit sich fort.

Auf dem Küchenbord stand ein abgegessener Teller mit geräucherten Forellen. Simon schien nicht wählerisch zu sein. Unter den Gräten und Resten entdeckte er eine Forelle, die noch unberührt war. Er begann genussvoll, sie zu zerteilen. »Ist noch Brot da?«, fragte er und steckte sich ein Stück Fisch in den Mund.

Henrike fand einen Kanten und reichte ihn ihrem Bruder. »Dass du das um diese Zeit essen kannst«, sagte sie und legte eine Hand auf den flauen Magen.

»Ich hab eben immer Hunger«, meine Simon. Abwechselnd biss er Brot und Geräuchertes ab.

»Für wen war dieser Teller überhaupt?«, wunderte sie sich.

»Onkel und Tante lassen sich immer Leckereien zubereiten, als spätes Nachtmahl sozusagen«, wusste ihr Bruder.

Henrike war verblüfft. Daher rührte also die Zurückhaltung ihrer Tante bei Tisch. »Und dabei brüstet sich Tante Ilsebe doch immer damit, wie sehr sie sich mäßigt!«

Simon lachte. »Das tut sie doch. Sie mäßigt sich, indem sie nichts isst, was an den Fastentagen verboten ist.«

Henrike zog eine Schnute. Von dem Erlaubten aß ihre Tante dafür umso mehr. Und dann noch im Geheimen, während sie die anderen darben ließ. In diesem Sinne war Mäßigung ganz sicher nicht gemeint. Simon wühlte mit den Fingern zwischen den Gräten, aber der Fisch war ganz aufgegessen. Enttäuscht leckte er sich die Fingerspitzen ab.

Henrike sann derweilen noch einmal über das kurze Gespräch mit Jost nach. »Was sagst du dazu, was Jost …«

Simon spitzte die Lippen und legte einen Finger darüber. Als er weitersprach, hatte er seine Stimme gesenkt. »Unser Onkel hat Jost zu absolutem Gehorsam verpflichtet. Wenn Jost eines Tages auf eigene Faust Geschäfte treiben will, muss er Hartwig nach Kräften unterstützen.«

War das Grund genug, sich so ausweichend zu verhalten?

»Aber Jost gehört fast zur Familie. Er ist Vater verpflichtet«, war Henrike überzeugt. ›Und außerdem hat er mir seine Liebe gestanden‹, fügte sie in Gedanken hinzu.

»Vater ist tot. Hartwig lebt. Er ist der Herr, er hat das Sagen. Er und sein Sohn«, fügte Simon grimmig hinzu.

»Aber was kann er Jost schon tun?«, fragte sich Henrike.

»Seinen Ruf ruinieren. Ihn des Diebstahls bezichtigen. Niemand würde Jost danach mehr vertrauen«, meinte ihr Bruder.

Sie hörten Rumoren aus der Gesindekammer, die Köchin musste aufgewacht sein. Janne stand fest zu Ilsebe Vresdorp, obgleich sie von ihr schlecht behandelt wurde. Die Schläge ihrer Herrin steckte die Köchin klaglos ein und ließ ihre Wut dafür an den Mägden aus. Leise machten Henrike und Simon sich davon.

»Auf jeden Fall wird Jost uns nicht helfen. Wir sind auf uns allein gestellt«, sagte Simon leise in der Kammer, bevor sie ins Bett schlüpften.

Henrike sah ihren Bruder aufmerksam an. Ihr war die Veränderung an Simon schon länger aufgefallen, sie hatte sie bislang aber nicht benennen können.

»Du klingst inzwischen so … erwachsen«, stellte sie fest.

Simon erwiderte ihren Blick. »Bin ich ja auch«, sagte er ernst, musste aber selbst darüber lachen. »Na ja, fast.«

Henrike umsäumte Stich um Stich das gesamte Laken. Die Finger taten ihr längst weh, die Stille ging ihr auf die Nerven.

Auch hatte es ihre Geduld strapaziert, als sie gesehen hatte, dass ihre Tante sich wieder aus ihrem Tuchlager bedient hatte. Telse schien die eintönige Arbeit nichts auszumachen, vielleicht weil es Laken für ihre Aussteuer waren, die sie seit geraumer Zeit nähten. Nur heute war sie irgendwie verschwunden.

Endlich begannen die ersten Glocken zu schlagen. Henrike warf die Näharbeit von sich und machte sich ausgehfein. Tante Ilsebe rief bereits nach ihnen, doch Telse war nirgends zu sehen. Wo war ihre Base nur? Überall suchte Henrike, lief schließlich die Kellertreppe hinunter, übersprang die letzte Stufe, bog um die Ecke – und sah Telse mit Jost. Sie waren in ein Gespräch vertieft gewesen. Überrumpelt starrten sie Henrike an. Schritte waren zu hören, da kam auch schon Ilsebe in den Keller.

Telses Gesicht überzog ein Anflug von Schrecken. »Ich habe … Jost hat das Tuch wiedergefunden, das ich verloren hatte!«, stammelte sie.

Warum reagierte sie so verlegen? Es war völlig normal, dass sie oder Henrike mit einem der Gehilfen sprachen, schließlich lebten sie unter einem Dach.

Ihre Mutter musterte Telse streng, doch tatsächlich hielt diese ein Tuch in den Händen. »Dann pass das nächste Mal besser darauf auf«, forderte sie und wies ihnen den Weg nach oben.

Henrike warf Telse einen fragenden Blick zu, aber ihre Base tat so, als ob nichts gewesen wäre.

Tief sog Henrike die Luft ein, als sie vor die Tür traten. Die Sonne hatte den letzten Schnee geschmolzen, ein Hauch von Frühling lag in der Luft. Sie begrüßten ihre Nachbarn, auch deren Gemüter schienen sich unter den ersten Sonnenstrahlen aufzuhellen. Nach dem Gottesdienst in der Marienkirche wollte ihre Tante schon nach Hause eilen. Da bat Henrike sie, mit Telse noch die Sankt-Gertrud-Kapelle vor dem Burgtor aufsuchen zu dürfen, um ein weiteres Gebet für ihren Vater zu sprechen. Seit dort drei Reliquien des heiligen Thomas von Canterbury aufbewahrt wurden, die Bürgermeister Swerting kürzlich vom englischen König erhalten hatte, war die Kapelle besonders beliebt. Ilsebe gestattete es ihnen – sie würde sich ohnehin nach dem Mahl für ein Schläfchen zurückziehen -, mahnte die jungen Frauen jedoch, nicht vom Wege abzuweichen.

Als ihre Tante außer Sichtweite war, schlug Henrike vor, über den Markt zu schlendern.

»Aber wir sollen doch nicht …«, wandte Telse halbherzig ein.

Henrike lächelte ihre Base spitzbübisch an. Sie hatte den Streit noch nicht vergessen, auch Telses harsche Worte klangen ihr noch im Ohr, zumal ihre Base sich nie dafür entschuldigt hatte. Aber sie musste einen Weg finden, mit ihr klarzukommen. Sie würde ihre Gunst benötigen. Allein würde sie kaum einen Weg antreten können, in Telses Beisein jedoch schon.

»Welchen Unterschied macht es, ob wir über den Markt gehen? Dort wird uns schon nichts geschehen!«, sagte sie und hakte sich bei Telse unter.

Diese ließ sich nicht mehr lange bitten. Gemeinsam flanierten sie an den duftenden Ständen der Gewürzkrämer vorbei, nahmen die Auslagen der Täschner in Augenschein, machten aber einen weiten Bogen um die Heringsverkäufer und den Pranger.

Henrike hatte ein Ziel. Langsam, aber sicher lenkte sie die beiden zu der Krambude ihres Vaters, die nun ihr und Simon gehörte. Der Marktstand befand sich gleich neben einem schmalen Durchgang, der vom Volk, seiner Enge wegen, Tittentasterstraße genannt wurde. Dort gab es hauptsächlich Wachswaren zu kaufen, vor allem Kerzen, die für religiöse Zeremonien vorgeschrieben waren, aber auch Miniaturen aus Bienenwachs, die man opfern konnte, um himmlischen Schutz zu erflehen. Henrike nahm eines der Wachsschiffchen in die Hand. Eine Frau saß in der Bude und formte mit kleinen Holzbeiteln ein weiteres Wachsstück. Als sie Henrikes Interesse bemerkte, legte sie es beiseite und stand auf. Sie war jung und hatte einen so starken

Silberblick, dass Henrike nicht sicher war, ob sie sie wirklich anschaute.

»Fährt der Vater zur See? Oder der Gemahl? Wenn Ihr diese Wachsgabe in der Kirche spendet, sichert das seinen Schutz, das ist gewiss, junge Dame.«

Henrike stellte es vorsichtig wieder ab. »Leider ist mein Vater schon verstorben«, sagte sie.

»Dann vielleicht eine Kerze für die Seelenmesse? Wir haben sie in verschiedenen Größen und Preisklassen, ganz nach Wunsch.«

Als Henrike nicht darauf einging, wandte sie sich an Telse. »Und für Euch, Jungfrau, dieses Herz oder eines dieser kleinen Kinder? Sie helfen in Liebesnöten oder bei unerfülltem Kinderwunsch.«

Telse schüttelte verwirrt den Kopf. »Woher wisst Ihr … Nein. Komm, lass uns gehen!« Telse zog Henrike am Ärmel.

Als diese sich sträubte, entfernte sie sich allein einige Schritte von der Krambude.

»Habt Ihr es Euch anders überlegt? Wollt Ihr etwas für Eure Freundin mitnehmen?«, fragte die Händlerin.

»Verzeiht die Frage«, begann Henrike unsicher, »diese Krambude habt Ihr doch von Konrad Vresdorp gemietet. Bezieht Ihr denn auch das Wachs von seinem Handelshaus?«

Das Verhalten der Verkäuferin veränderte sich mit einem Schlag. Sie kniff die Augen zusammen, und ihre nächsten Worte waren scharf. »Wer will das wissen? Seid Ihr von der Konkurrenz?«

Henrike wurde durch eine Bewegung neben der Hökerin abgelenkt. Sie entdeckte erst jetzt den kleinen Jungen, der auf dem Holzboden der Bude hockte und nun erschrocken zu ihr aufsah. In der Hand hielt er ein Stück Wachs, das er wohl gerade geknetet hatte. Der barsche Tonfall ärgerte Henrike, was maßte sich dieses Mädchen an? Aber vielleicht hatte sie dieses Gespräch auch selbst ganz falsch angefangen.

»Verzeiht, ich hätte mich vorstellen sollen. Ich bin Konrad Vresdorps Tochter und Erbin. Sagt mir also, bezieht Ihr das Wachs noch immer von ihm?«

Nun schien ihr Gegenüber wieder wie ausgewechselt. »Hättet Ihr das doch gleich gesagt! Er hatte nie über mich zu klagen, der gute Herr Vresdorp. Immer habe ich gleich gezahlt. Nur einmal hat er mir etwas gestundet, aber er hat es wiederbekommen, sobald ich das Geld hatte. Nie bin ich ihm etwas schuldig geblieben«, brach es aus ihr heraus.

Es klang, als hätte sie schon seit Jahren mit Henrikes Vater geschäftlichen Umgang gepflegt, dabei wirkte sie noch so jung.

»Aber jetzt, der neue Herr! Die Pacht will er erhöhen! Kein Wachs hat er für mich zum vernünftigen Preis. Alles zu teuer! Ich muss wohl zu einem anderen Händler gehen.«

Was bedeutete das? Warum war das Wachs auf einmal teurer? War es nicht besser, eine Kunden zu halten als ihn zu verlieren? Durchdringendes Tröten durchbrach Henrikes Überlegungen.

»Ich werde mich darum kümmern«, versprach sie.

»Habt Dank. Hier, ein kleines Geschenk für Euch und Eure Begleiterin.« Die junge Frau reichte ihr zwei Wachsherzen.

Henrike ging zu Telse und gab ihr das Herz. »Du kannst es in der Kirche opfern und dabei an Jost denken«, sagte sie aufs Geratewohl und hatte dabei die Begegnung im Keller vor Augen. Die Reaktion ihrer Base zeigte, dass sie mit ihrer Vermutung richtig lag.

Telse schnappte nach Luft, wirkte erst ertappt, dann erzürnt. »Was sagst du da? Woher willst du wissen …? Was redest du da!«

Henrike ließ ihr Wachsherz in den Beutel gleiten, den sie am Gürtel trug. An wen würde sie denken, wenn sie es auf dem Altar opferte?

»Warum regst du dich so auf, wenn es nicht stimmt?«, fragte sie augenzwinkernd.

Telse blieb abrupt stehen, rief entrüstet: »Ich rege mich nicht auf!«

Einige Marktkäufer starrten die beiden an, als warteten sie darauf, dass sie sich gegenseitig in den Haaren liegen und die Kleider vom Leib reißen würden. Doch schon einen Augenblick später zog ein erneutes Tröten ihre Aufmerksamkeit auf sich, das jetzt noch lauter geworden war. Henrike sah sich um.

Eine kleine Prozession war auf den Markt eingebogen. Ein Büttel ging voran, das Gesicht knallrot vom Blasen des Hornes, gefolgt von einer hübschen Frau und einem weiteren Büttel. Die Bewegungen der Frau waren schleppend, was den zwei großen Steinen geschuldet war, die sie an einem Seil um den inzwischen wundgescheuerten Hals tragen musste. Henrike schauderte es, sie beschleunigte ihren Schritt, vorbei an Rathaus und Stadtwaage. Das Tragen des Schandsteins war eine Strafe für leichtfertige Frauen, für unzüchtige Weibspersonen und Verleumderinnen. Eine Frau, die mit diesem schimpflichen Umzug bestraft wurde, würde nie wieder ein ehrbares Leben führen können, zumindest nicht in ihrer Stadt.

Mit ein paar Schritten hatte Telse ihre Base wieder eingeholt. »Na gut: Ja, ich mag Jost. Er ist so lieb, könnte niemandem ein Haar krümmen, das finde ich süß. Aber doch nicht so … Er ist doch nur ein Gehilfe«, wisperte sie.

»Na und? Jeder Kaufmann hat mal als Gehilfe angefangen.«

Telse wirkte niedergeschlagen, als sie antwortete: »Vater und Mutter wäre es nicht recht, das weiß ich. Jost ist nichts, hat nichts. Ich habe zwar keine so reiche Mitgift wie du, aber auch meine Heirat muss etwas einbringen. Außerdem wollen sie ihn loswerden. ›Zu viele Gehilfen fressen zu viel Brot‹, sagt Mutter.«

Henrike strich über ihren Arm. »Was sie sagen und was sie tun, sind zwei Paar Schuhe. Sie können ihn nicht einfach so hinauswerfen, du wirst sehen«, beruhigte sie ihre Base.

Insgeheim war sie sich aber selbst nicht mehr sicher, was ihren Verwandten alles zuzutrauen war.

Auf dem Weg zu den Reliquien machten sie noch im Kloster Sankt Katharinen halt. Dort fragte Henrike nach Bruder Detmar. Tatsächlich konnte sie den Mönch einen Augenblick sprechen. Henrike fiel sofort seine neue Kutte auf. Ja, er habe das Geld, das Konrad Vresdorp ihm vererbt hatte, mit gebotener Demut angenommen. Zumindest darum hatte Hartwig Vresdorp sich wohl gekümmert, stellte Henrike erleichtert fest.

Es war der letzte Sonntag vor der Ratswahl, und in allen Kirchen der Stadt fanden Fürbitten statt, auf dass die Ratsherren eine weise Entscheidung bei der Neubesetzung der Plätze in ihrem Kreise treffen würden. Ihre Verwandten hatten sich bereits in die Marienkirche begeben, wohingegen Henrike Unpässlichkeit vorgetäuscht hatte und nun auf dem Weg in die Schreibkammer des Onkels war. Sie hatte Jost überreden können, ihr zu helfen, und so standen sie vor der Brieflade des Vaters, die noch immer fest verschlossen war. Henrike suchte nach dem Schlüssel, wühlte in dem Schubfach, drehte Vasen um und schaute hinter Bilder. Jost war unwohl bei der Sache, das war nicht zu übersehen, denn auf seinem Hals und in seinem Gesicht waren rote Flecken aufgeblüht.

»Ihr braucht nicht länger zu suchen. Den Schlüssel trägt Euer Onkel an einer Kette um den Hals. Was hofft Ihr darin zu finden, Jungfer Henrike?«, fragte er und kratzte sich fahrig.

»Ich möchte wissen, was hier vor sich geht, Jost. Es verstehen. Warum zum Beispiel die Frau in der Krambude des Vaters kein Wachs mehr zu einem vernünftigen Preis bekommt.«

Seine Mundwinkel hoben sich zu einem Lächeln. »Das kann ich Euch auch so sagen. Euer Vetter meint, dass sie ruhig einen höheren Preis zahlen kann. Sie macht ja auch ein gutes Geschäft damit. Ihre Wachsartikel sind teuer.« Er nahm ihr die Brieflade ab, als sei jede Frage damit geklärt.

Henrike überlegte. »Sie verkauft aber nicht nur das Wachs. Sie macht etwas daraus. Hast du die kunstvollen Wachsgebilde gesehen? Wie viel Arbeit darin steckt! Dieser Aufwand muss doch auch bezahlt werden.«

Sie nahm die Brieflade wieder an sich, drückte und schob an dem Scharnier herum. Könnte man nicht etwas anderes in das Schloss einführen, um es zu öffnen? Josts Hand war wieder in seinem Gesicht zugange.

»Findest du nicht, dass Telse heute besonders hübsch ausgesehen hat?«, versuchte Henrike ihn abzulenken.

Doch Jost ging gar nicht darauf ein. Sie fingerte vorsichtig mit einem Schreibgriffel an dem Schloss herum, aber der war zu groß.

»Lasst das lieber, sonst hinterlasst Ihr noch Spuren.« Jost legte seine Hand auf ihre, um ihr Einhalt zu gebieten.

Henrike fühlte sich überrumpelt, wollte zurückzucken, zwang sich aber zur Ruhe. Seine unbeholfene Liebeserklärung stand ihr noch vor Augen.

»Das neue Kleid steht Telse doch gut, oder?«, machte sie einen neuen Versuch.

Er strich mit dem Daumen über ihren Handrücken. Seine Augen waren geweitet und unaufhörlich auf sie gerichtet. »Ihr wisst, dass Eure Base mich nicht interessiert. Ihr hingegen … Für Euch würde ich alles tun. Ihr müsst mir nur befehlen.«

Henrike zog verwirrt ihre Hand zurück und versuchte weiter, die Schatulle zu öffnen. Wie sollte sie ihm nur begreiflich machen, dass sie seine Liebe nicht erwiderte!

Er seufzte. »Versucht es mit den Haarnadeln, manchmal gelingt es damit.«

Zärtlich zog er die Nadeln, die sie von Adrian Vanderen bekommen hatte, aus ihrem Haar und schob sie in das Schloss. Nach einer Weile klickte es, und das Scharnier sprang auf. Henrike lächelte ihn dankbar an. Als sie die Brieflade aufklappte, wurde ihre Freude jedoch gedämpft. Papiere über Papiere, kleine und große, eng beschrieben oder nur mit wenigen Wörtern versehen. Sie begann zu lesen. Es waren Wechsel darunter, Schuldverschreibungen, zahllose Briefe, Abmachungen, auf vielen tauchte der Name Adrian Vanderen auf. Henrike las und las, verstand aber nicht alles. Manches erklärte ihr Jost, auf anderes würde sie Simon ansprechen.

Als die Glocken erneut läuteten, legte sie die Papiere weg. Bald schon würden ihre Verwandten zurückkommen. Jost verschloss die Brieflade wieder. Hoffentlich bemerkte ihr Onkel nichts!

Henrike lag noch etwas auf dem Herzen: »Und Jost«, bat sie, »könntest du der Krämerin das Wachs zum üblichen Preis geben?«

Der Gehilfe sah sie abwehrend an, konnte ihr den Wunsch aber offenbar nicht abschlagen.

»Ich werde sehen, was sich machen lässt«, seufzte er schließlich.

Heute war es so weit. An diesem Tag Ende Februar würde der neue Rat in die Marienkirche und ins Rathaus einziehen. Vor zwei Tagen hatten die Bürgermeister und der alte Rat von der Ratslaube aus dem versammelten Volk die Bursprake, die Bürgeransprache, verlesen. Sie hatten Rechenschaft darüber abgelegt, dass sie der Stadt Freiheit und Gerechtigkeit nicht vergeben, verkürzt und geschwächt hatten, und die neuen Mitglieder des Rates benannt. So wie Tante Ilsebe und ihr Onkel an dem Geschehen Anteil nahmen, schwante Henrike, dass sie sich wünschten, einmal selbst zu den Ratsangehörigen zu zählen.

Nun, da Konrad Vresdorp nicht mehr lebte, wäre dies ja auch tatsächlich möglich, denn zwei Brüder wären zur gleichen Zeit nicht im Rat geduldet worden.

Henrike stand zwischen den Wartenden vor der Marienkirche und hörte ihren hitzigen Gesprächen zu. Gerade die Handwerker beschwerten sich über die Belastung durch Steuern und Zölle. Auch der Kaiserbesuch im letzten Jahr hatte die Stadtkasse über Gebühr beansprucht, was letztlich die einfachen Leute ausgleichen müssten, schimpften sie.

Als der neue Rat an den Bürgern vorbei in die Kirche schritt, sah sie auch Adrian Vanderen in der Menge, an seiner Seite Mechthild Diercksen sowie deren Tochter Drudeke. Dass Bruno Diercksen doch nicht zum Bürgermeister aufrücken würde, war eine der Überraschungen dieser Wahl gewesen. Trotzdem trugen Mechthild und Drudeke Diercksen derart prächtige Gewänder, als gehörten sie schon zu den Bürgermeisterfamilien.

Onkel Hartwig hatte allerdings gemeint, diese Wahl sei nur aufgeschoben. Die ungeklärte dänische Thronfolge und die Gefahr eines Krieges erfordere eben beweglichere Bürgermeister. Unnachgiebig kämpften die Waldemarstöchter Ingeborg und Margarethe für ihre Söhne um den Thron. Je länger der Streit andauerte, desto größer wurde die Wahrscheinlichkeit, dass eine Seite zu den Waffen greifen würde, um ihre Interessen durchzusetzen.

Die Bürger drängten in die Kirche, unter dem Läuten der Glocken beobachtete Henrike, wie die hohen Herren im Ratsgestühl Platz nahmen. Gerhard Dartzow war jetzt, wie es ihr Vater vorausgesehen hatte, in den Kreis der Ratsmannen aufgerückt. Erhebende Orgelmusik prägte den Gottesdienst, der damit endete, dass der neue Rat in einer Prozession zum Rathaus schritt. Die Ratsmitglieder würden später kräftig feiern, aber auch die Bürger waren schon in Feierlaune, stand doch Fastnacht unmittelbar bevor. Henrike und Simon würden die Festivitäten jedoch auslassen. Es war schließlich erst vier Monate her, dass ihr Vater gestorben war.

Vor der Kirche genossen die Bürger die Frühlingsluft, plauderten in der Hoffnung, dass auch der neue Rat die Geschicke der Stadt zu ihrem Besten leiten würde. Telse sprach einige Worte mit Drudeke, während Mechthild Diercksen Adrian Vanderen etwas zuflüsterte. Die beiden wirkten auf Henrike sehr vertraut, was ihr einen leichten Stich versetzte. Als Frau Diercksen sich ihrer Tochter zuwandte und der Kaufmann einen Augenblick allein dastand, schlug Simon vor, Vanderen auf einige Eintragungen in Vaters Handelsbuch anzusprechen. Henrike zögerte, aber ihr Bruder ging schon auf ihn zu und sprach ihn auf ihr Anliegen an. Adrian Vanderen hatte nichts dagegen und lud sie ein, ihn in seinem neuen Haus zu besuchen.

»Ich habe nichts zu verbergen«, sagte er und warf Henrike einen intensiven Blick zu.

Drei Fässer Heringe, zwei Fässer Wein und vier Packen Juchtenleder. Henrike notierte in einem Wachstafelbüchlein, welche Waren sich noch im hinteren Keller befanden. Sie hatte ihrer Tante gesagt, sie werde die Aufräumarbeiten fortführen, und das tat sie gewissermaßen ja auch. Das kurze Gespräch mit Adrian Vanderen an der Marienkirche war einige Tage her, und sie wusste noch immer nicht, ob es richtig gewesen war, ihn anzusprechen. Bei der Vorstellung, ihn in seinem Haus zu besuchen, schlug ihr Herz schneller. Sicher würde er Einiges erklären können. Aber sein Blick hatte ihr auch gezeigt, dass er ihre Anschuldigungen nicht vergessen hatte.

Ein Geräusch ließ sie innehalten. Schritte. Dabei war der Kaufkeller doch schon geschlossen! Sie hörte Stimmen näher kommen. Flugs feuchtete sie ihre Finger an und löschte das Licht.

Wer war das? Ihr Onkel Hartwig und … Jost? Nein, es war – Nikolas! Panik brandete tief in ihrem Inneren auf. Nikolas, diese Heimsuchung! Sie verkroch sich zwischen den Säcken. Drängte sich an die Wand, wie ein Schutz suchendes Tier. Hörte das Schrammen von Fässern auf dem Boden, dann wieder Stimmen.

»Was tust du schon hier? Hast du wirklich alles erledigt? Ist die Gefahr gebannt?« Hartwig Vresdorp, lallend.

Sein Gegenüber antwortete mit einem verächtlichen Schnauben. »Natürlich, Vater. Was denkst du denn? Alles erledigt. Keiner wird etwas herausfinden.«

Wovon sprachen sie bloß?

»Den Böttcher habe ich eingewickelt. Der freut sich schon auf Telse, seine junge Braut.«

Telse, oh Gott! Mitleid überfiel Henrike.

»Aber ich will auch noch etwas Spaß haben, bevor es wieder auf große Fahrt geht. Und Fastnacht steht bevor. Du weißt doch, was das heißt, Vater, oder?«

Henrike konnte sich vorstellen, was Nikolas unter Spaß verstand, und jäher Ekel ließ ihren Magen krampfen. Sie presste die Hand auf ihren Mund. Hoffentlich hatte niemand, den sie kannte, mit diesem Spaß zu tun, am wenigsten sie selbst. Sie wünschte sich nur noch fort von hier, zurück zu Asta. Aber das ging nicht, sie hatte eine Aufgabe. Doch sie war froh, dass Gesche mit Asta gegangen war. So konnte sie die Magd zumindest ein wenig entschädigen für das, was Nikolas ihr angetan hatte – wirklich wiedergutmachen würde sie es nie können.

Die Schritte kamen näher. Sie hörte, wie einige Säcke weiter etwas bewegt wurde. Wieder hörte sie Kratzen auf Stein, dann Knarren und Poltern. Was machten die beiden nur da? Hartwig rülpste heftig, murmelte etwas.

Dann war wieder Nikolas' harsche Stimme zu hören. »Nun tu doch nicht so, als ob du nicht auch gerne mal zu den Huren gehst!«

Ein Knall war zu hören, ein scharfes Zischen. Jemand fiel zu Boden. Nah, zu nah! Henrike zuckte zurück. Ein Stöhnen. Es war Nikolas! Gleich würde sie entdeckt werden. Sie hielt den Atem an. Das Blut rauschte in ihren Ohren. Sie hörte Schläge prasseln. Wieder fiel jemand. Dieses Mal war es Hartwig. Sie konnte durch einen Spalt seinen Kugelbauch sehen. Ein Ruck, und er wurde wieder hochgerissen, verschwand aus ihrem Blickfeld. Die nächsten Worte ließen das Blut in ihren Adern gefrieren.

»Das war das letzte Mal, hörst du, *Stief*vater. Wenn du noch einmal deine Hand gegen mich erhebst, schlage ich dich tot.«

Henrike wünschte sich, unsichtbar zu sein, ein Schatten. Dabei wusste sie, dass es ihr nicht allzu lange gelingen würde, sich vor Nikolas zu verbergen. Sie lief zum Stall, wollte Griseus holen. Er würde sie schützen, egal, was Tante Ilsebe dazu sagte. Doch ihr Hund war fort, nur der Wachhund lag wie gewohnt an seiner Kette. Henrike suchte den ganzen Stall ab, rief in der Umgebung nach Griseus. Hatte er sich losgemacht, war er davongelaufen? Oder war es Nikolas gewesen? Hatte er den Hund aus dem Weg geschafft, sich an ihm gerächt? Hatte er seine Wut an einem hilflosen Geschöpf ausgelassen? Tränen schossen ihr in die Augen, und es dauerte eine ganze Weile, bis sie sich so weit beruhigt hatte, dass sie zurück ins Haus gehen konnte.

Alle saßen bereits am Tisch und aßen, nur Nikolas fehlte. Henrike setzte sich neben Simon auf ihren Stuhl, rührte ihr Essen jedoch kaum an. Einige Zeit war nur das Kauen und Schlürfen der anderen zu hören, da trat ihr Vetter ein, die Stirn gefurcht, einen Zettel in der erhobenen Hand. Alle schienen die Luft anzuhalten. Selbst Henrike vergaß für einen Moment das Verschwinden ihres Hundes.

»Wer hat dieses Wachs verkauft? Jost, warst du es?«

Henrike wurde steif vor Schreck. Jost war ihrem Wunsch also nachgekommen – und nun war es aufgeflogen. Der Gehilfe erhob sich, sein Gesicht zeigte auf einen Schlag mehr rote Flecken als helle Haut. Nikolas kam näher, packte den Kaufmannsgehilfen am Kragen, wedelte mit dem Bogen vor ihm.

»Zu diesem Preis? Habe ich es dir nicht anders befohlen?«

Er stieß ihn von sich. Jost stolperte, fiel zu Boden. Nikolas trat ihm in die Seite, der Gehilfe stöhnte auf. Henrike war schockiert über die unvermittelte Brutalität ihres Vetters, noch dazu vor aller Augen.

Nun zerriss er den Zettel, ließ ihn achtlos niederrieseln. »Das ist Verrat an unserer Familie! Du bist entlassen. Verlass das Haus, sofort!«, zischte er.

Das konnte er, das durfte er doch nicht tun! Henrike hielt es kaum auf ihrem Sitz.

Jost rappelte sich hoch. »Aber Herr Nikolas! Das könnt Ihr nicht machen. Stets habe ich Euch und Eurem Vater treu gedient!«, flehte er.

Henrike schob ihren Stuhl zurück, wollte einschreiten. Sie war verantwortlich für das, was hier gerade geschah.

Doch Simon hielt sie zurück und erhob sich stattdessen. »Jost hat auf meinen Wunsch gehandelt«, sagte ihr Bruder.

Drohend kam Nikolas auf Simon zu. Henrike fürchtete, er würde ihn schlagen, doch das, was er sagte, war schlimmer, als es eine Ohrfeige gewesen wäre.

»Dir werde ich schon Geschäftsgebaren und Gehorsam beibringen, wenn du mit mir nach Bergen fährst. Von den Spielen von Bergen hast du doch sicher schon einmal gehört, oder?« Nikolas lachte so hämisch, das Henrike eine Gänsehaut bekam.

Simon ins norwegische Bergen? Aber jetzt doch noch nicht! Und was hatte es mit diesen Spielen auf sich?

»Simon ist noch zu jung für diese gefährliche Reise!«, warf sie erregt ein.

Ihr Vetter wandte sich ihr zornig zu. »Und dich erziehen wir auch noch, wenn auch nicht in Bergen. Es wäre mir ein Vergnügen, dich in das nächste Kloster zu schaffen. Aber leider hat mein Herr Vater ja was dagegen, noch zumindest.«

Henrike sah ihren Onkel an, der geistesabwesend den Finger durch eine Suppenlache auf dem Tisch zog. Sein Gesicht war von den Schlägen seines Sohnes geschwollen. Die Schmerzen hatte er mit noch mehr Wein zu betäuben versucht. Vor einiger Zeit hatte er sogar das Lallen eingestellt und war völlig verstummt. Ilsebe hingegen blickte ihren Sohn unverwandt an; war sie auch jetzt wieder stolz auf ihn? Telse hickste vor Aufregung. Ihr Blick flackerte zwischen Jost und ihrem Vater hin und her. Jetzt warf Jost sich Hartwig Vresdorp zu Füßen. Henrike konnte kaum ertragen, wie sich der Gehilfe erniedrigte. Gleichzeitig wusste sie, dass die Verzweiflung ihn dazu trieb. Als langjähriger Kaufgeselle hatte er eine Vertrauensstellung, die er sich in einem anderen Kaufmannshaus erst mühsam würde erarbeiten müssen. Wenn er denn überhaupt eine Stelle fand. Und sie war schuld an seiner Lage!

»Herr, Ihr habt es gehört, ich habe nichts getan. Bitte lasst mich in Euren Diensten bleiben!«

Hartwig Vresdorp schwieg. Unerträglich erschien Henrike dieses Schweigen. Sie musste an die Szene im Keller denken. Scheute ihr Onkel die Auseinandersetzung mit Nikolas? Wagte er es nicht, sich gegen ihn zu stellen? War auch er froh, wenn Nikolas wieder auf Reisen wäre? Aber für Jost war es dann zu spät, ihm musste man jetzt helfen.

Sie fasste sich ein Herz.

»Mit Verlaub, Onkel, Jost ist der Einzige, der das Geschäftsgebaren meines Vaters genau kennt. Er war schon immer in diesem Haus«, merkte sie mit bebender Stimme an. »Außerdem seid Ihr der Herr in diesem Haus. Vielleicht wäre es eher in Eurem Sinne, Gnade walten zu lassen.«

Hartwig sah auf. Sein trüber Blick ruhte auf seinem Sohn. »Lasst gut sein, Nikolas. Meine Nichte hat in Einem wahr gesprochen. *Ich* habe hier das Sagen«, sagte er schleppend.

Henrike seufzte erleichtert. Alles würde gut werden. Das, wozu sie Jost angestiftet hatte, würde nicht solch tiefgreifende Folgen haben. Doch der nächste Satz machte alle Hoffnung zunichte.

»Und ich sage: Jost soll hier verschwinden.«

Damit war Josts Verbleib in diesem Haus beendet. Der Gehilfe schlich hinaus, gebeugt wie ein alter Mann.

»Ich bin nicht zu jung für diese Reise! Und ich möchte nicht, dass du mich behandelst wie einen kleinen Jungen!«, schimpfte Simon und wich geschickt den Zimmerleuten aus.

Sie trugen Balken zum Holstentor. Das Stadttor wurde erneuert, denn falls Lübeck in einen Krieg zwischen Mecklenburg und Dänemark hineingezogen werden würde, würde es feindlichen Angriffen standhalten müssen. Henrike spähte durch die Toröffnung hindurch und jede Straße hinauf. In jeder freien Minute hatte sie nach Griseus gesucht. Doch niemand schien etwas über den Verbleib des Hundes zu wissen.

Sie wandte sich wieder Simon zu. Ihr Bruder war noch immer wütend auf sie. Henrike konnte es ihm nicht verdenken, wenn sie ehrlich war. Für sie war er ihr kleiner Bruder, den sie beschützen wollte, und vermutlich würde sie ihr ganzes Leben so für ihn empfinden. Aber in der Kaufmannswelt übernahm er als Lehrjunge bereits Verantwortung, musste dafür einstehen, was er tat. Henrike rannte beinahe, um mit ihm Schritt zu halten.

Simon sah sich nach ihr um. »Nicht, dass du bei Jost wieder damit anfängst!«, mahnte er.

»Versprochen!«, gab Henrike sich geschlagen. »Wo sagst du, ist Jost untergekommen?«

Simon mäßigte seine Gangart, Henrike schloss zu ihrem Bruder auf und öffnete nun die Tassel, die Brosche, die ihren Mantel verschloss. Ihr war warm geworden, man spürte langsam, dass die Sonne mehr Kraft bekam.

»Bei Amelius, dem Gehilfen der Kaufmannswitwe Tale von Bardewich aus der Petersgrube. Jost und er kennen sich seit ihrer Lehrzeit. Jost versucht jetzt, eine Anstellung bei einem anderen Kaufmann zu finden.«

Simon und sie hatten am nächsten Tag ihren Onkel noch einmal gebeten, seine Entscheidung rückgängig zu machen. Doch nüchtern war er beinahe noch hartherziger gewesen.

Ein Pulk von Feiernden nahm fast den ganzen Weg ein. Aus Richtung der Hauptstraßen hörten sie Musik und Gelächter. Die Fastnachtsfeiern samt Mummenschanz waren in vollem Gange, ein Spektakel für das ganze Volk. Nur ihnen beiden war in diesem Jahr nicht nach Feiern zumute.

Die Geschwister hatten das Haus mit den hochaufragenden Treppengiebeln erreicht. Der Kaufkeller war geöffnet. Ein schmaler junger Mann begrüßte sie und führte sie in den hinteren Teil des Kellers. Dort schaufelte Jost gerade Getreide aus großen in kleine Säcke. Er bemerkte sie, arbeitete jedoch unbeirrt weiter. Jost war unrasiert. Seine Wangen wirkten durch den Bartwuchs verschattet. Kaum sah er Henrike an. Nur zu verständlich, fand Henrike, er musste wütend auf sie sein.

»Es tut mir sehr leid. Ich wünschte, ich könnte es rückgängig machen«, sagte sie und suchte seinen Blick, doch Jost hielt noch immer nicht inne.

Seine Bewegungen waren ruckartig und schnell, voller unterdrückter Wut. Staub wirbelte auf, tanzte im fahlen Licht, das durch kleine Schlitze in den Keller fiel. Die ganze Schwere ihrer Schuld lastete auf Henrike, als sie sagte: »Wir haben noch einmal versucht, unseren Onkel umzustimmen, aber sein Entschluss scheint festzustehen.«

Simon mischte sich jetzt ein. »Wir wollten dir für alles danken, was du für uns getan hast. Und uns für das Verhalten unserer Verwandten entschuldigen«, sagte er und setzte hinzu: »Wenn ich erst ein richtiger Kaufmann bin, dann hole ich dich in meinen Dienst zurück!«

Die Naivität ihres Bruders brachte Henrike trotz ihrer Schuldgefühle zum Lächeln.

»Aber dann ist Jost doch längst selbst ein Kaufmann!«, meinte sie vorsichtig.

Nachdenklich wickelte Simon eine Haarsträhne aus seinem dunklen Schopf um die Finger, dann grinste er.

»Stimmt. Dann treiben wir eben Handel zusammen. Als Partner!«, beschloss der Junge.

Jost hielt inne, stemmte schwer atmend die Faust in die Seite. »Das würde ich gern, Simon. Aber das wird nun noch viel länger dauern, als ich befürchtet hatte.«

»Hast du von Onkel Hartwig denn nicht das Geld bekommen, das Vater dir vermacht hat?«, wollte ihr Bruder wissen.

Jost schüttelte den Kopf: »Da ich mich unehrlich verhalten habe, stünde es mir nicht zu, meinte Herr Nikolas.« Henrike und Simon waren aufgebracht. Sie berieten darüber, was sie tun konnten. Sie hätten mit den Testamentsverwaltern sprechen können oder mit ihrem zweiten Vormund Symon Swerting, aber das wäre vermutlich langwierig, auch war es nicht sicher, dass Hartwig Vresdorp das Geld dann herausrücken würde.

Doch Jost winkte ohnehin ab. »Lasst nur. Ich möchte euren Onkel nicht noch mehr gegen mich aufbringen. Wenn Hartwig Vresdorp es will, kann er meinen Ruf ruinieren, und damit wäre mir nicht geholfen.« Er warf den Scheffel in einem weiten Bogen in den Sack. Langsam strich er über seinen Nacken und ließ sich gegen einen Ballen sinken. »Außerdem stimmt es, ich war unehrlich«, sagte er.

Henrike konnte es kaum aushalten, ihn so zu sehen. Was redete er da? Sie hatte ihn doch gebeten, die Anweisungen ihres Vetters zu missachten und unehrlich zu sein.

»Nein, es ist meine Schuld. Ich habe dich gebeten, das Wachs …«, begann sie.

»Das ist es nicht allein, Jungfer Henrike.« Jost rieb über die Bartstoppeln auf seinen geröteten Wangen. Er machte einen zerknirschten Eindruck. »Ich habe an dem Abend, als der selige Herr Vresdorp tot aufgefunden wurde, etwas aus seiner Brieflade entfernt«, sagte er und zog einen Brief aus seinem Hosenbund.

Henrike erkannte das Siegel wieder. Einen ähnlichen Brief – oder war es dieser? – hatte sie einmal am Hafen von ihrem Vater in Empfang genommen. Sie faltete ihn auseinander und beugte sich gemeinsam mit Simon darüber. Was sie lasen, versetzte sie in Erregung: Ein Kaufmannskollege hatte ihrem Vater geschrieben, dass Hartwig Vresdorp ein Betrüger war. Aber wen hatte er betrogen? Und wie? Gab es dafür Beweise? War es das, worüber ihr Vater und sein Bruder gestritten hatten?

»Ich wollte nicht, dass dieser Brief Hartwig Vresdorp in die Hände fällt. Nehmt ihn an Euch, er könnte einmal wichtig sein«, sagte Jost.

Warum hatte er ihn so lange zurückgehalten? Etwa aus Loyalität seinem neuen Herrn gegenüber? Simon legte den Brief zusammen und wollte ihn einstecken, reichte ihn dann jedoch Henrike.

»Bei dir ist er sicherer, wenn ich in Bergen bin. Gib gut darauf acht.«

Henrike schob ihn in ihren Ausschnitt und nahm ihren Mantel auf. Es war Zeit, zu gehen. Als ihr Blick auf ihren Tasselmantel fiel, kam ihr ein Gedanke. Sie löste die goldene Brosche und reichte sie Jost.

»Nimm dieses Schmuckstück statt der Summe, die Vater dir vererbt hat«, sagte sie. Als er protestieren wollte, setzte sie hinzu: »Wenn die Brosche mehr wert ist als das, was dir zusteht, dann kaufe und verkaufe von dem restlichen Geld in meinem Namen Ware. Wir rechnen ab, wenn wir uns wiedersehen. Genauso, wie es sich für ehrliche Kaufleute gehört.«

Jost nahm die Brosche an sich. Er wirkte beschämt. Dabei war es doch nicht mehr als recht und billig, dass er bekam, was ihm zustand, fand Henrike.

Als sie das Haus der Witwe verließen, schlug Simon vor, noch bei Adrian Vanderen vorbeizuschauen. Heute war die letzte Gelegenheit vor seiner Abreise nach Bergen, um mit ihm über die Unterlagen zu sprechen. »Wenn Tante und Onkel uns noch nicht vermissen, haben wir noch Zeit. Und wenn sie uns schon vermissen, ist es ohnehin zu spät«, meinte er pragmatisch.

»Woher willst du wissen, ob er da ist? Es ist Fastnacht. Vielleicht ist er beim Mummenkanse«, sagte Henrike und strich den Staub von ihrem einfachen Kleid. Wenn sie gewusst hätte, dass sie Adrian Vanderen besuchen würden, hätte sie sich schöner angezogen – andererseits spielte sie für ihn als Heiratskandidatin keine Rolle mehr, also brauchte sie sich auch nicht um ihr Aussehen zu sorgen. Und besser, als in die Alfstraße zurückzugehen und möglicherweise Nikolas zu begegnen, war es allemal. Obgleich Nikolas sie bislang in Ruhe gelassen hatte. Er schien die Vergnügungen der Fastnacht zu genießen. Er stank seit Tagen nach Bier, Schweiß und billigen Duftwässern. Jedes Mal, wenn sie ihn sah, wollte sie ihn am liebsten wegen seines Verhaltens Jost gegenüber und des Verschwindens ihres Hundes zur Rede stellen, doch sie bezwang ihre Zunge; es wäre gefährlich, ihn noch mehr zu reizen.

»Einen Versuch ist es wert. Zu den billigen Vergnügungen auf dem Markt wird er gewiss nicht gehen, und die Bälle sind eher abends«, sagte Simon und führte sie zu einem Giebelhaus in der Mengstraße, aus dem Hämmern und Sägen zu hören waren.

Sie traten durch die offene Tür. Die Decke war abgestützt, Kunthor- und Panelmaker waren dabei, alte Balken auszutauschen und die Wände zu streichen. Als sie niemand in Empfang nahm, gingen sie zur Schreibkammer hinüber. An einem Tisch stand ein junger Mann und schrieb etwas auf einen Zettel. Dieser Raum war bereits fertig gestaltet. Er wirkte freundlich und aufgeräumt. Lediglich ein violetter Schleier, der in einer Ecke neben der Tür lag, störte das Bild. Adrian Vanderen hatte Frauenbesuch gehabt, las Henrike daraus.

»Guten Tag, Liv«, begrüßte Simon den jungen Mann. »Wir suchen deinen Herrn.« Der Angesprochene sah überrascht auf und hieß ihren Bruder willkommen, als ob er ihn gut kennen würde. Sie hatte ihn schon einmal gesehen, als sie mit Consul Diercksen in Adrians Bleibe gewesen war.

»Ich bin Liv, Bootsjunge an Bord, Diener und Gehilfe an Land«, stellte er sich grinsend vor und zog dabei seine sommersprossige Nase kraus. Er war einige Jahre älter als Simon und etwas größer. »Herr Vanderen ist auf der Werft. Ich wollte auch gerade zu ihm, kommt doch mit!«, forderte er sie auf. Als er im Vorbeigehen den violetten Schleier bemerkte, nahm er ihn an sich und steckte ihn in sein Wams. War er rot geworden dabei? Henrike musste über seine Verlegenheit lächeln; er war zwar noch kein Mann, aber auch kein Junge mehr. Dass Simon auch bald so sein würde, konnte sie sich kaum vorstellen.

Sie folgten ihm durch die Stadtpforte in den Hafenbezirk. Liv hieß sie in einem Kahn Platz zu nehmen und ruderte sie ans andere Ufer der Trave, wo die Werft war und die Schiffe auf Kiel lagen. An der Brabanck, dem zum Kalfatern eines Schiffes bestimmten Platz am Ufer, legten sie an. Henrike hätte die *Cruceborch* fast nicht wiedererkannt. Grob behauene Stämme stützten den Kiel nach allen Seiten ab. Hoch ragten die klinkerbeplankten Seitenwände auf, Brüche und Brandstellen waren nicht mehr zu sehen. Liv rief nach seinem Herrn. Simon strich über die Beplankung und zeichnete mit der Hand die Rundung des Stevens nach. Die Werftarbeiter starrten Henrike offen an. Sie fühlte sich fehl am Platz und war froh, dass Simon in ihrer Nähe war.

Endlich tauchte Adrians Haupt über dem Achterkastell auf. »Willkommen!«, rief er. »Soll ich herunterkommen?«

»Nein, nein! Wir kommen rauf«, antwortete Simon, doch dann fiel ihm seine Schwester ein. »Wartest du hier?«, fragte er sie.

Henrike konnte ihm ansehen, dass er es kaum erwarten konnte, das Schiff zu betreten. Sie betrachtete die Leiter aus Seilen und Brettern, die die Bordwand herabhing. Konnte sie in ihrem Kleid da hochklettern? Warum nicht? Schließlich wollte sie das Schiff auch sehen.

»Lass mich vorgehen«, sagte sie und umfasste die Seile. Die Leiter schwankte an der Bordwand, der Wind wehte ihre Rockschöße hoch, die Arbeiter stießen Pfiffe aus, aber Henrike stieg Stufe um Stufe empor. Oben angekommen, reichte Adrian Vanderen ihr seine Hand und half ihr an Bord. Bei seiner Berührung schoss ihr die Röte in die Wangen, ihr Herz klopfte wie wild.

Nachdem auch Simon das Schiff betreten hatte, wandte er sich sogleich mit leuchtenden Augen an Adrian. »Wie schön die *Cruceborch* ist! Alles ist wie neu!«, schwärmte er.

Adrian winkte einen Mann heran. »Dieses Lob gebührt Ihnen. Hier siehst du, Simon, den besten Schiffbauer Lübecks. Wenn man so will, war der Überfall gar nicht so schlecht, denn ohne ihn hätte ich Euch nicht kennengelernt, Meister«, sagte Adrian.

Simon fragte den Mann sofort aus, ließ sich beschreiben, wie er bei der Wiederherstellung der *Cruceborch* vorgegangen war. Adrian Vanderen besprach noch etwas mit Liv und seinem Schiffer Bosse Matys; dieser war fast ganz wiederhergestellt, an seine Verletzung erinnerte nur noch eine Augenklappe, die ihm jedoch auch etwas Verwegenes gab. Schließlich bot Adrian den Geschwistern an, sie über das Schiff zu führen.

Henrike war seine Freundlichkeit unangenehm. Ihr lag es auf der Seele, sich bei Adrian zu entschuldigen. Sie hatte sich schlecht benommen. Ihre Worte zurückzunehmen wäre das Mindeste, was sie tun konnte. Doch sie fand einfach nicht den richtigen Zeitpunkt dafür. Auch jetzt schien ihr die Situation nicht passend. Sie wusste, wie sehr sich Simon über einen Rundgang freuen würde. Und auch sie fand die Aussicht, eines dieser gewaltigen Schiffe einmal genauer zu erkunden, faszinierend. Sie erklommen zunächst das Achterkastell, von dem sie einen ungewohnten Blick über den Lübecker Hafen, die Stadtmauer und die mächtigen Kirchtürme hatten. Darunter befand sich das Deck, wo die höherrangigen Gäste geschützt vor Wind und Wetter schlafen konnten, während die Mannschaft ihren Hudevat, ein sackförmig zusammengenähtes Fell, ungeschützt vor dem Mast ausbreiten mussten.

»Ich habe auch einen Hudevat und werde nach Bergen reisen!«, erzählte Simon begeistert.

Adrians Lächeln wirkte etwas gezwungen. »Nach Bergen? Eine große Reise für einen Lehrjungen«, sagte er und warf Henrike einen forschenden Blick zu. Diese musterte aufmerksam die Planken. Sie wollte sich ihre Besorgnis nicht anmerken lassen.

»Ich freue mich schon auf die Fahrt. Henrike fettet den Hudevat fleißig für mich, damit er Regen und Meerwasser abhält«, sprudelte es aus Simon heraus.

Adrian zeigte ihnen ein neuartiges Stundenglas, das für die Wacheinteilung und die Einhaltung der Stundengebete an Bord hilfreich war und das Simon sehr bewunderte.

»Wer wird dich begleiten? Dein Onkel?«, fragte Adrian beiläufig.

»Mein Vetter, Nikolas.«

Adrian nahm diese Worte unbewegt zur Kenntnis und führte sie zur Küche, einer an Deck aufgestellten Holzkiste, die mit Sand gefüllt und mit Steinplatten abgedeckt war. Auf den Steinplatten wurde das Herdfeuer entzündet. Es gab verschiedene Gerätschaften wie bronzene Dreibeintöpfe oder Holzspieße für Brathähnchen. Er zeigte ihnen die Laderäume unter Deck und die Pumpen zum Entfernen des eingedrungenen Wassers. Anschließend führte er sie zu einer Tischplatte, die auf ein Fass gelegt worden war. Auf ein paar kleineren Fässern drum herum nahmen sie nun Platz.

»Wann stecht Ihr in See? Wohin wird die *Cruceborch* fahren?«, fragte Simon neugierig.

»Sie muss erst einmal frisch geteert werden. Innerhalb der nächsten Wochen werde ich sie befrachten und nach Brügge zurückgehen lassen.«

»Werdet Ihr mitreisen?«, wollte ihr Bruder wissen.

»Vorerst nicht. Ich habe hier noch zu viel zu tun. Aber die Unsicherheit der politischen Lage zwingt mich zu einer früheren Kauffahrt, als ich geplant hatte.«

»Geht es noch immer um den Kampf um den dänischen Thron?«, fragte Simon.

»Ganz genau. Beide Seiten versuchen, einander durch Seeräuberangriffe zu schwächen und gleichzeitig ihre Kriegskasse zu füllen. Auch sorgt die Rechtsunsicherheit dafür, dass Piraten sich sicher fühlen und ihre Übergriffe verstärken.«

Henrike hörte ebenso gebannt wie besorgt zu. Wie gut Adrian sich auskannte! Auch schien es ihm nichts auszumachen, ihnen alles zu erklären.

»Aber wäre ein Krieg nicht noch schlimmer?«, wollte Henrike wissen.

»Sicher. Sollte ein Krieg ausbrechen, wäre die Lage auf den Meeren noch gefährlicher. Deshalb wollen viele Kaufleute ihre Geschäfte in diesem Frühjahr so rasch wie möglich hinter sich bringen.« Adrian kam schließlich auf den Grund ihres Besuches zu sprechen. »Wo wir gerade dabei sind: Ihr seid doch gekommen, um über die Geschäfte zwischen Eurem Vater und mir zu reden, oder nicht?«, fragte er.

Jetzt war die Gelegenheit! Henrike nahm all ihren Mut zusammen. »Ich wollte Euch noch für meine Vorwürfe nach Vaters Tod um Entschuldigung bitten. Es stand mir nicht zu, so zu urteilen … und meine Einschätzung war auch falsch«, gestand sie ein.

Adrian Vanderen nahm ihre Bemerkung mit einem Neigen seines Kopfes hin. Sie wünschte, er hätte etwas dazu gesagt, doch er beschränkte sich darauf, die geschäftliche Beziehung zu ihrem Vater zu schildern.

»Ich habe Euren Vater vor einigen Jahren kennengelernt. Wir haben klein angefangen: Ich habe ihm einige Pelze abgekauft, er mir einige Tuche. Später dann habe ich ihm beispielsweise Tuche geliefert, die er in Reval, Riga oder Nowgorod verkaufte. Im Gegenzug hat er für das eingenommene Geld Pelze oder Wachs in meinem Auftrag gekauft. Ein Geschäft Zug um Zug gewissermaßen. Wir hatten eine Handelsgesellschaft, in die jeder gleich viel Geld hineingab und in der beide Seiten zum Handel berechtigt waren. Zuletzt hatten wir aber auch eine Selshop, vermutlich war es das, auf das die böswilligen Gerüchte abzielten. Für den Kauf von Baiensalz, dem Salz aus der Bucht von Bourgneuf, haben wir eine Gesellschaft gegründet, zu der Euer Vater mehr Geld beisteuerte, die ich aber führte.«

Henrike blickte nachdenklich über das Deck. Es war frisch gereinigt und gewachst, dennoch waren die Schemen dunkler Flecken darauf noch gut zu erkennen.

»Jemand, der von Eurem Handel nichts wusste, hätte also denken können, dass Ihr Schulden bei ihm habt«, hielt sie fest. »Aber warum kaufte Vater Baiensalz? Er hatte doch Anteile an der Lüneburger Saline? Schadete er sich damit nicht selbst?«

»Salz ist nicht gleich Salz«, sagte Adrian. Man unterschied je nach Siedezeit Winter- und Sommersalz, Schiffsalz und Seesalz, das wusste Henrike auch. »Es wird mehr Salz benötigt, als die Salinen in Lüneburg und Oldesloe liefern können. Durch die kriegerischen Auseinandersetzungen um Lüneburg ist zudem der Handel beeinträchtigt. Die Salzstraße ist nicht sicher derzeit. Das Lüneburger Salz hat den feinsten Geschmack. Aber dem Baiensalz gehört die Zukunft – ob es manchen Händlern nun passt oder nicht. Es wird in größeren Mengen gewonnen und ist daher einfach günstiger.«

Dafür, dass er nicht aus Lübeck war, kannte er sich in den hiesigen Verhältnissen gut aus, dachte Henrike anerkennend. Dennoch dürften viele Lübecker Salzhändler nicht gerade angetan von der Konkurrenz durch das französische Salz sein.

Inzwischen kraxelten einige Männer den Mast empor, befestigten geschickt Seile daran und richteten den Mastkorb. Simon sah ihnen bewundernd zu, während Henrike Adrian erneut ansprach.

»Was wird nun aus all diesen Gesellschaften? Was ist mit Vaters Geld, das er dort hineingegeben hat?« Sie wagte kaum, Adrian bei dieser Frage anzuschauen, schließlich sprach auch aus ihr ein gewisses Misstrauen.

Doch ihre Befürchtungen waren umsonst, Adrian Vanderen blieb gleichmütig ruhig, als er antwortete. »Einen Teil habe ich mit Eurem Onkel bereits abgerechnet, einen Teil noch nicht. Schließlich ist ein Schiff Eures Vaters mit meiner Ware verlorengegangen. Ich hoffe, dass Hartwig Vresdorp und ich uns bei der Abrechnung einig werden. Ich muss aber gestehen, dass ich daran meine Zweifel habe. Er ist …«

»… etwas schwierig«, vervollständigte Henrike den Satz.

Adrian Vanderen lächelte sie vorsichtig an. »So kann man es auch sagen. Der Handel mit dem Baiensalz steht übrigens noch aus. Ich möchte es dem Deutschen Orden verkaufen und habe es zunächst eingelagert. Ihr werdet bekommen, was Euch zusteht, das verspreche ich.«

Henrike nahm sich ein Herz. »Daran habe ich keinen Zweifel«, versicherte sie.

Er sah ihr tief in die Augen, und Henrike wurde ganz heiß.

Ihr Blick flackerte irritiert wieder zu den Flecken auf Deck. Als Adrian dies bemerkte, verdüsterte sich sein Gesicht.

»Das Blut meiner Männer wird dieses Schiff für immer zeichnen. Als stete Mahnung daran, im Kampf um die Sicherheit auf den Meeren nicht nachzulassen.«

Als sie an die Bordwand zurückgingen, meinte Adrian zu Simon: »Du hast einen Hudevat wie ein Seemann, aber hast du denn auch schon einen Dolch und einen Harnisch?«

Ihr Bruder verneinte: Sein Vetter habe gesagt, das sei nicht nötig. Adrian ging zu einer Truhe und holte Dolch und Harnisch in einer passenden Größe hervor. Obgleich Simons Augen begeistert leuchteten, meinte er, dass er ein solches Geschenk nicht annehmen dürfe. »Den Schreibgriffel durftest du doch auch von mir annehmen? Na also. Du musst es deinem Vetter ja nicht verraten.«

Als die Geschwister die Werft verließen, war Henrike über den Verlauf des Gespräches mit Adrian Vanderen mehr als erleichtert. Mit jedem Schritt auf dem Heimweg wuchs in ihr allerdings auch die Besorgnis. War es so gefährlich im norwegischen Bergen, dass Simon Waffen und Schutz brauchen würde?

Schon am übernächsten Tag legte die Kogge ab, die Simon, Nikolas und andere Kaufleute aus Lübeck nach Bergen bringen würde. Es war ein kühler Frühlingstag, aber die See würde ruhig bleiben, meinte Bosse Matys, der wie Henrike bei der Abfahrt zusah. Sie winkte Simon hinterher, unaufhörlich darum ringend, nicht in Tränen auszubrechen. Was Nikolas anging, war sie heilfroh, ihn los zu sein. Bevor er abgefahren war, hatte er sie beiseite genommen, mit grober Hand ihr Kinn umfasst und ihr etwas zugeflüstert. Seine Worte klangen noch immer in ihrem Ohr: »Keine Angst, ich werde jetzt die Finger von dir lassen.

Aber irgendwann, wenn du nicht mehr damit rechnest, werde ich da sein. Ich werde mich um dich kümmern. So wie ich mich um deinen Köter gekümmert habe. Und dann Gnade dir Gott.« Dann hatte er sie stehen lassen.

Wie betäubt hatte sie sich an eine Wand lehnen müssen, so weich waren ihre Knie gewesen. Griseus – er hatte ihm also doch etwas angetan! Sie sah ihren treuen Hund vor sich, mit seinem wuscheligen Fell und den braunen Augen. Wie sehr hatte sie sich an ihn gewöhnt! Und was konnte das arme Tier dafür, dass ihr Vetter so ein Scheusal war? Sie wusste, dass er versuchen würde, seine Worte wahr zu machen, und hatte keine Ahnung, was sie dagegen tun konnte.

Henrike sah zu, wie die Mastspitze der Kogge in der Ferne verschwand, und versuchte, die Gedanken an ihren Vetter weit von sich zu schieben. Sie war in Lübeck in Sicherheit, aber Simon müsste auf sich aufpassen. Sie würde nachher zur Wachsverkäuferin gehen, ein Schiffchen kaufen und es dem heiligen Nikolaus für Simons sichere Heimkehr opfern. Auch hatte sie ihrem Bruder das Abbild des heiligen Christophorus, das ihren Vater auf Reisen stets begleitet hatte, in seinen Hudevat gesteckt. Aber ob das ausreichen würde, um Simon wieder heil und gesund nach Hause zu bringen?

16

Lübeck, März 1376

Adrian ritt, wie Mechthild Diercksen es ihm beschrieben hatte, vor den Stadtmauern an der aufgestauten Wakenitz entlang. Überall sah man jetzt die Zeichen des Frühlings. Als er einen guten Blick auf die Wassertürme der Brauwasserkunst hatte, zügelte er sein Pferd. Obgleich er das Tier erst vor wenigen Tagen erworben hatte, reagierte es gut auf seine Befehle. Einen Augenblick lang sah er zu, wie das hölzerne Schöpfrad das Flusswasser in einen Hochbehälter brachte. Von dort aus wurde es, wie er wusste, in das unterirdisch verlegte hölzerne Leitungsnetz gedrückt und durch die Pipen, längsdurchbohrte Eichenstämme oder viereckige Rinnen, in zahlreiche Brauhäuser und Straßen der Stadt geleitet. Adrian hatte noch nie etwas Vergleichbares gesehen. Dieses Leistungssystem war umso beachtlicher, wenn man die Hügellage der Stadt bedachte. Dass allerdings in der Nähe des Schöpfwerks für die Wasserleitung die Schlachthausabfälle in die Wakenitz mündeten, erschien ihm eigentümlich; möglicherweise bekam aber das Lübecker Bier gerade dadurch sein spezielles Aroma.

Gerade gestern hatte Adrian bei einem Brauer in der Hüxstraße im Ostteil der Stadt Bier für die *Cruceborch* bestellt. Voll des Stolzes hatte dieser Biermacher dem Kaufmann von Lübecks Braugewerbe vorgeschwärmt; natürlich hatte er sich einige Spitzen gegen die Konkurrenten aus Wismar und Hamburg nicht verkneifen können. Während sie sprachen, hatte Adrian die fünf in Lübeck hergestellten Biersorten probieren müssen – dickes Bier, Stopbier, Schiffsbier, Konvent, also Dünnbier und Kinderbier –, so dass er die Brauerei weniger klarköpfig verließ, als er sie betreten hatte. Im Gespräch hatte er sich verwundert gezeigt, dass das Wasser auf die Hügel gepumpt wurde, schließlich war es ein enormer technischer Aufwand. Der Brauer hatte ihm erklärt, dass das Wasser aus der Trave durch die Meernähe für die Bierherstellung zu salzig sei und das Brunnenwasser zu kalkig. Dieser Aufwand habe aber auch dazu geführt, dass das Braurecht beschränkt worden sei; anders als in anderen Städten durfte zwar jeder für den Hausgebrauch brauen, aber nicht jeder durfte das Bier auch verkaufen. Mit ihrem abgeschlossenen Handel war Adrian, ob nun wegen oder trotz der Bierprobe, zufrieden gewesen.

Knallen und Zischen durchbrach die Stille. Adrians Pferd scheute. Was war das gewesen? Es war aus Richtung der Hopfengärten gekommen, dort stieg Rauch auf. War Bruno Diercksen etwas geschehen? Er presste seinem Pferd die Hacken in die Seiten und wollte zu den Gärten reiten, doch das Tier verweigerte den Gehorsam und tänzelte unruhig auf der Stelle. Mit sanfter Stimme sprach Adrian in das angelegte Ohr des Pferdes, strich beruhigend über den Hals, und schließlich folgte es seinem Befehl.

Auf einer Wiese vor den Hopfengärten stand Ratsherr Diercksen mit einem Mann und einem Jungen. War es ein Überfall gewesen? Adrian ritt heran. Beide schienen bewaffnet. Diercksen wirkte jedoch nicht beunruhigt, seine Begleiter sahen eher verlegen als gefährlich aus. In einiger Entfernung bemerkte Adrian einen an einen Baum gelehnten Harnisch. Er sprang vom Sattel und nickte den Männern zu.

»Ich fürchtete schon, Euch sei etwas geschehen«, begrüßte er Bruno Diercksen.

Der Ratsherr stand über seinen Stock gebeugt, die Schultern rund und schief. »Passiert ist gar nichts. Mir nicht – und auch sonst nichts«, brummte er.

Der Mann mit dem Rohr räusperte sich. »Ich … wir könnten

es noch mal versuchen, verehrter Ratsherr. Es ist noch Pulver da.«

Adrian betrachtete den Metallgegenstand interessiert. »Ein Handrohr, nicht wahr? Darf ich?«

Auf einen Wink Diercksens gab der Mann es Adrian. Dieser nahm es genau in Augenschein. Es war länger und schwerer als die Handrohre, die er in Brügge gesehen hatte, deshalb trug der Lehrjunge wohl auch einen Stützstock mit einer gegabelten Spitze. »An Zielgenauigkeit sind Armbrust und Langbogen diesen Handrohren wohl noch überlegen. Auch braucht man länger, um einen Schuss abzugeben, wie man hört. Aber dafür sind diese Rohre vermutlich einfacher herzustellen und dadurch billiger als andere Waffen«, mutmaßte er, als er das Metallstück zurückgab.

»Für den Preis einer Armbrust bekäme man zwanzig dieser Rohre«, stimmte Diercksen zu.

Der Mann hielt unschlüssig das Handrohr neben sich. »Sollen wir es noch mal …?«, fragte er.

Bruno Diercksen winkte ab und humpelte zu einer einfachen Bank, die am Rand der Wiese stand. »Macht Euch lieber an die Arbeit, Meister. Wir sprechen uns nächste Woche wieder. Und dann will ich sehen, wie dieser Harnisch von Bleikugeln durchschlagen wird«, forderte er mit pfeifendem Atem, bevor er Adrian den Platz neben sich anbot. »Wir wollen Handrohre gegen die Piraten einsetzen. Aber solange man mit ihnen noch nicht einmal diesen Harnisch da treffen kann, wird das wohl nichts. Sonst besteht die Gefahr, dass wir uns selbst Löcher in die Bordwand schießen«, meinte Diercksen gepresst. Ein Hustenreiz schien ihn zu quälen, immer wieder räusperte er sich.

Adrian sah zu, wie die beiden Handwerker ihre Gerätschaften in einen Karren luden und abzogen. Schließlich sagte er gedankenverloren: »Diese Waffen sind das Zeichen einer neuen Zeit. Mit so einem Rohr könnte jeder Bauer einen gut bewaffneten Ritter besiegen, ist es nicht so?«

Der Ratsherr hustete jetzt heftig und spuckte aus, seine Worte klangen bitter: »Einer neuen Zeit, in der ich keine Rolle mehr spielen werde.«

Ja, er war alt, sicher war er nicht gesund, aber dennoch wollte Adrian ihm Mut machen. Die Ratswahl war zwar erst drei Wochen her, dennoch wurde es Zeit, dass Diercksen sie hinter sich ließ.

»Sagt das nicht. Man braucht Euch noch. Wichtige Reisen im Auftrag des Rates warten auf Euch. Und es heißt, Ihr werdet nächstes Jahr ganz sicher zum Bürgermeister ernannt.«

»Nächstes Jahr!« Diercksen schnaubte. »Wer weiß, was bis zum nächsten Jahr noch alles geschieht? Vielleicht liege ich nächstes Jahr schon längst im Grab, und ein anderer wärmt sich an meiner Frau.« Er erhob sich stöhnend. »Kommt, lasst uns ein Stück gehen. Die Bewegung treibt mir die düsteren Gedanken sicher aus.«

Sie schritten nebeneinander her und sahen den Bauern zu, die auf den Hopfenfeldern das erste Grün hegten.

»Ich beneide die Ackerleute. Sie haben ein einfaches Leben. Säen, hegen, ernten. Ein gleichförmiger Kreislauf, der immer von Neuem beginnt. Wir Kaufleute hingegen mühen uns oft ab, ohne dass etwas dabei herauskommt«, sagte Bruno Diercksen trübsinnig.

»Beginnt nicht auch der Lebenskreislauf des Kaufmanns mit jedem Lenz stets von Neuem?«, gab Adrian zu bedenken. »Unser Leben ist beherrscht von Überfluss und Mangel, von Angebot und Nachfrage. Im Frühjahr ziehen wir los, kaufen und verkaufen den ganzen Sommer und Herbst über – säen und ernten gewissermaßen –, und im Winter hegen und pflegen wir unser Gut. Aber es stimmt, nicht jedes Saatkorn geht auf.«

Die ehrgeizigen Pläne beispielsweise, die er und sein Bruder Lambert im Zusammenhang mit dem Deutschen Orden geschmiedet hatten, hatte er noch nicht umsetzen können. Und der Schiffbruch, bei dem seine Pelze und Felle verlorengegangen waren, war, um im Bild zu bleiben, wie ein Hagelsturm gewesen, der beinahe eine ganze Ernte vernichtet hatte.

»Hattet Ihr schon Gelegenheit, etwas über den Angriff der Seeräuber auf die *Cruceborch* und den Schiffbruch der *Gotthilf* herauszufinden?«, fragte er nach.

»Bisher noch nicht. Die Seeräuber haben sich offenbar aus dem Staub gemacht, ohne Spuren zu hinterlassen. Und was die *Gotthilf* angeht, haben meine Nachforschungen noch keine Ungereimtheiten ergeben. Aber ich halte Euch auf dem Laufenden«, versprach Diercksen.

Zwei Schwäne glitten behäbig über die Baumwipfel, breiteten die Schwingen aus und ließen sich auf die Wakenitz sinken. Andächtig sahen die Männer zu, dann schließlich blickte der Alte seinen jüngeren Gefährten von der Seite an. Er wirkte wieder munterer. »Und wer wird Euch im nächsten Winter hegen und pflegen?«, fragte er halb ernst, halb im Spaß.

Adrian lächelte bereitwillig. »Noch gibt es keine ernsthafte Kandidatin«, antwortete er wahrheitsgemäß.

Der Ratsherr stützte sich mit beiden Händen auf seinen Stock. »Ihr seid ein guter Mann, Vanderen. Möglicherweise habe ich ein Angebot für Euch. Schaut doch wieder einmal zu einem Gastmahl bei uns vorbei.«

»Mit Euch speisen würde ich sehr gerne wieder«, gab dieser zurück, »allerdings möchte ich Euch gerne zu mir einladen! Die ersten Räume meines neuen Hauses sind fertiggestellt. Wie wäre es also, wenn Ihr mich dort mit Eurer verehrten Ehefrau und Euren Kindern besuchen kommt? So kann ich Euch für Eure Hilfe danken und bei der Gelegenheit auch zahlen, was ich Euch schuldig bin.«

Der Ratsherr nahm die Einladung an, und sie verabredeten sich für die nächste Woche.

Der Wagen nahte heran, der Bruno Diercksen wieder in die

Stadt bringen sollte. Adrian schwang sich auf den Rücken seines Pferdes und ritt zu den Salzspeichern. Sein Aufenthalt in Lübeck, die Reparatur des Schiffes und der Hauskauf hatten seine Geldreserven fast aufgebraucht. Es wurde Zeit, dass er endlich sein Baiensalz an den Mann brachte.

Als Hermann Warendorp den Salzspeicher betrat, zogen die Arbeiter ehrfürchtig ihre Mützen vom Kopf. Nicht nur sein grauer Mantel mit einem halben Kreuz, die Tracht der weltlichen Angehörigen des Deutschen Ordens, war respekteinflößend, hinzu kam das Wissen, dass Warendorp einer der bedeutendsten Familien Lübecks entstammte. Konrad Vresdorp hatte an einem Abend ausführlich mit Adrian darüber gesprochen. Warendorps weit verzweigte Familie hatte mehrfach Ratsherren, Domherren und Bürgermeister gestellt. Der berühmte Brun Warendorp hatte die Lübecker Truppen im Krieg gegen Waldemar von Dänemark geführt und so den Frieden von Stralsund vorbereitet, war jedoch nach der erfolgreichen Belagerung von Helsingborg gestorben. Ein Haus der Familie befand sich in Adrians neuer Nachbarschaft in der Mengstraße. Dass ein Angehöriger einer bedeutenden Patrizierfamilie in den Orden eintrat, war nicht ungewöhnlich, und doch war es ein großer Schritt. Die Ordensmitglieder durften weltlich sogar verheiratet bleiben, unterstellten aber sich und ihren Besitz ihrer Bruderschaft, an die nach ihrem Tod auch ihr Erbe fiel.

Nachdem sich die beiden Männer begrüßt hatten, gingen sie zu dem Baiensalz, das Adrian hier eingelagert hatte. Die Salzspeicher waren aufgemauerte, nach oben und unten mit dicken Bohlen begrenzte Kammern, die vollständig mit Salz befüllt und dann vernagelt wurden. Auf der Tür des Speichers war verzeichnet, wie viele Tonnen, Lispfund, Wispel oder Scheffel Salz er enthielt. Auch wurden die Salzträger und Salzmesser streng vereidigt. Weil das Salz so kostbar war, wurde der Handel damit so streng überwacht.

Hermann Warendorp nahm die Zahlen an der Tür in Augenschein. Anschließend probierte er ein wenig aus einem Säckchen, das Adrian mitgebracht hatte, dann begann er zu sprechen. Er hört sich gerne reden, dachte Adrian, während sein Gegenüber Allgemeinbekanntes von sich gab, als handelte es sich um Neuigkeiten. Aber das Gebot der Höflichkeit verlangte, dass er ihm aufmerksam zuhörte.

»Mich wundert, dass Ihr es nicht längst verkauft habt. Die Nachfrage ist groß. Auch der Salzmarkt auf dem hiesigen Klingenberg ist nicht so gut versorgt wie sonst. Dabei wird für die Fangsaison reichlich Salz benötigt. Wenn man bedenkt, dass man ein Fass Salz braucht, um vier bis fünf Fässer Hering einzusalzen! An der Ostseeküste ist Salz Mangelware, zu wenig davon ist im Meerwasser, und die wenigen Salinen vor Ort wie in Kolberg geben zu wenig her«, sagte Warendorp.

»Mir ist an einem langfristigen Austausch mit dem Orden gelegen«, entgegnete Adrian. »Ich möchte einen Teil des Handels übernehmen, den Konrad Vresdorp mit dem Orden getätigt hat, wie Ihr wisst. Das Salz ist also für Euch reserviert, wir brauchen uns nur noch über den Preis zu einigen.«

»Ganz so einfach ist es nicht. Auch Hartwig Vresdorp möchte die Geschäfte seines Bruders fortführen, und er ist Angehöriger einer Familie, die eine lange Verbindung zum Orden hat.«

Diese Information war neu für Adrian, bislang war Hartwig Vresdorp nur bei den Schonen- und Bergenfahrern in Erscheinung getreten.

»Das wusste ich nicht.«

»Der älteste Bruder Vresdorp war in den Orden eingetreten. Er ist allerdings bereits zu Gott gegangen«, sagte Hermann Warendorp.

»Hartwig Vresdorps Geschäfte haben also Vorrang?«, fragte Adrian nach.

»Zumindest werden sie ebenfalls berücksichtigt. Was wollt Ihr für das Salz haben?«

Adrians Geduld wurde strapaziert, denn all diese Punkte hatten sie bereits durchgesprochen. Noch einmal betonte er die Güte des Salzes und den günstigen Preis. Warendorp wollte jedoch wesentlich weniger zahlen. So gab ein Wort das andere, eine Summe folgte auf die nächste. Nach zähen Verhandlungen glaubte Adrian schon, dass sie sich nicht mehr einig werden würden. Doch da erwähnte Hermann Warendorp Adrians Wunsch nach größeren Bernsteinmengen. Wollte er ihn etwa erpressen? Billiges Salz als Dank für seine Unterstützung beim Kauf von Bernstein? Unwillen stieg in Adrian auf. Das war typisch Deutscher Orden, dachte er. Die Ordensbrüder hatte er oft als Halunken im Namen des Herrn erlebt. Ihren Auftrag zur christlichen Nächstenliebe schienen sie ihrer Kampfmission geopfert zu haben. Und im Geschäftlichen konnten sie es mit den größten Halsabschneidern aufnehmen. Dabei durfte der Orden zwar Waren verkaufen, um seiner Armut abzuhelfen. Die Ordensregeln sahen aber nicht vor, dass er Gewinn erzielte, weder mit seinen Waren noch mit denen fremder Händler, wurde doch Gewinnstreben offiziell als sündig angesehen. Adrian unterdrückte seinen Widerwillen und kam Hermann Warendorp noch etwas weiter entgegen, so, wie er es bei einem weltlichen Kaufmann auch getan hätte.

»Und was ist mit dem Bernstein? Werdet Ihr befürworten, dass die Zunft der Paternostermacher in den Handel mit mir einwilligt?«, fragte er.

Warendorp zupfte einen Faden von dem aufgenähten halben Kreuz an seinem Umhang. »Ich werde es den Paternostermachern empfehlen, für dieses Mal zumindest. Über alles, was darüber hinausgeht, werde ich mit dem Großschäffer des Ordens in Königsberg sprechen müssen. Aber wann das sein wird, kann ich Euch natürlich noch nicht sagen.« Er machte einen neuen Preisvorschlag, und schließlich schlug Adrian ein.

Beim Hinausgehen winkte Hermann Warendorp den Arbeitern huldvoll zu. Es konnte nicht offenkundiger sein, dass er sich über den Kaufmannsstand erhoben fühlte.

Adrian stieg auf sein Pferd und trieb es am Fluss entlang. Immer wieder ging er die Verhandlung durch, überlegte, ob er etwas hätte besser machen können. Er hatte einen guten Preis erzielt, wenn auch sicher ein größerer Gewinn möglich gewesen wäre. Andererseits war er endlich mit dem Vertreter des Ordens in Lübeck einig geworden, wie Lambert und er es sich vorgestellt hatten, ein Stück weit auf jeden Fall. Und doch blieb nach dem abgeschlossenen Handel ein schales Gefühl zurück. Zumindest hatte er nun wieder genügend Geld, um die *Cruceborch* auszurüsten.

Adrian Vanderen saß an der geöffneten Tür seines Kaufkellers und schrieb Brief um Brief. Da er den Kaufkeller offen hielt, aber knapp an Helfern war, hatte er sich kurzerhand auch einen Schreibtisch hierhergestellt. Ihn fröstelte. Die Sonne schien hell durch die Türöffnung, doch der Wind war kalt, schien direkt aus dem hohen Norden zu kommen. Es war schwieriger als gedacht, an die Handelsbeziehungen Konrad Vresdorps anzuknüpfen. Er hatte die wichtigsten Partner angeschrieben, hatte von seiner Zusammenarbeit mit Vresdorp berichtet und davon, dass er Waren aus Brügge in gewohnter Qualität und Menge liefern konnte. Die Antworten der Händler aus Wismar, Stralsund, Danzig, Reval, Riga oder Nowgorod waren meist höflich, aber unverbindlich. Man kenne ihn nicht persönlich und wisse nicht, wie verlässlich er sei. Man solle sich vielleicht erst einmal treffen, kennenlernen, Auge in Auge unterhalten, alles bei einem Bier besprechen … Die Worte waren manchmal andere gewesen, ihre Vorschläge liefen aber immer auf dasselbe hinaus: Sie wollten ihn persönlich in Augenschein nehmen, um sicherzugehen, dass er ihr Vertrauen und ihre Ware auch verdiente. Adrian legte die Feder ab und schüttelte die Hand aus, streckte sich, ging einige Schritte auf und ab. Er hatte es überschlagen: Wenn er alle Handelspartner aufsuchen würde, die ein solches Treffen wünschten, wäre er vermutlich mehrere Wochen, wenn nicht Monate unterwegs. Diese Zeit hatte er eigentlich nicht. Eigentlich.

Cord riss ihn aus seinen Gedanken, als er die Treppe herunterpolterte. »Herr, unsere Köchin schickt mich. Sie braucht Safran, dringend, für den Kuchen, den sie heute servieren will.«

Der Schiffskoch und die alte Köchin hatten sich inzwischen aufeinander eingespielt. Und solange Cord daneben noch Aufträge für Adrian erledigen durfte, teilte er seinen Platz am Herd inzwischen gerne. Zumal er an Margaretes Kochkünste nun wirklich nicht herankam, das gestand er ganz uneitel ein. Für diesen Abend hatte Adrian die Familie Diercksen geladen, und er wollte, dass seine Gäste von dem Essen und der Umgebung angetan waren. Diele, Saal und Schreibkammer waren fertig renoviert. Im Keller und auf dem Speicher, vor allem aber im Flügelanbau war noch Einiges zu tun, aber diese Trakte seines Hauses würden die Gäste nicht zu Gesicht bekommen.

»Du weißt doch, wo alles steht. Nimm dir ein wenig«, gestattete Adrian ihm.

In diesem Augenblick schlurfte eine Greisin in den Kaufkeller. Eine Krankheit hatte ihren Rücken zu einem Buckel geformt, und sie zog einen Fuß nach. Ihr Rock war fadenscheinig und ihre einfachen Latschen geflickt, und doch wirkte sie ehrwürdig. Adrian begrüßte sie höflich, er machte keinen Unterschied zwischen reichen und armen Kunden. Jeder verdiente es, zuvorkommend behandelt zu werden. Die Alte fragte höflich, allerdings nuschelnd – sie hatte keine Zähne mehr im Mund – nach einem einfachen Tuch.

Jetzt kamen auch noch Amelius und Jost durch die Tür getreten. Adrian hieß sie mit einem leichten Kopfnicken willkommen. Dass Amelius, der Gehilfe der Witwe Tale von Bardewich, kommen wollte, wusste er. Jost hingegen war doch von Hartwig Vresdorp entlassen worden. Was wollte er wohl hier?

»Cord, übernimm du«, forderte Adrian seinen Helfer auf. Der Koch kratzte verlegen seinen kahlen Kopf, in der anderen Hand hielt er den Safran.

»Herr, ich ... Margarete, der Kuchen. Es eilt, sagt sie. Und es ist doch für das Gastmahl«, gab er zerknirscht zurück.

Das war der Nachteil, wenn man keinen vernünftigen Kaufmannsgehilfen und eine strenge Köchin hatte, dachte Adrian ein wenig verärgert bei sich.

»Gut, aber komm gleich wieder her«, mahnte er, ließ ihn jedoch gehen. »Ihr beide, Amelius und Jost, müsst euch bitte einen Augenblick gedulden.«

Die beiden Kaufmannsgehilfen stellten sich in den Windschatten der Tür und unterhielten sich, das Warten schien ihnen nichts auszumachen.

Adrian lächelte die Alte an. »Einfaches Tuch? Dann wollen wir doch mal sehen, was wir da haben.« Er holte Tuche hervor, breitete sie auf dem Tisch aus. Die Greisin befühlte sie genau. Sie schien sich mit Stoffen auszukennen. Auch ihr Rock, bemerkte er, war einmal teuer gewesen. Jetzt aber konnte sie sich derart kostspielige Waren wohl nicht mehr leisten, das erkannte er an ihrer Reaktion auf die Preise. Jähes Mitleid überfiel ihn. So hart er auch verhandeln konnte, wenn er es mit anderen Kaufleuten zu tun hatte, so wenig mochte er armen Leuten das Geld aus der Tasche ziehen.

Er wusste noch genau, wie es gewesen war, nichts zu haben, konnte sich daran erinnern, wie seine Mutter Silberkannen,

Wachstafeln und schließlich Lumpen verkauft hatte, um über die Runden zu kommen. Sie hatte darum gekämpft, dass ihre Kinder immer genug zu essen hatten, und doch waren in dieser Zeit der Not zwei seiner Geschwister gestorben. Wenn nur sein Vater sich um die Familie gekümmert hätte, wie es sich gehörte! Aber der Wein hatte seine Sinne vernebelt, was in Adrian eine tiefe Abneigung gegen diese berauschenden Getränke erzeugt hatte. Er schob die düsteren Erinnerungen von sich und wandte sich wieder der Alten zu, die über den Samt strich und vor sich hinmurmelte.

»Schön wie ein Kleid der Braut von Papedöne. Nichts mehr für ein altes Weib wie mich.«

Adrian horchte auf. »Papedöne? Diesen Namen habe ich noch nie gehört.«

Die Alte sah ihn an, ihren zahnlosen Mund zu einem Lächeln verzogen. »Ach, nur eine alte Geschichte«, sagte sie abwinkend, doch Adrian bat sie, zu erzählen; alten Geschichten konnte er nicht widerstehen.

Rücksichtsvoll schob er ihr einen Schemel hin, auf den sie sich dankbar niederließ, bevor sie zu sprechen begann.

»Unweit von Ratzeburg, auf der mecklenburgischen Seite, hat der Papedöne seine Mordgrube gehabt. Kaufleute beraubt und erschlagen hat er. Ihre Schädel aufgereiht und mit einem Schlegel darauf Musik gemacht. Sieben Frauen hat er nacheinander genommen. Jede hatte er erwürgt, bis auf die Letzte, die er zu lieb hatte. Sie ließ er in Samt und Seide gekleidet und mit Edelsteinen geschmückt in Lübeck auf den Markt gehen. Da sah sie auf dem Markt ihren Bruder, einen Kaufgesellen. Nicht sprechen durfte sie mit ihm. Deshalb kaufte sie einen Sack Grütze und streute sie hinter sich. So konnten die Lübischen ihr folgen, den Bösewicht fangen und ihn bis zu seinem Tode auf das Rad spannen. Aber die Frau ward nimmer gesehen.«

Die Alte schob den Samt von sich und bat ihn, ihr ein paar Ellen von dem Lübischen Grauwerk abzuschneiden, einem einfachen, günstigen Stoff. Adrian kam ihrem Wunsch nach, legte ihr aber noch ein Stück von dem Samt dazu, der ihr so gut gefallen hatte. Freudig nahm sie die Stoffe an sich.

Cord, der just in dem Moment zurückkam, als die Alte das Geld vor Adrian auf den Tisch zählte, stutzte.

»Was ist?«, wollte Adrian wissen.

Cord druckste, sagte dann, nachdem sie hinausgeschlurft war: »Aber Herr, war das nicht viel zu billig?«

»Billig für viele andere vielleicht, nicht aber für sie«, sagte er. Mahnend hob er die Hand. »Aber solche Preise mache nur ich, vergiss das nie. Und nun habe ich Zeit für Amelius und Jost, du kannst sie hereinrufen.«

Die Männer nahmen am Schreibtisch Platz und zogen ihre Mützen vom Kopf. Es stellte sich heraus, dass Amelius im Auftrag der Witwe auf der *Cruceborch* wieder nach Brügge reisen sollte. Da sich die Kosten für die Fracht auch nach den zu befördernden Waren richtete, mussten sie eine Weile verhandeln, aber schließlich waren sie sich einig.

Adrian wandte sich nun an Jost. »Und du, was kann ich für dich tun?«

Jost beugte sich vor und knetete seine Mütze in den Händen. »Ich bin auf der Suche nach einer neuen Anstellung und wollte fragen, ob Ihr nicht vielleicht Verwendung für einen Kaufgesellen habt.«

Adrian glaubte trotz der Bitte eine Spur Abwehr in Josts Blick zu erkennen. »Wie kommt es, dass du nicht mehr in Hartwig Vresdorps Diensten stehst?«

Der Gehilfe starrte auf die Spitzen seiner Lederschlappen.

Nun beugte sich Amelius auf seinem Schemel vor. »Zu Unrecht hinausgeschmissen hat er ihn! Dabei kenne ich Jost seit unserer Lehrzeit und weiß, dass er fleißig und verlässlich ist. Hartwig Vresdorp hat ihm auch noch das Geld verweigert, das sein seliger Herr ihm vermacht hat«, warf er erregt ein.

Jost schien dieser Einwurf unangenehm zu sein, er stieß Amelius offensichtlich unter dem Tisch mit dem Fuß an. Knapp fasste Jost den Vorfall mit der Wachshändlerin zusammen.

Adrian kam bei dem Bericht ins Grübeln. Es könnte von Vorteil sein, Jost anzuheuern. Jost kannte Konrad Vresdorps Handelsnetz sehr gut, hatte oft Geschäftsreisen für seinen Herrn übernommen. Überdies könnte er einen Gehilfen gebrauchen. Andererseits war Jost ihm in der Alfstraße mit einer misstrauischen, ja beinahe feindseligen Haltung begegnet, die er sich damals wie heute nicht erklären konnte.

»Komm in den nächsten Tagen noch einmal hier vorbei, Jost. Möglicherweise habe ich einen Auftrag für dich.«

Adrian bemerkte, dass Amelius bei diesen Worten aufatmete. Es war nur richtig, dass sich ein Freund um einen anderen sorgte, und das schienen sie zu sein. Die beiden Kaufmannsgehilfen verabschiedeten sich und verließen den Kaufkeller.

Adrian wollte sich gerade erneut an seine Papiere setzen, da fiel ihm die Geschichte vom Räuber Papedöne wieder ein. Sie hatte alles, was die meisten Menschen an Erzählungen mochten: Sie war ein wenig unheimlich und blutig, aber der Gerechtigkeit wurde darin Genüge getan, und am Ende blieb ein kleines Geheimnis – wo war die junge Frau geblieben? Auch Bosse Matys schuldete ihm noch eine Geschichte. Er würde Bosse daran erinnern, bevor die *Cruceborch* in See stechen würde, um nach Brügge zu segeln.

Margarete hatte sich mal wieder selbst übertroffen. Allen hatten ihre Speisen gemundet, der Kuchen zum Abschluss war das reinste Gedicht gewesen. Mechthild Diercksen konnte gar nicht genug davon bekommen. Sie aß schon das dritte Stück, während ihre Tochter noch die Krümel des ersten aufpickte.

»Wirklich, die Ratskuchenbäckerin hätte es nicht besser machen können!«, lobte die Ehefrau des Ratsmannes immer wieder.

Adrian nahm ihr Lob mit einem vorsichtigen Lächeln an. Er hatte nicht vergessen, wie sie sich ihm aufgedrängt hatte, und fand es sicherer, sich ihr gegenüber in Zurückhaltung zu üben. Merkwürdigerweise hatte sie sich heute nach seinem ›reizenden Gehilfen‹ Liv erkundigt – sie schien ein besonderes Interesse an den Männern dieses Haushaltes zu haben. Er hatte ausweichend geantwortet, dass Liv in einer Geschäftsangelegenheit unterwegs sei.

Bruno Diercksen ignorierte das Plappern seiner Frau. Er drehte sein Weinglas zwischen den Fingern, während er sagte: »Ihr habt recht gehabt, Vanderen, man braucht mich tatsächlich noch. Ich soll nach Stralsund zum nächsten Hansetag reisen. Mein Leben ist also doch noch nicht vorbei, noch nicht ganz zumindest.«

Seine Tochter lief rot an und hustete heftig. Sie wedelte mit den Fingern vor ihrem Gesicht, als wollte sie sich Luft zufächeln. Ihre Mutter klopfte ihr robust auf den Rücken, bis sie sich wieder gefangen hatte. Drudeke Diercksen tupfte die Hustentränen mit dem Ärmel ihres hellen Kleides ab und umfasste die große Hand ihres Vaters. Adrian bemerkte die Schminke, die im Stoff hängengeblieben war. Sie war nicht hässlich, diese Drudeke, wirkte aber einfach äußerst … künstlich.

»Wie kannst du so etwas sagen, Vater! Du wirst noch Bürgermeister werden – das hast du doch versprochen!«

Bruno Diercksen tätschelte ihre Finger, lächelte sie ob ihrer Einfalt nachsichtig an. »Ja, Kind, das werde ich. Du weißt ja, was der Vater verspricht, das wird er auch halten. Und dein Vater hat auch versprochen, dich bald unter die Haube zu bringen.« Die junge Frau strahlte ihn verzückt an. Sie bewunderte ihren Vater offenbar sehr. »Auch deshalb sind wir hier.«

Mechthild, die gerade erneut von ihrem Kuchen abbeißen

wollte, hielt in der Bewegung inne, mit offenem Mund sah sie ihren Mann an.

Bruno Diercksen lehnte sich zurück. »Ich wollte Herrn Vanderen deine Hand antragen.«

Adrian war sprachlos. Damit hatte er nun wirklich nicht gerechnet. Hatte Mechthild Diercksen nicht gesagt, ihr Mann träume von einer adeligen Verbindung seiner Tochter? Rückte er jetzt etwa von diesem Plan ab, weil er kein Bürgermeister geworden war? Wäre die Heirat mit Adrian eine Art Notlösung? Und was würde ihm selbst so eine Verbindung einbringen? Denn dass er Drudeke nicht aus Zuneigung heiratete, stand außer Frage. Doch vielleicht war er auch ungerecht, vielleicht müsste er sie nur besser kennenlernen …

Er sah Drudeke von der Seite an. Sie schien ebenso erstaunt wie er. Diercksen hingegen lächelte, zufrieden über die gelungene Überraschung.

»Ich biete Euch eine reiche Mitgift. Und ein Haus, das bald – wenn auch vielleicht nicht nächstes Jahr – bestellt werden muss. Meinem Vicus kann ich es noch nicht überlassen. Zu wenig Biss hat er, weshalb ich ihn erst einmal nach Bergen geschickt habe. Dort kann er sich seine Sporen verdienen.«

Vicus Diercksen war ebenfalls in Norwegen? Adrian hatte sich schon gewundert, warum er nicht zu diesem Essen erschienen war. In diesem Falle war es noch besser, dass er Simon Dolch und Harnisch mitgegeben hatte. Der Junge würde es nicht leicht haben. Besser auf jeden Fall, wenn er sich seiner Haut erwehren konnte.

Adrian dankte ausgesucht höflich für das Angebot. Er fühle sich geehrt und werde in den nächsten Tagen deswegen bei Bruno Diercksen vorsprechen.

Kaum waren die Gäste gegangen, setzte er sich an sein Schreibpult und griff zu Feder und Tinte.

Lambert, geliebter Bruder,
ich gebe dem nächsten Schiffer nach Brügge diesen Brief mit, aber ich kann nicht mit an Bord steigen, so gerne ich euch alle wiedersehen würde. Geht es euch gut? Seid ihr alle gesund? Ich habe mich sehr gefreut zu hören, dass Martine wieder guter Hoffnung ist. Gott gebe, dass sie auch diese Schwangerschaft gut übersteht und das Kind gesund zur Welt kommt!
Du bereitest sicher eifrig die Ostermesse vor. Der Handel bei dieser Messe wird besonders gut laufen, vermute ich, denn hier fürchtet man den nächsten Krieg. Sei versichert, dass bis dahin die Cruceborch bei dir eintreffen wird, beladen mit Pelzen und Fellen, Wachs und so viel Bernstein, wie ich nur bekommen konnte.
Was den Schiffbruch angeht, so gibt es angeblich keinen Hinweis auf ein Verbrechen. Mein Gefühl sagt mir nach wie vor etwas anderes. Ich werde weiterhin auf eigene Faust Nachforschungen anstellen. Aber wen soll ich schicken? Ich muss zugeben, hier ist zu viel zu tun für zu wenige Hände.
Ach, Bruder, wie gerne würde ich mit dir auf der Bank unter dem Rosenstock sitzen und all das, was es hier zu bedenken gilt, besprechen! Wie geht es unseren Schwestern? Frag sie, was man in diesem Frühjahr in Brügge trägt, sie werden dir überreichlich Auskunft geben können. Es gibt hier viele reiche Patrizierfrauen, die sich nach Putz sehnen und viel Geld dafür ausgeben. Erst heute hatte ich so eine Dame zu Besuch.
Und jetzt kommt noch eine gute Nachricht: Ratsherr Diercksen hat mir seine Tochter zur Frau angeboten. Wir haben zwar noch nicht über die Mitgift gesprochen, aber 800 bis 1000 Mark Denare werden es wohl sein. Was könnten wir mit diesem Geld alles ausrichten! Unsere eigenen Schwestern könnten wir unter die Haube bringen, zwei zumindest. Damit wäre ihre Zukunft gesichert, und wir hätten eine Sorge weniger. Ich höre schon, wie du Martine diesen Brief vorliest und sie fragt, wie sie denn ist, diese Frau, die ich heiraten soll.

Adrian hielt inne und nahm einen Schluck von seinem mit Wasser verdünnten Wein. Die nächsten Worte wollten gut gewählt sein. Lambert und Martine hatten gegen jede Vernunft geheiratet, weil sie sich liebten. Sie würden nie wollen, dass er eine Frau zur Ehe nahm, die nicht ebenso stark sein Herz berührte. Er tunkte die Feder in die Tinte und schrieb weiter.

Ich muss zugeben: Ich kenne sie nicht sehr gut. Sie ist jung und wohl auch hübsch. Alles Weitere muss ich erst noch herausfinden.
Gott segne euch, auf hoffentlich bald,
euer Adrian

17

Auf der Ostsee, Ende Februar 1376

»In Gottes Namen fahren wir …«

Der vielstimmige Gesang der Seeleute war weithin über die Trave zu hören. Doch die Fischer, deren Nachen von den Bugwellen der Kogge zum Schwanken gebracht wurden, sahen kaum auf: Die Koggen waren für sie ein wohlbekannter Anblick. Das Lied, das bei Fahrtbeginn von den Seeleuten angestimmt wurde, hatten sie vermutlich schon viele Male gehört. Bei Simon hingegen stellten sich die Nackenhaare auf vor Aufregung. Träumten die Fischer denn nie davon, ihre Heimat zu verlassen, etwas Unbekanntes kennenzulernen? Der Junge stützte sich auf die Reling und spähte die Windungen des Flusses hinauf. Kaum konnte er erwarten, dass sich ein neuer Ausblick auftat. Simon freute sich darauf, endlich ein echtes Abenteuer zu erleben.

Das würde er sich auch nicht von seinem Vetter verderben lassen. Sicher, Nikolas' Drohung, ihm das Leben schwerzumachen, war nicht zu unterschätzen. Aber auch er hatte gelernt. Auch er würde sich zu behaupten wissen, das fühlte Simon mit der ganzen Kraft seines dreizehnjährigen Herzens. Mehr Sorgen machte ihm da schon seine Schwester. Henrike verstand es immer wieder, ihre Verwandten gegen sich aufzubringen; wenigstens war Nikolas nun nicht mehr in ihrer Nähe. Zwischen den beiden musste etwas Schwerwiegendes vorgefallen sein, und auch, wenn Simon nicht wusste, was, spürte er, dass sich ein tiefer Riss zwischen ihr und Nikolas aufgetan hatte, den man kaum mehr würde überbrücken können.

»Simon Vresdorp!«

Ein harscher Ruf bereitete seinem Gedankenfluss ein abruptes

Ende. Sein Vetter hatte sich neben dem Schiffer eingefunden und gab ihm ein Handzeichen. Simon drängte sich zwischen den Kaufleuten hindurch. Sie hatten es sich auf Deck bequem gemacht und ließen bereits die Würfel fliegen, während die Lehrjungen sich eher in der Nähe des Mastes aufhielten. Er kannte einige von ihnen, aber bei Weitem nicht alle. Simon stellte sich vor dem Schiffer auf, straffte die Schultern. Kapitän Smet war ein großgewachsener Mann mit ledrig wirkender Haut.

»Herr Kapitän?«

»Ich höre, dass du wie andere Lehrjungen einen Teil deiner Überfahrt erarbeiten wirst. Arne, unser Koch, kann noch Hilfe brauchen, der hat nur den Claas – und das ist 'ne halbe Portion. Also, geh ihm zur Hand, vernachlässige aber keinesfalls die Pflichten deinem Herrn gegenüber.«

Simon konnte seine Enttäuschung nicht verhehlen. Dass Nikolas ihn bereits bei der Überfahrt auf Trab halten würde, hatte er erwartet. Aber dass er ausgerechnet dem Koch zur Hand gehen sollte? Konnte er nicht eine aufregende Aufgabe übernehmen? Neidvoll hatte er beobachtet, wie die Schiffsjungen sich am Tauwerk und dem Segel zu schaffen machten oder behände wie Eichhörnchen den Mastkorb erklommen. Das wären Arbeiten nach seinem Geschmack.

»Könnte ich nicht …« Nikolas' Schlag traf ihn direkt auf den Mund. Er schmeckte sofort Blut.

»Die Widerworte werde ich dir austreiben! Tu, wie dir geheißen.«

Simon starrte auf die Bohlen, entfernte sich mit vor Groll gespanntem Körper. Nikolas würde ihn nicht kleinkriegen.

Erst in der Mitte des Decks sah er wieder auf. Der Anblick, der sich ihm bot, lenkte ihn von seinem Zorn und den Schmerzen ab. In der hügeligen Landschaft zeichneten sich die Umrisse von Travemünde ab, der schönsten Schwester Lübecks, wie sein Vater den kleinen Ort bei einem gemeinsamen Besuch genannt hatte. Er konnte bereits den Kirchturm von Sankt Lorenz und die Vorderreihe mit dem Haus des Vogtes erkennen. An den Dalben hatten größere Schiffe festgemacht, an den Stegen kleinere wie Prahme und Leichter. Auf der anderen Seite befand sich die dünenartige Halbinsel Priwall mit dem Leuchtturm, der, wenn man den Erzählungen Glauben schenken durfte, so hoch aufragte wie das Gewölbe der Lübecker Marienkirche.

›Wenn wir auf die Weite der Ostsee hinausfahren und uns gen Fehmarn halten, ist es so weit, dann werde ich dort sein, wo ich noch nie war‹, dachte Simon.

Nur mühsam riss er sich von der schönen Aussicht los. Er erreichte die Herdstelle gleichzeitig mit einem schwankenden Stapel Feuerholz auf Beinen.

»Komm, ich nehme dir etwas ab.«

Simon wischte sich das Blut von den Lippen und wollte mitanfassen, doch der Holzstapel bewegte sich einen Schritt zur Seite und ging schließlich krachend neben dem Herd zu Boden. Ein spitznasiger Junge mit großen dunklen Augen und abstehenden Ohren kam zum Vorschein. Er war etwa zehn Jahre alt und sah ihn mit einer Mischung aus Misstrauen und Trotz an.

Simon versuchte ein Lächeln, doch die geschwollenen Lippen spannten schmerzhaft. »Bist du Claas? Ich bin Simon. Der Schiffer hat mir aufgetragen, hier zu helfen. Obwohl ich lieber etwas anderes machen würde als langweiligen Küchendienst.«

Hinter ihm schnatterte es schrill. Simon wandte sich um. Der Koch stand vor ihm, auf beiden Seiten heftig umflattert. Arne war ein kleiner magerer Mann mit blutunterlaufenen Augen und hohlen Wangen, um die Hüfte trug er eine abgenutzte Lederschürze. Die Gänse in seinen Händen schlugen wild mit den Flügeln, doch der Griff, mit dem der Koch ihre Füße umklammert hielt, war zu fest.

»Langweiliger Küchendienst, wie? Dann mach mal diese

Gänse hier tot und nimm sie aus, großer Abenteurer. Die leicht verderblichen Waren müssen zuerst weg.«

Claas scharrte mit dem bloßen Fuß auf dem Deck, als ob dort etwas besonders Interessantes zu sehen wäre, doch der Koch hielt beiden Jungen jeweils einige Gänse hin. Zu zögerlich griffen sie zu, schon im nächsten Augenblick hatte eines der Tiere Claas in die Hand gebissen und war seinem Griff entwischt. Bei dem Versuch, sie wieder einzufangen, flatterten auch die anderen Gänse davon. Simon mühte sich mit Claas, sie einzufangen und gleichzeitig seine Gänse festzuhalten, was wohl komisch aussah, denn Gelächter brandete auf. Die beiden brauchten eine Weile, bis sie alle Gänse wieder eingefangen hatten. Glücklicherweise konnte keine von Bord entkommen. Zerrauft, mit Federn in den Haaren und außer Atem standen sie an Deck und wurden erst jetzt gewahr, dass sich aller Augen auf sie gerichtet hatten. Die Männer hatten sich anscheinend gut amüsiert. Nikolas konnte sich kaum einkriegen vor Schadenfreude. ›Als ob wir Gaukler wären‹, dachte Simon erbost und umfasste die Gänse fester.

»Wie überaus lustig, Simon! Wenn du als Kaufmann nicht klarkommst, kannst du immer noch dein Geld auf dem Jahrmarkt verdienen«, hörte er eine spöttische Stimme, konnte aber das Gesicht dazu nicht entdecken.

Nikolas' Lachen gefror. »An deiner Stelle würde ich das Maul nicht so weit aufreißen, Vicus. Auch du musst erst einmal beweisen, ob ein Kaufmann in dir steckt.«

In der Gruppe der Schaulustigen tat sich ein Spalt auf, so dass auch Simon nun Vicus Diercksen sah. Er konnte es kaum fassen. Womit hatte er verdient, dass auch noch diese Pestbeule an Bord war? Nikolas ging auf Vicus zu, die beiden begannen sich zu schubsen wie zwei Gossenjungen. Schon bildete sich ein Kreis um sie, anfeuernde Rufe wurden laut. Mit einem unmissverständlichen Brüllen gebot der Schiffer ihnen Einhalt. Langsam zerstreute sich die Meute wieder, auch wenn sich Nikolas und Vicus noch immer feindlich musterten. Vielleicht war es gar nicht so schlecht, wenn Nikolas seinen Zorn auf Vicus richten würde und nicht auf ihn, dachte Simon und wandte sich wieder dem Koch zu, der ihnen Dauben und Messer bereitgestellt hatte.

»Gänse in den einen. Federn und Kroppzeug in den anderen. Abfall in die Bilge«, wies er sie an. Simon setzte sich auf einen Schemel. Er hatte oft gesehen, wie Margarete Tiere geschlachtet hatte, selbst aber noch nie Hand angelegt. Claas wirkte ebenso ratlos.

Der Koch seufzte schwer. »So wird das nie was«, meinte er, nahm eine Gans und drehte ihr den Hals um.

Schlagartig ließ das Flattern nach. Mitleid überfiel Simon, aber es half nichts, sie alle würden sich über ein kräftiges Mahl mit Gänsefleisch freuen, immerhin waren allein elf Mann Besatzung an Bord, dazu kamen die Kaufleute und Lehrjungen. Der Koch zeigte ihnen, wie sie die Gänse rupfen, aufschlitzen und ausnehmen sollten. Mehr schlecht als recht machten sich die beiden Jungen an die Arbeit. Immer wieder musste Simon kurz die Augen schließen, um das flaue Gefühl in seinem Magen unter Kontrolle zu bekommen.

Inzwischen hatten sie die offene See erreicht und durchquerten die Lübecker Bucht. Das Land lag zu ihrer Linken, eine üppig grüne Landschaft, über der sich graue Wolken auftürmten. Der Wind hatte aufgefrischt. Die Kogge schlingerte nun stärker. Simon wurde wieder schlecht; vielleicht lag es aber auch nur am Geruch des Blutes und an den glitschigen Eingeweiden, die ihm übel werden ließen. Da vernahm er neben sich ein Würgen. Claas war ganz grün im Gesicht, und seine Wangen waren prall aufgepustet. Er sprang auf, ließ Gans und Federn achtlos zu Boden fallen.

Der Koch hatte gerade den Grapen in die Glut gestellt und

machte den Bratspieß bereit. »Willst die Fische füttern? Immer über Bord, alles was rauskommt!«, rief Arne ihm hinterher.

Der Junge stürzte zur Reling, schaffte es aber nicht bis dorthin, sondern erbrach sich auf das Deck. Auf allen vieren kniete er über der Lache, sein Körper krümmte und krümmte sich, bevor er endlich zur Ruhe kam. Beschämt sah er sich um, geduckt, wie ein geschlagener Hund.

Ein alter Mann mit einem Holzbein und einer Krücke hatte sich aus der Gruppe der Kaufleute gelöst und kam auf ihn zu. Als er Claas erreicht hatte, schlug der Alte mit dem Stock auf den Jungen ein. Simon hörte, wie er auf ihn einschimpfte, vernahm Worte wie »Schwein«, »besudeln« oder »Schande für den Kaufmannsstand«. Ohne darüber nachzudenken, trat Simon zu den beiden, hockte sich neben Claas und half ihm auf. Im Gesicht des Jungen mischten sich Blut und Tränen. Über der Augenbraue tat sich ein tiefer Riss auf.

»Claas wird das Deck saubermachen. Ich helfe ihm dabei«, sagte Simon mit beherrschtem Zorn.

Der Alte kam näher, sein Holzbein klackte auf den Bohlen. »Wer bist du denn?«, fragte er höhnisch und wurde dann laut. »Zu wem gehört dieser Bengel?«

Jetzt stand auch Nikolas von seinem Würfelspiel auf, sein Gesicht starr, aber die Augen durchdringend und böse. Als er die Jungen erreicht hatte, versetzte er Simon unvermittelt einen Tritt, so dass er gegen die Reling geschleudert wurde. Während Simon sich noch vor Schmerzen krümmte, bemerkte er aus den Augenwinkeln, das Nikolas erneut auf ihn zukam. Schon machte er sich auf einen weiteren Tritt gefasst, als ein donnernder Ruf seinem Vetter Einhalt gebot: »Jetzt reicht es aber! Für die Zeit der Seereise sind diese Jungen mir unterstellt. Wenn sie zu strafen sind, dann mache ich das. Ansonsten lasst ihr sie in Ruhe, sonst gibt es nichts zu essen, auch für Euch hohe Herren nicht!« Der Koch hatte gesprochen, den Bratspieß drohend erhoben.

Nikolas und dem anderen Mann schien Arnes Einmischung überhaupt nicht zu gefallen, dennoch gingen die beiden zu den Kaufleuten zurück. Auch der Schiffer hatte Arnes Machtwort kommentarlos hingenommen. Auf einem Schiff galten offenbar andere Gesetze als an Land.

Der Koch versorgte Claas' Wunde und zeigte ihm dann, wo sich die Gerätschaften befanden, die man zum Reinigen des Decks benötigte. Dem Jungen fiel diese Arbeit schwer, die Schläge seines Herrn waren heftig gewesen. Doch einer der Bootsjungen, ein rothaariger Schlacks, ging Claas hilfsbereit zur Hand. Simon musste währenddessen mit Arne die letzten Gänse vorbereiten. Der Koch spießte sie auf einen langen Holzstock und gab Claas anschließend Anweisungen, ihn stetig zu drehen. Der Junge machte sich an die Arbeit. Er wirkte wackelig, als ob er sich an dem Spieß festhalten müsse. Mit seinen zehn Jahren hatte Claas vermutlich gerade erst seine Lehrzeit bei dem Kaufmann angetreten, und der schien ein barscher Herr zu sein. Einen Jungen in diesem Alter auf so eine gefahrvolle und weite Reise mitzunehmen war hart. Der Koch trug Simon auf, einen Korb Gemüse zu holen, es zu putzen und kleinzuschneiden. Als Simon das Gemüse bearbeitete und Arne gerade Fett in einem Grapen erhitzte, bedankte sich der Junge bei dem Koch für die Hilfe gegen ihre gestrengen Herren.

Arne schmiss eine Handvoll Zwiebeln in den Topf und brummelte eine Weile vor sich hin. »Ist nicht recht, Kinder so zu behandeln«, sagte er schlicht und wischte sich über die Augen.

Die Sonne näherte sich bereits dem Horizont, Kälte stieg vom Meer auf. Längst hatten sie die Insel Fehmarn passiert. Ruhig gingen die Stunden dahin.

»Werden wir die Nacht durchfahren, Herr?«, wollte Simon nach einiger Zeit wissen.

Der Koch begann, die fertigen Gänse zu zerteilen und in große Schüsseln zu legen. Die Schiffsjungen lungerten mit hungrigen

Augen um den Herd. Schon lange hatte der Duft des gebratenen Fleisches über dem Schiff gelegen.

»Hier bergen die Schifffahrtswege nicht so viele Gefahren, wenn uns Gott der Herr mit Sturm verschont. Später, in ungastlicheren Gestaden, müssen wir das ruhigere Wasser zwischen den Inseln und dem Festland suchen und nachts vor Anker gehen.«

Arne wies Simon und Claas an, die Krüge mit Schiffsbier zu füllen.

»Ihr seid diese Strecke wohl schon oft gefahren?«, wollte Simon wissen.

Der Koch schniefte, er schien den Zwiebeldunst nicht zu vertragen, was Simon angesichts seines Berufes ungewöhnlich fand. »Oft, ja. Zu oft«, sagte er und begann, die Stationen der Reise so gleichförmig aufzuzählen, als spräche er ein Gebet.

Obgleich Simon mit Hunger, Übelkeit und Kälte zu kämpfen hatte, war jedes Wort für ihn wie ein Versprechen: Durch den Großen Belt, zwischen den Inseln Vresen und Sprogö hindurch. Romsö, Vejrö und Hjelmen backbord liegen lassen. Der flachen Küste Jütlands in Richtung auf Kap Skagen folgen. Die Riffe und Untiefen, die der Insel Läsö vorlagen, umschiffen. Wenn westliche Winde zu einer Unterbrechung der Fahrt zwingen, den geschützten Hafen von Marstrand anlaufen, wo allerdings Seeräuber lauern konnten. Die Durchquerung des Skagerraks war ebenfalls gefährlich, aber dann lag schon die ebenso klippenwie hafenreiche Südküste Norwegens vor ihnen. Östlich von Kap Lindesnaes konnte man gut im Scheringssund Halt machen. Dann ging der Kurs nordwestlich und schließlich nördlich an der dünenbesetzten Halbinsel Lister und dem ungastlichen Gestade der Landschaft Jedder entlang. Die auftauchenden Höhen der Insel Vestre Bukn zeigten an, dass man sich dem Kap Skudesnaes und damit der Einfahrt in den Karmsund näherte. Dort begann Bergens Led, die weitgehend binnenscheers führende Fahrstraße nach Bergen, wo man in der mit einer Kirche gezierten Ortschaft Notau vor Anker gehen konnte. Weiter nordwärts steuerte man zwischen den zahlreichen Inseln und Klippen hindurch in den östlich von Bömmelö einlaufenden Bömmel-Fjord …

Die ersten Kaufleute schlugen bereits mit ihren Krügen auf die Tische, weshalb der Koch seine Aufzählung abbrach und die Jungen anwies, das Essen aufzutragen. Sie sollten nicht vergessen, ihren Herren von dem guten Bier einzuschenken, während die Mannschaft nur Schiffsbier bekam, erinnerte er sie. Claas war langsam, aber Simon eilte sich, um die Versäumnisse des Jungen nicht zu augenfällig werden zu lassen. Er stellte den Achtergästen ihre Schalen hin, schenkte Nikolas ein und machte sich schnell davon. Er wollte seinem Vetter aus dem Weg gehen, wann immer es möglich war. Vicus streckte sich aus, als er an ihm vorbeikam, als ob er ihm ein Bein stellen wollte, doch Simon tat rechtzeitig einen großen Schritt. Für die Mannschaft trug er große Holzschüsseln auf, aus denen sie sich gleichzeitig bedienten, schon wurden Rufe nach mehr Bier und Brot laut. Das frischgebackene Lübecker Brot war begehrt, denn bald würde es nur noch twebacken Brot, also Schiffszwieback geben. Schließlich waren alle Teller und Schalen leer gegessen, ohne dass Claas und er etwas abbekommen hatten. War das das Los der Küchenhilfen, am Abend hungrig in den Hudevat zu kriechen? Sie räumten das besudelte Geschirr ab. Der Koch saß neben seinem Herd und aß. Als er sie bemerkte, wies er auf den Grapen.

»Hab euch was zurückgelegt«, murmelte er.

Claas ließ sich auf den Schemel sinken. Simon lud ihm etwas in eine Schale, dann langte er selbst kräftig zu, forderte aber auch den Jungen immer wieder auf, es ihm gleichzutun, doch Claas fielen schon die Augen zu. Ihn selbst hatten die Arbeit und die Seeluft inzwischen hungrig gemacht. Die Übelkeit war verflogen. Es kam ihm vor, als habe er noch nie so etwas Schmackhaftes zu sich genommen.

»Wenn du nicht isst, wirst du weder die Schiffsreise noch die Streitereien mit deinem Herrn überstehen«, sagte Simon zu Claas.

Der Junge öffnete sein gesundes Auge einen Spalt breit, das verletzte war bereits ganz zugeschwollen, aber er schwieg.

»Glaubst du, ich wüsste nicht, wovon ich spreche? Hast du nicht gesehen, wie mein Herr mich getreten hat, als ich dir zu Hilfe kam? Oder meinst du, ich hätte immer so einen Mund?«

Claas' Blick wanderte zu Simons aufgeplatzter Lippe.

Simon biss vorsichtig von einem Stück Gänsefleisch ab. »Ist der immer so? Ist das etwa dein Vater? Woher kommst du? Erzähl mal«, wollte er ihn gesprächig machen. Als das auch nicht half, meinte er: »Du sprichst wohl nicht viel, was? Nun, dann lang wenigstens zu, du musst essen!«, und fand, er klang schon fast wie die stets besorgte Köchin Margarete.

Er stippte dem Jungen Brot in die Soße und hielt es ihm hin. Zögernd nahm Claas es an und führte es zum Mund. Im gleichen Augenblick schlug eine Glocke, und ein Ruf ging über das Deck:

»Reise, Quartier, in Gottes Naam
Acht Glas sind slaan,
Uns Wach' is daan!
Reise, Quartier, in Gottes Naam!«

Simon sah den Koch fragend an. »Steh auf, Wachmannschaft – das ist der Weckruf für den Wachwechsel«, sagte Arne und rieb sich die Augen. »Das werden wir in den nächsten Wochen noch viele Male hören.«

Sie aßen schweigend, dann sollten sie das Geschirr reinigen, die Abfälle über Bord kippen und neue Vorräte aus dem Laderaum holen. Claas spülte die ersten Holzschalen mit Meerwasser, und Simon kletterte in den Schiffsbauch hinunter. Es war stockfinster hier. Er wusste kaum wohin, hörte nur Pumpen,

Schnaufen und Fiepen. Simon tastete sich vorwärts, da schien ein helles Gesicht vor ihm auf.

»Pass auf die Ratten auf, die fressen so halbe Portionen wie uns.«

Er erkannte den rothaarigen Schiffsjungen wieder, der nun eine Pumpe bediente. Tatsächlich stank es gotterbärmlich, schlimmer als in jeder Abfallgrube Lübecks an einem heißen Tag. Schlagartig überfiel ihn Würgereiz.

»Was stinkt hier so?«, brachte Simon heraus.

»Viele Abfälle landen in der Bilge, die Männer sind wohl zu faul, die abgenagten Kochen über Bord zu werfen«, schnaufte der Junge.

Simon schüttelte fassungslos den Kopf und ging zu den Vorratskisten. Im Dunkel sah er kleine Schatten, hörte das Kratzen von Krallen auf dem Deck: Ratten. Er stampfte ein paar Mal auf, dann holte er die gewünschten Vorräte. Kaum konnte er es erwarten, wieder frische Luft zu atmen. Wie hielt der Junge es nur hier unten aus?

Oben angekommen, sog er gierig die Luft ein, schmeckte das Salz auf seinen Lippen. Der Sternenhimmel leuchtete über ihnen. Ein erhebender Anblick, der allerdings jäh von einem erneuten Würgen gestört wurde, denn neben ihm übergab sich ein Kaufmann geräuschvoll ins Meer. Die Gestalt kam ihm bekannt vor, aber er erkannte nicht, wer es war. Simon ging zu Claas, und gemeinsam spülten sie die letzten Holzschalen, dann erlaubte der Koch ihnen, schlafen zu gehen.

Seite an Seite breiteten sie bei der Mannschaft unter dem Mast ihren Hudevat aus und schlüpften hinein. Simon spürte seine geschwollene Lippe und das Stechen in seiner Seite, wo Nikolas' Tritt ihn getroffen hatte, und war dennoch seltsam glücklich.

Er schloss die Augen und ließ sich langsam davontreiben, lauschte dem Singen der Seeleute, dem Lachen der Kaufmänner, dem leisen Zirpen einer Maultrommel, dem Schnarchen, dem

Wind und dem sanften Schlagen der Wellen gegen den Kiel. Das Abenteuer hatte begonnen.

Etwas tropfte ihm auf die Nase. Simon rieb sich die Augen, schob den Kopf ganz aus dem Hudevat – Regen schlug ihm ins Gesicht. Es schauderte ihn, glücklicherweise hatte das Fell kein Wasser durchgelassen. Henrike hatte gute Arbeit geleistet. Schnell schlüpfte er heraus, rollte den Hudevat ein und verstaute ihn. Das Schiff schlingerte heftig. Breitbeinig ging er zum Herd, um nicht zu fallen. Claas hing über der Bordwand, aber er war nicht der Einzige, dem der Seegang zu schaffen machte.

»Lass ihn, ist schon gut, wir schaffen das heute Morgen auch zu zweit. Musst immer den Horizont im Blick haben, dann wird dir auch nicht schlecht«, meinte der Koch und sah ihn aus rot geränderten Augen müde an.

Gemeinsam mühten sie sich, das Feuer trotz des Regens in Gang zu halten und die erste Mahlzeit zu bereiten. Beim Austeilen war Claas wieder halbwegs einsatzfähig.

Wer es sich leisten konnte, blieb jetzt unter Deck des Achterkastells, rare Plätze, die der Schiffer wohl an die Meistbietenden verkauft hatte. Auch Nikolas war darunter. Vermutlich hatte er diesen warmen und trockenen Platz von Simons Erbe bezahlt, während er selbst an Deck bleiben musste! Simon ging nur zu den Achtergästen, wenn er Nikolas sein Essen und Trinken bringen musste. In dem kleinen Raum war es stickig, die Stimmung angespannt. Sein Vetter saß mit einigen anderen an einem Tisch und würfelte. Nikolas sprach mit einem ihm wohlbekannten jungen Mann. Beinahe hätte er laut ausgerufen – Liv! Was machte der denn hier? Adrian Vanderens Gehilfe trug ein feines Wams, wirkte jedoch blass um die Nase. Er war die Gestalt an der Reling gewesen, die Simon gestern Abend so bekannt vorgekommen war! Als er Simon bemerkte, wandte er demonstrativ seinen Blick ab, als würden die beiden sich nicht kennen. Was sollte das? Und warum gab er sich mit Nikolas ab? Wusste er denn nicht, was für ein Scheusal sein Vetter war? Er musste ihn unbedingt warnen.

Es ergab sich allerdings keine Gelegenheit, mit Liv alleine zu sprechen, denn den Kaufleuten schien das schlechte Wetter auf das Gemüt zu schlagen. Während sie das Essen ausgaben, wurden die Jungen angeherrscht. Die etwas älteren Lehrjungen versuchten wiederholt, ihnen ein Bein zu stellen, und einmal fiel Claas tatsächlich der Länge nach hin. Schon war sein Herr über ihm, hieb ihm wieder mit dem Stock in die Seite, brüllte ihn an, dass er aufstehen solle. Simon bemerkte, wie sein Vetter den alten Kaufmann beifällig ansah. Doch dieses Mal trat der Kapitän dazwischen. Unnötige Grausamkeit würde bestraft, ließ er die Versammelten wissen, und wer sich nicht an die Regeln an Bord halte, den könne er ohne Weiteres beim nächsten Landgang aussetzen – das gelte auch für Kaufleute, fügte er in aller Deutlichkeit hinzu. Simon hoffte, dass dieses Machtwort ihnen in den nächsten Wochen das Leben etwas leichter machen würde.

Im Verlauf des Tages waren Claas und er mit Küchenaufgaben vollends ausgelastet. Gemüse putzen, Fleisch bereit machen, Holz und Wasser holen, auftragen, abtragen, abspülen. Immer, wenn Simon einen Moment Ruhe hatte, sah er den Seeleuten zu, beobachtete, wie das Lot ins Wasser gelassen und wieder herausgezogen wurde, wie der Rudergänger das Steuerruder bediente. Das schlechte Wetter machte ihm nichts aus. Während andere bereits husteten, fühlte er sich noch gesund. Die Seeluft schien seinem Körper gutzutun.

Endlich, am Abend, sah er, wie Liv an die Bordwand ging, um seine Notdurft zu verrichten. Er tat es ihm nach, setzte sich neben ihn und hängte seinen Hintern über das Meer. Der Regen schlug ihm ins Gesicht, von unten traf ihn die Gischt. Liv starrte in die Weite, schien ihn gar nicht zu bemerken, seine Hand hielt er auf seinen Bauch gepresst.

»Was tust du hier?«, wollte Simon wissen.

Liv stöhnte. »Herr Vanderen trug mir Geschäfte auf, die ich in Bergen für ihn erledigen soll«, sagte er gepresst.

Simon warf ihm einen kurzen Blick zu, der Freund sah schlecht aus. »Du? Aber du bist doch gar kein Kauf …«

Liv zischte. »Das muss niemand wissen.«

Simon verstand nicht, fragte noch mal nach, aber Liv wollte ihm wohl nicht mehr sagen. Er ließ sich von der Bordwand rutschen und zog die Hosen hoch, Beine und Hinterteil waren klitschnass.

»Lass dich bloß nicht mit meinem Vetter ein«, warnte er noch. »Du kannst ihm nicht trauen.«

Liv krümmte sich derart, dass Simon schon fürchtete, er würde über Bord gehen. »Ich weiß, deshalb hat Herr Vanderen mich doch hierher zu dir …«, brachte er hervor, doch seine Worte endeten in einem Stöhnen.

Simon hielt inne. »Vanderen hat dich hierher geschickt, um auf mich aufzupassen? Ich kann selbst auf mich achtgeben!«, protestierte er.

Nun sah Liv ihn an. »So ist es nicht!«, versicherte er.

»Wie ist es denn?«

Liv biss die Zähne zusammen, Schweiß stand ihm auf der Stirn. »Nicht jetzt.«

Weitere Männer kamen nun, nahmen auf der Bordwand Platz. Simon musste dringend fort, der Koch brauchte seine Hilfe.

Es regnete den ganzen Tag und die ganze Nacht weiter. Das Feuer im Herd verlosch. Schwallweise lief das Wasser in den Laderaum des Schiffes, wo die Seeleute unentwegt die Pumpen bedienten. Würde man das Getreide und die anderen Waren bei diesem Wetter unverdorben nach Bergen bringen können?

Am Abend schlüpfte Simon zermürbt vom ständigen Regen in seinen Hudevat. Claas schlief bereits neben ihm, auch heute hatte der Junge kein Wort gesagt. Ob er überhaupt sprechen konnte?

Krachen und Schreie ließen ihn aufschrecken. Simon sprang auf, mühte sich aus dem Hudevat, sah ein Fass auf sich zurollen, konnte gerade noch Claas beiseitezerren. Viel zu langsam wurde der Junge wach. Es war Nacht. Alles um sie herum war schwarz und nass, sogar die Laterne an der Mastspitze war erloschen. Der Wind brüllte, dass man sein eigenes Wort nicht verstehen konnte. Seeleute versuchten, die Ladung wieder zu befestigen, refften das Segel. Der Schiffer stand in der Mitte des Decks, schrie Befehle, die im Sturm verklangen und seltsamerweise doch befolgt wurden.

Simon half Claas gerade aus dem Hudevat, da legte sich das Schiff schief, und eine Welle riss sie von ihren Füßen, zog sie mit sich und warf sie an die Bordwand. Schon war einer der Männer bei ihnen, drückte ihnen Taue in die Hand und machte ihnen vor, wie sie sie um die Hüften legen sollten; es war der einzige Kaufmann, der sich an Deck gewagt hatte. Der Pumpenjunge kniete neben dem Mast, seine roten Haare lagen wie ein Helm um seinen Kopf. Er hatte die Hände in den Himmel gereckt und betete. In diesem Moment riss sich durch das Schlingern des Schiffes eine schwere Truhe los. Mit einem dumpfen Fauchen rutschte sie über das Deck, traf den Schiffsjungen mit voller Wucht und stieß ihn über Bord. Simon schrie auf und wollte schon zur anderen Bordseite stürzen, um ihm ein Tau nachzuwerfen, doch der Kaufmann hielt ihn zurück. Es war zu spät, er würde sich nur selbst in Gefahr bringen. Fassungslos starrte Simon auf die Stelle, an der eben noch der Junge gekniet hatte, und Verzweiflung überfiel ihn. Er hatte nicht einmal seinen Namen gewusst!

Der Sturm peitschte die Wellenkämme über das Schanzkleid des Schiffes. Eine Bewegung am anderen Ende des Decks zog Simons Aufmerksamkeit auf sich: Hektisch versuchte der Koch, seine Gerätschaften zu befestigen. An der langen Leine taumelte der Junge zu ihm, band Grapen um Grapen fest, wurde immer wieder von den Füßen gerissen. Claas war ihm nachgefolgt, kauerte an der Bordwand, sein Körper wurde geschüttelt vor Angst. Als sie alle Ladung gesichert hatten, zog der Koch seine beiden Gehilfen an die Wand des Achterdecks und verknotete ihre Taue an Haken. Dann begann er, die Hände vor das Gesicht geschlagen, zu beten und stieß immer wieder die Namen seiner geliebten Kinder hervor, die er hoffte, bald wieder in seine Arme schließen zu können.

Simon starrte über das Deck, verängstigt und gebannt zugleich. Wind und Gischt waren wie ein Seeungeheuer, das dieses Schiff mit seiner Besatzung ohne Weiteres verschlingen konnte. Er glaubte nicht, dass Beten half, um ihr Schicksal zu verändern, das hatte er ja bei dem Bootsjungen gesehen. Sie waren diesem Sturm ausgeliefert, hatten alles getan, was möglich war, nun konnten sie nur noch hoffen. Wenn er diesen Sturm überleben würde, brauchte er vor nichts mehr Angst zu haben, da war er sich sicher. Aber ob er ihn überleben würde, war ungewiss. Manches Mal legten Wind und Wellen das Schiff so schief, dass Simon fürchtete, es würde kippen. Auch der Mast wurde ärger gebogen, als der Junge es für möglich gehalten hätte.

Endlich ließ das Unwetter nach. Giftig gelb brach die Sonne durch die grauen Wolken. Sie beleuchtete das überspülte Deck und das zersplitterte Holz an jenen Stellen, wo fliegende Fässer die Bordwand getroffen hatten. Dennoch hatten sie Glück im Unglück gehabt. Der Mastbaum war noch heil, sie waren nirgends aufgelaufen. Der Koch grinste Simon erleichtert an. Sie waren noch einmal davongekommen. Auch Claas schenkte ihm ein Lächeln. Es war das erste Mal, dass der Junge unbeschwerter wirkte. Der Kaufmann, der Simon festgebunden hatte, half ihnen jetzt auch, sich loszumachen. Er war groß und stämmig, hatte blonde Haare und rosige Haut, aber dunkle Augen. Sein Gesicht war von einem breiten Backenbart umrahmt, der ihn älter machte, als er wohl war. Simon dankte ihm und stellte sich vor.

Der Mann reichte ihm die Hand. »Bernhard Steding, Bergenfahrer in zweiter Generation«, sagte er selbstbewusst.

Zögernd traten jetzt auch die anderen Kaufleute ans Licht und fingen an, nach dem Verbleib ihrer Waren zu sehen. Die meisten waren blass, Vicus wirkte verheult. Einige Matrosen krochen aus dem Schiffsinneren auf das Deck, ausgelaugt vom unentwegten Pumpen. Simon und Claas halfen den Seeleuten, auf Deck wieder für Ordnung zu sorgen, und behoben mit dem Schiffszimmerer die Schäden an der Reling. Dann ließ der Schiffer alle Mann an Deck rufen und sprach ein Gebet für Tyark, den über Bord gegangenen Schiffsjungen. Simon faltete die Hände und betete für die Seele dieses jungen Mannes.

Er ließ seinen Blick durch die Reihen wandern. Sah die Kaufleute, die beim Sturm unter dem Achterdeck Schutz gesucht hatten. Sah die in sich gekehrten Seeleute. Fühlten sie sich, wie er, den Kaufleuten überlegen? An Deck hatten sie diesem Sturm getrotzt, hatten ihn gemeinsam überlebt. Es war ein Einverständnis zwischen ihnen, das es vorher nicht gegeben hatte.

»Er ist nicht mein Vater.«

Die hohe Stimme ließ Simon beim Ausnehmen des Fisches innehalten. Claas hatte gesprochen, zum ersten Mal. Der Koch und er warfen sich einen überraschten Blick zu.

»Mein Herr hat meinen Eltern Geld gegeben. Dann sind sie gegangen, und ich musste bleiben. Wir sind arm. Ich habe so viele kleine Geschwister«, fügte er beinahe entschuldigend hinzu.

Simon wusste nichts zu sagen. Es war hart, aber es kam oft vor, dass kleine Kinder von ihren Eltern verkauft wurden und arbeiten mussten. Der Koch hielt den Löffel unbewegt in der Hand und sah Claas mitleidig an.

»Du musst sie vermissen«, sagte er schlicht. »Ich vermisse meine Lieben auf jeden Fall.«

Während sie die Küchenutensilien in Ordnung gebracht hatten, hatte er ihnen erzählt, dass er sechs Kinder habe, von denen das Jüngste gerade geboren sei. Er habe nicht auf diese Reise gehen wollen, aber sie brauchten das Geld, und der Schiffer war ein guter Freund von ihm. Also hoffte er, dass sie wenigstens schnell wieder zurück sein würden. Claas hielt den Sack mit den getrockneten Erbsen, die er gerade abfüllen sollte, fest umklammert. Er schluckte heftig, sagte aber nichts mehr.

Simon wollte verhindern, dass der Junge wieder in Schweigen verfiel. »Ich dachte schon, du kannst gar nicht reden«, sagte er in munterem Tonfall. »Das wäre natürlich schlecht für einen angehenden Kaufmann.«

Claas rieb sich das abstehende Ohr, so dass es heftig hin- und herwackelte. »Das sagt er auch immer, mein Herr. Aber wenn ich nichts sage, kann ich auch keine Schläge bekommen, weil es wieder falsch war.«

Simon steckte den Fisch auf einen Spieß und nahm sich den nächsten. Nikolas hatte erst vorhin eine spitze Bemerkung gemacht, weil er sich mit Weiberkram abgab, aber ihm machte diese Arbeit nichts aus. Es konnte nicht zum Schaden eines Kaufmannes sein, wenn er zur Not eine Schiffsbesatzung zu verpflegen wusste.

»Zur rechten Zeit schweigen zu können ist sicher nicht verkehrt«, erwiderte er und sah Claas dabei in die Augen. »Aber mit mir kannst du sprechen, weißt du? Mir kannst du vertrauen.«

»Und mir auch«, schloss sich der Koch an.

Claas lächelte zaghaft. »Ja, ich weiß.«

18

Lübeck, März 1376

Der Hafenarbeiter zog mit der Seilwinde den letzten Sack seiner Ladung an Bord. Jost sah zu, dass er vernünftig verstaut wurde, danach ließ er sich an den Hafenrand übersetzen und zahlte das Windegeld. »Kommst du mit in den *Roten Hahn*? 'nen Humpen heben? Später ein paar Dirnen beglücken? Bis zum nächsten sicheren Hafen kann's lang sein!«, rief ihm einer der Gehilfen, mit denen er reisen würde, zu.

Jost nickte unverbindlich und wandte sich Amelius zu. »Bist du heute Abend dabei?«

Der schmale Gehilfe schüttelte den Kopf. »Ich muss noch einige Unterlagen vorbereiten. Bis ich in ein paar Tagen gen Brügge abreise, gibt es noch viel zu tun«, sagte er vage.

Jost ahnte, dass er sich wieder mit der Witwe zusammensetzen würde, wie er es so oft tat. Einige Gehilfen machten sich lustig, meinten, Amelius sei der Alten auch im Bett zu Diensten, aber das glaubte Jost nicht. Eher schon war es ein familiäres Verhältnis. Amelius war ein Ersatz für den Sohn, den sie nicht hatte. Ein Verhältnis, ein bisschen wie jenes, das er zu Henrike hatte – aus ihrer Sicht mindestens. Er hingegen hoffte noch immer, dass er eines Tages mehr für sie sein könnte. Ihr Geliebter, ihr Ehemann, der Mann an ihrer Seite. Wenn er heute noch eine Frau sehen wollte, dann nur sie.

Schon zwei Wochen war es her, seit sie und Simon ihn aufgesucht hatten. Er wollte sich bei ihr für die Brosche bedanken, die er gut einzusetzen gedachte, wollte ihr versichern, dass er etwas aus sich machen würde, dass er in Gedanken immer bei ihr sein würde. Da passte es ihm gut, dass er heute ohnehin noch einmal in die Alfstraße musste. Vor ein paar Tagen war Hartwig Vresdorp bei ihm aufgetaucht. Er hatte gesagt, er wolle ihm noch eine letzte Gelegenheit geben, seine Loyalität zu beweisen. Jost könne für ihn eine Reise ins Heringsgebiet Schonen übernehmen. Der Gehilfe war erleichtert darüber, dass er nicht mehr in Ungnade war. Wenn er sich jetzt bewährte, würde er vielleicht in Vresdorps Dienste zurückkehren und dort bleiben, bis er sich als eigenständiger Kaufmann selbstständig machen könnte. Dann würde sein Herr ihn nächstes Mal auch Nikolas gegenüber verteidigen, da war er sicher. Überdies war er froh, wenn er Adrian Vanderens Angebot, für ihn zu arbeiten, ausschlagen konnte. Er wollte am liebsten nichts mit diesem Mann zu schaffen haben, wollte ihm vor allem nicht zu Dank verpflichtet sein.

Jost wurde in das Haus eingelassen und zu Hartwig Vresdorp in die Schreibstube geführt. Der Kaufmann gab ihm einige Briefe, einen kleinen Beutel Geld und genaue Anweisungen, was er damit tun sollte; offenbar hatte Vresdorp Schulden in Schonen, die er tilgen sollte. Dann schickte er Jost auch schon wieder hinaus.

Auf seinem Gang durch das Haus sah er sich nach Henrike um, entdeckte sie jedoch nicht. Aus dem Hinterhof drangen Geräusche herein. Ein Besen scharrte, leiser Gesang war zu hören. War sie etwa dort? Auf dem schmalen Flur zum Hinterhof traf Jost auf Telse Vresdorp.

Die junge Frau schien erfreut, ihn zu sehen. »Oh, Jost, ich wusste, dass du noch einmal kommen würdest, um dich von mir zu verabschieden«, sagte sie strahlend und nestelte an ihrer Kette, deren Kreuzanhänger in dem Tal zwischen ihren Brüsten verschwunden war, so dass er gar nicht anders konnte, als dorthin zu schauen.

»Ja, ich … Morgen früh geht mein Schiff«, gab er zurück und spürte, wie sich Röte auf seinem Gesicht und Hals ausbreitete.

»Morgen schon? Dabei ist die Reise doch so gefährlich, selbst für einen findigen Gehilfen wie dich.«

Die anerkennende Bemerkung tat ihm gut. Sie trat so nahe an ihn heran, dass ihre Brustspitzen ihn berührten. Ein scharfes Ziehen fuhr durch seine Lenden, allzu lange hatte er keine Frau mehr gehabt. Sie ahnte anscheinend, dass sie seinen Körper in Aufruhr versetzte, und benetzte mit der Zungenspitze ihre Lippen. Seine Haut begann vor Aufregung zu jucken, doch in diesem Moment wurden die Geräusche aus dem Hinterhof lauter, und er wich zurück. Henrike musste Telse und ihn nicht noch einmal überraschen. Dabei hatte er doch gerade mit ihr sprechen wollen!

»Kannst du nicht heute vor Sonnenuntergang noch einmal zu mir kommen? Ich muss dir etwas Wichtiges sagen!«, bat Telse ihn jetzt. »Ich gehe mit Henrike zum Badehaus. Sie stinkt so, weil sie den Hühnerstall ausmistet. Dort können wir in Ruhe reden. Es ist wichtig, wirklich!«

Schritte näherten sich. Jost sah an sich herab, die Ausbeulung seiner Hose an seiner Hüfte war nicht zu übersehen, und auch Telse bemerkte sie. Hektisch sah er sich um. Er musste aus dem Haus fliehen, hörte jedoch auch Stimmen aus der Diele, wusste nicht wohin. Telse gab ihm zu verstehen, dass sie in die Diele gehen und er durch den Hof verschwinden solle.

Jost trat hinaus, die Hände vor der Hüfte gefaltet, um seine Erregung zu verdecken. Henrike hatte den Rechen an die Hauswand gelehnt und sich auf die Bank neben den Eingang gesetzt, offenbar um zu verschnaufen. Neben ihr stand ein Karren voller Mist. Dass ihre Verwandten sich nicht schämten, Jungfer Henrike diese Arbeiten aufzubürden!

Als sie ihn erblickte, zog ein Lächeln über ihr Gesicht. »Jost, ich freue mich, dich zu sehen!«, sagte sie, und er spürte, dass sie diese Worte nicht nur dahingesagt hatte. »Setzt du dich einen Moment zu mir?«

Er kam dieser Aufforderung nur zu gerne nach. Schüchtern sah er sie von der Seite an. Im Haar hatte sie Stroh, ihr Gesicht war gerötet, und sie roch tatsächlich nach Hühnerstall, aber Jost fand sie dennoch reizend. »Ich wollte dir noch einmal sagen, dass mir sehr leid tut, was geschehen ist. Es lässt mir keine Ruhe. Ich hätte mich niemals einmischen dürfen. Ich hätte wissen müssen, dass es Ärger geben würde!«

Jost nickte, aber er wusste zugleich, dass auch er sich niemals hätte hinreißen lassen dürfen, ihrem Wunsch nachzukommen. »Es wäre besser, wenn Ihr die Geschäfte den Männern überlasst, Jungfer Henrike, die verstehen mehr davon«, sagte er.

»Ja, das sagt man so«, meinte sie langsam und verzog schmollend den Mund.

Ob sie wirklich die Nachforschungen aufgegeben hatte? Er konnte den Blick kaum von ihren roten Lippen abwenden. Die Lust brannte in ihm, und er wünschte sich nichts sehnlicher, als sie zu küssen.

»Wie kommt es eigentlich, dass du wieder hier bist?«, wollte sie wissen.

Jost berichtete ihr von Hartwig Vresdorps Auftrag, und Henrike freute sich sehr für ihn. »Es heißt, es sind viele Seeräuber unterwegs zu diesen Zeiten. Gib gut auf dich acht«, sagte sie und wollte aufstehen.

Jost nahm ungestüm ihre Hand, rutschte näher an sie heran. Die Begegnung mit Telse hatte ihn aufgewühlt, aber auch mutiger gemacht.

»Würdest du mir einen Kuss geben, um mir Glück zu bringen?« Henrike war ihm so nah. Er brauchte sich nur zu ihr zu beugen, um ihre Lippen zu berühren. Die Worte, die schon so lange in ihm gärten, sprudelten plötzlich aus ihm heraus. »Es würde mir so viel bedeuten! Weißt du nicht, dass ich dich liebe und verehre? Ich werde die Brosche gut einsetzen, genug Geld verdienen, damit ich selbst ein Kaufmann werden und dich heiraten kann. Bitte gibt mir diesen einen Kuss, als Zeichen deiner Zuneigung!«

Mit aufgerissenen Augen sah sie ihn an. Sie wollte sich ihm entziehen, er spürte es. Aber war es nicht immer so, dass Frauen sich erst zierten und es doch wollten? Jost zog sie näher an sich, presste kurzerhand seinen Mund auf den ihren. Henrike sprang auf, doch er hielt ihre Finger umklammert.

»Jost, du bist mir nah, wie ein Bruder beinahe … aber nicht mehr«, sagte sie und riss ihre Hand los.

»Das kann noch kommen, Liebe kann wachsen. Bei vielen Paaren ist es so«, stammelte er.

Sie sah ihn zweifelnd an. »Vielleicht, Jost. Aber wir sind kein Paar.«

Er stand auf, wollte sie wieder fassen. Sie aber wich zurück und rannte ins Haus, als habe sie Angst vor ihm. Was hatte er nur getan? Wie hatte er sie nur so verschrecken können? Dabei hatte er es nur gut gemeint!

Verwirrt und aufgewühlt floh Jost aus der Alfstraße in den *Roten Hahn*, wo er seine Aufregung mit einem Krug Bier zu betäuben versuchte. Heute Abend, am Badehaus, würde er sich bei ihr entschuldigen.

Als er um die Hausecke kam, bogen Henrike und ihre Base gerade von der Alfstraße ab. Telse blickte über die Schulter zurück, bemerkte ihn und nickte ihm auffordernd zu. Jost straffte sich. Aus einem Krug Bier waren mehrere geworden, die Huren hatten ihn bedrängt, und so war er jetzt in keiner so respektablen Verfassung, wie er es sich gewünscht hätte. Aber er würde seine Trunkenheit schon zu überspielen wissen. Er folgte ihnen, allerdings nicht zügig genug. Sie bogen noch ein paar Mal ab, steuerten dann direkt auf eines der Badehäuser zu und verschwanden im Eingang, bevor er sie erreicht hatte.

Eine Weile schlich er unschlüssig um die Tür. Dann aber traten auch immer mehr Männer ein. Es gab also auch nach Geschlechtern getrennte Badestuben! War es nicht besser, sich von einer Bademaid den Rücken schrubben zu lassen, als hier draußen auf Henrike und Telse zu warten? Zumal er später bei ihrer Begegnung frisch gewaschen und nach Seife duftend auftreten würde. Auch würde das heiße Wasser seinen Kopf klar machen. Jost ging hinein, zahlte und zog sich aus. Er warf einen Blick in die Stuba, die mit Männern jeglichen Alters gefüllt war. Das Hemd der Bademagd lag feucht an ihrem Körper, ihr Gesicht war gerötet. Während sie mit dem Badequast die Brust eines Mannes bearbeitete, hatte ein anderer seine Hand unter ihr Hemd geschoben und befingerte sie, was ihr nichts auszumachen schien. Er spürte, wie seine Lust sich wieder regte. Ob bei den Frauen auch so lose Sitten herrschten? Dann müsste er Henrike warnen! Sie war ein anständiges Mädchen!

Er kehrte in den Gang zurück und lauschte. In der Nähe hörte er das helle Lachen der Frauen. Ohne darüber nachzudenken, folgte er den Geräuschen und spähte in das nächste Umkleidezimmer hinein. Kleidung hing an Haken, niemand war zu sehen. Jost erkannte Henrikes Kleid, ergriff es und sog ihren Duft ein. Diese Tür führte direkt in die Badestube der Frauen, dort durfte er nicht hinein. Der Gang führte allerdings noch weiter. Er band sich ein Tuch um die Hüften und schlüpfte durch den Korridor in das nächste Zimmer. Es war klein und dunkel. Laken und Kissen lagen, wie zufällig hingeworfen, auf dem Boden. Sanftes Licht fiel aus der gegenüberliegenden Tür, sie war mit Laken verhängt. Die Luft war feucht und schwer von der Hitze der Badeöfen, die ganz in der Nähe sein mussten. Was tat er hier? Wenn jemand ihn entdeckte! Ein Kribbeln überzog seinen Körper. Es war sein letzter Abend, er wollte nicht umkehren.

Vorsichtig schob er den Vorhang ein Stück beiseite – und konnte in die Badestube der Frauen blicken. Henrike, so nackt wie Gott sie geschaffen hatte! Ihr ebenmäßiger Körper, die lockigen Haare, die schlanken Hüften, die Brüste mit den aufgerichteten rosa Spitzen, das helle Dreieck ihrer Scham. All seine Kraft ballte sich in der Mitte seines Körpers zusammen. Sie kam in seine Richtung, und obwohl es so warm war, erschauerte er vor Lust und Furcht zugleich. Er bräuchte nur die Hand auszustrecken, sie an sich ziehen. Er stellte sich vor, dass sie williger sein würde als am Nachmittag, dass sie ihre Lippen für ihn öffnen, sich ihm hingeben würde. Er hatte sie überrumpelt, das war sein Fehler gewesen! Jost unterdrückte ein Keuchen. Henrike stieg in den Zuber, ließ sich tief hineingleiten, seufzte wohlig.

»Ich war noch nie hier. Bist du sicher, dass es sich für uns schickt, hier zu baden? Ich habe Männer im Eingang gesehen«, sagte sie.

Da war auch ihre Base, mit großen Brüsten und breiten Hüften, ihr Körper wirkte einladend und weich. Wie beiläufig verstrich sie die Feuchtigkeit auf ihren Armen, ließ ihre Hände weiterwandern, über ihre Brüste gleiten, die glänzten von Dampf und Schweiß. Jost hielt die Luft an. Da traf ihr Blick den seinen. Er wollte zurückzucken, doch in ihrem Gesicht zeigte sich keine Angst, kein Entsetzen, keine Scham. Es war, als habe sie gewusst, dass er dort stehen würde. Ihre Finger strichen über ihre Brustwarzen, kreisten um den Bauchnabel, rieben ihren ganzen Körper zärtlich ab, ihn dabei immer von Neuem anblickend. Jost konnte kaum noch an sich halten, das Verlangen brannte wie Feuer in ihm.

»Nein, keine Sorge. Es ist ein ehrenwertes Haus. Aber wie heiß es hier ist! Genieß schon mal das Wasser, ich bin gleich wieder da!«, sagte Telse beruhigend zu Henrike und verschwand aus seinem Blickfeld.

Jost war beinahe enttäuscht. Doch gleich darauf bewegten sich die Tücher an der Wand, und sie stand vor ihm, noch immer splitternackt und sinnlich wie die Göttin Venus persönlich. Telse hielt lächelnd einen Finger vor ihren Mund und löste mit der anderen Hand das Tuch um seine Hüften. Sie hatte doch nur mit ihm sprechen wollen, dachte er ebenso trunken wie verwirrt, als sie vor ihm auf den Boden sank und ihn zu liebkosen begann, wie er es noch nie erlebt hatte.

19

Telse zog die schützende Kappe aus Leder über ihren Finger. Ein zufriedenes Lächeln huschte über ihr Gesicht. Seit zwei Tagen schon gab sie vor, krank zu sein und bestand darauf, im Bett zu bleiben. Ihre Mutter hatte sie zum Aufstehen gedrängt und sogar angeboten, das Kräuterweib ihres Vertrauens zu holen, aber Telse hatte ihr Frauenleiden vorgeschoben und war deshalb in Ruhe gelassen worden. Was sich hinter diesem Frauenleiden verbarg, das musste ihre Mutter nicht wissen. Noch nicht zumindest. Sie fädelte den Zwirn in das Ohr der Nadel aus rötlich schimmerndem Kupfer, setzte Stich um Stich in den Rand des Lakens und stellte sich vor, dass sie ein Taufhemdchen nähte. Ihr Lächeln verstärkte sich: Vielleicht würde es schon bald so weit sein. Sie dachte an den letzten Abend mit Jost. An ihren Schrecken, als er ihr gesagt hatte, dass er die Stadt verlassen würde, ihre Angst, ihn nie wieder zu sehen. An den Moment, in dem sie ihn in dem Badehaus entdeckt hatte. Es war ihm deutlich anzusehen gewesen, wie sehr er sie begehrte. Und sie hatte sich schön gefühlt, so schön wie nie zuvor. Nicht plump und nicht hässlich, wie ihr Vater es immer sagte.

Telse bewegte die Nadel so heftig, dass sie am Rande des Fingerhuts abglitt und in ihre Haut fuhr. Der Schmerz machte ihr nichts aus, er war ihr beinahe ein Trost. Trotzig rieb sie die Stelle, bis sie aufhörte zu bluten, und nähte dann erst weiter. Sogar Nikolas, der sie sonst immer vor der Häme des Vaters in Schutz genommen hatte, war neulich boshaft geworden. Bei den meisten Frauen sei es eine Schande, ihre schönen Gesichter und Haare so stark durch das Gebende zu verdecken, ihr aber würde es durchaus entgegenkommen, hatte er gemeint, und dann noch hinzugefügt, dass immerhin ihr Körper passabel sei. Nun ja, Zartgefühl war nie seine Stärke gewesen. Dafür hatte er andere Qualitäten.

Telse wusste, dass sie keine Schönheit war. Sie wusste, dass die Männer den Blick über ihr Antlitz huschen ließen, bis sie an ihrem Busen hängenblieben. Auch Jost hatte durchaus zu schätzen gewusst, was sie zu bieten hatte. Ein Prickeln zog über ihre Haut, als sie an seine Berührungen dachte und an das, was sie in der Kammer des Badehauses getan hatten. Wohlig seufzend ließ sie die Näharbeit sinken. Sie hatte ihn verwöhnt, bis er kaum noch an sich halten konnte, dann hatte sie ihn mit sich auf die Kissen gezogen. Ungestüm hatte er sie genommen, und sie hatte sich nur zu gerne von ihm überwältigen lassen. Solange sie konnten, hatten sie sich dem Liebesspiel hingegeben, immer in der Angst, entdeckt zu werden. Erst als Henrike laut nach ihr gerufen hatte, hatte Telse sich von Jost losgemacht und war zu ihrer Base zurückgekehrt. Zum Abschied hatte sie ihm gesagt, dass sie auf ihn warten würde und dass er nur ein Kaufmann zu werden bräuchte, damit sie heiraten könnten, auch ohne Mitgift, da würde sie ihren Vater schon zu überreden wissen. Jost war sprachlos gewesen vor Liebe. Aber seine Hände hatten zu sprechen gewusst, und ihr Körper hatte verstanden.

Sie kannte ihn gut, konnte jede seiner Bewegungen deuten. Sie beobachtete ihn schon, seit sie in die Alfstraße gezogen waren. Gern zugesehen hatte sie ihm, wie er seiner Arbeit nachging. Oft unterhalten hatte sie sich mit ihm. Sie dachte an ihre Gespräche zurück, an die gestohlene Zeit und die unbeobachteten Momente. Jeder einzelne war kostbar für sie. Es hatte eine Weile gebraucht, bis sie sein Vertrauen gewonnen hatte. Aber schließlich hatte er ihr von seiner Kindheit erzählt, von Konrad Vresdorp, der ihn aufgenommen hatte, und von seiner Hoffnung, eines Tages eigenen Handel zu treiben.

Immer wieder hatte er allerdings auch Henrike erwähnt,

und sein Blick war weich geworden dabei, daran gab es keinen Zweifel. Telse spürte ein Nagen in ihrem Inneren. Henrike. Die vom Glück begünstigte Base. Mit dem schönen Gesicht. Dem reichen Vater, der nicht alles Geld verspielte, versoff und durch falsche Händel vergab. Aber sie durfte nicht neidisch sein, nicht missgünstig. Zumal auch Henrike inzwischen zu leiden hatte. Telse nahm die Näharbeit wieder auf, hielt die Nadel jedoch nachdenklich in der Luft. Sie hoffte wirklich, ihr Vater würde es richten können. Dass er die Betrugsvorwürfe gegen sich aus der Welt schaffen würde. Warum musste er auch Waren in zu kleine Fässer mit einem doppelten Boden füllen? Warum alte Heringe mit neuen vermischen? Warum konnte Hartwig Vresdorp nicht einmal sein Geld auf ehrliche Art und Weise verdienen?

Telse wusste die Antwort, wenn sie ganz aufrichtig war: Weil ihrem Vater ehrliche Geschäfte nicht glückten, weil er nicht verhandeln und noch weniger mit Geld umgehen konnte. Geld. Immer ging es nur um Geld in ihrem Hause. Auch jetzt war Geld notwendig, um eine Anklage zu verhindern, viel Geld. Insofern war der Tod ihres Onkels ein Glücksfall für die Familie gewesen. Aber wenn das Geld, das Vater aus Konrad Vresdorps Erbe flüssig machen konnte, nicht ausreichte, dann würde sie herhalten müssen, das hatte er ihr deutlich gemacht. Der Tonnenböttcher forderte ein hohes Schweigegeld in Form einer Mitgift und Telses Hand. Auch wollte er gute Verbindungen nach Lübeck, wie so viele. Und eben nicht zu einer Familie seines Standes, sondern er wollte das Handwerk hinter sich lassen und zum Kaufmannsstand aufsteigen. Da kam ihm Hartwig Vresdorps Notlage gerade recht. Aber dass sie, Telse, den Preis dafür zahlen sollte, das war nicht recht!

Telse bemerkte, dass sie das Laken in ihrer Faust geknüllt hatte, und strich es sogleich wieder glatt. Sie würde keinen alten Mann heiraten, nur um ihrem Vater zu helfen! Der Böttcher war über fünfzig, sie wäre seine vierte Frau, und er hatte vermutlich schon einen Stall voller Kinder. Nein, soweit würde sie sich nicht erniedrigen. Sie hatte schon so viel von ihrer Familie erdulden müssen. Den Suff und die Gewalttätigkeit des Vaters, die Herrschsucht der Mutter, die ewige Angst um das Geld. Jetzt war Schluss damit. Genug war genug. Als sie in der Badestube Josts verzücktes Gesicht gesehen hatte, als sie erkannt hatte, welche Macht sie über ihn besaß, hatte sie einen Entschluss gefasst. Sie würde ihr Leben in die eigenen Hände nehmen. Sie würde alle vor vollendete Tatsachen stellen. Sie würde für Fakten sorgen, die sich nicht so leicht wegschieben ließen wie ihre Wünsche und Träume. Und wie schön war es gewesen, mit ihm zusammen zu sein! Es war, als könnte sie noch immer seine Haut auf ihrer spüren. Brust an Brust, Bein an Bein, Leib an Leib. Ihre Körper, vereint zu einem einzigen. Eine plötzlich aufwallende Hitze ergriff von ihr Besitz. Wenn sie nur daran dachte, dass sie es immer wieder tun konnten, wenn sie erst einmal verheiratet waren! Telse ließ gedankenverloren ihre Hand über ihren Körper wandern. Es war noch etwas Zeit, bis Henrike ihr das Essen bringen würde.

Hartwig Vresdorp ließ sie, etwa drei Wochen, nachdem Simon abgereist war, in die Dornse rufen. Henrike konnte sich einfach nicht mit dem Anblick abfinden, wie er mit den Gegenständen ihres Vaters hantierte. Hartwig packte in aller Seelenruhe Unterlagen in die Ahornschatulle und ließ Henrike wie gewohnt stehen. Wollte er ihr mit diesem Spielchen seine Macht beweisen? Dann war es ein Fehlschlag. Sie fand sein Verhalten lachhaft und ärgerlich, aber nichts sonst. Was sie allerdings zusammenfahren ließ, war das Wachstafelbüchlein, das sie auf dem Tisch erblickte! Es war ihres, ohne Zweifel. Wo hatte er es gefunden? Und daneben ein Papier – war es etwa der Brief, in dem es um seine Betrügereien ging? Aber sie hatte ihn doch in ihrem Zimmer versteckt! Sie bemühte sich, nicht auf diese beiden Dinge zu starren, doch es war schon zu spät. Ihr Onkel nahm das Büchlein hoch und schlug es auf, kam näher und wedelte ihr damit vor dem Gesicht herum.

»Drei Fässer Heringe, zwei Fässer Wein, vier Packen Juchtenleder – hast du das geschrieben?«

Leugnen war vermutlich zwecklos, also musste sie es mit der Wahrheit versuchen, besser gesagt mit einer leicht geschönten Version der Wahrheit. Henrike versuchte die Sorgen in ihrer Stimme zu überspielen: »Ich habe mir nur notiert, was noch im Keller ist, das hatte Tante Ilsebe mir doch aufgetragen.«

»Hat sie das?«, fragte er argwöhnisch.

Sie nickte stumm.

»Und was ist mit dem Brief? Ich weiß, dass du ihn gesehen und gelesen hast!«

Henrike schüttelte den Kopf. »Ich kenne den Brief nicht«, log sie.

Er packte ihr Kinn und drehte ihr Gesicht zu sich. Er hatte ein Funkeln in den Augen, das Henrike ängstigte. Er benahm sich wie ein in die Enge getriebenes Tier. Sie zwang sich, Ruhe zu bewahren, ihm standzuhalten.

»Ich weiß nicht, ob ich dir noch glauben kann. Meine Geduld mit dir ist am Ende. Und ich sage dir, Henrike, wenn ich herausfinde, dass du dich in meine Geschäfte einmischst, dann Gnade dir Gott.«

Onkel Hartwig stieß sie von sich, dass sie taumelte. Er kam hinterher, drohend, einen Moment lang fürchtete sie fast, er würde sie schlagen, aber er stieß nur düster hervor: »Denke daran, dein Leben und das von Simon liegen in meiner Hand. Euch etwas anzutun wäre natürlich die pure Verschwendung. Es würde aber auch einen Haufen meiner Probleme lösen.«

Dann holte er wortlos weitere Beutel hervor und warf sie in

die Schatulle. Henrike hörte das Klimpern von Geld. Würde etwa auch er abreisen?

Henrike legte den Riegel der Kellerluke um und stieß die Pforten auf. Licht und Luft strömten in den Kaufkeller. Für einen Augenblick genoss sie die Sonnenstrahlen, die sogar Hartwigs Drohungen verblassen ließen. Beklommen dachte sie daran, was er Simon und ihr antun konnte. Der Brief war weg. Jetzt hatte sie keinen Beweis mehr für den Betrug. Sie würde weitermachen, dabei aber noch vorsichtiger sein müssen.

In ihrem Haus in der Alfstraße war es so ruhig wie seit langer Zeit nicht mehr. Simon und Nikolas waren unterwegs nach Bergen. Onkel Hartwig und Rotger waren zu wichtigen Geschäften nach Wismar abgereist. Ilsebe leistete ihrer Tochter am Krankenbett Gesellschaft. Jost, Margarete und Gesche waren fort. Die Köchin, die neue Magd und der Knecht gingen wie gewohnt ihrer Arbeit nach.

Sie drehte sich um und stand in dem ungewohnt leeren Kaufkeller. Mit jedem Tag, den der Frühling voranschritt, liefen mehr Schiffe in den Lübecker Hafen ein. Mit jedem Tag wurden mehr Güter in der Stadt umgeschlagen. Nur bei ihnen fand kein Handel mehr statt. Mit dem Schiff nach Bergen waren viele Waren aus dem Keller verschwunden. Nikolas hatte alles Getreide, Malz und die Leinwand als Tauschware gegen den begehrten Fisch mitgenommen, mit dem Hartwig Vresdorp seit jeher handelte. Lediglich im Gewölbekeller standen noch einige Fässer, dort, wo Henrike sich vor einiger Zeit versteckt hatte. Dort, wo – wie sie sich jetzt wieder erinnerte – Hartwig und Nikolas irgendetwas hin- und hergeschoben hatten. Wie hatte sie das vergessen können! Gleich würde sie nachschauen gehen.

Doch erst einmal hatte sie etwas anderes vor. Sie holte den

Brief hervor, den vorhin ein Bote abgegeben hatte und der ihr in der Tasche zu brennen schien, so ungeduldig hatte sie darauf gewartet, ihn endlich lesen zu können.

Liebe Henrike,
ich bin wohlbehalten hier wieder angekommen. Seitdem liegt viel Arbeit hinter mir, deshalb komme ich erst jetzt dazu, dir zu schreiben. Alle auf dem Gutshof sind wohlauf. Auch Katrine geht es gut, und ich freue mich sehr, zu beobachten, wie sie langsam ihre Angst verliert. Sie arbeitet nicht nur in der Weberei, sondern fertigt vor allem Gürtel für dich an, eine Arbeit, die sie glücklich zu machen scheint. Bald werden wir dir die ersten schicken können, wenn denn das Garn reicht. Über das Kleid hat sie sich übrigens sehr gefreut. Sie wagt kaum, es zu tragen. Ich muss sie fast dazu überreden, es an den Sonntagen anzuziehen.
Sasse hat in Travemünde die ersten Erkundigungen eingeholt. Tatsächlich hat jemand den Mann mit der frischen Brandwunde gesehen. Schon morgen wird Sasse erneut aufbrechen und der Spur nachgehen. Ich hoffe wirklich, dass er die Bösewichte findet.
Ich hoffe, dass es dir trotz allem gut geht und du dich gut gegen deine Verwandten behauptest. Ich bin sehr froh, dass du Griseus an deiner Seite hast.
Gott schütze dich,
deine Asta

Henrike wurde es schwer ums Herz. Wenn Asta nur wüsste! Überall hatte Henrike nach ihrem Hund gesucht, doch er war und blieb verschwunden.

Plötzlich ließ eine Stimme sie aufschrecken. Eilig faltete sie den Brief zusammen und steckte ihn in ihren Ärmel.

»Seid gegrüßt, Jungfer. Ich suche Konrad Vresdorp.«

Ein Mann stand im Eingang. Er trug gepflegte Kleidung und einen breiten Schnauzbart. Seine Worte hatten ihr einen Stich versetzt, dabei waren inzwischen beinahe fünf Monate vergangen, seit ihr Vater gestorben war.

»Konrad Vresdorp ist tot. Ich bin seine Tochter. Kann ich Euch weiterhelfen?«

Der Mann wirkte bestürzt. »Tot? Der gute Konrad Vresdorp? Was für ein Unglück!« Er sprach ihr immer wieder sein Beileid aus, rang die Hände dabei.

»Ihr kanntet ihn wohl gut?«, fragte Henrike, obgleich sie den Mann noch nie gesehen hatte. Aber bei den vielen Handelspartnern des Vaters musste das nichts heißen.

»Sehr gut, ja, ausgezeichnet«, murmelte der Mann, fiel jedoch gleich wieder in sein Lamento zurück. »Was soll ich nur tun? Was soll ich tun?« Nervös zwirbelte er seinen Schnauzbart. »Führt Ihr seinen Handel weiter, junge Frau?«

Henrike war überrumpelt. »Ich … genau genommen …«, begann sie.

Plötzlich nahm er ihre Hand in seine, schüttelte sie kräftig. »Lobenswert! Man darf den Handel des Vaters nicht einfach so verkommen lassen! Zumindest, bis wieder ein Mann im Hause ist, nicht wahr! Ich bin ja so erleichtert, aber ich …«, er ließ sie los und schlug sich auf die Stirn. »Ich habe mich ja noch gar nicht vorgestellt. Hans Mauser, Kaufmann aus Hamburg.«

Bevor sie etwas einwerfen konnte, fuhr er schon fort: »Schöne Waren habe ich mitgebracht. Ihr werdet sie doch anschauen, nicht wahr? Ich wüsste wirklich nicht, an wen ich mich sonst wenden sollte – dann wäre die ganze Reise vergeblich gewesen.« Wieder zog er die Stirn kraus.

Henrike war schon ganz verwirrt von seinen heftigen Gefühlsumschwüngen, die so gar nicht zu einem Kaufmann passen wollten.

»Wartet hier, ich hole meine Karren nur schnell!«, rief er noch – und war schon weg, bevor Henrike das Missverständnis aufklären konnte.

Sie könnte gar nicht mit ihm handeln, hatte doch gar kein Geld, um etwas zu kaufen. Aber was schadete es schon, wenn sie sich seine Waren einmal ansah?

Einige Stunden später saß sie inmitten von Heiligenbildchen, goldumwirkten Tüchern, Korallenketten, Hornkämmen und sonstigen Gütern. Ihr Kopf schwirrte vor lauter Preisen, Längenangaben und Gewichten. Immer wieder zeigte Hans Mauser ihr etwas, rollte Garn in allen Farben des Regenbogens von Spulen, mit denen Katrine wunderbare Stickereien würde anfertigen können. Sie bewunderte alles angemessen, hütete sich jedoch davor, etwas zu sagen, dass er als Kaufversprechen deuten könnte. Der Kaufmann schien für ihr Verhalten Verständnis zu haben.

»Ich verstehe, dass Ihr Euch so schnell nicht entscheiden könnt. Was haltet Ihr davon: Ich lasse Euch die Waren hier und komme morgen noch einmal wieder. Dann reden wir weiter.«

Als Henrike widersprechen wollte, tätschelte er ihre Hand. »Ich habe volles Vertrauen zu Euch, schließlich kannte ich Euren seligen Vater gut. Seht Euch alles genau an. Ihr könnt mit Münzen bezahlen, ich nehme aber auch andere Waren zum Tausch. Und wenn Ihr nichts haben wollt – auch gut!«

Henrike dachte über sein Angebot nach. Onkel Hartwig und Rotger würden in den nächsten Tagen nicht zurückkehren, Ilsebe und Telse würden diese Bündel kaum auffallen. So könnte sie die Waren in Ruhe in Augenschein nehmen – vielleicht fand sich ja wirklich etwas, das sie gegen die Garne würde eintauschen können. Was für eine Freude würde sie Katrine bereiten, wenn sie ihr diese Garne schicken würde!

Damit die Warenbündel, die der Kaufmann dagelassen hatte, nicht auffielen, rückte sie sie in eine Nische. Was hatte sie, das sie tauschen könnte? Was war in ihrem Lager geblieben? Sie ging zu den wenigen Säcken und Fässern, die noch im hinteren Teil des Kellers standen. Wie viel könnte sie davon abzweigen, ohne dass Hartwig es merken würde? Und wie viel würde sie dafür bekommen?

Als sie den letzten Sack beiseitegeschoben hatte, entdeckte sie ein offenes Fass. Es war halbleer, nur einige wenige Pelze lagen noch darin. Wieso hatte das Fass keinen Deckel? Sie sah sich um – heruntergefallen war er nicht. Es war wichtig, dass Pelze vor Schädlingen wie Ratten geschützt lagerten. In einem Winkel des Kellers, in dem zerbrochene Deckel und Leisten als Feuerholz gesammelt wurden, sah sie sich um. Dort lag ein Deckel, ganz rund und heil. Wieso war er hier? Sie nahm ihn auf und ging mit ihm ins Licht. Jemand hatte an der Oberfläche gewütet, grob über die Merke geschlagen, als wollte er sie unkenntlich machen. Sie strich das gesplitterte Holz, erkannte Zacken, wie sie die Merke ihres Vaters hatte. Warum hatte jemand das Zeichen des Vaters entfernen wollen? Und wo kamen die Pelze auf einmal her? Hatte ihr Onkel nicht gesagt, alle Pelze seien verkauft und die neuen beim Schiffbruch verloren gegangen? Was hatte das alles zu bedeuten? Aus einem Gefühl heraus schob Henrike den Deckel in eine Mauernische. Anschließend suchte sie einen nur leicht beschädigten Deckel aus dem Feuerholz, um das Fass notdürftig zu verschließen.

≈

»Was soll ich denn damit?! Das ist nicht annähernd so viel wert wie meine Garne! Wollt Ihr mich über den Tisch ziehen?«

Als der Kaufmann am nächsten Tag in den Kaufkeller zurückkehrte, war jegliche Verbindlichkeit aus seinem Ton verschwunden. Henrike versuchte ihn zu beruhigen, schließlich waren auch ihre Tante und Base im Haus. Sie war ganz durcheinander, hatte sie sich doch überwinden müssen, einige Waren für diesen Handel abzuzweigen; doch nun war der Mann ganz und gar nicht zufrieden damit.

»Nun schreit doch nicht so! Mehr habe ich nun mal nicht«, sagte sie beschwichtigend.

»Hier wird es ja wohl mehr geben, in einem reichen Haus wie diesem!«

»Gibt es aber nicht. Mein Onkel hat …«

Er fiel ihr ins Wort. »Euer Onkel? Warum sagt Ihr das nicht gleich! Dann werde ich wohl mit dem sprechen müssen!«

Nicht auch das noch! Henrike schüttelte sorgenvoll den Kopf und bemühte sich um eine feste Stimme: »Er ist nicht da. Ihr müsst mit mir vorliebnehmen. Und ich habe nun mal nicht mehr zu bieten.«

Der Kaufmann wandte sich wutschnaubend ab. »Dann werden wir uns wohl nicht einig. Hätte ich geahnt, dass Ihr meine Zeit derart verschwendet! Aber ich dachte an Euren Vater, an unsere alte Freundschaft.«

Wieder kam er mit der Freundschaft zu ihrem Vater, dabei hatte sie seinen Namen bislang noch auf keinem der Zettel gesehen. Sicher war es besser, wenn kein Handel zwischen ihnen zustande kam. Nun musste sie ihn nur noch loswerden. Doch er ließ sich Zeit, begann seine Waren noch einmal auszupacken. Plötzlich hielt er eine leere Kiste in der Hand.

»Wo ist das restliche Garn, Kindchen? Ich habe dir meine Waren in treuem Glauben hiergelassen, nun will ich sie auch zurück – und zwar vollständig!«

Nervosität erfasste Henrike vollends. Es fehlte etwas? Wie konnte das sein?

»Ich habe nichts genommen. Die Waren lagen die ganze Zeit hier im Keller. Niemand außer mir wusste von ihnen.«

»Dann bist du eine Diebin, eine gemeine Diebin!« Er schrie jetzt.

Jeden Moment konnte ihre Tante herunterkommen, und was wäre dann? Sie wagte kaum, es sich auszumalen. Henrike ging zu ihm, sah in und um die Kästen, sagte aufgewühlt: »Das muss ein Versehen sein … Sie müssen danebengefallen sein … Zählt sie doch noch einmal durch«, bat sie.

Er griff ihren Arm und drehte sie grob zu sich. »Willst du mich nun auch noch der Lüge bezichtigen? Mich, einen ehrenwerten Kaufmann! Du bist hier die Diebin. Ich werde den Büttel rufen!«

Er ging schon zur Straße, sein Schritt war entschlossen. Doch Henrike hielt ihn zurück. Sie war ganz steif vor Sorge und Angst geworden. Sie sah sich schon am Pranger stehen, sah, wie alle sie anspuckten oder mit faulen Eiern bewarfen, sah sich einsam in einer Klosterzelle, sah sich als Bettlerin in der Gosse ihr Leben fristen!

Tränen schossen ihr in die Augen, und sie bat: »Nein! Haltet ein! Ich bitte Euch. Es wird sich alles klären. Ihr werdet Euer Geld bekommen, das verspreche ich!«

Der Kaufmann kam zurück und sah sie lauernd an. »Gut, einen Tag hast du noch. Ich bin im Gasthaus *Zum Löwen* abgestiegen. Bring mir heute Abend, was du mir schuldig bist, dann werde ich den Vorfall vergessen. Sonst zeige ich dich morgen an.«

Henrike blieb allein zurück, bebend vor Verärgerung über ihre eigene Dummheit. Die falschen Anschuldigungen erzürnten sie bis aufs Äußerste, aber was konnte sie tun? Sie hatte keinen Beweis dafür, wie viele Waren er bei ihr gelassen hatte. Sie hätte sich niemals darauf einlassen dürfen, das wusste sie jetzt. Aber nun war es zu spät. Was sollte sie nur tun? Woher sollte sie das Geld nehmen? In Vaters Schreibkammer hatte stets etwas gelegen, aber seit ihr Onkel eingezogen war, war es verschwunden. Das Haushaltsgeld verwaltete die Tante, und zwar streng, wie Henrike durch die Streitereien mit der Köchin wusste. Sie könnte ihrer Tante alles beichten, aber Ilsebe würde ihr nicht helfen, im Gegenteil, vermutlich wartete sie nur auf eine Gelegenheit, sie zu bestrafen. Und damit, dass sie zu Asta geschickt würde, wäre es dieses Mal nicht getan, das wusste Henrike. Geschlagen oder eingesperrt zu werden, das könnte sie ertragen. Aber Ilsebe wollte sie loswerden, und zwar dauerhaft. Durch ein Ereignis wie dieses könnte Henrike direkt im Kloster landen oder in einer lieblosen, aber für Ilsebe gewinnbringenden Ehe am Rande der Welt. Telse könnte ebenfalls nichts tun, war ohnehin leidend, obgleich Henrike nicht so recht wusste, woran sie litt. Sie machte keinen sehr kranken Eindruck.

Wer blieb ihr überhaupt noch, überlegte sie? Ihr zweiter Vormund Symon Swerting? Es wäre beschämend, sich an ihn zu wenden. Außerdem würde es ihn möglicherweise auf Hartwig Vresdorps Seite treiben. Ihr Verhalten könnte als weiterer Beweis dafür gedeutet werden, dass sie aufsässig war und infolgedessen bestraft und gemaßregelt werden musste. Der Testamentsvollstrecker Bruno Diercksen? Kam aus den gleichen Gründen nicht infrage. Henrike spürte, wie die Verzweiflung in ihr Übermacht zu gewinnen drohte, da hörte sie Ilsebe und Telse kreischen und lief nach oben.

So erregt hatte sie weder ihre Tante noch ihre Base je erlebt. Ilsebe hatte die Hand in Telses Haare gekrallt und auf sie eingeschrien, ihre Tochter hatte gebrüllt, das Gesicht verzerrt vor Schmerz und Wut. Henrike hatte versucht, die beiden zu trennen, sich dabei aber selbst einige Ohrfeigen eingefangen. Schließlich hatte Ilsebe ihre Tochter in ihre Kammer geschleift und dort eingesperrt. Mit Henrike allein war sie dann in die Küche gegangen. Zu zweit hatten sie am Tisch gesessen und sich angeschwiegen. Henrikes Vorschlag, der Base etwas zu essen zu bringen, war von ihrer Tante abgelehnt worden. Henrike verstand nicht, was zwischen den beiden Frauen vorgefallen war. Aber sie hatte auch nicht die Ruhe, sich eingehend damit zu befassen, musste sie selbst sich doch mit drängenderen Problemen beschäftigen. Immer wieder hatte Henrikes Magen rebelliert, hatte sich ihr Hals zusammengeschnürt. Ihre Tante hatte allein eine ganze Karaffe Wein geleert und war schließlich in ihre Kammer geschwankt. Endlich konnte auch Henrike sich zurückziehen.

Nun lag sie in ihrem Bett, malte sich die Schrecken der Zukunft aus und wartete darauf, dass die Geräusche im Haus verstummten. Sie hatte erwogen, in das Gasthaus zu gehen und den Mann um Aufschub oder Gnade zu bitten. Aber darauf würde er sich nicht einlassen, das ahnte sie. Er hatte es darauf angelegt, sie in diese Lage zu bringen, das war Henrike inzwischen völlig klar. Und nach reiflicher Überlegung wusste sie, dass es nur noch einen Menschen gab, den sie um Hilfe bitten konnte. Einen Menschen, der ihre Familie gut genug kannte, um ihr zu helfen, und kein Interesse daran hatte, ihr zu schaden. Sie konnte es kaum erwarten, zu ihm zu gehen, um die Angelegenheit so schnell wie möglich aus der Welt zu schaffen.

Als Henrike nur noch das Streichen des Windes um die Fensterläden und das Trappeln der Mäuse im Gebälk hörte, erhob sie sich, warf sich ihre Heuke über, zog die Kapuze tief ins Gesicht und lief hinaus. Auf den Straßen waren noch etliche Menschen unterwegs, um die Henrike einen Bogen machte.

In dem Haus in der Mengstraße brannte zum Glück noch Licht. Ein glatzköpfiger Mann öffnete die Tür und ließ sie ein. Adrian Vanderen stand in der Tür seiner Schreibkammer und sah sie verwundert an.

»Jungfer Henrike. Was macht Ihr denn hier? Was ist geschehen?«

Henrike konnte die Tränen nicht zurückhalten, so sehr sie sich auch bemühte.

Adrian kam zu ihr, zögerte kurz, legte dann aber tröstend den Arm um ihre Schulter. Henrike spürte, wie ihre Beklemmung ein wenig nachließ. Er würde ihr helfen, ganz sicher würde er das.

»Kommt erst einmal herein. Cord, bring uns etwas von Margaretes gutem Kirschtrank.«

Er führte sie in die Dornse, die von verschiedenen Leuchtern heimelig erhellt war. Auf dem Tisch lagen ein angefangener Brief und ein Handelsbuch. Jetzt erst ging ihr auf, wie unschicklich dieser Besuch war. Sie allein, bei einem Mann. Was würde ihre Tante dazu sagen? Und die anderen Klatschweiber? Auch Adrian Vanderens Ruf konnte dieser Besuch schädigen, und das, wo er doch vermutlich seine Heirat vorantrieb. Henrike machte Anstalten, wieder zu gehen.

»Ich sollte nicht hier sein«, sagte sie, aber Adrian drückte sie sanft auf den Armstuhl.

»Etwas Wichtiges hat Euch hierher geführt, also habt Ihr auch Grund, hier zu sein.«

»Aber Euer Ruf … und meiner.«

Adrian lachte hell. »Mein Ruf sollte Euch nicht sorgen. Und wenn jemand tatsächlich danach fragen sollte, dann sagen wir eben, Ihr hättet Eure alte Köchin besucht.«

In diesem Augenblick kam Margarete herein. Als sie Henrike erkannte, stürzte sie zu ihr, um sie zu trösten, was Henrikes Tränen nur noch mehr zum Sprudeln brachte.

»Was ist nur los, Mädelken? War es dieser afschuweliche Nikolas – hat er dich wieder bedrängt – oder etwa sein grässlicher Vater?«, erkundigte sich die Alte grimmig.

Henrike schüttelte den Kopf. »Die sind beide nicht da, glücklicherweise. Nein. An dem Unglück, das mich herführt, bin allein ich schuld, ganz allein.«

Entschlossen, nicht mehr zu weinen, wischte sie sich die Tränen aus den Augen. Cord schenkte den Kirschtrank in hohe, verzierte Gläser, während Adrian sich einen Stuhl heranzog und sie aufmunternd anblickte.

»Dann berichtet mal, Jungfer Henrike.«

Stockend begann sie zu berichten. Der Kaufmann stellte ihr

immer wieder Fragen; schließlich sprang er auf und ging unruhig im Raum auf und ab. Henrike fürchtete schon, er würde sie abweisen, doch sein Blick war warm, als er sie wieder ansah.

»Ihr seid einem Betrüger aufgesessen. Glaubt mir, er hatte nie vor, Euch etwas zu verkaufen – es sei denn, Ihr wäret so leichtgläubig gewesen, dass er Euch das Geld leicht hätte aus der Tasche ziehen können. Ich kenne seinen Namen zwar nicht, aber seine Masche ist bekannt.« Er hielt inne. »Die Frage ist nur, wie wir Euch aus seiner Falle bekommen, ohne allzu viel Aufsehen zu erregen. Denn das wollt Ihr vermutlich nicht.«

Henrike schlug die Lider nieder. »Am liebsten wäre es mir, es wäre nie geschehen«, gab sie kleinlaut zu.

Er trat zum Fenster und sah nachdenklich hinaus. Henrike nippte nervös an ihrem Trunk, nahm die Süße auf ihrer Zunge kaum wahr. Endlich wandte Adrian Vanderen sich wieder ihr zu.

»Gut«, sagte er. »Wir werden Folgendes machen …«

Der Mann mit der Glatze schob die Tür zum Wirthaus auf, drängte sich durch die Trinkenden an den Tresen. »Wo finde ich einen Herrn Mauser? Ich habe eine Nachricht für ihn.«

Der Wirt verwies ihn an einen Seitentisch, an dem mehrere Männer würfelten. Der Gesuchte sah auf, er hatte bereits einen beachtlichen Haufen Münzen vor sich liegen. Cord gab ihm die Nachricht und hielt die Hand auf, um eine Münze in Empfang zu nehmen, die ihm widerwillig auch gewährt wurde, dann ging er wieder zur Tür. Er sah noch, wie Hans Mauser die Würfel an sich nahm, sie küsste und sie zusammen mit den Münzen in einen Geldbeutel fallen ließ. Die Männer an seinem Tisch protestierten lautstark. Sie wollten zumindest eine Gelegenheit haben, das verlorene Geld zurückzugewinnen.

»Nur keine Ungeduld, Ihr Herren. Ich bin gleich zurück, dann wollen wir sehen, was die Göttin Fortuna für uns bereithält. Trinkt bis dahin einen Schluck auf mich!« Mauser ließ lachend eine Münze springen, die Männer johlten beschwichtigt, und er konnte unbehelligt zum Stall gehen.

Henrike stand zwischen den Pferdeboxen und nestelte nervös an dem Geldbeutel in ihrer Hand. Leise mischten sich das Klirren der Münzen und das Prusten der Pferde. Ihr Herz schlug bis zum Hals. Sie fühlte sich an den Abend in Astas Stall erinnert, an dem Nikolas versucht hatte, ihr Gewalt anzutun. Nun würde sie sich wieder einem Mann zur Wehr setzen müssen, wenn auch auf andere Art und Weise. Aber dieses Mal wusste sie, dass sie nicht allein war. Adrian Vanderen hatte die Stallknechte mit ein paar Münzen hinausgeschickt und verbarg sich hinter einigen Strohballen, auch Cord war inzwischen zu ihnen in den Stall gekommen. Sie hörte Schritte und warf Adrian einen ängstlichen Blick zu, aber er nickte nur zuversichtlich. Da war er, der Kaufmann aus Hamburg. Die Brust selbstsicher vorgereckt, kam er auf sie zu.

»Habt Ihr es Euch doch anders überlegt? Brav. Ich wusste, dass ihr eine vernünftige junge Frau seid. Wo ist das Geld?«

Er kam ihr nah, zu nah. Sie konnte jetzt das Bier in seinem Atem und den Schweiß in seiner Kleidung riechen. Henrike wich zurück, hielt den Geldbeutel zwischen sich und den Mann. Er streckte die Hand aus, umfasste jedoch ihr Handgelenk und zog sie an sich.

»Ihr könnt Eure Schuld natürlich auch anders begleichen!«, konnte er ihr gerade noch zuraunen, da hatten ihn Adrian und Cord schon von den Füßen gerissen.

Mauser wehrte sich heftig. Er schlug mit einer Kraft und Schnelligkeit um sich, die sie ihm gar nicht zugetraut hätte. Schon lag Cord im Stroh. Mauser wollte fliehen, Adrian jedoch packte ihn an der Schulter, riss ihn zurück und setzte ihn mit einigen kurzen, harten Fausthieben außer Gefecht. Cord, der sich inzwischen wieder aufgerappelt hatte, drehte ihm die Arme auf den Rücken und band die Handgelenke mit einem Seil zusammen, dann riss er ihn hoch.

»Vanderen, Ihr?« Mauser spie aus, mit Blut vermischte Spucke traf Adrians Beinlinge. Scheinbar achtlos rieb Adrian Vanderen sich mit Stroh die Spucke ab, doch sein Blick brannte, als er seinen Widersacher ansah.

»Ich hatte vom ersten Moment an das Gefühl, dass Ihr ein Halunke seid, Ratze.« Henrike zitterte noch immer.

»Er heißt gar nicht Mauser? Und Ihr kennt ihn?«, fragte sie ungläubig.

»Er ist auf der *Cruceborch* mit hierhergereist. Schon auf der Fahrt hat er versucht, mich zu betrügen. Vermutlich hat er Euch einen falschen Namen genannt, damit man ihm nichts nachweisen kann.«

Ratzes hässliches Lachen bewies, das Adrian sein Verhalten richtig gedeutet hatte.

»Ach was, Vanderen. Die Kleine hier hat es nicht anders verdient. Und Ihr seid ein schlechter Verlierer, wie ich schon sagte. Ich …« Eine Ohrfeige machte seinen Worten ein Ende. Dieses Mal hatte Henrike zugeschlagen.

»Wie konntet Ihr mir das antun!«, rief sie. Ihre Hand pulsierte heftig von dem Schlag.

»›Wie konntet Ihr mir das antun?‹«, äffte Heymo Ratze sie höhnisch nach und grinste. »Vater tot, Onkel weg, reiches Haus. Da ist was zu holen. Wer da nicht zugreift, ist wirklich schwer von Begriff.«

Adrian löste Ratzes Geldbeutel vom Gürtel und fischte die Würfel heraus. Der Mann wandte sich, kam jedoch gegen Cords festen Griff und die Fesseln nicht mehr an.

»So schwer von Begriff wie die Männer, denen du das hart verdiente Geld aus der Tasche ziehst, Ratze? Was würden sie wohl dazu sagen, dass diese Würfel angefeilt sind und deshalb immer auf dieselbe Seite fallen? Und erst der Scharfrichter der Stadt?«

Das Grinsen in Ratzes Gesicht gefror. »Das würdet Ihr nicht tun.«

Adrian warf die Würfel in die Luft und fing sie wieder auf. »Oh doch, das würde ich. Es würde mir sogar Vergnügen bereiten, dich am Galgen baumeln zu sehen.«

»Dann muss ich die Kleine leider öffentlich des Diebstahls beschuldigen. Ihr Wort steht dann gegen das meine. Schaden wird es ihr mehr als mir.«

Henrikes Hals war wie zugeschnürt. Hatte die Boshaftigkeit dieses Mannes denn nie ein Ende? Adrian packte Ratze am Hals, seine Worte klangen gepresst.

»Du wirst diese Stadt verlassen und nie wieder zurückkehren. Wenn ich dir nur noch einmal begegne oder von deinen Untaten höre, wird sich das Gericht um dich kümmern. Und das wird ganz sicher kein Auge zudrücken.«

Sein Gegenüber bleckte die Zähne. »Und meine Waren?«

Adrian Vanderen wandte sich um. »Darum kümmern wir uns jetzt. Keinen Laut, mit Cord ist nicht zu spaßen, der hat schon so manchen Leib aufgeschlitzt.«

Henrike bemerkte jetzt das Messer, das der Glatzköpfige dem Betrüger in die Seite hielt. Der Mann nickte verkniffen, blieb aber still, als sie aus dem Stall traten und zur Alfstraße gingen. Henrike lief mit Adrian voraus.

»Werden wir Probleme haben, die Waren aus dem Kaufkeller zu holen?«, fragte Adrian leise.

Sie überlegte. »Ich hoffe nicht, alle müssten schon schlafen. Ich schlüpfe hinein und öffne von innen. Aber was wollt Ihr mit den Waren machen?«

Adrian sah sie fragend an. »Wollt Ihr sie behalten?«

Die junge Frau dachte an die schönen Garne und an Katrine. Aber Garn würde sie auch woanders bekommen.

»Ich will sie nicht, für kein Geld der Welt. Sie würden mir kein Glück bringen«, sagte sie entschlossen.

Er lächelte. »Ich habe schon eine Idee, lasst Euch überraschen.«

Plötzlich kam Henrike alles wie ein großes Abenteuer vor, wie eines der Spiele, die sie mit ihrem Bruder gespielt hatte – nur, dass es dieses Mal um ihr Leben und ihre Ehre ging.

Alles klappte, wie geplant. Als sie den Karren mit den Waren auf die Straße gezogen hatten, zwirbelte der Betrüger aufgeräumt seinen Bart. Er schien zu glauben, dass er noch einmal ungestraft davonkommen würde. Aber ganz so war es nicht, wie sich herausstellte. Adrian ließ ihn den Karren vor die Tür des nächsten Armenhauses ziehen. Dann versteckten sich Henrike und Adrian Vanderen hinter einer Häuserecke, Ratze von Adrian fest am Handgelenk gepackt, während Cord den Türklopfer betätigte, bevor auch er zu ihnen gerannt kam. Laut hallte der Ton in dem Gebäude. Schließlich öffnete sich quietschend die Tür, und der Karren wurde hineingezogen. Im Armenhaus würde man mit dieser Spende etwas anzufangen wissen. Ratze stöhnte gequält auf. Cord hielt ihm die Messerspitze unter das Kinn, die Augen des Betrügers waren schreckgeweitet.

»Fort mit dir«, zischte Adrian. »Kehre nie mehr hierher zurück. Wenn ich dich noch einmal sehe, freut sich der Scharfrichter. Oder mein Gehilfe hier schlitzt dich auf!«

Der Glatzkopf drückte etwas fester zu. Ein Blutstropfen rann Ratzes Kehle hinab.

»Es wäre mir ein Vergnügen, Herr«, sagte Cord, dann stieß er ihn von sich.

Heymo Ratze lief, so schnell er konnte, davon. Henrike hoffte, ihn nie wieder zu sehen. Adrian Vanderen klopfte seinem Gehilfen zufrieden auf die Schultern. Henrike sah den Glatzkopf scheu an. Er hatte bislang gar nicht so gefährlich gewirkt.

»Habt Ihr wirklich schon … so manchen Leib aufgeschlitzt?«

Jetzt war es Cord, der grinste. »Kaninchen, Hühner, Schweine, Fische schon. Aber Menschen? Was denkt Ihr denn von mir?!«

Adrian sprang ihm bei. »Cord ist mein Schiffskoch, kein Mörder. Ich dachte, Ihr wüsstet das, Jungfer.«

Henrike lächelte die beiden Männer verlegen an. Langsam ließ ihre Anspannung nach.

»Ich fürchte, ich weiß so manches nicht«, gab sie zu.

Adrian reichte ihr seinen Arm und führte sie zurück in die Alfstraße, wobei sie die letzten Fußgänger und Nachtschwärmer mieden. Um diese Zeit musste sie wirklich niemand mehr zusammen sehen.

»Wenn Ihr das nächste Mal Handel treiben wollt, kommt lieber vorher zu mir. Ich kann Euch einiges beibringen, damit Ihr auf solche Betrüger nicht wieder hereinfallt.«

Sie sah ihn dankbar an. »Ich werde ganz sicher auf Euer Angebot zurückkommen.«.

Aber jetzt, wo ihre Probleme aus der Welt geschafft waren, wollte sie sich endlich um ihre Base kümmern. Es hatte vorhin ausgesehen, als ob Telse ihre Hilfe gebrauchen könnte.

Früh am nächsten Morgen schlich sie zu Telses Kammer und rüttelte an der Tür, doch es rührte sich nichts. »Henrike? Bist du es?«

Die Stimme ihrer Base klang dünn und weinerlich. Henrike konnte nachfühlen, wie eingesperrt und verlassen sich Telse fühlen musste, und wünschte, sie könnte etwas für sie tun.

»Es ist noch immer abgeschlossen«, sagte sie bedauernd.

»Den Schlüssel trägt Mutter am Schlüsselring. Aber ich muss mit dir sprechen, Henrike! Dringend!« Telse schniefte laut. »Es geht um mein Leben.«

Henrike überlegte fieberhaft, zog dann ihre Haarnadeln heraus.

»Ich versuche es noch einmal«, sagte sie. Zum Schein rüttelte sie an der Tür und machte sich am Schloss zu schaffen. Nach einigen Augenblicken sprang es zu ihrer heimlichen Verwunderung tatsächlich auf. Henrike steckte die Haarnadeln schnell weg; Telse musste nicht wissen, dass sie damit Schlösser zu öffnen vermochte.

»War wohl doch nicht ganz zu«, sagte sie erklärend und schlüpfte hinein.

Telse fiel ihr sogleich in die Arme und weinte lautstark.

»Was ist denn nur los?«, fragte Henrike.

Telse ließ sich auf das Lager sinken. Ihre Augen waren rot geädert, ihr Gesicht verquollen und tränennass. Henrike reichte ihr ein kleines Tuch. Telse schnäuzte sich heftig und sagte dann, von Neuem in Tränen ausbrechend: »Alles war vergebens. Ich bekomme ein Kind von Jost. Aber meine Mutter will mich trotzdem mit dem Böttcher verheiraten.«

Völlig sprachlos sah Henrike sie an. Jetzt verstand sie die Aufregung ihrer Tante. Dass ihre Base den Gehilfen Jost heimlich liebte, wusste sie ja schon lange, aber dass es so weit gekommen war, hätte sie nicht geahnt.

»Wann … und wieso …?«, stammelte sie verblüfft.

»Angefangen hatte ja alles an dem Tag, als dein Vater mich mit Jost zum Rathaus schickte, weißt du noch? Wir sollten die Fähnchen für den Kaiserbesuch dorthin bringen. Wir haben uns so gut unterhalten! Er war so zuvorkommend!«, schwärmte sie. »Passiert ist es neulich im Badehaus. Und nun bekomme ich ein Kind von ihm. Ich bin ganz sicher. Es ist wie ein kleines Glühen, hier, direkt über meiner Scham!« Eifrig zeigte Telse auf die Stelle an ihrem Körper.

Im Badehaus? Stimmt, Telse war eine ganze Weile verschwunden gewesen. Aber wie war Jost in die Badestube gekommen, und wo hatten sie …? Aber das spielte eigentlich jetzt keine große Rolle mehr, auf jeden Fall war es geschehen. Henrike bemerkte, dass sie sich über die Enthüllung ihrer Base freute, auch wenn sie verwirrt darüber war, dass Jost ihr doch noch am selben Nachmittag seine Liebe zu ihr gestanden hatte. Doch vielleicht hatte er nun eine Frau gefunden, die ihn nicht wie Henrike abwies, sondern ihn tatsächlich liebte. Und das tat Telse, zweifellos. Auch, wenn es bei ihrer Base ebenfalls zahlreiche Hindernisse zu überwinden galt. Telse ergriff nun ihre Hände, zog sie zu sich heran.

»Ach, Henrike, es war wunderschön. Du solltest es auch unbedingt einmal tun. Unsere Körper sind förmlich ineinander verschmolzen, wir waren eins«, schwärmte sie.

»Und ich habe nebenan im Badezuber gelegen«, unterbrach Henrike sie ernüchtert.

Telse biss sich auf die Lippe. »Das schon. Aber du hast ja nichts gemerkt. Verheiratet waren wir natürlich auch nicht, noch nicht. Aber das kommt bald, jetzt, wo ich schwanger bin!«

»Das sieht deine Mutter sicher anders.«

Telses Augen wurden wieder feucht, dicke Tränen kullerten die Wangen herab.

»Ich bin ›angestoßene Ware‹, sagt sie. So hat sie mich wirklich bezeichnet! Jetzt will sie mit mir nach Stralsund, zu dem Böttcher. Ich soll mit ihm auch …, du weißt schon, damit es, falls ich schwanger bin – und das bin ich, glaube mir –, nicht auffällt«, sie schluchzte heftig. »Aber ich weiß schon, was ich tun werde. Ich gehe zu Mutters Kräuterfrau. Sie soll mir was geben, damit ich unterwegs krank werde. Ich muss es hinauszögern, bis Jost wieder da ist.«

Henrike hatte Zweifel. »Aber das kann dauern«, wandte sie ein. »Und die Kräuterfrau, wird sie dich nicht verraten?«

Telse lächelte grimmig. »Nicht, wenn ich ihr genügend zahle. Letztlich geht alles immer nur um Geld. Es ist nur eine Frage des Preises.«

Henrike gefiel das nicht. Wenn man falsche Kräuter zu sich nahm oder eine zu große Dosis von einer bestimmten Art, konnte das leicht tödlich enden. Damit wäre niemandem geholfen.

»Und wenn Jost nicht rechtzeitig wiederkommt? Wirst du dich dann weigern, den Böttcher zu heiraten?«, wollte sie wissen.

Telse rieb mit den Fäusten so hart über ihr Gesicht, als wollte sie sich selbst bestrafen.

»Das kann ich nicht. Sie erwarten von mir, dass ich mitmache. Ich muss es tun, für die Familie. Um die Familie zu retten.«

Als sie Henrikes skeptischen Blick bemerkte, erzählte sie ihr von der Abmachung mit dem Böttcher. »Er hat für Vater Fässer mit doppeltem Boden gefertigt. So konnte Vater weniger Heringe in die Fässer füllen und mehr verdienen. Vielleicht wäre das niemandem aufgefallen. Aber Vater hat auch noch neue Heringe mit alten, halb vergammelten gemischt. Dadurch ist der Betrug aufgeflogen. Jetzt will der Böttcher ihm helfen, die Gaunerei zu vertuschen. Aber dafür verlangt er Geld – und dass ich ihn heirate.«

Henrike versuchte gleichzeitig, den Schock wegen der Machenschaften ihres Onkels schnell zu verdauen und über eine Lösung des Problems nachzudenken. Da war Hartwig ja genau an den Richtigen geraten. Ihr war klar, dass ihre Verwandten kaum irgendwelche Alternativen hatten. Den Betrug einzugestehen würde ihren Onkel in den Ruin treiben – und das würde auch Simon und sie gefährden.

»Was für eine verzwickte Lage. Warum zahlt ihr dem Böttcher nicht einfach mehr? Wenn dein Vater fortan ein ehrliches Geschäft betreiben würde, wären die Verdächtigungen sicher bald aus der Welt«, schlug Henrike vor.

Telse wirkte zerknirscht. »Es ist kein Geld mehr da. Deine Mitgift ist längst futsch, und dein Erbe wird es auch bald sein. Geht alles für Vaters Schulden drauf, für Nikolas' Unternehmungen und Bestechungsgelder.«

Henrike schoss hoch. Telse hatte ihre schlimmsten Befürchtungen bestätigt. Es stand schlechter um sie, als sie geahnt hatte!

Doch ihre Base hatte offernbar nur ihre eigenen Probleme im Sinn. Flehend bat sie: »Du musst mir helfen, Henrike! Würdest du Jost ausrichten, dass ich ihn liebe, wenn er zurückkehrt? Und dass ich alles versuchen werde, um auf ihn zu warten? Er ist doch mein Leben!«

Henrike blieb ihr die Antwort schuldig und ging wie betäubt hinaus.

20

Der Wagen stand schon vor dem Haus bereit, da zitierte Ilsebe Vresdorp Henrike noch einmal zu sich. Ihre behandschuhten Finger spielten an dem Schlüsselring, den sie an ihren Gürtel gebunden stets bei sich trug. »Magd und Knecht begleiten uns. Du bleibst mit der Köchin hier. Janne sorgt für das Vieh und euer Essen, viel braucht ihr ja nicht. Du wirst das Haus sauber halten. Damit hast du genug zu tun.«

Henrike nickte folgsam. »Ja, Tante Ilsebe«, sagte sie.

Ihre Tante blähte die Wangen kurz auf, sie wirkte unzufrieden. »Es passt mir nicht, dich allein im Hause zu lassen, das sage ich dir ehrlich. Aber in Stralsund kann ich dich noch viel weniger gebrauchen. Eine ungeratene junge Frau reicht mir.«

Sie warf Telse einen vernichtenden Blick zu, doch die schien ihn beinahe mit Stolz aufzunehmen. Sie hatte sich gestern noch davongestohlen, war in der Nähe des Gerichtshügels bei der Kräuterfrau gewesen, wie sie Henrike später erzählt hatte. Ilsebe Vresdorp hingegen hatte über den Grund der Reise und den Streit mit ihrer Tochter nichts verlauten lassen. Es ging Henrike aus ihrer Sicht wohl nichts an. Ilsebe löste den Schlüsselring. Sie hielt ihn abwägend in den Händen, bevor sie ihn weiterreichte. Henrike jubilierte innerlich. Nur noch wenige Augenblicke, dann wäre sie ihre Tante los, fürs Erste zumindest.

»In zwei Wochen sehen wir uns wieder, spätestens«, sagte Ilsebe zum Abschied und fügte mahnend hinzu: »Unterstehe dich, mir bis dahin Schande zu machen!«

Für die Schande sorgt ihr schon selbst, dachte Henrike verbittert, sah ihre Tante aber ganz ruhig an.

»Natürlich nicht, Tante«, antwortete sie artig.

Nach Stralsund würden sie mindestens eine Woche brauchen, eher mehr. Tante Ilsebe musste Gespräche führen, das würde hoffentlich auch einige Tage in Anspruch nehmen. Und dann die Rückreise. Solange ihr Onkel nicht früher zurückkehrte, hätte sie endlich Zeit, sich um die Geschäfte zu kümmern.

Während Mutter und Tochter umständlich einstiegen und Ilsebe noch dreimal kontrollierte, ob sie auch wirklich alles dabei hatten, bevor sie endlich, endlich losfuhren, stand Henrike zwischen den Beischlagwangen vor dem Haus und hielt den Schlüsselring fest umfasst. Jetzt würde sie Herrin dieses Hauses sein, so wie ihr Vater es sich für sie und Simon gewünscht hatte. Und sie würde nur das tun, was sie für richtig hielt.

Am Abend stand Adrian Vanderen vor ihrer Tür. »Ich muss zugeben, dass mich Eure Nachricht erstaunt hat. Damit mein Besuch auch hochanständig verläuft, habe ich noch jemanden mitgebracht.«

Margarete trat hinter ihm hervor. Henrike umarmte sie freudig und bat die beiden hinein. Die alte Frau sah sich in der Diele um, die ohne Wandbehänge und Silberzierrat kahl wirkte.

»Hat sich Einiges verändert, seit der Herr tot ist«, sagte sie und küsste ihren einfachen Rosenkranz.

»Ja, das hat es, Margarete. Leider«, stimmte Henrike ihr zu. »Aber ich hoffe, dass es noch nicht zu spät ist, um das Schlimmste zu verhindern. Wollen wir in die Schreibkammer gehen?«

Adrian folgte ihr, doch die Köchin blieb in der Diele zurück. »Darf ich in die Küche?«, fragte sie.

Henrike lächelte sie an. »Natürlich! Es ist doch eigentlich deine Küche. Aber nimm dich in Acht vor Janne, sie kann manchmal recht boshaft sein.«

Sie folgte Adrian Vanderen in die Schreibkammer. Plötzlich stieg das Bild in ihr auf, wie sie ihn hier im Haus nach seiner Ankunft zum ersten Mal gesehen hatte. An Körper und Seele verletzt, sich mehr um seine Männer sorgend als um sich selbst. Doch zugleich hatte er etwas Verwegenes ausgestrahlt, das ihr gefallen hatte und das jetzt, wo er ein gut situierter Lübecker Kaufmann war, kaum aufblitzte. Als er ihr gegen den Betrüger geholfen hatte, war es allerdings wieder spürbar gewesen.

»Ihr wollt also den Kampf gegen Hartwig Vresdorp aufnehmen?«, fragte Adrian Vanderen.

Wieder fiel ihr auf, was für eine stattliche Erscheinung er war. Sein Haar glänzte, seine Haut war glatt, die geschwungenen Lippen wirkten weich. Die Ränder seiner Fingernägel waren sauber, und das, obwohl er, wie sie wusste, anpacken konnte. Er trug ein nachtblaues Wams, das sich an die breiten Schultern schmiegte und ausgezeichnet mit der Farbe seiner Augen harmonierte.

Henrike hingegen trug zwar auch ein hübsches Kleid und war gepflegt, doch ohne fremde Hilfe gelangen ihr kunstvolle Aufsteckfrisuren nur schlecht. Schon jetzt lösten sich aus ihrem locker geflochtenen Haar erste Strähnen. Auch trug sie keinen Schmuck, wie man es vielleicht von einer Patriziertochter erwartet hätte, aber die Ringe und Ketten störten sie bei der Arbeit, und allein aus diesen geschäftlichen Gründen war er ja hier, bei ihr.

Sie überlegte, welchen Stuhl sie ihm anbieten und wo sie selbst sich hinsetzen sollte. Sollte sie im Armstuhl des Vaters Platz nehmen? War der nicht zu groß für sie, stand er nicht eher Adrian zu? Andererseits war es auch ihre Schreibkammer. Schließlich zog sie zwei Stühle heran und ließ den Armstuhl unbesetzt.

»So würde ich es nicht nennen. Aber ich kann nicht einfach so zusehen, wie Simon und mir alles genommen wird, was mein Vater erarbeitet und wofür er gelebt hat.« Prompt überfiel sie, wie so oft, die Sorge um ihren Bruder. Wie es Simon wohl ging?

Hatte er die gefahrvolle Seereise schon überstanden? Vermutlich nicht. Bei günstigem Wind konnte eine Kogge Bergen zwar in vierunddreißig Tagen erreichen, hatte Bosse Matys gesagt, meist brauchte sie jedoch zwei bis drei Monate. Und ob er wirklich die Bergener Spiele durchstehen musste? Sie hatte inzwischen gehört, dass es brutale Spiele waren, die Neulinge zur Belustigung der Gesellen durchstehen mussten.

Adrian schien ihre Gedanken zu erahnen. »Simon geht es sicher gut. Er wird sich durchbeißen, Ihr werdet sehen. Er ist nicht ohne Schutz. Und wenn er hierher zurückkehrt, ist er schon fast ein richtiger Mann«, sagte er.

Henrike zog missbilligend die Augenbraue hoch. »Ich hoffe, das war keine Anspielung auf diese berüchtigten Bergener Spiele. Denn ich habe nicht den Eindruck, dass man von anderen mutwillig gequält und verhöhnt werden muss, um ein richtiger Mann zu werden.«

Der Kaufmann betrachtete sie abschätzend. »Wie Ihr vielleicht wisst, handeln in Bergen oft Kaufleute mit kleinen Vermögen. Männer am Anfang ihrer Laufbahn, etwa Handwerker, die gerade in den Kaufmannsstand aufgestiegen sind. Oder Männer an einem Tiefpunkt, manche sind verbittert oder gescheitert. An diesem Ort treffen sie nicht auf die reichen Gewürz- oder Tuchhändler aus Flandern. Wenn nun ein Kaufmannslehrling aus guter Familie in diese Gesellschaft gerät, womöglich der Sohn eines Ratsmitglieds oder aus wohlhabendem Haus, dann lässt man ihn dort gerne den Schmutz der Straße kosten. Wenn Ihr meine Ausdrucksweise entschuldigt.«

Henrike biss sich auf die Lippe. Nun war sie doch wieder unhöflich zu ihm gewesen! Wie war das nur geschehen? Um abzulenken, sprang sie auf und sagte: »Was bin ich nur für eine Gastgeberin? Möchtet Ihr vielleicht Bier oder Wein? Wir haben, glaube ich, noch Rheinwein – wenn meine Tante und mein Onkel etwas übrig gelassen haben.« Sie lachte verlegen.

»Lieber einen Kirschtrank, das wäre schön«, nahm Adrian ihr Angebot an.

Sie lief in die Küche und erwartete schon, die beiden Köchinnen im Streit zu sehen, doch die Frauen saßen einträchtig am Tisch und plauderten.

»Da staunst du, was, Mädelken? Wir kennen uns nämlich schon von früher, und boshaft ist Janne eigentlich nicht, zumindest nicht mir gegenüber«, sagte Margarete.

Die andere kniff die Augen zusammen. »Das hat sie gesagt?« Janne grinste. »Na ja, stimmt ja auch, manchmal kann ich ein Biest sein«, gab sie schließlich zu.

Die beiden Frauen lachten, und Henrike stimmte ein. Janne beschaffte ihr eine Kanne Kirschtrank und setzte sich wieder zu Margarete an den Tisch; sie schienen sich Einiges zu erzählen zu haben.

Als Henrike ihrem Gast sein Glas reichte, sagte sie entschuldigend: »Verzeiht meine harschen Worte. Ihr seid nicht dafür verantwortlich, dass Simon nach Bergen geschickt wurde. Es scheint, ich treffe, was Euch angeht, selten den richtigen Ton.«

Adrian Vanderen lächelte knapp, aber verständnisvoll. »Und außerdem sorgt Ihr Euch um Simon, ich weiß. Das ist ja auch nicht unberechtigt. Die Riten für Neulinge, die man in Bergen pflegt, können dem Vernehmen nach recht heftig sein. Aber Simon ist ein tapferer Bursche, er wird das schon durchstehen.«

Henrike hoffte von Herzen, dass er recht hatte.

Sie holte das Handelsbuch des Vaters und die Zettel hervor, auf denen sie in den letzten Wochen notiert hatte, welche Güter ihr noch verblieben waren. Gemeinsam gingen sie durch das Haus und sahen sich die Waren an. Adrian erzählte ihr, wie er es versprochen hatte, worauf sie bei welcher Ware achten müsse.

»Diebstahl und Diebstahlsvorwürfe, wie Ihr sie erlebt habt, sind eines. Dagegen ist ein Kaufmann nie gefeit, auch wenn er noch so sehr auf seine Sicherheit bedacht ist. Etwas anderes sind etwa zu kurze Tuchballen, zu kleine Fässer oder Fässer mit doppeltem Boden. Da hilft nur Kontrolle. Am besten misst man selbst nach, oder man hofft darauf, dass auf der Stadtwaage die Ware kontrolliert wurde; kein Stadtrat hat ein Interesse daran, dass die unter seinem Schutz stehenden Händler betrogen werden«, erklärte Adrian. Er fuhr mit der Hand durch ein Säckchen voller Safranfäden und nahm eine Handvoll auf. »Schwieriger zu erkennen sind Warenfälschungen. Safran beispielsweise wird häufig gefälscht.«

Henrike sah von dem kleinen Wachstafelbüchlein auf, in das sie sich Notizen machte. »Ein Pfund Safran kann so viel kosten wie ein Pferd, meinte Vater.«

Ihr Vater hatte ihr erklärt, dass nur die Fäden der Safranblume für das Gewürz verwendet werden konnten und daher viele tausend Blüten für ein kleines Säckchen Safran geerntet werden mussten, was Henrike sehr beeindruckt hatte. Die riesigen Blütenfelder mussten ein wunderbarer Anblick sein. Wie so oft wünschte sie sich, einmal nach Spanien, Italien oder Frankreich reisen und den Safran direkt vor Ort einkaufen zu können. »In Böhmen frisst ein Schwein in einem Jahr mehr Safran als ein Mensch in Deutschland sein ganzes Leben lang, hat Vater auch mal gesagt«, erinnerte sich Henrike.

»Ja, das ist ein alter Spruch. Nach Böhmen wird tatsächlich viel Safran geliefert. Das liegt daran, dass er dort beim Kochen, für Würzwein und Arzneien, aber auch zum Färben von Leinen und Seiden verwendet wird«, erklärte Adrian.

Auch in ihrer Küche wurde Safran oft verwendet, dachte Henrike, machte er doch den Kuchen und andere Speisen schön gelb.

»Aber wie kann man ihn denn überhaupt fälschen?«, fragte sie.

»Meist werden die gelben Blüten anderer Pflanzen wie der Tagetes unter die Safranfäden gemischt. Aber auch getrocknetes, gehacktes Rindfleisch oder Ziegelmehl ist schon in Safran gelandet. In einigen Städten unterliegen die Gewürze der Schau, sie werden also genau geprüft. Die Strafen für Fälschungen sind hart. In Nürnberg wurden bereits Fälscher mitsamt ihren Gewürzen verbrannt, anderen ließ der Rat zu Abschreckung beide Augen ausstechen.«

Henrike schauderte es. »Es gibt aber auch für Kaufleute einige Möglichkeiten, Fälschungen zu erkennen. Und wer oft genug Safran gesehen hat, weiß auch, wie er aussehen soll«, setzte er hinzu und prüfte die Safranfäden genau.

Sie erwiesen sich als rein, wie Henrike es sich gedacht hatte. Ihr Vater hätte sich kaum verfälschte Ware andrehen lassen. Adrian ließ den Safran in den Sack zurückrieseln.

»Das ist demnach wie bei den Pelzen. Wenn man einmal weiß, mit welchen Tricks sie gefälscht werden, kann man eben auch gezielt danach suchen«, sagte Henrike und fasste zusammen, was Simon ihr über Pelzfälschungen erzählt hatte.

Adrian lächelte sie an und wandte sich dann den wenigen Wachsplatten zu, die ihr geblieben waren.

»In Wachs werden oft andere Fette, Eicheln, Erbsen oder Harz gemischt. Wenn man unsicher ist, nimmt man eine Probe und schmilzt sie. Was sich absetzt, ist kein Wachs. Auch sollte man darauf achten, dass ein Wachsfass keinen falschen Fuß hat, das sich also kein Fremdkörper im Bodensatz befindet. Auch Tuche können gefälscht und mit falschen Tuchplomben versehen werden.«

Henrike entfuhr ein Seufzer. »Ich habe also noch viel zu lernen!«

»Was habt Ihr eigentlich vor?«, wollte Adrian wissen.

Henrike öffnete ein verstaubtes Fässchen, in dem zahlreiche Korallenketten lagen, und ließ eine durch ihre Finger gleiten.

»Ich möchte mit Vaters übrig gebliebenen Waren Handel treiben, sie also verkaufen und von dem Geld neue Waren erwerben. Möglicherweise gelingt es mir auf diese Weise, nicht nur Vaters Kontakte zu erhalten, sondern auch einiges Geld für Simon und mich zu sparen«, antwortete Henrike. »Bei dem Kaufmann neulich interessierte mich das Garn. Einiges davon würde ich gern meiner Tante schicken. Sie hat eine kunstfertige Stickerin, die Gürtel wie diesen herstellen kann. Vielleicht kann ich sie dann weiterverkaufen?«

Sie wies auf ihren Gürtel, und Adrian betrachtete ihre Körpermitte so eingehend, dass sie verlegen wurde. Sie hätte ihn doch besser abbinden sollen.

»Eine gute Idee«, sagte Adrian Vanderen. »Die meisten Kaufleute haben ein großes Warenangebot, und je mehr Besonderheiten darunter sind, die man nur bei ihnen bekommt, umso besser. Ihr seid also auf dem richtigen Weg.« Henrike freute sich über sein Lob. »Ihr werdet diese Gürtel aber nicht selbst verkaufen können, genauso wenig wie die Korallenketten.« Sie sah ihn fragend an, konnte aber ihre Enttäuschung kaum verhehlen. »Es schickt sich für eine Frau Eures Standes nicht, auf dem Markt zu stehen. Ihr werdet Euch einen Höker oder eine Krämerin suchen müssen, die sie für Euch unter die Leute bringt. Zum Lohn behält sie einen gewissen Anteil der Einnahmen für sich und zahlt den Rest an Euch aus.«

Henrike dachte sogleich an die Wachshändlerin. Möglicherweise würde sie sich freuen, ihr Warensortiment etwas zu erweitern.

Auf dem Weg in den Keller fielen ihr die merkwürdigen Fässer und der zerschlagene Deckel wieder ein, und sie erzählte Adrian davon. Er interessierte sich sehr dafür, also gingen sie zuerst in den hintersten Winkel des Kellers, wo sie gelagert waren. Schwach leuchtete ihre Lampe, kaum konnten sie sehen, was vor ihren Füßen war. Überdies mussten sie zugleich den Kopf einziehen, weil der Keller immer niedriger wurde. Zunächst holte sie den zerschlagenen Deckel hervor, dann gingen sie zu den Fässern. Eingehend untersuchte Adrian beides, befühlte Holz und Bänder des Fasses, dann nahm er ein Bündel heraus, aus dem er einen Pelz löste. Etwas fiel mit einem leisen Klappern zu Boden. Sie bückten sich gleichzeitig danach, stießen aneinander. Das Licht fiel Henrike aus der Hand und erlosch. Henrike tastete den Lehmboden ab, der von den vielen Schritten und schweren Waren glatt und hart geworden war. Auf einmal fühlte sie Adrians Hände über ihren. Beide zuckten gleichzeitig zurück, verlegen lachend. Er war ihr so nah, dass sie seinen Atem spürte, der angenehm nach Kirsche duftete, und die Wärme seines Körpers. Wie er wohl reagieren würde, wenn sie über seine Hand streichen würde? Ob er sie in den Arm schließen, vielleicht sogar küssen würde? Oder würde er sie abweisen, weil sein Herz einer anderen gehörte?

Da war der Leuchter! Sie erhob sich, bat Adrian zu warten und tastete sich durch die Finsternis des Kellers nach oben, um das Licht von Neuem zu entzünden. Wieder im Gewölbe angekommen, wandten beide ihre Aufmerksamkeit dem Knochenstück in Adrians Händen zu. Es war klein und pfeilförmig, hatte Widerhaken und war mit eingeritzten, runenförmigen Symbolen versehen. Es war eine Handelsmarke. Sie erinnerte sich, einen ganzen Sack davon in der Schreibkammer ihres Vaters gesehen zu haben.

»Es ist das Symbol Eures Vaters. Man legt diese Handelsmarken zwischen die Ware, damit man den Besitzer ermitteln kann, falls einmal der Deckel mit der ausgehauenen Merke verloren geht, wie in diesem Fall. Das Fass fühlt sich klamm an, aber das kann auch von der Feuchtigkeit des Kellers herrühren. Erzählt mir doch noch einmal ganz genau, wie es hierherkam.«

Sie berichtete von dem Streit zwischen Hartwig und Nikolas, den sie belauscht hatte.

Anschließend bat Adrian, die Handelsmarke an sich nehmen zu dürfen. »Ich muss etwas klären lassen, dafür wäre sie sehr hilfreich«, sagte er geheimnisvoll.

Anschließend sichteten sie die weiteren Waren, zu denen auch

Asche aus den finnischen Wäldern gehörte. Zuletzt gingen sie in das Tuchlager. Die Regale waren erschreckend leer, die meisten der verbliebenen Ballen waren angebrochen oder verstaubt.

Adrian prüfte die Waren, und nach einer Weile sagte er: »Ihr habt hier Poperinger Tuch und Lübisches Grauwerk. Die Ballen sind allerdings nicht aus Brügge, sondern Euer Vater muss sie woanders eingetauscht haben, in Riga vermute ich. Ihr könntet sie als Erstes verkaufen. Der Erlös dürfte reichen, um Garne zu kaufen – und noch einiges mehr.«

Henrike notierte sich alles eifrig, sah dann auf. »Woher wollt Ihr so genau wissen, woher das Tuch ist? Dem Namen nach ist es doch auch Flandrisches, oder?«

»Seht Ihr hier die leichten Markierungen im Stoff? Sie zeigen die Länge einer Elle an. In Flandern ist eine Elle so lang«, er zeigte eine Entfernung vom Fußboden bis zu seiner Hüfte. »In Lübeck ist eine Elle weniger lang, in Riga so kurz wie eben bei diesem Stoff und in Nowgorod noch kürzer.« Mit jedem Ort sank seine Hand ein Stück weiter nach unten, bis sie schließlich etwa Kniehöhe erreicht hatte.

»Das Gleiche gilt für die meisten Waren. So wird ein Schiffspfund Wachs in Nowgorod mit vierhundertachtzig Pfund gerechnet, in Livland zu vierhundert und in Lübeck nur zu dreihundertzwanzig Pfund.«

Henrike kratzte schnell die Zahlen in die Wachstafel.

»Diese unterschiedlichen Maße und Gewichte hängen mit der Entfernung zusammen. Je weiter eine Ware transportiert wird, desto mehr kostet es den Kaufmann. Um die Kosten für Schiffe, Zölle und Befrachtung aufzufangen, müssen Preise und Mengen angepasst werden.«

»Wenn man das nicht weiß, kann man also leicht zu viel oder eben zu wenig bekommen. Es sei eben auch ein Unterschied, meinte mein Vater, ob ein Maß Roggen gerüttelt, gehäuft, niedergedrückt oder gestrichen voll ist«, sagte sie nachdenklich.

»Es ist ebenso verwirrend wie mit dem Geld, auch damit muss man sich auskennen. Es gibt eben nicht nur lübische Gulden und Silberpfennige, sondern auch russischen Rubel, rigische Ore und die preußischen, flandrischen und englischen Währungen.«

Adrian sah sie anerkennend an. »Ich sehe, Ihr kennt Euch schon ziemlich gut aus. Vermutlich könnt Ihr auch mit den silbernen Münzprobiernadeln und dem Goldprobierstein Eures Vaters umgehen?«

Henrike nickte, endlich gab es etwas, womit sie sich auskannte. Oft hatte sie für ihren Vater überprüft, ob ein Silberpfennig tatsächlich genügend Silber enthielt.

»Eine andere Möglichkeit, etwas zu verdienen, ist das Upgift«, sagte Adrian.

Henrike legte den Kopf schief. »Upgift?«, fragte sie, ihre Stimme klang inzwischen etwas matt. Kaum glaubte sie, das Wichtigste verstanden zu haben, kam schon wieder etwas Neues!

»Eine Dreingabe oder Zugabe, wenn Ihr so wollt. Wenn ich Euch diese Wachsplatten abnehmen soll, Ihr den Preis aber nicht senken wollt oder könnt, dann gebt Ihr mir etwas dazu – ein Fässchen Korallenketten beispielsweise.«

Ein abwägendes Lächeln zog über Henrikes Gesicht. »Machen wir es so? Wäre das ein gutes Geschäft … für mich?«, fragte sie.

Adrian lachte, um seine Augen bildeten sich Fältchen. Als er sprach, wirkte er merkwürdig verlegen.

»Die Wachsplatten kann ich für Euch verkaufen, in Brügge bekommt man gutes Geld dafür. Auch die Asche nehme ich Euch ab, sie wird in Flandern für die Tuchherstellung gebraucht. Die Korallenketten behaltet Ihr besser und bringt sie zu einer Hökerin. Ich will Euch helfen, nichts an Euch verdienen«, sagte er und wandte sich wieder den Tuchballen zu. »Sicher hat Euer Vater diese Ballen zum Tausch angenommen, weil ein Kunde nicht zahlen konnte. Solche Tauschhandel sind allerdings oft nicht wünschenswert, denn man bekommt meist nicht, was man benötigt oder gewinnbringend verkaufen kann.«

»Was soll ich damit machen? Soll ich sie bei den Tuchhändlern am Rathaus verkaufen?«

»Nein, das wäre wohl doch etwas zu … auffällig. Zufällig kenne ich jemanden, der ein Schiff nach Osten befrachtet und den – besser die – Ihr ansprechen könnt.«

Henrikes Augen wurden groß vor Neugier. »Die? Ihr meint, eine Kauffrau? Ich wusste gar nicht, dass es in Lübeck so etwas gibt.«

Adrian Vanderen lachte erneut. »Doch, und wie es sie gibt. Und schon morgen könnt Ihr sie kennenlernen.«

Henrike und Adrian fanden noch ein wenig schwedisches Eisen und Kupfer, das er ebenfalls mit nach Brügge nehmen und dort für sie verkaufen konnte, sowie kleinere Mengen Gewürze, Honig und Tran, die am besten für den Kleinverkauf geeignet waren. Er riet ihr jedoch, von allem ein wenig im Lager zu belassen, so würde ihr Onkel möglicherweise nicht so schnell Verdacht schöpfen.

Margarete kam aus der Küche zurück in die Diele und ließ sich müde auf einer Bank nieder. Es war schon spät, und so verabschiedete Adrian sich. Als Henrike am Abend im Bett lag, schwirrte ihr der Kopf vor lauter Maßen und Gewichten, Kosten und Preisen. Aber sie hatte das gute Gefühl, etwas Neues begonnen zu haben.

Als Tale von Bardewich von Henrikes Verwunderung hörte, lachte sie laut und ansteckend auf.

»Natürlich gibt es noch andere Kauffrauen in Lübeck! Nicht viele, aber immerhin. Die meisten der im Handel tätigen Frauen sind Krämerinnen oder Hökerinnen. Kauffrauen handeln hingegen oft im Verborgenen. Sie geben ihr Geld, lassen aber die Männer die Käufe und Verkäufe tätigen. Sie tragen einen Teil des Risikos und kassieren einen Teil des Gewinns, wenn es einen gibt.«

Gewinn. Oft hatte Henrike in letzter Zeit dieses Wort gehört, und immer kam es ihr wie ein Stolperstein vor. Aber jetzt war nicht die beste Gelegenheit, darüber zu sprechen. Zu viel anderes gab es, das sie beschäftigte. Ihr Blick blieb an den vielen fremdartigen Gegenständen hängen, die den Raum schmückten, darunter kopfgroße Schneckenhäuser, verzierte Hörner und der weiß leuchtende Schädel eines Tieres.

»Wart Ihr selbst auch auf Reisen? Ich beneide die Männer manchmal darum, die fernen Länder kennenzulernen und die fremden Menschen. Trotz aller Gefahren«, sagte sie.

Die Frau hielt ein Augenglas vor ihr linkes Auge und betrachtete die junge Frau nun eingehender. Schließlich sagte sie: »Mein Mann ist gereist. Ich habe in Lübeck die Geschäftsbücher geführt und den Handel vorangetrieben, wenn er fort war. Möglicherweise hätte ich ihn einmal begleiten sollen, aber für Reue ist es nun zu spät. Und ich fürchte, jetzt bin ich auch zu alt dafür. Aber Ihr seid noch jung. Vielleicht werdet Ihr eines Tages mit eigenen Augen die Tuchhalle in Brügge, den Petershof in Nowgorod, die Tyskebrygge in Bergen oder die Guildhall in London sehen.«

Margarete, die still in der Ecke gesessen und zugehört hatte, sog bei der Vorstellung vernehmlich die Luft ein und holte damit Tale von Bardewich zum eigentlichen Anlass dieser Zusammenkunft zurück. »Nun lasst sehen, was Ihr mitgebracht habt«, forderte sie.

Cord legte die Tuchballen auf den Tisch.

Mit kundigem Blick begutachtete die Frau sie. »Ich sage es Euch ehrlich, normalerweise würde ich so etwas nicht kaufen.

Aber weil der junge Herr Vanderen Euch mitgebracht hat und Ihr mir gefallt, nehme ich sie Euch ab. Mehr noch, ich mache Euch einen guten Preis.«

Henrike dankte ihr erfreut.

»Bedankt Euch nicht zu sehr. Wie es sich für eine kluge Geschäftsfrau gehört, habe ich auch etwas davon. In Riga finden sich immer Abnehmer für Tuche dieser Qualität. Und so kommen sie dahin zurück, wo sie hergekommen sind«, sagte die Kauffrau.

Sie zählte Henrike die Münzen auf den Tisch und trug die Zahlen in ein Buch ein.

»Und Ihr, Vanderen?«, wandte sie sich nun freundlich an den Kaufmann. »Zurück nach Brügge? Oder bleibt Ihr erst einmal hier bei Euren … sonstigen Pflichten und Aufgaben?«

Sie ließ ihren Blick bei diesen Worten über Henrike huschen, woraufhin diese hochrot wurde und ihre Verlegenheit zu überspielen suchte, indem sie ihr Geld sorgsam im Beutel verwahrte.

Adrian lächelte verbindlich. »Nur ein letzter Dienst an einem zu früh verstorbenen Freund«, sagte er.

Seine Worte versetzten Henrike einen Stich, insgeheim hatte sie gehofft, sie wäre mehr für ihn.

Adrian schien ihre Reaktion glücklicherweise nicht zu bemerken. »Aber es stimmt, mein Schiff wird ohne mich fahren. Mein Bruder nimmt es in Brügge in Empfang und schickt es umgehend zurück.«

Tale von Bardewich lächelte. »Lambert, ich erinnere mich. Grüßt ihn im nächsten Brief herzlich von mir. Habt Ihr nicht auch noch Schwestern?«

Adrian Vanderen wirkte überrascht. »In der Tat, drei an der Zahl. Reizende Mädchen. Wir sind sehr stolz auf sie«, sagte er.

Henrike merkte auf. »Im heiratsfähigen Alter?«, hakte die Kauffrau nach.

Adrian erhob sich. »Allesamt«, sagte er und setzte hinzu, dass

Henrike noch Garne kaufen wolle und sie sich deshalb verabschieden müssten.

Die Kauffrau gab ihnen Ratschläge, wo sie Garne von guter Qualität zu einem vernünftigen Preis bekommen würden, und geleitete ihre Besucher dann hinaus.

»Wenn Ihr mal wieder etwas für mich habt, dürft Ihr gerne vorbeischauen. Auch ohne Herrn Vanderen!«, rief sie Henrike zum Abschied zu.

Als sie einige Schritte gegangen waren, atmete Henrike durch. Sie war doch aufgeregter gewesen, als sie gedacht hatte.

»Und? Seid Ihr zufrieden mit Euch?«, fragte Adrian Vanderen.

Henrike wechselte ihr Wachsbüchlein von einer Hand in die andere, sie wusste nicht recht, wohin damit. Männer konnten es in ihrem Wams verschwinden lassen, aber sie konnte es ja nicht einfach in ihren Ausschnitt stecken, wie sähe das aus? Unwirsch klemmte sie es sich unter ihren Arm. Sie gestand sich ein, dass Adrians Worte bei der Witwe sie verletzt hatten. Wenn seine Hilfe nur eine Aufgabe für ihn war, die er aus Pflichtgefühl übernommen hatte, dann wollte sie seine Dienste nicht über Gebühr strapazieren.

»Sicher bin ich zufrieden. Es war ein interessanter Besuch, und Geld habe ich nun auch. Ihr habt mir sehr geholfen. Aber nun will ich Euch nicht länger aufhalten«, sagte sie schnippischer, als sie es eigentlich vorgehabt hatte.

Adrian Vanderen lächelte sie offen an. »Ihr haltet mich nicht auf. Es ist mir ein Vergnügen, Euch beim Garnkauf zur Seite zu stehen. Was Garne angeht, bin ich Experte. Wie sollte es auch anders sein, bei drei Schwestern?«

Er lachte aufgeräumt, seine Eile war wie fortgeblasen.

Henrike verstand ihn einfach nicht. War es nun lästige Pflicht oder Vergnügen? Wie auch immer, sie nahm sein Angebot an und kaufte mit seiner Hilfe Garne in allen nur erdenklichen Farben. Adrian versprach ihr, auch bei der Organisation des Transportes zu helfen, sobald sie den Brief an Asta fertiggestellt hatte. In den nächsten Tagen würde sie ihn am Hafen finden, wo seine Kogge befrachtet wurde.

»Du solltest die Schürze ablegen. Hier, ich gebe dir diese Heuke dafür.« Henrike hielt der Köchin einen alten Umhang ihrer Stiefmutter hin.

Janne befühlte den Stoff, bemerkte die leicht zerschlissenen Ränder. »Gut und schön. Aber ich kann den Karren nicht ziehen. Ich bin doch kein Knecht«, beharrte sie, gab die Heuke aber nicht wieder her.

Henrike unterdrückte ein Seufzen. »Wir haben doch schon darüber gesprochen. Diese Waren müssen zum Hafen. Niemand außer uns ist hier. Und ich kann den Karren ja wohl nicht selbst ziehen.«

Sie könnte natürlich einen Karrenknecht bezahlen, aber dann wäre ihr weniges Geld schnell wieder dahin.

Die Frau verschränkte die Arme. »Ich mache es nicht«, beharrte sie.

Hilflosigkeit überfiel Henrike. Wie sollte sie das nur allein schaffen! Wenn sie ihre Tante wäre, würde sie die Köchin vermutlich mit dem Stock zum Gehorsam zwingen. Aber sie war nicht ihre Tante, wollte auch nie so werden, also ergab sie sich in ihr Geschick.

»Gut. Dann werde ich es eben tun«, sagte Henrike entschlossen.

Sie band sich den Beutel mit ihrem Wachsbüchlein, den sie gestern noch schnell genäht hatte, an den Gürtel. Hübsch war er nicht, aber er erfüllte seinen Zweck. Dann nahm sie die Packen auf und trug sie zur Tür.

»Wartet!«, hörte sie da hinter sich. »Schon gut, ich mach's ja! Ich kann es nicht mitansehen, wie Ihr Euch lächerlich macht. Außerdem würde Margarete mir nie verzeihen, wenn ich ihren Schützling so auf die Straße gehen ließe!«

Sie luden die Packen auf den Karren und gingen in Richtung Stadtmauer. Henrike voraus, die Köchin mit dem Karren hinterher, bei jedem Schritt leise murrend. An dem Abschnitt des Hafens, wo die Flandern-Schiffe be- und entladen wurden, gab es weniger Koggen als anderswo. Viele Kaufleute bevorzugten inzwischen die Route über Land, weil sie sicherer war. Adrian Vanderen würde schon seinen Grund haben, sein Schiff nach Brügge zurückzuschicken, und dass sein Vorhaben keineswegs aussichtslos war, bewiesen die zahlreichen Händler, die die Verladung ihrer Waren auf die Kogge beaufsichtigten. Adrian war in ein Gespräch mit einem anderen Mann vertieft. Als Henrike sich näherte, fielen ihr sogleich die ernsten Mienen und der schroffe Ton der Männer auf.

»Was heißt das, Ihr könnt das Bier nicht liefern?«, fragte Adrian Vanderen gerade.

Der Mann hob die Achseln.

Henrike erkannte ihn jetzt, es war ein Brauer, mit dem ihr Vater auch schon zu tun gehabt hatte.

Adrian redete auf ihn ein, er wirkte wütend. »Aber wir waren uns doch einig, Schiffsbier und gutes Bier. In die Hand habt Ihr mir zugesagt, dass Ihr liefert.«

»Ist ausverkauft. Kann's nicht ändern«, gab der andere gleichgültig zurück.

»Und woher soll ich Eurer Meinung nach auf die Schnelle so viel Bier bekommen?«, fragte Adrian heftig.

»Eure Sache, nicht meine.« Der Brauer grinste herausfordernd. »Wenn andere mehr bieten …«

»Heißt das, Ihr habt einem anderen Schiffer mein Bier verkauft?«

Henrike schämte sich plötzlich für ihre Stadt, in der Absprachen nicht eingehalten und in der ehrliche Kaufleute schlecht behandelt wurden. Sie überlegte fieberhaft, wie sie helfen könnte. Bier war für die Verpflegung der Mannschaft und der Mitreisenden so wichtig wie Schiffszwieback, Fleisch, Fisch und Grünzeug, noch wichtiger vielleicht. Durst ist schlimmer als Heimweh, das hatte sie einen Schiffer ihres Vaters schon mal sagen hören. Ob Adrian von einem anderen Brauer in der kurzen Zeit genügend Bier bekommen könnte, war fraglich. Und wenn, dann würde dieser die Notlage sicher ausnutzen und einen unverschämten Preis fordern.

»Sorgt Euch nicht«, sagte sie laut. »Mein Vater handelte mit einem Brauer, auf den immer Verlass war. Ich kann Euch mit ihm bekannt machen. Er wird sicher für einen guten Freund des Consuls Vresdorp ein paar Fässer beschaffen können.«

Die Männer starrten sie an.

Henrike konnte dem Brauer förmlich ansehen, wie er überlegte. Ratsherr Vresdorp musste er kennen, aber wusste er auch, dass ihr Vater tot war? Vielleicht nicht. Und was für Folgen konnte es haben, wenn er es sich mit dem Freund eines Ratsherrn verdarb?

Sie sammelte sich noch einmal und erhob die Stimme. »Und für diesen Brauer wird sich sicher unser Gerichtsherr interessieren, der Unehrlichkeit kaum dulden wird. Ist hier kein Büttel in der Nähe?« Henrike sah sich suchend um.

Adrian war von ihren Worten überrascht gewesen, warf Henrike aber jetzt einen schnellen Blick zu und reckte sein Haupt ebenfalls über die Menge.

»Eben waren noch einige da. Ich werde meinen Gehilfen losschicken, damit er einen Büttel heranschafft und diesen Brauer zur Rechenschaft zieht. Ich habe den Kauf glücklicherweise in mein Handelsbuch eingetragen und kann beweisen, dass wir uns einig gewesen sind.«

»Da, ich sehe einen! Janne, lauf schnell und hole ihn heran!« Henrike gab ihrer Köchin einen Schubs, die widerwillig einen Schritt nach vorne tat.

Der Brauer hob beschwichtigend die Hände, blickte Henrike und Adrian zerknirscht an. »Ich denke, das wird nicht nötig sein, Herr Vanderen. Ich sehe schon, es ist dringend. Ich werde sehen, ob ich einen anderen Kunden vertrösten kann«, sagte er gequält.

Adrian verschränkte die Arme. »Das wäre sicher das Beste. Ich erwarte die Fässer am Nachmittag hier. Morgen soll die Kogge ablegen.«

Der Mann verzog das Gesicht. »Am Nachmittag schon? Kann ich nicht morgen …?«

Adrian fiel ihm ins Wort. »Am Nachmittag. Wie wir es abgemacht hatten. Geschäft ist Geschäft.«

Der Brauer machte sich davon. Sie sahen ihm nach, bis er außer Reichweite war, dann lächelte Adrian Henrike an.

»Dieses Mal habe ich Euch zu danken«, sagte er.

Henrike gab das Lächeln aus vollem Herzen zurück. »Es war mir ein Vergnügen.«

Sie spürte freudige Erregung, als sie auf die Krambude der Händlerin zuging. Ob sie schon einige Korallenketten für sie verkauft hatte? Die Hökerin – Rixe hieß sie, und der Junge war trotz ihres geringen Alters tatsächlich ihr Sohn – war sofort bereit gewesen, mit ihr Handel zu treiben. Schließlich war der Wachspreis ja auch niedriger gewesen, seit Henrike es versprochen hatte, auch wenn er inzwischen wieder gestiegen war. Aber dafür konnte Henrike anscheinend nichts. Außerdem verdiente

Rixes Mann als Fischer nur wenig, und die Familie war auf ihr Geld angewiesen.

In der Auslage war keine Korallenkette zu sehen. Wo waren die Ketten? Was war geschehen? Henrike winkte Rixe zu und ging zur Seitentür.

»Gott gröte ju, Vrouw Henrike«, ließ die Frau sie in die Bude. »Stellt Euch vor, ich habe alle Eure Ketten verkauft! Es ist ein gutes Geschäft gewesen. Ich konnte für meinen Sohn sogar ein neues Hemd kaufen von dem Gewinn. Könnt Ihr nicht mehr davon beschaffen?«, fragte sie strahlend.

Henrike hatte sich inzwischen an den Silberblick gewöhnt und wusste, dass die Krämerin sie ansah, auch, wenn es manchmal anders schien. Rixe holte einen Beutel hervor und zählte Henrike ihr Geld ab. Stolz nahm Henrike es in Empfang. Sie würde es gleich weiterverwenden, wollte sie doch Beutel für Wachstafelbüchlein in Auftrag geben. Es würde sicher noch andere geben, die mit den Büchlein hantierten und nicht wussten, wohin damit.

»Kennst du einen guten und ehrlichen Büdel- oder Taskenmaker?«, fragte sie.

»Gleich zwei«, sagte Rixe und nannte ihr Schwestern, die in der Nähe arbeiteten.

Henrike dankte und wollte schon gehen.

»Und Jungfrau, was war denn eigentlich mit dem Wachsherz? Hat es Euch Glück gebracht?«, wollte sie wissen.

Henrike lächelte wehmütig. Der einzige Mann, der ihr gefiel, würde vermutlich eine andere heiraten.

»Ich habe es noch, Rixe. Aber wenn es mir Glück bringt, dann lasse ich es dich wissen.«

Das Wachs träufelte auf die Kante, Henrike drückte das kleine Siegel ihres Vaters hinein. In Gedanken war sie bei Asta und Katrine, war in dem gemütlichen Gutshaus, hörte den Wind von der Ostsee über das Reetdach pfeifen. Es war ein langer Brief geworden. Sie hatte sich nach dem Befinden der Hofbewohner erkundigt, hatte von den Ereignissen der letzten Zeit berichtet, von Griseus' Verschwinden und ihren Plänen, hatte Asta gefragt, ob sie schon etwas über den Überfall herausbekommen hatte. Einen Teil des Briefes hatte sie an Katrine direkt gerichtet, hatte der Freundin von ihren Gedanken und Gefühlen geschrieben, und natürlich von dem neuen Garn.

Sie strich nachdenklich über das Wachs, das langsam erkaltete. So viel war in diesen zehn Tagen geschehen, die sie allein im Haus verbracht hatte, dass sie gar nicht zum Briefeschreiben gekommen war. Noch zweimal hatten Kaufleute vor ihrer Tür gestanden und Waren abgeliefert, die ihrem Vater zustanden. Jede dieser Lieferungen war für Henrike wie ein Geschenk gewesen. Da ihr Onkel nichts davon wusste, würde sie damit nach Gutdünken verfahren können. Gemeinsam mit Adrian hatte sie die Ware gesichtet. Einen Teil hatte sie weiterverkauft, einen anderen der Kauffrau Tale von Bardewich anvertraut, die sie in Nowgorod für sie verkaufen würde. Das Gespräch mit den Beutlerinnen war auch vielversprechend verlaufen. Sie waren begeistert von Henrikes Auftrag gewesen. Noch begeisterter waren sie allerdings, dass Henrike gleich eine Anzahlung für die ersten Beutel leistete. Sie bestellte Samt- und Lederbeutel in verschiedenen Farben, manche mit Stickerei, manche ohne. Henrike hatte religiöse Motive in Auftrag gegeben, Blumenstickereien und Sinnsprüche, letztere könnten auch Männern gefallen. Und wenn sie erst Katrines Gürtel bekäme, würde sie damit Handel treiben. Doch durfte sie überhaupt Gürtel herstellen lassen? Oder durften das nur die Gürtler? Gab es eine Gürtler-Zunft? Und wenn ja, was würde sie zu ihren Plänen sagen?

Henrike verschloss das Tintenfass und schüttelte diese Fragen ab. Noch war es nicht so weit, noch wollte sie sich darüber keine Sorgen machen, was sie durfte und was nicht. Sie steckte den Brief zu ihrem Wachsbüchlein in die Tasche, nahm das Fässchen mit den Garnen und machte sich einmal mehr auf den Weg zu Adrian. Natürlich könnte sie sich auch nach einem Händler umhören, der gen Travemünde fuhr und ihre Post mitnahm. Aber erstens könnte es ihrem Onkel zu Ohren kommen und zweitens hatte sie dann keinen Grund, Adrian aufzusuchen, worauf sie sich, das gestand sie sich mit jedem Schritt mehr ein, schon freute.

Beschwingt lief sie die Straße hinab und lauschte den Amseln, die auf den höhergelegenen Ästen saßen und lauthals den Frühling begrüßten. Die Weinstöcke vor den Häusern trieben bereits aus. Als sie um die Ecke bog, sah sie Adrian vor der Tür seines Hauses stehen. Bruno Diercksen war bei ihm. Henrike zog sich einige Schritte zurück, der Ratsherr brauchte sie nicht zu sehen. Sie tat, als habe sie ein Steinchen im Schuh, bückte sich und spähte immer wieder an der Hauswand vorbei. Diercksen redete auf Adrian ein, schlug ihm auf die Schulter. Als sie beim nächsten Mal aufsah, reichten die Männer einander die Hände. Danach humpelte der Ratsherr die Treppe hinunter und entfernte sich. Adrian verschwand durch das Tor.

Henrike, die ihm gefolgt war, fand ihn im Hinterhof, wo er gerade ein Pferd aus dem Stall führte. Es war ein schönes Ross, kräftig und mit glänzendem Fell. Als es wieherte, kam aus dem Stall ein Schnauben, Adrian musste also noch mindestens ein weiteres Pferd besitzen. Der Stall war frisch gestrichen, Schuppen und Flügelanbau des Hauses waren jedoch baufällig. Das Dach war löcherig, die Mauern halb eingestürzt. Hier gab es noch einiges zu tun. Adrian wirkte in sich versunken, doch sein Gesicht hellte sich auf, als er Henrike bemerkte.

»Jungfer Henrike, ich hatte gar nicht mit Euch gerechnet«, begrüßte er sie.

Henrike lächelte entschuldigend. »Der Brief für meine Tante ist fertig. Ihr hattet angeboten …«

»Natürlich! Ich weiß, was ich Euch angeboten hatte.« Er strich über den Hals des Pferdes. »Ich wollte gerade ein wenig ausreiten. Ich muss mich um die Ziegel für den Anbau kümmern. Eilt es denn?«

Plötzlich hatte sie Sorge, ihn zu bedrängen. Wer weiß, worüber er mit Diercksen verhandelt hatte. Außerdem hatte er sicher viel zu tun.

»Kann Cord mir eventuell helfen?«, schlug Henrike vor.

Adrian verneinte, Cord habe einen wichtigen Auftrag übernommen, und auch die anderen Männer, die für ihn arbeiteten, waren unterwegs. Aber er selbst würde ihr gerne helfen, nur eben später. Henrike betrachtete das Ross, sein glänzendes Fell, die großen Augen unter den langen Wimpern, den kraftvollen Körper. Sie konnte nicht widerstehen und hielt dem Pferd die Hand hin. Es legte seine Nüstern hinein und blies seinen warmen Atem in die Handkuhle.

»Was für ein wunderschönes Tier du bist«, flüsterte sie.

Adrian beobachtete sie. »Ihr mögt wohl Pferde?«

Henrike konnte eine leichte Wehmut kaum verhehlen. »Früher bin ich oft ausgeritten. Es gibt einige schöne Flecken vor der Stadt, die man gut auf dem Pferderücken erreichen kann. Aber seit Vater tot und Simon unterwegs ist, habe ich niemanden mehr, der mit mir ausreitet«, sagte sie.

Dazu kam, dass derzeit fast alle Pferde aus ihrem Stall verschwunden waren. Lediglich Bagge war geblieben. Er war aus der Sicht ihrer Tante sogar schon zu alt, um sie nach Stralsund zu bringen. Ilsebe Vresdorp hatte ihn an den Rossschlachter verkaufen wollen, was Henrike ihr in letzter Minute jedoch ausgeredet hatte. Hätte sie doch auch auf ihren Hund besser aufgepasst, dachte sie traurig.

»Ihr wirkt bekümmert«, stellte Adrian fest.

»Ich musste an meinen Hund denken. Meine Tante Asta hatte ihn mir geschenkt, er sollte auf mich aufpassen. Griseus war weg, von einem Tag auf den anderen. Ich glaube, Nikolas ist dafür verantwortlich, aber ich kann es ihm nicht beweisen«, sagte sie und strich über den breiten Nasenrücken des Pferdes. »So vieles ist aus meinem Leben verschwunden, dass ich manchmal Angst habe, dass mir irgendwann nichts mehr bleibt«, fügte sie verzagt hinzu.

Adrian sah sie an, und sie glaubte, Verständnis in seinem Blick zu lesen. Wie gerne würde sie sich auf das Pferd schwingen und einfach losreiten! Ein Bild trat vor ihre Augen: Adrian und sie galoppierten über die Felder, ihr Kleid und ihre Haare wehten im Wind, ihr Gesicht glühte vor Freude und das seine ebenso. Als er sie aus ihren Tagträumen riss, wurde sie rot.

»Ich würde Euch anbieten, dass Ihr mich auf meinem Ritt begleitet. Aber ich glaube kaum, dass Eure Familie das gutheißen würde«, sagte er.

Henrike spürte die Sehnsucht wie ein Ziehen in ihrem Herzen. »Liebend gerne würde ich mitkommen! Ich glaube kaum, dass uns jemand sieht«, rief sie aus.

Das Pferd begann zu tänzeln, und Adrian rieb ihm beruhigend die Flanke, wirkte jedoch nicht überzeugt.

»Nein, Henrike, es ist einfach zu gefährlich. Es könnte Eurem Ruf schaden.«

Die Gedanken überschlugen sich in Henrikes Kopf. Sie fühlte sich wie ein Vogel, der für einen Augenblick dem Käfig entflohen war. Noch flatterte er in der Sonne, aber schon sah er die Hände kommen, die seinen kleinen Körper umschließen und ihn in sein Gefängnis zurückzwängen würden. Sie fühlte Trotz in sich aufsteigen. Sie würde sich nicht unter die Zucht ihrer Tante zwingen, wenn diese gar nicht da war! Da hatte sie einen Einfall, der gerade verrückt genug war, um klappen zu können.

»Bitte, nehmt mich mit. Bald schon ist meine Tante wieder

da, dann ist es ohnehin mit den Ausritten vorbei. Jetzt, nur jetzt kann ich tun, was ich möchte. Und ich möchte es so sehr! Ich werde alte Kleidung meines Bruders anziehen, dann wird mich niemand erkennen.«

»Simons Hosen und Hemden? Die werden Euch kaum passen.« Adrians Mundwinkel hoben sich erheitert, dennoch schien er bereit, ihrem Wunsch nachzukommen. »Kommt herein, wir werden sehen, was sich machen lässt.«

In einer Kammer fanden sie Kleider, die Adrian für seinen Gehilfen Liv hatte anfertigen lassen und die dieser im Moment wohl nicht benötigte. Er wartete in der Diele, während Margarete Henrike half, sich umzukleiden. Dabei redete die Alte pausenlos auf ihren Schützling ein, versuchte Henrike zu überzeugen, diese Dummheit zu unterlassen. Die junge Frau ließ sich den Ausritt jedoch nicht ausreden, und so fügte sich die Köchin und versteckte Henrikes Haar unter einer Mütze.

Wenig später brachen Adrian und sein neuer Gehilfe auf, um den Ziegelbrennern vor der Stadt einen Besuch abzustatten. Henrike starrte auf den Rücken ihres Vordermannes, als sie das Stadttor durchritten. Sie fürchtete, trotz ihrer Verkleidung erkannt zu werden.

Als die Landschaft sich aber in einem hellen Grün vor ihnen erstreckte und der Fluss in der Sonne glitzerte, ging Henrike das Herz auf vor Freude. Ihr Pferd preschte los, überholte Adrians im Nu, und glücklich ließ sie ihm die Zügel schießen. Wenig später schloss Adrian zu ihr auf, gemeinsam galoppierten sie über die Wiesen und Auen. Erst als die rauchenden Hütten der Ziegelbrenner in Sicht kamen, fielen sie in einen ruhigeren Trab. Bei der Ziegelei angekommen, saß Adrian ab.

Es war die einzige der fünf Lübecker Ziegeleien, die nicht ausschließlich für Kirchen und Klöster arbeitete. Henrike folgte dem Kaufmann zu dem Meister, wie es ein dienstbarer Gehilfe wohl tun würde. Sie war mit ihrer Aufmerksamkeit jedoch bei den verschiedenartigen Arbeiten im Lager. Während die Männer über den Kauf einer Ladung Ziegel verhandelten, beobachtete sie, wie der Lehm in die Formen gefüllt und glattgestrichen wurde. Wie Helfer die Lagen in einen Ofen brachten und Holzscheite durch eine Öffnung eines weiteren Ofens warfen, in dem ein helles Feuer loderte. Wie ein Junge, kaum älter als Simon, einen Haufen Ziegel mit einer Flüssigkeit anstrich.

»Na, Herr Vanderen, Euer Gehilfe scheint ja mächtig neugierig zu sein«, hörte sie eine Stimme hinter sich. »Wollt Ihr ihn nicht hierlassen? Er kann ein bisschen anpacken, dann bekommt er auch ein paar Muckis.«

Sie sah sich um. Der Meister und Adrian standen hinter ihr und lachten, der Mann hielt Ziegelsteine in den Händen. Sie spürte, wie ihr das Blut in den Kopf schoss, und mühte sich, sich ihre Verlegenheit nicht anmerken zu lassen. Da warf der Meister ihr einen Stein zu. Nur knapp konnte sie ihn auffangen, ging dabei jedoch in die Knie. Die Gesellen und Lehrlinge, die die Szene beobachtet hatten, johlten.

Adrian nahm den Spott gutwillig hin. »Ich fürchte, ich kann ihn nicht entbehren. Obgleich ihm ein paar, wie sagtet Ihr, Muckis wohl nicht schaden könnten. Her damit, Liv, wollen mal sehen, ob du besser werfen kannst als fangen.« Henrike schmiss ihm den Ziegel in hohem Bogen zu, Adrian musste sich recken, um ihn aufzufangen.

Der Meister grinste erneut, ging aber auf Henrike zu und packte sie mit rauer Hand im Nacken. »Na, ich glaub, dem müsst Ihr noch Einiges beibringen. Halsmuskeln wie ein Weib hat er. Hier würde er was lernen, das Bürschchen«, sagte er und rüttelte ihren Kopf hin und her.

Wie lange wollte Adrian sich das noch anschauen? Andererseits hatte sie es ja nicht anders gewollt. Henrike biss die Zähne zusammen; da wandte sich der Kaufmann seinem Pferd zu, und der Meister ließ von ihr ab.

»Ich werde erst einmal sehen, was ich selbst ausrichten kann. Zur Not kann ich ihn ja immer noch zu Euch schicken. Und jetzt komm, Liv, wir müssen weiter!«

Henrike ließ sich nicht weiter bitten und ging hastig zu ihrem Pferd.

»Der geht ja, als ob er 'nen Schiss in der Hose hat«, hörte sie eine junge Stimme hinter sich.

Als sie einen finsteren Blick über die Schulter warf, sah sie, wie sich der Lehrjunge für die freche Bemerkung von einem gutmütig lachenden Gesellen eine Ohrfeige einfing.

Henrike suchte sich einen Felsbrocken als Trittstein und stieg auf den Rücken des Pferdes, dann ritten sie davon. Das erste Stück des Weges schwieg sie wütend. Sobald sie außer Sichtweite war, drückte sie ihrem Pferd die Hacken in die Flanken und preschte davon. Schnell verdrängten die Glücksgefühle beim Reiten ihren Ärger. Überrascht stellte sie fest, dass sie das Pferd zu einer sanften Biegung des Flusses geführt hatte, an der sie oft mit Simon gewesen war, und saß ab. Adrian tat es ihr nach und band einen Beutel vom Sattel.

Henrike riss unbeherrscht einige Schilfblätter ab. »Ihr hättet mich ruhig etwas beherzter verteidigen können«, sagte sie vorwurfsvoll.

Adrian lachte und knüpfte den Beutel auf. Obgleich Margarete mit ihrem Ausflug nicht einverstanden gewesen war, hatte sie ihnen offenbar eine Brotzeit eingepackt. Henrikes Blick blieb daran hängen. Sie spürte ein nagendes Gefühl in ihrem Magen, denn sie hatte seit dem frühen Morgen nichts mehr gegessen. Der Kaufmann reichte ihr einen Wasserschlauch. Henrike trank gierig, fühlte, wie das Nass über ihr Gesicht rann, und machte sich nichts daraus. Heute war alles anders, heute war sie frei. Adrian betrachtete sie und strich ihr dann zart mit der Hand die Wassertropfen vom Kinn. Henrike brachte diese Berührung völlig durcheinander. Sie wusste nichts zu sagen, spürte nur das

Hämmern ihres Herzens. Dort, wo seine Hand ihr Gesicht berührt hatte, schien ihre Haut zu glühen. Adrian hatte seine Mütze abgesetzt, seine Haare glänzten schwarz im Sonnenlicht, seine Wangen und Lippen waren gerötet.

»Wenn ich Euch verteidigt hätte, wäre Eure Verkleidung gleich aufgeflogen. Nein, wenn Ihr Euch in der Männerwelt bewegen wollt, müsst Ihr auch nach ihren Regeln spielen«, sagte er.

Henrike strich sich durch die Haare. Aus ihrem Zopf hatten sich zahlreiche Strähnen gelöst. Sie musste wild aussehen.

»Die Regeln der Männerwelt gefallen mir manchmal nicht besonders«, gab sie zurück.

Adrian lachte leise. »Das ist doch eigentlich eine gute Nachricht, schließlich seid Ihr eine Frau.«

Er setzte sich auf einen Findling. Die Wiese war, obwohl es ein sehr warmer Frühlingstag war, noch feucht. Adrian zückte seinen Dolch und schnitt Scheiben von Brot, Käse und Wurst ab. Auch Henrike ließ sich auf einen Stein sinken und bediente sich. Eine Weile aßen sie schweigend, beobachteten die Bachstelzen, die über das Wasser glitten, und die ersten Libellen. Sie überlegte, ob sie etwas sagen sollte, aber sie lauschte gerne den Lauten der Natur, und Adrian schien es ebenso zu gehen. Es war selten, dass man einen Menschen traf, mit dem man genauso gut reden wie schweigen konnte. Auch, wenn sie natürlich neugierig war, was Adrian anging. Henrike stand auf und pflückte Gänse- und Leberblümchen. Als sie sich wieder zu ihm setzte, begann sie, Schilfblätter und Blumen ineinanderzuflechten.

»Woher wusste Tale von Bardewich so viel über Euch und Eure Familie?«

»Ihr Kaufmannsgehilfe Amelius muss ihr von meinen Schwestern erzählt haben. Das ist eigentlich typisch. Wir Kaufleute handeln nicht nur, wir sammeln auch beständig Informationen. Je mehr wir über unsere Geschäftsfreunde wissen, umso besser können wir sie einschätzen und umso besser gelingen die Geschäfte.«

Henrike überlegte. »Letztlich geht es also unter Kaufleuten auch bei den privaten Dingen nur ums Geld? Der Gewinn ist alles?«, fragte sie mit einem Anflug von Ernüchterung.

Adrian sah sie von der Seite an, fuhr sich nachdenklich mit der Hand durchs Haar.

»Nein«, sagte er, »nicht nur. Es ist aber anders als bei einem Goldschmied, der sein Werkstück am Abend beiseitelegt. Der Handel fordert den ganzen Menschen, zu jeder Zeit. Was den Gewinn angeht, so ist es ein schmaler Grat. Sogar in der Bibel heißt es, wer Gewinn sucht, der wird damit zugrundegehen. Es steht aber auch in der Heiligen Schrift, dass man die Kaufleute achten solle, denn es sind nützliche Leute.«

Es war eine diplomatische Antwort, ganz eines Kaufmanns, wenn nicht eines Gelehrten würdig. Wie aber sah es wohl in seinem Herzen aus?

»Vermisst Ihr Eure Heimat nicht?«, wollte sie von ihm wissen.

Adrians Gesicht verschattete sich für einen Augenblick. »Meine Heimat nicht«, sagte er, »meine Familie schon.«

»Erzählt mir von Eurem Zuhause«, bat sie. »Wie ist es dort?«

Er überlegte einen Moment, zupfte einige Sumpfdotterblumen ab und reichte sie ihr, damit sie sie in ihren Kranz einflechten konnte. Ausführlich erzählte er von seinem Bruder, dessen Familie und seinen Schwestern und ihrem Haus, das ein Haus voller Arbeit, aber auch voller Freude zu sein schien.

Henrike hörte aus dem Ton seiner Stimme auch sein Sehnen heraus.

»Ihr müsst sie schrecklich vermissen, und doch seid Ihr hier«, sagte sie mitfühlend.

»Zum Wesen des Handels gehört es, in verschiedenen Städten zu verkehren, aber auch, sie miteinander zu verbinden. Und wie könnte man das besser als durch Familienbande?«, sagte er.

Sie wusste, dass diese Haltung auch für ihre Stadt galt. Ganze Generationen von Lübecker Kaufleuten hatten in diesem Sinne gehandelt, hatten nach Reval, Riga oder Dorpat geheiratet und diese Handelsorte zur Blüte gebracht.

»Unser Handel muss ausgebaut werden«, fügte er hinzu. »Da sind Lambert und ich uns einig. Denn worum geht es letztlich in unserem Leben? Uns durchzuschlagen und für diejenigen da zu sein, die uns anvertraut sind. Und wir müssen auch für unsere Schwestern sorgen.«

Ihr gefiel, wie er sich für seine Familie einsetzte und doch sein eigenes Leben führte. Sie wünschte, sie könnte es ihm gleichtun.

»Und was ist mit Euren Eltern? Sind sie tot?«

Adrian sah plötzlich bedrückt aus und schwieg. Es tat ihr leid, dass ihr Gespräch eine so ernste Wendung genommen hatte, schließlich war es ein so schöner Tag gewesen, der schönste seit Langem. Sie legte die beiden Enden ihrer Flechtarbeit zusammen und verband sie zu einem Blütenkranz, den sie sich schief auf das Haar setzte.

Er lächelte wieder. »Ihr seht aus wie die Blütenkönigin einer Sage mit Eurer grünen Krone und den weißen und lila Schmucksteinen. Wenn das Eure Tante sehen würde!«

»Dann würde sie auf der Stelle tot umfallen«, lachte sie und legte ihm übermütig den Blütenkranz auf das Haupt. »Wenn ich die Blütenkönigin bin, dann seid ihr der König der Auen.«

Adrian tat so, als ob er sein Volk mit großer Geste grüßte, reichte den Kranz dann aber zurück. »Drängt es Euch bereits zum Aufbruch, Fräulein Königin?«, fragte er lächelnd. »Oder wollen wir noch ein wenig am Fluss entlangspazieren?«

Er hielt ihr seinen Arm hin.

»Nur zu gern!«, sagte sie und hängte sich bei ihm ein.

Aus einem von Erlen beschatteten Teil des Flusses glitt ein Fischotter ins Wasser. Still sahen sie zu, wie er den Fischen nachspürte. Plötzlich hörten sie ein Platschen, ein zweiter Otter schwamm heran, und die beiden jagten sich durch das Wasser und über den Uferstreifen. Nach einer Weile verschwanden sie hinter der nächsten Flussbiegung.

»Es ist so ruhig hier, so idyllisch. Man kann sich kaum vorstellen, dass eine große Stadt wie Lübeck in der Nähe ist«, staunte Adrian.

Henrike lachte. »Wenn es anders gekommen wäre, stünden wir vielleicht jetzt auf dem Marktplatz Lübecks. In dieser Gegend, am Zusammenfluss von Trave und Schwartau, war die alte slawische Siedlung Liubice, die Liebliche, die Schöne, genannt. Doch dann brannte die Stadt nieder. Sie wurde verlegt, Heinrich der Löwe ließ sie neu aufbauen – und Lübeck entstand«, erzählte sie.

Fasziniert hörte Adrian zu. »Ihr kennt Euch gut aus«, meinte er.

»Ich hatte einen guten Lehrmeister. Meister Detmar, der Beichtvater meines Vaters, hat uns eine Zeit lang unterrichtet. Und er kennt sich in der Geschichte aus wie kein zweiter.«

»Ihr müsst mir eines Tages mehr aus der Lübecker Geschichte erzählen.«

Sie gab sein Lächeln zurück. »Das mache ich gern. Aber auch Ihr schuldet mir noch eine Geschichte. Erinnert Ihr Euch: Laurins Rosengarten?«

Er sah bedauernd zum Horizont. »Heute wird das nichts mehr, fürchte ich. Die Sonne steht tief, wir müssen zurück.«

Henrike wurde das Herz schwer. Sie hatte diesen Tag und das Beisammensein mit ihm so sehr genossen. Er war ein stattlicher Mann, der das Herz am rechten Fleck trug, und wenn sie nicht aufpasste, würde sie sich noch Hals über Kopf in ihn verlieben. Oder war es schon um sie geschehen?

Sie packten die Reste der Brotzeit ein und gingen zu den Pferden, die einträchtig grasten. Adrian band den Beutel hinter seinen Sattel. Danach wandte er sich noch einmal ihr zu, als wolle er ihr etwas sagen. Erneut hoben sich seine Mundwinkel zu einem Lächeln, und er näherte sich ihr. Sie konnte seinen Atem auf ihren Wangen spüren, fühlte das Verlangen, ihn zu küssen. Ihr Herz überschlug sich fast, doch dann ergriff er nur den Kranz und hob ihn aus ihrem Haar.

»Mit diesem Kranz könnt Ihr Euch kaum in der Stadt sehen lassen«, sagte er.

Henrike, die den Kranz schon ganz vergessen hatte, bemerkte verwirrt, dass sie ein klein wenig enttäuscht war. Hatte sie sich tatsächlich nach einem Kuss von ihm gesehnt?

Es dunkelte schon, als sie die Stadt erreichten. Margarete war erleichtert, Henrike wohlbehalten zurückzubekommen, und half ihr aus der Männerkleidung. Gemeinsam brachten Adrian und die Alte Henrike in das Haus in der Alfstraße. Sie wollten sich schon verabschieden, da stürzte Janne ihnen entgegen. Die Köchin war völlig aufgewühlt.

»Gut, dass Ihr kommt! Ein Bote für Euch. Kurz nachdem Ihr gegangen seid, stand er vor der Tür. Ihr habt ihn knapp verpasst. Er ist verletzt. Ich hab ihn in die Küche gebracht!«

»Ein Bote? Aber wer … und woher?«

Henrike lief in die Küche, wo ihr ein kleiner, pummeliger Mann aus dem Halbdunkel entgegenkam. Als er ins Licht trat, sah sie, dass sein Gesicht blutunterlaufen und sein linker Arm mit einem Tuch verbunden war. Es war Hem, Astas Schreiber und Knecht. Henrike wollte ihn ansprechen, doch da schwankte er. Sie ergriff seinen Arm und führte ihn auf die Küchenbank zurück.

»Was machst du hier? Ist etwas mit der Herrin, mit Asta?«

Hems Gesicht zuckte, die Schwellung ließ kein deutliches Mienenspiel zu. Seine Stimme bebte vor Zorn. »Sie kamen vorgestern Nacht. Haben den Hof überfallen, sie herausgezerrt und verprügelt. Plötzlich brach Feuer aus. Wir haben versucht, zu löschen. Die Frauen und Kinder haben sich im Haus verschanzt. Doch die Pferde in den Ställen haben geschrien vor Angst. Sie haben geschrien wie Kinder, wirklich! So etwas Grausiges habe ich noch nie gehört. Die Herrin hat's nicht ausgehalten, wollte sie freilassen. Wir wollten ihr helfen, doch …«, er verstummte.

Henrike wurde plötzlich eiskalt ums Herz, die Worte kamen ihr nur mühsam über die Lippen. »Ist sie tot?«

Hem bekreuzigte sich. »Nein, das nicht. So Gott will, lebt sie noch. Jemand konnte den Stall öffnen. Die Pferde haben einige Angreifer überrannt. Die anderen haben wir vertrieben. Wir haben die Herrin versorgt, so gut wir konnten. Aber sie schwebt zwischen Leben und Tod.«

Seine Augen schwammen in den rot-blau geschwollenen Lidern.

Henrikes Hals war wie zugeschnürt. Sie wagte nicht, zu fragen, doch sie musste es wissen. »Und Katrine?«

»Sie hat mich zu Euch geschickt. Ihr werdet helfen, hat sie gesagt.« Er packte ihre Hand, drückte sie fest. »Ihr helft doch, oder? Wer weiß, was sonst noch passiert! Einige Leute hassen die Herrin, und diese Menschen schrecken vor nichts zurück.«

Henrike verstand nicht. Asta war von manchen gefürchtet, das stimmte, aber die meisten achteten sie, wenn sie sie nicht sogar wegen ihrer Güte liebten.

»Aber wer könnte das getan haben? Wer könnte sie hassen, Hem?«

Der Mann schluckte. Janne reichte ihm einen Holzbecher, und er tat einen tiefen Schluck. »Die Leute im Ort. Seit Wochen schon zerreißen sie sich den Mund. Der Hof sei ein Hurenhaus, sagen sie. Unzucht und Ketzerei gäbe es dort, sagen sie.«

Henrike schüttelte den Kopf, sie konnte es nicht glauben. »Aber wie kommen sie nur darauf? Sie kennen Asta doch schon so lange.«

Hem stellte den Becher ab, das Klonken des Holzes durchbrach die Stille. »Es hat angefangen, als sie die Schwangere aus Lübeck mitgebracht hat, die Gesche. Und es ist schlimmer geworden, als die Herrin Erkundigungen nach den Unholden vom letzten Jahr eingeholt hat.«

Henrike verkrampfte ihre Hände. Tränen der Erbitterung sammelten sich in ihren Augen. Asta hatte nur helfen wollen, jetzt wurde sie dafür bestraft. Jemand wollte verhindern, dass sie mehr über den Angriff herausfand. Wer steckte nur dahinter? Henrike dachte einen Moment nach, dann richtete sie sich auf. Ihr Entschluss stand fest.

»Kannst du reiten? Kannst du mich zu Asta bringen?«

Hem nickte.

»Dann brechen wir gleich morgen früh auf.«

Hinter ihr hörte sie ein leises Stöhnen. Sie wandte sich dem Durchgang zu und erblickte Adrian Vanderen und Margarete, die verzweifelt die Hände rang.

»Ihr könnt nicht nach Travemünde reiten«, sagte Adrian mit umwölkter Miene, doch Henrike hielt seinem Blick stand.

»Ich kann es. Und ich werde es auch«, hielt sie ihm entgegen.

Der Kaufmann legte die Hand auf den Knauf seines Dolches. »Ich habe es befürchtet. Also werde ich Euch begleiten.«

Verunsicherung ergriff Henrike. »Aber ich … Ihr könnt nicht …« Sie stotterte vor Erregung.

Adrian wies auf Hem. »Seht ihn Euch an: Er ist verletzt. Soll er Euch etwa verteidigen, wenn Ihr auf der Straße angegriffen werdet? Und wenn Eure Tante wirklich so skrupellose Feinde besitzt, meint Ihr tatsächlich, sie würden sich von einer jungen Frau einschüchtern lassen?« Adrian senkte das Kinn kämpferisch. »Ich kenne Euren Starrsinn. Und Ihr sollt den meinen kennenlernen. Ihr werdet reiten. Und ich werde Euch begleiten. Punktum. Wir sehen uns im Morgengrauen.«

Margarete ließ den Kamm behutsam durch Henrikes Haare gleiten. Die alte Frau hatte darauf bestanden, in dieser Nacht im Haus in der Alfstraße zu bleiben, und niemand hatte etwas dagegen einzuwenden gehabt. Sie hatten noch gemeinsam mit Adrian, Hem und Janne eine einfache Mahlzeit eingenommen, dann hatten sich alle zurückgezogen. Alles war gesagt worden, nun musste man nur noch warten, bis die Sonne aufging. Henrike, deren Gedanken immer wieder zu ihrer Tante und Katrine wanderten und die sich vor Ungeduld kaum bezwingen konnte, fühlte sich durch Margaretes Anwesenheit etwas beruhigter.

»Noch kannst du es dir anders überlegen, Henrikchen. Keiner würde es dir übelnehmen«, sagte die Alte mit brüchiger Stimme.

Die junge Frau zog die Beine an und umschlang sie mit den Armen. »Ich selbst würde es mir übelnehmen«, gab sie schlicht zurück. »Ich fühle mich verantwortlich für Asta, Katrine und die anderen Bewohner des Hofes. Vater hat sie mir anvertraut, mir und Simon. Da Simon nicht da ist, muss ich mich eben um sie kümmern.«

Margarete trennte drei Strähnen ab und begann, sie zu flechten. »Gott, der Herr, wird schon für sie sorgen. Du musst auf ihn vertrauen«, wandte Margarete ein.

Die alte Frau hatte dunkle Furchen unter den Augen, auch ihre Falten wirkten tiefer als sonst. Henrike bemerkte, dass ihre Hand zitterte. Sie nahm Margaretes Finger, strich über den fleckigen Handrücken, auf dem die Adern hervortraten.

»Und wenn der Herr nicht für sie sorgt? Was wird dann geschehen?«, fragte sie.

Margarete bekreuzigte sich, schalt sie jedoch nicht wegen ihres Unglaubens.

»Dir muss klar sein, dass du ein hohes Risiko eingehst. Du stellst dich gegen den Willen deiner Tante und deines Onkels. Reitest einfach davon, und dann noch mit einem fremden Mann.« Henrike wollte widersprechen, doch die Alte fuhr fort.

»Du könntest geächtet werden, verstoßen. Damit wäre niemandem geholfen, am wenigsten Asta. Und dir selbst würdest du einen Bärendienst erwiesen.«

Henrike sah sie unbeirrt an. »Und dennoch darf ich sie nicht im Stich lassen«, beharrte sie.

Margarete knotete ein Band um das Ende des Zopfes. »Dann muss Janne dich begleiten. Du darfst nicht mit den beiden Männern allein reiten. Ich bleibe hier und gebe auf dein Elternhaus acht. Es wäre doch vertrackt, wenn ausgerechnet ein Feuer ausbrechen oder jemand einbrechen würde, wenn alle ausgeflogen sind. Auch daran würde man nur dir die Schuld geben.«

Henrike drückte gerührt die Hand der Greisin. Sie war unendlich dankbar dafür, wie alle zu ihr hielten.

21

Adrian stand noch vor Sonnenaufgang mit seinen beiden Pferden vor ihrer Pforte. Während Hem sein eigenes Pferd und Bagge bereitmachte, befestigte Henrike ihr Bündel und das Garnfässchen hinter ihrem Sattel. Sie trug allerdings ihr Geld und den Schmuck ihrer Mutter in einem Beutel am Leib. Zudem hatte sie Livs Kleidung, die Adrian ihr geliehen hatte, sicherheitshalber eingesteckt. Sie könnte vielleicht nützlich sein. Dann band sie ihren Dolch an den Gürtel und den Pfeilköcher samt dem Bogen auf den Rücken. Sie hätte nicht gedacht, dass sie einmal dankbar dafür sein würde, dass Asta sie gezwungen hatte, den Umgang damit zu üben. Bei dem Gedanken an ihre Tante wurde ihre Brust eng. Hoffentlich lebte sie noch!

Sie waren die Ersten, die aus dem Stadttor ritten, und hielten sich abseits der breiten Wege – niemand musste sie sehen. Wenn sie scharf ritten, würden sie den Hof schon in wenigen Stunden erreichen. Doch schon nach kurzer Zeit mussten sie auf einer Lichtung in einem Buchenwäldchen Rast machen, weil Janne so durchdringend jammerte, dass ihr Hintern wund sei. Sie aßen etwas, dann legte die Köchin sich bäuchlings auf eine Wiese, und auch Hem fielen vor Erschöpfung die Augen zu. Henrike wollte zum Aufbruch drängen, aber Adrian schlug vor, einen Augenblick zu pausieren, danach würde es umso schneller vorangehen.

Henrike blieb unruhig stehen, sie fühlte sich auf dieser Lichtung nicht wohl. Sie musste an den Tag denken, an dem Nikolas versucht hatte, ihr Gewalt anzutun. Es war ein ähnlicher Ort gewesen wie dieser hier. Henrike zog ihren Dolch, wog ihn einen

Augenblick in der Hand. Ob ihr Vetter etwas mit dem Überfall auf den Gutshof zu tun hatte? Sie zielte auf den Stamm eines Baums, verfehlte ihn aber knapp. Sich immer wieder umsehend, als ob im Gebüsch ein Angreifer lauern könnte, suchte sie den Dolch und warf ihn erneut.

Adrian beobachtete sie gebannt. »Was glaubt Ihr, wer hat das getan? Und von welchen Unholden hat Hem gesprochen?«, wollte Adrian wissen.

Henrike zog den Dolch aus der Rinde – dieses Mal hatte sie getroffen – und ging auf die Lichtung zurück. Was musste, was durfte sie Adrian erzählen? Würde er nicht ohnehin alles mitbekommen, wenn er bei Asta war? Von Nikolas' Gewalttat konnte sie nicht sprechen, zu sehr schämte sie sich dafür, egal, was Asta ihr darüber eingetrichtert hatte, dass die Frauen nie die Schuld an solchen Übergriffen trugen. Also fasste sie die Ereignisse im letzten Herbst nur in groben Zügen zusammen.

»Ihr glaubt also, dass Euer Vetter damit zu tun hat?«, folgerte Adrian, als sie am Ende war.

Henrike ließ den Dolch wieder mit voller Kraft aus ihrer Hand schnellen. Mit einem scharfen Rascheln verschwand er im Gebüsch.

Adrian kam ihr zuvor und holte ihn heraus. Bedächtig strich er über Griff und Klinge. »Aber warum sollte er das tun? Es muss noch mehr dahinter stecken. Hat Margarete Euch nicht einmal gefragt, ob Nikolas Euch wieder etwas angetan habe?« Er sah sie an, als ahnte er, dass sie etwas verschwieg. »Ihr müsst es mir nicht erzählen, ich respektiere das. Aber vielleicht wäre es hilfreich, wenn ich wüsste, was wirklich vorgefallen ist, Henrike.«

Sie ließ sich auf die Erde sinken, ließ das frische Grün durch ihre Finger gleiten, sah in den Wald hinein. Das Blätterdach war so früh im Jahr noch durchlässig, Sonnenstrahlen tanzten auf dem Waldboden. Die Knospen der Buschwindröschen waren schon aufgebrochen, aber der Waldmeister würde noch etwas auf sich warten lassen. Die Lebenskraft der Natur stärkte auch ihren Mut.

Stockend begann sie, Adrian davon zu berichten, wie Nikolas sie im Wald belästigt und im Stall angegriffen hatte, wie sie ihm nur mit knapper Not entronnen war und wie Asta ihn zurechtgewiesen hatte. Als sie ihn ansah, bemerkte sie Ekel in Adrians Zügen, unwillkürlich schossen Tränen in ihre Augen.

»Ich hätte es Euch nicht erzählen dürfen! Was sollt Ihr nun von mir denken!«, stieß sie hervor.

»Von Euch?« Adrian kam ruckartig hoch, spielte mit ihrem Messer, ließ urplötzlich den Dolch in die Mitte des Baumstammes schnellen, wo er tief eindrang. Dann kniete er sich neben sie und nahm ihre Hand. »Warum sollte ich schlecht von Euch denken? Nikolas ist es, der meinen Abscheu erregt. Je mehr ich von den Untaten dieses Schurken erfahre, umso überzeugter bin ich, dass man ihm endlich Einhalt gebieten muss.«

Henrike wischte sich die Tränen ab. »Das wäre auch mein größter Wunsch. Es gibt keinen Menschen, den ich mehr hasse als ihn. Aber wir haben keine Beweise gegen Nikolas. Es sei denn, Asta hat etwas herausgefunden. Vielleicht kennt sie die Wahrheit und kann sie uns sagen. Wenn sie denn noch lebt.« Erneut verschwamm ihr Blick, abrupt machte sie sich los. Wie sie sich um ihre Tante sorgte! Sie ging zu dem Baum, packte den Dolchgriff und zog daran, vergeblich. Adrian fasste mit an und reichte ihr schließlich den Dolch. »Kommt«, sagte sie und schob ihn wieder in die Gürtelscheide. »Die Zeit drängt.«

Schon von Weitem konnten sie die verkohlten Wände sehen. Überall lagen Trümmer, auch die Grassoden waren verbrannt, so dass die Pferde scheuten. Henrike saß ab und musste sich zwingen, weiterzugehen. Da sah sie die ersten Arbeiter, die zerstörte

Bretter abrissen oder neue anbrachten. Einige trugen Verbände, andere waren durch ihre Verletzungen in den Bewegungen eingeschränkt. Henrike sprach sie an, doch die meisten begrüßten sie verschüchtert. Da bemerkte sie Dietrich Grapengeter. Der Verwalter saß vor dem Eingang des Gutshofes an einem Tisch und tat sich an einem gebratenen Hasen gütlich. Er musste von dem Überfall und Astas Verwundung gehört haben und hatte offensichtlich keinen Augenblick gezögert, die Leitung des Hofes an sich zu reißen. Unbeeindruckt sah er sie an.

»Wo ist meine Tante?«, fragte sie ansatzlos.

Dietrich Grapengeter stand auf. Die Peitsche hatte er auf den Knien gehalten, nun nahm er sie in die Hand. Das Hemd hing ihm nachlässig über die Hose, sein Kinn glänzte von Fett. Wie konnte er sich so gehen lassen, während die Menschen auf dem Hof litten oder schufteten?

»Was wollt Ihr hier?«, herrschte er sie an.

Henrike nahm ihren ganzen Mut zusammen. »Ich bin die rechtmäßige Erbin dieses Hofes und möchte die Ordnung wiederherstellen«, sagte sie so fest sie konnte.

Er blieb vor ihr stehen, strich die Peitsche durch seine Handfläche. Es beruhigte Henrike, Adrian dicht hinter sich zu wissen.

»Die Ordnung auf diesem Hof ist längst wiederhergestellt.« Er lachte hässlich. »Unzucht und unheiliges Treiben wurden beseitigt. Der Hof braucht einen Verwalter, jetzt wo die Alte weg ist.«

Henrikes Knie wurden weich. Waren sie womöglich zu spät gekommen? »Wo ist meine Tante?«, verlangte sie zu wissen.

»Ich hab sie ins Spital nach Travemünde schaffen lassen. Ich brauche hier keine verreckende Alte«, sagte er eiskalt.

Nach Travemüde also, sie mussten so schnell wie möglich dorthin! Dennoch konnte sie nicht dulden, dass dieser Mann auf dem Hof blieb. Wer wusste schon, wofür er noch verantwortlich war!

»Habt Ihr den Hof überfallen, um ihn an Euch zu bringen?«

Dietrich Grapengeter grinste. »Das kann auch nur ein Weib fragen! Warum sollte ich? Ich verliere doch selbst etwas dabei. Schließlich will ich es mir auf diesem Hof gut gehen lassen. Aber es sieht so aus, als hätte ich jetzt erst einmal zu tun«, sagte er böse.

Grapengeter hatte bemerkt, dass die Ackerleute ihre Arbeit unterbrochen und sich zu ihnen gesellt hatten, um ihren Wortwechsel zu verfolgen. Mit einem Ruck hob er die Peitsche und schlug blindlings auf sie ein. Kinder wurden getroffen, Männer. Eine Frau taumelte schreiend, auf dem Gesicht knallrote Streifen.

Adrian fiel ihm in den Arm.

»Hoho, wer ist der denn? Dein Stecher? Bist du sein Liebchen? Bist du etwa auch so eine Hure wie deine Tante?«, brüllte Grapengeter.

Henrike war wie vor den Kopf geschlagen ob so viel Bösartigkeit.

Adrian versetzte dem Mann eine heftige Ohrfeige. Ein wilder Kampf entbrannte zwischen ihnen. Endlich konnte Adrian seinen Kontrahenten überwältigen und ihn an einen Balken fesseln. Die Ackerleute hatten sich während des Zweikampfs um die Viehmutter Maria und den Knecht Hem geschart und beobachteten sie.

Schließlich traten Henrike und Adrian zu ihnen.

»Wir waren schon dabei, den Hof wiederaufzubauen, als er plötzlich auftauchte. Angst und Schrecken hat er verbreitet«, schimpfte die Viehmutter, deren Gesicht durch einen frischen Peitschenstriemen gezeichnet war. Henrike hatte sie als resolute und unbeugsame Frau kennengelernt.

»Wie geht es meiner Tante wirklich? Wo sind Katrine und die Magd Gesche? Wo ist Sasse?«, sprudelte es jetzt aus ihr heraus.

»Gut, dass Ihr da seid, Jungfer Henrike. Ihr werdet es schon richten, mit Gottes Hilfe. Es stimmt, was er sagt. Die Herrin hat er ins Spital nach Travemünde schaffen lassen, genau wie Gesche. Sasse und Katrine sind hinterher. Sasse will sie beschützen.«

Henrike war etwas beruhigt. Astas treuer Knecht würde zumindest einen weiteren Angriff verhindern können.

Die Frau senkte den Blick. »Wir konnten nichts dagegen tun«, sagte sie.

Henrike legte die Hand auf ihren Arm. »Ich weiß. Ihr habt sicher getan, was ihr konntet. Jetzt müssen wir nur sehen, wie es weitergeht.«

Sie nahm Adrian beiseite. Am Rand des Hauses war der Gestank unerträglich. Henrike sah sich um und bemerkte eine frisch ausgehobene Grube, in der verbrannte Tierkadaver lagen, sie konnte auch Hunde darunter erkennen. Astas geliebte Hunde! Ihr wurde schlecht. Wie konnte jemand nur so grausam sein? Sie verschränkte ihre Arme vor der Brust, als könnte sie so ihre Angst und ihren Ekel bezwingen.

»Was soll ich nur tun?«, wisperte sie.

Adrians Augen funkelten vor Zorn. »Wir müssen ihn mit nach Travemünde nehmen und dem Vogt von seinen Untaten berichten. Später in Lübeck könnt Ihr mit Eurem Vormund Symon Swerting sprechen. Das wird der Rat nicht dulden.« Seine Stimme verklang, das Fluchen des Gefangenen und das schmerzerfüllte Stöhnen der Verletzten waren zu hören.

Henrike war verzweifelt. »Und wenn er das nicht tut? Die Menschen hier … ich habe ihre Hoffnung geweckt. Ich kann sie doch nicht enttäuschen.«

Adrian nahm ihre Hände, sah sie eindringlich an. »Ihr werdet sie nicht enttäuschen. Ihr werdet helfen, und zwar so schnell wie möglich.«

Sie nickte, auch wenn in ihrem Herzen noch immer Zweifel waren. Sie gingen zum Eingang des Gutshofes zurück, und Henrike wandte sich an Maria und Hem.

»Könnt ihr euch um den Hof kümmern, bis Asta wieder gesund ist oder ich einen vorläufigen Verwalter finde?«

Die Viehmutter nickte sofort, der stämmige junge Mann zierte sich etwas.

»Ich weiß, dass Asta großes Vertrauen zu dir hat. Du wirst es schaffen«, redete Henrike ihm gut zu.

Als auch er sich einverstanden erklärte, trat sie vor das Hofgesinde.

»Wir werden Dietrich Grapengeter mitnehmen und dem Vogt vorführen. Und vor allem werde ich mich um das Wohl eurer Herrin kümmern, damit sie schon bald wieder hierher zurückkommt. Eure Herrin ist anständig und gerecht. Ihr wisst so gut um ihre Rechtschaffenheit, wie ich es weiß. Bis sie wieder da ist, werden sich Maria und Hem in meinem Namen um den Hof kümmern. Gott schütze euch!«, sagte Henrike so laut sie konnte. Erleichtert bemerkte sie die Hoffnung, die in den Gesichtern ihrer Zuhörer aufblitzte.

Sie brachten den noch immer gefesselten Dietrich Grapengeter dazu, sich auf ein Pferd zu setzen, und banden es an Adrians Ross. Der Verwalter protestierte heftig: »Das könnt ihr nicht machen! Ich bin nicht euer Gefangener!«

Adrian wandte sich ruhig um. »Ihr könnt Euch ja beim Vogt beschweren, wenn wir da sind.«

Als sie Travemünde erreichten, versank die Sonnenscheibe bereits hinter der Ostsee. In dem Leuchtfeuer an der Flussmündung war ein Licht entzündet worden. An einem normalen Tag hätte Henrike innegehalten und dieses Wunder der Baukunst bestaunt, heute aber hatte sie nur noch ein Ziel vor Augen: Asta wiedersehen! Doch vorher mussten sie Dietrich Grapengeter loswerden. Sie ritten deshalb zuerst zur Vogtei, die sich in der

Nähe des Traveufers befand. Henrike bat und flehte so lange, bis sie tatsächlich beim Vogt vorgelassen wurde. Dieser hatte sich offenbar gerade zu Tisch setzen wollen, wie eine gedeckte Tafel mit dampfenden Speisen verriet. Entsprechend ablehnend begegnete er ihnen zunächst. Erst, als Henrike erwähnte, dass Bürgermeister Swerting ihr Vormund sei, signalisierte er die Bereitschaft, sich ihren Fall anzuhören.

»Ich kann den Wahrheitsgehalt Eurer Aussage nicht beurteilen. Ich muss den Fall prüfen. Bis dahin wird Dietrich Grapengeter, der bislang ein unbescholtener Bürger war, wieder auf freien Fuß gesetzt.«

»Aber …«, wandten Henrike und Adrian gleichzeitig ein.

»Ich werde ihn im Auge behalten. Alles Weitere werde ich in Rücksprache mit meinen Lübecker Kollegen klären«, beschloss der Vogt das Gespräch und setzte sich zu Tisch.

Als sie wieder vor der Tür waren, mussten sie Dietrich Grapengeter also die Fesseln abnehmen. Der Verwalter warf ihnen einen triumphierenden Blick zu.

»Wie sehen uns wieder«, meinte er grinsend und schritt als freier Mann davon.

»Ich hoffe nicht!«, rief Henrike ihm hinterher, noch immer erbost über die Untätigkeit des Vogtes. »Und wenn er nun zurück zum Gutshof reitet?«, fragte sie bang.

Adrian stieß vernehmlich die Luft aus. Sie konnte an den steilen Falten auf seiner Stirn sehen, dass er über den Verlauf der Dinge ebenso unglücklich war wie sie.

»Dann könnt Ihr nur hoffen, dass Symon Swerting mehr Gerechtigkeitssinn beweist.«

Henrike wurde das Herz schwer.

»Wir werden uns einen Gasthof suchen müssen«, gab Adrian zu bedenken. »Man wird uns heute sicher nicht mehr ins Spital lassen.«

»Ich möchte es aber dennoch versuchen«, sagte Henrike, obgleich sie erschöpft war, wenn auch nicht so sehr wie Janne, deren Gesichtszüge eingefallen wirkten.

Adrian kam ihrem Wunsch nach, und so fragten sie einen Fischer nach dem Weg zum Spital. Als sie es gefunden hatten, mussten sie feststellen, dass das Tor wie befürchtet bereits verschlossen war. Adrian betätigte dennoch den Türklopfer. Nach einiger Zeit waren Schritte zu hören.

»Was ist Euer Begehr?«, verlangte eine hohle Stimme zu wissen.

Henrike schlug das Herz bis zum Hals, als sie sagte, wen sie suchten. Gleich würde sie wissen, ob ihre Tante lebte oder tot war.

»Es ist spät. Das Hospital ist geschlossen«, lautete die abweisende Antwort.

»Also lebt sie noch? Ist sie wohlauf? Wir sind den ganzen Tag geritten. Bitte, lasst mich ein!« Henrikes Stimme überschlug sich fast.

»Kommt morgen wieder.« Die Wortkargheit und Gleichgültigkeit machte Henrike rasend.

»So sagt es mir doch!«, forderte sie. »Quält mich nicht mit der Unklarheit!«

Ein unwirsches Brummen war zu hören.

Henrike ließ die Schultern sinken. »Bitte, bei der heiligen Maria, habt doch Erbarmen. Ich sorge mich so um sie!«, sagte sie schwach.

»Sie lebt. Noch jedenfalls.«

Sie war also so schwer verletzt, dass sie an der Schwelle des Todes stand. Was aber wäre, wenn sie in der Nacht stürbe und Henrike sie nicht mehr gesehen hatte? Sie ballte die Fäuste vor Hilflosigkeit. Da holte Adrian ein Säckchen hervor und ließ die Münzen darin so laut klimpern, dass man es auch hinter der Tür hören musste.

»Macht eine Ausnahme, guter Mann. Es geht um das Seelenheil aller Beteiligten. Und es soll Euer Schaden nicht sein«, sagte er.

Stille.

Dann das Schrammen eines Balkens über Holz. Mit einem durchdringenden Ächzen öffnete sich die Tür. Im Schein einer Fackel stand ein Mann in einer Kutte. Er würdigte die Frauen keines Blickes, war ganz auf Adrian konzentriert. Dieser reichte ihm ein paar Münzen, die der Mönch in seiner Kutte verschwinden ließ.

»Für das Seelenheil gelten selbstverständlich keine festen Zeiten«, murmelte der Geistliche.

Henrike lag eine spitze Bemerkung auf der Zunge, aber sie hütete sich, sie auszusprechen. Stattdessen warf sie Adrian einen dankbaren Blick zu. Als sie in das Spital eingetreten waren, verschloss der Mönch hinter ihnen die Tür.

Der Ordensmann führte die kleine Gruppe durch einen Gang in eine Halle. Dort stand an den Wänden aufgereiht Bett an Bett, und alle waren belegt. Es roch durchdringend nach Urin und Erbrochenem. Im fahlen Licht der Fackeln erkannte Henrike ausgemergelte Gestalten, hustende, schwitzende Leiber, kranke Alte, aber auch Kinder. Am hinteren Ende standen zwei Wandschirme. Auf einen von ihnen wies der Mönch nun. Sie gingen darauf zu. Jeder Schritt fiel Henrike schwerer. Schließlich war Adrian vor ihr bei dem Wandschirm angekommen. Vorsichtig schob er das Tuch beiseite – und wurde prompt in den Schwitzkasten genommen. Henrike sprang dazwischen.

»Sasse, lass ihn! Ich bin es, Henrike! Das ist Adrian Vanderen, ein guter Freund.«

Der Knecht lockerte sofort den Griff. Auch er war verletzt, seine Hand war verbunden, seine Haare an einer Seite abgesengt.

»Asta hat so gehofft, dass Ihr kommt«, sagte er. Sein Blick fiel auf das Lager, auf dem die zarte Gestalt lag.

Sie war leblos, als wäre sie schon tot. Eine Seite ihres Körpers lag fast frei, die Haut war dunkelrot und von Bläschen übersät. Die nässende Wunde zog sich von ihrem Arm über Schulter und Hals. Auch ihre rechte Gesichtshälfte war von der Brandwunde gezeichnet.

Henrike stürzte zu ihr, nahm ihre unverletzte Hand, sprach sie mit ihrem Namen an, doch ihre Tante reagierte nicht.

»Wie lange liegt sie schon so?«, fragte Henrike mit tränenerstickter Stimme und sah sich um.

Adrian stand reglos an ihrer Seite, Janne hatte sich auf einen Schemel sinken lassen.

»Den ganzen Tag. Es steht schlecht um sie. Die Brandwunden hat sie sich zugezogen, als sie die Pferde retten wollte. Wäre ich nur schneller gewesen!« Sasse hob die verbundene Hand, dann wandelte sich seine Hilflosigkeit in Zorn. »Diese verdammten Brandstifter! Diese Verleumder, Anstifter und Mörder! Oh, wenn ich könnte, würde ich – aber mein Platz ist hier, bei ihr, bis es ihr besser geht.«

Sie hörten Schritte. Wieder machte sich Sasse am Rand des Durchgangs bereit zuzuschlagen.

»Was ist …« Eine junge Stimme, blonde Zöpfe, ein schmaler Körper.

»Katrine!« Henrike stürzte auf das Mädchen zu, das mit einer Schale Wasser in den Händen eingetreten war.

Katrine wirkte unverletzt, doch die Schatten in ihrem Gesicht sprachen deutlich von ihrem Kummer. Die beiden schlossen sich in die Arme und drückten sich fest. Henrike spürte, wie die Schultern des Mädchens bebten, wie ihre Tränen ihren Hals benetzten.

»Endlich bist du da! Der Angriff, das Feuer, dieser furchtbare Verwalter, dieses Hospital …« Katrine war außer sich.

Henrike nahm ihre Hände, stellte Adrian und Janne vor und fasste die Ereignisse beim Gutshof und das Gespräch mit dem Vogt zusammen. Sasse wurde sehr wütend, als er davon hörte.

»Und nun ihr. Erzählt uns alles«, sagte sie, »aber der Reihe nach«, bat Henrike.

Es dauerte lange, bis Katrine die Vorgänge genau geschildert hatte und schließlich bei ihrer Ankunft in Travemünde angekommen war.

»Bis hierhin hatten sich die bösen Gerüchte schon verbreitet. Sie wollten uns erst gar nicht aufnehmen, weil sie sagten, Asta habe die Unzucht gefördert. Dabei ist das eine pure Verleumdung. Wie oft hat Asta für das Hospital gespendet – aber das zählt auf einmal nicht mehr.« Sie sah den Knecht an. »Sasse hat dafür gesorgt, dass sie sich eines Besseren besannen. Dass wir das Lager hinter dem Wandschirm bekamen. Gesche wollten sie natürlich auch nicht aufnehmen, aber auch da haben wir getan, was wir konnten.«

»Wo ist sie? Wie geht es ihr?«, wollte Henrike wissen.

»Sie ist in einem abgelegenen Saal. Damit sie die anderen nicht mit ihrer Sündhaftigkeit beschmutzt, meinten die Mönche. Auch sie ist schwer verletzt. Aber das Kind hat sie wie durch ein Wunder behalten. Ich gehe abwechselnd zu ihr und zu Asta«, sagte Katrine, und ihre Erschöpfung klang immer mehr durch.

Henrike strich ihr über die Wange. Es tat ihr weh, das Mädchen so kummervoll und zermürbt zu sehen. Wie gerne wollte sie ihr eine Freude machen, sie ein wenig erheitern.

»Alle Welt liebt deinen Gürtel. Ich habe dir hübsche Garne mitgebracht. Damit du noch mehr Gürtel besticken und dir so deinen Lebensunterhalt verdienen kannst«, sagte sie aufmunternd.

»Aber erst einmal muss alles wieder gut werden«, meinte Katrine matt, als wüsste sie kaum, wovon Henrike sprach.

»Das wird es, ganz bestimmt«, sagte Henrike tröstend. »Ich hoffe es zumindest.«

Katrine lächelte nur schwach.

Henrike bestand darauf, im Hospital bei Asta zu bleiben,

falls sie aufwachen sollte. Adrian und Janne hingegen sollten zu einem Gasthof gehen, sich dort einquartieren und am Morgen wieder zu ihnen kommen. Gemeinsam mit Katrine bereitete sich Henrike ein Strohlager am Fuß von Astas Lager, während sich Sasse direkt vor den Wandschirm legte. Henrike schlief kaum, tastete immer wieder nach der Hand ihrer Tante und lauschte auf ihren Atem, der schwer, aber gleichmäßig ging.

Als am Morgen die Glocken der Hospitalskirche läuteten, ließ sie Katrine schlafen und setzte sich zu Asta auf das Bett. Sie wusste nicht, was sie tun sollte. Mussten die Verbrennungen gereinigt oder mit einer Salbe eingerieben werden? Gab es hier einen Medicus, der sich um die Kranken kümmerte? Oder war auch das eine Frage des Geldes? Sie war froh darüber, dass sie einen Teil ihres Geldes eingesteckt hatte, auch wenn es vermutlich nicht für die Bestechung von Mönchen, den Gasthof, die Verpflegung und für Medizin ausreichen würde. Aber Adrian hatte ihr ja so großzügig geholfen, wieder einmal. Wie hatte sie nur schlecht von ihm denken können? Jetzt war es Zärtlichkeit, die sie beim Gedanken an ihn erfüllte, Dankbarkeit und, auch das gestand sie sich nun ein, Begehren. Nie hatte ein Mann sie derart berührt wie Adrian. Ob er wohl ebenso für sie empfand?

Asta stöhnte, warf den Kopf hin und her. Henrike nahm einen Krug von einem Tischchen neben dem Bett. Sie füllte eine Schale mit Wasser und setzte sie an den Mund ihrer Tante. Obgleich Einiges daneben lief, schien sie tatsächlich zu trinken. Sasse sah nach Asta, sagte, er werde etwas zu essen besorgen. Es rührte Henrike, die Besorgnis in dem harten, wettergegerbten Gesicht des Knechtes zu sehen. Schon in ihrer Zeit auf Astas Gut war ihr aufgefallen, wie vertrauensvoll Sasse und Asta miteinander umgingen – sie schienen sich gegenseitig sehr wichtig zu sein.

Auch Adrian und Janne traten nun ein und brachten frisches

Brot und Käse mit. Der Kaufmann erkundigte sich nach Astas Befinden. Von ihrem Gespräch erwachte Katrine. Die junge Frau hatte ein schlechtes Gewissen, weil sie so lange geschlafen hatte, was Henrike ihr aber sogleich austrieb. Da hörten sie auf einmal eine schwache, heisere Stimme.

»Henrike, Mädchen.«

Alle erstarrten für einen Moment, dann stürzte Henrike zu Asta und ergriff ihre Hand. Die Lider der Tante flatterten, die braunen Augen tanzten im geäderten Weiß. Henrike konnte sich kaum halten vor Mitleid, war gleichzeitig aber auch erleichtert, dass Asta wieder bei Bewusstsein war.

»Schmerzen, solche Schmerzen«, stöhnte ihre Tante.

Katrine rührte pulverisierte Kräuter in eine Schale mit Wasser und führte sie Asta an den Mund. Sie trank stockend, fragte dann: »Woher kommen nur … diese Schmerzen?«

Henrike erzählte von den Verbrennungen, und mit einem Schlag schien die Erinnerung zurückzukehren. Die Tante wollte sich aufbäumen, fiel aber wimmernd zurück. Kaum hatte ihr Atem sich wieder beruhigt, zog sie Henrike abrupt an sich und riss aufgewühlt die Augen auf.

»Der Überfall …«, begann sie, bemerkte dann aber erschreckt die Fremden in ihrer Nähe.

»Adrian kennst du ja aus Lübeck«, sagte Henrike schnell. »Und das ist Janne. Sie ist Tante Ilsebes Köchin, steht aber auf unserer Seite.«

Asta bebte unkontrolliert, dabei stieß sie mit dem Arm das Tischchen um, auf dem auch die Wasserkanne gestanden hatte, deren Inhalt sich nun auf den Fußboden ergoss. Astas Augen rollten in ihren Höhlen. Ihre Lippen waren vor Anstrengung ganz weiß. »Ich habe … Durst!«, stöhnte sie.

Katrine schickte sich schon an, zu gehen, doch Asta hob die Hand. »Nein … bleib«, flehte sie.

»Geh du schnell neues Wasser holen«, befahl Henrike der Köchin. Janne nahm den Krug zögernd auf und ging hinaus. Ihre Tante schien sich etwas zu beruhigen, doch die nächsten Sätze forderten ihre ganze Kraft: »Ilsebe ist … die Verräterin. Sie hat die Unholde geschickt, die Katrine und dir aufgelauert haben. Sasse hat die Männer im Mecklenburgischen ausfindig gemacht. Du kannst ihr nicht … vertrauen.« Die letzten Worte hatte sie nur noch schleppend ausgesprochen, die Kräuter schienen ihre Wirkung zu tun. Nun sank sie ermattet zurück, die Augen fielen ihr zu.

Fassungslos blickte Henrike zu dem Knecht.

Der nicke bestätigend. »Knauserig ist Ilsebe bei den Unholden gewesen, wie es ihre Art ist. Unser Glück. Umso williger waren sie, uns zu berichten. Nikolas' Ehre rächen sollten sie. Ich habe es ihnen heimgezahlt, das könnt Ihr mir glauben«, seine Augen funkelten düster. Leise fügte er hinzu: »Ilsebe Vresdorp soll sich gerühmt haben, dass sie schon so manchen Mann zu Fall gebracht hat. Zuletzt einen Ratsherrn. Da wäre es für sie ein Leichtes, einer Frau eins auszuwischen.«

Henrike blieb der Mund offen stehen. Einen Ratsherrn? Hieß das etwa, dass die Tante etwas mit dem Tod ihres Vaters zu tun hatte? Dass sie ihn vielleicht sogar … ermordet hatte?

»Aber Vater hat der Schlag getroffen. Er wurde auf der Straße gefunden«, sagte sie beinahe tonlos.

Sasse schüttelte nur den Kopf, denn Janne trat wieder ein.

»Ach, jetzt schläft sie wieder. Und ich hab mich so beeilt«, sagte sie vorwurfsvoll und reichte Katrine den Wasserkrug.

Henrike und Adrian machten sich auf, einen Medicus zu finden. Der Mann versorgte nicht nur das Hospital, sondern den ganzen Ort, deshalb hatte er reichlich zu tun. Aber auch hier tat eine kleine zusätzliche Entlohnung die gewünschte Wirkung. Er mischte Salbe an und versprach, nach Asta zu sehen. Bei der Hospitalsleitung sorgten sie dafür, dass Asta eine eigene Kammer bekam. Anschließend suchten sie Gesche auf. Die Magd hatte den Schock inzwischen überwunden, und die Schwangerschaft schien die Heilung ihrer Wunden sogar zu befördern.

Astas Zustand war nach wie vor sehr ernst. Der Medicus kam und versorgte ihre Wunden, machte ihnen aber nicht viel Hoffnung. Henrike blieb mit Katrine an der Seite ihrer Tante, wusch sie, flößte ihr Wasser und Brei ein, stets darauf hoffend, dass sie noch einmal aufwachen würde.

Schließlich, am späten Nachmittag, schlug Asta tatsächlich die Augen wieder auf. »Henrike, du bist noch da … Wo ist … Katrine?«

Ihr Ton klang dringlich. Sogleich kam das Mädchen an ihre Seite.

Asta tastete nach ihrer Hand. »Tochter«, murmelte sie benommen.

Die jungen Frauen sahen sich fragend an.

Asta hob die Lider, doch ihre Pupillen konnten ihr Ziel nicht finden. »Katrine … meine Tochter … der Hof … noch einmal … Heimat zeigen … Wisby«, stieß sie hervor. Sie öffnete und schloss den Mund wie ein Fisch auf dem Trockenen, der den Tod kommen sieht.

Henrike war verzweifelt. Es war Asta wichtig, was sie sagte, sehr wichtig sogar, aber sie verstanden es nicht. Sie wandte sich Sasse zu. Der Knecht wirkte erschüttert.

»Was meint sie, Sasse?« Der Knecht starrte zu Boden.

»Es steht mir nicht zu, das zu sagen.«

Henrike sah ihn flehend an. »Bitte!«

»Katrine ist … meine Tochter.« Die Worte waren ein Stöhnen gewesen, mit letzter Kraft hervorgebracht. Asta war sogleich wieder zurück auf ihr Lager gefallen und hatte erschöpft die Augen geschlossen.

Henrike starrte Katrine an, das Gesicht des Mädchens war kalkweiß. Es passte alles zusammen – Katrine war im richtigen Alter. Asta hatte sich auffällig um sie gekümmert. Wenn man genau hinschaute, gab es sogar eine gewisse Ähnlichkeit. Aber warum war die junge Frau bei anderen Leuten aufgewachsen? Hatte Asta nicht gesagt, dass man sein Kind einfach lieben müsse? Das Mädchen wandte sich Sasse zu, der seine Herrin besser kannte als irgendwer sonst auf der Welt.

»Es stimmt, du bist ihre Tochter«, sagte er leise, den Blick auf seine Füße geheftet.

Katrine schoss hoch, taumelnd, als habe ihr jemand den Boden unter den Füßen weggerissen, und rannte hinaus.

Erst am Traveufer gelang es Henrike, Katrine einzuholen. Die Wangen des Mädchens glänzten vor Tränen, ihre Augen waren rot und zornig. Henrike strich zärtlich über ihr Haar, doch Katrine schlug ihre Hand weg. »Das kann nicht sein. Ich hatte Eltern, gute Eltern! Außerdem: Warum sollte sie mich weggegeben haben?«

Henrike wusste, dass nur die Wahrheit helfen würde und dass für ein schonendes Annähern an die bitteren Fakten keine Zeit mehr blieb, also sog sie die Luft tief ein und sagte: »Asta ist bei dem Überfall auf Wisby vergewaltigt worden.« Es dauerte einen Augenblick, bis Katrine die Bedeutung dieses Satzes klar wurde. »Sie hat mich also gehasst!«, brach es aus ihr heraus.

Henrike wollte sie besänftigen. »Nein, sie hat dich nicht gehasst. Sie … hat es nur nicht ertragen, dich zu sehen. Genau wie mich, nur aus anderen Gründen«, versuchte sie es zu erklären.

»Mein Vater war ein Vergewaltiger, sie muss mich also gehasst haben«, beharrte sie, »selbst wenn der Schmerz irgendwann verblasst ist. Aber warum hat sie es mir nicht früher gesagt?«

Henrikes Blick folgte einen Moment einer Kogge, die vor dem sandigen Hintergrund des Priwall in die Trave einfuhr. Im aufsteigenden Nebel sah sie so leicht aus, beinahe schwebend. Genau wusste sie nicht, was ihre Tante bewegt hatte, sie konnte es nur vermuten.

»Am Anfang war sie einfach hilflos. Und später hat sie dann gesehen, wie glücklich du bei deinen Eltern bist. Sie wollte dich nach ihrem Tod nicht noch mehr verletzen, glaube ich.«

»Noch mehr verletzen! Wie das?« Katrines Augen brannten. »Und du, warum hast du es mir nicht gesagt?«, fragte sie vorwurfsvoll.

»Ich habe es nicht gewusst. Erst als sie es eben sagte, wurde mir alles klar.«

Katrine sank in sich zusammen. Sie begann zu weinen wie ein kleines Kind. Es war, als spülten die Tränen ihren Zorn fort. Henrike setzte sich neben sie, achtete gar nicht auf die Menschen, die an ihnen vorbeigingen und sie neugierig begafften. Ruhig wiegte sie ihre Freundin in ihrem Arm. »Ich glaube, sie hat schon lange mit dem Gedanken gespielt, es dir zu sagen. Sie hat vielleicht einfach nicht gewusst, wie sie es am besten anfangen soll.«

Katrine schluchzte schwer. »Tief in mir habe ich es gespürt. Ich habe mich gewundert, warum sie sich so um mich kümmert, und habe gehofft, dass wir miteinander verbunden sind. Ich habe meine … Eltern verloren. Ich habe so eine Angst, sie auch noch zu verlieren.«

Henrike spürte Zweifel in sich. Sorgen über die Zukunft, über Dinge, die nicht in ihrer Hand lagen, aber sie konnte Katrine nicht belügen.

»Astas Leben liegt in Gottes Hand. Aber sie ist eine Kämpferin. Sie will leben, das hast du doch gehört. Wenn ich es richtig verstanden habe, will sie noch einmal in ihre Heimat, nach Wisby. Mit dir, ihrer Tochter. Du musst an ihrer Seite sein. Du musst sie pflegen.« Sie stockte. »Und ich muss dafür sorgen, dass sie den Hof zurückbekommt. Ich glaube, auf uns beide kommt noch eine Menge zu.«

Sie hörten Schritte hinter sich. Adrian sah sie an. Seine Wangen waren gerötet, als wäre er gelaufen. »Asta ist aufgewacht!«

Beinahe rannten sie zum Spital. Henrike ließ Katrine den Vortritt, musste sie jedoch, als sie kurz vor dem Ziel waren, fast an Astas Bett schieben. Die Kranke wirkte zum ersten Mal wieder etwas lebhafter.

»Sie hat etwas gegessen«, flüsterte Sasse Henrike zu, auch ihm war die Erleichterung anzusehen.

Katrine setzte sich nun an Astas Seite. Tränen liefen über ihre Wangen.

»Froh … dass du es weißt. Es war … Last«, begann Asta stockend.

Katrine bat sie, zu schweigen. Sie solle sich nicht überanstrengend.

»Nein! Ich muss … reden. Viel zu lange … geschwiegen.« Asta atmete schwer und nahm noch einmal ihre ganze Kraft zusammen, um Katrine endlich alles zu erklären. »Als du geboren wurdest, als du in meinen Armen lagst … da spürte ich diese … Liebe in mir. Dabei wollte ich dich hassen – wie ich meine … Peiniger hasste.« Auch Asta weinte jetzt. »Ich hatte dich … einer Familie versprochen. Junges Paar, das keine Kinder haben konnte. Ich wusste … du wärst bei ihnen in guten Händen. Mein Herz … ohnehin gebrochen. Wie hätte ich … dir eine gute Mutter sein können?«

Erschöpft sank Asta in die Kissen zurück und schloss die Augen. Katrine machte Anstalten, Asta zu umarmen, wagte jedoch nicht, die Verletzte anzufassen, aus Sorge, ihr wehzutun. So führte sie ihre Finger an den Mund und küsste sie.

Ergriffen stand Henrike neben Adrian. Aus den Augenwinkeln sah sie die Rührung in seinen Zügen. Sie hätte am liebsten seine Hand genommen. Sie hatten es Seite an Seite durchgestanden. Noch nie hatte sie sich jemandem so verbunden gefühlt, von ihrem Vater und Simon einmal abgesehen.

Nachdem Henrike noch eine Nacht an Astas Seite zugebracht hatte, mahnte Adrian zum Aufbruch. Sie mussten zurück nach Lübeck und bei Symon Swerting wegen des Hofs vorsprechen. Auch könnten Henrikes Verwandte jeden Tag wieder eintreffen. Und Asta hatte offensichtlich das Schlimmste überstanden, war immer länger wach, aß und trank regelmäßig. Zum Abschied fielen Henrike wieder die Garne ein, die sie Katrine mitgebracht hatte. Die Freundin freute sich sehr darüber und versprach, schon an Astas Krankenbett mit dem Sticken zu beginnen.

22

Auf dem Weg nach Lübeck, März 1376

Der Pfeil fuhr mit einem Zischen in ihren Sattel. Henrike warf sich herum. Es waren vier, mindestens, und sie sahen wie Bauern aus. Zwei waren vor ihnen auf den Weg gesprungen, einer hinter ihnen, und der Pfeil war aus dem Dickicht abgeschossen worden. Janne ließ sich panisch von Bagge fallen, schlug jammernd die Hände über dem Kopf zusammen und verkroch sich in einem Gebüsch. Henrikes Pferd stieg und schlug mit den Vorderhufen aus. Adrian war vom Sattel gesprungen und hatte sein Schwert gezückt. Einer der Angreifer näherte sich ihr von hinten. Henrike tastete nach ihrem Bogen, aber es dauerte einen Moment, bis sie ihn von ihrem Rücken gelöst hatte. Der Mann packte sie am Arm und zerrte sie vom Pferd. Ihr Bogen fiel in eine der tiefen Rinnen, die die Räder vorbeifahrender Wagen im Waldboden hinterlassen hatten. Henrike zückte ihren Dolch und schlug um sich, ohne zu treffen. Sie hörte einen Schrei, sah noch, wie Adrian einen Pfeil mit dem Schwert abwehrte. Kein Schütze war zu sehen. Der Angreifer versuchte, ihr den Dolch aus der Hand zu schlagen. Sie stach zu und verletzte ihn am Arm. Fluchend taumelte er zurück, gegen Bagge, der breit und unbeweglich hinter ihm stand. Henrike könnte jetzt zustechen, er würde ihr nicht entwischen können, aber sollte sie es tun, ihn umbringen? Ihr Angreifer würde sicher nicht zögern, ihr etwas anzutun, das sah sie ihm an. Sie hob den Arm, um ihm mit dem Dolchknauf auf den Schädel zu schlagen, doch er duckte sich weg. Ein Pfeil sauste dicht über ihren Kopf und traf Bagge. Das Pferd wieherte schrill, tänzelte, stieg – Blut schoss aus der Wunde und nässte im Nu das seidige Fell. Der Mann stolperte in den Spurrinnen, geriet unter den massigen Leib des Tieres und wurde von den Hufen getroffen. Henrike zog dem taumelnden Wegelagerer noch einmal ihren Dolch über den Kopf. Sie musste Bagge den Pfeil aus der Seite ziehen! Aber dafür war noch keine Zeit.

Adrian hatte einen Angreifer niedergeschlagen, doch der andere hielt Hieb um Hieb dagegen. Jetzt hörte sie wieder, wie ein Pfeil von einer Sehne schnellte. Laut aufschreiend warnte Henrike ihren Reisegefährten, der sich eben noch wegducken konnte. Sie entdeckte den Schützen, der inzwischen auf einen Felsen gekrochen war. Flugs nahm sie ihren Bogen wieder auf, zog einen Pfeil aus dem Köcher und legte an. Sie traf den Kerl ins Bein. Sein Schmerzensschrei ließ die anderen innehalten. Auch Adrian konnte nun einen harten Treffer erzielen. Triumphierend lachte Henrike auf. Die Angreifer sahen, dass sie unterlegen waren, und ergriffen die Flucht. Zwei verschwanden in der einen, der Bogenschütze in der anderen Richtung.

Henrike und Adrian teilten sich auf und setzten ihnen nach. Getrieben durch eine Mischung aus Angst und Kampfesmut rannte sie dem Bogenschützen nach, verlor jedoch seine Spur. Außer Atem kam sie zum Kampfplatz zurück, wo der Angreifer, den sie niedergeschlagen hatte, noch immer lag. Das Blut in ihren Adern pumpte. Noch nie hatte sie sich so lebendig gefühlt. Wo aber war Adrian? Er war doch hoffentlich nicht noch einmal angegriffen worden? Sorge überfiel sie. Henrike war drauf und dran, ihm ins Dickicht hinterherzulaufen, da sah sie ihn durch die Zweige brechen, bis auf einige Kratzer im Gesicht anscheinend unverletzt.

»Wir haben sie in die Flucht geschlagen! Wir zwei!«, jubelte sie und fiel ihm erleichtert um den Hals.

Er hob sie hoch und wirbelte sie durch die Luft. Als sie wieder stehen blieben, leicht wankend, waren sich ihre Gesichter plötzlich ganz nah – und für einen kaum wahrnehmbaren Moment berührten sich ihre Lippen. Es war ein zauberhaftes, zartes Gefühl. Trotzdem fuhren sie vor Schreck über die plötzliche Nähe auseinander, sahen sich verlegen an. Auch Adrian war rot geworden. Oder rührte das noch vom Kampf her?

»Bist du verletzt?«, fragte er verlegen und besorgt zugleich.

Sie bemerkte, dass er sie zum ersten Mal geduzt hatte, und die Freude darüber gab ihr noch mehr Auftrieb. Ohne auf seine Frage zu antworten, sprudelte es aus ihr heraus: »Ich habe ihn getroffen, hast du gesehen? Und du – mit dem Schwert hast du einen Pfeil weggeschlagen, ich hab's beobachtet. Wir waren gut, wir zwei!«

»Ja, das waren wir«, gab er lachend zu und schaute sie glücklich an. »Du überraschst mich immer wieder!« Im nächsten Moment sah er sich jedoch sorgenvoll um. »Sie könnten sich wieder sammeln und noch einmal zurückkommen. Wir sollten so rasch wie möglich verschwinden.«

Henrike stimmte ihm zu. »Aber wo ist Janne? Ob sie sich versteckt hat?«

Sie beobachtete den Gefangenen misstrauisch, der jedoch nach wie vor unbeweglich dalag.

»Janne, komm heraus, sie sind weg!«, rief sie laut in das undurchdringliche Gebüsch, das sie ringsum umgab. Ein Rascheln war zu hören, gleichzeitig bebten die Äste an einem Graben. Janne zog sich langsam an ihnen hoch. Sie war verdreckt, aber offenbar unverletzt. Dunkle Schlieren in ihrem Gesicht verrieten, dass sie geweint hatte.

»Ach, wäre ich doch nicht mit Euch geritten, hätte ich Euch doch nur nicht vertraut! Das werd ich meinen Lebtag nicht vergessen!«, lamentierte die Köchin lautstark.

Henrike war beunruhigt. Ob sie ihren zarten Kuss beobachtet hatte? Wenn die Köchin sich gegen sie stellte und Tante Ilsebe alles verriet, wäre ihre Strafe hart, das wusste sie. Ohne auf das Gejammer einzugehen, wandten sie sich nun dem guten Bagge zu. Während Henrike ihn beruhigte, zog Adrian den Pfeil aus seinem Fleisch. Glücklicherweise war er nicht zu tief eingedrungen.

Henrike wies auf den bewusstlosen Angreifer. »Aber was machen wir mit ihm? Nehmen wir ihn mit?«

»Wir fesseln ihn und übergeben ihn in Lübeck den Bütteln. Wir sollten ihn allerdings vorher schon mal befragen.«

»Müssen wir uns nicht beeilen? Falls die Männer zurückkommen …«, gab Henrike zu bedenken.

»Es wird nicht lange dauern«, sagte Adrian. Er kniete sich neben den Mann und schüttelte ihn, bis er erwachte. Stöhnend krümmte dieser sich auf dem Boden. »Wer hat dich geschickt?«, fragte er streng.

Der Mann schnaufte, Blasen aus Blut und Speichel bildeten sich auf seinen Lippen.

Adrian zückte seinen Dolch. »Für Spielchen habe ich keine Zeit. Entweder du sagst mir, wer dich geschickt hat, oder ich schlitze dir den Leib auf.«

Henrike, die ja wusste, dass Adrian seine Worte nicht in die Tat umsetzen würde, spielte mit. »Beim letzten Mal haben sich die Hunde über die Eingeweide des Banditen sehr gefreut, weißt du noch«, sagte sie scheinbar kaltblütig.

Da bekam es der Mann mit der Angst zu tun. »Grapengeter hat uns geschickt. Er hat uns gezwungen, euch zu überfallen. Er würde sonst unsere Frauen und Kinder totprügeln, hat er gesagt. Wir konnten nicht anders, wir hatten keine Wahl.«

Der Verwalter also! Henrike ballte die Fäuste. Sie hatte es befürchtet.

Der Mann begann jetzt zu greinen.

Adrian stand auf, sah voller Ekel auf ihn hinab. »Man hat immer eine Wahl, immer«, sagte er. »Lass uns schnell weiterreiten, bevor noch mehr passiert.«

Aus jedem Fenster ihres Elternhauses fiel Licht auf die Straße. An den Haltern neben der Tür steckten brennende Fackeln. Das konnte nur eines bedeuten: ihre Tante oder ihr Onkel waren wieder da. Janne rannte in Richtung des Hauses, sie konnte es sichtlich kaum erwarten, hinter die schützenden Mauern zu treten. Den geständigen Angreifer hatten sie am Stadttor den Bütteln überstellt.

Henrike war, als schnürte ein eiserner Reif ihre Brust ein. Gleich würde Adrian sie verlassen müssen, gleich würde der Trott des Alltags sie wieder ergreifen, unausweichlich – wenn ihr nicht gar Schlimmeres drohte. Sie dachte an ihre unbändige Freude über den gemeinsam ausgestandenen Kampf, an ihren Kuss. Ob er Adrian auch so viel bedeutete wie ihr? Auch beschäftigte ein Teil des Gesprächs mit Sasse sie noch immer.

»Was hat es bloß damit auf sich, dass Sasse meinte, Tante Ilsebe habe einen Ratsherrn zu Fall gebracht? Meinte er meinen Vater?«, fragte sie, auch, um den Abschied von Adrian hinauszuzögern.

Adrian wandte sich ihr zu, sein Blick wanderte prüfend über ihr Gesicht. Er wollte etwas sagen, schwieg aber doch. Ihre Blicke trafen sich, versanken ineinander. Henrikes Knie wurden weich. Seine Lippen auf den ihren …

»Der Kuss …«, begann sie.

Er strich sich fahrig über die Kratzer in seinem Gesicht. »Wir hätten nicht … Du hast dich mir anvertraut. Ich hätte nicht … Es war ein Fehler.«

Sie war verwirrt. Als tugendhafte junge Frau hätte sie sich niemals zu der Umarmung hinreißen lassen dürfen, andererseits hatte sie in letzter Zeit so oft gegen die Regeln des Anstands verstoßen, dass sie sich langsam daran gewöhnte, anders zu sein. Aber wenn er es als einen Fehler ansah, durfte sie ihn nicht weiter bedrängen. Dabei war es ihr vorgekommen, als habe auch er die Umarmung genossen!

Enttäuscht hielt sie die Luft an, senkte ihr Haupt und atmete langsam wieder aus. Sie zwang sich, ruhig und beherrscht zu klingen: »Ich möchte dir für alles danken. Ich weiß nicht, wie ich es ohne dich geschafft hätte.«

Er lächelte sie an, ehrlich und unverstellt. »Irgendwie hättest du es ganz sicher geschafft.«

»Das Geld, das du in Travemünde für uns ausgegeben hast … Ich werde es dir zurückzahlen, so schnell ich kann. Ich habe noch Schmuck, den kann ich verkaufen.«

Er winkte ab, als spielte es keine große Rolle. »Das hat keine Eile. Mach dir darüber keine Gedanken.«

Aus dem Haus waren jetzt Geräusche zu hören. Es wurde Zeit, dass sie hineinging.

»Wenn du meinen Rat willst: Du solltest deiner Tante noch nicht sagen, was du herausgefunden hast. Es würde deine Lage nur noch erschweren. Sie scheint unberechenbar zu sein«, sagte Adrian.

Still nickte sie, überlegte einen Augenblick. »Würdest du mich wohl noch zu Symon Swerting begleiten? Wer weiß, ob ich später noch Gelegenheit haben werde, ihn aufzusuchen, wenn ich meinen Verwandten erst Rechenschaft abgelegt habe.«

Sie sah Adrian von der Seite an, seine Miene war ernst. Er wusste, dass sie die Lage realistisch einschätzte.

Sie hatten Glück. Der Bürgermeister war im Hause, auch wenn er gerade auf dem Sprung war. Symon Swerting empfing sie in der Diele, wo ein Diener ihm half, in seinen Ratsmantel zu schlüpfen. Henrike berichtete von dem Überfall auf den Gutshof, von dem brutalen Verwalter, von Astas Zustand und ließ auch ihren Besuch bei dem Vogt nicht aus. Symon Swerting hörte schweigend zu. Sie konnte nicht in seinem Gesicht lesen, was ihre Nervosität nur verstärkte.

Als er endlich sprach, ließen seine Worte sie hoffen. »Was Ihr berichtet, Jungfrau Henrike, ist unerhört. Ich kenne Eure Tante noch aus Wisby und weiß, dass sie eine rechtschaffene Frau ist. Ich werde die Angelegenheit so schnell wie möglich prüfen.« Swerting baute sich vor ihr auf, ehrfurchtgebietend in seiner Bürgermeisterrobe. »Euer Benehmen lässt allerdings, gelinde gesagt, zu wünschen übrig. Man hätte Euch schon lange zur Ordnung zwingen müssen. Geht jetzt nach Hause, auf direktem Weg und ohne Umschweife.«

»Es war niemand da, der sich um Asta hätte kümmern können«, verteidigte sie sich.

Symon Swerting brauste auf: »Schweigt still und gehorcht!«

Henrike war mit seinem Urteil nicht zufrieden, sie wusste aber, dass sie es nur noch schlimmer machen würde, wenn sie widersprach. Also tat sie wie geheißen. Beim Hinausgehen vernahm sie Symon Swertings Stimme, und seine Worte sollten noch lange in ihr nachhallen: »Und Ihr, Vanderen, solltet Euch lieber Euren Geschäften widmen. Stattdessen lasst Ihr Euch in diesen Streit hineinziehen, mit dem Ihr nichts zu schaffen habt. Wenn das mal nicht Euren ehrgeizigen Verlobungsplänen in die Quere kommt!«

Das Erste, was ihr auffiel, war der Geruch. Im Haus roch es säuerlich und streng. In der Diele lagen aufgerissene Säcke, von vereinzelten Getreidekörnern umgeben, umgestürzte Fässer ohne Inhalt, Vaters Brieflade, ebenfalls leer. Auf dem Weg zur Schreibstube ein zerbrochener Krug inmitten einer dunklen Weinlache, daneben zersplitterte Gläser; jedes von ihnen war ein kleines Vermögen wert gewesen. Auf dem Tisch Stapel von Tellern mit getrockneten Essensresten.

»Wer zum Teufel …« Ihr Onkel torkelte aus der Dornse, das Gesicht rotgeschwollen, der Mund wie eine Wunde leuchtend. »Du … wo hast du gesteckt?!«, lallte er.

Henrikes Hand umkrampfte ihren Beutel. »Ich war nur kurz bei Herrn Swerting«, sagte sie. Das war ja nicht einmal gelogen.

Ihr Onkel hatte sie erreicht, seine durchdringende Weinfahne hüllte sie ein. Sein Oberkörper schwankte. Wie aus dem Nichts kam die ruckartige Bewegung, ein harter Schlag mit dem Handrücken. Henrike ging zu Boden, da krallte sich schon eine Hand in ihre Haare. Hartwig Vresdorp zerrte sie hoch, schleuderte sie hin und her wie eine Puppe. Wie feine Nadeln stach der Schmerz in ihre Kopfhaut, es war, als zöge er ihr die Haut ab.

Henrike versuchte seine Finger zu lösen, bekam sie jedoch nicht zu fassen.

»Lügnerin! Hure! Miststück! Glaubst du, ich wüsste nicht, wo du wirklich warst? Bei Nikolas stellst du dich an, aber bei Vanderen machst du die Beine breit, was?«

»Ich habe nicht …«, wollte sie sich verteidigen.

Sie wurde in die Höhe geschnellt, hing wie eine Marionette an seiner Faust, dann ließ er sie einfach fallen. Henrikes Finger fuhren an ihre Kopfhaut, erspürten etwas Feuchtes. Als sie auf ihre Hand blickte, entdeckte sie einige Haare, an denen blutige Kopfhaut hing.

»Du wirst Vanderen nicht wiedersehen, sonst wirst du dafür büßen. Und wenn dir das nicht reicht, werde ich deinen Bruder für dein Fehlverhalten leiden lassen. So klein und zart, der ist schnell dahin. Wenn Nikolas ihn nicht schon schafft.« Hartwig Vresdorp lachte gespenstisch. Er wollte sich aus einem Krug auf dem Tisch einschenken, doch dieser war leer. Lauthals schrie er nach Wein.

Hinter ihm kam Janne in den Raum geschlichen. Sie hatte die verdreckte Kleidung ausgezogen, trug Besen und Eimer in den Händen. Die Art, wie sie krampfhaft vermied, zu ihnen zu schauen, verriet Henrike, dass sie alles ausgeplaudert haben musste. Daher also die gezielten Anschuldigungen ihres Onkels. Asta hatte geahnt, dass die Köchin eine Verräterin war. Wieder schrie Onkel Hartwig nach Wein. Sogleich ließ Janne das Putzzeug stehen und verschwand diensteifrig. Doch schon wenig später kam sie in die Diele zurück und berichtete, dass die Weinfässer leer seien.

»Dann beschaff neuen Wein!«, forderte ihr Onkel barsch.

Die Köchin druckste herum. »Es … es ist kein Geld mehr da«, sagte sie schließlich.

Hartwig tastete seinen Leib ab, fand jedoch nicht das, was er suchte. Er torkelte zurück in die Schreibstube, Henrike hörte, wie er dort kramte, wie etwas herabfiel. Sie hatte sich hochgerappelt, ihren Beutel aufgenommen und wollte verschwinden.

»Herr Vresdorp, sie haut ab!«, rief die Köchin da.

Henrike funkelte sie wütend an. »Und ich habe dir vertraut!«, sagte sie ehrlich enttäuscht.

Die Frau zuckte mit den Achseln. »Man kann nur einen Herrn haben«, gab sie zurück.

Und wer das war, daran gab es nun keinen Zweifel mehr. Hartwig Vresdorp kam auf Henrike zu, die Augen gierig auf ihren Beutel gerichtet. Sie schluckte. Ihr letztes Geld und ihr Schmuck waren darin versteckt.

»Ich werde mich zurückziehen. Wir können ja morgen über alles sprechen«, sagte sie schnell und bewegte sich auf den Flügelanbau zu.

Erstaunlich behände holte ihr Onkel sie jedoch ein und entriss ihr den Beutel. Die Kleidung ließ er achtlos auf den Boden fallen. Grinsend zog er den Saphirring, den Armreif, die Kette und das Ledersäckchen mit den letzten Münzen hervor.

»Hast mich bestohlen, was? Bist genauso eine Diebin wie Margarete, die alte Vettel. Nur schade, dass ich dich nicht zu ihr in den Kerker werfen kann!«

Henrikes Herz setzte einen Schlag aus. War die alte Frau, die sie so sehr liebte, etwa im Gefängnis?

»Wir hatten sie rausgeschmissen. Was also hatte sie in diesem

Haus zu suchen? Sie konnte nur eine Diebin sein. Ich hab sie erst einmal ordentlich verprügelt. Dann hab ich die Büttel geholt.« Der Onkel schien stolz auf seine Leistung zu sein.

»Ich hatte sie gebeten, hier zu bleiben, auf das Haus achtzugeben. Sie hat ihr halbes Leben hier verbracht. Ich musste mich doch um Tante Asta kümmern!«, warf Henrike ein.

Hartwig Vresdorp gab Janne den Geldbeutel und hieß sie, davon Wein zu kaufen.

»Das darfst du nicht! Es ist mein Geld. Und der Schmuck gehörte meiner Mutter, es ist mein Erbe!«, protestierte Henrike.

»Dein Geld!« Ihr Onkel lachte hysterisch. »Ich werde dir zeigen, was dein ist.« Er versetzte ihr in schneller Folge Ohrfeigen. Henrike wurde schwarz vor Augen. Wie ein gefällter Baum fiel sie um. »Was du jetzt siehst, ist dein!«, hörte sie noch, dann übertönte das Pfeifen in ihren Ohren alle anderen Geräusche.

Sie wusste nicht, wie lange sie auf den kalten Platten gelegen hatte. Als sie das Bewusstsein wiedererlangte, war da zuerst Schmerz, dann schmeckte sie Blut und spürte schließlich die Kälte, die aus dem Boden in ihre Knochen gezogen war. Kaum konnte sie die Augen öffnen. Durch den schmalen Schlitz ihrer geschwollenen Lider sah sie ihren Onkel am gedeckten Tisch sitzen, einen großen Fleischbrocken in der Hand, den er abnagte, ein gefülltes Glas neben sich. Ein unbändiger Hass erfüllte sie bei seinem Anblick.

»Wenn Vater erleben könnte, wie du mit uns umgehst … Er würde dir … Einhalt gebieten. Du bist ein schlechter Vormund«, brachte sie mühsam hervor.

Ihr Onkel kam schweren Schrittes zu ihr. Er stellte sich neben sie, ragte hoch neben ihr auf, stieß sie mit der Fußspitze an.

»Ein Tritt, und dein schönes Gesicht wäre Mus. Aber leider

darf ich nicht. Man beschädigt seine eigenen Waren nicht. Nur die der anderen!« Er lachte, als habe er einen Witz gemacht. »Und dich können wir noch nach Dorpat schaffen, mit einer Heirat dort hättest du wenigstens einen Nutzen. Dann wärest du endlich auch weg, weit genug weg.« Sinnierend legte er den Finger an die wulstigen Lippen. »Ich könnte dich auch mit Nikolas verheiraten. Ihr seid nicht direkt verwandt, er ist ja nur mein Stiefsohn. Dann bliebe dein Erbe in der Familie, und wir wären aller Sorgen ledig. Das würde ihm wohl gefallen, denke ich.«

Bei diesen Worten konnte Henrike nicht mehr an sich halten vor Abscheu und Zorn. Trotz ihrer schlechten Lage und trotz der Schmerzen fürchtete sie ihren Onkel plötzlich nicht mehr.

»Mein Vater war ein gottesfürchtiger und ehrlicher Mann. Du hingegen bist ein Lügner und Betrüger! Du ekelst mich an!«, bäumte Henrike sich auf.

»Dein Vater …«, schnaufte er. »Der große Kaufmann. Der wichtige Ratsherr. Der angehende Bürgermeister. Ha! Eingebildet wie Asta, diese halsstarrige Alte. Aber auch ihr haben wir es gezeigt. Ilsebe ist fast geplatzt, als sie gesehen hat, dass sie diese Dirne Gesche aufgenommen hat. Aber ein paar Münzen hier, ein paar Gerüchte da. Die Leute lassen sich nur zu gerne aufwiegeln. Und der Verwalter gierte ohnehin nach dem Gut.«

Jetzt wusste Henrike also die Wahrheit. Hartwig und Ilsebe hatten die Bewohner der Gegend gegen Asta aufgebracht, indem sie Gerüchte über ihren Lebenswandel verbreiteten und willige Aufwiegler bestachen! An der Bereitwilligkeit Dietrich Grapengeters, von Astas Notlage zu profitieren, hatte sie ohnehin nie gezweifelt. Aber es war doch verrückt – den Schaden an der Zerstörung des Gutes hatte doch Hartwig als Vormund. War sein Hass so groß, dass er die Einbußen aufwog? Oder war die Lage vielleicht außer Kontrolle geraten?

»Dein Vater dagegen – wie verlogen er war, ich könnte kotzen! Er hat die Huren mehr geliebt als seine Frau. Sein Geld hat er zu den Dirnen getragen. Sogar einen Bankert hat er der einen gemacht. Sein eigen Fleisch und Blut hat er dagegen an der kurzen Leine gehalten und verraten.«

Kraftlos sank Henrike in sich zusammen. Noch mehr Lügen, noch mehr Verleumdungen, die ihr die Kraft nehmen sollten. Das Pfeifen in ihren Ohren nahm wieder zu. Sie fühlte sich unendlich schwach und müde. Doch sie musste sich zusammenreißen.

»Das ist gelogen«, hielt sie ihm entgegen.

»Was meinst du denn, zwischen wessen Beinen er gestorben ist? Die schöne Mette hat er gerade vernascht, als ihn der Schlag gerührt hat.« Onkel Hartwig griff sich zwischen die Beine, umfasste genüsslich sein Gemächt.

»Du lügst!«

»Bist du wirklich so einfältig, oder stellst du dich nur so? Wir haben die Leiche deines Vaters nur in Windeseile nach Hause geschafft, damit es sich am Ende nicht in der ganzen Stadt herumspricht, dass der ehrwürdige Ratsherr Vresdorp sein Leben im Hurenhaus ausgehaucht hat.«

Ihr Onkel, die Hand immer noch am Schritt, rülpste laut, dann schrie er nach Rotger. Der Gehilfe trat ein. Sein dichter Bart verriet kein Mienenspiel.

»Schaff sie in die hinterste Kammer und sperr sie ein. Aber ohne Beutel und ihr anderes Zeug, sie braucht dort nichts. Ich geh noch mal ins Hurenhaus.«

Rotger warf Henrike über seine Schulter und trug sie hinaus. Am Ende des Flügelbaus angekommen, stieß er die Tür der Kammer mit ihrem Rücken auf. Grob warf er sie auf das Lager und verriegelte beim Hinausgehen die Tür hinter sich.

Henrike stöhnte vor Schmerz auf. Ihr war so schwindelig, dass sie sich kaum regen konnte. Die Bilder schoben sich ineinander: die dunklen Winkel des Zimmers, das Mondlicht, das durch die Ritzen fiel. Henrike rollte sich auf die Seite und weinte haltlos.

23

Lübeck, März 1376

Das Haus kam Adrian trotz der prächtigen Wandbehänge, der verzierten Truhen und zahlreichen Kissen karg und kühl vor. Er war durch die Jahre des Reisens an die verschiedenartigsten Unterkünfte gewöhnt. Dass er sich aber auch in seinem eigenen Zuhause fremd fühlen könnte, hätte er nicht gedacht. Natürlich, er wohnte noch nicht lange hier. Das Haus war noch nicht einmal fertig umgebaut. Aber es war mehr als das, was ihm die Ankunft schwer machte. Die Menschen waren es, die für eine heimelige Atmosphäre sorgten, die einen gerne nach Hause zurückkehren ließen, die einen Ort zur Heimat machten, an dem das Herz hing. Und sein Herz hing nun einmal, das konnte er sich jetzt, in der Stille seines eigenen Hauses eingestehen, an Henrike Vresdorp.

In den letzten Wochen hatte er an der jungen Frau immer stärker Gefallen gefunden. Ihre offene Art, aber auch ihr Mut und ihre Tatkraft faszinierten ihn. Er dachte an den Kampf, den sie gemeinsam ausgetragen hatten. Große Angst hatte er um sie gehabt, sie aber hatte sich tapfer und findig selbst verteidigt. Ihre Umarmung und der flüchtige Kuss waren für ihn ebenso überraschend wie aufwühlend gewesen. Doch jede Zärtlichkeit zwischen ihnen könnte ihren Ruf gefährden, und wie verletzlich der gute Leumund einer Frau war, wusste er nur zu gut von seinen Schwestern. Und dann die Gewissensbisse! Hätte er sie nicht längst über die wahren Umstände des Todes ihres Vaters aufklären sollen? Der Behauptung ihrer Tante konnte er immer noch nachgehen, und wenn er eine Verbindung zwischen Ilsebe Vresdorp und Konrad Vredsorps Tod fand, würde er es Henrike sagen.

Adrian bemerkte erst jetzt den Stapel Briefe, die auf dem Tisch lagen. Er wollte sie sortieren, war jedoch noch zu sehr in seinen Gedanken gefangen. Immer wieder hatte er daran gedacht, um Henrikes Hand anzuhalten. Und immer wieder hatte er dieses Verlangen von sich geschoben. Dabei war es dieses Vorhaben gewesen, das ihn ursprünglich nach Lübeck gebracht hatte, und jetzt, nachdem er sie über ein halbes Jahr kannte, wünschte er es sich mehr denn je. Dennoch war es unmöglich. Hartwig Vresdorp hatte ihm am Abend von Konrad Vresdorps Tod überdeutlich zu verstehen gegeben, dass er ihm Henrike nie geben würde. Wenn er es sich ehrlich eingestand, würde diese Heirat seine Lage auch nicht eben verbessern. Zu schwierig waren Henrikes familiäre Verhältnisse, ihre finanzielle Situation.

Und dennoch …

»Herr, endlich! Ich muss Euch so viel berichten!« Cord stand in der Tür, die Schürze um die Hüfte gebunden. Er sah betreten auf seine Hände, an denen Teig klebte, und schickte sich an, in die Küche zurückzugehen, um sich zu säubern. Adrian folgte ihm. Die Küche war frisch gefegt, die Oberflächen gewienert, doch im Herd brannte nur ein kleines Feuer. Hier war seit Tagen nicht mehr richtig gekocht worden.

»Wo ist Margarete?«, wollte Adrian wissen.

Cord, der sich über einen Wassereimer gebeugt hatte, um seine Hände zu schrubben, sah auf. Als er zu sprechen begann, durchfuhren Adrian Schrecken, Sorge und tiefer Zorn.

»Sie ist im Kerker«, begann Cord und wischte sich die Hände an seiner Schürze ab. »Ich kam aus Wismar zurück. Das Haus war kalt und leer. Niemand war hier, aber ich fand Eure Botschaft. Ich wollte Margarete in der Alfstraße aufsuchen, habe aber nur Rotger, Vresdorps Gehilfen, angetroffen. Er sagte, dass ›die alte Vettel‹ eingebuchtet worden sei. Ich habe erst gar nicht verstanden, wen er meinte. Vresdorp muss nach Hause gekommen sein und Margarete in der Alfstraße aufgefunden haben. Da hat er sie erst verprügelt und dann als Diebin verhaften und einsperren lassen. Stellt Euch das vor! Diese alte Frau, die niemandem etwas zuleide getan und nur das Haus gehütet hat, wie sie mir im Kerker erzählte!« Cords Empörung war echt, und auch Adrian war fassungslos. Hartwig Vresdorp schreckte offenbar vor keiner Schandtat zurück.

»Wir müssen sie aus dem Kerker holen«, sagte er sofort.

»Ja, Herr, das müsst Ihr, und zwar so schnell wie möglich. Ich wollte zu ihr, sehen, ob ich helfen kann. Konnte ich natürlich nicht, aber immerhin durfte ich kurz zu ihr in den Kerker. Sie ist schwer verletzt, Kälte und Nässe setzen ihr arg zu«, sagte Cord sorgenvoll.

Als Adrian aufbrechen wollte, bremste er ihn: »Heute werdet selbst Ihr dort nichts mehr ausrichten können. Aber morgen in der Frühe, da können wir hin.« Er strich sich über die Glatze. »Was bin ich nur für ein Koch! Ihr müsst hungrig sein! Ich bereite Euch schnell eine Mahlzeit.«

Während Cord das Fladenbrot vorbereitete und eine Gemüsesuppe kochte, erkundigte sich Adrian nach seiner Reise nach Wismar.

»Hast du den Schiffer und den Steuermann gefunden? Oder sonst etwas über den Schiffbruch der *Gotthilf* herausbekommen?«, fragte Adrian.

»Das nicht«, sagte Cord. Er sah auf, ließ aber gleichzeitig sein Messer weiter über das Gemüse tanzen, so dass Adrian Angst um die Finger seines Kochs bekam. »Krug um Krug Bier musste ich ausgeben, bis ich endlich jemanden fand, der weiterhelfen konnte.«

Adrian steckte sich ein paar Mandeln in den Mund. Seine letzte richtige Mahlzeit war Stunden her. »Das war sicher eine schwere Aufgabe«, schmunzelte er.

»Das war es, Herr.« Cord grinste. »Dann aber erwähnte jemand einen Händler, der so günstige Waren verkauft, dass sie nur gestohlen sein konnten. Ich bin also hin.« Er warf einige Gewürze in den Topf. »Es war ein Kaufkeller am Hafenrand – voll von beschädigter und minderwertiger Ware! Bei den meisten Fässern war das Kaufmannszeichen herausgehauen. Trotzdem konnte ich bei einigen noch Konrad Vresdorps Merke erkennen. Es war eine kräftige Bestechung nötig, damit der Händler den Mund aufmachte, das könnt Ihr Euch doch sicher denken, Herr?«

Adrian nickte. Wenn Cord das sagte, würde es stimmen.

Während der Koch die Suppe fertigstellte, berichtete er weiter. »Ihr werdet es nicht glauben: Es gibt ein Abkommen zwischen einigen Kaufleuten und den Seeräubern! Es scheint Händler zu geben, die die Piraten gezielt auf die Fahrrouten besonders reich beladener Schiffe hinweisen, um sie ausrauben zu lassen und sich anschließend mit den Freibeutern den Erlös zu teilen. Der Händler hat Andeutungen gemacht, dass die *Gotthilf* heil ist und versteckt wird, bis sich niemand mehr an ihren vermeintlichen Untergang erinnert. Dann soll sie unter einem anderen Namen verkauft werden.«

Cord stellte seinem Herrn eine Schale Suppe hin und legte Brot dazu. Adrian lud ihn ein, sich zu ihm zu setzen und auch etwas zu essen.

Cord war jedoch noch nicht fertig mit seinem Bericht. »Und was die Höhe ist: Die Piraten werden offenbar durch Ratsmitglieder in verschiedenen Städten geschützt, auch hier in Lübeck. Die wollte er jedoch nicht nennen, dafür brauche ich beim nächsten Besuch mehr Geld.«

Cord war zum Rat der Stadt Wismar gegangen und hatte den Händler im Namen seines Herrn angezeigt. Nach einigem Hin und Her hatten die Büttel tatsächlich das Lager geräumt und die Waren beschlagnahmt. Wie es jetzt weitergehen würde, wusste er jedoch nicht.

Adrian dachte angestrengt nach. War es Hartwig Vresdorp

zuzutrauen, dass er das Schiff seines Bruders überfallen ließ? Dessen Waren hätte er doch ohnehin bekommen, was also brachte es ihm ein? Andererseits hätte er einen Großteil an Geschäftspartner wie Adrian abliefern müssen. Diese mussten sich jetzt auf einen Rechtsstreit einlassen, der teuer, langwierig und oft aussichtslos war. Außerdem hatte es vermutlich noch andere Waren an Bord gegeben, die zu Geld gemacht werden konnten. In die Pelze war Konrad Vresdorps Merke eingelegt gewesen, aber wie könnte er, Adrian Vanderen, seine Ansprüche geltend machen? Das würde nur mit Hilfe seines Geschäftsbuches und der Vereinbarungen, die er mit Konrad Vresdorp getroffen hatte, gelingen, dabei war jedoch die Hilfe Hartwig Vresdorps nötig – und hier biss sich die Schlange in den Schwanz. Der unehrliche Kaufmann würde sich selbst freiwillig kaum an den Pranger stellen. Nun war Geschick und gute Planung nötig, und das brauchte Zeit.

Als die Mahlzeit beendet war, sah Adrian die Briefe durch. Viele Geschäfte mussten in die Wege geleitet werden. Aber morgen würde er erst einmal alles daran setzen, Margarete freizubekommen. Für den frühen Morgen erwartete er seine neuen Ziegel, doch dann würde ihn sein erster Weg direkt zum Kerker führen.

Der Karren war so hoch beladen mit Ziegelsteinen, dass Adrian sich fragte, wie das Pferd es überhaupt hierher hatte schaffen können. Müde ließ es den Kopf hängen, scharrte matt mit den Hufen im Staub der Straße, wie viele Zugpferde, die über ihre Kraft hinaus arbeiten mussten.

»Ging doch etwas schneller als gedacht!«, begrüßte ihn der Geselle, der mit dem Lehrjungen zusammen die Ziegel in die Stadt gebracht hatte. »Wo sollen wir sie abladen?«

Adrian wies ihnen den Weg zum Hinterhof, ließ sich sagen, was er ihnen schuldig war, und verschwand im Haus, Cord die Aufsicht über die Lieferung überlassend. Als er seine Geldtruhe aus dem Versteck geholt und geöffnet hatte, erschrak er, obgleich er als guter Kaufmann doch wusste, was ihn erwartete. Er hatte in Lübeck ein Vermögen ausgegeben. Die Reparatur des Schiffes, der Kauf des Hauses, die Waren, nicht zuletzt die Summen, die nötig gewesen waren, um Henrike zu helfen, hatten beinahe sein ganzes Geld verschlungen. Jetzt noch die Zahlung der Ziegelsteine, die für die Herrichtung des Hauses nötig waren, und die Begleichung einiger Waren, und er war blank, wie man so treffend sagte. Zumindest bis die *Cruceborch* aus Brügge zurückkehrte. Doch das durfte nicht passieren, Zahlungsunfähigkeit konnte ein Todesurteil für einen Kaufmann sein, das wusste er.

Denn der Handel auf Treu und Glauben funktionierte nur, wenn der Geldfluss nicht stockte. Der Verlust des Gelovens, der Kreditwürdigkeit, bedeutete fast immer den wirtschaftlichen Ruin, weil einem niemand mehr Geld vorstrecken würde. Und Schulden waren mit Schande verbunden. Andere Käufer würden sich vielleicht in dieser Situation die Zahlung der Ziegelsteine stunden lassen, doch das kam für Adrian nicht infrage. Er wollte selber auch sein Geld bekommen, wenn er eine Leistung erbracht oder etwas geliefert hatte. Er nahm die Münzen heraus und versteckte die Geldtruhe wieder sorgsam. Als er den Berg Ziegelsteine in seinem Hof sah und dem Gesellen das Geld überreichte, lächelte er matt in sich hinein. Nun war er reich an Steinen, aber steinreich war er gewiss nicht mehr.

»Wo ist denn Euer zarter Gehilfe, der Liv? Sollen wir ihn vielleicht mitnehmen?«, erkundigte sich der Geselle grinsend, während er das Pferd schon wieder auf die Straße trieb.

»Der verdient sich woanders seine Sporen«, antwortete Adrian knapp.

Der Geselle lachte laut. »Schade, ich hätte ihm zu gerne den weibischen Gang ausgetrieben!«

Adrian bemerkte Cords fragenden Blick, sagte jedoch nichts. Erst als die Ziegelbrenner den Hof verlassen hatten, erzählte er ihm von dem Ausritt mit Henrike und ihrer Verkleidung. Es war sicher besser, wenn der Koch davon wusste, falls auch noch andere ihn darauf ansprechen würden.

»Hat man denn etwas bei ihr gefunden, was die Anschuldigung beweist?« Der Büttel schüttelte den Kopf. »Und doch habt Ihr sie hier behalten. Eine alte verwundete Frau? Habt Ihr denn gar kein Herz?!«

»Ich tue nur, was man mir aufträgt«, brummte der Mann.

Adrian fixierte ihn. »Ja, ja. Natürlich, Menschen wie ihr tun immer nur das, was man ihnen aufträgt.«

Der Büttel war offenbar nicht gerade mit einem Übermaß an Geist gesegnet, denn er blickte Adrian nur verständnislos an. »Was meint Ihr damit, Herr?«

»Lasst gut sein«, sagte der Kaufmann und reichte ihm einige Münzen. »Das sollte reichen, um meine Köchin freizukaufen. Und nun lasst uns endlich zu ihr.«

Tatsächlich öffnete der Büttel die Pforte.

Es schien kein Beweis gegen Margarete vorzuliegen, sonst hätte er Adrian sicher an die Gerichtsleute verwiesen. Umso mehr erbitterte es den Kaufmann, wie die alte Frau behandelt worden war. Sie folgten ihm durch einen finsteren Gang, von dem verschiedene Zellen abgingen. Margarete lag in einer schmalen Zelle auf dreckigem klammen Stroh und rührte sich nicht. Schon fürchtete Adrian das Schlimmste, doch als er sie ansprach, schlug sie die Augen auf. Allerdings war sie verwirrt. Cord nahm sie auf und trug sie sanft hinaus. Im Lichte des Tages waren blaue Flecken und verkrustete Risse auf Gesicht, Hals und Armen zu erkennen.

»Was für ein Tier dieser Hartwig Vresdorp ist!«, grollte Cord.

Adrian konnte ihm nur zustimmen. »Er ist schlimmer als das«, sagte er und ballte die Hände vor Sorge, wie es wohl Henrike ergangen war. Sicherlich hatte ihr Onkel sie ebenso hart bestraft. Was könnte er nur tun, um ihr zu helfen? »Kümmere du dich um Margarete. Hole einen Medicus, wenn es nötig ist«, wies er Cord an. »Ich muss etwas anderes erledigen.«

Hartwig Vresdorp starrte ihn finster an, er roch sauer nach vergorenem Bier und Erbrochenem. »Was wollt Ihr denn hier?« Adrian Vanderen musste sich beherrschen, um nicht auf den Mann loszugehen. Ein direkter Angriff wäre seinem Vorhaben nicht dienlich, also biss er die Zähne zusammen. Doch da wurde ihm schon die Tür vor der Nase zugeschoben.

»Was für eine unfreundliche Begrüßung für einen alten Geschäftsfreund Eures Bruders. Wollt Ihr mich nicht hineinbitten?«, sagte er und stemmte den Fuß gegen das Holz. Wenn er herausfinden wollte, ob es Henrike gut ging, musste er in dieses Haus.

»Nein«, zischte Vresdorp und presste die Tür gegen das Hindernis.

Jetzt schlug Adrian sie ihm heftig entgegen, Hartwig schwankte zurück.

»Ich habe etwas über die verschwundene Pelzladung herausgefunden. Wenn Ihr also nicht wollt, dass es die ganze Alfstraße mitbekommt, solltet Ihr mich einlassen.«

Hartwig Vresdorp machte ein paar Schritte zurück. Adrian trat ein und sah sich um. Das Haus wirkte verwahrlost, von Henrike war keine Spur zu sehen.

»Wo ist Eure Nichte?«, wollte er wissen.

Vresdorp fletschte die Zähne. »Das geht Euch gar nichts an.«

Adrian legte die Hände an seinen Gürtel, um seinen Unwillen zu bezwingen. »Ich werde Euch nur verraten, was ich herausgefunden habe, wenn Ihr mir sagt, wie es Henrike geht.«

Hartwig Vresdorp kam näher, sein Gesicht verzerrt vor Wut. ›Wage es nur, deine Hand gegen mich zu erheben‹, dachte Adrian. ›Es wäre mir eine Vergnügen, dich dafür zur Rechenschaft zu ziehen, was du Henrike, Simon, Margarete und vermutlich vielen anderen angetan hast.‹

»Es geht ihr gut. Sie wird bald verheiratet sein, dann ist die läufige Hündin endlich aus dem Weg. Aber ich warne Euch. Lasst sie in Ruhe. Meine Nichte hat meine Geduld über Gebühr strapaziert. Ich hätte nichts dagegen, sie aus dem Weg zu schaffen.«

»Das könnt Ihr nicht. Der Rat würde …«

Hartwig Vresdorp lachte haltlos. »Der Rat? Mir doch egal. Für Henrike wäre es ohnehin zu spät. Wenn sie tot ist, ist sie tot. Also, was habt Ihr mir zu sagen?«

Adrian maß ihn mit seinen Blicken. Meinte er es ernst? Würde er Henrike tatsächlich töten? Und wen sollte sie heiraten? Er würde darüber nur Klarheit bekommen, wenn er mit ihr selbst sprach. Bis er das getan hatte, stand Henrikes Sicherheit über allem. Adrian beherrschte sich also mühsam.

»Die Waren aus dem Schiff Eures Bruders wurden in Wismar aufgefunden und beschlagnahmt. Es muss sich um einen Betrug mit Hilfe der Piraten handeln. Die Untersuchung wird Weiteres ergeben. Ich werde auf jeden Fall den Oberhof in Lübeck anrufen«, sagte er kalt. »Wenn Ihr damit zu tun habt, werde ich dafür sorgen, dass Ihr dafür zur Rechenschaft gezogen werdet. Und dann hat es ein Ende mit Euren Untaten.«

Bruno Diercksen nickte Adrian zu, doch seine Mundwinkel blieben heruntergezogen. Er befahl dem Waffenschmied, das Handrohr erneut abzufeuern. Ein Knall hallte über die Hopfengärten. Rauch stieg auf, der Harnisch fiel scheppernd um. Der Lehrjunge lief hin und hielt den Harnisch hoch, Sonnenlicht blitzte durch die zahlreichen Löcher.

»Ein Schuss noch, aus größerer Entfernung«, forderte der Ratsherr. Kritisch beobachtete er, wie der Waffenschmied alles bereit machte.

Adrian stellte sich neben ihn. »Die Seeräuber müssen sich also in Acht nehmen«, sagte er anerkennend.

»Nicht nur die Seeräuber«, brummte Diercksen. »Auch Ihr solltet Euch in Acht nehmen.«

Adrian sah ihn fragend an.

Der Ratsherr schob das bärtige Kinn weit vor. »Einfach so abzuhauen! Euren künftigen Schwiegervater ohne Nachricht zu lassen! Was ist das für ein Benehmen?« Jetzt lächelte er, doch Adrian wusste, dass er den Vorwurf ernst meinte.

»Ich habe zufällig etwas über die beim Schiffbruch verschwundenen Waren herausgefunden und musste dem nachgehen. Offenbar liegt ein Betrug vor.«

Bruno Diercksen rieb seinen Bart. »Zufällig, wie?«, sagte er zweifelnd und fuhr dann gleichmütig fort: »Ich habe es schon von einem Ratskollegen aus Wismar gehört. Unfassbar. Ich werde die Angelegenheit prüfen und die Schuldigen dingfest machen, verlasst Euch darauf.«

Der Waffenschmied signalisierte, dass er bereit sei. Bruno Diercksen hieß ihn, abzufeuern. Wieder durchschlug das Geschoss den Harnisch.

»Doch das ist nicht das Einzige, dem Ihr nachgeht. Zudem kümmert Ihr Euch auffällig um die Vresdorp-Tochter. Das missfällt nicht nur Hartwig Vresdorp. Ich dachte, wir sind im Geschäft«, sagte Diercksen, als der Schuss verklungen war.

»Ich habe ihr in einer Notlage geholfen«, sagte Adrian knapp. »Was Eure Tochter angeht …«

Bruno Diercksen hieb ihm auf die Schulter, grinste vertraulich. »Ich verstehe schon, typisch Junggeselle. Tut sich schwer damit, in den Hafen der Ehe einzukehren. Ich war mal genauso. Aber keine Angst, Drudeke beißt nicht.«

Adrian lächelte verbindlich. »Das glaube ich gern. Eigentlich kenne ich sie ja noch gar nicht richtig.«

Der Ratsherr wies den Waffenschmied an, zusammenzupacken. Adrian bat er, mit ihm einige Schritte Richtung Stadt zu gehen. Der alte Herr hatte sich wieder berappelt, wirkte rüstiger und kraftvoller als noch vor einigen Wochen.

»Dem lässt sich abhelfen«, sagte er. »Der Frühling ist doch die beste Zeit für einen trauten Spaziergang vor der Stadt, oder? Ich will Euch keineswegs drängen – aber lasst Euch auch nicht zu viel Zeit.«

In den nächsten Tagen trieb Adrian Vanderen seine Geschäfte voran. Er beantwortete Briefe und suchte oft aus den verschiedensten Gründen den Hafen auf, wobei sein Weg stets durch die Alfstraße führte, immer in der Hoffnung, Henrike zu sehen. Die junge Frau blieb jedoch verschwunden. Auch zum Kirchgang fand sie sich nicht ein, obgleich Adrian ausnahmsweise kaum eine Messe ausließ. Cord versorgte seinen Haushalt und kümmerte sich um Margarete, deren Verletzungen nur langsam heilten. Im Ratskeller begegnete er ab und an Hartwig Vresdorp, der offenbar inzwischen von vielen Kaufleuten geschnitten wurde. Das Gerücht über seine betrügerischen Machenschaften schien sich herumgesprochen zu haben, auch wenn es bislang zu keiner Anklage gekommen war.

Auch über Konrad Vresdorps Tod hatte er etwas Neues herausgefunden. Er hatte das Gespräch mit dem Ratsmedicus gesucht, der sich an keine Besonderheiten an der Leiche erinnern wollte – dann aber doch die ungewöhnlich verfärbten Lippen erwähnte. War Konrad etwa vergiftet worden? Beim Ratsball hätte Ilsebe sicher Gelegenheit gehabt, ihm etwas in den Becher zu träufeln. Vielleicht hatte jemand etwas beobachtet ... Die Ratsherren beschäftigte jedoch anderes. Noch immer war die Frage der dänischen Thronfolge nicht entschieden. Auch gärte es in manchen Hansestädten, die Handwerker wehrten sich gegen die Politik der Patrizier, Aufstände wie vor einiger Zeit in Braunschweig drohten.

Seine eigenen Geschäfte liefen schleppend. Als er von den Paternostermachern erfuhr, dass er kurzfristig eine größere Menge Rosenkränze aus Bernstein kaufen könnte, weil ein anderer Kaufmann ausgefallen war, freute er sich. Die Besorgnis folgte allerdings auf dem Fuß. Um die Paternoster zu bezahlen, würde er seine Geldtruhe vollends plündern müssen. Andererseits würde sein Bruder sich über die Lieferung freuen und sie zu gutem Geld machen können. Wie aber sollte er sich hier über Wasser halten? Er müsste einen Teil seiner Waren verkaufen. Dabei wollte er sich doch mit ihnen auf eine Handelsreise begeben, denn die neuesten Briefe aus den Städten im Osten hatten ihm noch einmal deutlich gemacht, dass er sein Handelsnetz nur persönlich knüpfen konnte. An einer Reise nach Reval, Riga und Dorpat noch in diesem Frühjahr oder Sommer schien kein Weg vorbeizugehen.

Ein Brief seines Bruders, den ein Händler aus Brügge mitgebracht hatte, setzte ihn noch weiter unter Druck. An Sina, seiner ältesten Schwester, hatte ein Kaufmann Interesse bekundet, der im Wollhandel mit England erfolgreich war. Jetzt müsste nur noch die Mitgift stimmen. Wie viel Adrian in kurzer Zeit aufbringen könnte, wollte Lambert wissen. Die Last lag schwer auf Adrians Schultern, Schlaflosigkeit plagte ihn. Immer wieder überlegte er, wie er genügend Geld für Sinas Mitgift aufbringen könnte. Eine einfache Lösung gab es: Wenn er Drudeke Diercksen heiraten würde, wäre er mit einem Schlag alle Sorgen los. Doch seine Liebe galt ohne jeden Zweifel Henrike Vresdorp. Stets schlug sein Herz schneller, wenn er an ihrem Haus vorbeiging. Von ihr gab es jedoch kein Lebenszeichen.

24

Henrike hatte jede Wand nach einer Ritze und alle Bohlen nach einer Lücke abgesucht. Sie hatte an der Tür gerüttelt und gezogen, doch aus dieser Kammer gab es kein Entkommen. Auch ihre Haarnadeln nützten ihr diesmal nichts, da von außen zusätzlich ein Balken vorgelegt worden war. Und gegen den käme sie beim besten Willen auch dann nicht an, wenn ihr Körper nicht so schmerzen würde, wie er es tat. Seit Hartwigs Schlägen waren bereits einige Tage vergangen, aber noch immer war ihr Gesicht so geschwollen, dass sie kaum aus den Augen blicken konnte.

Als ihr Onkel und ihre Tante sie im letzten Herbst einsperrten, war Henrike verzweifelt gewesen. Aber inzwischen war alles noch viel schlimmer gekommen, und sie hatte kaum noch Hoffnung auf Besserung. Hartwigs Drohungen klangen ihr noch im Ohr und sie wusste, dass er rücksichtslos genug war, sie auch umzusetzen. Ihre Gedanken wanderten zu Simon. Er hatte schon unter Nikolas zu leiden; wenn sich nun auch noch Hartwig mit seiner ganzen Boshaftigkeit gegen ihn stellen würde – nein, das wagte sie sich nicht vorzustellen! Sie hoffte, dass es wenigstens Asta besser ging. Wie gerne würde sie ihr schreiben!

Sie hörte Schritte und zog sich in die hinterste Ecke ihrer Pritsche zurück. Es war eine schmale Kammer ohne Fenster, die Pritsche nahm mehr als die Hälfte ein. Ihr Vater hatte sie als Unterkunft für auswärtige Handelspartner anbauen lassen, für einfache Kaufleute oder Handwerker. Es gab nur die Tür und schmale Luftschlitze unter dem Dach, durch die fahles Licht fiel.

Der Riegel wurde beiseitegeschoben, und Sonnenlicht fiel

grell durch die Tür. Henrike kniff die Augen zusammen, hob schützend die Hand. Sie musste sich erst wieder an die Helligkeit gewöhnen. Ein breiter Schatten durchschnitt das Licht.

»Sie sieht ja noch schlimmer aus, als ich dachte«, hörte sie ihre Tante Ilsebe sagen und glaubte, einen erfreuten Unterton in ihrer Stimme zu hören. Sie konnte aber das Gesicht nicht erkennen. Ein weiterer Schatten zeigte sich neben ihr.

»Hab's doch gesagt, Herrin.« Rotger.

Henrike wurde schlecht.

»Sie hat nur bekommen, was sie verdient hat. Wenn es nach mir gegangen wäre, sähe sie noch schlechter aus.«

»Sicher, Herrin.« War Rotgers Ton ihrer Tante gegenüber schon immer so demütig gewesen?

»Wenn man von ihren Schandtaten hört, möchte man sie sofort ins Kloster sperren und für den Rest ihres kümmerlichen Lebens hinter dicken Mauern verschwinden lassen. Wenn das nur nicht so teuer wäre!« Ein theatralisch hervorgebrachter Stoßseufzer. »Einfach zu Asta rennen und ihr helfen wollen! So ein unartiges Mädchen. Dabei wollen Hartwig und ich nur das Beste für den Gutshof.«

Henrike hielt es nicht mehr aus. »Indem ihr den Hof überfallen und Asta fast umbringen lasst? Oder indem ihr diesen grässlichen Verwalter einsetzt? Von dem Überfall auf Katrine ganz zu schweigen!«, brauste sie auf.

Der Schatten ihrer Tante zuckte leicht. »Wer bitte ist denn Katrine? Mit Gesinde gebe ich mich nicht ab.« Ein Lachen war zu hören, das Henrike das Blut in den Adern gefrieren ließ. »Na, schön. Sie hat offenbar immer noch nicht genug. Rotger?« Der Mann ließ sich neben Henrike auf die Knie fallen und gab ihr pflichtschuldigst eine Ohrfeige. Ilsebe Vresdorp fuhr ungerührt fort. »Wenn wir der Unzucht auf dem Hof ein Ende setzen und einen Verwalter berufen, so ist das unsere Sache. Die Idee mit dem Überfall hatte Grapengeter. Er konnte es nicht erwarten, sich endlich ins gemachte Nest zu setzen. Wir haben nur etwas nachgeholfen. Für uns ist das nur gut. Grapengeter wird die Arbeiter härter rannehmen und so mehr aus dem Gutshof herausholen.« Sie machte eine Pause. »Du hast dich nicht einzumischen. Du hast auch keine Fremden in unsere Angelegenheiten zu verwickeln. Bis du das begreifst, werden wir dich strafen müssen. Du kannst sicher sein: Uns macht das nichts aus, nicht wahr, Rotger?«

Verschwommen sah Henrike, wie Ilsebe die Hand unter das Kinn des Gehilfen legte und sein Gesicht zu sich drehte, als sei er ein Tier, dessen Zähne sie prüfen wollte. Hündisch bewundernd sah Rotger die Matrone an.

»Und wenn dein Bruder zurückkehrt, werden wir gezwungen sein, ihn für deine Widerspenstigkeit leiden zu lassen, bis du dich endlich besinnst. Wenn es euer beider Leben kostet, umso besser. Wir weinen euch keine Träne nach.«

Henrike begann unkontrolliert zu zittern. Sie bekam kaum mit, wie ihre Tante und Rotger die Kammer verließen.

Als Janne ihr am nächsten Tag das Essen brachte, bat Henrike die Köchin, ihrer Tante zu sagen, dass sie sich besonnen habe. Um ihr eigenes Leben fürchtete sie nicht, aber Simons Leben konnte sie nicht auch noch riskieren. Sie müsste sich fügen und auf Besserung hoffen. Irgendwann würde Hartwig Vresdorp für seine Betrügereien zur Rechenschaft gezogen werden. Irgendwann wäre Simon alt genug, um die Verantwortung für sie beide zu übernehmen. Sie musste nur durchhalten. Sasses Bericht klang ihr noch im Ohr. Wie sich Tante Ilsebe mit ihren Untaten gerühmt hatte! Sie würde nie herausfinden, was ihrem Vater wirklich geschehen war, wenn sie in dieser Kammer bleiben musste. Und ihre Tante mit dem zu konfrontieren, was Asta herausgefunden hatte, brachte nichts. Es gab keinen Beweis dafür, dass sie wirklich einen Ratsherrn zu Fall gebracht hatte und dass dieser Ratsherr ihr Vater gewesen war. Dennoch musste die Wahrheit ans Licht, die Gerechtigkeit musste siegen. Dafür wäre Hilfe aus dem Rat von Nöten, und dafür musste sie mehr wissen. Diesem Ziel musste sie ihren Stolz und ihren Hass unterordnen, vorerst zumindest.

Rotger brachte Henrike mürrisch zu ihrer Tante, es schien ihm nicht zu passen, dass sie ihr Gefängnis verlassen durfte. Ilsebe Vresdorp schrieb Henrike vor, wie sie sich zu verhalten habe, wenn sie am normalen Leben teilnehmen wollte. Henrike hätte am liebsten vor Verzweiflung gelacht. Als ob es für sie noch ein normales Leben gab! Die Gebote ihrer Tante waren keine Überraschung: Henrike sollte gehorchen, schweigen, jeden Kontakt mit Fremden meiden, sonst werde es ihr und Simon übel ergehen.

Und Henrike versprach es.

In den nächsten Tagen wurde sie behandelt wie eine Dienstmagd. Sie wusch und schrubbte, bis ihre Finger brannten, half in der Küche und bediente bei Tisch. Im Haus waren nur Ilsebe und Hartwig, Rotger und die Köchin. Telse schien noch in Stralsund zu sein, aber niemand sprach von ihr, und so fragte Henrike auch nicht nach. Sie trug gerade eine Platte mit gesottenem Aal auf, als es an der Tür klopfte. Tante Ilsebe gab Henrike einen Wink, und sie öffnete.

Ein Mann trat ein, doch Hartwig Vresdorp sah kaum auf und rief stattdessen nur mit vollem Mund: »Wir haben alles bezahlt, was wir können. Mehr geht nicht. Kommt in ein paar Monaten wieder!«

Seine Ehefrau, die genauer hingeschaut hatte, stieß ihn mit dem Ellenbogen an. Der Besucher trug Reiterkleidung. Sein

Haar war vom Wind zerzaust, die Stiefel vom Straßenkot befleckt. Es war ein Bote. Seine Worte bestätigten diesen Eindruck.

»Ich bringe Euch Nachricht von Eurem Gehilfen Jost. Er wird in Schonen festgehalten«, sagte er.

Der Bote reichte Hartwig Vresdorp einen Brief. Dieser spülte seinen Bissen mit einem tiefen Schluck herunter und wischte sich die fettigen Finger notdürftig an seinem Wams ab, bevor er ihn annahm. Er schnaufte unwillig, während er las.

Als er wieder aufsah, sagte der Bote kühl: »Euer Gehilfe wird so lange in unserem Gewahrsam bleiben, bis Ihr zahlt.«

»Das ist Erpressung!«, protestierte ihr Onkel.

»Und das was Ihr macht, ist Betrug«, gab der Bote achselzuckend zurück.

Hartwig bleckte die Zähne. »Ihr könnt ihn behalten. Gehilfen gibt es wie Sand am Meer.«

Hart stellte Henrike die nächste Schale ab. Nicht nur, dass Jost gefangen gehalten wurde, weil sein Herr betrogen hatte, er wurde nun auch noch fallengelassen. Aber dieses Verhalten passte zu ihrem Onkel.

»In diesem Fall liefern wir ihn an den Rat aus. Dann könnt Ihr Euch vor den Ratsleuten rechtfertigen«, sagte der Bote gleichgültig und wandte sich ab. »Wie auch immer. Morgen früh komme ich wieder. Vielleicht überlegt Ihr es Euch bis dahin ja noch.«

Hartwig Vresdorp knüllte den Brief zusammen und warf ihn ins Feuer, dann zog er sich in die Dornse zurück. Tante Ilsebe folgte ihm, ihre Wangen bebten vor Wut.

Henrike nutzte den unbeobachteten Moment. Sie huschte durch den Keller, eilte zu der Luke an der Schreibstube und legte das Ohr an das Holz.

»Was ist hier eigentlich los?«, hörte sie ihre Tante fauchen. Ein unwirsches Brummen, dann ein Schlag und ein hohles Klonken. »Schluss mit dem Suff! Du wirst mir erklären, was hinter dem Brief steckt! Den Böttcher hatte ich doch ruhiggestellt.«

»Der Böttcher hat damit nichts zu tun.«

»Wer dann?« Der Ton der Tante war scharf.

»Ich habe Schulden bei einem Händler in Schonen«, war Hartwig Vresdorps zerknirschte Stimme zu hören. »Habe seine Fische gekauft und noch nicht bezahlt. Ich wollte ja, aber dann kam das mit den Fässern und den Bestechungsgeldern dazwischen. War kein Geld mehr übrig für Schonen.«

»Und warum hast du dann Jost hingeschickt?«

»Dachte, er könnte den Händler mit ein paar Waren und einer Anzahlung besänftigen. Bekomme ich jetzt wieder Wein?« Der Onkel klang weinerlich.

»Noch nicht. Um wie viel geht es?« Hartwig nannte eine Summe, die Henrike schwindeln ließ.

Die Tante, entschlossen: »Dann verkaufen wir die Krambude.«

Die Stimme des Onkels war matt. »Ist schon weg.«

Henrike schnappte nach Luft und schlug die Hand vor den Mund, aus Angst, einen Laut von sich zu geben, der sie verraten könnte. Die Untaten und Schulden des Onkels waren wie ein Fass ohne Boden. Alles würde dieses Fass verschlingen, was sie besaß, alles.

»Der Ratsherr wollte immer mehr, damit er das Maul hält.«

Ein Ratsherr war auch in den Betrug verwickelt, hatte sich bestechen lassen? Henrike war fassungslos.

»Aber der fingierte Schiffbruch?« Ilsebes Tonfall war schrill geworden.

»Hat nicht ausgereicht. Außerdem gibt's da auch schon wieder Schwierigkeiten. Vanderen ist dahintergekommen. Und das bedeutet, wir brauchen neue Bestechungsgelder.«

»Dieser verdammte Vanderen! Und jetzt heiratet er auch noch Diercksens Tochter. Da kommen ja die Richtigen zusammen!«

Henrikes Herz setzte einen Schlag aus. Adrian würde Drudeke heiraten? Auch er war verloren, für sie zumindest? Der Mann, der an ihrer Seite gestanden hatte, in den sie sich hoffnungslos verliebt hatte? Und sie konnte es ihm nicht einmal verdenken. Drudeke war hübsch, ihr Vater wohlhabend und einflussreich. Mit dieser Heirat würde er in Lübecks erste Gesellschaft aufrücken und gleichzeitig die Zukunft seiner drei Schwestern sichern. Sie hingegen war ein Niemand, arm und unbedeutend. Schlimmer noch, ihre Verwandten drohten den Ruf der Familie zu ruinieren, so dass irgendwann keiner mehr Handel mit ihnen treiben würde. Henrike war zum Weinen zumute, doch sie hatte keine Tränen mehr.

Die Schlussfolgerung ihrer Tante versetzte ihrer letzten Hoffnung vollends den Todesstoß: »Dann haben wir nur noch eine Möglichkeit. Dieses Haus muss weg.«

Zwei Tage vor Ostern zogen sie aus der Alfstraße aus. Das Haus, in dem Henrike aufgewachsen war, in dem sie mit ihrem Vater und ihrem Bruder eine glückliche Zeit verbracht hatte, war an den Händler aus Schonen verpfändet worden. Henrike ließ noch einmal die Finger über die Kratzer und Risse in dem Handlauf der Treppe wandern. Täglich waren sie hier gegangen, hatten sie sich hier festgehalten. Sie ging die Stufen empor. Auf dem Speicher hatte sie mit Simon gespielt, ihren Vater bei der Arbeit beobachtet, wissbegierig alles aufgesogen, was er ihr erklärt hatte. Jetzt waren die Räume leer und verstaubt. Der Herd war kalt, zum ersten Mal seit vielen Jahren. Wie oft hatte ihr Vater am Kamin gesessen und seinen Harnisch poliert, während ihre Stiefmutter aus dem Psalter vorlas! Das Herz war ihr schwer. Vorbei, alles vorbei, aber nicht vergessen.

Draußen strich sie zärtlich über die Verzierungen der Beischlagwangen, mit Tränen in den Augen sah sie noch einmal an der Front des Kaufmannshauses empor.

Die Tante drängte. Ihre wenigen Halbseligkeiten füllten die

Ladefläche kaum, Bagge, das einzige Pferd, das ihnen geblieben war, würde es leicht haben, den Karren zu ziehen. Leise hörte Henrike das Papier an ihrer Brust knistern. Sie hatte es beim Einräumen an sich bringen können, so hatte sie wenigstens die Möglichkeit, Asta zu schreiben.

Sie würden in Zukunft in dem Haus ihres Onkels und ihrer Tante in der Fleischhauerstraße wohnen. Henrike würde erst einmal in einer Kammer bei den weiblichen Dienstboten übernachten, das hatte ihre Tante schon angekündigt. Zwei Sätze ihrer Tante hatten ausgereicht, um in ihr jeden Widerspruchsgeist zu ersticken: »Wenn Simon und du tot seid, gehört uns sowieso alles. Oder wenn Simon stirbt und du Nikolas heiratest.« Sterben oder ihren verhassten Vetter heiraten – das war wie die Wahl zwischen Hölle und Fegefeuer. Beides würde sie von Herzen gern vermeiden, doch das kleinere Übel würde sie ertragen müssen.

Vier Gestalten kamen ihnen vom Stadttor entgegen, die den schönen Tag wohl für einen Spaziergang genutzt hatten. Mechthild und Bruno Diercksen gingen höflich grüßend voraus, gefolgt von Drudeke Diercksen und Adrian Vanderen. Henrikes Brust wurde so eng, dass sie kaum atmen konnte; zugleich hatte sie die Warnung ihrer Tante noch im Ohr. Sie starrte zu Boden, während sie mit weichen Knien Fuß vor Fuß setzte, doch Adrian sprach sie an.

»Jungfer Henrike, geht es Euch gut?«

Sie sah kurz auf, sein Blick war ehrlich besorgt. Wie gerne hätte sie ihm die Wahrheit gesagt, hätte sich in seine Arme gestürzt, sich von ihm trösten und schützen lassen! Doch sie durfte es nicht. Ihr wurde klar, dass er Zeuge ihres Niederganges wurde, und Schamröte schoss ihr in die Wangen. Zugleich spürte sie einen scharfen Stich im Herzen.

»Natürlich geht es ihr gut. Sie wird meinen Sohn Nikolas heiraten und nach Dorpat ziehen. Die beiden werden dort einen

Handel eröffnen«, sagte ihre Tante in herrschaftlichem Ton, der in krassem Gegensatz zu dem traurigen Bild stand, das sie alle gerade abgeben mussten.

Das Grauen vor der Zukunft packte Henrike mit einem Schlag. So weit waren die Pläne ihrer Tante und ihres Onkels also schon gediehen!

»Aber Henrike, ist das wirklich Euer Wunsch?«, fragte Adrian befremdet.

»Ich verbiete Euch diesen vertraulichen Ton meiner Nichte gegenüber!«, fuhr Ilsebe Vresdorp ihn an.

Jetzt war das Ehepaar Diercksen zu ihnen getreten. Ihre Tante zog Henrike mit sich, sie wollte diese Begegnung wohl vermeiden.

Doch Adrian ließ nicht locker. »Henrike!«, rief er ihr nach.

Sie blickte sich noch einmal zu ihm um, sah Adrian und Drudeke nebeneinander stehen. Sie waren ein schönes Paar. Sie würde tapfer sein müssen. Für Simon, für sich.

»Ich werde tun, was meine Pflicht ist. Und nun lebt wohl, Herr Vanderen.«

Adrian war es, als ob tief in seinem Innern etwas zerbräche. Henrikes Anblick war herzzerreißend gewesen, aber ihre Worte hatte sie klar und fest hervorgebracht. Es konnte keinen Zweifel geben, dass sie es ernst gemeint hatte. Zu seiner Familie stehen, seine Pflicht tun – was das bedeutete, wusste er selbst nur zu gut. Durfte er sich in ihre Belange einmischen, wenn sie es doch nicht wollte? Nein, das durfte er nicht. Er musste sie aufgeben und vergessen, so schwer es ihm auch fallen würde. Adrian dachte an die Heiratspläne seiner Schwester. Immer wieder hatte er überlegt, wie er die Mitgift aufbringen könnte, aber es gab nur eine Lösung. Er stand seiner Familie gegenüber in der Schuld, war verpflichtet, sein eigenes Glück dafür hintanzustellen. Er würde nicht so handeln wie seine Eltern, die ihre Kinder sich selbst überlassen hatten.

Henrike hatte an dem wunderschönen Tag am Fluss nach seinen Eltern gefragt, und stillschweigend hatte er sie glauben lassen, dass sie tot seien. Doch das war nur die halbe Wahrheit. Sein Vater hatte sich tatsächlich totgesoffen. Aber seine Mutter, die immer weggeschaut hatte, wenn ihr Mann die Kinder verprügelte, war nach dessen Tod in tiefer Trauer versunken und hatte sich in ein Kloster zurückgezogen. Wie es mit ihren Kindern weitergehen würde, hatte sie nicht gekümmert. Adrian hatte ihr Verhalten nicht verstanden, hatte trotz allem noch einen Funken Mutterliebe verspürt. Doch als sie jeglichen Kontakt mit ihren Kindern abbrach, war langsam auch dieser erloschen. Nein, er war anders, er müsste zumindest versuchen, seine Pflicht zu tun.

»Wo auch immer Ihr in Gedanken seid, Herr Vanderen, hier seid Ihr nicht.«

Adrian sah auf. Sie hatten Bruno Diercksens Haus erreicht. Er hatte gar nicht mitbekommen, wie sie den Rest des Weges zurückgelegt hatten. Drudeke Diercksen blickte ihn blinzelnd an. Sie war aufwändig geschminkt und frisiert wie stets, sah eher nach einem Ball als nach einem einfachen Ausflug aus. Während des Spaziergangs hatte sie ständig die Verdienste ihres Vaters gerühmt. Adrian hatte es mit ihrer Unsicherheit entschuldigt, er fand Drudekes kindliche Bewunderung beinahe rührend. Immer wieder hatte er versucht, andere Themen anzuschneiden, aber es gab nur wenig, was sie zu interessieren schien, jung und unbedarft, wie sie war. Mechthild Diercksen wollte sich in ihr Gespräch einmischen, doch ihr Mann, der schon an der Tür stand, rief nach ihr.

»Ich war nicht sehr höflich«, entschuldigte sich Adrian bei Drudeke, als sie allein waren.

Die junge Frau war über einen Kopf kleiner als er, ihre großen Augen blickten ernst. »Henrike Vresdorps Schicksal scheint Euch recht nah zu gehen«, stellte sie fest.

»Ist das ein Wunder? Ich kannte ihren Vater gut«, sagte er schärfer, als er es vorgehabt hatte. Die Gefühle, die in ihm tobten, ließen sich nur schwer bezwingen.

Drudeke schlug die Lider nieder. Ihre Stimme war dünn, als sie wieder sprach. »Ich wollte Euch nicht erzürnen. Ich wollte Euch nur sagen …«, sie zögerte. »Ich weiß, dass Ihr mich nicht liebt. Ich weiß, dass mein Vater eine hohe Mitgift bietet. Aber ich kann Euch sagen, dass Ihr mir gefallt und ich mir alle Mühe geben will, Euch zu gefallen.« Sie wandte sich ab und lief die Treppen hinauf ins Haus.

Adrian sah ihr nach, verwirrt und beschämt zugleich. Drudeke war hin- und hergeschoben worden, wie ein Spielstein. Er und ihr Vater hatten beinahe über sie verhandelt wie über eine Ware. Wie es ihr dabei ging, hatte niemand gefragt, auch er nicht. Dabei ging es hier nicht um Waren, es ging um Menschen und ihre Gefühle. Und er hatte die verdammte Pflicht, diese auch ernstzunehmen. Er musste dringend für klare Verhältnisse sorgen und Bruno Diercksen sagen, dass er in die Verlobung einwilligen würde.

25

Bergen, April 1376

»Bergen voraus!«

Die Kogge hatte den Inselgürtel passiert, der die Stadt vor der offenen See schützte. In der Ferne waren vor den hochaufragenden Felsen ein trutziges Gebäude, fünf Kirchtürme und unzählige Holzhäuser zu sehen. Simon stürzte mit Claas an die Reling, versuchte jede Einzelheit des Ortes und seines so berühmten Hafens aufzunehmen, in dem heute viele kleine Schiffe lagen. Bergen – Krönungsstadt, königliche Residenz, Bischofssitz und vornehmster Handelsplatz Skandinaviens! Dreiundvierzig Tage waren sie unterwegs gewesen, hatten gerade das Osterfest auf See gefeiert. Die Kogge war zwar nicht langsam, sie hatten aber oft auf günstige Brisen warten müssen. Zudem hatten westliche und nordwestliche Winde das Passieren der Meerengen Kattegat und Skagerrak enorm erschwert. Von Seeräubern waren sie verschont geblieben. Nur einmal war ihnen ein verdächtiges Schiff gefolgt; sie hatten ihm jedoch entwischen können.

Im Gegensatz zu seinem Vetter, dem die »ewige Schipperei« längst zum Halse heraushing, hatte Simon die lange Passage wenig ausgemacht. In Claas hatte er einen Freund gefunden, auch mit Liv und Bernhard Steding, dem Kaufmann, der damals im schlimmsten Sturm an Deck geblieben war und ihnen geholfen hatte, hatte er sich oft unterhalten. Überdies war seine Arbeit abwechslungsreicher geworden. Seit sie durch das gefährliche Seegebiet Norwegens fuhren, waren sie regelmäßig vor Anker gegangen. Der Koch hatte die Jungen stets mitgenommen, um an Land Wasser zu beschaffen und Gemüse zu kaufen. Die Menschen, die mit ihnen handelten, freuten sich über ihre Ankunft und versuchten sich mit Hilfe von Händen und Füßen mit ihnen zu unterhalten. In diesem Teil der Welt schienen die Winter lang und einsam zu sein, Besuch war selten und wurde gern gesehen. Auch die Landschaft hatte Simon gut gefallen. Die kleinen, dem Festland vorgelagerten Inseln, grüne oder graue Tupfen im Blau. Die unvermittelt hoch aufragenden Berge, mal wolkenverhangen, mal zum Greifen nah. Tiefe Fjorde, in denen sich das Schmelzwasser in einem Wasserfall herabstürzte und mit dem Meer vereinigte.

Nun erkannte er die ersten Menschen am Kai, kleine Punkte, die sich rasch vermehrten.

»Ah, sie kommen geströmt. Dann leiden sie Hunger. Gut für uns«, hörte er eine wohlbekannte Stimme hinter sich. Nikolas grinste breit. »Demnach haben es in diesem Frühjahr noch nicht viele Koggen bis nach Bergen geschafft, vielleicht sind wir sogar die erste. Dann wäre der Hunger noch größer, und der Preis, den wir für unser Getreide erzielen könnten, noch höher.« Er wandte sich Simon zu: »Hör gut zu, dann lernst du was.«

Doch Simon hatte bereits gelernt, dazu brauchte er seinen Vetter nicht. Er wusste, dass die Sommer hier im Norden kurz waren, dass das Getreide auf den Feldern durch den vielen Regen schnell verdarb. Dafür gab es hier den Bergenfisch, Kabeljau von den Lofoten. Dieser wurde in Bergen getrocknet und gehandelt und war in vielen Ländern hoch begehrt, vor allem in den Fastenzeiten, und davon gab es nun mal im christlichen Abendland von Norwegen bis Spanien reichlich. Um den Fisch haltbar zu machen, brauchten die Norweger Salz. Aber auch Wein, Bier und Getreide wurden von den Hansekoggen in großer Menge hierher gebracht. Wie mühsam es für die Seeleute gewesen war, das Getreide vor dem Verfaulen zu bewahren, hatte Simon in Erstaunen versetzt. Immer und immer wieder musste es gewendet werden, denn feuchtes Getreide entwickelte eine große Hitze und konnte zu einem Schwelbrand führen. Das

Schaufeln war eine ebenso schwere Knochenarbeit wie das Pumpen.

Bernhard Steding gesellte sich zu ihm. Er hatte Nikolas' Worte mitbekommen, das zeigte der verächtliche Blick, mit dem er Simons Vetter bedachte. »Aus dem Leid der Menschen größtmöglichen Profit zu schlagen ist nicht besonders gottgefällig. Auch macht es die Hansen im Ausland unbeliebt«, sagte er.

»Vor allem macht es die Hansen reich«, entgegnete Nikolas blasiert. »Wie es mich reich machen wird, während Kleinkrämer wie du ihren Stand nie verbessern werden. Aber du bist ja auch nur der uneheliche Sohn einer Frille.«

Simon hatte dieses Wort noch nie gehört, aber Bernhard Stedings Reaktion bewies ihm, dass es nicht schmeichelhaft war. Der Kaufmann lief rot an, seine Hände zuckten. Simon schämte sich durch Nikolas' Verhalten. Er wusste, dass Stedings Familie in Bergen lebte und er sich sehr auf das Wiedersehen freute. Schon rechnete er damit, dass eine Schlägerei ausbrechen würde, doch Steding beherrschte sich.

»Gott wird uns richten, nicht der Mensch«, sagte er.

Nikolas wirkte beinahe enttäuscht. »Na, dann brauche ich mir ja keine Sorgen zu machen«, gab er spöttisch zurück.

Bernhard Steding stützte sich auf die Reling, starrte in die Landschaft, seine Kieferknochen mahlten.

Simon versuchte, das Gespräch auf etwas Unverfänglicheres zu richten. »Wenn man auf Bergen zufährt, wundert es einen nicht, dass die Stadt so weithin bekannt ist. Ein geschützter Hafen, genau richtig für Fischer und Kaufleute. Dahinter die Berge und vermutlich Flüsse, also Trinkwasser. Eine bessere Lage gibt es wohl kaum.«

Steding hob den Arm, zeigte auf die Holzhäuser und die Reihe von Piers, zwischen denen sich Anlegeplätze für Schiffe befanden. Während er sprach, wuchs ein kleines Lächeln in seinem Gesicht, das mit jedem Satz breiter wurde.

»Auf dieser Seite der Vågenbucht leben die Reichen und die Mächtigen der Stadt. Da ist das Viertel Tyskebryggen, die Deutsche Brücke. Es besteht aus etwa dreihundert Häusern, die von Deutschen bewohnt werden. Daneben ist die Mariakirke, die Lieblingskirche der Deutschen, und die königliche Festung Bergenshus. Auf der Südseite der Bucht leben die Einheimischen. In der Mitte ist der Torget, der Marktplatz, der die beiden Stadtviertel verbindet«, erklärte Bernhard Steding. »Bergen ist eine uralte Handelsstadt. Nicht nur wegen des Stockfisches. Hierher bringen auch die Gutsbesitzer im Dienste des Königs ihren Zehnten, und alles, was an Gütern übrig ist, kommt in den Handel. Außerdem erreicht man von Bergen aus über die offene See England, Island und Grönland.«

Simon sah den Möwen zu, die das Schiff umkreisten, eine war ganz in ihrer Nähe auf der Reling gelandet. »Findest du es eigentlich richtig, dass die Hansen nicht weiter nördlich als bis Bergen segeln dürfen?«, erkundigte er sich.

Bernhard Steding zuckte ratlos die Achseln. »Ich kann nur schwer darüber urteilen, stehe ich doch zwischen den Ländern, bin vom Herzen her halb Norweger, halb Deutscher. Aber schon jetzt sind die Hansen den anderen Kaufleuten überlegen. In Tyskebryggen geben vor allem die Lübecker den Ton an. Jeder fünfte in Bergen ist heute schon ein Deutscher. Es muss Regeln geben, damit die Hansekaufleute den Handel nicht ganz an sich reißen und dadurch die Norweger in Abhängigkeit bringen. Eine der Regeln ist das Verbot, von Bergen aus weiter nördlich oder westlich zu fahren, die andere Regel verbietet den Hansen den Kleinhandel.«

Simon wusste, dass die Waren der Hansen mehr Wert besaßen als das, was die Norweger bieten konnten. Denn die Schiffe aus dem Süden brachten Getreide, Malz, Bier, Wachs, Hanf, schwedisches Eisen, Teer und Pech, während die Einheimischen kaum mehr als Stockfisch, Tran, getrockneten Lachs und Seeforellen zu bieten hatten. Deshalb blieben die Fischer oder Norderfahrer ihnen stets etwas schuldig und mussten versprechen, im nächsten Jahr eine bestimmte Menge Bergenfisch zu liefern. Es war ein Kreislauf, der sich nur schwer durchbrechen ließ.

Sie näherten sich dem Pier. Die Seeleute machten schon die Taue zum Anlegen bereit. Das Schiff schrammte leicht am Holz, die Seile wurden an Land geworfen. Unruhe machte sich unter den Kaufleuten breit. Nach wochenlanger Untätigkeit hatten sie ihr Ziel erreicht, und nun schien es sie keine Sekunde länger auf dem Schiff zu halten.

Bernhard Steding legte Simon die Hand auf die Schulter. »Meine Familie lebt in der Nähe des deutschen Viertels. Wenn du also mal Hilfe brauchst, frag nach mir.«

Nikolas schob Bernhard Steding beiseite und trat zwischen sie. »Deine Hilfe braucht er nicht«, raunzte er dem Kaufmann zu.

Steding beugte sich ungerührt an ihm vorbei und nickte Simon freundlich zum Abschied zu. »Ich denke, er ist Manns genug, das selbst zu entscheiden.«

Unzählige Menschen standen am Ufer. Arbeiter mit ihren Karren, Kinder, die lachend winkten, Alte mit eingefallenen Gesichtern in einfachen Kleidern, aber auch erstaunlich hübsche Mädchen und Frauen, die auf jemanden zu warten schienen. Als das Schiff anlegte, kam ein Mann an Bord und verkündete, dass niemand, weder Kaufmann, Schiffer, Bootsmann noch sonst jemand, bei zwanzig Talern Strafe Waren kaufen oder verkaufen dürfe, ehe sie nicht in Tyskebryggen gelöscht worden war. Obgleich auch die Einwohner von dieser Regel wussten, wurden die Ankommenden doch umringt und angesprochen, während sie abluden. Manche bettelten geradezu um etwas Roggen, der Hunger schien tatsächlich groß zu sein. Immer wieder mussten die Büttel einschreiten, um Verhandlungen zu unterbinden.

Die nächsten Stunden vergingen in großer Geschäftigkeit. Simon wusste gar nicht, wo er zuerst anfassen, aber auch hinschauen sollte, denn da waren ja auch die hübschen Frauen, die bei den Männern, Seefahrern wie Kaufleuten, für Aufsehen sorgten. Der Wippebaum, ein starker Pfosten mit einem Holzbalken, schwang beständig hin und her. Die Waren wurden abgeladen und begutachtet, Zoll in Form von Mehl oder Malz an die Bediensteten von Schloss Bergenshus entrichtet. Schließlich wurden die Fässer und Ballen von Karrenführern in die Pfahlbauten gebracht, die zur Deutschen Brücke gehörten. Nikolas wies Simon an, beim Transport der Waren, die ihnen gehörten, mitanzufassen, als sei er ein einfacher Träger. Auch Claas musste so viel schleppen, dass er unter dem Gewicht schwankte.

Simon verabschiedete sich noch schnell von Bernhard Steding und der Besatzung. Der Koch reichte Simon die Hand. Er würde mit dem Schiffer und der Mannschaft an Bord des Schiffes übernachten und so schnell wie möglich zurücksegeln. Sie wünschten einander Gottes Segen, vielleicht würden sie sich in Zukunft noch einmal über den Weg laufen. Als Simon hinter seinem Vetter auf die geschlossene Front der Holzhäuser zuging, konnte er sich nicht vorstellen, dass hier so viele Menschen lebten. Zwar lag Hof an Hof, doch die Giebel waren schmal. Jedes Haus zierte eine kleine Holzfigur, ein Erkennungszeichen wie ein Engel oder ein Einhorn. Manche Höfe schienen zusammenzugehören. Dann hatten zwei Häuser ein gemeinsames Eingangstor, das in die Wand, an der sie aneinandergrenzten, eingelassen war. Sie näherten sich einem dieser Doppelhöfe. Hier würde für die nächsten Monate ihr Zuhause sein. Aufgeregt betrat Simon zunächst die Packstube auf der Seeseite, einen geräumigen Vorraum, den beide Häuser teilten. Hier hingen Laternen an der Decke und eine große Waage, an den Seiten gab es Treppenaufgänge. Der Leiter des Hofes, Baumeister genannt, nahm sie in Empfang. Nachdem sie alle Waren verstaut hatten, führte er die Neuankömmlinge mit dem Gesellenobmann, der den Namen Otte trug, durch das Kontor. Erst als Simon einen Blick in den langgezogenen Innenhof warf, wurde ihm die Größe der Anlage vollends bewusst. In langen Reihen zogen sich die Gebäude hin. Eine Doppelreihe mit Wohnhäusern und Speichern bildete einen Hof, den sich bis zu fünfzehn Nachbarn, wie die Kaufleute hier hießen, sowie ihre Gehilfen und Lehrjungen teilten. Jeder Hof hatte einen Versammlungsraum, Schötstube oder Schütting genannt, zu dem eine Küche und ein Vorratskeller gehörten. Überdies verfügte jede dieser Anlagen über ein Stück eigener Hafenfläche mit einem Schuppen und Wippebaum.

Die Häuser waren aus einfachen Rundhölzern gefertigt und meist geteert. Durch die Galerien, die sich in den oberen Stockwerken entlangzogen, die Außentreppen und Seilwinden, die sich von den Dächern zu beugen schienen, wirkten die Gebäude noch verwinkelter. Überall roch es nach Fisch. Auch war es sehr kalt. Von der Packstube führte eine Treppe in die Außenstube im ersten Stock. Die Neuankömmlinge zuckten zusammen, als beim Vorbeigehen ein großer, tiefschwarzer Hund auffuhr und kläffend an seiner Kette riss. Es handle sich um den Wachhund, der nachts freigelassen wurde, um den Hof zu bewachen, erklärte Otte. Besonders gern tue er sich an vorwitzigen Lehrjungen gütlich, die nachts unerlaubterweise umherstromerten, fügte der Gesellenobmann feixend hinzu.

In der äußeren Stube sollten die Gesellen und Lehrjungen ihr Essen einnehmen. Hier wurden jedoch auch die Gewichte und Werkzeuge des Hofes aufbewahrt. Von der Decke baumelten lederne Löscheimer, Tranlampen und imposante Trockenfische mit weit aufgerissenen Mäulern. In dem Speiseschrank neben der Tür befand sich ein großes Bierfass, was einige Jungen zu lautstarken Freudenbekundungen hinriss. Ein Stück weiter kamen sie an der Schreibkammer des Kaufmanns vorbei, in der die Geschäfte besiegelt wurden, und auch an anderen Räumen, die für das Kontor genutzt wurden. Die Wand zierte eine Reihe von Glocken, mit denen die unterschiedlichen Kaufleute ihre Arbeiter zusammenrufen konnten; ihre Seile führten in die Galerie.

Der Baumeister wies auf einen Ochsenziemer, der an einem Haken hing, und zählte die Regeln auf, die für das Zusammenleben in der Tyskebrygge galten. Und Regeln gab es reichlich: Kein Lehrjunge, der zum Küchendienst abgestellt war, durfte sich im Feuerhaus die Hosen waschen oder Schuhe schmieren. Die Jungen durften einander nicht an den Haaren ziehen oder schlagen. Niemand durfte des Nachts in der Schötstube schlafen. Niemand durfte seine Füße auf die Bank legen. Lose Frauen, Türmädchen, wie man sie hier nannte, wurden nicht geduldet. Das Tragen von Waffen war verboten. Die Missachtung dieser Regeln wurde bei Lehrjungen durch Schläge mit dem Ochsenziemer geahndet, Gesellen und Kaufleute mussten ihre Strafe in Form von Bier bezahlen. Die Neuankömmlinge, selbst die älteren unter ihnen, warfen sich ängstliche Blicke zu; mit diesem Ochsenziemer wollte keiner von ihnen persönliche Bekanntschaft machen.

Im zweiten Stock wurde der Fischgeruch durchdringender. Hier lagen die Schlafkammern der Kaufleute sowie die Räume der Gesellen und Jungen. Letztere waren fensterlos. Ihre Betten waren in zwei oder drei Reihen übereinander in die Wände gebaut und konnten mit Schiebetüren verschlossen werden. Sie würden sich zu zehnt eine Kammer und zu zweit eine Koje teilen müssen. Simon war auf einmal froh, dass sie auf dem ersten großen Schiff gewesen waren, das Bergen angelaufen hatte, denn noch war es in diesem Hof relativ leer. Andererseits würde auch er sich vermutlich über viele Menschen in einem Raum freuen. Da es im gesamten Hof kaum Feuerstellen gab, würde nur die Enge sie alle warm halten; schon jetzt fror Simon erbärmlich.

Sie gingen auf den Dachboden, wo der Stockfisch in deckenhohen Stapeln lagerte und der Gestank unerträglich war. Schließlich zeigte der Baumeister ihnen am anderen Ende des langgezogenen Grundstücks noch das Feuerhaus, wie die Küche genannt wurde. Sie war groß und wurde anscheinend gemeinschaftlich genutzt, denn an dem Querbalken mit den Kesselhaken baumelten die Grapen in einer langen Reihe. Das Feuer wurde direkt auf dem Fußboden aus Sandsteinplatten entzündet. Es gab nur ein Klappfenster im Dach, welches dazu diente, das Licht hinein- und den Rauch herauszulassen.

Die letzte Station war der Schütting, der einzige Saal, der ordentlich beheizt werden konnte. An den Wänden befanden sich Bänke, die durch Querstücke abgeteilt waren, auch hatte jedes Handelshaus, das diese Schötstube nutzte, einen eigenen Speiseschrank. Mitten im Raum befand sich ein mächtiger Tisch mit einer messingbeschlagenen Platte, auf der Bierkannen standen, und der als Kannenstuhl bezeichnet wurde. Simon war ganz benommen von all den fremdartigen Bezeichnungen, den vielen Regeln und den dunklen und engen Gängen und Winkeln dieses Hauses! Von der Decke hingen wieder die ausgedörrten Fischmumien, ein unheimlicher Anblick. Während er noch darüber nachsann, was das wohl für Fische waren, mahnte Otte sie noch einmal: Über diesen Tisch müssten sich die ungehorsamen Lehrjungen beugen, wenn sie die Schläge mit dem Ochsenziemer empfingen.

Die Führung endete mit der Einteilung der sogenannten Neukommers. Neben der Arbeit für ihre Herren gab es für sie reichlich Pflichten. Das Sortieren, Verladen und Verstauen der Ware war Aufgabe der jüngeren Gesellen. Ältere Lehrjungen, die Schutenjungen, kümmerten sich am Kai um Schuten und Prahme, füllten den Tran um, tonnten Fischrogen ein oder putzten den Stockfisch zurecht.

Simon und Claas wurden zu den Stubenjungen eingeteilt. Sie

waren für die Reinhaltung des Hofes zuständig, mussten die Abfälle beseitigen, den Küchendienst versehen und das Essen auftragen. Noch mehr langweilige Arbeit, dachte Simon und unterdrückte ein Seufzen. Er würde sich zunächst an Nikolas halten müssen, das war seine einzige Möglichkeit, überhaupt etwas über das Geschäftemachen zu lernen. Zum ersten Mal war er froh darüber, dass sein Vetter im Gegensatz zu anderen Kaufleuten, die über bis zu zehn Gehilfen und Lehrjungen verfügten, nur ihn hatte. Er würde kaum auf seine Hilfe verzichten können.

Simon fand Nikolas in der Packstube. Sein Vetter war damit beschäftigt, Säcke auf einen Karren zu laden. »Was willst du hier? Hast du nichts Besseres zu tun?«, meinte er giftig und klopfte sich Staub von seiner frischen Kleidung.

Was hatte er vor, dass er sich gleich umgekleidet hatte?, fragte sich Simon, ließ sich aber nichts anmerken.

»Ich wollte mitanfassen. Die vornehmste Pflicht eines Lehrjungen ist der Dienst an seinem Herrn.«

Nikolas musterte ihn prüfend. Hätte er nur die Spur von Spott in Simons Gesicht entdeckt, hätte er zugeschlagen.

Aber der sah ihn ganz ernst an.

»Nun gut, dann komm«, sagte Nikolas misstrauisch und schritt durch das nach hinten gelegene Tor aus dem Hof. Simon mühte sich, mit dem Karren Schritt zu halten. Sie überquerten eine größere Straße und tauchten in das Gassengewirr der Stadt ein. Viele Holzhäuser waren hübsch angemalt und trugen geschnitzte Figuren auf dem Giebel. Frauen stützten sich auf ihre Fensterbänke und blickten auf die Passanten. Einige hatten derart tiefe Ausschnitte, dass ihre Brüste herauszupurzeln drohten.

Simon schoss das Blut in den Kopf, und er wandte sich seltsam verwirrt ab. Er stolperte seinem Vetter hinterher, der ein

Haus mit einem kleinen Laden ansteuerte, über dem eine Waage hing. Nikolas hielt sich nicht am Fensterladen auf, sondern trat gleich ein. Aus dem Haus waren Freudenlaute zu hören.

»Der junge Herr Vresdorp, endlich!«

Simon schob den Karren über die Schwelle und sah eine blonde, rundliche Frau mit Himmelfahrtsnase und einem Kind auf dem Arm, die seinen Vetter überschwänglich begrüßte. In dem kleinen Zimmer, das Kramladen und Stube zugleich zu sein schien, hingen Waren von der Decke, standen Fässer in den Nischen und lagen Säcke auf dem Boden. Hinter einer schlichten Holzwand konnte er den Feuerschein eines Herdes erkennen, daneben einen Vorhang, der in das Hinterhaus führte. Es roch nach Kräutern, Herdfeuer und dem unvermeidlichen Stockfisch.

Als die Frau ihn erblickte, kam sie auf ihn zu und kniff ihm in die Wange. »Und du, wer bist du?«, fragte sie mit vertrauten Worten, aber einem fremden Zungenschlag.

Nikolas machte eine wegwerfende Handbewegung. »Das ist Simon, mein Vetter, beachte ihn gar nicht.«

Er räusperte sich. »Ist denn dein Ehemann im Hause, Ellin?«

Die junge Frau blinzelte und verneinte. »Habt Ihr uns Getreide mitgebracht? Ihr glaubt gar nicht, wie sehr wir auf den Roggen gewartet haben, der Winter war hart.«

Simon war erstaunt, Nikolas lächeln zu sehen.

»Du siehst glücklicherweise nicht aus, als ob du gehungert hättest.«

Ellin schlug die Augen nieder. Rote Flecken zeigten sich auf ihren Wangen, und Simon fand, sie wirkte reizend, so verlegen.

»Es gibt ohnehin so viele schöne Frauen in Bergen.« Nikolas fuhr mit seiner Zunge über die Lippen.

Ellin wirkte verwirrt. »Möchtet Ihr und Simon einen Krug Bier?«, versuchte sie das Thema zu wechseln.

Simon wollte das Angebot dankend annehmen, doch Nikolas fuhr ihm über den Mund.

»Ich nehme gerne ein Bier. Und Simon, du lädst den Karren ab und gehst zurück zum Kontor. Dort gibt es genug für dich zu tun. Stubenjungen haben immer Arbeit. Vermutlich darfst du den Unrat beseitigen.« Er lachte laut und ließ sich ungefragt auf den hohen Stuhl sinken, auf dem sonst wohl der Hausherr saß.

Ellin nahm es hin. Sie setzte das Kind auf den Boden, wo es einen getrockneten Gänsehals fand, den es schüttelte, dass es rasselte. Die junge Frau wandte sich unterdessen der Küchennische zu. Simon verabschiedete sich höflich und ging hinaus. Wie kam Nikolas dazu, so vertraut mit dieser Ellin zu sprechen? Woher mochte er sie so gut kennen?

Dann kamen ihm Nikolas' letzte Worte in den Sinn. Abfall beseitigen, nicht auch noch das!

Kaum hatte Simon das Haus verlassen, hatte sich Nikolas auch schon wieder erhoben und war zu Ellin in die Küche gegangen. Diese war gerade dabei, Bier in einen Krug zu füllen. Nikolas trat hinter sie, umschlang sie und legte seine Hände um ihre runden Brüste. Weich schmiegte sich ihr Hinterteil an seine Hüften. Seine Erregung nahm zu. Schon drängte er ihre Beine auseinander, ließ seine Hände ihren Körper herunterwandern, zog ihren Rock hoch. Die schöne Ellin. Schon vor zwei Jahren war sie ihm aufgefallen, unschuldig und jung, ein Engel in diesem Viertel, in dem es vor Huren nur so wimmelte. Umgarnt hatte er sie, ihr glänzende Bänder und feine Tücher geschenkt, wie sie sie nie zuvor gesehen hatte. Jungfrau war sie noch gewesen, als er sie im Hause ihres Vaters zum ersten Mal genommen hatte. Sie hatte ihn angehimmelt, bewundert und nie etwas gefordert. Sich mit seinen Versprechungen zufriedengegeben. Dafür war er immer wieder zu ihr zurückgekehrt, auch nach dem Tod ihres Vaters. Sie jetzt wieder zu besitzen war ein wenig wie nach Hause zu kommen.

Ellin kicherte mädchenhaft, versuchte nun ihrerseits, ihn anzufassen und zu streicheln. Er ließ zu, dass sie sich zu ihm drehte, hob sie hoch, so dass sie zum Sitzen kam, legte ihre Brüste frei, weiße Kugeln mit großen Warzen, die er kneten und an denen er saugen konnte, wie es ihm gefiel. Die junge Frau atmete schwer, kümmerte sich weder um das Kind, das hinter ihnen krabbelte, noch darum, dass jemand ihren Laden betreten könnte. Sie hatte ihre Hand in seine Hose geschoben, rieb sich an ihm, dass er es kaum noch erwarten konnte. Er zerrte an seinem Hosenlatz, umfasste ihre Hinterbacken, stieß in sie, immer und immer wieder, was sie laut aufstöhnen ließ. Sie hatte ihren Kopf in den Nacken gelegt, den Mund leicht geöffnet, keuchte mit jedem Stoß, ließ sich gehen, wurde lauter und lauter, bis er ihr schließlich die Hand auf den Mund presste. Er spürte ihre Zunge an seinen Fingern, fühlte, wie sie ihn erst vorsichtig und dann immer heftiger biss. Er stellte sich vor, wie er die Hände um ihren Hals legen und zupressen würde, wie er es schon einmal bei einem anderen Mädchen gemacht hatte, und seine Geilheit nahm noch zu. Gleich, gleich war er so weit! Sicher würde es ihr gefallen, ihr Gesicht würde noch röter werden, noch mehr anschwellen, seine Macht würde sie ausfüllen, beherrschen, bis zuletzt – laut aufstöhnend sackte er über ihr zusammen, stieß noch ein paarmal in sie, halbherzig nur noch, lächelte versonnen, strich mit den Fingern über ihren schönen weißen Hals. Oh ja, das würde er einmal bei Ellin ausprobieren …

»Ich werde nicht mit dem Tran herumpantschen! Ich bin Kaufmann. Mein Vater ist Bruno Diercksen, Ratsherr zu Lübeck!«

Vicus Diercksens Wangen waren rot gefleckt, Schweiß stand auf seiner Stirn. Er schien etwas gegen Tran zu haben, dabei war das Fischöl, das aus der Leber des Kabeljaus gewonnen wurde, ein wichtiges Gut. Beinahe jedes Fass, mit dem Bier nach Bergen geliefert worden war, kehrte mit Tran gefüllt nach Lübeck zurück. Der Gesellenobmann hatte sich vor ihm aufgebaut, die Hände in die breiten Hüften gestützt. Viele der anderen Lehrjungen und Gesellen hatten sich um sie versammelt und beobachteten sie aufmerksam. Es waren auch zahlreiche Handwerker darunter, vor allem Böttcher und Schuster, die für die Hansen arbeiteten. Simon stellte sich ruhig neben den Eingang. Er wollte nicht auffallen, wenn es gleich am ersten Morgen Streit gab.

»Hier erfüllt jeder seine Pflicht. Ob Sohn eines Ratsherrn oder einfacher Kaufmannssohn«, sagte Otte ruhig und reichte Vicus den Ochsenschwanz, der beim Umfüllen des Trans gebraucht wurde. Lief Flüssigkeit daneben, wischte man sie mit dem Ochsenschwanz auf und beförderte sie durch Abstreifen wieder zurück in den Bottich.

Vicus verschränkte die Arme vor der Brust, mit seinem dicklichen Körper wirkte er wie ein schmollendes Kind. »Ich werde mich bei meinem Vater beschweren. Ihr werdet schon sehen, was Ihr davon habt!«

Der Gesellenobmann lachte schallend. »Dein Vater hat dich hierher geschickt, damit du etwas lernst. Ich würde Ärger mit ihm bekommen, wenn ich dich nicht arbeiten ließe.«

»Aber der Tran, ausgerechnet …« Vicus klang weinerlich.

»Ja, ausgerechnet der Tran.« Otte sah Simon an. »Du kannst natürlich auch mit dem jungen Vresdorp tauschen. Der muss mit Claas die Abfälle zusammenkarren und beseitigen.«

Vicus fuhr entsetzt mit der Hand über den Mund. »Also gut, ich kümmere mich um den Tran – aber nur heute!«, lenkte er ein.

Wieder grinste sein Gegenüber. »Tja, auch das hast nicht du zu bestimmen. Auf, auf! Genug geglotzt! An die Arbeit!«, forderte er die anderen auf.

Dann wandte er sich Simon zu. »Willst du auch rebellieren, Kleiner?«

Simon zog die Schulterblätter zusammen und versuchte, sich groß zu machen. Er hatte auf der Schiffsreise Einiges über das Leben in der Tyskebrygge erfahren. Er wusste, dass es hier auch darum ging, die Jungen zu prüfen und zu quälen, und dass die Spiele, die man hier trieb, ganz und gar nicht lustig waren. Und er wusste auch, dass Angst oder Widerstand seine Prüfungen nur verlängern würden.

»Keineswegs, Herr Gesellenobmann«, sagte er tapfer, obwohl es weit unter seiner Würde war, sich mit Unrat abzugeben. »Jeder hat mal klein angefangen, oder? Und auch die unangenehmen Aufgaben müssen erledigt werden.«

Der Mann musterte Simon prüfend und sagte ihm dann, wo er Claas finden würde.

Simon wusch und schrubbte Hände und Oberkörper nach Kräften, und doch kam es ihm vor, als ob der Gestank weiterhin an ihm haftete. Stundenlang hatten Claas und er die Abfälle des Hofes zusammengekarrt und in Kähne geladen, die morgen vor die Stadt gefahren werden sollten. Beim Essen hatten sie nur die kleinsten Portionen abbekommen. Offenbar galt hier das Recht des Stärkeren, und weil Claas noch weniger satt wurde als er, hatte er dem Gefährten etwas abgegeben. Claas hatte sich schon in ihrer Koje verkrochen, aber Simon wollte unbedingt noch den beschämenden Geruch loswerden.

»Brauchst dich gar nicht so zu mühen«, meinte ein älterer Lehrjunge mit blondem, borstigem Haar beiläufig, als er an ihm vorbeiging.

Vermutlich meinte er, dass ihnen allen schon bald der Geruch von Stockfisch so anhaften würde, dass er alle anderen Gerüche überdeckte, dachte Simon und goss sich noch eine Schale Wasser über. Schließlich gab er auf und stieg in die Schlafkammer hinauf. Er hatte gerade den Holzladen geschlossen und den leise schnarchenden Claas beiseitegeschoben, als er das Trommeln vernahm. Waren nicht alle Bewohner des Hofes längst im Bett? Plötzlich wurde der Bettladen aufgerissen. Fremde Hände zerrten Claas und ihn rücksichtslos aus dem Bett. Was wollten die Gesellen von ihnen?

»Was soll das?«, rief er und versuchte, sich aus dem festen Griff zu lösen.

Ein Seil wurde um seine Hüfte geschnürt. Er wollte sich befreien, doch jemand flüsterte ihm zu, dass es glimpflicher abgehen würde, wenn er Tapferkeit bewies; es war der Blonde von eben. Am Seil wurde er mitgezogen wie ein Stück Vieh. Auch Claas hatte man festgebunden, der Junge weinte. Der schmale Gang war jetzt von Fackeln erleuchtet. Simon sah die schreckensblassen Gesichter weiterer Lehrjungen, die mit auf der Kogge gewesen waren, darunter auch das von Vicus Diercksen, in dessen Augen ebenfalls Tränen standen. Das Schlagen der Trommeln wurden lauter. Simon blickte in den Hof hinunter, entdeckte eine gespenstische Prozession mit einem Narren, einem Bauern, einem Bauernweib und jungen Männern, die lachend Fässer schleppten. Sie wurden die Treppe hinuntergeschoben und mussten sich wohl oder übel den johlenden Menschen anschließen.

Die Prozession führte zum Schütting. Die Gefesselten wurden in die Nähe des Herdes gebracht. Der Narr, der Bauer und das Bauernweib, auf deren Gesichtern sich Bartschatten zeigten und in denen Simon Bewohner des Hofes zu erkennen glaubte, schwangen wirre Reden. Die Zuschauer reichten einen Krug Bier herum, tranken abwechselnd.

Plötzlich wurde Claas als der Jüngste nach vorne gestoßen. Einer warf das Seil, an dem er befestigt war, über einen Balken. Claas wurde hochgezogen, hilfesuchend streckte er die Hände nach Simon aus.

»Halt durch, dir geschieht nichts«, versuchte Simon seinen Freund zu beruhigen.

Er wusste jedoch nicht, ob dieser es noch gehört hatte, denn schon wurde er in die Höhe gerissen, bis er schließlich unter dem Rauchabzug baumelte. Das Seil schnürte seinen Leib ein, der Junge schrie schmerzerfüllt. Die Verkleideten nahmen Fellreste, altes Holz und Unrat aus den Fässern und warfen es in die Flammen, so dass schnell ein beißender Rauch die Luft erfüllte. Claas keuchte, immer von ersticktem Husten unterbrochen. Simon wäre am liebsten eingeschritten, aber er konnte nicht. Auch würde es Claas vermutlich nicht helfen.

»Sprich ein Gebet für uns!«, rief der Narr nach oben und warf eine Handvoll Borsten in das Feuer, die sogleich stinkend verbrannten.

Claas weinte und hustete unentwegt, begann aber keuchend zu sprechen. Als er geendet hatte, trat Nikolas vor und warf ein Fellbüschel in die Flammen, eine Stichflamme schoss hoch. Simon hätte sich denken können, dass sein Vetter sich dieses Schauspiel nicht entgehen lassen würde. Claas' Schreie waren schrill geworden.

»Sing uns ein Lied!«, befahl Nikolas ungerührt.

Der Rauch war undurchdringlich. Selbst Simon musste bereits husten, wie musste es erst Claas gehen? Der Junge sang mit gebrochener Stimme einige Strophen, dann verklang seine Stimme. Keine Bewegung war mehr in der Höhe zu erkennen.

»Lasst ihn runter! Er hat getan, was er sollte!«, rief Simon voller Angst um den Freund. Weil er ahnte, dass niemand aus Mitleid seinem Wunsch Folge leisten würde, fügte er hinzu: »Ich will auch noch drankommen!«

Die Männer lachten, der Mut des neuen Lehrjungen schien ihnen zu gefallen.

»Kannst es gar nicht erwarten, was? Na gut, lasst ihn runter.«

Claas wurde auf den Fußboden gelassen. Der Junge rührte

sich nicht mehr. Er war schwarz von Ruß. Einige packten ihn an Händen und Füßen, zerrten den leblosen Körper zur Tür. Jetzt wurde Simon ergriffen.

»Was geschieht mit ihm?«, wollte er wissen und sah sich panisch um. Schräg hinter ihm stand Vicus. Der Sohn des Ratsherrn zitterte, sein Gesicht war tränennass.

»Sechs Tonnen Wasser warten darauf, über ihm ausgekippt zu werden.« Der Mann, der Simons Seil über den Balken warf, hatte geantwortet. Simon schluckte, das Herz hämmerte in seiner Brust. Sechs Tonnen? In dieser Menge Wasser konnte man ertrinken!

»Aber er ist gar nicht bei Bewusstsein!«, rief Simon. Schon spürte er den heftigen Ruck um seine Brust, spürte das Seil, das seine Haut einschnürte, ein schneidender Schmerz, der ihm den Atem nahm.

»Für den habe ich was Schönes!«, vernahm er von unten Nikolas' Stimme.

Er sah durch den Rauch das Feuer glimmen, hörte ein Zischen, vernahm den beißenden Geruch von Urin, gefolgt von dumpfem Männerlachen und weiteren undefinierbaren Geräuschen. Dann wurde der Rauch dichter, schwarz und ölig. Simon sog keuchend die Luft ein, hielt den Atem an. Im Nu war sein Hals wund, die Augen brannten. Er musste husten und spürte, wie das Seil mit jedem Krampf tiefer in seine Haut schnitt.

»… Lied!«, hörte er nun und begann zu singen. Sein Mund, seine Augenlider schwollen an. Ihm wurde schwindelig, Fragen verschwammen in seinem Kopf, eine verquerer als die andere. Immer wieder wurde ihm schwarz vor Augen, alles drehte sich. Endlich der erlösende Ruck. Der harte Aufschlag auf den Bohlen. Zwei Männer, die ihn unter den Armen packten und wegzerrten. Einen Blick noch auf die Menge. Nikolas, den Schein der Flammen auf seinem beifällig grinsenden Gesicht. Die gefesselten Neuankömmlinge, ein Häufchen Elend. Ihnen stand noch bevor, was Simon schon hinter sich hatte. Vicus, dessen Seil gerade gespannt wurde. Ein Ruf: »Er hat sich vollgepisst! Jetzt schon!« Gelächter.

Simon wurde auf den Boden vor dem Schütting geworfen. Schwallweise wurde das Wasser über ihn gegossen, wurde er wieder und wieder von der Wucht des Strahles auf die rauen Bohlen gepresst. Schließlich ließ man ihn allein, kehrte zurück in den Schütting, wo es offenbar lustiger zuging. Simon blieb auf dem Rücken liegend zurück, schwer atmend, über sich die Sterne. Das also waren die Bergener Spiele. Darauf hätte er gut und gerne verzichten können.

Mühsam drehte er sich auf die Seite, noch immer hustend, sah hinter sich einen Körper, unbewegt. Claas! Er kam auf alle viere, krabbelte zu ihm. Der Junge war ohne Bewusstsein, lebte aber noch. Auf seinem Leib hatte das Seil einen roten, blutigen Striemen hinterlassen. Simon nahm ihn auf den Arm, schleppte ihn in die Kammer. In Sicherheit. Nur weg von den anderen, die sich einen grausamen Spaß mit den Neuankömmlingen machten.

Er hatte kaum geschlafen, da wurde die Klappe der Koje schon wieder aufgerissen.

»Aufstehen, die Arbeit wartet!«

Simon quälte sich aus der Luke, alles tat ihm weh. Noch am Abend hatte er seine Wunden und die von Claas gereinigt, doch er hatte weder Salben noch Laken gehabt, um sie zu versorgen. Er bückte sich zu dem Jungen, der nicht reagiert hatte, rüttelte an dessen Schulter, spürte etwas Feuchtes. Simon hielt die Hand in den Schein der Fackel – Blut! Er holte Claas vorsichtig aus der Koje, legte ihn auf die Bohlen. Das Hemd des Jungen war über und über rot. Simon rief nach Hilfe. Tatsächlich kam der Gesellenobmann wenig später und versorgte Claas.

Dennoch überfiel Simon Zorn. »Wie könnt Ihr nur mitansehen, dass man ein Kind so behandelt! Seid Ihr nicht für unser Wohlergehen verantwortlich?«, entfuhr es ihm.

Der Gesellenobmann gab ihm eine kräftige Ohrfeige. »Wenn ihr das erste Spiel überstanden habt, werdet ihr die anderen auch überstehen«, sagte Otte ruhig und hob Claas in die Koje zurück.

Simon sank der Mut. Es würde also weitere grausame Spiele geben.

»Und nun geh, Helmold wird dir zeigen, wo ihr die Kähne mit den Abfällen abladen könnt.«

Ein grauer Schleier überzog die Pfahlbauten. Die felsigen Berge über der Stadt waren in den dichten Wolken verschwunden. Niesel schlug Simon ins Gesicht. Langsam ließ er das Ruder in das Wasser gleiten, jede Bewegung tat weh. Dennoch war er lieber hier an der frischen Luft als im Hof, wo er sich die schadenfrohen Bemerkungen der anderen Bewohner oder Nikolas' Sticheleien über den gestrigen Abend anhören musste. Sein Vetter hatte heute seine Hilfe nicht in Anspruch genommen, obgleich sie doch mit ihren Waren Handel treiben wollten. Ob er wohl wieder zu Ellin ging, wo er ihn eindeutig nicht dabei haben wollte?

»Hast dich tapfer geschlagen, gestern«, meinte Helmold, der sich als der nette blonde Junge herausgestellt hatte. »Besser als dieser Vicus, der sich zum Gespött gemacht hat. Er wird es nicht leicht haben bei den nächsten Spielen.«

Simon wischte sich das Nass aus dem Gesicht. »Kommen denn noch viele?«, fragte er bedrückt.

»Oh ja. Das Wasserspiel. Das Borg- oder Staupspiel. Das Beichtspiel. Manchmal auch das Barbierspiel. Dabei wird das Gesicht mit dem Unrat von Katzen oder Hunden bestrichen und mit einem hölzernen Messer wieder freigekratzt«, meinte Helmold.

Simons Magen krampfte. Konnte er nicht einfach von hier verschwinden? Und Claas, wie sollte er nur diese Tortur durchstehen?

»Hast du … alle diese Spiele … überstanden?«

Helmold schüttelte den Kopf und strich sich die struppigen Haare aus der Stirn. Seine dunklen Augen blickten über das Wasser zum Horizont.

»Ich hatte Glück, viele Neulinge kamen direkt nach mir. Nicht mit jedem konnte jedes Spiel gemacht werden. Ich bin wohl auch keines der üblichen Opfer. Ich habe Familie in Bergen. Mein Vetter ist Bernhard Steding.«

Simon sah ihn überrascht an. »Wir sind zusammen gereist«, sagte er.

Helmold nickte. »Ich weiß, Bernhard hat's mir erzählt. Genauso, wie er mir von der Beleidigung deines Vetters erzählt hat.« Er zog das Ruder durch das Wasser, sah den entstehenden Wellen hinterher.

Simon kaute zaghaft auf seiner Unterlippe. »Was hat Nikolas eigentlich gemeint mit einer Fri …«

»Frille?« Es war, als ob Helmold das Wort in seinem Mund prüfte. »Eine Nebenfrau, wie jeder Pfaffe hier eine hat, von den Kaufleuten ganz zu schweigen. Manche halten sie für Dirnen, aber das sind die meisten nicht. Natürlich gibt es hier Huren. Die Øvregate hinter der Tyskebrygge ist voll von losen Frauen, zu denen Männer aus dem Königsgefolge genauso gehen wie Kaufleute oder Priester. Aber bei Bernhard ist es anders. Bernhards Vater trieb jahrzehntelang Handel mit Bergen. Bernhards Mutter Gudrid lebt hier, sie hatten einige gemeinsame Kinder. Sie waren wie ein normales Ehepaar, nur eben nicht verheiratet.«

Helmold ruderte weiter, auch Simon tauchte das Holz jetzt

wieder ein. Der Wind frischte auf, trieb den Gestank des Abfalls, den sie transportierten, über das Meer. Simon legte das Ruder über seine Knie, sah auf das Wasser hinaus.

»Diese Spiele lassen mir einfach keine Ruhe«, sagte er. »Warum machen die Gesellen das? Warum halten wir nicht einfach alle zusammen, ohne uns gegenseitig zu quälen?«

Helmold blickte ihn nachdenklich an. »Der Gesellenobmann hat einmal gesagt, dass es der Lauf der Dinge im Kontor sei. Was wäre denn, meinte Otte, wenn man die Bürgersöhne aus den Städten von den Spielen befreien würde? Dann hätten sie gar keinen Respekt mehr vor den Gesellen. Jeder hat einmal als Lehrjunge hier angefangen. Jeder wurde geschlagen und getreten. Und nun, wo er Geselle ist, will auch er einmal schlagen und treten.«

Simon sah ihn an, von Grund auf erfüllt von dem Widerwillen, den er empfand. »Ich nicht. Ich mache nicht mit. Ich will nicht schlagen und treten«, meinte er bestimmt.

Helmold lächelte skeptisch. »Wäre schön, wenn du es schaffen würdest. Aber ich glaube nicht, dass du gegen diese Tradition hier ankommen wirst.«

Als sie zurückkamen, sah Simon zunächst nach Claas, dem es schon etwas besser zu gehen schien. Anschließend suchte er Nikolas, doch der war nirgends zu finden. Ob er wohl wieder bei Ellin war? Simon machte sich auf den Weg durch die schmalen Gassen der Stadt.

Als er bei Ellins Haus ankam, war er völlig durchnässt. Der Fensterladen war geschlossen, doch durch die Ritzen fiel Licht, deshalb klopfte er an die Tür. Die junge Frau öffnete und lächelte ihn überrascht an.

»Herr Simon, kommt herein«, bat sie ihn. »Ich habe gerade

einen Brei für Henk und mich gemacht. Möchtet Ihr auch ein Schälchen, um Euch aufzuwärmen?«

Simon trat ein, im Haus roch es warm und süß. Er sah sich um. »Ist denn mein Vetter nicht hier?«, fragte er erstaunt.

Ellin hob mit einer leichten Bewegung ihr Kind auf und setzte es auf ihre Hüfte. Der kleine Junge schmiegte sich an den Hals der Mutter und steckte schläfrig einen Finger in den Mund.

»Herr Nikolas?«, fragte sie, und wieder überzog eine zarte Röte ihre Wangen. »Nein, der war heute noch gar nicht hier. Obgleich wir doch über unseren Handel sprechen wollten. Esst Ihr mit uns?«

Simon konnte nicht widerstehen, er nahm ihre Einladung an.

Ellin hantierte am Herd, und er setzte sich auf eine einfache Bank. Eine Weile waren nur das Rühren des Holzlöffels und das Brabbeln des Kindes zu hören. Nervös knetete Simon die Hände in seinem Schoß. Er sollte nicht hier sein, allein mit einer hübschen Frau. Das war unschicklich, unziemlich, gefährlich … Aber auch aufregend.

»Ist denn Euer Mann nicht da?«, wollte er wissen, denn auch Nikolas hatte gestern doch nach Ellins Mann gefragt.

Sie beugte sich hinter der Holzwand hervor, den mit Brei gefüllten Löffel in der Hand. »Tymmo ist draußen auf dem Meer, auf dem Weg zu den Lofoten. Er sucht den Königsfisch.«

Sie lachte und entblößte dabei eine vollständige Reihe weißer Zähne. Dann führte sie den Löffel an den Mund und leckte den Brei ab. »Fast gut«, sagte sie zufrieden und verschwand wieder hinter der Trennwand.

Simon zerrte verlegen an seinem Hemdkragen, es war so heiß hier. Was wäre, wenn nun Nikolas käme? Sicher würde er ihn verprügeln, wieder einmal. Dabei saß ihm noch die letzte Nacht in den Knochen. Ein rauchiger Geruch zog durch den Raum. Ellin trat an den Tisch und stellte eine große Holzschale mit

Brei zwischen sie. Simon zog den Holzlöffel hervor, den er an seinem Gürtel trug, auch sie hatte einen Löffel dabei. Erst wagte er kaum, zu essen. Er beobachtete fasziniert, wie sie erst ihrem Kind einen Löffel Brei in den Mund schob und dann selbst einen zu sich nahm. Ihre Lippen waren voll und rot, er konnte kaum den Blick von ihnen wenden.

»Esst nur, es ist gut!«, forderte sie ihn schließlich auf.

Verwirrt sah Simon in die Schale, schob seinen Löffel in den Brei und kostete. Es schmeckte ein wenig angebrannt, doch er tat so, als habe er nie etwas Besseres gegessen.

»Der Königsfisch, was ist das für ein Fisch?«, fragte er und hielt seinen Löffel abwartend in der Hand.

Ellin leckte sich über die Lippen, bevor sie sprach.

»Ich glaube, in der Tyskebrygge hängen welche unter der Decke. Diese riesigen Dörrfische. Man sagt hier, sie bringen Glück. Geht ein König an die Angel, folgt ihm sein Schwarm in den Tod. Hat man dieses Glück, hat man in zwei Monaten so viel verdient, dass es für das ganze Jahr reicht. Hat man Pech, muss man hungern. Ich bin sicher, Tymmo wird Glück haben!« Ihre Augen leuchteten, dann fiel ihr auf, dass Simon nicht noch einmal zugegriffen hatte, und sie schob ihm die Schale hin.

Er steckte sich einen Löffel Brei in den Mund, brachte ihn jedoch kaum herunter. Als er bemerkte, dass Ellin ihn beobachtete, schluckte er und lächelte sie an. Hoffentlich würde er auf der Deutschen Brücke noch etwas zu essen bekommen.

»Und Ihr führt die Geschäfte, wenn Euer Mann nicht da ist?«

Die junge Frau kratzte die Reste aus der Schale, das Kind streckte die Hand nach dem Löffel aus. »Ja, wir haben treue Kunden, wie Herrn Nikolas. Immer bringt er uns Getreide und andere Waren und bekommt dafür unseren Fisch.«

Andächtig schob Ellin dem Jungen den letzten Löffel in den Mund. Henk war jedoch nicht zufrieden, er quengelte erst leise, dann immer eindringlicher.

Simon erhob sich; er hatte auf einmal das Gefühl, zu stören. Ellin hielt ihn nicht auf, aber sie lächelte ihn zum Abschied noch einmal an.

»Und grüßt mir Herrn Nikolas, wenn Ihr ihn seht!«

Nikolas saß in der Nähe des Kamins im Schütting, vor sich Bierkrug und Kupferkanne. Die Lider nur halb geöffnet, starrte er ins Feuer. Andere Kaufleute umringten die Tische, unterhielten sich, spielten Mühle oder Tric Trac. Simon bat eintreten zu dürfen und erhielt die Erlaubnis.

»Wo bist du gewesen?«, fragte Nikolas mit derart leiser Stimme, dass Simon eigentlich schon hätte misstrauisch werden müssen, wenn er nicht in Gedanken noch bei Ellin gewesen wäre. Er, allein mit einer Frau, die ihn wie einen erwachsenen Mann behandelt hatte!

»Ich habe Euch gesucht. Ich dachte, Ihr seid bei Frau Ellin, doch da wart Ihr nicht. Ich soll Euch aber einen schönen Gruß bestellen.«

Nikolas schnellte hoch, packte Simon am Kragen, dass dessen Füße in der Luft baumelten. Schon spürte der Junge, wie die blutigen Striemen auf seiner Brust wieder aufrissen. Er biss die Zähne zusammen, unterdrückte ein Stöhnen.

»Du hast nichts bei Ellin zu suchen, hörst du! Allein schon gar nicht.«

Kreuz und quer trafen ihn Nikolas' Schläge im Gesicht, Simon hörte ein Pfeifen in seinem Ohr, seine Knie knickten ein. Er fühlte sich seit gestern noch immer so schwach! Er wollte sich verteidigen, doch da hörte er eine Stimme hinter sich.

»Herr Nikolas, ein Spielchen? Ich habe gerade einen hübschen Gewinn gemacht. Oder habt Ihr etwa Angst vor meinem Spielglück?« Liv, herausgeputzt und aufgedreht, die Augen wässrig und rot geädert vom vielen Bier. Sollte er nicht eigentlich für Adrian Vanderen Geschäfte erledigen?

Nikolas stieß Simon zu Boden, gab ihm noch einen Tritt in den Bauch und wandte sich dann Liv zu.

»Ein Spielchen, nur zu gerne«, hörte Simon, der sich schmerzerfüllt auf dem Boden krümmte, wie aus einiger Entfernung seinen Vetter sagen. Er stützte sich mühsam auf seine Ellenbogen, kroch Richtung Tür. Blut tropfte aus seiner Nase auf die Bohlen, wurde von seinem Hemd aufgewischt. Sein Magen krampfte. Elle um Elle, nur hinaus. Niemand half ihm. Niemand schien ihn überhaupt wahrzunehmen. Dann endlich hob ihn jemand auf. Es waren Claas und Helmold.

Simon saß auf dem hölzernen Geländer im ersten Stock des Hofes und starrte in die dunklen Gänge und Winkel, die ihm heute besonders bedrohlich erschienen. Gestern hatte er sich nur unter Schmerzen rühren können. Auf seinem Leib hatten sich Flecken gezeigt, blaulila, einer davon in Form eines Fußes. Ein Siegel, das Nikolas ihm aufgedrückt hatte, das aber glücklicherweise wieder verschwinden würde. Seine Wangeninnenseiten waren wund und geschwollen, das Essen war ihm schwer gefallen. Der Gesellenobmann hatte zwar nichts gesagt, ihm jedoch nur einfache Arbeiten aufgetragen, die Simon, wenn auch langsam, bewältigen konnte. Heute war es ihm schon besser gegangen, körperlich zumindest. In seinem Innern hingegen brodelte es. Er wünschte sich, Nikolas die Schikanen eines Tages heimzahlen zu können. Er war aber klug genug zu wissen, dass die Rangfolge der Hofbewohner klar geregelt war und es wenig Sinn hatte, dagegen aufzubegehren. Er müsste klug handeln, wenn er sich gegen Nikolas zur Wehr setzen wollte, müsste ihn schlagen, ohne die anderen gegen sich aufzubringen.

Ein Scharren ließ ihn zusammenfahren, er machte sich bereit zu verschwinden. Da, ein leises Tapsen, Kratzen unter ihm – Simon ließ sich von dem Geländer gleiten. Unvermittelt tauchte ein Kopf dort auf, wo er eben noch gesessen hatte. Geschmeidig und flink wie eine Katze zog die Gestalt sich auf den Balken, setzte sich darauf und ließ die Füße baumeln. Claas!

»Da staunst du, was? Habe es mir bei den Schiffsjungen abgeguckt«, sagte der Junge stolz. »Ich kann noch höher, bis aufs Dach. Kommst du mit?« Schon stand er auf dem Geländer, suchte Spalten im Holz, an denen er sich festhalten konnte, kraxelte hoch.

Simon zögerte einen Moment. Was, wenn sie jemand sehen würde? Andererseits saßen die Kaufleute im Schütting, und die beiden Schlüsselmeister waren bereits mit ihren Hunden durch den Hof gelaufen, um die Tore an jedem Ende zu verschließen. Vorsichtig kletterte er Claas hinterher, sah noch einmal hinunter. Wie hoch er bereits war! Ein Sturz dürfte ernste Folgen haben. Seine Knie wurden weich, und doch kletterte er weiter.

Als Simon sich die Dachschrägung hochzog, saß Claas bereits neben der Seilwinde. Er nahm an der Seite seines Freundes Platz, atmete tief ein, sah über die sodenbedeckten, grasbewachsenen Dächer der Tyskebrygge, die sich wie grüne Wellen auf den Horizont zuzuschieben schienen. Es war ein weiter Ausblick über die Dächer und die Mastspitzen bis hinaus auf das Meer, das zwischen den Berghängen glitzerte. Heute waren weitere Koggen eingelaufen, auch in ihren Hof waren noch mehr Kaufleute mit ihren Lehrjungen eingezogen. Während Vicus sich schon darauf gefreut hatte, dass auch er dieses Mal helfen durfte, die Neuankömmlinge zu quälen, empfand Simon nur Mitleid. Wenn sie wüssten, was auf sie zukam! Er würde sich keinesfalls an den grausamen Spielen beteiligen.

»Warst du schon öfter hier oben?«, fragte er seinen Freund.

Der Junge nickte, den Blick in die Ferne gerichtet. »Ein paar

Mal. Man kann nirgendwo so weit in die Ferne schauen wie hier über den Dächern. Man vergisst dann sogar das … da unten.«

Simon sah ihn von der Seite an. Claas bekam als Jüngster die schlimmsten Aufgaben aufgetragen, sein Herr schubste ihn weiterhin herum. »Die nächsten Spiele … Wenn wir noch mal drankommen … Das stehe ich nicht durch«, gestand der Junge.

Simon konnte ihm nicht verdenken, dass er an Flucht dachte. »Aber was willst du tun? Wo willst du hin?«, fragte er.

Claas zupfte an seinen abstehenden Ohren. »Ich verstecke mich auf dem nächsten Schiff, das den Hafen verlässt. Ist mir egal, wohin es geht.«

»Und dein Herr?

»Der kann mich mal.« Simon nickte. Er konnte nur zu gut verstehen, was der Junge fühlte. Ein Stück weit war er sogar froh darüber, dass sein Freund fliehen wollte, denn wenn es stimmte, was man sich über die anderen Spiele erzählte – dass die Lehrjungen mit Ruten bis aufs Blut geprügelt wurden beispielsweise –, würde Claas sie vielleicht wirklich nicht überleben.

Claas wandte sich Simon zu. »Und du … Kommst du mit?«

Simon dachte eine Weile nach. Weglaufen? Aufgeben? Nikolas gewinnen lassen? Wie ein Feigling wieder in Lübeck auftauchen?

Er schüttelte entschlossen den Kopf. »Nein, ich kann nicht. Aber wir zwei sehen uns wieder, irgendwann.«

Sie kamen am frühen Morgen. Gesellen, die heftig nach Bier stanken. Sie legten die Lehrjungen kurzerhand über ihre breiten Schultern und schleppten sie in den Schütting. Simon war dabei. Claas, das blasse Gesicht wie versteinert. Vicus, heulend, wie so oft. Wenn Simon daran dachte, wie oft er Angst vor dem jungen Mann gehabt hatte, konnte er es kaum mehr glauben.

»Ich dachte, wir sind jetzt dran! Mit Prügeln, meine ich. Die Neuankömmlinge sollen leiden! Was ist mit dem Rauchspiel? Wann kommt das?«, greinte Vicus verwirrt.

Nikolas baute sich vor ihnen auf, den Ochsenziemer in der Hand, auch andere Gesellen hatten Riemen in den Händen.

»Zum Denken bist du nicht hier, und die Regeln, die machen die anderen. Wann das Rauchspiel stattfindet, bestimmen wir. Jetzt steht uns erst einmal der Sinn nach einem anderen Spielchen.«

Auf seinen Wink hin wurden sie bäuchlings über den Kannentisch geworfen und dort festgehalten.

Nikolas erhob erneut die Stimme: »Unsere Regeln haltet ihr noch immer nicht ein. Ihr seid ungehorsam«, ein scharfer Schlag traf Simons Rücken, »vorlaut«, Vicus heulte laut auf, »und ungeschickt«, Claas wimmerte. »Beichtet eure Sünden und fleht um Verzeihung!«, forderte Nikolas und schlug erneut zu.

»Verzeih! Verzeih!«, bettelte Vicus, doch Nikolas machte weiter.

Simon biss die Zähne zusammen, hielt durch, auch als sein Hemd bereits in Stücke riss. Er wusste, dass Worte seinen Vetter nicht aufhalten würden. Nikolas schlug, weil er es wollte, und er würde so lange zuschlagen, bis er genug davon hatte. Erst als sein Rücken eine einzige Wunde war, als die Haut in Fetzen hing, bat Simon darum, dass sein Vetter endlich, endlich aufhörte.

Und doch war es vergeblich.

26

Lübeck, Mai 1376

Sehnsüchtig sah sie aus dem Fenster, sah die Sonne über den Giebeln der Häuser stehen. Seit sie vor drei Wochen in die Fleischhauerstraße gezogen waren, hatte sie das Grundstück noch nie verlassen, außer, um in die Kirche zu gehen. Sie hatte nicht einmal einen Brief an Asta einem Boten geben können, geschweige denn ihrerseits einen Brief erhalten. Ihre Tante hatte ein scharfes Auge auf Henrike, hielt sie zur Arbeit an und achtete darauf, dass sie die Schwelle zur Straße nicht unerlaubt überschritt. Dabei hatte sich das schöne Wetter fortgesetzt, der Wonnemond Mai machte seinem Namen alle Ehre.

Schweine wurden vor dem Haus vorübergetrieben, wie mehrmals täglich. Ein Junge mit Segelohren hielt vor dem Haus inne, sprach einen der Färber an, die in dieser Straße arbeiteten. Wenn er der Hirte war, musste er sich aber sputen, um seine Schweine wieder einzuholen, dachte Henrike. Aber nein – er kam auf ihre Haustür zu, klopfte. Und was hielt er in den Händen? Es sah aus wie ein Tuch. Sie glitt in den Flur, doch schon schickte ihr Onkel sie fort; ihre Tante war mit Janne und Rotger zum Markt gegangen.

Henrike schloss zwar die Tür, blieb jedoch in der Nähe und lauschte. Der Junge erzählte etwas, Onkel Hartwig wurde laut, immer wieder hörte Henrike den Namen ihres Bruders. Simon – der Junge hatte Nachricht von Simon! Doch ihr Onkel warf den Boten hinaus. Kurzentschlossen lief sie durch die Küche, schaute gar nicht, ob ihr Onkel sie bemerkte, querte den Hinterhof und rannte auf die Straße. Es war ihr egal, ob sie wieder bestraft werden würde. Sie musste wissen, was mit Simon war! Und nicht von ihrem Onkel, der ihr ohnehin nicht die Wahrheit sagen würde – wenn er ihr überhaupt etwas sagte. Sie stand in der Mitte der Fleischhauerstraße, sah sich hastig um. Wo war er? Da, er bog gerade in die nächste Gasse!

»Junge, warte!«, rief sie. »Hast du Nachricht von Simon?«

Der Junge blieb stehen. Durch seine abstehenden Ohren schimmerte rötlich das Sonnenlicht. Er war klein und zart, aber sein Gesicht war so abgeklärt wie das eines Älteren.

»Bist du Henrike?«, fragte er zögernd. »Ich heiße Claas. Ich war mit Simon in Bergen.«

Henrike hätte ihn am liebsten umarmt. Schnell zog sie ihn in einen Hauseingang.

»Du warst …? Aber, was ist mit Simon? Wo ist er?« Ihre Stimme drohte zu kippen.

Der Junge zupfte sich am Ohrläppchen. »Simon ist noch in Bergen. Aber es geht ihm nicht gut. Deshalb habe ich eurem Onkel Simons blutiges Hemd gebracht, damit er ihn endlich zurückholt. Aber ihn hat das nicht interessiert.« Claas wirkte bedrückt.

Henrike konnte kaum an sich halten vor Sorge. »Sein blutiges Hemd?«

Der Junge zog die Schultern hoch. »Sein Vetter lässt ihn einfach nicht in Ruhe.«

Tränen der Wut schossen Henrike in die Augen. »Ich wusste es«, sagte sie mit erstickter Stimme.

»Aber Simon ist zäh. Er wird es schaffen. Er ist nicht so wie ich.« Er deutete an sich herab. »Er hat mich sogar beschützt! Wenn ich einen Freund habe, dann ist er es.«

Henrike bezwang ihren Kummer. Sie fragte ihn noch nach den Vorkommnissen in Bergen, bevor ihre Tante mit Janne und Rotger die Straße entlangkam. Henrike versteckte sich hinter den Zweigen einer Kletterrose. Glücklicherweise hatten die drei nicht links noch rechts geschaut.

»Ich muss zurück«, sagte sie bedauernd.

»Vielleicht kannst du dich ja für Simons Heimkehr einsetzen«, sagte Claas hoffnungsfroh.

»Ja, vielleicht«, meinte Henrike schwach.

Claas hob die Hand zu einem letzten Gruß, dann trat er auf die Straße. »Wenn er nach Hause kommt, und das wird er, dann grüße ihn von mir. Vielleicht hat er ja auch günstige Winde und braucht nur neun Tage für die Reise wie ich. Sobald ich eine feste Stelle habe, melde ich mich!«

Als sie das Grundstück durch den Hofeingang wieder betrat, hörte sie, wie Hartwig und Ilsebe sich anschrien, wieder einmal.

»Das ist alles? Die paar Cypollen und kein Wein?«

»Ja, Zwiebeln statt Wein! Es lässt eben keiner mehr anschreiben. Streng dich doch mal an, damit wir zu Geld kommen!« Ein Schlag, ein Kreischen. »Ja, das kannst du. Das ist aber auch alles. Hätte ich dich doch bloß nie geheiratet!«

Am Abend sprach sie ihren Onkel auf den Besuch des Jungen an. Aber er meinte nur, dass es Simon in Bergen sehr gut ging, und er grinste dabei.

Henrike lauschte in das Haus hinein. Dann stand sie auf und holte aus ihrem Beutel die Männerkleidung von Adrians Gehilfen. Sie war jetzt froh, dass sich nie eine Gelegenheit geboten hatte, sie ihm zurückzugeben, denn jetzt konnte sie sie gut gebrauchen. Während sie sich umzog, ließ sie die letzten Wochen noch einmal vor ihrem inneren Auge Revue passieren. Sie wunderte sich nicht mehr, dass ihr Onkel und ihre Tante sofort nach Vaters Tod in die Alfstraße gezogen waren: Ihr eigenes Haus war klein, der Schimmel fraß an den Wänden, und die meisten Balken waren morsch. Arbeit, Schmutz und Schelte hatte es gegeben. Beinahe täglich war ihre finanzielle Lage brenzliger geworden. Onkel Hartwig schien von immer mehr Geschäftspartnern gemieden zu werden. Auf dem Markt ließ sie schon keiner mehr anschreiben. Sie wog den Geldbeutel in ihrer Hand. Es war ihr schwer gefallen, einige Münzen beiseitezuschaffen, aber ganz ohne würde es nicht gehen.

Ihre Lage war wirklich dramatisch geworden: Simons Leben stand auf dem Spiel! Und wenn ihr Onkel nicht einschritt, musste sie es eben tun. Sie musste einfach etwas gegen ihre Verwandten in die Hand bekommen. Oft hatte sie darüber nachgegrübelt, wo sie mit ihren Nachforschungen beginnen könnte, um die Umstände aufzuklären, unter denen ihr Vater gestorben war. Wenn sie einen Beweis dafür erbringen konnte, dass Ilsebe eine Mörderin war – was Henrike inzwischen fest glaubte –, könnte sie ihre Tante und ihren Onkel zu Fall bringen und ihr rechtmäßiges Erbe retten. Wie sie es auch drehte und wendete, nur eine Frau konnte ihr helfen: die Dirne Mette, bei der ihr Vater angeblich seinen letzten Abend verbracht hatte.

Inzwischen hatte sie herausgefunden, wo Mette zu finden war. Nun würde Henrike sie aufsuchen, so gefährlich es auch für sie sein mochte. Zu verlieren hatte sie ohnehin nicht mehr viel. Sie war auf sich allein gestellt. Mit hochgebundenen Haaren, festgeschnürter Brust und geschwärztem Gesicht schlich sie sich aus dem Haus.

Wenig später saß sie, innerlich völlig aufgelöst, äußerlich so ruhig es ging, vor Mettes Kammer im Hurenhaus. Um sie herum Patriziersöhne, von denen sie die meisten kannte, immer in der Angst, entlarvt zu werden. Als es hieß, dass sie nicht zu Mette könne, packte sie kurz eine wilde Verzweiflung. Aber dann trat die Dirne selbst an die Tür und nahm sie mit in ihr Reich. Wohlig räkelte sie sich auf ihrem prächtigen Lager, ließ ihre Brüste aus dem Ausschnitt des annähernd durchsichtigen Kleides blitzen.

Als Henrike zu sprechen begann, änderte sich ihre Haltung jedoch schlagartig. Sie kam näher, stützte sich auf eine sehr männliche Art auf das Bett und lauschte Henrike aufmerksam.

»Ich bin … Henrike Vresdorp. Ich habe von dir gehört. Ich weiß, dass mein Vater, Konrad Vresdorp, angeblich oft bei dir war – auch am Abend seines Todes. Ich will … Ich muss herausfinden, was mit ihm geschehen ist.«

Kurz fasste sie zusammen, wie es ihr seit dem Tod des Vaters ergangen war, ließ aber Hartwigs Betrügereien und Ilsebes Untaten aus; sie war nicht sicher, ob sie der Dirne vertrauen konnte.

Mette lächelte sie offen an. »Du bist also Henrike! Du glaubst gar nicht, wie oft dein Vater von dir gesprochen hat. Du weißt sicher, wie stolz er auf dich war? ›Henrike versteht mehr vom Geschäft, als sie es selbst ahnt, sie ist eine richtige Tochter der Hanse‹, hat er oft gesagt. Du bist sehr mutig, wie dein Vater es auch war.«

Henrike starrte auf ihre verkrampften Finger. Sie hatte lange niemanden mehr so liebevoll von ihrem Vater sprechen hören. Tränen stiegen ihr in die Augen. Wie sehr sie ihn vermisste!

Mette nahm Henrikes Hände in ihre, strich sacht über die Finger, bis sich die Verspannung löste. »Ich habe mir oft gewünscht, dass wir uns einmal kennenlernen. Dass es aber unter diesen Umständen sein muss …«, Mette ließ den Satz unvollendet, dann lachte sie heiser. »Manchmal kann man es sich nicht aussuchen. Auf die Pläne des Höchsten hat eine Dirne eben keinen Einfluss.«

Henrike kam der Satz bekannt vor, bald fiel es ihr ein: Ihr Vater hatte gesagt, dass auch ein Kaufmann auf die Pläne des Höchsten keinen Einfluss hatte, als es ihm nicht passte, dass sich Kaiser Karl und Adrian Vanderen zur gleichen Zeit ankündigten. Es kam ihr vor, als sei dieser Abend schon ewig her.

»Ja, dein Vater war an seinem letzten Abend hier. Er war so glücklich! Der Kaiser hatte das Wort an ihn gerichtet. Er war nun sicher, Bürgermeister zu werden, und endlich hatte er für dich den passenden Ehemann gefunden. Aber er war auch müde, ungewöhnlich müde. Noch erzählte er, und von einem auf den anderen Moment wurde ihm schlecht, und er starb mir unter den Fingern weg. Seine Lippen waren merkwürdig schwarz.« Mette wirkte erschüttert. »Seine letzten Worte galten dir und deinem Bruder Simon. Er sagte, er sei froh, dass ihr einander habt. Ihr würdet immer zusammenhalten, das sei sein Trost.«

Henrike ließ zu, dass ihr die Tränen nun über die Wangen rannen. Genauso empfand sie auch, und deshalb war ihre Angst um Simon auch so stark.

»Wir konnten deinen Vater nicht hier lassen. Also brachte ihn Aron, der Hurenwirt, auf die Straße und holte die Büttel.«

Henrike wischte sich die Tränen ab. Vorhin hatte sie noch Wut und Ekel bei dem Gedanken an diese Frau empfunden, aber jetzt, wo sie ihr gegenübersaß, waren diese Gefühle wie weggeblasen. Mette war unverstellt ehrlich zu ihr, geradeheraus, vermutlich nahm sie auch sonst kein Blatt vor den Mund. Sie ahnte, dass ihr Vater diese Eigenschaften an Mette geschätzt hatte.

»Hast du ein Kind von meinem Vater?«, fragte sie nun selber rundheraus.

Mette lächelte erneut. »Auch so ein Gerücht. Nein, ich habe ein Kind von einem Erzbischof, der mich als seine Mätresse hielt. Doch als ich ihm unbequem wurde, warf er mich aus dem Haus, und ich fand kein Unterkommen mehr, also kam ich hierher. Wie jedes Gerücht hat es einen wahren Kern: Dein Vater unterstützte mich, genauer gesagt uns. Ohne ihn hätte ich meine Tochter gewiss nicht großziehen können, ohne ihn hätte ich mir mein Haus vor den Toren der Stadt kaum leisten können.«

Mette stand auf und holte einen pelzgefütterten Umhang aus einer Truhe, den sie um ihre nackten Schultern legte. Ruhig rückte sie die Tücher an den Bettpfosten zurecht, nahm die Weidenruten auf und steckte sie in eine Art Köcher.

»Manche lieben es eben, gezüchtigt zu werden«, sagte sie beiläufig.

Als sie Henrikes fragenden Blick bemerkte, fügte sie hinzu: »Na, sie kriegen nur einen hoch, wenn man sie schlägt und quält. Oder wenn sie jemanden anders schlagen und quälen dürfen.«

»Wie Nikolas«, mutmaßte Henrike leise, doch Mette hatte es gehört.

»Ja, wie Nikolas. Oder wie deine Tante und dein Onkel. Wobei sie lieber schlägt als geschlagen wird. Sie hat gern die Hosen an, auch im Bett. Aber dein Vetter, der mag beides, und zwar heftig. Den sehe selbst ich nicht gern hier.« Mette verzog das Gesicht, und auch Henrike grauste es bei der Vorstellung.

Sie wandte sich lieber wieder dem eigentlichen Grund ihres Besuches zu. »Ich habe die Befürchtung, dass meine Tante meinen Vater vergiftet haben könnte. Aber warum sollte sie so etwas tun?«, überlegte sie laut.

»Das weiß ich nicht«, sagte Mette, und es klang, als ob sie es ehrlich bedauerte. »Menschen werden aus den unterschiedlichsten Gründen umgebracht, glaub mir. Dein Vater hatte viele Feinde. Es gab Konkurrenten, die ihm seine guten Geschäfte mit Brügge und dem Orden neideten. Es gab Männer, die ebenfalls einen Bürgermeisterposten anstrebten, und die wussten, dass sie gegen ihn verlieren würden. Beides trifft beispielsweise auf Bruno Diercksen zu.«

»Diercksen?« Konnte Bruno Diercksen der Ratsherr sein, den ihr Onkel erwähnt hatte und der in die Betrügereien verwickelt war? »Dabei fürchtete ich sogar einmal, ich müsste seinen Sohn Vicus heiraten.«

»Lange schon träumt Diercksen von der Macht. Aber jetzt ist er alt und krank. Seine Zeit wird knapp, und er weiß das. Deshalb zieht er auf unterschiedlichen Ebenen die Strippen.

Die verschiedensten Heiratsversprechen gehören dazu, das war wohl auch so eins. Er macht Geschäfte mit Herzog Albrecht von Mecklenburg, leiht ihm mehr Geld, als er tatsächlich hat. Er hofft, dass der Mecklenburger es ihm lohnen wird, wenn er erst dänischer König ist. Ein Adelstitel, das ist es, was Bruno Diercksen eigentlich will. Ein Wappen hat er ja schon.« Mette lächelte spöttisch.

Henrike staunte darüber, wie gut so eine Dirne über die Vorgänge in einer Stadt informiert war, und sie erinnerte sich nun daran, dass der Wappenmaler bei Diercksen gewesen war, als sie sich mit Asta das Testament verlesen ließ.

»Mein Vater …«, begann sie.

»Auch dein Vater hat ein Wappen in Auftrag gegeben und sich um einen Wappenbrief bemüht. Hübsch ist es und nicht so protzig. Sicher musst du es nur noch beim Wappenmaler auslösen. So gerne wäre er Bürgermeister geworden! Und er wäre ein guter Bürgermeister gewesen, da bin ich ganz sicher.« Mettes Blick wurde weich.

»Woher weißt du das alles bloß?«, fragte Henrike verblüfft.

Mette lachte. »Hier wird nicht nur gevögelt, hier wird auch geredet. Und das nicht zu knapp.«

Henrike, die inzwischen Vertrauen zu Mette gefasst hatte, berichtete nun doch von Hartwigs und Ilsebes Untaten im Zusammenhang mit dem Gutshof. Es tat ihr gut, sich diese Last von der Seele zu reden. Als sie geendet hatte, strich sie müde über ihr Gesicht.

»Jetzt habe ich eine Ahnung, was vorgefallen ist, und es nützt mir doch nichts«, sagte sie leise.

»Ganz so ist es nicht.« Mette erhob sich erneut, schob ihre Truhe beiseite und löste vorsichtig eine Bohle aus dem Boden. Sie holte ein Bündel Papiere hervor und reichte sie Henrike. »Dein Vater hat alles aufgeschrieben, was er wusste. Oft hat er sich hier Notizen gemacht. Er ahnte wohl, dass sie im Zweifel bei mir sicherer sein würden als in seinem eigenen Haus ... Hier sind die Briefe, in denen sich fremde Kaufleute über die Betrügereien deines Onkels beschweren. Und die Kopie eines Papiers, das für deine Zukunft bedeutsam sein könnte.«

Henrike nahm zuerst den Bogen, den Mette zuletzt erwähnt hatte, und überflog ihn. Es war eine ... Verlobungsvereinbarung zwischen Konrad Vresdorp und Adrian Vanderen. Die Braut, um die es ging, war sie! Sacht strich sie mit den Fingerkuppen darüber. Warum war dieser Bogen nicht bei Vaters Unterlagen gewesen? Wie viel Unglück hätte verhindert werden können, wenn diese Ehe geschlossen worden wäre! Doch jetzt war es vermutlich zu spät dafür. Die Erkenntnis versetzte Henrike einen Stich ins Herz.

Mette war gedanklich schon einen Schritt weiter. »Mit diesen Papieren kannst du Hartwig stürzen und dein Erbe zurückgewinnen. Er hätte nie euer Erbe verschleudern, nie euer Haus verkaufen dürfen. Hast du jemanden im Stadtrat, dem du trauen kannst?«

Henrike erzählte, dass Symon Swerting ihr zweiter Vormund war.

Mette nickte zufrieden. »Auf Consul Swerting kannst du dich verlassen, dein Vater hat ihn nicht umsonst ausgewählt. Schreibe so schnell wie möglich einen Brief an ihn, schreibe alles auf, was du weißt.«

Henrike war dankbar für die klaren Worte und den Rat der Frau. Entschlossen stand sie auf und wollte gehen. Schon morgen würde sie sich daranmachen, einen Brief an Symon Swerting zu schreiben!

Doch Mette zog sie zurück. »So schnell wie möglich, damit meine ich: jetzt.« Sie holte ein Wachstafelbüchlein, einen Bogen Pergament, Schreibfeder und Tinte aus ihrer Truhe.

Während Henrike sich an die Truhe setzte und schrieb, notierte die Dirne sich selbst etwas in ihr Büchlein. Als sie Henrikes neugierigen Blick bemerkte, erklärte sie: »Ich muss den Überblick behalten, wie viel ich verdient habe. Jetzt, wo dein Vater tot ist, ist das wichtiger denn je. Ich will schließlich nicht als Hure alt werden.«

»Sondern?«

Mette lächelte versonnen. »Ich wünsche mir ein Gasthaus. Ein hochanständiges. Mit sauberen Betten und feinen Linnen, in dem auch so jungfräuliche Damen wie du guten Gewissens absteigen können«, verriet Mette ihr.

Als Henrike fertig war, nahm sie den Brief an sich. »Ich werde ihn weiterleiten. Du kannst mir vertrauen«, sagte sie.

Henrike sah Mette fest in die Augen. Sie hatte in den letzten Stunden Kräfte zurückerlangt, die sie schon verloren geglaubt hatte. »Mein Vater hat dir vertraut. Wie könnte ich dir also nicht vertrauen?«, sagte sie.

Die beiden Frauen umarmten sich. Dann öffneten sie die Tür, vor der schon der Hurenwirt wartete.

Auf dem Heimweg glaubte Henrike einige glückliche Minuten lang, dass alles gut werden würde; sie fühlte sich richtig beflügelt.

Dann spürte sie einen heftigen Schlag auf den Hinterkopf, und ihr wurde schwarz vor Augen.

27

Hartwig Vresdorp lief die Mengstraße hinauf, den Blick auf seine Füße gerichtet und mürrisch vor sich hinmurmelnd. Alle kommandierten ihn nur herum, behandelten ihn wie einen Hund. Seine Frau Ilsebe ließ ihn deutlich spüren, dass er ein Versager war. Diercksen, der ihn mit immer neuen Forderungen überzog und ihn zu sich zitierte wie einen Diener. Dabei konnte er durchaus mit sich zufrieden sein. Den Händler aus Schonen hatte er durch das Haus seines Bruders ruhiggestellt, den Böttcher in Stralsund durch die Hand seiner Tochter. Alles war also gut, wenn man einmal von diesen verdammten Betrugsvorwürfen absah. Wenn die endlich aus der Welt geschafft wären, könnte er weitermachen wie bisher. Oder besser: Er könnte eine rechtschaffene Laufbahn in die Wege leiten und vielleicht, da sein Bruder ja durch seinen frühzeitigen Tod aus dem Rat geschieden war, sogar selbst einen Ratssitz anstreben. Der Name Vresdorp hatte noch immer einen guten Ruf in der Stadt.

Wenn diese Betrugsvorwürfe nur endlich verstummen würden! Aber dafür war er auf Diercksens Hilfe angewiesen, und der ließ sich jede noch so geringe Tat, jeden unterschlagenen Brief vergolden. Grob stieß Hartwig Vresdorp einen Bettler beiseite. Das Elend in der Stadt nahm langsam überhand. Vor die Mauern treiben sollte man das Gesindel! Sie sollten arbeiten wie er auch. Wenn man sie härter anfassen würde, würden sie auch etwas erreichen. Wie auf dem Ostseehof, den Asta viel zu lange schlaff geführt hatte. Es war ein guter Einfall seines Stiefsohnes gewesen, einen neuen Verwalter dorthin zu schicken. Auch wenn sich dieser Dietrich Grapengeter nun schon länger nicht mehr gemeldet hatte. Immerhin schien sich Nikolas in Bergen gut zu machen. Und seine sadistische Ader konnte er dort an seinem nichtsnutzigen Vetter auslassen. Das blutige Hemd bewies zur Genüge, dass er sich keinen Zwang antat. Ihm war es egal. Hauptsache, er musste sich nicht noch einmal mit dem Bengel auseinandersetzen. Er hasste Kinder. Ihren Widerspruchsgeist, ihr Weinen und Quengeln, den hündischen Blick, mit dem sie einen ansehen konnten. Sie sollten hinaus in die Welt, ihr eigenes Leben führen, und zwar so früh wie möglich. Wie es Telse und Nikolas inzwischen taten. Auch Simon würde er schon noch loswerden.

In Diercksens Kaufkeller kam ihm der Ratsherr sogleich entgegen. Im hinteren Teil des Gewölbes herrschte rege Geschäftigkeit. Als Hartwig sich neugierig reckte, konnte er sehen, wie mehrere Männer lange Metallrohre in Kisten verpackten, doch dann zog Diercksen ihn schon mit sich, humpelte vor ihm die Treppe hinauf und in die Dornse.

»Der Metallhandel läuft gut, wie?«, fragte Hartwig neugierig.

Der alte Mann ließ sich in seinen Armstuhl fallen. »Kann nicht klagen«, brummte er und steckte sich ein Stück Konfekt in den Mund.

»Und die Geschäfte mit dem Herzog?« Hartwig konnte den Blick kaum von dem Konfekt abwenden, doch ihm wurde nichts angeboten.

»Seine Angelegenheit steht kurz vor dem Abschluss. Und dann steht meinem Aufstieg nichts mehr im Wege. Das soll auch Euer Schaden nicht sein«, sagte Bruno Diercksen und hielt seinem Gast nun endlich doch die Schale mit dem Naschwerk hin.

Er griff zu, warf ein Stück Konfekt in den Mund und verschlang es mit einem Biss.

»Doch bevor es so weit ist, habe ich eine wichtige Aufgabe für Euch.« Sein Gegenüber beugte sich vor, stützte beide Hände auf den silbernen Stockknauf. »Adrian Vanderen wird morgen nach

Wismar reiten, um seiner Beschwerde wegen des Schiffbruchs Nachdruck zu verleihen. Er darf die Stadt nicht erreichen.«

Hartwig Vresdorp spitzte die Lippen, er brauchte einen Moment, bis er verstand. »Ich dachte, er soll Eure Tochter heiraten?«, wagte er anzumerken.

»Denken war noch nie Eure Stärke.« Das spöttische Schnauben des Ratsherrn ging in einen Hustenanfall über. Als er sich wieder beruhigt hatte, sagte er: »Ich wollte ihn auf meine Seite bringen. Ihn hinhalten. Mein zukünftiger Schwiegersohn würde sich kaum gegen mich wenden, dachte ich. Habe ihm gesagt, dass ich mich darum kümmern und herausfinden werde, was mit dem Schiff geschehen ist. Hatte gehofft, alles würde friedlich im Sande verlaufen. Aber er lässt einfach nicht locker. Harter Hund, dieser Vanderen.«

Mit seinen wulstigen Fingern schob er die restlichen kandierten Früchte durcheinander, entschied sich für ein Stück Ingwer, betrachtete es nachdenklich. »Wenn er mich in die Sache mit hineinzieht, ist es um meinen Ruf geschehen. Wenn man glaubt, dass ich mit den Seeräubern gemeinsame Sache mache, werde ich nie Bürgermeister. Ich bin jetzt ganz nahe dran. Aber ich weiß auch, wenn ich nächstes Jahr nicht Bürgermeister werde, werde ich es nie mehr. Also muss er aufgehalten werden.«

Hartwig kräuselte den Mund, als er folgerte: »Ihr wäret also nicht allzu traurig, wenn ihm … etwas zustoßen würde.«

Der Ratsherr biss von dem kandierten Ingwer ab, kaute genüsslich. »Sein Pferd könnte verunglücken. Die Straße nach Wismar ist unsicher. Ständig sind Räuber unterwegs. Es kann so viel passieren. Lasst Euch etwas einfallen«, sagte er.

Sein Gast erhob sich, für das Konfekt hatte er keinen Blick mehr. »Oh ja, es kann so viel passieren. Dafür werden ich und Rotger schon sorgen.«

Henrike erwachte, als sich jemand an ihrer Hüfte zu schaffen machte. Was war los?, wunderte sie sich benommen. Sie bewegte sich, wollte sich entziehen, doch es hörte nicht auf. Ihre Lider flatterten. Um sie herum war es dunkel, das Licht einer Kerze warf zuckende Schatten um sie. Wie warm und stickig es hier war, und wie sehr ihr Kopf brummte! Wie durch einen Schleier nahm sie den Mann wahr, der sich über sie beugte, ihr Gesäß vom Boden hob, an ihren Beinlingen zog. Beinlinge! Mit einem Schlag kam die Erinnerung zurück. Sie wollte die Hände heben, sich wehren, konnte sie jedoch nicht lösen. Sie war gefesselt! Der Mann sah auf – es war Rotger! Sie wollte schreien, doch der Stoffballen, der ihren Mund ausfüllte, ließ nur ein verzweifeltes Brummen hindurch. Der Gehilfe ihres Onkels lachte gehässig und riss ihren Gürtel auf.

Henrike wusste, dass sie ruhig bleiben musste, um ihn nicht noch mehr zu reizen, aber sie schaffte es nicht. Panisch strampelte sie, versuchte verzweifelt zu schreien. Sie schlug den Kopf von einer Seite zur anderen, suchte nach etwas, das ihr helfen könnte. Aber da waren nur die Kerze, eine Schale und ein blutiges Tuch. Rotger wollte gerade seinen Bruch abnesteln, um sich zu entblößen, da ließ ein Ruf ihn innehalten.

»Rotger, wie weit oben bist du denn? Wie ungezogen von dir!«

Eilig schloss der Gehilfe die Nesteln wieder. Missmutig brummend nahm er die Kerze und erhob sich. Henrike folgte mit ihrem Blick dem Lichtschein. Sie sah schräge, unverputzte Wände, Holzbalken. Jetzt fiel das Licht auf ein Winderad, die Klappen einer Luke, einen Treppenaufgang. Alles kam ihr bekannt vor – es sah aus wie der Dachboden ihres Elternhauses in der Alfstraße! Doch das konnte eigentlich nicht sein, es war doch nicht mehr ihr Haus. Andererseits glichen sich die Speicherböden vieler Kaufmannshäuser. Ein weiterer Lichtkreis war nun zu sehen. Eine Frauengestalt schien vom Boden aufzusteigen – Tante Ilsebe. Unbändiger Hass durchfuhr jede einzelne

Ader ihres Körpers. Am liebsten hätte Henrike ihre Tante auf der Stelle zur Rechenschaft gezogen. Stattdessen musste sie zusehen, wie Ilsebe Rotger entgegenging und sie sich leise unterhielten.

»Bist du schon bereit für deine Herrin, du Flegel? Soll deine Herrin dich strafen?«, hörte sie Ilsebe mit belegter Stimme fragen.

Was ging zwischen den beiden vor? Und was sollte sie selbst bloß tun? Henrike überlegte fieberhaft. Wenn sie sich still verhielt, würde Ilsebe sie vielleicht gar nicht bemerken, aber dann wäre sie weiter in Rotgers Gewalt. Es war aber auch fraglich, was Ilsebe tun würde, wenn sie erfuhr, dass Henrike bei Mette gewesen war – und das musste Rotger ja herausgefunden haben, sonst hätte er sie kaum überwältigen können. Sie befand sich in einer Zwickmühle.

Henrike drehte ihre Hände in den Fesseln. Sie schnürten in ihre Haut und ließen ihre Finger anschwellen. Aber sie spürte auch, dass Onkel Hartwigs Gehilfe den Knoten hastig und mit wenig Sorgfalt gebunden hatte. Mit aller Kraft versuchte sie, auf einer Seite eine kleine Schlaufe zu bilden, um wenigstens die eine Hand freizubekommen. Gleich, gleich würde sie es schaffen. Sie riss ihren Arm zur Seite. Er löste sich mit einem Ruck aus der Fessel … und schlug dabei die neben ihr stehende Schale mit einem unüberhörbaren Poltern um. Schnell wollte Henrike aufspringen. Als sie aber ihren Oberkörper hob, wurde ihr erneut schwindelig. Die beiden waren durch den Krach auf sie aufmerksam geworden und kamen nun näher. Rasch schob Henrike ihre Hände wieder hinter den Rücken. Wenn sie schon nicht fliehen konnte, mussten sie nicht auch noch wissen, dass sie sich befreit hatte.

»Was ist da los?« Die Stimme ihrer Tante erstarb, als sie Henrike bemerkte. Ilsebe ließ den Blick von Rotger zu Henrike und wieder zurück wandern. »Was macht sie hier?«, fragte sie streng.

Da brach sich Henrikes Groll Bahn. »Ich war bei Mette, bevor mich dein feiner Galan überfallen hat. Ich weiß jetzt, was geschehen ist. Du hast meinen Vater vergiftet!«, rief sie ihre Vermutung heraus.

Ilsebe lachte bellend. »Na und?«

»Du leugnest es nicht einmal?«

»Warum sollte ich? Dir gegenüber ist es kein Risiko. Als du zu Mette gegangen bist, hast du selbst den Stab über dich gebrochen. Rotger, töte sie! Das hättest du schon auf der Straße tun sollen!«

Der Knecht ließ sich neben ihr auf den Boden fallen und grinste sie böse an. Panisch dachte Henrike, dass sie die beiden irgendwie aufhalten, ablenken musste.

»Wie hast du es gemacht?«, fragte sie atemlos vor Angst. »Sag schon, wie hast du Vater das Gift gegeben? War es beim Ratsball?«

»Das verrate ich dir doch nicht«, entgegnete ihre Tante in einem seltsam kindischen Tonfall, drehte jedoch gedankenverloren an dem Ring an ihrem Finger.

»Ist es dein Ring? Hattest du ein Giftpulver darin und es in Vaters Wein gestreut?!«, riet Henrike.

»Nun, Rotger, was ist?«, trieb Ilsebe ihren Gehilfen an.

Der Mann blickte Henrike lüstern an.

»Du wirst doch nicht diese Hure deiner Herrin vorziehen?«

Nun näherten sich seine Hände ihrem Hals. Er wollte sie erwürgen!

Die Panik verlieh Henrike neue Kraft. Sie stieß ihn von sich, kam auf die Füße. Um sie herum drehte sich alles, sie taumelte. Das Windenrad schien auf sie zuzuwanken. Ein schwarzes Loch tat sich vor ihr auf, wollte sie hineinsaugen. Sie stolperte über das am Boden liegende Seil, konnte sich gerade noch an einem Balken festhalten, schaute durch die Luke. Wie tief es hier hinunterging! Nun war sie sich sicher: Sie befanden sich tatsächlich in ihrem Elternhaus. Als Kind hatte sie sich oft an das Windenrad geklammert und vorsichtig über die Luke gereckt. Zu gern hatte sie zugesehen, wie die schweren Säcke träge hin- und herschwankend hochgezogen wurden, als seien sie federleicht.

»Wie könnt ihr euch nur unser Haus für eure gottlosen Schäferstündchen aussuchen?«, keuchte Henrike, den beiden aufs Geratewohl eine Affäre unterstellend – jede Ablenkung war Gold wert.

Ihre Tante lachte auf. »Der neue Besitzer kommt erst in ein paar Tagen, wen stört es also? In einem leeren Haus hört niemand unsere Schreie. Und auch nicht deine.«

Ilsebe näherte sich ihr von der einen Seite der Luke, Rotger von der anderen. Gleich wäre Henrike eingekreist, wieder eine Gefangene. Sie wollte weglaufen, zur Treppe hin. Aber noch war sie zu benommen. »Warum hast du es getan, Tante? Hast du meinen Vater denn so sehr gehasst?«

Ein verächtliches Schnauben ging der Antwort voraus. »Dein Vater! Schon in Wisby hatte er auf mich herabgesehen, als Hartwig mich geheiratet hat. Zu alt fand er mich, zu arm. Auch hat ihm nicht gefallen, dass mein Mann so überraschend gestorben war. In der Blüte seiner Jahre aus dem Leben gerissen, hieß es immer! Der Langweiler!« Sie lachte schrill. »Ich dachte, Hartwig wäre anders. War er ja auch. Die ersten Jahre zumindest. Aber dann haben der Suff und sein Unvermögen ihn zugrundegerichtet, diesen Trottel! Und dein feiner Herr Vater? Immer obenauf! Am Anfang hat er uns noch Geld geliehen, aber dann war Schluss damit. Er brauchte das Geld selbst – für die ach so lukrativen Geschäfte mit diesem Vanderen. Wir dachten, ein paar böse Gerüchte würden dem ein Ende machen, aber nichts da!« Ilsebe schnaufte. »Konrad wollte Hartwig auffliegen lassen, seinen eigenen Bruder! Aber was noch schlimmer war, auch Nikolas wäre hineingezogen worden. Das wäre nicht gerecht. Mein Nikolas hat sich nie etwas zuschulden kommen lassen.«

Henrike packte der Hass erneut. Unschuldig war Nikolas nun wirklich nicht. Mit einem Sprung war plötzlich Rotger bei ihr, warf sie um, krachend landeten sie auf den Bohlen. Er wollte sich auf sie wälzen, doch Henrike stieß ihn von sich, hob die Beine, trat nach. Rotger taumelte rückwärts, gegen seine Herrin. Ilsebe geriet über dem Seil ins Straucheln, die Kerze fiel ihr aus der Hand. Dann ein gellender Schrei, ein Krachen und Poltern, das sich wiederholte, immer und immer wieder, das leiser und leiser wurde und schließlich ganz erstarb. Henrike rappelte sich auf und lief auf die Treppe zu. Sie sah Flammen auflodern. Ein Teil des Dachbodens hatte Feuer gefangen! Sie wollte den Brand löschen, zog ihr Wams aus, wich jedoch zurück, als sie Rotger erblickte. Er klammerte sich noch immer an das Windenrad und starrte in die Tiefe, dann wandte er sich ihr zu, die Augen ungläubig geweitet.

»Du hast sie getötet. Du hast die Herrin … umgebracht.«

Henrike gefror das Blut in den Adern. Ilsebe musste im Handgemenge den Warenaufzug hinuntergefallen sein! Dass sie diesen Sturz überlebt hatte, war wenig wahrscheinlich. Sie näherte sich dem Feuer. Hitze brannte auf ihrem Gesicht. Die Flammen breiteten sich auf den trockenen Bohlen in Windeseile aus, würde sie sie überhaupt noch löschen können? Aber sie musste es versuchen, sie musste ihr Elternhaus retten.

»Ilsebe lebt sicher noch. Geh hin und hilf ihr, ich lösche das Feuer!«

Doch die Fassungslosigkeit in Rotgers Blick hatte sich bereits in Mordlust gewandelt. »Du hast die Herrin getötet. Dafür wirst du büßen.«

Henrike wich zurück. »Ich war es nicht … Es war ein Unfall! Ihr seid gestolpert, Ilsebe und du. Rotger, wir müssen das Feuer löschen. Ich befehle es dir!«

Er hatte sie fast erreicht, streckte die Hände schon nach ihr aus. Henrike rannte die Treppe herunter, trotz der Dunkelheit mehrere Stufen auf einmal nehmend. Jetzt kam es ihr zugute, dass sie das Haus in- und auswendig kannte, dass sie oft mit Simon hier herumgetobt war. Sie musste hinaus, musste Alarm schlagen, damit die Flammen überhaupt noch eingedämmt werden konnten.

Unten angekommen, sah sie als Erstes eine dunkle Gestalt reglos auf den Gotlandplatten liegen und musste urplötzlich daran denken, wie die Leiche ihres Vaters in der Diele gelegen hatte. Es krachte, Funken rieselten durch die Luken wie Schneeflocken. Das Feuer fraß sich bereits durch die Speicherböden hindurch! Wenn es nicht bald gelöscht wurde, war es um das Haus geschehen. Ob ihre Tante wirklich tot war? Falls sie noch lebte, konnte sie Ilsebe nicht einfach hier liegen lassen. Ihre Tante würde bei lebendigem Leibe verbrennen. Diese Strafe hätte nicht einmal sie verdient. Schon fielen die ersten brennenden Balken neben ihr herunter. Furchtsam näherte sich Henrike dem Körper, beugte sich darüber, versuchte den Atem zu erspüren. Da wurde sie ein weiteres Mal von den Beinen gerissen. Rotger war bei ihr. Er warf sich auf sie, umfasste ihren Hals, presste zu. Henrike strampelte mit den Beinen, doch er war zu schwer. Sie schlug ihn, aber ihre Schläge machten ihm nichts aus. Sie kratzte, was ihn kaum zu stören schien. Sie schrie verzweifelt um Hilfe, doch schnell versagte ihre Stimme unter seinem eisernen Griff. Sie bekam keine Luft mehr, versuchte krampfhaft zu atmen. Bunte Punkte tanzten vor ihren Augen, ihre Sinne schwanden. Das war es also gewesen, ihr Leben. Aber sie hatte wenigstens gekämpft …

Hartwig Vresdorp fluchte. Bald würde der Morgen grauen, und Rotger war noch immer nicht aufgetaucht. Ilsebe war nicht da, Henrike war ebenfalls fort. Was ging eigentlich vor in seinem

Haus? Machte jeder nur, was er wollte? Hatte seine Nichte noch immer nicht gelernt, zu gehorchen? Was sollte er denn noch mit ihr anstellen! So ging es jedenfalls nicht weiter. Er würde beiden Frauen deutlich machen müssen, wer hier das Sagen hatte.

Widerstrebend schob er seinen Dolch in den Gürtel. Er hatte geplant, sich mit Rotger auf Adrian Vanderens Spuren zu heften und ihn auf einem einsamen Wegstück zu töten. Was sollte er sich einen komplizierten Hinterhalt überlegen, wenn ohnehin niemand überlebte, der ihn später verraten konnte? Aber jetzt war Rotger verschwunden, und sich allein dem fremden Kaufmann zu stellen, wagte er nicht. Adrian Vanderen war deutlich jünger und beweglicher als er. Er schenkte sich noch einen Becher Roten ein und trank ihn in einem Zug aus. Auf dem Land gab es so viele Unwägbarkeiten, das gefiel ihm nicht. Es wäre besser, wenn Vanderen die Stadt gar nicht erst verließe. Vielleicht konnte er ihn einfach in seinem Stall überfallen oder dort ein schönes kleines Feuer legen … In seinem Haus würde Vanderen sich sicher fühlen, und Gehilfen, die ihn warnen könnten, hatte er im Moment auch nicht. Der Glatzkopf, der in seinen Diensten stand, war ihm nach Wismar vorausgereist. Sie hatten wohl das Versteck der *Gotthilf* ausfindig gemacht. Aber darum musste sich Diercksen endlich kümmern! Wie auch immer, es wurde Zeit. Er musste sich auf den Weg machen, ob mit oder ohne Rotger.

Als Hartwig Vresdorp das Haus in der Mengstraße erreichte und sich in den Hinterhof schlich, hatte er die Lösung seines Problems plötzlich vor Augen. Ein Teil des Flügelanbaus wurde neu ummauert. Ein Gerüst stützte die Mauern ab, darauf lagen stapelweise Ziegelsteine. Niemand würde es verdächtig finden, wenn ein Baugerüst umstürzte. Kurz entschlossen kletterte er auf einen Mauervorsprung neben dem Gerüst und wartete. Endlich, als sich schon ein schmaler Streifen Licht am Horizont zeigte, kam ein Mann aus dem Haus – Vanderen! Jetzt musste es schnell gehen. Hartwig Vresdorp stemmte seine Beine gegen die Hauswand und drückte mit aller Kraft gegen das Gerüst. Es schwankte leicht – er bündelte noch einmal all seine Kräfte –, dann stürzte es um. Staub wirbelte auf, keine Bewegung war mehr zu sehen. Hartwig hockte auf seinem Sims und grinste zufrieden in die Morgendämmerung. Das hatte er geschickt gelöst. Ein tragisches Unglück, nichts weiter.

Doch da riss jemand an seinem Bein, zerrte ihn in die Tiefe, und bevor er noch reagieren konnte, streckten ihn schon harte Schläge zu Boden. Vanderens Wams war zerrissen, das Gerüst musste ihn erwischt haben, aber es hatte ihn keineswegs niedergestreckt. Jetzt packte Vanderen ihn am Nacken, schleifte ihn hinter sich her. Verdammt! Nur weil Rotger nicht aufgetaucht war, hatte er den Auftrag nicht ordentlich ausführen können! Er musste sich irgendwie befreien und um Hilfe rufen!

In diesem Moment begannen die Glocken zu läuten: Offensichtlich war ein Feuer in der Stadt ausgebrochen.

Vanderen drehte Hartwig auf den Rücken, fesselte ihn und band ihn an die Stalltür. »So gefährlich werde ich Euch also, dass Ihr nicht einmal vor einem Mord zurückschreckt, Vresdorp? Aber dieses Mal kommt Ihr nicht davon, das schwöre ich Euch«, sagte Adrian zornig.

Hartwig Vresdorp überlegte. Aus eigener Kraft würde er sich nicht befreien können, ihm würde nur eine List helfen. »Nein, Ihr kommt nicht davon, Vanderen. Der, der mich geschickt hat, wird nichts unversucht lassen, Euch aus dem Weg zu schaffen.«

Vanderen packte ihn am Kragen. Die Glocken schlugen ohne Unterlass. Aus den umgebenden Häusern waren Rufe zu hören. Der Kaufmann sah auf, wirkte beunruhigt.

»Glaubt Ihr wirklich, ich falle auf Eure Lügen herein?«

Hartwig bekam kaum Luft. »Das … ist keine Lüge. Ihr habt die Falschen gegen Euch aufgebracht. Lass mich frei, und ich verrate Euch alles. Ich gebe Euch mein Ehrenwort.«

Vanderen lachte trocken. »Was ist Euer Ehrenwort schon

wert?! Ich werde lieber mal nachschauen gehen, wo es brennt. Und wenn ich wiederkomme, bringe ich die Büttel mit.«

Hartwig bekam es mit der Angst zu tun. »Und wenn es hier brennt?«, rief er ihm hinterher.

»Dann bekommt Ihr nur, was Ihr verdient.«

Lodernde Flammen. Funken, die im Nachthimmel tanzten. Dumpfes Krachen, als die Balken nachgaben, ohrenbetäubend wie unzählige Trommeln. Ihr Kopf, leicht, wie auf Federn gebettet. Widerstreitende Gedanken. ›Nun bin ich doch im Fegefeuer gelandet. Schön sieht es hier aus.‹ Henrike lächelte heiter, obgleich es eigentlich gar keinen Grund dafür gab. Da schob sich ein Gesicht über sie – Adrian! Wie kam er hierher? Und warum glänzten seine Wangen feucht? Henrike strich ihm über das Gesicht. Sie bemerkte eine Träne in seinem Augenwinkel, die ihre Liebe plötzlich mit Wucht wieder aufwallen ließ. Weinte er etwa ihretwegen? Aber warum? Jetzt wurde ihr auch bewusst, dass er erleichtert ihren Namen gerufen hatte.

»Was ist passiert?«, fragte sie verwirrt.

Ein Schatten zog über Adrians Gesicht, als er zu sprechen begann: »Die Glocken läuteten ohne Unterlass. Es war merkwürdig, aber ich hatte so ein Gefühl, als ob … Ich musste einfach in die Alfstraße, und tatsächlich brannte euer Haus! Ich lief hinein, da sah ich Rotger – und dich. Du warst schon bewusstlos.« Er schloss die Augen und ergriff sanft ihre Hand. »Also habe ich Rotger niedergeschlagen und dich herausgeholt.«

Henrikes Blick verschwamm. »Ich verdanke dir also mein Leben?«

Sie ließ die Finger an seinem Hals hinunterwandern. Plötzlich wollte sie ihn nur noch an sich ziehen und küssen, ihn endlich küssen.

Adrian lächelte, bot ihr jedoch Widerstand. »So gerne ich es auch wollte, wir können nicht«, flüsterte er ihr zu. »Wir sind hier nämlich nicht allein.«

Jetzt erst bemerkte Henrike, was um sie herum geschah. Sie hob den Kopf. Menschen bildeten eine lange Kette, reichten Eimer weiter und schütteten Wasser in das Feuer. Bürgermeister Swerting stand etwas erhöht und gab Anweisungen, wie ein Feldherr in einer Schlacht. Ihr Haus brannte! Jetzt fiel ihr auf einmal alles wieder ein. Das Gespräch mit Mette. Der Schlag auf den Kopf. Rotger. Ilsebes Sturz. Sie wollte aufstehen, doch Adrian musste ihr helfen, damit sie sich überhaupt aufrichten konnte.

»Tante Ilsebe … Sie liegt im Haus. Vielleicht lebt sie noch«, sagte sie und tapste benommen los.

»Wir haben schon nach ihr gesehen«, versicherte ihr Adrian vage.

»Dann müssen wir helfen!« Henrike reihte sich in die Helferkette ein, doch schon nach dem ersten Eimer taumelte sie. Wie schlecht ihr war! Alles drehte sich!

Adrian stützte sie bis zur gegenüberliegenden Hauswand, an der sie sich hinuntersinken ließ. Sie bat Adrian, statt ihrer beim Löschen zu helfen. Henrike vermied jede Bewegung, ihr Kopf brummte zu sehr. Sie schloss die Augen vor Schmerzen. Sie bemerkte kaum, wie die Geräusche um sie herum immer leiser wurden, wie sie schließlich ganz wegsackte.

Sie spürte eine sachte Berührung an ihrer Schulter. Symon Swerting und Adrian hockten neben ihr, ihre Kleidung angekokelt, die Gesichter rußgeschwärzt. Es war so hell! Wann war es Tag geworden? Henrike blickte an ihnen vorbei. Von ihrem Haus waren nur noch verkohlte Ruinen zu sehen, wie schwarze

Stummel im Munde eines alten Mannes. Einzig die Beischlagwangen ragten noch unbeschädigt empor, wie das Tor zu einer verlorenen Welt. Eine tiefe Traurigkeit senkte sich über sie. Ihr Blick verschwamm. Immerhin hatten die Männer verhindert, dass das Feuer auf die Nachbargebäude übergreifen konnte. Swerting legte seine Hand beruhigend auf ihre Schulter, seine Züge waren ernst.

»Ich habe Euren Brief bekommen, Jungfer Henrike, seid unbesorgt. Wir werden später über alles sprechen. Aber erst einmal ist es wichtig, dass Ihr Euch erholt. Ich werde Euch nach Hause …«, er zögerte, »… in das Haus Eurer Verwandten bringen lassen.« Henrike zuckte zusammen. Ihre Verwandten! Was war mit ihnen? »Meine Tante …, Rotger …, sind sie …?«

Swerting erhob sich. »Lasst uns später darüber sprechen. Ich habe hier noch zu tun. Vanderen, würdet Ihr, wie wir besprochen haben … ?«

Als sein Gegenüber nickte, wandte der Ratsherr sich wieder der Ruine zu.

Adrian hob Henrike hoch. Sie wusste nicht, was aus seinen Heiratsplänen geworden war. Aber das war im Moment auch nicht wichtig. Er war hier, kümmerte sich um sie und sah sie an, als sei sie das Wichtigste auf der Welt. Das wollte sie genießen, solange sie konnte.

»Ich möchte auf keinen Fall in das Haus meines Onkels«, sagte sie schwach, aber bestimmt und legte den Arm über seine Schulter.

Adrian hielt ihren Blick fest, und es war, als ob er zugleich auch die schwindelnden Gedanken in ihrem Kopf zur Ruhe brachte, ihr einen neuen Halt gab.

»Du musst nicht in das Haus deines Onkels. Nie wieder musst du dorthin, wenn du nicht willst.«

Henrike schmiegte sich an ihn. Sie wusste nicht, was er meinte.

Sie war auch zu erschöpft, um nachzufragen. Aber seine Worte klangen wundervoll.

Als sie wieder erwachte, lag sie in frischem Linnen in einem breiten Bett. Die sattgelbe Nachmittagssonne fiel durch die Fenster. Sie musste lange geschlafen haben. Ihr Kopf fühlte sich noch immer seltsam luftig an, wie aufgepumpt, aber sie war auch etwas erholt. Da kam auf einmal die Erinnerung an die letzte Nacht zurück, überrollte sie wie Wellen, die einen von den Füßen reißen konnten. Die Anspannung im Hurenhaus, die große Erleichterung. Der Verfolger in der Morgendämmerung, der Schlag. Der Kampf mit Ilsebe und Rotger. Ihr Sturz. Der Brand. Die schreckliche Todesangst. Henrike schossen die Tränen in die Augen. Als sie laut aufschluchzte, wurde plötzlich die Tür aufgerissen. Adrian flog förmlich an ihr Bett, schloss sie in die Arme und hielt sie ganz fest. In Henrike wallten alle aufgestauten Ängste, Sorgen und die Trauer der letzten Monate auf; sie konnte und wollte die Tränen nicht zurückkämpfen und weinte haltlos. Adrian ließ es geschehen. Erst als sie sich endlich langsam beruhigte, begann er leise und sanft zu sprechen.

»Habe ich dir nicht eine Geschichte versprochen? Die Saga von Laurins Rosengarten? Der Zwergenkönig Laurin hatte einst einen wunderschönen Rosengarten …«, begann er.

Zunächst hörte sie kaum hin, doch nach und nach zogen seine tiefe Stimme, die bedächtige Erzählweise und die Geschichte selbst sie in den Bann. Sie hörte, wie der tapfere Held Thidrek gegen den Zwerg kämpfte. Thidrek war ihm unterlegen, bis er merkte, dass Laurin mit Hilfe eines Zaubergürtels und einer Tarnkappe betrog, die ihn unsichtbar machte. Die Bewegungen der Rosen verrieten jedoch, wo Laurin war, und so konnten Thidrek und seine Gefährten ihn gefangen nehmen. König Laurin aber verfluchte die verräterischen Rosen. Weder bei Tag noch bei Nacht sollte ein Mensch seinen Garten sehen.

»Er vergaß jedoch die Dämmerung, und deshalb verfärben sich die Bergspitzen von Laurins Felsengarten um diese Zeit rot, als ob die Rosen wieder erblühten. Und wer weiß, vielleicht reicht ihr Schein an manchem schönen Sonnenuntergang auch bis hierher nach Lübeck«, schloss Adrian, während er Henrike fest in seinen Armen hielt.

Henrike war ganz still geworden. Ihr Kopf war an seine Brust gesunken, so dass sie sein Herz hören konnte. Jetzt hob sie den Kopf und betrachtete sein Gesicht, aus dem alle Rußspuren verschwunden waren, auch trug er inzwischen saubere Kleidung. Ein Gefühl großer Zärtlichkeit überfiel sie, dessen sie sich einfach nicht mehr erwehren konnte. Sie strich mit den Fingern über seine Wangen, zeichnete den Schwung seiner Lippen nach. Sie konnte nicht widerstehen, beugte sich zu ihm, legte ihre Lippen auf seine, fühlte ihn, schmeckte ihn, konnte nicht genug bekommen von ihm. Diese Mal widersetzte sich Adrian nicht.

Henrike erwachte früher als er. Sie hatten nach dem ersten Kuss kaum voneinander lassen können, aber schließlich war Henrike doch erschöpft eingeschlafen. Jetzt lag er neben ihr, die Kleidung zerwühlt, den Arm zärtlich um sie gelegt. Keinen Moment hatte sie gezweifelt. Sie wusste tief in ihrem Inneren, dass es richtig war. Dennoch regte sich jetzt ihr schlechtes Gewissen. Symon Swerting hatte sie in das Haus ihres Onkels geschickt, stattdessen war sie im Haus – und Bett – eines alleinstehenden Mannes gelandet. Und sie war ehrlich gesagt mehr als glücklich darüber. Voller tiefer Gefühle sah sie Adrian an.

Aber jetzt durfte sie den Bürgermeister nicht noch länger auf sich warten lassen. Vorsichtig machte sie sich von Adrian los und richtete sich auf.

»Wo willst du hin, Geliebte?«, murmelte er schlaftrunken.

Sie lächelte, doch dann verdunkelte sich ihre Stimmung. Was sie in den letzten Stunden erlebt hatten, konnte, durfte nicht sein, egal, wie sehr sie es bedauerte. Er war einer anderen Frau versprochen. Sie durfte die Liebe zu ihm nur in ihrem Herzen tragen, aber nicht mehr leben.

»Zu Symon Swerting«, sagte sie fest.

Adrian setzte sich auf. Seine schwarzen Haare standen verstrubbelt hoch. Er sah verschlafen so liebreizend aus, dass sie sich am liebsten wieder in seine Arme geworfen hätte.

»Henrike, ich muss dir etwas sagen«, begann er.

Sie hob abwehrend die Hand. »Schon gut«, sagte sie schweren Herzens und wandte sich ab. »Was wir getan haben, bedarf keiner Worte.«

Er stieg aus dem Bett, ergriff ihre Hand. »Doch, Geliebte. Was wir getan haben, bedarf der Worte.« Er ließ sich vor ihr auf den Boden sinken. »Henrike Vresdorp, willst du mich heiraten? So wie es dein Vater gewünscht hat und so, wie wir es schon vor Monaten hätten tun sollen?«

Henrike konnte nicht glauben, was da gerade geschah. Glücksgefühle rasten durch ihren Körper, ein leichtes Kribbeln prickelte zwischen ihren Schulterblättern. Liebte Adrian sie wirklich? Und durfte sie ihn lieben – trotz allem? Sie traute sich kaum, dieses Glück zu fassen. Aus seinen blauen Augen sprach tiefe Liebe, aber auch ein Funken Unsicherheit.

»Und Drudeke?«, fragte sie unsicher.

Er sah sie fest an, seine Augen brannten. »Ich habe ihr bereits gesagt, dass ich sie nicht heiraten kann. Ich liebe sie nicht. Ich liebe dich, Henrike, nur dich!«

Henrike sank neben ihn, umfasste seine Hände. Tränen stiegen in ihre Augen. Sollte ihr Traum doch noch wahr werden?

»Aber was ist mit der hohen Mitgift, die du für deine Schwestern brauchst?«

Er lachte. Es war ein aufgewühltes, ein warmes Lachen. »Wir werden es anders beschaffen, auch wenn es vielleicht etwas länger dauert. Du kennst meine Familie nicht. Sie würde nicht wollen, dass ich gegen mein Herz handle. Aber du wirst sie kennenlernen, und sie werden dich lieben, so wie ich dich liebe, Henrike!«

Jetzt sank sie ihm endlich in die Arme und sagte ihm, dass sie nichts lieber täte, als seine Frau zu werden. Überglücklich küssten sie sich, streichelten und liebkosten einander. Henrike spürte ihren Körper, wie sie ihn noch nie gespürt hatte. Doch nicht Schmerz war es, der sich in ihren Gliedern ausbreitete, sondern ein ihr unbekanntes Verlangen, eine sinnliche Lust. Nichts hielt sie zurück. Sie fühlte sich schwach, noch mehr aber wollte sie dieses süße Gefühl auskosten.

Ohne noch länger zu zögern, zog sie Adrian auf das Bett. Er machte sich kurz von ihr los, der Blick fragend, doch seine Wangen leuchtend vor Liebe und Lust. Er wollte etwas sagen, doch Henrike legte ihm lächelnd die Finger auf die Lippen. Sie wollte nichts hören, nichts wissen, nur fühlen, eins sein mit ihm, diesen glücklichen Moment auskosten bis zuletzt. Wieder küsste sie ihn, zog ihn aus bis auf den nackten Oberkörper. Sie ließ ihre Finger über seine Haut wandern, strich hauchzart über die Narbe, die die Enterdregge in seiner Schulter hinterlassen hatte, küsste sie behutsam. Auch Adrian streichelte sie nun, sanft und fordernd zugleich, so wie es ihr gefiel. Er streifte ihr Hemd ab und liebkoste ihre Brüste, die sich ihm entgegenreckten, bis ihr Leib glühte und sie sich ihm ganz hingab. Alle Angst vor diesem Akt war vergessen, und es tat nur einen kleinen Moment weh. Sie bewegten sich in- und miteinander, bis sie vor lauter Lust erbebten und eng aneinandergeschmiegt in die Kissen sanken.

Sie mussten geschlafen haben, denn ein heftiges Klopfen schreckte sie auf. Henrike und Adrian lösten sich voneinander.

Sie legte sich artig wie eine Kranke ins Bett, er zog sich notdürftig an, bevor er die Tür öffnete. Margarete trat ein. Sie war etwas schmaler und gebeugter als früher, musterte sie aber mit einem munteren Blick.

»Ich habe Herrn Vanderen auch schon gesagt, dass ich nicht mehr für ihn arbeiten werde, wenn er nicht endlich diese eingebildete Schnepfe sausen lässt und meine Henrike nimmt, für die er doch bestimmt ist«, meinte sie mit einem verschmitzten Lächeln.

Am Nachmittag brachen sie gemeinsam auf, um Symon Swerting im Rathaus aufzusuchen. Überall wuselten Ratsdiener herum, die Pracht der Räumlichkeiten schüchterte Henrike ein. Noch immer wurde sie gelegentlich von Schwindelattacken heimgesucht, deshalb war sie froh, sich bei Adrian einhaken zu können. Überdies war sie nervös. Sie wusste, ihre Zukunft hing von den Entscheidungen Symon Swertings ab. Würde er wirklich gegen ihren Onkel handeln? Was wäre mit ihrem verlorenen Erbe? Und was würde er mit ihr machen, wenn er sie nicht in die Obhut ihrer Verwandten zurückgeben konnte?

Symon Swerting war im Gespräch mit den anderen Bürgermeistern, die sie höflich begrüßten. Ihr Vormund bat sie in einen kleinen, aber prächtigen Seitenraum, eine Art Besprechungszimmer.

»Ich muss gestehen, dass ich mir Vorwürfe mache. Euer Vater hat Euch mir anvertraut, und ich habe meine Pflicht vernachlässigt. Dafür gibt es keine Entschuldigung.«

Henrike war erstaunt, den Bürgermeister so zerknirscht von sich sprechen zu hören.

»Meine Tante und mein Onkel haben viele getäuscht«, sagte Henrike.

Sie war sich inzwischen sehr sicher, dass Ilsebe nicht zum ersten Mal zu Gift gegriffen hatte. War nicht auch ihr erster Mann sehr plötzlich gestorben, nachdem sie Hartwig kennengelernt hatte? Und was war mit Hartwigs Krankheit, die ihn just in dem Moment befallen hatte, als er Wisby hätte verteidigen müssen?

Symon Swerting wischte ihren Einwand einfach weg. »Das ist ohne Belang. Ich hätte mich schon früher nach Eurem Befinden erkundigen und die Zeichen erkennen müssen.«

Er rief einen Diener, ließ sich ein Buch bringen, in das verschiedene Papiere eingelegt waren. Henrike erkannte ihren Brief, aber auch die anderen Notizen des Vaters, die sie im Hurenhaus gesehen hatte; Mette hatte schnell gehandelt, sie war ihr wirklich zu großem Dank verpflichtet. Nervös umfasste sie die Stuhllehne fester. Sie hatte noch lange mit Adrian über den Brand und seine Vorgeschichte gesprochen. Er hatte von Hartwigs Anschlag auf ihn erzählt. Davon, wie er Rotger überwältigt und sie aus dem Haus getragen hatte. Dann waren die ersten Helfer gekommen, hatten sich um den Gehilfen und ihre Tante gekümmert.

»Was ist mit meinen Verwandten … und ihrem Gehilfen?«, wollte Henrike wissen.

»Hartwig Vresdorp befindet sich im Kerker. Seine verschiedenen Betrügereien werden nun genau untersucht. Er wird dafür zur Rechenschaft gezogen, da könnt Ihr sicher sein. Eure Tante ist tot, wir werden sie noch heute bestatten lassen. Und der Gehilfe, nun ja.« Er räusperte sich. »Er wurde bewusstlos aus dem Haus gerettet und auf die Straße gelegt. Aber nun ist er verschwunden. Wir suchen natürlich überall nach ihm«, fügte Swerting energisch hinzu.

Henrike setzte sich alarmiert auf. Hoffentlich fanden sie Rotger! Es war kein gutes Gefühl, ihn in Freiheit zu wissen. Sie würde sich kaum sicher fühlen können.

»Und unser Erbe, mein Besitz?«

»Euer Onkel hätte das Haus nie verpfänden dürfen. Er muss allein für seine Schulden haften. Wenn ich nur früher davon erfahren hätte! Der Vertrag ist nichtig, das Haus gehört Euch. Beziehungsweise, wie man leider sagen muss, das, was davon noch übrig ist.« Symon Swerting wirkte konsterniert. »Ich sehe es als meine Pflicht an, Euch beim Wiederaufbau zu unterstützen … Wenn Ihr das wollt. Aber noch ist ja nicht alles verloren. Die geraubte Schiffsladung wird dank Herrn Vanderens Unterstützung gerade gesichert. Das Schiff werden wir auch finden.«

»Und wie ist es mit den Vorwürfen gegen Bruno Diercksen?«, wollte Adrian wissen.

Cord hatte tatsächlich den Hehler in Wismar zum Sprechen gebracht. Der beteiligte Ratsmann sei der in Lübeck beheimatete Bruno Diercksen, hatte dieser gesagt. Dass passte zu den Informationen, die Henrike von Mette bekommen hatte.

Symon Swerting zögerte, ihm bereitete die Angelegenheit sichtlich Unbehagen. »Ratsherr Diercksen wird sich dazu äußern müssen, ob es diese skandalöse Zusammenarbeit mit den Freibeutern gegeben hat. Erst nach genauer Prüfung aller Fakten wird sich entscheiden lassen, ob die Vorwürfe gegen ihn der Wahrheit entsprechen«, sagte er unverbindlich.

Adrian ergriff nun ganz unverhohlen Henrikes Hand. Symon Swerting schien sich nicht daran zu stören.

»Wir werden den Handel wieder aufbauen, größer und schöner als zuvor«, versprach Adrian, wobei er der jungen Frau an seiner Seite tief in die Augen blickte.

»Ihr bleibt also bei Eurem Vorhaben?«, erkundigte sich der Bürgermeister.

»Natürlich.«

Swerting zog einen Zettel hervor und wandte sich nun wieder Henrike zu.

»Ihr wisst, dass Euer Vater und Herr Vanderen sich über Eure Heirat einig waren, wie aus diesem Papier hervorgeht? Ich habe als Euer Vormund gegen diese Verbindung nichts einzuwenden. Aber natürlich sehe ich es nach all den tragischen Ereignissen als meine Pflicht an, auch Euch dazu zu befragen. Wollt Ihr Adrian Vanderen zu Eurem Ehemann nehmen?«

Henrikes Herz machte einen Satz. Sie konnte nicht fassen, dass auf einmal alles so leicht gehen sollte!

»Ja!«, rief sie erleichtert und strahlte Adrian an.

Swerting schlug das Buch zusammen und erhob sich. »Dann werde ich alles vorbereiten lassen und Euch morgen in der Frühe trauen. Ich werde ein paar Ratskollegen als Zeugen dazubestellen, damit jeder weiß, dass alles seine Ordnung hat.«

Er lächelte Adrian an. »Gebt bis dahin gut auf Eure Braut acht, damit nicht wieder etwas dazwischenkommt.«

Adrian brachte Henrike in sein Haus und kümmerte sich fürsorglich um sie. Als Müdigkeit und Schwindel sie wieder überfielen, half er ihr ins Bett und wich auch nicht von ihrer Seite, als sie einschlief. Margarete war währenddessen mit Henrikes Hochzeitskleid beschäftigt. Adrian hatte ihre Habseligkeiten aus der Kammer im Hause des Onkels holen lassen. Ihre schönen Kleider waren jedoch verschwunden, ebenso wie der Schmuck. Vermutlich hatte ihre Tante beides versetzt. Also musste sie notgedrungen ein älteres aufarbeiten lassen, etwas anderes blieb ihr in der Kürze der Zeit nicht übrig. Nachdem Henrike all diese Dinge erfahren hatte, überschattete Kummer ihr Gesicht.

Adrian umarmte sie tröstend. »Ich weiß, dein Vater hätte dir eine großartige Hochzeit ausgerichtet, mit einem prächtigen Kleid wie dem, das du beim Empfang des Kaisers getragen hast. Aber du wirst andere schöne Kleider haben«, sagte er. »Und für mich bist du sowieso die schönste Braut, die es überhaupt geben kann.«

Henrike lehnte sich an ihn, genoss es, seinen Körper neben sich zu spüren.

»Das ist es nicht«, sagte sie aufrichtig.

Bei vielen Patrizierfamilien war eine Heirat die beste Gelegenheit, ihren Reichtum zur Schau zu stellen, das stimmte, aber sie bedrückte etwas ganz anderes.

»Ich muss an Simon denken. Ich wünschte, er wäre schon wieder hier und könnte an unserem großen Tag dabei sein.« Was ihr Bruder wohl dazu sagen würde, wenn er die Ruine des Hauses sah? Und wenn er von den Untaten ihrer Verwandten hörte? Wieder hörte sie in Gedanken Claas' Worte. »Hoffentlich ist er wohlauf«, flüsterte sie.

Adrian küsste sie zart. »Das ist er, ganz sicher. Bald wird er wieder hier sein, und wir können mit ihm seine Rückkehr und unsere Hochzeit feiern!«

Widerspruch regte sich in ihr. War das ein Zeichen, dass es ihr langsam besser ging? Henrike stützte sich auf ihren Ellenbogen. »Wie kannst du dir da nur so sicher sein?«

Ein Lächeln huschte über Adrians Gesicht. »Ich habe Liv mit nach Bergen geschickt. Mein Gehilfe wird schon auf Simon aufpassen, schließlich sind die beiden befreundet.«

Henrike war ungehalten. »Warum hast du mir das nicht schon früher verraten?«

»Es gab keine passende Gelegenheit. Außerdem hattest du so viel anderes im Kopf. Und, ich gebe es zu, manchmal habe ich es auch einfach vergessen. Ich habe ja nicht immer nur an Simon gedacht, wenn wir zusammen waren.«

Sie schüttelte den Kopf. Etwas an diesem Plan hatte nicht funktioniert. »Aber wie hat es dann in Bergen so weit kommen können?«

Sie berichtete von Claas' Besuch, dem blutigen Hemd, Nikolas' Angriffen und der Gleichgültigkeit ihres Onkels.

Verstört setzte Adrian sich auf. »Ich werde sofort Cord losschicken. Er soll das nächste Schiff nach Bergen nehmen und Simon sicher nach Hause bringen. Vielleicht habe ich Liv zu viel zugetraut.«

Auch Henrike erhob sich. »Und ich schreibe Asta endlich einen Brief. Ich muss wissen, wie es ihr geht, und ihr von den Vorgängen hier berichten.«

Sie sah ihn noch einmal an, strich ihm zart durch das Haar. Wie sehr sie ihn liebte!

»Und natürlich schreibe ich auch von den wunderbaren Neuigkeiten!«

Später bat Henrike Adrian, mit ihr zum Friedhof zu gehen, wo Ilsebe Vresdorp beerdigt werden sollte. Es war nicht so, dass sie sich verpflichtet fühlte, ihrer Tante die letzte Ehre zu erweisen, ganz und gar nicht. Sie wollte einfach sehen, dass die Mörderin ihres Vaters wirklich tot war, dass sie Simon und ihr nichts mehr würde antun können. Auf dem Kirchhof warfen Männer gerade Erde auf das Grab. Hartwig Vresdorp stand neben dem Priester, hinter ihm zwei Büttel, die darauf achteten, dass er sich nicht davonmachte. Ihr Onkel wirkte verbittert und um Jahre gealtert, trug das einfache Wams der Schuldner. Finster funkelte er das Paar an. Wenn ihm Betrug nachgewiesen werden würde, stünde darauf der Tod am Galgen.

Henrike hatte die Frauengestalten, die sich zwischen den Männern befunden hatten, zunächst nicht bemerkt. Doch dann kam Telse plötzlich auf sie zugeschossen wie eine Furie, an ihrer Seite die verräterische Köchin Janne. Wie hatte ihre Base von dem Tod der Mutter erfahren? Wie war sie so schnell hierhergekommen?

»Du hast Unglück über meine Familie gebracht! Meine Mutter ist tot, mein Vater im Gefängnis und ich in Stralsund verheiratet. Gott wird dich strafen dafür!«, zeterte Telse, die schon jetzt durch die Schwangerschaft – ob nun wirklich durch Jost oder doch ihren rechtmäßigen Ehemann – aufzuquellen schien.

Henrike betrachtete ihre Base ruhig. Viel zu lange schon hatte sie ein ums andere Mal wider besseres Wissen zu ihr gehalten.

»Deine Eltern haben das Unglück über meine Familie gebracht. Deine Mutter hat meinen Vater ermordet, das wusstest du doch sicher? Dein Vater bekommt nur das, was ihm zusteht. Und was du getan hast, weißt du selbst am besten.«

Telse kreischte jetzt derart, dass der Priester hektisch das Grab einsegnete und sich dann davonmachte.

»Du lügst! Nikolas wird dich dafür bestrafen, da kannst du sicher sein.«

Jetzt stellte sich Adrian schützend vor Henrike. »Das werde ich zu verhindern wissen. Und jetzt komm, Henrike, du hast gesehen, was du sehen wolltest. Wir sollten nicht länger als nötig bleiben.«

Nur zu gerne kam Henrike seiner Aufforderung nach.

Auf dem Weg zurück wirkte Adrian aufgebracht. »Dieser Zweig deiner Familie erinnert mich manchmal an die schlimmsten Übeltäter aus der Thidreksaga«, entfuhr es ihm.

Sie nahm seine Hand und lehnte sich enger an ihn. »Ich hoffe, dass Telse nur leere Drohungen hervorgebracht hat. Das Schlimmste ist wohl vorüber«, meinte sie zuversichtlich. Es war das, was sie glauben wollte.

Um ihn auf andere Gedanken zu bringen, fügte sie hinzu: »Du liebst Geschichten, ist es nicht so?«

Doch Adrians Gesicht umwölkte sich noch mehr. Sie hatten inzwischen sein Haus erreicht. Er zog sie auf die Bank zwischen den Beischlagwangen und nahm ihre Hand in die seine.

»Du hast mich einmal nach meinen Eltern gefragt. Ich habe dich damals glauben lassen, dass sie tot sind. Aber das stimmt nicht ganz. Das solltest du wissen, bevor wir heiraten.«

Sein Blick wanderte über die Straße. Es war offensichtlich, dass ihm etwas auf der Seele lag; sie streichelte seine Finger, beunruhigt von der Frage, was nun kommen würde.

»Mein Vater war gewalttätig wie dein Onkel. Er hat sich totgesoffen. Meine Mutter ist in ein Kloster gegangen, als mein Vater starb. Für sie sind wir, ihre Kinder, gestorben.«

Mitgefühl überfiel Henrike, und sie wünschte, sie könnte seine Trauer lindern. »Aber ihr könntet sie doch dort besuchen«, meinte sie optimistisch.

»Sie will uns nicht sehen, nie mehr. Aber es bedeutet mir nichts. Denn als wir sie gebraucht hätten, war sie nicht da. Wenn mein Vater uns besoffen verprügelte, schaute sie einfach weg. Wir versteckten uns vor ihm. Meine kleinen Geschwister waren voller Angst. Ich war nicht viel älter als sie, aber ich war der große Bruder. Ich habe ihnen Geschichten erzählt, um sie abzulenken. Je besser meine Geschichten waren, umso weniger fürchteten sie sich. Also ging ich auf die Straßen, bat die Menschen um Geschichten, hörte ihnen zu. Und das mache ich heute noch. Es gibt immer jemanden, der eine Geschichte braucht. So wie du neulich.«

Er sah sie an, sein Blick war liebevoll und warm. »Ich wollte, dass du das weißt, damit keine Unwahrheiten zwischen uns stehen, wenn wir heiraten.«

Vier Patrizier und ein Priester hatten sich auf Wunsch ihres Vormundes in dessen Haus eingefunden. Henrike war aufgewühlt, und auch Adrian wirkte weniger gelassen als sonst. Schon dreimal hatte er sie gefragt, ob sie sich wirklich gut genug für die Zeremonie fühle.

Sie mochten zwar keine sehr prächtige Hochzeit haben, aber zumindest wohnten ehrenwerte Männer ihrer Trauung bei. Das hätte Henrikes Vater gefallen. Zumal es mit Hermanus von Osenbrügghe, Johan Perceval, Jacob Plescow und Ratsmann Lange Männer waren, zu denen ihr Vater eine enge Verbindung gehabt hatte.

Symon Swerting trat in seiner Bürgermeistertracht vor. »Dieweil mit Rat, Wissen und Willen beider Seiten eine Ehe besprochen und ausgehandelt worden ist, bitte ich Euch, verehrte Herren, dabei zu sein und diese auch zu bezeugen«, sagte er förmlich.

Er bat Henrike und Adrian zu sich. Jetzt gesellte sich der Priester zu ihnen, befragte sie nach ihren Namen und ließ sich bestätigen, dass sie gekommen waren, um einander das Jawort zu geben. Dann nahm er Adrians und Henrikes rechte Hände und verband sie.

»Sprecht mir nach, Adrian Vanderen: Ich, Adrian, nehme dich, Henrike, zu meiner ehelichen Frau und gelobe, dich zu lieben und zu beschützen.«

Der Bräutigam wiederholte die Worte, seine sonst so feste Stimme bebte vor Aufregung, wie Henrike gerührt bemerkte.

Der Priester nickte gewichtig und blickte nun Henrike an. »Ich, Henrike, nehme dich, Adrian, zu meinem ehelichen Mann und gelobe dir meine Liebe und Treue bis an mein Ende.«

Henrike sprach die Worte nach, und auch ihre Stimme zitterte. Zart drückte Adrian ihre Finger und lächelte sie an.

Der Geistliche sagte feierlich: »Was Gott zusammengefügt hat, soll der Mensch nicht scheiden. Also gebe ich euch zusammen, Adrian und Henrike, in den Orden der heiligen Ehe im Namen des Vaters, des Sohnes und des Heiligen Geistes.«

Nach der Eheschließung bat Symon Swerting sie in einen Saal, wo er ein kleines Festmahl zu Ehren seines Mündels servieren ließ. Auch bei dieser Gelegenheit ging es schnell wieder um die vergangenen Ereignisse. Adrian wurde noch einmal eingehend dazu befragt, wie er dem Betrug auf die Spur gekommen war. Bald drehte sich das Gespräch um die Frage, wie man den Handel sicherer gestalten könne, wozu Adrian zahlreiche Vorschläge hatte, die von den Bürgermeistern und Ratsherren interessiert aufgenommen wurden. Auch schien Hermanus von Osenbrügghe ein Interesse daran zu haben, Adrian in seinen Stockholmhandel einzubeziehen.

Henrike fühlte, wie ihre Angst vor der Zukunft in dieser Runde gänzlich schwand. Mit Adrian an ihrer Seite und diesem Rückhalt in der Stadt würden sie die Widrigkeiten, die ihnen möglicherweise noch bevorstanden, leichter bewältigen können. Als sie Symon Swerting beim Abschied dankte, meinte er schlicht, dass die Feier wohl das Mindeste gewesen sei, das er für sie habe tun können.

An diesem Abend lagen Henrike und Adrian zum ersten Mal als Ehepaar beieinander, sie fühlten sich stark und untrennbar einander zugetan.

Am nächsten Morgen wurde bei einem Kirchgang ihr Bund im Angesicht Gottes bekräftigt. Henrike war überglücklich.

Alles würde gut werden, solange sie einander hatten, dessen war sie gewiss.

28

Am ersten Nachmittag, an dem der Schwindel wieder ganz aufgehört hatte, ritten Henrike und Adrian vor die Tore der Stadt. Mit jedem Tag, den es ihr besser ging, hatte sie mehr unternommen. Sie hatte mit Margarete wieder Almosen an die Bettler verteilt, hatte Waren gesichtet und in Adrians Kaufkeller geholfen. Jetzt wollte sie eine Schuld begleichen, die ihr auf der Seele lag. Cord hatte sich vor seiner Abfahrt nach Bergen auf Henrikes Wunsch nach Mettes Haus erkundigt. Sie wollte nicht noch einmal verkleidet in das Hurenhaus schleichen, um sich bei der jungen Frau zu bedanken.

Sie und Adrian ritten an Hopfenplantagen und Gemüsegärten vorbei. Überall standen Bäume und Büsche in frischem Maigrün. Nach kurzer Zeit hatten sie das Dorf erreicht. Das Haus lag etwas abgelegen am Rande des Dorfes, Mette wollte vielleicht unbehelligt bleiben. Das Haus war klein, aber frisch gestrichen, vor den Wänden blühten Maiglöckchen und Vergissmeinnicht. An einer langen Leine hingen schneeweiße Hemden. Ob ihr Vater einmal hier gewesen war? Es hätte ihm sicher gefallen. Sie machten sich durch Rufe bemerkbar, aber niemand öffnete, deshalb schlenderten sie um das Haus herum. Bei der Wäscheleine schlug plötzlich ein Tuch hoch, und ein Kleinkind tapste ihnen fröhlich glucksend entgegen. Als es sie bemerkte, hielt es inne, verzog erschreckt das Gesicht und begann zu greinen.

»Aber was ist denn? Du musst doch nicht weinen, hier bin ich doch …« Mette war hinter der Wäsche hervorgetreten, ihre Stirn besorgt gerunzelt.

Als sie Henrike erkannte, hellten sich ihre Züge auf. Heute

trug sie ein einfaches, hochgeschlossenes Kleid, ihre Haare waren zu einem festen Zopf gebunden, fast sah sie bäuerlich aus.

Henrike begrüßte sie, stellte Adrian vor und bedankte sich überschwänglich bei ihr. »Hättest du nicht so schnell gehandelt, würde es mir jetzt vermutlich sehr schlecht ergehen«, sagte sie.

Mette nahm das Kind auf den Arm. »Wenn eine junge Frau das Risiko eingeht, heimlich des Nachts ihr Heim zu verlassen und verkleidet in einem Hurenhaus aufzutauchen, weiß man, dass sie dafür gewichtige Gründe hat. Mir war also klar, dass ich nicht warten kann. Außerdem ist dir ja auch dein Gemahl, wie ich hörte, zu Hilfe geeilt«, sagte sie schmunzelnd.

Henrike warf ihrem Mann einen verliebten Blick zu. »Er hatte ein ungutes Gefühl und wollte nachsehen, ob es mir gut geht«, sagte sie, worauf Mette laut lachte.

»Oh, ein Mann mit solcherart Gefühlen! Da hast du ein seltenes Exemplar erwischt.« Als die beiden nur höflich lächelten, fügte sie hinzu: »Starke Gefühle sind bei Männern ja nichts Ungewöhnliches. Nur sind sie meistens auf … etwas anderes gerichtet.«

Henrike wollte dieses Thema vor Adrians Ohren nicht weiter vertiefen, deshalb band sie einen Beutel von ihrem Gürtel. »Ich wollte dir danken … und habe dir auch etwas mitgebracht.«

Mettes Blick wurde abweisend, als sie das Klimpern von Münzen hörte. Ihre Tochter begann zu quengeln und sich auf ihrem Arm zu winden. Mette entfernte sich ein paar Schritte von ihnen und setzte die Kleine auf die Erde.

»Willst du mich beleidigen?«, fragte sie Henrike, die ihr nachgegangen war.

»Nein, ich … Nichts läge mir ferner, als dich zu beleidigen. Ich dachte nur, dass du das Geld gebrauchen kannst. Mein Vater hat dich doch auch unterstützt. Außerdem habe ich diesen bestickten Beutel für dich, du kannst dein Wachstafelbüchlein darin verwahren.«

Mette drehte sich zu ihr um, ihre Züge waren wieder freundlicher. Beherrscht sagte sie: »Den Beutel nehme ich gern, er ist sehr schön. Ansonsten ist es Dank genug, dass es dir gut geht. Betrachte es als letzten Liebesdienst an deinem Vater. Wenn ich selbst einmal Hilfe brauchen sollte, komme ich auf dein Angebot zurück.«

Henrike erklärte sich einverstanden und reichte ihr den Stoffbeutel. Sie gingen ein Stück weit Seite an Seite. Als sie den Kräutergarten erreicht hatten, erzählte Henrike, dass Ilsebe vor ihrem Sturz den Giftmord gestanden hatte.

»Könnte man die Kräuterfrau nicht zur Rechenschaft ziehen, die ihr das Gift verkauft hat?«, wollte sie wissen.

Mette zupfte beiläufig einige welke Blätter ab. »Beweisen kann man es ihr sicher nicht. Es gibt giftige Kräuter und heilende, manchmal können Kräuter aber auch beides sein. Bei den meisten ist es so, dass erst die Menge das Gift macht. Es kann also sein, dass die Kräuterfrau nur einzelne Kräuter verkauft und deine Tante selbst die tödliche Mischung zusammengestellt hat.«

Henrike hatte schon so etwas befürchtet.

Als sie zurückkamen, saß Adrian mit dem kleinen Mädchen auf der Wiese. Auf seinen Handflächen türmten sich Kiesel. Henrike überkam ein zärtliches Gefühl, wie so oft, wenn sie Adrian ansah. Irgendwann würden auch sie Kinder haben, vielleicht schon bald, und er wäre sicher ein wunderbarer Vater. Bevor sie sich verabschiedeten, baute er für das Mädchen einen Steinturm, den die Kleine gieksend umstieß und den Mette wieder aufrichten musste.

Henrike und Adrian ritten eine Weile durch die Auen, bis sie eine ruhige, geschützte Stelle an einem Hain entdeckten. Hinter ihnen lag ein Erlenbruchwäldchen, vor dem Schachbrettblumen wuchsen. Aus dem Schilfröhricht in Richtung Fluss stiegen immer wieder kleine und große Vögel auf. Es war ein herrlich warmer Tag Ende Mai, und Adrian breitete seine Pferdedecke auf der Erde aus. Henrike gesellte sich zu ihm und legte ihren Kopf in seinen Schoß. Zärtlich glitten seine Finger durch ihre Haare, spielten mit einer Locke.

»Ich hätte nicht gedacht, dass eine Dirne so auf ihre Ehre bedacht wäre«, sagte er nach einer Weile.

Henrike ärgerte sich inzwischen selbst über ihr Verhalten. Sie hätte es besser wissen sollen und fühlte sich nun verpflichtet, Mette zu verteidigen.

»Warum sollte sie nicht auf ihre Ehre bedacht sein? Sie ist eine Frau wie jede andere. Sie verdient nur auf eine besondere Art und Weise ihr Geld.«

Adrian zupfte gedankenverloren einen Grashalm heraus. »Für eine Dirne sah sie doch recht unscheinbar aus«, meinte er.

Henrike setzte sich auf, Eifersucht keimte in ihr auf. Woher wollte er das wissen? War er oft bei Huren gewesen? Mette hatte er zumindest nicht gekannt.

»Kennst du dich damit etwa so gut aus?«, fragte sie mit schmollendem Unterton.

Adrian fuhr mit der Spitze des Halmes über ihren Hals. Es kitzelte furchtbar, Henrike wollte es sich aber nicht anmerken lassen.

»Willst du das wirklich wissen?«, fragte er. Als sie schwieg, meinte er: »Glaubst du ernsthaft, ein Kaufmann in meinem Alter hat noch nie ein Hurenhaus von innen gesehen?« Er legte den Finger unter ihr Kinn und hob es an, so dass sie ihn ansehen musste. »Zählt es für dich wirklich, was früher war? Ist es nicht wichtiger, dass wir uns gefunden haben, dass wir uns lieben? Dass ich dich liebe?«

Der Halm kitzelte über ihr Gesicht, dieses Mal musste sie lachen und ließ es auch zu.

»Aber es gefällt mir, dass du eifersüchtig bist. Denn wenn ich dir auch schon oft gesagt habe, dass ich dich liebe, so hast du es mir doch noch nie gesagt«, raunte er ihr ins Ohr.

Henrike genoss die Gänsehaut, die über ihren Rücken zog. Sie suchte seinen Mund und fand ihn, zog ihn mit sich auf die Decke. Es war so ein schöner Tag, viel zu schön, um schnell in die Stadt zurückzukehren. Mit genüsslicher Langsamkeit küssten und liebkosten sie sich, öffneten Band um Band ihre Kleidung, entdecken Stück für Stück ihre Körper neu.

»Ich liebe dich, Adrian Vanderen«, murmelte Henrike. »Und wie ich dich liebe!«

Jost stand fassungslos vor den Ruinen des Hauses in der Alfstraße, in dem er so viele Jahre gewohnt und gearbeitet hatte. Immer wieder blickte er auf die umliegenden Häuser, vergewisserte sich, dass er an der richtigen Stelle war, aber es gab keinen Zweifel. Konrad Vresdorps einstmals prächtiges Kaufmannshaus lag in Ruinen. Nicht genug, dass er stundenlang im Rat zu den Vorkommnissen in Schonen befragt worden war und etliche Kaufleute ihm mit Misstrauen begegneten, weil Hartwig Vresdorps Betrügereien auf ihn zurückfielen. Nun auch noch das! Aber was war mit den Bewohnern? Was war mit Henrike und Telse? Die Kaufmannsfrau gegenüber konnte ihm weiterhelfen. Ilsebe Vresdorp sei tot, Hartwig im Gefängnis, Telse in Stralsund und Henrike könne er in der Mengstraße finden. In der Mengstraße? Was machte sie dort? Was war in all der Zeit bloß geschehen?

Jost machte sich sogleich auf den Weg. Er musste sich vergewissern, dass es Henrike gut ging, wollte Näheres erfahren und ihr von seinen letztlich doch erfolgreichen Geschäften berichten. Als Adrian Vanderen ihm freudig lächelnd entgegentrat, keimte eine Befürchtung in Jost auf, und als der Kaufmann Henrike rief, drohte sie Gewissheit zu werden. Jost spürte, wie sich seine Schultern nach vorne neigten, als hätte er keine Kraft mehr, sich gerade zu halten.

»Jungfer Henrike«, stieß er hervor, als sie in der Diele auf ihn zutrat, strahlender und schöner als je zuvor. Irritiert blickte er auf das Gebende um ihr Haupt, das zierlich und geschmackvoll war. War sie tatsächlich verheiratet?

Sie umfasste seine Hände. »Jost, wie schön, dich wohlbehalten wiederzusehen! Du warst sicher zuerst in der Alfstraße. Ein Schock, nicht wahr? Aber wir wollen das Haus wiederaufbauen!«, sagte sie hoffnungsfroh.

Henrike schenkte ihm Bier ein und bat Margarete, ihm etwas zu essen zu bringen.

»Aber was ist denn nur geschehen?«, fragte er verwirrt.

Adrian und sie berichteten knapp vom Brand des Hauses und den anderen Geschehnissen und fragten ihn nach seinen Erlebnissen aus.

Henrike benahm sich, als wäre sie hier zu Hause, dachte er widerstrebend. ›Und wie vertraut sie mit Vanderen ist!‹

Schließlich sprach der Kaufmann es in einem Nebensatz aus: »Meine Frau und ich waren fest entschlossen, dich aus der Gefangenschaft zu befreien. Gleich nach unserer Heirat haben wir Geld nach Schonen geschickt, um dich auszulösen. Wie lange hast du noch ausharren müssen, bis du freigelassen wurdest? Konntest du einige der Waren retten?«, wollte Adrian wissen.

Jost verspürte ein heftiges Brennen auf seiner Haut, doch er unterließ es, sich zu kratzen. Es reichte schon, dass er sich kraftlos fühlte. Er musste nicht noch abstoßend aussehen. Andererseits gab es auch Grund für ihn, zufrieden zu sein. Er faltete die Hände, sprach mit ruhiger Stimme.

»Ich hatte die getauschten und eingekauften Waren glücklicherweise bei einem Händler gelassen, dem ich vertrauen konnte. Er hat sie sicher für mich verwahrt. Auch für Euch,

Jungfer Henrike«, er stutzte, konnte es aber einfach nicht lassen, sie so zu nennen, »habe ich gute Geschäfte gemacht.«

Er zählte die Waren genauer auf, und Henrike lauschte ihm aufmerksam. Es tat ihm gut zu sehen, dass sie seine Leistung anerkannte. Eigentlich müsste er ihr jetzt zur Hochzeit gratulieren, aber er brachte es nicht übers Herz. Jost sah auf die unberührten Speisen auf dem Tisch hinab. Seine Hände verkrampften sich, sein Hals juckte teuflisch. Er hatte eine Hiobsbotschaft nach der anderen einstecken müssen, nun kam auch noch die Sorge vor der Zukunft dazu, die nicht einmal durch die Hoffnung auf Henrike abgemildert wurde.

»Wie soll es nun weitergehen? Hartwig Vresdorp wird zum Tode verurteilt oder zumindest schimpflich der Stadt verwiesen. Ich habe keinen Herrn mehr. Könnt Ihr mich vielleicht als Kaufgesellen annehmen?« Jost richtete flehend seinen Blick auf Henrike. »Niemand wird mich nehmen wollen. Jeder Kaufmann in Lübeck weiß von den Betrügereien und denkt, dass ich daran beteiligt war«, fügte er hinzu.

Henrikes Finger begannen auf dem Tisch zu tanzen. Sie schien es gar nicht zu bemerken, aber Adrian Vanderen legte sanft seine Hand auf ihre und brachte sie zur Ruhe. Jost konnte es kaum ertragen, die innige Berührung der beiden zu sehen.

»Du brauchst keine Stelle als Gehilfe mehr«, sagte Henrike nun entschlossen. »Du bist so weit, dich selbst als Kaufmann zu behaupten. Das hast du bewiesen. Wir werden dich unterstützen. Behalte die Waren, die du für mich gekauft hast und verkaufe sie weiter. Den Gewinn setzt du wiederum ein. In einem Jahr oder in zweien rechnen wir ab. Möglicherweise können wir uns auch an weiteren Geschäften beteiligen, aber das müssen wir in Ruhe besprechen. Denn du bist ein guter Kaufmann, das wissen wir.« Henrike strahlte ihn voller Zutrauen an, hielt aber weiter Adrians Hand.

Jost erhob sich abrupt. Er mühte sich, den Rücken durchzustrecken. Für sich allein verantwortlich, so schnell? Aber war er andererseits nicht schon die ganze Zeit für sich selbst verantwortlich gewesen? Adrian und Henrike standen ebenfalls auf.

Der Kaufmann hielt ihm nun die Hand hin. »Auf gute Geschäfte, Jost.«

Und der Gehilfe, der nun ein Kaufmann war, schlug ein.

An Adrians Seite schlenderte Henrike über den Markt. Sie genoss es, mit ihm an den Ständen Halt zu machen, mit Händlern und Bekannten ins Gespräch zu kommen. Sie fühlte sich endlich wieder wohl in ihrer Stadt, hatte das Gefühl, ihren Platz gefunden zu haben. Besonders freute es sie, dass der Handel mit ihren neuen Waren gut anlief. Die Krämerin Rixe verkaufte für sie Katrines bestickte Gürtel, Korallenketten und Beutel für Wachstafelbüchlein in den verschiedensten Ausführungen und Farben.

Ihrer Familie an der Ostsee ging es gut. Katrine und Asta hatten sie noch nicht in Lübeck besuchen können, weil ihre Tante sich noch keine längere Reise zumuten wollte. Aber den Gutshof führte sie inzwischen wieder, auch wenn die Viehmutter Maria und der Knecht Hem sie gut vertreten hatten. Eine Rückkehr von Dietrich Grapengeter hatte Symon Swerting noch rechtzeitig verhindern können. Auch Henrike hatte noch nicht die Zeit gefunden, sie auf dem Gutshof zu besuchen, aber dafür schrieben sie und Asta sich jetzt regelmäßig.

Heute wollten Adrian und sie zu dem Wappenmacher, um endlich das Wappen ihres Vaters abzuholen. Sie hatte nicht herausfinden können, ob er sich vor seinem Tod noch um einen Wappenbrief bemüht hatte, damit er es führen durfte. Aber es würde sich auch so gut in ihrer Stube machen. Es hatte lange gedauert, bis sie das nötige Geld dafür erübrigen konnten. Adrian und sie kauften und verkauften fleißig. Als die geraubten Pelze wieder aufgetaucht waren, hatten sie diese sogleich nach Brügge zu Adrians Familie geschickt, der Grundstock für die Mitgift seiner Schwester war damit gelegt. Dennoch war Geld knapp, und für den Wiederaufbau des Hauses in der Alfstraße hatten sie nur wenig zurücklegen können.

Vor der Ratslaube trafen sie auf etliche Ratsherren und andere angesehene Bürger, die bei dem schönen Wetter nach der Sitzung beisammenstanden und plauderten. Als sie Adrian und Henrike herannahen sahen, öffneten sie ihren Kreis.

Hermanus von Osenbrügghe kam auf sie zu. »Habt Ihr es schon gehört, Adrian? Es ist entschieden, dass der kleine Norweger Olaf König von Dänemark wird. Seine Mutter, Margarethe von Schweden, hat den dänischen Adel hinter sich gebracht. Nun sitzt ein Fünfjähriger auf dem dänischen Thron!«

»Haben die Städte der Hanse schon entschieden, wie sie sich verhalten wollen?«, fragte Adrian.

»Es heißt, die Hansestädte werden Olaf akzeptieren, wenn dieser ihre Handelsprivilegien bestätigt und mehrt. Darüber verhandeln die Räte derzeit. Auch ich werde demnächst den Eltern des neuen Königs, Håkon von Norwegen und Margarethe von Schweden, meine Aufwartung machen.«

Henrike fiel wieder das Gespräch mit ihrem Vater ein, bei dem sie zum ersten Mal von den Streitigkeiten über den dänischen Thron gehört hatte. Konnten sie jetzt endlich in Sicherheit leben, oder drohte noch immer ein Krieg?

»Wie wird sich die Gegenseite verhalten?«, fragte sie.

Hermanus von Osenbrügghe schüttelte sein silbriges Haar aus der Stirn, das in der Sonne glänzte. »Albrecht von Mecklenburg und seine Mutter, die Waldemarstochter Ingeborg, könnten einen Krieg beginnen. Aber sie haben, heißt es, keine Geldreserven mehr zur Verfügung. Wenn Ihr mich fragt, ich denke nicht, dass die Lage noch brenzlig wird«, beruhigte sie der alte Herr.

Dann wandte er sich an ihren Gemahl: »Die diplomatischen

Missionen werden mich ganz schön auf Trab halten in diesem Jahr. Wie steht es, Adrian, habt Ihr schon über meinen Vorschlag nachgedacht, ins Stockholmgeschäft einzusteigen? Ich könnte einen Partner gebrauchen.«

Henrike lächelte ihrem Mann zu, sie wusste, was er sagen würde. Er hatte sie um ihren Rat gefragt, und sie waren schnell einer Meinung gewesen. Aus Schweden kam beispielsweise Kupfer, damit könnten sie einen neuen Handelszweig aufbauen. Und Hermanus von Osenbrügghe wäre sicher ein verlässlicher Partner.

»Wieso nicht? Lasst uns an einem der nächsten Tage darüber sprechen«, antwortete Adrian.

Sie verabredeten sich genauer und wollten schon weitergehen, als Ratsherr Dartzow sich leutselig nach Adrians Geschäften und dem Wiederaufbau des Hauses erkundigte.

»Wir werden uns demnächst zusammensetzen, wollen eine Art Zirkel gründen für die alteingesessenen Familien der Stadt. Ihr versteht, zum besseren Austausch untereinander«, sagte der Ratsherr.

Sein Bruder hatte die Worte vernommen und wandte sich nun auch ihnen zu. »Vielleicht habt Ihr ja auch Interesse, zu kommen. Ihr gehört nun ja auch zu unserem Kreis, Vanderen.«

Adrian nahm die Einladung an und verabschiedete sich.

Auf dem Weg zum Wappenmacher flüsterte Henrike: »Sagtest du nicht, dass die beiden Dartzow-Brüder dir in deiner Anfangszeit in Lübeck so ablehnend begegnet sind?«

Adrian lächelte amüsiert. »Aber jetzt hat sich die Lage verändert. Jetzt gehöre ich offenbar dazu – dank dir! Die Frage ist nur: Will ich auch zu diesem Klüngel gehören?«

Henrike sah ihn schelmisch an. »Warten wir es ab. Wie sagt unsere Margarete so schön: Es wird nichts so heiß gegessen, wie es gekocht wird.«

»Ja, unsere Margarete ist schon eine kluge Frau«, meinte Adrian lachend. »Sie hat mir ja auch befohlen, dass ich die eingebildete Schnepfe sausen lassen und dich nehmen soll.« Er streichelte zärtlich über ihre Hand.

Nachdenklich sah Henrike auf die Marktstände, die sie nun erreicht hatten. »Immerhin bist du überhaupt gefragt worden. Dieses Vergnügen wird Bruno Diercksen nicht haben.«

»Er hat den Mecklenburgern anscheinend sehr viel Geld geliehen. Das ist nun wohl weg. Nicht, dass es mir leid täte um ihn. Ich trage ihm sein Falschspiel nach. Und dass er mir nach dem Leben getrachtet hat, fand ich auch nicht nett.«

Mechthild und Drudeke Diercksen sah Henrike regelmäßig beim Kirchgang, aber die beiden ignorierten sie nach Kräften, was sie leicht verschmerzen konnte.

»Wie es den beiden Frauen wohl geht? Jetzt, wo der alte Herr Diercksen im Kerker sitzt«, sagte sie.

Hartwig Vresdorp hatte im Verhör alles ausgeplaudert, um der Todesstrafe zu entgehen, und so war Diercksens Beteiligung an der Piratenverschwörung ebenso aufgeflogen wie die Anstiftung zum Mord.

»Ich habe Mitleid mit ihnen.«

Adrian führte Henrikes Hand an seinen Mund und küsste sie, eine innige Geste, die ihr Herz flattern ließ. »Das liebe ich ja so an dir, Henrike. Dass du sogar noch mit denjenigen Mitleid hast, die uns Böses wollten.«

»Nicht mit allen«, sagte sie, plötzlich düster. »Nikolas könnte ich nie verzeihen.«

Noch immer hatten sie keine Nachricht von Simon.

Der Wappenmacher, vor dessen Werkstatt sie inzwischen angelangt waren, hatte sie bemerkt und kam diensteifrig auf sie zu.

»Mein Vater, Konrad Vresdorp, hat bei Euch ein Wappen in Auftrag gegeben. Ich wollte es abholen«, sagte Henrike.

Der Mann wischte seinen Pinsel in einem Tuch ab und kratzte sich anschließend mit dem Stiel unter der Mütze.

»Vresdorp, ja? Ich dachte schon, ich bleib auch auf diesem Auftrag sitzen.«

»Kommt es denn häufig vor, dass Aufträge nicht ausgelöst werden?«, erkundigte sich Adrian, während er ein filigran gestaltetes Wappenschild zum Licht drehte.

Der Meister schnaubte. »Dauernd. Kommt bei den feinsten Familien vor. Jetzt gerade erst wieder bei diesem Ratsherrn Diercksen. Was hat der nicht alles bestellt! Und nun? Abgeholt wird nichts, bezahlt auch nicht«, sagte er, während er in seinem Lager kramte.

Er zog vorsichtig ein Schild hervor, hielt es aber so vor sich, dass nur er es sehen konnte. Henrike konnte es kaum abwarten, so neugierig war sie. Was hatte ihr Vater sich wohl für ein Wappen gewünscht? Als der Meister es umdrehte, lachte sie auf. Sie hätte es wissen müssen: ein Vogel von der Größe eines Adlers mit einem golden glänzenden Hals, geschmückt von purpurnen Federn, die auch den bläulichen Schwanz durchsetzten. Die untere Hälfte des Fabeltiers war von züngelnden Flammen bedeckt.

»Der Vogel Phoenix! Und wie farbenprächtig er ausgeführt ist!«, würdigte Adrian das Wappen.

Henrike ließ ihren Blick über das Bild wandern, Erinnerungen stiegen in ihr auf, und ihr Hals wurde eng.

»Für meinen Vater war der Phoenix immer das Zeichen der Unsterblichkeit. Er schütze vor Tod und Alter, wie der Heilige Gral im Parzival. Gleichzeitig hat Vater den Zaubervogel ausgewählt, weil er das Haus vor Feuer bewahrt, schließlich steigt er unversehrt aus den Flammen.« Bedrückt fügte sie hinzu: »Beides ist dem Phoenix nicht gelungen.«

Adrian strich ihr zart über die Wange, dann lächelte er und reichte dem Wappenmacher sein Geld. »Deshalb nehmen wir ihn jetzt ja mit, diesen Vogel, damit er endlich seine Pflicht tun kann.«

29

Bergen, Mai 1376

Simon schlug Stücke von Nacken und Schwanz des Trockenfisches ab und ließ sie zu Boden fallen, den Körper warf er in eine Tonne. Damit man besonders viel Fisch in ein Fass bekam, wurde die Ware zurechtgehauen und mittels einer Schraube eingepresst, doch auch die Sporden, die abgeschlagenen Stücke, waren in Lübeck ein beliebter Artikel. Die Packhäuser ihres Hofes waren gut gefüllt, in langen Reihen waren die ausgedörrten Fische gestapelt. Es gab vor allem Rundfische, im Stück getrocknete Kabeljaue, und die sogenannten Rotscher, die bis zum Schwanzende zerteilt auf den Trockengerüsten gehangen hatten. Wieder hatte er ein Exemplar fertig bearbeitet, das hart wie Holz war, und griff nach dem nächsten. An den Geruch hatte sich Simon längst gewöhnt, auch wenn jetzt, Ende Mai, die Sonne stärker auf das Hausdach schien und die Wärme den Fischdunst noch undurchdringlicher machte.

Simon warf Helmold einen Blick zu, und dieser verdrehte für einen Moment die Augen. Vicus war von dem Wraker, dem Fischprüfer, angefahren worden, weil er Fisch falsch sortiert hatte. Dabei hätte auch er längst gelernt haben müssen, dass der Bergenfisch nach Qualität und Größe in Königslobben, Rackfisch, Lotfisch, Halovassen oder Kropelinge unterschieden wurde. Helmold hatte sich als guter Freund erwiesen, als er an dem Abend, als Simon und die anderen im Schütting verprügelt worden waren, Hilfe geholt hatte. Aus heiterem Himmel war der Gesellenobmann Otte eingeschritten, das hatte man ihm zumindest später erzählt. Simon selbst konnte sich ab einem gewissen Zeitpunkt nur noch bruchstückhaft an das Geschehen erinnern.

Er wusste nur, dass Otte plötzlich im Raum gestanden und ein großes Geschrei angestimmt hatte, später hatte er auch das gestrenge Gesicht des Hofverwalters gesehen.

Wie lange er danach bewusstlos in Fieber und Schmerzen gelegen hatte, wusste er nicht. Immer wieder war der Königsfisch in seinen Träumen aufgetaucht, war auf ihn zugeschwommen und hatte das Maul aufgerissen, als ob er ihn verschlingen wollte. Dann war ein großer Mann gekommen und hatte den bedrohlichen Fisch abgewehrt. Wenn er darüber nachdachte, musste es wohl der heilige Christophorus gewesen sein, dessen Bild er in seiner Koje hängen hatte. Auch das Gesicht seines Freundes hatte er vor sich gesehen, den Mund zum Schrei aufgerissen. Seinen Rücken, der eine einzige rote Wunde gewesen war, hatte Otte versorgt. Sobald Simon wieder klar denken konnte, hatte er sich nach Claas erkundigt, doch der Gesellenobmann hatte sich über den Lehrjungen ausgeschwiegen. Simon hatte schon das Schlimmste befürchtet, doch dann hatte er herausgefunden, dass Claas nicht ganz so schwer verletzt worden war; offenbar hatte Nikolas bei ihm selbst am stärksten zugeschlagen. Doch für Ottes Groll gab es einen anderen Grund: Der Junge war verschwunden, und niemand wusste, wie er den Hof hatte verlassen können. Simon lächelte in sich hinein, wie immer, wenn er an Claas' Flucht dachte. Er hoffte, dass es dem Freund gut ging – wo auch immer er war. Vielleicht würden sie sich tatsächlich irgendwann wieder sehen.

Er selbst wurde seit dem Vorfall von Nikolas in Ruhe gelassen. Sein Vetter war von den Älterleuten des Bergener Kontors scharf gerügt und zu einer Bierbuße verurteilt worden. Sie hatten ihn allerdings nicht für die Schläge bestraft, sondern dafür, dass er unerlaubterweise gehandelt und so den Schütting entehrt hatte. Wenn schon Lehrjungen im Schütting geprügelt wurden, dann nur von den Verwaltern des Hofes, hatten die Jungen später hinter vorgehaltener Hand gelästert. Simon wusste, dass es nur ein Waffenstillstand auf Zeit war. Oft bemerkte er Nikolas' lauernden Blick, seine geballten Fäuste, wenn ihm etwas nicht schnell genug ging. Nein, dieses Problem war noch nicht ausgestanden.

Ihre Glocke wurde geläutet, es gab Essen. Simon ging in die Außenstube und begrüßte die anderen Lehrjungen und Gesellen mit einem Nicken. Ein Platz an der Schale wurde ihm freigehalten, niemand aß ihm mehr etwas weg. Die Zähigkeit, mit der er die Brutalität seines Vetters ausgehalten hatte, aber auch sein Sachverstand hatten ihm Respekt verschafft. Sobald sein Rücken halbwegs verheilt war, hatte der Gesellenobmann ihm neue Aufgaben zugeteilt, und Simon hatte sie ohne Beanstandungen bewältigt. Ja, mehr noch, er hatte auch andere Lehrjungen unterstützt und sogar Gesellen bei Schreibarbeiten und Rechnungen helfen können. So hatte er manche Station in ihrem Hof durchlaufen, hatte manchen Händler in Bergen kennengelernt.

Liv ließ sich neben ihm auf die Bank fallen und stöhnte. »Anstrengend, dieses Kaufmannsleben«, sagte er leise. »Könnte etwas Abwechslung gebrauchen. Wie wär's, kommst du nachher mit in den Krug?«

Simon zog lächelnd die Nase kraus. In den Krug? Wieso nicht!

Ellin kam ihm entgegen, sie war wohl auf dem Markt gewesen. Die junge Frau trug das Kind auf der Hüfte, und in ihrer Hand einen Korb mit frischem Gemüse. In der Sonne sahen die blonden Haare, die unter ihrer Haube herausschauten, fast weiß aus, ihre Haut durchscheinend. Simons Herz schlug schneller, schon lange hatte er Ellin nicht mehr gesehen.

»Herr Simon, Ihr seid noch hier in Bergen?« Sie wirkte verwirrt, fast ein bisschen ängstlich, ohne dass Simon wusste warum.

Liv trat forsch einen Schritt vor. »Willst du uns nicht vorstellen?«, forderte er Simon auf.

»Das ist Frau Ellin, Krämerin in Bergen. Und das ist Liv, er ist ein Boots…, äh, ein Kaufmann aus Lübeck.«

Liv verbeugte sich. Die junge Frau blickte ihn misstrauisch an.

»Frau Ellin, sollen wir Euch ein wenig mit dem schweren Korb helfen?« Schon streckte Liv den Arm aus, doch sie hob den Korb noch weiter an und blickte fast verschreckt.

»Nein, das geht nicht … Mein Mann hat es nicht gern, dass ich mit anderen Herren spreche.«

»So ist Euer Mann also zurück? Und, hat er den Königsfisch gefunden?«, erkundigte sich Simon freundlich.

Ellin verzog den Mund. Ihr Kind steckte die pummelige Hand nach ihrer Haube aus, zupfte an den bunten Bändern. »Leider nicht. Aber sicher beim nächsten Mal! Bald wird er wieder abfahren«, sagte sie bedauernd und fügte mit einem Ausdruck von Besorgnis auf ihrem Gesicht hinzu: »Ist denn Herr Nikolas auch noch hier?«

Nikolas trieb doch Geschäfte mit Ellins Mann. Warum hatte sie ihn nicht gesehen? Dabei war sein Vetter ständig wegen irgendwelcher wichtigen Geschäfte unterwegs. Was machte er also stattdessen die ganze Zeit?

Simon wollte ihn nicht entschuldigen, gleichzeitig aber Ellin beruhigen, also sagte er: »Mein Vetter hat viel zu tun.«

Die junge Frau blickte Simon in die Augen. »Dann könnt Ihr ja kommen, um von meinem Mann die Fische in Empfang zu nehmen und den Handel für dieses Mal abzuschließen.«

Simon überlegte kurz. Wenn er das wirklich tat, würde er Nikolas' Zorn wieder auf sich ziehen. »Ich fürchte, ich muss es meinem Vetter …«

Sie ergriff seine Hand, sah ihn eindringlich an. »Bitte nicht, Herr Simon. Ihr müsst kommen, nicht er! Versprecht es!«

Simon war verwirrt, fühlte sich aber auch geschmeichelt; sie schien ihn als Kaufmann ernstzunehmen.

»Gut. Ich komme und spreche mit Eurem Mann«, stimmte er zu.

Ellin nickte dankbar und ging hastig davon.

Simon hielt sich an der Tischkante fest, ihm schwindelte. Lag es an der Luft in der Schenke, die zum Schneiden dick war? Oder doch an dem vielen Bier, das Livs Bekannter, ein Kaufmann aus England, ihm immer wieder eingeschenkt hatte? Wie hieß er noch gleich? Ach ja, Paul aus King's Lynn an der englischen Ostküste, so hoch wie breit und so bärtig, dass nur die helle Haut um die Augen aus dem dichten Gestrüpp lugte.

»Früher«, sagte Paul und nahm einen kräftigen Schluck aus seinem Humpen, »früher war hier alles in englischer Hand. Es gab zwar auch Isländer, Grönländer, Deutsche, Dänen und Gotländer. Aber vor allem die Engländer brachten das wichtige Getreide. Sie waren die wichtigsten Handelspartner der Norweger.«

Liv hob seinen Humpen. Auch er wirkte trunken, aber vor allem hatte er genug von dem Gesprächsthema, was Simon bereits an dem gelangweilten Blick des Freundes bemerkt hatte.

»Und jetzt sind wir es. Die wichtigsten Handelspartner, mein ich. Darauf trinken wir!«, fiel Liv ihm ins Wort.

Sie stießen an, doch der Engländer fuhr unbeirrt fort. »Ja, ihr bringt das Korn. Aber nur, weil die Hansen den norwegischen König erpresst haben. Sie haben damals einfach nichts mehr geliefert, obwohl das Hinterland der Hanse als Kornkammer Europas gilt. Kein Roggen kam mehr aus Pommern – und Norwegen hungerte. Dann hat der König den Hansen umfangreiche Privilegien zugesichert. Seitdem spielen sie sich hier auf wie die

Herren. Wir Engländer dagegen werden bald bis nach Island fahren müssen, um unseren Stockfisch zu bekommen!«

Liv stand auf und sah sich um. »Wo du gerade vom Hungern sprichst – gibt es hier heute keinen Braten?«

Paul zog ihn wieder auf die Bank, murmelte, dass er mal nachschauen würde, er wolle ohnehin zum Pissen hinaus.

Simon beugte sich zu Liv. »Müssen wir nicht langsam zurück in den Hof? Sie schließen doch die Tore. Und mit den Wachhunden will ich nur ungern nähere Bekanntschaft machen.«

Liv grinste. »Keine Angst, ich weiß einen Weg hinein. Und außerdem will ich heute noch ein Spielchen wagen.«

Simon sah ihn überrascht an. »Du spielst? Mit Adrians Geld? Ich denke, du sollst Geschäfte für ihn erledigen.«

Liv zog eine Schnute. »Das werde ich auch. Wenn ich sein Geld, äh … zurückgewonnen habe.«

Simon hob die Stimme. »Zurückgewonnen?«

»Schscht!« Liv legte die Finger auf die Lippen, wirkte für einen kurzen Augenblick zerknirscht. »Vor allem an Paul habe ich einiges verloren, den Halunken. Und der Rest, na ja, bei den Weibern gelassen.« Er grinste. »Ist aber auf Dauer zu teuer für mich. Für deinen Vetter hingegen … Der lässt es krachen.«

Liv wollte einen Schluck trinken, doch Simon hielt ihn auf. Es fiel ihm schwer, einen klaren Gedanken zu fassen. »Aber … Von welchem Geld lässt er es krachen?«, fragte er schließlich.

Liv kratzte sich die Bartstoppeln unter seinem Kinn, sah ihn an, als überlegte er ernsthaft. »Na, von deinem, nehme ich mal an«, entgegnete er mit einfältigem Gesichtsausdruck.

Simon machte den Mund auf, doch da stand Paul schon wieder vor ihnen: »Ich habe noch jemanden mitgebracht.«

Ein gut gebautes Schwankweib, das ihre Reize ungeniert zur Schau stellte, brachte einen Teller mit Braten und Brotscheiben und einen randvollen Krug Bier. Liv zog sie auf seinen Schoss und wollte sie küssen, worauf sie nur zu gerne einging.

Paul ließ Würfel über den Tisch kullern. »Ein Spielchen?«, fragte er.

Nun schob Liv die Schankfrau ein Stück zur Seite, damit er an ihrem Busen vorbei auf die Tischplatte sehen konnte. Simon nahm die Würfel geistesabwesend wahr, ein guter Wurf, der viele Augen brachte. Nikolas ließ sein Geld bei den Huren, und was war mit den Geschäften? Und warum hatte Ellin darauf bestanden, dass nicht sein Vetter, sondern er zu ihr kam? Er rieb sich heftig mit den Handflächen über das Gesicht, erhob sich. Er wollte jetzt nur noch zurück in den Hof. Wenn er nur nicht so viel getrunken hätte!

Der Schwall traf ihn mit voller Wucht. Simon prustete laut und schüttelte sich wie ein Hund. Die Tropfen rannen seine Brust hinunter, die von Woche zu Woche muskulöser wurde. Liv hatte den Eimer schon abgestellt und sich an den Brunnen gelehnt, er wirkte so matt und müde wie noch nie am frühen Morgen.

»Tja, das war's wohl. Das Geld ist weg. Herr Vanderen wird mich rausschmeißen, wenn nicht Schlimmeres«, sagte er zerknirscht. »Dieser Paul hat aber auch immer ein Glück! Ich würfle und würfle. Hoffe und bete, dass Frau Fortuna auch mir einmal hold ist. Aber nichts da. Wenigstens hat mich die Schankfrau getröstet.«

Simon trat das Bild wieder vor Augen, wie Paul die Würfel auf den Tisch geworfen hatte. Es war ein ungewöhnlich hoher Wurf gewesen. Es war ihnen nicht komisch vorgekommen, betrunken wie sie waren. Liv war ohnehin durch die Frau auf seinem Schoß abgelenkt gewesen.

Simon ließ den Eimer noch einmal den Brunnen hinunter und füllte ihn von Neuem. »Sag, würfelt ihr immer erst, wenn du betrunken bist?«

Liv strich sich die nassen Haare aus dem Gesicht. »Paul gibt gerne einen aus. Ich gebe auch mal einen aus, aber nicht so oft. Wenn ich es mir recht überlege, steht immer ein voller Krug auf dem Tisch. Und man darf das Bier ja nicht verkommen lassen, oder?« Er nahm Simon den Eimer ab. Seine Arme sackten durch das Gewicht ein Stück herunter. Es schien, als hätte er kaum die Kraft, ihn zu halten, und doch gelang es ihm, seinen Freund damit zu begießen.

Dieser schüttelte sich wieder, wrang das Wasser aus seinen langen Haaren. »Und die Schankfrau, ist die auch jedes Mal dabei?«

»Ja, immer. Die kann mich leiden«, brüstete sich Liv. »Es gibt eben Frauen, die können mir nicht widerstehen. Wie diese Mechthild, na, die Diercksen.« Er lächelte versonnen.

Simon blieb der Mund offen stehen. Wollte Liv damit etwa sagen, dass er mit der Frau des Ratsherrn angebändelt hatte?

Sein Gegenüber blinzelte ertappt. »Aber sag's nicht weiter. Muss ja keiner wissen. Nicht, dass ich deswegen auch noch Ärger bekomme. Ich habe vermutlich so schon genug.«

Simon lehnte sich für einen Moment neben Liv an den Brunnen, dachte nach und genoss die aufgehende Sonne, die das Wasser auf seinem Körper trocknete.

»Heute gehen wir noch einmal in den Krug«, sagte er schließlich.

Liv sah ihn verwirrt an. »Aber ich habe kein Geld mehr.«

»Das wirst du auch nicht brauchen, hoffe ich.«

Am Abend begrüßten sie Paul freundlich, lehnten aber ein Spiel mit der Ausrede ab, sie hätten etwas Wichtiges zu besprechen. Simon sorgte dafür, dass sie so zu sitzen kamen, dass sie den Engländer gut beobachten konnten. Paul sprach mit anderen

Kaufleuten, gab Krug um Krug aus, ließ auch wieder die Schankfrau kommen, die die Männer umgarnte. Schließlich, zu später Stunde, holte er die Würfel heraus.

Liv sah eine Weile lang zerknirscht dem Treiben zu, dann forderte er Simon zum Gehen auf, das Zusehen mache ihm keine Freude. Simon aber weigerte sich. Für ihn wurde es jetzt erst richtig interessant. Eine ganze Weile beobachtete er die Spieler, zählte immer wieder die Augen auf Pauls Würfeln. Der Engländer gewann regelmäßig, selten musste er einige Münzen zu den anderen Kaufleuten hinüberschieben. Einer nach dem anderen gab auf, weil er zu viel Geld verloren hatte. Am Ende spendierte Paul noch einen Krug Bier, obgleich die Männer schon reichlich besoffen waren.

Simon hingegen war stocknüchtern. Unvermittelt packte er Liv am Kragen, zog ihn mit sich und setzte sich Paul gegenüber.

Der winkte selbstzufrieden ab. »Heute wird's nichts mehr mit dem Würfeln. Ich hab schon genug gewonnen.«

Simon nahm seinen ganzen Mut zusammen. Was er jetzt tun würde, hatte er noch nie getan. Aber war das nicht bei vielen Dingen auf dieser Reise so gewesen?

»Dann könnt Ihr Liv ja zurückzahlen, was Ihr ihm schuldet.«

Der Engländer lachte ihn an, ungläubig.

Liv riss die Augen auf.

»Was sagst du da, Knirps?«

Simon setzte erneut zu sprechen an, doch ihm kippte fast die Stimme weg, deshalb räusperte sich hastig.

»Ihr zahlt ihm zurück, was er verloren hat, oder ich werde dem Vogt sagen, dass Ihr ein Falschspieler seid«, sagte er mit halbwegs fester Stimme.

Der Mann erhob sich, stützte sich auf den Tisch und beugte sich bedrohlich vor. »Willst du mich beleidigen?«, zischte er.

Simon bemühte sich, trotz der breiten Statur des Engländers ruhig zu bleiben, auch wenn Liv längst zurückgewichen war.

»Nein, im Gegenteil. Ich will die Wahrheit über Euch verbreiten. Ihr habt drei Würfel, auf denen auffällig oft die Sechser, Fünfer und Vierer fallen. Ein normaler Würfel zeigt einundzwanzig Augen, bei Euren sind es deutlich mehr. Der eine hat zweimal die Fünf, der andere zweimal die Sechs und der dritte zweimal die Vier. Wenn man also darauf wettet, wer die höchste Zahl würfelt, gewinnt Ihr öfter als üblich. Denn den anderen Mitspielern schiebt Ihr normale Würfel zu. Das nennt man Betrug, würde ich sagen.«

Sein Gegenüber funkelte ihn an. »Bist ein Klugscheißer, was?«

Simon hob seine Mundwinkel leicht. »Ich würde mich eher als guten Beobachter bezeichnen. Wie auch immer, den Vogt wird es sicher interessieren, wenn er erfährt, dass ein Falschspieler den rechtschaffenen Bergenfahrern das Geld aus der Tasche zieht.«

Paul packte ihn am Kragen. »Du Bengel! Ich könnte dich verschwinden lassen«, meinte er kalt.

Simons Mund war trocken, doch er zwang sich, ruhig zu bleiben. »Ja, das könntet Ihr. Aber wir sind zwei. Bevor Ihr mich niedergeschlagen habt, würde mein Freund Alarm schlagen.«

Endlich ging auch durch Liv ein Ruck. »Und das werde ich«, sagte er fest.

Paul schnalzte und ließ Simon los. Die Schankfrau kam an. Sie wollte sich wieder an Liv heranschmeißen, doch der Engländer jagte sie fort.

Er ließ sich auf die Bank fallen. »Es ist ja nicht so, dass es die Armen treffen würde. Ihr Hansebrüder beutet die Norweger ganz schön aus. Erst gewährt ihr ihnen großzügig Kredit, nur damit sie euch später die besten Fische überlassen müssen.«

Paul war offenkundig neidisch, dennoch ließ sich kaum leugnen, dass seine Zusammenfassung im Kern die Sache traf.

»Für die anderen kann ich nicht sprechen, aber für meinen Freund hier gilt das nicht. Und wollt Ihr wirklich behaupten, dass Eure Landsleute es anders machen?«

Paul schwieg, dann lächelte er sein Gegenüber herausfordernd an. »Wollen wir noch einmal spielen? Einmal ums Ganze?«

Simon wurde jetzt wütend, abrupt stand er auf. »Wollt Ihr Euch lustig über mich machen? Dann gehe ich gleich zum Vogt.«

Paul machte eine beschwichtigende Handbewegung. »Bleibt«, forderte er ihn auf. »Wie war Euer Vorschlag?«

»Ich schlage vor, dass Ihr Liv sein gesamtes Geld zurückgebt und die Würfel verschwinden lasst. Ansonsten müsst ihr verschwinden, oder ich sorge dafür, dass Ihr als Betrüger bestraft werdet«, wiederholte Simon geduldig.

Paul verschränkte die Arme, lehnte sich zurück, als ob er noch immer nicht sicher war, dass Simon es ernst meinte. »Ich gebe Euch morgen das Geld.«

Simon schüttelte den Kopf. »Ihr zählt es ihm jetzt und hier auf den Tisch. Wir vertrauen Euch nicht mehr.«

Einen Moment noch musterte der Engländer die beiden Halbwüchsigen vor ihm mit verschränkten Armen, dann gab er endlich nach. Er zählte das Geld ab und schob es quer über den Tisch zu Liv, der es erleichtert in seinem Geldbeutel verschwinden ließ.

Simon ging trotz heftig zitternder Knie hoch aufgerichtet hinaus. Vor der Tür drückte Liv ihn überschwänglich an sich und dankte ihm wortreich.

Simon löste sich schnell aus dem Griff, grinste seinen Freund aber an. »Nun mach aber auch die Geschäfte, die Herr Vanderen dir aufgetragen hat. Ich will nämlich langsam nach Hause zurück.«

Wieder war Ellin allein in ihrer Stube. Sie trug trotz der Maisonne ein hochgeschlossenes Kleid und ein Tuch, das den Hals bedeckte.

Simon sah sich um. »Ist Euer Mann nicht da?« Wieder verunsicherte es ihn, mit Ellin allein zu sein.

Sie hob das Kind auf die Hüfte, hielt es fest an ihrer Seite. »Er muss jeden Moment kommen«, sagte sie und spähte aus dem Fensterladen auf die Gasse. »Weiß Herr Nikolas, dass Ihr hier seid?« Wieder war diese unbestimmte Angst in ihrem Blick.

Simon verneinte. Er hatte seinem Vetter nichts gesagt, und dieser hatte ihn nicht gefragt. Nikolas sagte ihm auch nicht, was er so trieb, und vielleicht war es auch besser so. Selbst wenn er Simons Geld verschleuderte, konnte er doch nichts dagegen tun.

»Frau Ellin, gibt es etwas, das ich wissen sollte?«, erkundigte sich Simon höflich, doch sie mied seinen Blick.

Einen kurzen Moment später trat ein hochgewachsener Mann ein, der deutlich älter war als Ellin. Er nahm Simon misstrauisch in Augenschein, wurde aber freundlicher, nachdem Ellin die beiden einander vorgestellt hatte.

Das also war Tymmo, ihr Ehemann. Simon und er setzten sich an den Tisch, wie es sich für zwei Geschäftsleute gehörte. Zum ersten Mal seit langer Zeit holte Simon wieder sein Wachstafelbüchlein und den Griffel hervor, und dann begannen sie zu feilschen, wie es unter Handelspartnern üblich war.

Zwei starke Arme schubsten ihn vor die Tür. Er ging zu Boden, mit einem Knall schlug die Tür hinter ihm zu. Nikolas rappelte sich auf, hieb drohend die Faust gegen das Holz. Wie konnten sie es wagen, ihn vor die Tür zu setzen. Ihn! Nur weil er ausnahmsweise mal kein Geld dabei hatte. Dabei hatte die Dirne heute verführerisch wie noch nie ausgesehen, in ihrem Kleid, das bis zum Nabel offen stand und ihre Brüste freigab. Sie hatte mit ihm gespielt, hatte ihn umgarnt, wie er es mochte, hatte ihn erregt – und dann schändlich vor die Tür gesetzt, als sie hörte, dass er nicht zahlen konnte. Eine Hure war sie, nichts anderes, dachte er zornig und stöhnte zugleich – aber was für eine! Sie stellte sich nicht so an, wenn er mal gröber wurde. Nein, sie trieb ihn an, forderte mehr von ihm, genoss den Schmerz, den er ihr zufügte, und zahlte es ihm mit gleicher Münze heim.

Männer bogen um die Ecke, klopften am Hurenhaus und wurden eingelassen. Nikolas versteckte sich im nächsten Gang. Er konnte sich kaum halten vor Wut. Er brauchte Geld, und er brauchte eine Frau. Zumindest wusste er, wo er Letztere bekommen konnte. Auch wenn Ellin sich beim letzten Mal geziert hatte, weil er seine Hände um ihren Hals gelegt und ein wenig fester zugedrückt hatte – dass sie aber auch gar keinen Spaß verstand! Aber er würde sie es lehren. Nikolas fuhr mit der Hand in seine Hose, umfasste sein pulsierendes Glied. Oh ja, er würde ein guter Lehrmeister sein, dachte er, und machte sich auf den Weg.

Stimmen brandeten aus Ellins Fensterladen auf die Straße. Männerstimmen, eine hohe und eine tiefe. Nikolas stutzte. War etwa ihr Mann schon wieder da? Aber warum hatte sie ihm nicht Bescheid gegeben? Ein Großteil des Fanges, den er heimbrachte, stand schließlich ihm zu! Nikolas wollte schon hineinstürzen, da wurde ihm mit einem Mal klar, wem die zweite Stimme gehörte – Simon! Was hatte dieser Bastard denn hier zu suchen? Er lauschte einen Augenblick, aber schnell wurde ihm das Ungeheuerliche klar: Simon spielte sich als Kaufmann auf, machte seine Geschäfte. Dieser kleine Lump! Was maßte er sich an! Der Bursche war zäher, als er gedacht hatte, das musste Nikolas zugeben. Simon würde sich nie fügen, niemals. Deshalb würde er ihn doppelt und dreifach strafen und erniedrigen müssen. Aber er durfte es nicht im Hof tun, man hatte dort ein Auge auf den Jungen. Dabei wusste er viel besser als diese Schwächlinge in der Tyskebrygge, wie man mit widerspenstigen Lehrjungen umzugehen hatte. Ein Grinsen huschte über Nikolas' Gesicht, als er sich im Dunkel eines Hauseingangs versteckte.

Simon hatte sich erst wenige Schritte von Ellins Haus entfernt, als sich aus einem Hinterhalt Nikolas auf ihn stürzte.

»Machst hinter meinem Rücken Geschäfte, wie?«, brüllte er, während er Simon zu Boden riss, sich auf seinen Brustkorb setzte und auf ihn eindrosch. »Hältst dich wohl für einen großen Kaufmann?«

Simon, der sich bei den anderen einige Kampftricks abgeschaut hatte, konnte seine Arme befreien und Nikolas von sich stoßen. Er rappelte sich hoch, so schnell er konnte, doch auch sein Vetter sprang schon wieder auf die Füße und rammte ihm immer wieder die Fäuste vor die Brust.

»Schleimst um Ellin herum. Und, lässt sie dich schon ran, dieses lose Weib?«, wollte er wissen.

Simon wollte diesen Beleidigungen Einhalt gebieten, gleichzeitig spürte er, wie ein lange aufgestauter Zorn in ihm hochkochte, wie er sich kaum noch beherrschen konnte. Mit einem Faustschlag, der eher zufällig traf, streckte er Nikolas zu Boden. Sein Vetter kam wieder hoch. Wutschnaubend rannte er mit dem Kopf voran in Simons Bauch. Er wurde gegen eine Hauswand geschleudert, dass das Holz nur so krachte, glitt an der Wand hinunter und krümmte sich auf der Erde, konnte kaum atmen vor Schmerz. Nikolas holte mit dem Fuß aus und trat auf ihn ein. Simon schnappte schmerzerfüllt nach Luft. Jetzt öffneten sich hinter ihnen Türen und Fenster, vereinzelt schauten Menschen heraus, doch die meisten schlugen die Hausöffnungen sogleich wieder zu.

Aber auch Ellin und ihr Mann waren durch den Lärm aufgeschreckt worden.

Der Schrei der jungen Frau gellte durch die Gassen: »Simon! Herr Nikolas, so lasst ihn doch!«

Tymmo schob sich kurzerhand vor Simon, packte Nikolas und warf ihn an die gegenüberliegende Wand. »Du Schwein hast meine Frau angegriffen!«, brüllte er haltlos und prügelte auf ihn ein.

»Angegriffen? Die Beine breit gemacht hat sie, ganz freiwillig!«, brachte Nikolas noch spöttisch zwischen den Schlägen heraus.

Ellin half Simon hoch. Er sah, wie Nikolas zusammengeschlagen wurde, und gönnte es ihm aus vollem Herzen. Aber er wusste auch, dass Tymmo sich in Gefahr bringen würde, wenn er sich an einem Kaufmann der Hanse vergriff. Also riss er den Mann nach einer Weile mit ganzer Kraft zurück.

»Lasst ihn, er ist es nicht wert, dass Ihr Euch unglücklich macht«, sagte er leise.

Bebend hielt sich der Fischer zurück, wandte sich dann mit glühendem Blick ab und zog Ellin mit sich ins Haus. Sie würde ihm vermutlich etwas zu beichten haben, fürchtete Simon, der nun wieder allein seinem Vetter gegenüberstand. Im diesem Augenblick ging von Nikolas keine Gefahr mehr aus. Nur mühsam konnte er sich aufrecht halten.

Doch anstatt ihm zu danken, dass er Tymmo Einhalt geboten hatte, fauchte ihn sein Vetter mit blutverschmiertem Gesicht an. »Du bist überflüssig wie eine Zecke an meinem Arsch. Und du verdienst auch nichts anderes als dieses Getier. Ich werde dich zerquetschen, das schwöre ich dir, wie eine Zecke. Wenn nicht hier oder im Hof, dann bei einer anderen Gelegenheit. Die nächsten Spiele kommen bestimmt, und zwar schon bald.«

Simon ließ ihn stehen und schleppte sich, ohne noch einmal zurückzublicken, zur Deutschen Brücke.

Am Sonntag traf Simon Bernhard Steding vor der Marienkirche, wo die Hansekaufleute gemeinsam die Messe begangen hatten. Anschließend lud der Kaufmann Liv und ihn zum Mittagessen in das Haus seiner Mutter ein. Ohne von Nikolas die Erlaubnis einzuholen, nahm Simon die Einladung an. Er war froh, noch nicht in den Hof zurückzumüssen, in dem nun, zur Zeit des Bergener Marktes, drangvolle Enge herrschte. Zudem luden die Kaufleute die Norderfahrer, mit denen sie handelten, zur Marktzeit zum Essen in die äußere Stube ein. Es würde Rinder- oder Mastkalbbraten und Pflaumensuppe geben, wie stets, doch die Lehrjungen würden, auch das wiederholte sich ein ums andere Mal, wahrscheinlich wieder leer ausgehen. Da war ihm ein kräftiges Mahl bei einer hier ansässigen Familie allemal lieber.

Gudrid war eine kräftige Frau, freundlich und fest im Glauben, die sich über die beiden jungen Gäste freute. »Bernhard und Helmold haben mir schon viel von Euch erzählt, Herr Simon«, sagte sie. »Ich glaube, mein Mann, der vor einigen Jahren verstorben ist, kannte auch Euren Vater.«

Simon wunderte sich, dass sie »mein Mann« gesagt hatte, obgleich sie doch nicht getraut waren. Aber letztlich war er das wohl für sie gewesen, ob mit kirchlichem Segen oder ohne. Er lächelte höflich.

»Das kann ich mir gut vorstellen. Mein Vater hat mit sehr vielen Kaufleuten Handel getrieben.«

Bernhard Steding schenkte den Gästen mit Wasser verdünntes Bier ein. »Euer Vater war ein ehrenwerter Mann, was man von Eurem Vetter und dessen Vater nicht gerade sagen kann, wenn Ihr mir diese Bemerkung erlaubt.«

Simon quittierte den Satz mit einem Nicken. »Ich fürchtete, dass es sich bis hierhin herumgesprochen hat.«

Jetzt mischte sich auch Helmold ein: »Nicht nur, dass Nikolas Vresdorp hurt und spielt, dass er mit seinen Kleidern und seinem

Geld protzt, das tun andere auch. Er sucht sich auch unschuldige einheimische Mädchen und nutzt sie zu seinem Vorteil aus.«

Simon merkte auf. »Was meinst du damit?«

Helmold zwirbelte eine Strähne zwischen den Fingern. »Na, Ellin. Ihr Vater war Krämer. Da die Hansen in Bergen keinen Kleinhandel treiben dürfen, bändelte Nikolas Vresdorp mit ihr an und lässt sie seine Sachen verkaufen, macht ihr sogar ein Kind, wenn man den Gerüchten trauen kann. Und ihr Mann, der als Norderfahrer auf dem Weg zu den Lofoten sein Leben riskiert, ahnt nichts davon«, brach es aus dem jungen Mann heraus.

Simon ließ sich in seinem Stuhl zurücksinken. So stimmte Nikolas' Behauptung über Ellin? Hatte sie sich deshalb so gefreut, Nikolas wiederzusehen? Konnte Henk tatsächlich Nikolas' Sohn sein? Doch jetzt schien sie Angst vor Nikolas zu haben. Was war seitdem geschehen?

Gudrid kam mit reich gefüllten Schalen zu ihnen, die sie zwischen die Männer stellte. Während des Essens plauderten sie, und schließlich kamen sie auf das Leben im deutschen Hof zu sprechen.

»Wenn ihr mich fragt, ist das unnatürlich. All diese Männer, die da aufeinanderhocken, monatelang ohne Frau. Es ist doch kein Wunder, dass die Unzucht hier überhandnimmt«, sagte Gudrid frei heraus.

Bernhard Steding schnalzte missbilligend. »Aber Mutter!«

Die Frau zog unbeirrt ihr Gebende fester. »Ist doch so. Diese Quälereien, diese sogenannten Spiele. Wenn die Männer in der Tyskebrygge mit ihren Ehefrauen leben würden, würde es das nicht geben, das glaub mir ruhig.«

Bernhard und seine Vettern Helmold und Hanseken grinsten sich gutwillig an.

»Tja, vielleicht hast du recht«, stimmte Bernhard ihr zu, während ein Schatten über sein Gesicht zog. »Jetzt bald, nach Pfingsten, ist es wieder so weit.« Die jungen Männer horchten auf. »Da gibt es nicht nur das Wasserspiel, bei dem die Neulinge mit Ruten aus Maigrün geprügelt und ins Meer getaucht werden, bis ihr Blut das Wasser rötet und sie fast ertrinken, sondern drei Tage später auch das Borg- oder Staupspiel. Dabei wird im Schütting eine Art Hütte errichtet, die sie Paradies nennen – was für ein Frevel, es ist nichts Christliches daran! –, in der die Neulinge noch einmal durchgeprügelt werden. Vorher wird ihnen ein Tuch um den Kopf gelegt, damit sie ihre Peiniger nicht erkennen. Auch spielen die Trommler und Pfeifer auf, damit man das Geschrei der Gequälten nicht hört. Drumherum gibt es viel Essen und viel Bier, und auch die Spaßmacher sind wieder dabei. Sofern man sich an den Späßen von Narr, Bauer und Bäuerin denn ergötzen kann.«

Simon kratzte angespannt an einem Pickel auf seiner Wange, bis er bemerkte, dass alle ihn besorgt ansahen. Sie wussten also von den Drohungen seines Vetters.

Gudrid sog die Luft durch eine Zahnlücke ein und sah den Jungen mitleidig an. »Können wir ihn nicht einfach verschwinden lassen? Er könnte sich doch hier verstecken«, schlug sie vor.

Simon schüttelte entschlossen den Kopf. »Ich bin kein Feigling«, sagte er und schob das Kinn vor.

Bernhard Steding nickte nachdenklich. »Natürlich nicht, das hast du nicht erst im Sturm bewiesen. Aber vielleicht sollten wir doch Vorkehrungen treffen …«

Liv nickte ernst. »Ich bin auch dabei.«

Direkt nach dem Pfingstfest wurden alle Neuankömmlinge mit einem Karren voller Essen und Trinken in den nahegelegenen Wald geschickt, um Maigrün zu holen. Auch Simon musste mit, weil er an diesem Spiel ja noch nie teilgenommen hatte. Am nächsten Tag wurden sie in langen Kähnen auf das Meer bis nahe ans Schloss gerudert. Die Gesellen und einige der Kaufleute, darunter natürlich auch Nikolas, trugen Peitschen, die sie aus den Maibäumen zurechtgemacht hatten. Die Neulinge mussten sich entkleiden, dann wurden sie abwechselnd unter Wasser getaucht und ausgepeitscht. Auf der nassen Haut schmerzten die Schläge besonders, aber Simon hielt durch, wohl, weil ihn dieses Mal der Gesellenobmann Otte bearbeitete, so dass es bei ihm glimpflich abging. Auch waren Liv und Helmold mitgekommen, damit sie zur Not eingreifen könnten. Nikolas hielt sich erstaunlicherweise von Simon fern. Er konnte kaum glauben, dass er es so gut überstand. Doch als sie nach einer abschließenden Wettfahrt mit den Kähnen wieder anlandeten und auf dem Weg zur Feier im Hof nebeneinander hergingen, raunte Nikolas ihm etwas zu, das Simon den kalten Schweiß ausbrechen ließ.

»Du verstehst sicher, dass ich mich zurückgehalten habe. Hier, in aller Öffentlichkeit. Aber du sollst wissen, dass ich dir deinen Lohn zahlen werde. Mit Rute und Peitsche. Bis du im Paradies landest. Oder eben in der Hölle.« Nikolas lachte Simon an. Sein Gesicht wirkte verzerrt, wie eine Teufelsfratze in der Kirche.

Simon lief ein Schauder über den Rücken, als er seinem Vetter nachsah. In drei Tagen würde das nächste Spiel stattfinden. Im Schutze der Dunkelheit, und noch dazu vor aller Augen verborgen, würde Nikolas ungestraft zuschlagen können.

Leben oder sterben – mehr Möglichkeiten gab es für Simon nicht. Und er wollte leben.

30

Lübeck, Juni 1376

Henrike hielt ihre Handfläche mit dem Safran ins Licht, pickte mit den Fingerspitzen einige Fäden heraus und prüfte sie. Wie sie es sich schon gedacht hatte, waren sie gefälscht. Sie ließ sie in den Sack zurückrieseln und sah den Händler an. Sie spürte eine gewisse Sympathie für ihn. Er war jung und unbedarft. Er hatte nur kleine Mengen zusammengewürfelter Waren, möglicherweise hatte er sie von einem Kaufmann übernommen, der verstorben war. Vielleicht war es seine erste Handelsreise.

»Vermutlich wisst Ihr nicht, dass dieser Safran gefälscht ist, sonst müsste ich Euch Böswilligkeit unterstellen und beim Rat anzeigen. Warenfälschung wird hart bestraft«, sagte sie ruhig.

Der junge Mann erschrak sichtlich.

»Den Pfeffer würde ich Euch allerdings abnehmen, wenn Ihr mir einen guten Preis dafür macht.«

Ihr Blick wurde von einer Bewegung an der Kellerluke angezogen. Zwei Männer standen dort, blickten hinein, Schattenrisse ohne Gesichter im Gegenlicht. Sie hatte sie eben schon vorbeigehen sehen. Unwillkürlich kontrollierte sie, ob unter dem Tisch ihr Dolch lag. Die Ereignisse der letzten Monate hatten ihre Spuren hinterlassen. So sehr sie sich auch bemühte, überfiel sie doch immer wieder die Angst. Stets fürchtete sie, dass Rotger oder Nikolas wieder auftauchen könnten, um Rache an ihr zu nehmen. Der Händler war verunsichert, fragte sie im Gegenzug, was sie sich vorstelle. Henrike schlug einen Preis vor, der etwas niedriger war, als sie zu zahlen bereit wäre. Wie zu erwarten gewesen war, gab sich der Kaufmann empört, das also hatte er bereits gelernt.

»Das ist Raub! Selbst, wenn ich Euch den Pfeffer für das Doppelte lassen würde, zahlte ich dabei drauf.«

Henrike lächelte ihn unverbindlich an, eine erneute Bewegung an der Tür ließ das Lächeln jedoch schnell verkümmern. »Dann kommen wir nicht ins Geschäft. Versucht woanders Euer Glück.«

Der Händler überlegte, kam ihr dann entgegen und bot zudem ein kleines Fass Honig als Upgift an. Henrike schlug ein. Sie suchte das Geld heraus, notierte sich Zahlen und Waren in ihrem Handelsbuch. Sie hatte weniger ausgegeben als sie vorgesehen hatte, stellte sie zufrieden fest. Der junge Mann packte seine restlichen Waren zusammen und verließ den Kaufkeller, auch den Beutel Safran nahm er mit. Henrike fragte sich noch, ob es richtig gewesen war, ihn nicht anzuzeigen, als die beiden Männer, die vor dem Haus gelungert hatten, durch den Türeingang traten. Noch immer konnte Henrike ihre Gesichter nicht erkennen. Sie griff unter den Tisch und war kurz davor, Adrian zu rufen, der oben im Speicher arbeitete. Die *Cruceborch* war vor einigen Tagen aus Brügge zurückgekehrt und hatte nebst anderen Waren flandrische Tücher, Atlasseiden, Samte und Tuche von Damaskus mitgebracht, die sehr gefragt waren.

»Siehst du diese geschäftstüchtige und schöne Frau? Ob sie wohl auch mit unseren Waren unzufrieden sein wird?«

Henrike stand wie versteinert, dann begannen ihre Hände zu beben. Wieder und wieder hallten die Worte in ihr nach. Diese Stimme hatte sie schon einmal gehört. Aber die Gestalt, so groß und schmal, kam ihr nicht bekannt vor. Und der andere? Sie vergaß ganz den Dolch einzustecken, ging langsam auf die Männer zu.

»Zumindest sollten wir aufpassen, dass sie uns mit ihrer Schönheit nicht den Kopf verdreht. Kaufleute sollten immer ihre Sinne beieinander halten, wie wir wissen.« Ein Lachen, jung und fröhlich.

»Nein, Freund, von dieser Kauffrau haben wir nichts zu befürchten«, sagte die altvertraute Stimme.

»Simon!« Glücklich auflachend fiel sie ihrem kleinen Bruder um den Hals.

So lange hatte sie auf diesen Moment gewartet, hatte sich Tag um Tag um ihn gesorgt – und nun war er endlich wieder da! Ihr großer kleiner Bruder.

»Schwesterchen!« Er erwiderte ihre Liebkosung so heftig, dass ihr die Luft wegblieb.

Sie hielt ihn auf Armeslänge von sich, sah ihn von oben bis unten an. Simon war ein richtiger junger Mann geworden, größer und kräftiger als früher. Die Grübchen waren in dem schmalen Gesicht kaum noch zu erkennen. Dann wandte sie sich an seine Begleitung. Auch Liv war reifer geworden, vielleicht war es aber auch nur der Bart, den er sich hatte stehen lassen und der sein Gesicht älter erscheinen ließ.

»Also hast du doch auf meinen Bruder aufgepasst«, sagte sie.

Die beiden jungen Männer grinsten einvernehmlich. »Sagen wir mal so: Wir haben aufeinander aufgepasst«, gab Liv zurück.

Simon ging weiter in den Kaufkeller hinein, sah sich um.

»Wir haben Hermanus von Osenbrügghe am Hafen getroffen. Er fährt heute gen Norwegen. Wir haben uns kurz über die Lage dort ausgetauscht, dann hat er uns hierhergeschickt. Wir sollten zuerst hierher gehen, das hat er immer wieder betont. Warum so geheimnisvoll? Oder wird der alte Herr langsam schrullig?«

Simon lachte unbefangen, doch Henrike lächelte nur halbherzig. Wie sollte sie ihm beibringen, dass es ihr Zuhause nicht mehr gab?

Ihr Bruder redete munter weiter: »Ich wusste ja nichts von deiner Heirat! Mit Adrian, wie? Gottes Segen dazu!«, meinte er erfreut.

Henrike nahm seine Gratulation an. Zugleich wusste sie jedoch, dass sie ihm auch von den schlechten Nachrichten berichten musste. Er bemerkte, dass ihr etwas auf der Seele lag, doch es gelang ihr, ihn zu vertrösten.

»Kommt erst einmal herein, ihr müsst Hunger haben. Margarete wird euch gerne etwas Gutes kochen. Und Adrian wird sich freuen, euch zu sehen!« Sie stieg die Treppe voraus.

Vergnügt nahmen Adrian und Margarete die beiden Heimkehrer in Empfang.

»Habt ihr Cord mitgebracht?«, fragte Adrian nach der herzlichen Begrüßung.

Simon sah ihn verwundert an. »Cord? Nein, wir haben ihn nicht gesehen. Was wollte er denn in Bergen?«

»Claas war vor einigen Wochen hier. Er hat dein blutiges Hemd bei Onkel Hartwig abgegeben, damit er dich heimholt. Aber Hartwig wollte nichts davon hören. Also schlich ich mich hinaus auf die Fleischhauerstraße und holte Claas ein. Ich musste doch wissen, wie es dir geht!«

Simon freute sich sehr. »So ist es ihm also gelungen! Ich wusste es! Er wollte als blinder Passagier reisen. Hat er gesagt, wo er hinwill?«

Er stockte. Erst jetzt ging ihm auf, was seine Schwester da gesagt hatte. »Warum musstest du dich hinterherschleichen? Und wieso auf die Fleischhauerstraße?«

Henrike schwieg einen Moment. »Das ist eine lange Geschichte. Kommt, wir setzen uns in den Hinterhof, dort ist es jetzt am schönsten.«

Simon blickte sie mit großen Augen an, ihm schien klar zu werden, dass auch in Lübeck mehr vorgefallen war, als er bislang wusste.

Sie gingen in den Hinterhof, wo sie unter den blühenden Kirsch- und Pflaumenbäumen einfache Tische und Bänke aufgestellt hatten. Als sie sich gesetzt hatten, fasste sich Henrike ein Herz und berichtete von den Auseinandersetzungen mit Ilsebe und Hartwig Vresdorp und dem Brand des Hauses. Simon war aufgewühlt, regte sich furchtbar auf, wollte alles ganz genau wissen. Henrike und Adrian beantworteten jede seiner Fragen und konnten ihn nur mit viel Überredungskunst davon abhalten, sofort zum Elternhaus in der Alfstraße zu laufen.

Als Margarete und ihre neue Magd Else die Speisen auftrugen, hatte Simon das Gehörte schließlich einigermaßen verarbeitet. Er ging zum Brunnen, um sich vor dem Essen vom Straßenstaub zu befreien. Als er sich seiner Kleidung entledigte, erstarrte Henrike geschockt. Sein Rücken war über und über mit Narben bedeckt. Erst jetzt fiel ihr ein, dass Simon noch gar nicht von ihrem Vetter berichtet hatte. Heißer Zorn überfiel sie.

»War das Nikolas, dieser Teufel?«, fragte sie erregt. »Wo ist er? Ist er auch hier?«

Simon goss sich das Wasser, das Liv aus dem Brunnen geholt hatte, über den Oberkörper und wischte sich die Tropfen vom Leib. »Unser lieber Vetter konnte leider nicht mitkommen. Er hat sich bei den Spielen zu stark verletzt«, sagte er gleichmütig und holte dann einen Eimer Wasser für Liv herauf.

»Ich dachte, nur Neuankömmlinge werden diesen Spielen unterzogen«, sagte Adrian.

Simon räusperte sich. Als er sprach, brach seine Stimme dennoch und wechselte von einer hellen zu einer dunkleren Färbung. »Das stimmt auch, jedenfalls im Prinzip. Nikolas ist bei einem der Spiele allerdings ein Tuch über den Kopf geraten, so dass er bedauerlicherweise für einen Lehrjungen gehalten wurde. Er wurde in eine Hütte gezerrt und nach Strich und Faden durchgeprügelt. Als das Versehen bemerkt wurde, war es längst zu spät«, sagte er. »Aber ich bin auch ohne ihn gut zurechtgekommen. Ich habe von einem Geschäftspartner Bergenfische bekommen, die wir verkaufen können. Bis zur Höhe des halben Mastes war das Schiff mit Fischen beladen! Das war vielleicht ein Anblick!«, schwärmte er und wandte sich an Adrian. »Kein Wunder, dass die Piraten es auf unser Schiff abgesehen hatten – aber wir konnten es verteidigen. Dank Eures Dolches und des Harnisches ist mir nichts geschehen.«

Jetzt mischte sich auch Liv ein und sagte seinem Herrn, dass er seine Aufträge vollends erfüllt habe; unter anderem habe er fünf prächtige Island-Falken gekauft. Adrian zeigte sich zufrieden, für diese Vögel wurde in Venedig ein Vermögen bezahlt.

Simon wandte sich erneut seiner Schwester zu. »Ich weiß nicht, wann Nikolas zurückkehren wird. Er hat in Bergen wohl noch Einiges zu bereinigen. Du brauchst aber keine Angst mehr vor ihm zu haben. Ich passe auf dich auf«, sagte er selbstbewusst.

Adrian legte zärtlich den Arm um Henrike. »Genau wie ich. Und glücklicherweise kann Henrike auch auf sich selbst aufpassen, falls wir mal nicht in der Nähe sein sollten«, sagte er und berichtete von Henrikes wagemutigem Einsatz bei dem Straßenüberfall.

Sie setzten sich gemeinsam zu Tisch. Adrian sprach das Tischgebet, dann griffen sie zu. Es gab Braten- und Speckscheiben mit einer Soße aus Wein und Traubensaft, dazu Brühe und Brot, eine Mahlzeit, die sich für unerwartete Gäste anbot, weil man sie schnell zubereiten konnte. Abwechselnd erzählten sie von ihren Erlebnissen, berichteten von dem derzeitigen Stand im Kampf um ihr Erbe, und schließlich fragte Simon auch nach Jost.

Henrike strich über die Höcker an ihren Fingern, die von den Brüchen herrührten. Noch immer hatte sie Josts Gesicht vor sich, wie sie es zuletzt gesehen hatte. Sie berichtete von Josts Reise, Gefangennahme und ihren Bemühungen um seine Befreiung. Sein merkwürdiges Verhalten bei ihrem Wiedersehen ließ sie aus. Jost hatte Henrike gegenüber verbittert gewirkt, gekränkt, obgleich sie doch gar nichts für seine Gefangenschaft konnte. Und zu ihrer Heirat hatte er nicht einmal gratuliert. Einige Tage später war er noch einmal bei ihnen gewesen und hatte sich verabschiedet. Er werde nach Stralsund gehen und dort neu anfangen. Nach Stralsund, hatte Henrike gedacht, zu Telse wollte er also, aber sie hatte nichts gesagt. Telse war verheiratet, trug Josts Kind in sich. Vielleicht war es besser, wenn sie nicht wusste, wie es mit den beiden weitergehen würde. Jost hatte ihr für ihre Hilfe gedankt. Aber dann hatte er ihr ein Papier gereicht, das er ebenfalls nach dem Tod ihres Vaters an sich genommen und die ganze Zeit besessen hatte. Es war die Vereinbarung zwischen Konrad Vresdorp und Adrian über die Heirat mit Henrike; er hatte sie aus Vaters Brieflade entfernt. Jost hatte sich ganz zerknirscht damit zu rechtfertigen versucht, dass er bei der Unterschlagung nur aus Liebe gehandelt habe, und Henrike hatte ihm sogar verziehen. Doch gleichzeitig hatte sie auch gewusst, dass sie ihm niemals mehr würde vertrauen können.

»Asta geht es auch besser, vielleicht kommt sie uns schon bald besuchen!«, freute sich Henrike.

»Asta geht es besser?«, wunderte sich Simon und lachte. »Ich glaube, ihr habt mir noch einiges mehr zu erzählen …«

Margarete servierte frische Waffeln und dazu mit Pfeffer und Ingwer gewürztes Kirschmus, was die jungen Männer zu Begeisterungsstürmen hinriss, worüber sich die alte Frau sichtlich freute. Noch lange saßen sie an diesem schönen Frühsommertag zusammen, und als die Grillen zu zirpen begannen, holte Henrike ihre Flöte hervor.

Zur Nachtzeit zeigte sie Simon und Liv die Kammern, in denen sie schlafen konnten. Ihr Bruder bekam eine bei ihnen im Flügelanbau, Liv eine Schlaflaube im Garten bei den anderen Gehilfen, die sie neu angeheuert hatten. Simon ließ seinen Hudevat auf das Lager fallen. Er wirkte auf einmal niedergeschlagen. Henrike fragte ihn, worüber er nachdenke.

»Es ist komisch, nach Hause zu kommen und doch nicht zu Hause zu sein Hast du Einiges aus dem Haus retten können?«

»Ehrlich gesagt war schon vorher Vieles weg. Onkel und Tante haben zu Geld gemacht, was sie konnten – das Silberzeug zuerst. Immerhin habe ich in der Fleischhauerstraße Stiefmutters Psalter wiedergefunden. Vaters Wandteppich mit dem Einhorn habe ich bei einem Altkleiderhöker entdeckt. Und nach dem Brand hat Adrian mit Helfern die Brandstelle abgesucht und alles, was die Flammen nicht zerstört haben, gerettet«, berichtete sie.

Simon setzte sich, öffnete den Hudevat. »Ich freue mich, dass Margarete bei euch ist. Wollte sie nicht ins Beginenhaus?«, fragte er unvermittelt.

Ein Lächeln zog über Henrikes Gesicht. »Ich habe ihr angeboten, ihr das Geld zu geben, aber sie wollte es nicht. Sie will noch nicht aufs Altenteil, meinte sie. Margarete und Cord verstehen sich gut, und ich glaube, sie ist froh, bei uns zu sein.«

Simon zog das Abbild des heiligen Christophorus hervor, das ihrem Vater gehört hatte. Stockend berichtete er von seinen Fieberträumen, in denen der Heilige aufgetaucht war. »Wie ich hier wohl schlafen werde, ohne die gleichmäßige Bewegung des Schiffes? Jetzt fängt der Alltag wieder an, die Zeit des Reisens ist vorbei …«, sinnierte er schließlich.

Henrike lächelte ihn aufmunternd an. »Nein, Simon. Es ist umgekehrt. Der Alltag ist bald vorbei, die Zeit des Reisens fängt wieder an.«

»Wie meinst du das?«

Sie verriet ihm, dass Adrian seine ersten Reisen mit der *Cruceborch* von Lübeck aus plante. Er wollte verschiedene Kaufleute im Osten aufsuchen, mit denen ihr Vater gehandelt hatte, und auch beim Großschäffer in Königsberg vorsprechen, um die Geschäftsbeziehungen zum Deutschen Orden auszubauen, von denen er sich so viel versprach.

Simon wurde hellhörig. »Zum Deutschen Orden?«, fragte er. »Denkst du, ich könnte ihn begleiten?«

Darüber hatte Henrike auch schon mehrfach nachgedacht.

Zu gerne würde sie selbst mit Adrian reisen. Sie mochte es sich gar nicht mehr vorstellen, ohne ihn zu sein, und wusste, dass er sie genauso ungern zurückließ. Doch es half nichts, einer würde sich um ihre Angelegenheiten in Lübeck kümmern müssen, und dieser Jemand war sie. Irgendwann würde sie schon noch mitkommen, wenn nicht in diesem, dann im nächsten Jahr. Aber sie ahnte, worauf Simon hinauswollte.

»Den alten Traum vom Ritterleben? Dein erstes Abenteuer als Kaufmann hat dir offenbar gefallen. Ich könnte mir vorstellen, dass du Adrian öfters begleiten kannst. Vielleicht darfst du ja auch mal allein nach Brügge, zu Lambert.«

Simon überlegte. Von Adrians Familie hatte er bereits gehört. Er lächelte in sich hinein.

Epilog

Astas Gut bei Travemünde, Juli 1376

Der Anblick des Hofes hatte sich wieder gewandelt. Der Stall und die Anbauten waren aus frisch gehobeltem Holz. Nur noch schwarze Ränder an den Bäumen zeugten von dem Brand, der hier gewütet hatte. Das Obst, das an ihren Ästen reifte, bewies, dass sie noch voll im Saft standen. Die Hunde kamen ihnen entgegengelaufen.

Henrike sprang vom Pferd und kniete sich zu ihnen auf die Erde. Ebenso fröhlich wie wehmütig begrüßte sie die Tiere. Wie so oft musste sie an Griseus denken, ihren treuen Gefährten, der nie wieder aufgetaucht war. Da spürte sie ein zartes Ziehen an ihrem Kleid und sah sich um. Ein junger Hund, fast eine Welpe noch, nagte an ihrem Rocksaum. Er war grauweiß – genau, wie Griseus es gewesen war. Gerührt nahm sie den Hund hoch und sah ihm ins Gesicht. Er schien ein freundliches, aufgewecktes Wesen zu haben. Vielleicht könnte sie Asta überreden, ihn ihr zu schenken, hoffte sie.

Nun rannten auch die Kinder heran. Sie trugen Blumenkränze im Haar, als ob es etwas zu feiern gäbe. Auch das Haus war geschmückt. Blumengirlanden schlängelten sich um den Eingang und über den Fenstern. Was war hier los?

Henrike warf ihrem Mann einen fragenden Blick zu, aber Adrian lächelte nur. Sie sah sich in ihrer Reisegruppe um. Simon und Liv auf ihren Pferden und Margarete und Cord im Wagen lächelten verschmitzt. Wussten sie etwas, das Henrike nicht wusste? Da traten Asta und Katrine aus dem Haus. Ihre Tante machte sich von Katrine los und ging ihnen, ein Bein nachziehend, entgegen. Die Brandwunden in ihrem Gesicht und am

Hals stachen rot hervor. Asta verdeckte sie nicht, weil sie wusste, dass sie nichts waren, für das sie sich schämen musste. Auch sie hatten sich Blumen an ihre Gewänder gesteckt.

Henrike lief ihr entgegen und ergriff ihre Hände. »Wie ich mich freue, dich gesund und munter wiederzusehen! Und Katrine – wie habe ich dich vermisst!« Sie umarmte die Freundin stürmisch. Als sie einander losließen, fragte Henrike: »Gibt es hier denn etwas zu feiern?«

Asta strahlte. »So haben alle dicht gehalten? Wie schön! Bedanke dich bei deinem lieben Mann, es war seine Idee.«

Ihre Tante hieß Adrian willkommen und gratulierte ihm noch einmal persönlich, dann begrüßte sie Simon und schließlich Margarete, Cord und Liv.

Henrike zupfte Adrian spielerisch am Ärmel. Sie liebte Überraschungen! »Welche Idee?«, wollte sie wissen.

Adrian legte den Arm um sie und überließ Asta die Antwort: »Auch wir möchten eure Hochzeit und Simons Rückkehr feiern. Außerdem leben wir und dürfen hier auf diesem schönen Gutshof sein. Jeder Punkt allein wäre schon Grund genug zum Feiern«, sagte sie lächelnd.

Henrike war gerührt. Da hatte er im Geheimen diese Feier organisiert! Was für ein wunderbarer Einfall! Ihr ging das Herz auf, und sie warf sich an seinen Hals und küsste ihn überschwänglich.

»Da unsere Hochzeit so bescheiden war, wollen wir sie wenigstens öfters feiern«, sagte er lächelnd, als sie wieder von ihm ablassen konnte. »Erst in Lübeck vor den Augen des Rates. Jetzt mit Asta, Simon und allen, die uns anvertraut sind. Und später noch einmal mit meiner Familie.«

Adrians Bruder Lambert mit seiner Frau Martine und seine Schwestern hatten ihnen in einem langen, freundlichen Brief gratuliert und angekündigt, dass sie im Herbst nach Lübeck kommen wollten, wenn die Hauptgeschäftszeit vorbei war und die Zeit der Novemberstürme noch nicht eingesetzt hatte. Obgleich Adrian ihr immer wieder versichert hatte, dass seine Familie die Heirat guthieß, war Henrike doch erleichtert über diesen Brief gewesen.

Als das Gesinde begann, Tische und Bänke auf die Wiese vor dem Hof zu tragen, wies Katrine den Gästen ihre Kammern zu. Während Henrike ihre Reisekleidung ablegte, tauschten die Freundinnen weitere Neuigkeiten aus. Auch Katrine war seit ihrer letzten Begegnung ein ganzes Stück gewachsen. Sie erzählte von Astas Vorhaben, im nächsten Jahr gemeinsam mit ihr nach Wisby zu fahren, und zeigte ihr stolz eine ganze Kiste mit Gürteln, die sie bestickt hatten und die Henrike verkaufen könnte. Henrike war begeistert. Sollte sie Katrine überreden, auch größere Tücher, vielleicht sogar Wandbehänge zu gestalten? Sie könnte es ihr in einer stillen Stunde zumindest vorschlagen.

Katrine berichtete auch, dass die Magd Gesche inzwischen ein gesundes Kind zur Welt gebracht und Hem geheiratet habe; die junge Familie lebte jetzt mit auf dem Landgut.

Henrike fragte sich kurz, was ihr Vetter wohl dazu sagen würde, wenn er wüsste, dass der Spross seiner Lenden auf Astas Hof aufwuchs. Gesche und Hem schienen glücklich zu sein, auch das dürfte Nikolas nicht gefallen. Sie zumindest würde alles dafür tun, dass ihr Vetter nie von all diesen Dingen erfuhr.

Als Katrine sie und Adrian schließlich allein ließ und Henrike sich umziehen wollte, zog Adrian ein neues Kleid aus grüner Seide aus seiner Kiste. Es war fein genäht und verziert, ähnlich wie jenes, das sie beim Kaiserball getragen hatte.

»Hatte ich dir nicht versprochen, dass du noch viele schöne Kleider haben wirst?«, sagte er.

Behutsam öffnete er den Ausschnitt ihres Reisekleides und gab ihr einen Kuss auf die nackte Schulter. Henrike lief ein wohliger Schauer über den Rücken. Sie ließ das Kleid zu Boden sinken und bot sich ihm nackt, wie sie war, an. Adrian küsste sie stürmisch, nahm sie auf den Arm und trug sie zu ihrem Lager.

Die Wangen noch erhitzt vom Liebesspiel, gesellten sie sich nach einer Weile wieder zu den anderen. Henrike präsentierte stolz das neue Kleid, das ihr vorzüglich passte.

Im Hof waren die Tische bereits gedeckt. Sasse hatte eine Laute hervorgeholt und begann zu spielen, ein Knecht zupfte die Mundorgel, und ein anderer schlug auf einem Bottich den Takt. Erste Rufe nach dem Brautpaar setzten ein, schnell bildeten alle einen Kreis, und Henrike und Adrian ließen sich nicht lange bitten. Sie traten in die Mitte, das Gesinde sang ein Segenslied. Dann kam Asta zu ihnen, wartete, bis der Gesang verstummt war, und sprach dem Paar ebenfalls ihren Segen aus, während sie ihnen Blütenkränze auf die Haare setzte. Sie holte ein Säckchen hervor, aus dem sie zwei verzierte goldene Ringe in ihre Handfläche rollen ließ. Es schien ihr Einiges abzuverlangen, die nächsten Sätze auszusprechen. Mehrmals musste sie innehalten, und doch war ihre Stimme so laut, dass alle sie hören konnten.

»Als wir Wisby verlassen mussten, waren diese Ringe die einzige Erinnerung an unsere Eltern, die uns geblieben war. Deine Mutter und ich haben je einen an uns genommen. Als Clara starb, verfügte sie in ihrem letzten Willen, dass ich beide Ringe verwahren soll, bis du, Henrike, ihre einzige Tochter, heiratest. Nun ist es so weit. Du hast einen guten und rechtschaffenen Mann gefunden und ihn zur Ehe genommen. Ich möchte euch diese Ringe als Zeichen eures untrennbaren Bundes schenken. Mögen sie euch Glück bringen.«

Sie ließ sich die Hände reichen und steckte Henrike und Adrian die Ringe an. Eine Gänsehaut zog über Henrikes Rücken, das Strahlen in ihrem Gesicht vertiefte sich noch. Wenn ihr Vater sie doch sehen könnte!

Asta forderte sie nun auf, dass sie einander küssen sollten, und die beiden kamen der Aufforderung nur zu gerne nach. Sie gaben sich einen zärtlichen Kuss, dem erst das erneute Einsetzen der Musik und die Rufe nach dem Hochzeitstanz ein Ende setzten.

Also legte Adrian einen Arm um ihre Hüften und nahm ihre Hand. Erst langsam, dann immer schneller begannen sie sich im Takt zu bewegen. Es war kein steifer Tanz wie beim Ratsball, sondern sie hüpften, drehten sich im Kreis und forderten immer mehr auf, sich zu ihnen zu gesellen, bis schließlich fast alle Anwesenden tanzten. Henrike lachte über die Freude der Kinder, deren Blütenkränze ihnen immer wieder über die Augen rutschten oder die sich verlegen an den Händen hielten und hin- und herwiegten.

Vergnügt beobachtete sie die verschiedenen Paare, die im Takt an ihnen vorbeizufliegen schienen. Katrine hatte sich Simon geschnappt, der sich auf diesem Gebiet noch etwas schwer zu tun schien und das Mädchen weit von sich hielt, als ob er es kaum anzufassen wagte. Liv wirbelte eine junge Magd durch die Luft, die hell juchzte. Gesche tanzte mit Hem, innig und vertraut. Margarete saß auf einer Bank und schaukelte Gesches Kind in ihrer Armbeuge, doch jetzt trat Cord auf sie zu und forderte sie auf. Die alte Frau winkte zunächst ab, legte dann jedoch den Säugling in eine Bastwiege und tanzte ein paar gemächliche Schritte mit ihm. Asta hatte sich zu den Musikanten gesellt. Sie spielte auf ihrer Flöte und lächelte zufrieden in sich hinein.

Henrike war glücklich. Sie legte die Hand auf Adrians Nackenbeuge und strahlte ihn an. Er hielt sie fest umfasst und schwang sie in einer so wilden Drehung, dass sie beide lachen mussten.

Wenn sie die fröhlichen Gesichter um sich herum sah und die Freude in ihrem eigenen Herzen spürte, wusste Henrike, dass all die Kämpfe und Mühen der letzten Monate nicht umsonst gewesen waren. Liebe, Ehre und Freiheit waren es wert gewesen.

Glossar

Baiensalz – Seesalz, das in der Baie, d.h. an der französischen Westküste, gewonnen wurde

Bergenfisch – Wurde je nach Sorte, Qualität, Größe und Trocknungsart unterschieden in Rotscher, Rundfisch, Königslobben, Rackfisch, Lotfisch, Halovassen oder Kropelinge

Blamensir – Vom französischen *blanc manger* (weiße Speise), Brei u.a. aus Mandeln und Hühnerfleisch, wurde aber auch stark gewürzt serviert

Brabank – Zum Kalfatern eines Schiffes bestimmter Platz am Ufer

Bruch – Zu dieser Zeit eine Hose, an der die Beinlinge befestigt (»genestelt«) wurden

Büttel – Gerichtsdiener

Deutsche Brücke – siehe *Deutsche Brücke*, Bezeichnung der Kontore der Hansekaufleute in Bergen, Norwegen

Deutscher Orden – Ritterorden, der im 12. Jahrhundert in der Kreuzzugszeit ins Leben gerufen wurde und im 13. Jahrhundert in Ostpreußen und dem Baltikum den Deutschordensstaat gründete

Dornse – Beheizter Raum, wurde oft als Schreibkammer genutzt

Enterdregge – Vierarmiger Anker ohne Schaft, der mit der Hand geworfen wurde und sich auf dem Deck des gegnerischen Schiffs verhakte

Grapen – Dreibeiniger Topf oder Kessel

Gugel – Kapuzenartige Kopfbedeckung mit umhangartigem Kragen

Hanse – Althochdeutsch für »Schar« oder »Gefolge«; Vereinigung von Kaufleuten des Mittelalters, die sich zusammentaten, um Handel zu treiben; später Bezeichnung für einen Städtebund, dem in seiner Blüte bis zu zweihundert Städte angehörten. Zwischen dem 13. und 16. Jahrhundert beherrschte die Hanse den Fernhandel im Nord- und Ostseeraum.

HANSETAG – Auch Tagfahrt genannt; Versammlung der Ratsvertreter der zur Hanse gehörenden Städte

HARNISCH – Teil der Schutzausrüstung der Ritter, Söldner, Bürger etc.

HEUER – Lohn von Seeleuten

HUDEVAT – Großes, sackförmig zusammengenähtes Fell, durch Einfetten wasserdicht gemacht, wurde als eine Art Schlafsack genutzt

KASTELL – Aufbau auf dem Vor- oder Achterdeck eines Schiffes

KOGGE – Ursprünglich *der Koggen*; mittelalterlicher Frachtsegler. Zur Hansezeit hochbordiger, verklinkerter Einmaster mit kurzem, gedrungenem Schiffsrumpf. Die Traglast einer Kogge lag zwischen vierzig und hundertzwanzig Lasten (als Faustregel entspricht eine Last etwa zwei Tonnen). Eine originale Hanse-Kogge von 1380 ist im Deutschen Schifffahrtsmuseum in Bremerhaven zu besichtigen.

KONTOR – Niederlassung eines Handelsunternehmens im Ausland

LOT – Einfaches Gerät zum Messen der Wassertiefe und zur Bestimmung der Beschaffenheit des Meeresbodens

MERKE – Kaufmannszeichen

PATERNOSTER – Hier: Rosenkranzschnüre. Diese Gebetsschnüre, die u.a. aus Holz, Koralle oder Bernsteinen gefertigt wurden, waren eine wichtige Ware der Hansekaufleute. Für die Herstellung waren die in den Paternostermacherzünften vereinigten Handwerker zuständig.

PATRIZIER – Angehöriger der reichen städtischen Oberschicht

PRAHM – Kastenförmiges Transport- und Arbeitsboot

PSALTER – Buch, das im Wesentlichen die biblischen Psalmen enthält

TRIPPE – Dicke hölzerne Untersohle als Schutz gegen Straßenschmutz, wurde unter der eigentlichen Schuhbekleidung getragen

SCHAP(P)EL – Haarschmuck von Jünglingen und Jungfrauen; ein Reif aus Blumen, Metall oder Schnüren

SCHAUBE – Mantel des gehobenen Bürgerstands

SCHIFFSMANN – Matrose

SCHIFFER – Kapitän

Selshop – Eine der vielen Kaufmannsgesellschaften, wie auch Sendeve, Wedderlegginge oder Vulle Mascopei

Stuba – Badestube

Tyskebryggen – siehe *Deutsche Brücke*

Upgift – Gratiszugabe von Waren, um ein Geschäft attraktiver zu gestalten

Windegeld – Bezahlung für das Laden, Löschen und Verstauen der Fracht, die der hansische Seemann zusätzlich zur Heuer erhielt

Wraker – Tätigkeitsbezeichnung, überwachte in der Deutschen Brücke in Bergen das Sortieren des Fisches

Wurfzabel – Mittelalterliches Würfelbrettspiel

Anmerkung und Dank

Mit *Hansetochter* habe ich mir auch selbst einen Wunsch erfüllt. Nachdem ich in meinen früheren Romanen Frauen in den Mittelpunkt gestellt hatte, die tatsächlich gelebt haben, und mir deshalb oft Fragen stellen musste wie »Würde Marie Tussaud so handeln?«, »Hätte die Buchdruckerin Margarethe Prüß das tatsächlich getan?«, wollte ich gerne freier fabulieren, ohne allerdings die akribische Recherche außer Acht zu lassen.

Henrike Vresdorp und ihre Familie sind erfunden, andere Personen haben, wie man dem Personenverzeichnis entnehmen kann, gelebt und die Geschicke Lübecks zu jener Zeit zum Teil stark geprägt. Vergleichbare Frauen wie Henrike oder Tale von Bardewich hat es jedoch tatsächlich gegeben. Briefwechsel, Geschäftsbücher und Testamente aus dieser Zeit, wie die der Lübecker Brüder Sivert und Hildebrand Veckinghusen oder der Regensburger Großkaufmannsfamilie Runtinger, beweisen, dass ein Kaufmannshaus nicht nur auf tatkräftige Mithilfe der Gattinnen oder Töchter angewiesen war, sondern dass manche Frau die Geschäfte durchaus alleine führte.

Die Hanse ist ein Thema von bemerkenswerter Langlebigkeit und Aktualität. »Die dudesche Hense war eine Supermacht des Geldes«, schreiben Gisela Graichen und Rolf Hammel-Kiesow in ihrem lesenswerten Buch *Die deutsche Hanse*. Die Autoren fassen zusammen: »Der erste nordeuropäische Handelsverbund prägte fast ein halbes Jahrtausend die Welthandelsmärkte des Mittelalters von Russland bis Flandern, baute ein lukratives Handelsnetz auf von Island bis Venedig und schuf ein visionäres Imperium von Kaufleuten und Städten über politische Grenzen hinweg.«

Aufgrund ihrer herausragenden Bedeutung hat die Hanse

eine beinahe unüberschaubare Fülle an Schriftstücken hervorgebracht. Allein 6500 Regalmeter Urkunden und andere Schätze aus dem Zeitraum von 1183 bis heute verwahrt das Archiv der Hansestadt Lübeck. Es gibt aber auch eine Fülle exzellenter Sachbücher über die Hanse und Lübeck. Besonders hervorheben möchte ich die Werke von Philippe Dollinger, Antjekathrin Graßmann und Rolf Hammel-Kiesow. Empfehlenswert sind auch Bildbände und Ausstellungskataloge über die Hanse. In ihnen sind oft wunderschöne Porträts von Hansekaufleuten zu sehen, etwa von den Malern Hans Holbein dem Jüngeren oder Hans Memeling, die einen Eindruck vom Selbstverständnis und dem Standesbewusstsein dieser Händler vermitteln.

Äußerst informativ wird sicherlich auch der Besuch des geplanten Hanse-Museums in Lübeck sein. Aber am schönsten ist es natürlich, die Schauplätze des Romans selbst zu entdecken, durch die Altstadt Lübecks zu spazieren oder gar die Deutsche Brücke im norwegischen Bergen zu erkunden, die nach einem Brand originalgetreu rekonstruiert wurde.

Die Thidreksaga ist eine altnordische Sagensammlung, die ab dem 13. Jahrhundert auch durch Hansekaufleute verbreitet wurde; im deutschen Sprachraum kennt man den Helden als Dietrich von Bern. Sagen wie die von dem Fischer Luba, den rasenden Weibern oder dem Räuber Papedöne kann man in Heinrich Asmus' *Lübecks Volkssagen, Legenden und Märchen* (1845) oder Ernst Deeckes *Lübische Geschichten und Sagen* (1852) nachlesen. Ein ausführliches Literaturverzeichnis finden Sie auf meiner Homepage: www.sabineweiss.com

Dieser Roman wäre nicht entstanden ohne einige wichtige Menschen. Mein Dank gilt meiner Lektorin Friederike Achilles, denn sie hat mich dazu angeregt, mich intensiver mit der Hanse zu befassen und später die Entstehung dieses Romans vom ersten Entwurf bis zum fertigen Manuskript sehr vertrauensvoll und professionell begleitet. Kai Lückemeier sorgte kundig und mit viel Fingerspitzengefühl für den Feinschliff des Manuskripts, auch ihm bin ich zu Dank verpflichtet. Ich bedanke mich bei meiner Agentin Petra Hermanns für ihren Schwung, ihr Engagement und ihren Kenntnisreichtum, den sie nur zu bereit ist zu teilen. Auch meine Familie hat mich bei der Entstehung dieses Buches wieder tatkräftig unterstützt und die Nerven bewahrt, wenn ich sie verloren hatte – habt Dank dafür.